Lucinda Riley

LA CHAMBRE AUX PAPILLONS

Roman

Traduit de l'anglais
par Élisabeth Luc

POCHE CHARLESTON

De la même autrice, aux éditions Charleston :

L'Ange de Marchmont Hall
La Belle Italienne
Le Domaine de l'héritière
La Jeune Fille sur la falaise
La Lettre d'amour interdite
La Maison de l'orchidée
Les Mystères de Fleat House
La Rose de minuit
Le Secret d'Helena

La série *Les Sept Sœurs* :
Les Sept Sœurs – Maia (tome 1)
La Sœur de la tempête – Ally (tome 2)
La Sœur de l'ombre – Star (tome 3)
La Sœur à la perle – CeCe (tome 4)
La Sœur de la Lune – Tiggy (tome 5)
La Sœur du Soleil – Électra (tome 6)
La Sœur disparue (tome 7)
Atlas, l'histoire de Pa Salt (tome 8)

Retrouvez toute l'actualité de l'autrice :
fr.lucindariley.co.uk
www.thesevensistersseries.com
www.facebook.com/lucindarileyauthor
www.twitter.com/lucindariley

Pour Valerie, ma belle-mère, avec toute mon affection.

POSY

Vulcain

(Vanessa atalanta)

Admiral House, Southwold, Suffolk, juin 1943

— N'oublie pas, ma chérie, que tu es une fée voletant dans l'herbe grâce à tes ailes diaphanes, prête à capturer ta proie dans ton filet de soie. Regarde ! murmura-t-il à mon oreille. Il est là, au bord de cette feuille. Allez, prends ton envol !

Comme il me l'avait enseigné, je fermai les paupières pendant quelques secondes. Je me hissai sur la pointe des pieds en m'imaginant que je décollais, puis je sentis la paume de mon père, dans mon dos, qui me poussait doucement vers l'avant. En rouvrant les yeux, je me concentrai sur deux ailes bleu jacinthe. Je n'eus qu'à avancer de deux pas pour placer mon filet au-dessus de la tige fragile d'un buddleia, ou « arbre à papillons », sur laquelle s'était perché l'azuré du serpolet.

Le mouvement du filet alerta le papillon qui déploya ses ailes pour s'enfuir. Trop tard. Moi, Posy, princesse des fées, je l'avais capturé ! Pas pour lui faire du mal, bien sûr. Pour le confier à Lawrence, le roi du peuple magique, qui était aussi mon père. Le papillon ferait l'objet d'une étude avant d'être relâché non sans avoir dégusté un grand bol du meilleur nectar.

— Elle est très forte, ma Posy ! s'extasia Papa tandis que je me frayais un chemin dans les fourrés pour le rejoindre.

Je lui tendis fièrement mon filet. Il s'était accroupi, de sorte que nos yeux, que nous avions semblables, se croisèrent, exprimant bonheur et satisfaction.

Il baissa la tête pour examiner le papillon immobile, dont les pattes minuscules étaient accrochées à sa prison de fil. Papa avait les cheveux d'un brun acajou. Il les lissait avec de la brillantine pour qu'ils scintillent au soleil comme la table de la salle à manger quand Daisy la cirait. Leur parfum familier était rassurant. Papa était mon univers et je l'aimais plus que tout au monde, qu'il soit réel ou féerique. J'aimais Maman aussi, bien sûr... Elle passait le plus clair de son temps à la maison, pourtant j'avais l'impression de la connaître moins bien que Papa. Elle restait souvent dans sa chambre, à cause de ses migraines disait-elle, et quand elle n'y était pas, elle n'avait pas de temps à me consacrer.

— Il est épatant, ma chérie ! commenta Papa en levant les yeux vers moi. Un spécimen très rare dans nos contrées, et de belle lignée, c'est certain.

— Un prince des papillons, tu crois ?

— C'est fort possible, admit Papa. Il faudra le traiter avec le respect dû à son rang.

— Lawrence ! Posy ! À table ! lança une voix, derrière les haies.

Papa se dressa au-dessus de l'arbre aux papillons et fit un signe de la main vers la terrasse d'Admiral House, à l'autre extrémité de la pelouse.

— On arrive, chérie !

En voyant sa femme, il afficha un sourire béat. Ma mère était la reine du peuple magique, un jeu que je ne partageais qu'avec lui.

Main dans la main, nous traversâmes la pelouse, humant cette odeur d'herbe fraîchement coupée que j'associais aux jours heureux passés au jardin : les amis de Papa et Maman, coupe de champagne dans une main, maillet de croquet dans l'autre, le son du maillet heurtant la boule, sur le gazon que Papa tondait pour l'occasion…

Ces moments d'insouciance étant plus rares, depuis le début de la guerre, leur souvenir n'en était que plus précieux. La guerre avait aussi estropié Papa, de sorte qu'il fallait marcher doucement. Je m'en accommodais à merveille car ainsi je l'avais plus longtemps pour moi seule. Il allait bien mieux qu'à son retour de l'hôpital, en fauteuil roulant, tel un vieux monsieur au regard triste. Grâce à Maman et Daisy, qui s'occupaient de lui, et moi qui m'efforçais de lui lire des histoires, il s'était vite remis. Il arrivait même à marcher sans canne, à condition de ne pas aller trop loin.

— Posy, va te laver les mains et te débarbouiller. Tu diras à ta mère que je suis allé installer notre nouvel invité.

Au bas des marches de la terrasse, il brandit le filet.

— Oui, Papa, répondis-je en le regardant disparaître derrière la haie.

Il se dirigeait vers la Folie qui, avec sa tourelle en briques blondes, constituait le château idéal pour le peuple des fées et leurs amis papillons. Papa y passait beaucoup de temps, seul. Je n'avais le droit de jeter un coup d'œil dans la petite pièce circulaire et sombre qui sentait le moisi que quand Maman me chargeait d'aller chercher Papa pour le déjeuner.

C'était dans la pièce du bas qu'il conservait son « équipement d'extérieur », comme il l'appelait. Les raquettes de tennis y côtoyaient les piquets de cricket et les bottes en caoutchouc crottées. Je n'avais jamais été invitée à gravir l'escalier en colimaçon. J'étais montée en secret un jour où Papa était demandé au téléphone. Quelle déception de découvrir qu'il avait verrouillé l'imposante porte en chêne massif ! J'eus beau actionner la poignée de toutes les forces de mes petites mains, elle n'avait pas cédé. Au contraire du rez-de-chaussée, il y avait des fenêtres, à l'étage. La Folie m'évoquait un peu le phare de Southwold, sauf qu'elle était surmontée d'une couronne dorée au lieu d'une lampe.

Je grimpai les marches du perron avec un soupir d'aise en admirant les murs en briques rouge clair de la bâtisse, avec ses rangées de hautes fenêtres à guillotine encadrées de glycines aux feuilles vert tendre. La table en fer forgé verdi, noire à l'origine, était dressée sur la terrasse pour le déjeuner. Il n'y avait que trois couverts. Nous serions entre nous, pour une fois. C'était très rare. Ce serait bien d'avoir Papa et Maman pour moi seule.

Dans la maison, je franchis la porte à double battant du salon pour contourner les divans en soie damassée qui flanquaient la cheminée en marbre. Elle était si énorme que, l'année précédente, le Père Noël avait réussi à y faire passer une bicyclette rutilante. D'un pas léger, je longeai un labyrinthe de couloirs menant aux toilettes du rez-de-chaussée.

Refermant la porte, j'actionnai à deux mains le gros robinet argenté pour les savonner avec soin, hissée sur la pointe des pieds pour observer mon visage dans le miroir, en quête de traces de terre. Maman était très à cheval sur les apparences. D'après Papa, c'était dû à ses origines françaises. Gare à quiconque se présentait à table sans être impeccable !

Elle était incapable de dompter mes boucles brunes qui ne cessaient de s'échapper de mes tresses. Un soir, alors que Papa me bordait, je lui avais demandé si je pouvais prendre un peu de sa brillantine. Il avait ri en enroulant une mèche rebelle autour de son index.

— Surtout pas ! J'adore tes boucles, ma chérie. Si cela ne tenait qu'à moi, elles cascaderaient librement sur tes épaules.

Je brûlais d'envie d'avoir la crinière lisse et blonde de Maman. Elle avait la couleur du carré de chocolat blanc qu'elle servait avec le café, après le dîner. Moi, j'avais les cheveux café au lait, selon son expression ; tout simplement châtains.

— Ah, te voici, Posy, dit Maman en me voyant émerger sur la terrasse. Où est ton chapeau de soleil ?

— Oh, j'ai dû l'oublier au jardin en chassant les papillons avec Papa.

— Combien de fois t'ai-je expliqué que tu risques un coup de soleil ! gronda-t-elle. À quarante ans, tu auras l'air d'en avoir soixante, avec la peau ridée comme un pruneau.

— Oui, Maman, admis-je, tout en me disant que quarante ans était déjà un âge avancé.

— Comment va ma deuxième femme préférée ?

Papa apparut sur la terrasse et fit tournoyer Maman dans ses bras. Elle tenait un pichet d'eau dont une partie gicla sur les dalles.

— Fais attention, Lawrence !

Elle fronça les sourcils et s'extirpa des bras de mon père pour poser le pichet sur la table.

— N'est-ce pas une journée magnifique ?

Papa sourit et s'assit en face de moi.

— On dirait qu'il fera beau temps ce week-end, pour notre réception, poursuivit-il.

— On donne une réception ? demandai-je alors que Maman prenait place à côté de lui.

— Oui, ma chérie. J'ai été jugé apte à reprendre du service, alors Maman et moi avons décidé d'organiser une petite fête.

Mon cœur se serra lorsque Daisy, notre unique bonne depuis que les autres domestiques avaient été réquisitionnés, vint servir du jambon en boîte et des radis. Je détestais les radis, mais c'était tout ce qui restait dans le potager, cette semaine. Le plus gros de la récolte servait à l'effort de guerre.

— Tu pars pour combien de temps, Papa ? questionnai-je d'une voix brisée.

J'avais l'impression qu'un radis s'était coincé dans ma gorge et que je n'allais pas tarder à pleurer.

— Pas trop longtemps, je pense. Les Boches sont fichus. Je dois participer à la dernière offensive. Je ne peux pas laisser tomber mes camarades, tu comprends ?

— Je sais, Papa, fis-je sans conviction. Tu ne seras plus blessé, j'espère…

— Bien sûr que non, chérie. Ton Papa est indestructible. N'est-ce pas, Lawrence ?

Le sourire crispé de ma mère m'indiqua qu'elle était aussi inquiète que moi.

— Oui, mon amour, répondit-il en posant une main sur la sienne. Je le suis.

— Papa ? hasardai-je le lendemain matin, en trempant avec soin une mouillette dans mon œuf à la coque. Il fait chaud aujourd'hui, on peut aller à la plage ? Cela fait si longtemps !

Il se tourna vers Maman, qui lisait son courrier par-dessus son café et ne parut pas s'en rendre compte. Elle recevait de nombreuses lettres de France, écrites sur du papier plus fin que les ailes d'un papillon, ce qui lui seyait à merveille car elle était délicate et svelte.

— Alors, Papa ? On va à la plage ? insistai-je.

— Ma chérie, je crains que la plage ne se prête pas aux loisirs, en ce moment, avec les barbelés et les mines… Rappelle-toi, je t'ai expliqué ce qui est arrivé à Southwold, le mois dernier.

— Oui, Papa…

Je frémis en pensant à Daisy, qui m'avait portée vers l'abri antiaérien, ce jour-là. S'il y avait eu des coups de tonnerre, des éclairs dans le ciel, ce n'était pas un orage. D'après mon père, c'était Hitler. Nous étions serrés comme des sardines. Papa nous a dit de faire comme les hérissons, de nous rouler en boule. Même si Maman s'était fâchée d'être comparée à un animal, j'avais joué le jeu, enfouie sous terre, tandis que les êtres humains faisaient la guerre à la surface. Finalement, le vacarme avait cessé. Papa avait annoncé que nous pouvions retourner au lit. J'étais triste de devoir aller me coucher seule, comme un être humain, au lieu de rester tapie entre mes parents dans notre tanière.

Le lendemain matin, j'avais trouvé Daisy en pleurs dans la cuisine. Elle n'avait pas voulu m'expliquer pourquoi. Le laitier n'était pas passé, ce jour-là, et Maman m'avait annoncé que je n'irais pas à l'école parce qu'il n'y en avait plus.

— Comment peut-elle avoir disparu ?

— Une bombe est tombée dessus, chérie, avait-elle répondu en soufflant un nuage de fumée de cigarette.

Maman fumait, à présent, et je m'inquiétais parfois qu'elle mette le feu à ses lettres parce qu'elle les tenait très près de son visage pour les lire.

Je me demandais ce qu'il était advenu de notre cabine de plage. J'adorais cette cabine jaune clair. Elle se trouvait à l'extrémité d'une rangée, de sorte que, en regardant d'un côté, on avait l'impression qu'il n'y avait personne d'autre sur la plage. De l'autre côté, on n'était pas très loin du gentil marchand de glaces, sur la jetée. Papa et moi construisions de sublimes châteaux de sable, avec des tours et des douves, et assez vastes pour accueillir les petits crabes qui osaient s'y aventurer. Maman ne voulait jamais venir à la plage parce qu'il y avait trop de sable. Autant reprocher à la mer d'être trop mouillée...

Chaque fois que nous y allions, il y avait un vieux monsieur portant un chapeau à large bord qui longeait la côte d'un pas lent, enfonçant une longue canne dans le sable, mais pas comme celle dont Papa se servait pour marcher. Il tenait un grand sac et, de temps à autre, s'arrêtait et se mettait à creuser.

— Qu'est-ce qu'il fait, Papa ?

— C'est un ramasseur d'épaves, chérie. Il ratisse la plage. Il marche au bord de l'eau, en quête d'objets échoués sur le sable et provenant de bateaux ou de contrées lointaines.

— Ah...

Ce monsieur n'avait pas de râteau, pourtant.

— Tu crois qu'il va trouver un trésor ?

— À force de creuser, il finira par déterrer quelque chose.

Captivée, j'avais regardé le vieil homme extraire un objet de son trou et en ôter le sable, pour constater que ce n'était qu'un vieux pot en émail.

— Quelle déception, avais-je soupiré.

— Souviens-toi que le déchet d'un homme peut devenir le trésor d'un autre. Peut-être sommes-nous tous des ramasseurs d'épaves à notre façon. Nous cherchons sans cesse, espérant dénicher ce trésor qui illuminera notre vie, et quand nous découvrons un vieux pot rouillé au lieu d'un bijou étincelant, nous poursuivons notre quête.

— Tu cherches encore ton trésor, Papa ?

— Non, ma princesse des fées. Je l'ai trouvé, m'avait-il répondu avec un sourire, avant de m'embrasser sur le front.

Après bien des tergiversations, Papa finit par céder et m'emmena nager dans une rivière. Daisy m'aida à enfiler mon maillot et posa un chapeau de paille sur mes boucles rebelles, puis je montai dans la voiture. Maman était trop occupée à préparer la réception du lendemain, ce qui me convenait à merveille car le roi des fées et moi pourrions ainsi accorder une audience à toutes les créatures de la rivière.

— Il y aura des loutres, Papa ?

Nous roulions dans le sens opposé à la mer, dans la campagne verdoyante et les champs infinis.

— Il faut être très silencieux pour voir des loutres. Tu arriveras à te taire, Posy ?

— Bien sûr !

Au terme d'un long trajet, je vis le ruban bleu d'une rivière serpenter derrière les roseaux. Papa portait notre matériel scientifique : un appareil photo, des filets à papillons, des bocaux en verre, et notre pique-nique : de la citronnade et des sandwichs au corned-beef.

Des libellules qui voletaient à la surface disparurent dès que je me mis à patauger dans l'eau délicieusement fraîche. J'avais trop chaud, sous mon chapeau, alors je le jetai sur la berge. Papa avait lui aussi enfilé son maillot de bain.

— Ton remue-ménage aura fait fuir les loutres, dit-il en entrant dans l'eau, qui lui arrivait à peine aux genoux, tant il était grand. Regarde ces utriculaires. Et si nous en rapportions pour notre herbier ?

Ensemble, nous plongeâmes une main pour cueillir une fleur jaune aux racines bulbeuses. Elles hébergeaient une foule de petits insectes. Après avoir rempli un bocal d'eau, nous y glissâmes notre spécimen.

— Tu te rappelles son nom latin, ma chérie ?

— *Utricularia*, répondis-je fièrement.

Je sortis de l'eau pour m'asseoir à côté de lui sur la rive.

— Comme tu es intelligente ! Promets-moi de continuer notre collection en mon absence. Si tu vois une plante intéressante, fais-la sécher ainsi que je te l'ai montré. Je vais avoir besoin de ton aide, Posy.

Il prit un sandwich dans le panier de pique-nique. Je l'acceptai en affichant de mon mieux un air sérieux de scientifique. Je voulais qu'il sache qu'il pouvait compter sur moi. Avant la guerre, il était botaniste et il rédigeait un ouvrage depuis ma naissance, ou presque. Souvent, il s'enfermait dans la Folie pour « réfléchir et écrire ».

Parfois il rapportait le livre à la maison et me montrait certains de ses dessins. Ils étaient superbes et recensaient la faune et la flore de notre région. Il y avait de très belles images de papillons, d'insectes et de plantes. Un jour, il m'avait confié que quand une seule de ces choses changeait, l'équilibre de la nature était bouleversé.

— Regarde ces moucherons, par exemple, m'avait-il dit en désignant une nuée, par une chaude soirée d'été. Ils sont essentiels à l'écosystème.

— Mais ils nous piquent !

— C'est dans leur nature ! avait-il dit en riant. Sans eux, de nombreuses espèces d'oiseaux n'auraient plus à manger et finiraient par s'éteindre. Dès que les oiseaux sont touchés, il y a des répercussions sur le reste de la chaîne alimentaire. Sans oiseaux, d'autres insectes comme les sauterelles auraient soudain moins de prédateurs et se multiplieraient, dévorant toutes les plantes. Et sans les plantes…

— Il n'y aurait plus rien à manger pour les *herbovores.*

— Les herbivores, oui. Tu vois, l'équilibre de la nature est précaire. Un battement d'ailes de papillon peut bouleverser le monde entier.

J'y repensais en cet instant, en mâchonnant mon sandwich.

— Je t'ai apporté quelque chose de spécial, déclara mon père.

Il glissa une main dans son sac à dos et en sortit une boîte en métal brillant. En soulevant le couvercle, je découvris des dizaines de crayons parfaitement taillés, de toutes les couleurs de l'arc-en-ciel.

— En mon absence, tu continueras à dessiner et, à mon retour, tu me montreras tes progrès.

Trop heureuse pour parler, je me contentai d'un hochement de tête.

— Quand j'étais étudiant à Cambridge, j'ai appris à observer le monde, poursuivit-il. Tant de personnes sont aveugles à la beauté et la magie qui nous entourent ! Pas toi, Posy. Tu vois déjà mieux que la plupart des gens. En dessinant la nature, on arrive à la déchiffrer, on remarque ses différents éléments et la façon dont ils s'assemblent. Tes croquis et tes études peuvent aider les autres à comprendre le miracle de la nature.

À notre retour à la maison, Daisy me gronda parce que j'avais les cheveux mouillés. Elle me fit prendre un bain, ce qui semblait absurde, car j'allais me tremper encore davantage. Une fois couchée, dès que Daisy eut fermé la porte de ma chambre, je me relevai pour sortir mes crayons de couleur et en caresser la pointe acérée. Si je m'entraînais suffisamment, quand Papa rentrerait de la guerre, je pourrais lui montrer que j'étais digne d'étudier à Cambridge, moi aussi, même si je n'étais qu'une enfant.

Le lendemain matin, par la fenêtre de ma chambre, je vis les voitures arriver dans l'allée. Chaque véhicule était plein à craquer. D'après Maman, ses amis avaient mis en commun leurs tickets d'essence pour venir de Londres. Elle les qualifiait d'*émigrés*, un mot désignant une personne qui quitte son pays d'origine pour un autre. Tout Paris s'était installé en Angleterre pour échapper à la guerre, à en croire ma mère. Ce n'était pas vrai, bien sûr, mais ses amis français étaient bien plus nombreux que les amis anglais de mon père, lors de leurs réceptions. Je n'y voyais pas d'inconvénient car c'étaient des personnages hauts en couleur. Les hommes arboraient des foulards aux tons vifs et un smoking impeccable. Les dames étaient en robe de satin et avaient les lèvres très rouges. Et surtout, ils m'apportaient des cadeaux.

Papa les surnommait les « bohèmes de Maman ». D'après le dictionnaire, c'étaient des gens créatifs, artistes, musiciens ou peintres. Maman avait été chanteuse dans un célèbre cabaret parisien et j'adorais sa voix grave et suave comme du miel. Elle ignorait que je l'entendais, parce que j'étais censée dormir. Mais quand ils recevaient, c'était impossible, alors je me faufilais dans l'escalier pour écouter la musique et le brouhaha des conversations.

Ces soirs-là, Maman reprenait vie. Entre deux réceptions, elle faisait mine d'être une poupée inanimée. J'aimais l'entendre rire. Quand nous étions entre nous, cela ne lui arrivait pas très souvent.

Les amis aviateurs de Papa étaient gentils, eux aussi. Ils étaient tous habillés de la même façon, en bleu marine ou en marron, et il n'était pas facile de les distinguer. Mon préféré, c'était oncle Ralph, mon parrain, le meilleur ami de Papa. Je le trouvais très séduisant, avec ses cheveux bruns et ses grands yeux sombres. Dans un de mes livres, on voyait le prince charmant embrasser Blanche-Neige pour la réveiller. Ralph lui ressemblait. Il jouait très bien du piano, aussi. Avant la guerre, il était concertiste (avant la guerre, tous les adultes que je connaissais faisaient autre chose, sauf Daisy, notre domestique). Ralph souffrait d'une maladie qui lui interdisait de combattre ou de piloter des avions de guerre. Il avait ce que les adultes appelaient « un travail de bureau ». Que faisait-on dans un bureau, à part s'asseoir derrière ? Quand Papa partait piloter ses Spitfire, oncle Ralph nous rendait visite, à Maman et moi, ce qui nous remontait le moral. Il venait déjeuner le dimanche, puis nous jouait du piano. Je m'étais rendu compte depuis peu que Papa avait été absent durant quatre de mes sept années d'existence, ce qui avait dû être très triste pour Maman, avec pour seule compagnie Daisy et moi.

Assise sur ma banquette, derrière la fenêtre, je me penchai pour regarder Maman accueillir ses invités sur les marches du perron. Elle était si belle avec sa robe bleu nuit assortie à ses yeux ! En voyant

Papa la rejoindre et la prendre par la taille, je fus très heureuse.

Daisy vint me faire enfiler la nouvelle robe qu'elle avait cousue pour moi à partir de vieux rideaux verts. Tandis qu'elle me brossait les cheveux pour les nouer en queue-de-cheval à l'aide d'un ruban vert, je décidai de ne pas penser au fait que Papa s'en allait le lendemain.

— Vous êtes prête, Miss Posy ? s'enquit Daisy.

Elle avait trop chaud et semblait épuisée, sans doute parce qu'elle avait dû préparer à manger sans aide pour les invités.

— Oui, je suis prête, répondis-je avec mon plus beau sourire.

En réalité, je ne m'appelais pas Posy. Je portais le prénom de ma mère, Adrienne. Comme il était compliqué d'avoir deux Adrienne sous le même toit, mes parents m'appelaient par mon second prénom, Rose, en l'honneur de ma grand-mère anglaise. D'après Daisy, quand j'étais bébé, mon père me surnommait « Rosy Posy », comme dans la comptine. Au fil du temps, seul Posy était resté, un surnom qui me correspondait bien mieux que mes deux prénoms officiels.

Si certains membres plus âgés de la famille de Papa m'appelaient Rose, je leur répondais, bien sûr, parce qu'on m'avait appris à répondre poliment aux adultes. Lors de cette réception, j'étais Posy pour tout le monde. Les invités m'embrassèrent, m'étreignirent et me remirent de jolis petits cadeaux ornés d'un nœud. Les amis français de Maman avaient une prédilection pour les dragées, dont je n'étais pas friande, en vérité, mais il était difficile de trouver du chocolat en temps de guerre.

Je pris place à la longue table installée sur des tréteaux. Le soleil dardait ses rayons sur mon chapeau de paille. En écoutant les conversations, je regrettai que tous les jours ne se déroulent pas ainsi, à Admiral House. Tout le monde paraissait si joyeux que j'avais presque envie de pleurer.

— Ça va, Posy chérie ? s'enquit oncle Ralph, à côté de moi. Il fait si chaud…

Il sortit un mouchoir blanc de la poche de sa veste et s'épongea le front.

— Oui, oncle Ralph. Papa et Maman semblent très heureux aujourd'hui. C'est triste que Papa doive retourner à la guerre.

— Je sais…

Oncle Ralph observa mes parents et, soudain, parut mélancolique, lui aussi.

— Enfin, avec un peu de chance, ce sera vite terminé, reprit-il. Et nous pourrons tous tourner la page.

Après le déjeuner, j'eus le droit de jouer au croquet, pour lequel je me révélai très douée, probablement parce que la plupart des grandes personnes avaient bu trop de vin et manquaient de précision dans leurs mouvements. Papa avait vidé sa cave pour l'occasion et les invités avaient écoulé la plupart des bouteilles. Pourquoi les adultes cherchaient-ils à s'enivrer ? Selon moi, l'alcool les rendait plus exubérants et plus bêtes. Peut-être en ferais-je autant, quand j'aurais leur âge…

En traversant la pelouse en direction du court de tennis, je vis un homme et deux femmes enlacés sous un arbre, dormant tous les trois à poings fermés. Sur la terrasse, quelqu'un jouait du saxophone. Heureusement, nous n'avions pas de voisins immédiats.

J'avais de la chance d'habiter Admiral House. Lors de ma première année à l'école communale, j'avais été invitée à prendre le thé chez ma copine Mabel. Quel ne fut pas mon étonnement de découvrir que la porte d'entrée donnait directement sur le salon ! Il y avait une cuisine minuscule à l'arrière et les toilettes étaient au fond du jardin ! Mabel avait quatre frères et sœurs avec qui elle partageait une unique petite chambre, à l'étage. Pour la première fois, j'avais réalisé que j'étais issue d'une famille aisée et que tout le monde ne vivait pas dans un manoir entouré d'un parc. Quel choc ! Quand Daisy était venue me chercher, je lui avais demandé pourquoi c'était ainsi.

— C'est la loterie de la vie, Miss Posy, m'avait-elle répondu avec son accent du Suffolk. Certains tirent le gros lot, d'autres non.

Daisy adorait les dictons. La plupart du temps, je n'en comprenais pas le sens mais, ce jour-là, je m'étais réjouie que la loterie de la vie m'ait fait naître du côté des chanceux.

Miss Dansart, mon institutrice, ne m'appréciait guère. Alors qu'elle encourageait la classe à lever le doigt pour répondre à ses questions, j'étais toujours la première à réagir. Elle affichait toujours une moue étrange en soupirant « Oui, Posy » d'un ton las. Un jour, dans la cour de récréation, je l'avais entendue bavarder avec une collègue.

— Fille unique… entourée d'adultes… précoce…

De retour à la maison, j'avais cherché le mot « précoce » dans le dictionnaire. Dès lors, j'avais cessé de lever le doigt, même quand je brûlais de donner la bonne réponse.

À dix-huit heures, les adultes émergèrent de leur torpeur et allèrent se changer pour le dîner. Je gagnai la cuisine où Daisy m'avait préparé un repas.

— Ce sera des tartines de confiture, ce soir, Miss Posy. Je dois vider les deux saumons que Mr Ralph a apportés et ces bêtes-là n'ont ni queue ni tête à mes yeux !

Daisy rit de sa propre plaisanterie et j'eus soudain de la peine pour elle car elle travaillait beaucoup sans jamais prendre de repos.

— Tu veux que je t'aide ?

— Les deux gamines de Marjory vont venir du village pour dresser la table et servir le dîner, alors ça ira. Merci quand même de me l'avoir proposé. Vous êtes bien gentille.

Ma collation terminée, je filai de la cuisine avant que Daisy ne m'ordonne d'aller me coucher. C'était une si belle soirée ! J'avais envie de retourner dans le parc pour en profiter. Sur la terrasse, je vis le soleil flotter au-dessus des chênes, traçant des stries jaune pâle sur la pelouse. Les oiseaux chantaient comme en pleine journée et il faisait doux. Je m'assis sur les marches, lissant ma robe sur mes genoux, pour admirer un vulcain posé sur une fleur, dans un massif qui descendait vers le jardin.

D'après Papa, « vulcain » était le nom vulgaire de la *Vanessa atalanta*, un qualificatif que Maman attribuait à certaines de mes camarades de classe. Le vulcain n'était pas moins le plus beau papillon du monde. Avec ses ailes rouge et noir et ses taches blanches aux extrémités, il me rappelait les Spitfire que pilotait Papa. Cette pensée m'attrista parce qu'il repartait le lendemain.

— Coucou, ma chérie. Qu'est-ce que tu fais là, toute seule ?

Sa voix me fit émerger de ma rêverie. Il vint à ma rencontre, une cigarette entre les lèvres. Il la jeta à terre et l'écrasa de son pied car il savait que je détestais cette odeur.

— Ne dis pas à Daisy que tu m'as vue, hein, Papa ! Elle m'enverrait au lit.

Il s'assit à côté de moi sur une marche.

— C'est promis. Personne ne devrait être couché par une si belle soirée. Le mois de juin est le plus agréable, en Angleterre. La nature est en éveil après avoir sommeillé durant l'hiver. Elle s'étire, elle bâille, elle déploie ses feuilles, ses fleurs pour le plaisir des êtres humains. En août, elle a déjà perdu de son énergie à cause de la chaleur et elle est prête à se rendormir.

— Comme nous. En hiver, je suis contente d'aller me coucher.

— Exactement, ma chérie. N'oublie jamais que nous sommes inextricablement liés à la nature.

— La Bible dit que Dieu a tout créé, sur Terre, récitai-je d'un ton docte, car je l'avais appris au catéchisme.

— J'ai peine à croire qu'il ait réussi à le faire en sept jours, répondit-il en riant.

— C'est de la magie, hein, Papa ? Comme le Père Noël qui arrive à déposer des cadeaux pour tous les enfants du monde en une seule nuit.

— Absolument, Posy. Le monde est magique et nous devons nous considérer comme chanceux d'y vivre. Ne l'oublie jamais, d'accord ?

— D'accord… Papa ?

— Oui ?

— À quelle heure tu pars, demain ?

— Je prends le train après le déjeuner.

Je gardai les yeux rivés sur mes chaussures vernies.

— J'ai peur que tu sois blessé encore une fois.

— N'aie crainte, chérie. Ta Maman te l'a dit : je suis indestructible.

Il me sourit.

— Quand est-ce que tu rentres à la maison ?

— Dès que j'aurai une permission, ce qui ne devrait pas tarder. Occupe-toi bien de ta mère en mon absence, surtout. Je sais qu'elle est triste, quand elle reste seule ici.

— J'essaierai. Elle est triste parce qu'elle t'aime et que tu lui manques, c'est ça ?

— Oui. Et Dieu sait si moi aussi je l'aime. C'est en pensant à elle, et à toi, que je tiens le coup, lors de mes missions. Nous n'étions pas mariés depuis longtemps quand cette maudite guerre a éclaté.

— Tu l'as entendue chanter, dans un cabaret, à Paris, et tu es tombé amoureux d'elle. Et tu l'as amenée en Angleterre pour l'épouser avant qu'elle ne change d'avis, dis-je, rêveuse.

L'histoire d'amour de mes parents était bien plus belle qu'un conte de fées.

— Oui. L'amour met de la magie dans la vie, Posy. Même les jours les plus mornes du cœur de l'hiver, l'amour illumine le monde et le rend aussi beau qu'en ce moment.

Il poussa un long soupir, puis il prit ma main dans la sienne.

— Promets-moi que, le jour où tu trouveras l'amour, tu t'en saisiras sans le laisser filer.

— C'est promis, Papa, répondis-je d'un air grave.

— C'est bien. À présent, je dois aller me changer pour le dîner.

Il m'embrassa sur la tempe et regagna la maison.

Naturellement, j'ignorais à l'époque que ce serait ma dernière conversation sérieuse avec mon père.

Papa s'en alla le lendemain après-midi, de même que tous les invités. Dans la soirée, il faisait si chaud et lourd qu'on avait peine à respirer. Le silence régnait. Comme chaque semaine, Daisy était partie prendre le thé chez son amie Edith. On ne l'entendait pas grommeler ou, pire encore, chanter, en faisant la vaisselle. Des monceaux d'assiettes sales l'attendaient à l'office. J'avais proposé de laver les verres, mais elle m'avait répondu que je ferais plus de mal que de bien, ce que j'avais trouvé injuste.

Dès que la dernière voiture avait disparu derrière les châtaigniers, Maman était montée se coucher. Elle avait la migraine, une fois de plus. D'après Daisy, c'était une façon distinguée de dire qu'elle avait « la gueule de bois », ce dont j'ignorais la signification. Dans ma chambre, je me recroquevillai sur ma banquette, sous une fenêtre donnant sur le porche. Si quelqu'un arrivait, je serais la première à le voir.

Papa me surnommait sa petite vigie. Frederick, le majordome, étant parti à la guerre, c'était généralement moi qui ouvrais la porte d'entrée.

De mon poste, j'avais une vue plongeante sur l'allée bordée de vieux châtaigniers et de chênes. D'après Papa, certains avaient plus de trois cents ans et dataient de l'époque où son ancêtre l'amiral avait fait construire la maison. N'était-ce pas fascinant ? Les arbres vivaient presque cinq fois plus longtemps que les êtres humains, à en croire l'*Encyclopædia Britannica* de la bibliothèque. L'espérance de vie était alors de soixante et un ans pour les hommes et soixante-sept ans pour les femmes.

Par temps clair, en regardant avec attention, je distinguais une mince ligne gris-bleu au-dessus des cimes. La mer du Nord se trouvait à sept kilomètres d'Admiral House. C'était effrayant de se dire que, bientôt, Papa la survolerait dans son petit avion.

— Rentre vite sain et sauf, murmurai-je en direction des gros nuages sombres qui s'amoncelaient dans le ciel.

Le soleil couchant ressemblait à une orange bien mûre. Cela faisait bien longtemps que je n'en avais pas mangé. L'air était immobile, pas un souffle de vent n'entrait par ma fenêtre ouverte. Au loin, j'entendis un grondement de tonnerre. Pourvu que Daisy n'ait pas dit vrai, pourvu que Dieu ne soit pas fâché contre nous.

De grosses gouttes se mirent à tomber, puis ce fut le déluge, comme si Dieu déchaînait sa colère en zébrant le ciel d'éclairs. Si Papa n'était pas arrivé à sa base, il serait mouillé ou, pire, frappé par la foudre. Je fermai la fenêtre car le rebord était trempé.

Mon estomac grondait presque aussi fort que le tonnerre. Je descendis donc chercher le pain et la confiture que Daisy m'avait laissés en guise de dîner.

En foulant les larges marches en chêne, dans la pénombre, je fus à nouveau frappée par le silence qui régnait, par rapport à la veille. C'était comme si un essaim d'abeilles bourdonnantes venait de repartir soudainement. Un coup de tonnerre retentit audessus de ma tête. Heureusement que je n'étais pas froussarde…

— Posy… ta maison fait peur, avait déclaré Mabel le jour où je l'avais invitée à prendre le thé. Et tous ces portraits de gens morts, dans l'escalier, avec leurs tenues démodées, me donnent la chair de poule ! J'aurais trop peur de quitter ma chambre pour aller aux cabinets, la nuit, et de croiser un fantôme.

— Ce sont mes ancêtres et je suis sûre qu'ils seraient très gentils s'ils revenaient nous dire bonjour, avais-je répondu, vexée qu'elle n'apprécie pas Admiral House autant que moi.

À présent, en traversant l'entrée pour me rendre à la cuisine, je n'avais pas la moindre appréhension. Pourtant, il faisait très sombre et Maman, sans doute endormie dans sa chambre, ne m'aurait pas entendue si j'avais crié.

Je savais que j'étais en sécurité, qu'il ne pouvait rien m'arriver de mal entre les murs épais d'Admiral House. Je tendis la main pour actionner l'interrupteur. Pas de lumière. J'allumai donc une bougie posée sur une étagère. L'électricité d'Admiral House, depuis le début de la guerre, n'était pas fiable. J'aimais la douce lueur vacillante qui éclairait uniquement la zone dans laquelle on se trouvait. Même les gens les plus moches semblaient beaux. Je pris une tranche de pain que Daisy m'avait préparée plus tôt. Si j'avais le droit d'allumer les bougies, il m'était interdit de toucher aux couteaux à lame aiguisée. Je tartinai généreusement mon pain de beurre et de confiture et emportai l'assiette et la bougie dans ma chambre pour observer l'orage.

Assise sur ma banquette, je dévorai mes tartines en songeant que Daisy se faisait du souci pour moi, les soirs où elle était en congé. Surtout en l'absence de Papa.

— Il n'est pas bon pour une petite fille d'être seule dans une si grande maison, marmonnait-elle.

Je lui répondais que je n'étais pas seule car Maman était là. De plus, je n'étais pas petite, j'avais sept ans, ce qui était plutôt grand.

Elle pouffait en ôtant son tablier qu'elle accrochait derrière la porte de la cuisine.

— Peu importe ce qu'elle t'a dit. Si tu as besoin de ta Maman, n'hésite pas à la réveiller.

— D'accord, promettais-je à chaque fois.

Naturellement, je ne réveillai jamais ma mère, même le soir où j'avais vomi par terre et où j'avais très mal au ventre. Je savais qu'elle se fâcherait si je la réveillais parce qu'elle avait besoin de dormir. De toute façon, cela ne me dérangeait pas d'être seule, parce que Papa était parti à la guerre et j'avais l'habitude. De plus, il y avait la collection de l'*Encyclopædia Britannica* à lire. J'avais terminé les deux premiers volumes et il y en avait encore vingt-deux. Leur lecture me prendrait sans doute le temps de devenir adulte.

Ce soir-là, sans électricité, il faisait trop sombre pour lire et il ne me restait qu'un petit bout de bougie. J'observai donc le ciel en essayant de ne pas penser au départ de Papa. Sinon, je risquais de verser des larmes aussi grosses que les gouttes de pluie qui martelaient les vitres.

En regardant dehors, je vis soudain une tache rouge, dans le coin supérieur de la fenêtre.

— Oh, un papillon ! Un vulcain !

Debout sur la banquette, je vis la pauvre bête chercher désespérément à s'abriter de l'orage en se nichant sous l'encadrement. Il fallait que je le sauve ! J'actionnai lentement le loquet de la vitre supérieure pour glisser ma main à l'extérieur. Bien qu'il fût immobile, je mis un moment à saisir le papillon entre mon pouce et mon index car je redoutais d'abîmer ses ailes si fragiles, qui étaient repliées, trempées et glissantes.

— Je te tiens, murmurai-je.

Je repassai ma main toute mouillée à l'intérieur avant de refermer vivement la fenêtre.

— Alors, mon joli ?

Je le scrutai avec attention, dans ma paume.

— Je me demande comment sécher tes ailes…

Je réfléchis à ce qui se passait en temps normal, car elles devaient être souvent mouillées dans la nature.

— Un courant d'air chaud, dis-je en soufflant dessus.

D'abord, il ne broncha pas. Puis je vis ses ailes frémir et se déployer. C'était la première fois qu'un papillon restait sagement dans ma main. Je penchai la tête pour étudier sa couleur superbe au motif sophistiqué.

— Tu es vraiment beau. Tu ne peux pas retourner dans le jardin ce soir car tu risques de te noyer. Et si je te posais là, pour que tu puisses voir tes amis ? Demain matin, je te libérerai.

Du bout des doigts, je le soulevai délicatement pour le déposer sur le rebord de la fenêtre et l'observer à loisir. Les papillons dormaient-ils avec les ailes repliées ou déployées ? J'avais les paupières lourdes. Je tirai donc les rideaux afin que la minuscule créature ne soit pas tentée de voleter dans la pièce. S'il se posait au plafond, le papillon serait hors d'atteinte et finirait par mourir de faim ou de peur.

Je pris ma chandelle et allai me coucher, satisfaite d'avoir réussi à sauver une vie. C'était peut-être de bon augure pour Papa. Il ne serait peut-être pas blessé, cette fois.

— Bonne nuit, papillon. Dors bien, murmurai-je en soufflant ma chandelle.

À mon réveil, je vis un rai de lumière filtrer entre les rideaux, vers le plafond. Une lueur dorée. Le soleil était déjà levé. Me rappelant mon papillon, je sautai du lit et tirai les rideaux avec précaution.

— Oh !

Affligée, je vis mon papillon, les ailes repliées, gisant sur le flanc, ses petites pattes en l'air. Le dessous de ses ailes étant marron foncé, il ressemblait à une mite morte. Les yeux embués de larmes, je l'effleurai par acquit de conscience. Comme il ne bougeait pas, je compris qu'il avait rendu l'âme. Et si je l'avais tué en décidant de ne pas le libérer, la veille ? Papa disait toujours qu'il fallait les relâcher sans tarder. Celui-ci n'était pas dans un bocal, mais il était à l'intérieur. À moins qu'il n'ait succombé à une pneumonie ou une bronchite, après avoir pris froid.

En le regardant, je sentis que c'était de très mauvais augure.

Automne 1944

J'aimais cette période de l'année où l'été commençait à céder la place à l'automne, puis à un long hiver. Le brouillard enveloppait le sommet des arbres telles d'immenses toiles d'araignées, l'air sentait le bois et la terre humide. Maman trouvait le climat anglais déprimant. Elle avait envie de vivre dans un pays chaud et ensoleillé toute l'année. Ce devait être très ennuyeux de ne pas être témoin du cycle de la nature, de ne pas voir ces mains magiques et invisibles transformer le vert émeraude des feuilles de bouleau en un bronze doré et chatoyant. Ou alors je menais une vie très morne…

La maison était en effet triste depuis le départ de Papa. Fini les réceptions et les visites. Seul oncle Ralph venait souvent, avec des fleurs et des cigarettes françaises pour Maman et, parfois, du chocolat pour moi. En août, mon voyage annuel en Cornouailles, chez Granny, avait rompu cette monotonie. En général, Maman m'accompagnait et Papa nous rejoignait pendant quelques jours, s'il le pouvait. Cette année, Maman avait décrété que j'étais assez grande pour y séjourner seule.

— C'est toi qu'elle a envie de voir, Posy, pas moi. Elle m'a toujours détestée.

J'étais certaine que c'était faux, car nul ne pouvait détester Maman, qui était si belle et avait une voix magnifique. Mais je dus me plier à sa décision. Daisy m'escorta, mécontente d'effectuer ce long trajet.

Granny vivait aux abords d'un petit village du nom de Blisland, niché à l'extrémité occidentale de Bodmin Moor. Sa maison était vaste et somptueuse. Ses murs gris et ses meubles sombres et imposants me semblaient un peu tristes par rapport aux pièces lumineuses d'Admiral House. Heureusement, le jardin était amusant à explorer. Quand Papa venait, nous nous promenions sur la lande pour prélever des échantillons de bruyère et des jolies fleurs sauvages qui poussaient parmi les ajoncs.

Hélas, Papa ne vint pas et il plut tous les jours, de sorte que le jardin ne m'était pas accessible. Durant les longs après-midi, Granny m'apprenait à faire des réussites et nous mangions beaucoup de gâteaux. Je ne fus pas fâchée quand vint le moment de quitter ma grand-mère. De retour à Admiral House, Daisy et moi descendîmes de la voiture attelée que Benson, notre jardinier à temps partiel (qui devait avoir au moins cent ans), conduisait parfois pour aller chercher les invités à la gare. Laissant Benson et Daisy porter les bagages, je me précipitai dans la maison. Le gramophone du salon jouait *Blue Moon.* Je trouvai Maman et oncle Ralph en train de danser.

— Posy ! s'exclama-t-elle en quittant vivement les bras de son cavalier pour venir m'embrasser. On ne vous a pas entendues venir !

— C'est à cause de la musique très forte, Maman.

Elle était très jolie et semblait heureuse, les joues roses, ses longs cheveux cascadant dans son dos telle une rivière dorée.

— Nous célébrions un événement, Posy, m'expliqua oncle Ralph. Nous avons reçu de bonnes nouvelles de France : les Allemands vont capituler. La guerre sera bientôt finie.

— Tant mieux, répondis-je. Donc Papa va rentrer.

— Oui.

Un silence s'installa, puis Maman me dit de filer dans ma chambre pour me débarbouiller et me changer. Pourvu qu'oncle Ralph ait dit vrai et que Papa rentre vite ! Depuis que les bulletins d'information de la radio avaient commencé à évoquer le débarquement en Normandie, j'espérais le voir arriver à tout moment. L'événement remontait à trois mois et Papa n'était toujours pas de retour. Maman s'était déplacée pour le voir lors d'une courte permission. Lorsque je l'interrogeai sur son absence, alors que nous avions presque gagné la guerre, elle haussa les épaules.

— Il est très occupé, Posy. Il rentrera quand il le pourra.

— Mais comment sais-tu qu'il va bien ? Il t'a écrit ?

— Oui, chérie. Sois patiente. Une guerre met toujours longtemps à se terminer.

La pénurie de denrées alimentaires était pire que jamais et il ne nous restait que deux poules. On ne leur avait pas encore tordu le cou parce qu'elles étaient les meilleures pondeuses. Elles étaient déprimées, elles aussi, alors que j'allais leur parler chaque jour. D'après Benson, une poule heureuse pond davantage. En dépit de ma conversation, ni Ethel ni

Ruby n'avaient donné le moindre œuf depuis cinq jours.

— Où es-tu, Papa ? demandais-je régulièrement au ciel.

Comme ce serait merveilleux si, soudain, je voyais un Spitfire surgir des nuages pour atterrir sur la pelouse, Papa aux commandes !

Vint le mois de novembre. L'après-midi, après l'école, je passais mon temps à fouiller les fourrés givrés en quête de petit bois. Maman et moi allumions un feu de cheminée dans le petit salon, le soir, car cette pièce était moins spacieuse, donc plus facile à chauffer.

— Posy, je pensais à Noël, déclara-t-elle un soir.

— Papa sera peut-être rentré et nous le passerons ensemble.

— Non. Il ne sera pas là et je suis invitée à Londres pour passer les fêtes avec mes amis. Ce sera bien trop ennuyeux pour toi d'être parmi tous ces adultes. J'ai donc écrit à ta grand-mère et elle veut bien te recevoir.

— Mais je...

— Posy, je t'en prie, tu dois comprendre que nous ne pouvons pas rester ici. La maison est glaciale et il n'y a plus de charbon...

— Il y a des bûches et...

— Nous n'avons rien à manger, Posy ! Ta grand-mère a perdu sa domestique. Elle est disposée à recevoir Daisy en attendant de trouver une remplaçante.

Au bord des larmes, je me mordis les lèvres.

— Et si Papa rentrait et trouvait la maison vide ?

— Je lui écrirai pour lui expliquer.

— Il ne recevra peut-être pas la lettre. En plus, je préférerais rester ici sans rien à manger plutôt que de passer Noël chez Granny ! Je l'aime bien, mais elle est vieille et sa maison n'est pas comme ici...

— Assez ! Ma décision est prise. Nous devons faire des efforts pour survivre aux derniers mois de cette guerre atroce. Tu seras au chaud et en sécurité, avec de quoi manger. Tout le monde ne peut pas en dire autant. De nombreuses personnes meurent de faim ou ont péri.

Elle était plus fâchée que jamais. Malgré les torrents de larmes qui menaçaient de ruisseler sur mes joues, je hochai la tête.

— Oui, Maman.

Ensuite, elle parut de meilleure humeur, alors que Daisy et moi errions comme des âmes en peine.

— Si j'avais le choix, je n'irais pas là-bas, grommela Daisy en faisant ma valise. Mais madame m'a dit qu'elle n'avait pas les moyens de me payer, alors que faire ?

— Je suis sûre que ça ira mieux quand la guerre sera finie et que Papa rentrera à la maison, lui assurai-je pour me réconforter aussi moi-même.

— Ça ne peut pas être pire, de toute façon. La situation s'est vraiment dégradée, ici, c'est sûr, répondit Daisy, la mine sombre. J'ai comme l'impression que madame se débarrasse de nous pour pouvoir...

— Quoi ?

— Peu importe, jeune fille. Plus vite ton père rentrera, mieux ça vaudra.

*

Avant de fermer la propriété pour un mois, Daisy en astiqua les moindres recoins.

— Pourquoi tu nettoies si personne n'est là ? lui demandai-je.

— Assez de questions, Miss Posy. Donnez-moi plutôt un coup de main.

Elle prit une pile de draps et les déplia telles de grandes voiles blanches. Ensemble, nous les posâmes sur tous les lits et les meubles des vingt-six pièces. On aurait dit qu'une famille de fantômes venait de s'installer.

Au début des vacances scolaires, je sortis mes crayons de couleur et mon paquet de feuilles blanches pour dessiner ce que je trouvai dans le jardin. Ce ne fut pas facile car toutes les plantes étaient mortes. Par une froide journée de décembre, j'emportai ma loupe dans le jardin. Il n'avait pas encore neigé, mais le houx était couvert de givre. J'ôtai mes mitaines pour tenir la loupe au-dessus des tiges. Papa m'avait appris où il fallait regarder pour trouver la chrysalide de l'azuré des nerpruns.

Ce faisant, je vis la porte de la Folie s'ouvrir. Daisy en surgit, le teint rouge, les bras chargés de produits d'entretien.

— Miss Posy, que faites-vous dehors sans vos mitaines ? gronda-t-elle. Remettez-les vite. Vous allez avoir des engelures et vous perdrez vos doigts !

Sur ces mots, elle s'éloigna en direction de la maison. J'observai la porte de la Folie, qui ne s'était pas entièrement refermée. Sans réfléchir, je me faufilai à l'intérieur et la porte claqua derrière moi.

Mes yeux s'accoutumèrent vite à l'obscurité. Je distinguai les piquets de cricket et les arceaux de croquet que Papa entreposait là, ainsi que l'armoire à fusils, fermée à clé, qu'il m'avait interdit d'ouvrir. Les yeux rivés sur l'escalier menant à la pièce de Papa, j'étais tiraillée. Si Daisy avait laissé la porte du pavillon ouverte, celle de la pièce privée de Papa l'était peut-être aussi. J'avais tellement envie de voir ce qu'elle recelait…

La curiosité l'emporta. Je gravis l'escalier en colimaçon à toute vitesse, avant que Daisy ne revienne. Une fois au sommet, je posai la main sur la poignée ronde de la porte en chêne et la tournai. Daisy ne l'avait pas verrouillée. Je fis un pas pour me retrouver dans le bureau secret de Papa.

Il flottait un parfum de cire. Les murs circulaires entourant les fenêtres que Daisy venait de nettoyer étaient éclairés. Devant moi était accrochée une famille entière de vulcains alignés en rangées de quatre, dans des vitrines encadrées d'or.

Je fis un pas de plus, déconcertée, car je me demandais comment des papillons pouvaient demeurer aussi immobiles et ce qu'ils trouvaient à manger dans leur prison de verre.

C'est alors que je vis les têtes des épingles qui les clouaient sur le fond de la vitrine. En regardant les autres murs, je constatai qu'ils étaient tapissés des papillons que nous avions capturés au fil des années.

Avec un cri d'effroi, je fis volte-face et descendis les marches pour surgir dans le jardin. En voyant Daisy arriver, je fis vivement le tour de la Folie pour gagner les sous-bois. Quand je me fus éloignée suffisamment, je m'écroulai sur les racines d'un grand chêne, haletante.

— Ils sont morts ! Ils sont morts ! Comment a-t-il pu me mentir ? m'écriai-je entre deux sanglots.

Je restai un long moment dans les bois, jusqu'à ce que j'entende la voix de Daisy qui m'appelait. Si seulement je pouvais demander à Papa pourquoi il les avait tués alors qu'ils étaient si beaux, avant de les exposer tels des trophées sur ses murs.

Je ne pouvais pas lui poser la question, car il n'était pas là, mais je devais croire qu'il avait une très bonne raison de commettre ces meurtres dans notre royaume des papillons.

Je me relevai pour marcher lentement en direction de la maison, incapable de trouver la moindre raison valable. Je savais simplement que je ne voulais plus jamais mettre les pieds dans la Folie.

ADMIRAL HOUSE

Septembre 2006

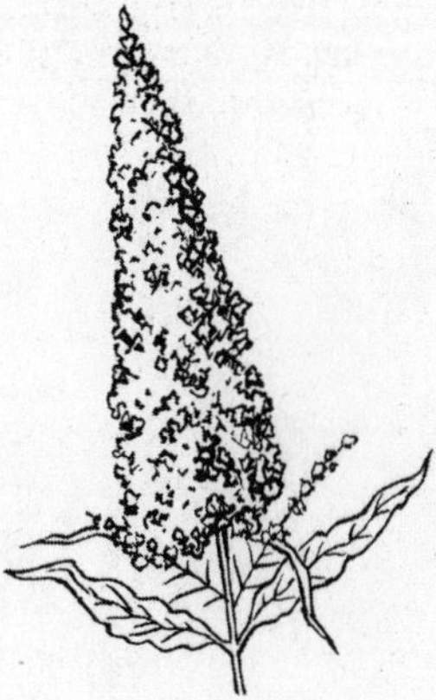

Buddleia

(Buddleja davidii)

1

Dans le potager, Posy était en train d'arracher des carottes quand elle entendit son téléphone portable sonner dans la poche de sa parka.

— Allô, Maman ? Je ne te réveille pas, au moins ?

— Seigneur, non ! Et même si c'était le cas, je suis heureuse de t'entendre. Comment ça va, Nick ?

— Ça va.

— Et Perth, c'est comment ? s'enquit Posy.

Elle se redressa et traversa le jardin pour rentrer dans la cuisine.

— Il commence à faire plus chaud alors que le temps se refroidit en Angleterre. Et toi ? Quoi de neuf ?

— Oh, il ne se passe jamais grand-chose, ici.

— Je t'appelle pour t'annoncer que je serai en Angleterre à la fin du mois.

— C'est formidable ! Après toutes ces années…

— Dix ans, confirma son fils. Il serait temps que je rentre à la maison, tu ne crois pas ?

— Si. Je suis sur un petit nuage, chéri. Tu sais combien tu me manques.

— Toi aussi, Maman.

— Combien de temps restes-tu ? Tu seras mon invité d'honneur, pour mes soixante-dix ans, en juin ? demanda Posy en souriant.

— On verra comment les choses se passent. Même si je décide de repartir en Australie, je m'arrangerai pour être de la fête, bien sûr !

— Tu veux que je vienne te chercher à l'aéroport ?

— Non, ce n'est pas la peine. Je passerai d'abord quelques jours à Londres chez mes amis Paul et Jane pour régler quelques affaires. Dès que j'y verrai plus clair dans mon planning, je t'appellerai et je viendrai te voir à Admiral House.

— J'ai hâte, chéri.

— Moi aussi, Maman. Cela fait trop longtemps. Bon, je te quitte, mais je te rappelle bientôt.

— D'accord. Nick... Je n'arrive pas à croire que tu rentres à la maison.

Il entendit sa voix se briser.

— Moi aussi. Je t'embrasse. Je te rappelle dès que j'aurai tout organisé.

— À bientôt, chéri.

Submergée par l'émotion, Posy s'écroula dans le vieux fauteuil en cuir, près de la cuisinière en fonte.

De ses deux fils, c'était Nick qui ravivait les souvenirs les plus marquants. Il était né si vite après la mort tragique de son père... Posy avait toujours senti que Nick n'appartenait qu'à elle.

Sa naissance prématurée avait certainement été provoquée par le choc d'avoir perdu brutalement Jonny, son mari depuis treize ans. Avec Sam, qui avait trois ans, et son nouveau-né, Posy n'avait guère eu le temps de s'apitoyer sur elle-même.

Du jour au lendemain, elle avait dû renoncer à tous leurs projets. Avec deux enfants en bas âge à élever seule, Posy avait réalisé qu'il lui serait impossible de gérer Admiral House en tant qu'entreprise, comme ils l'avaient envisagé.

Elle avait perdu son mari au pire moment. Au bout de douze ans de missions dans le monde entier, Jonny avait décidé de quitter l'armée pour réaliser le rêve de sa femme : retourner à Admiral House et en faire le foyer de sa petite famille.

Posy plaça la bouilloire sur le feu en songeant combien il faisait chaud, en ce mois d'août, trente-quatre ans plus tôt, quand Jonny les avait conduits à travers la campagne dorée du Suffolk en direction de la maison. Elle était enceinte de Nick. L'émotion et les nausées matinales les avaient contraints à s'arrêter au bord de la route par deux fois.

En franchissant la vieille grille en fer forgé, Posy avait retenu son souffle. Dès qu'Admiral House était apparue au loin, elle avait été submergée par un flot de souvenirs. La demeure était telle qu'elle se la rappelait, un peu plus délabrée peut-être, mais elle aussi avait changé. Jonny l'avait aidée à descendre de voiture. Sam avait trottiné à son côté, serrant sa main très fort pour gravir les marches du perron menant à l'imposante porte d'entrée.

— Tu veux l'ouvrir ? lui avait-elle proposé en plaçant une grosse clé dans sa petite paume.

Il avait hoché la tête et elle l'avait soulevé de terre afin qu'il glisse la clé dans la serrure.

Ensemble, ils avaient poussé le lourd panneau. Le soleil avait dessiné un chemin de lumière dans la bâtisse sombre. D'instinct, Posy avait trouvé l'interrupteur et, soudain, le vestibule s'était éclairé. Ils avaient levé les yeux vers le superbe lustre suspendu à six mètres de hauteur.

Les meubles étaient couverts de draps blancs et une épaisse couche de poussière s'était accumulée sur le sol, voletant dans l'air lorsque Sam avait monté le magnifique escalier. Assaillie par les images, les odeurs de son enfance, Maman, Daisy, Papa, elle avait fermé les yeux afin de retenir ses larmes. En les rouvrant, elle avait vu Sam lui faire signe depuis le sommet des marches. Elle l'avait rejoint à l'étage pour visiter le reste des pièces.

Jonny l'avait adorée, lui aussi, malgré ses réticences sur l'entretien d'une telle bâtisse.

— Elle est immense, chérie.

Ils étaient assis dans la cuisine où Posy revoyait Daisy en train de rouler une pâte à gâteau sur la table en chêne.

— Il va falloir remettre tout ça au goût du jour, avait-il poursuivi.

— Elle est inhabitée depuis plus d'un quart de siècle, avait-elle répondu.

Une fois installé, le couple avait discuté des précieux revenus qu'Admiral House pouvait procurer pour compléter la pension militaire de Jonny. Ils avaient décidé de rénover la propriété et, un jour, d'ouvrir une maison d'hôtes.

La mort de Jonny était survenue quelques mois plus tard. Une moissonneuse l'avait percuté de front alors qu'il négociait un virage, à trois kilomètres d'Admiral House.

Jonny lui avait laissé une pension et des assurances-vie. Quelques années plus tôt, elle avait aussi hérité du patrimoine de sa grand-mère. Elle avait investi l'argent issu de la vente du manoir en Cornouailles. Elle détenait en outre un legs de sa mère, emportée par une pneumonie à l'âge de cinquante-cinq ans.

Posy avait songé à vendre Admiral House. L'agent immobilier qu'elle avait chargé d'évaluer la propriété lui avait expliqué que les clients recherchant un bien aussi vaste étaient rares, désormais, et que, même si elle trouvait un acheteur, le prix qu'elle en tirerait serait bien inférieur à sa valeur réelle.

De plus, elle adorait cette maison qu'elle venait à peine de retrouver. Avec la disparition de Jonny, la jeune femme avait besoin d'être entourée par les murs familiers et rassurants de son enfance. Elle avait donc déterminé qu'en limitant ses dépenses et en piochant dans ses économies, ils s'en sortiraient à peu près, tous les trois.

Au cours des jours sombres et solitaires de ces premiers mois sans Jonny, la nature solaire et peu exigeante de Nick lui avait procuré une consolation infinie. Elle avait vu son bébé se muer en un enfant épanoui qui trottinait dans le potager. Il lui avait redonné espoir en l'avenir.

Naturellement, c'était plus facile pour son cadet. Ce qu'il n'avait jamais connu ne pouvait lui manquer. Sam, lui, était assez grand pour reconnaître le souffle de la mort venu balayer sa vie.

— Il revient quand, Papa ?

Pendant des semaines, il avait posé cette question à Posy chaque soir. Le trouble qu'elle lisait alors dans ses yeux bleus, ceux de son père, lui brisait le cœur. Posy rassemblait son courage pour lui expliquer que Papa ne reviendrait pas, qu'il était monté au paradis pour veiller sur eux de là-haut. Sam avait fini par ne plus poser la question.

Posy écouta le sifflement de l'eau qui commençait à bouillir. Elle versa une cuillerée de café soluble dans un peu de lait au fond d'une tasse, qu'elle remplit d'eau chaude.

Tenant sa tasse à deux mains, elle s'approcha de la fenêtre et observa le vieux marronnier d'Inde qui, au fil des générations, avait fourni des quantités incroyables de marrons. Les bogues vertes et épineuses déjà formées annonçaient la fin de l'été et le début de l'automne.

Les marrons lui évoquaient la rentrée des classes, un moment qu'elle redoutait quand ses garçons étaient petits, car il fallait acheter de nouveaux uniformes scolaires, coudre les étiquettes à leur nom et remonter les malles de la cave. Après leur départ pour l'internat, il y avait ce silence terrible.

Posy avait longuement hésité à envoyer ses garçons adorés en pension. Même si des générations d'enfants, que ce soit dans sa famille ou dans celle de Jonny, avaient connu le pensionnat, les temps avaient changé, en cette fin des années 1970. Sa propre expérience lui avait procuré une éducation, enseigné l'indépendance et la discipline. Jonny aurait voulu que ses fils aillent en pension. Il avait souvent parlé de les inscrire dans son ancien établissement. Posy avait donc puisé dans son héritage, se disant que sa grand-mère aurait approuvé ce projet, et choisi une pension dans le Norfolk. Ils ne seraient ni trop loin ni trop proches. Elle pourrait les voir jouer au rugby ou dans une pièce de théâtre mais ne serait pas tentée d'aller les chercher lorsque l'un d'eux aurait envie de rentrer à la maison.

Sam était celui qui l'appelait le plus. Il avait eu du mal à s'adapter et se disputait souvent avec ses camarades. Trois ans plus tard, Nick avait suivi son frère et elle avait rarement eu de ses nouvelles.

Dans les premiers temps de son veuvage, alors que les enfants étaient tout petits, elle aurait voulu du temps pour elle-même. Une fois ses deux fils en internat, elle en avait eu à revendre et le vent frais de la solitude avait balayé les murs humides pour s'insinuer dans son cœur.

Pour la première fois de sa vie, Posy se réveillait le matin et cherchait une raison de quitter son lit. Le centre de sa vie lui avait été arraché et tout le reste n'était que du rembourrage. Mettre ses garçons en pension était un nouveau deuil à gérer.

Ce sentiment l'avait mortifiée. Jusqu'alors, elle n'avait jamais compris la dépression qu'elle considérait comme un signe de faiblesse. Au cours de ce mois épouvantable qui avait suivi le départ de Nick, elle s'était sentie coupable d'avoir cru que l'on pouvait s'en sortir facilement. Elle avait réalisé qu'elle avait besoin d'un projet pour se changer les idées et ne pas trop penser à l'absence des garçons.

Un matin d'automne, elle se trouvait dans le bureau de son père quand, dans un tiroir, elle était tombée sur d'anciens plans pour le jardin. Apparemment, il avait eu l'intention de transformer le parc en un lieu spectaculaire. L'encre était encore vive sur le fin papier. La main méticuleuse de son père avait tracé les lignes et proportions du parc. Près de la Folie, il avait réservé un emplacement pour une serre à papillons en énumérant des plantes vivaces riches en nectar dont les fleurs créeraient une profusion de couleurs. Une allée de glycines menait à un verger recelant tous ses fruits préférés : poires, pommes, prunes et même des figues.

Outre le potager, il avait dessiné une vaste serre et un jardin clos plus petit, avec l'annotation suivante : « Allée de saules pour les jeux de Posy ». Des chemins tortueux reliaient les différents espaces. Un étang, près du terrain de croquet, l'avait amusée (« Pour apaiser les esprits emportés »). Il y avait aussi une « Roseraie pour Adrienne ».

Cet après-midi-là, elle était sortie munie de ficelle et de tuteurs pour marquer certains massifs tracés sur le plan, qui regorgeraient de muscaris, alliums et crocus, des fleurs n'exigeant pas énormément de soins et qui attiraient les abeilles à la sortie de l'hiver.

Quelques jours plus tard, les mains plongées dans la terre meuble, Posy avait esquissé un sourire pour la première fois depuis des semaines. L'odeur du compost, la douceur du soleil sur sa tête, le fait de planter des bulbes qui promettaient de belles touches de couleurs au printemps suivant, tout lui rappelait le temps qu'elle avait passé à Kew.

Ce jour-là fut le point de départ d'une passion de vingt-cinq ans. Elle avait découpé l'immense jardin en sections et, chaque printemps, chaque automne, elle travaillait sur une nouvelle parcelle, ajoutant ses propres idées à celles de son père, y compris son élément essentiel, un ambitieux parterre, en contrebas de la terrasse, avec des haies sinueuses de buis renfermant des massifs parfumés de lavande et de rosiers. L'entretien était infernal, mais le spectacle qu'il offrait depuis les pièces de réception et les chambres de la maison était sublime.

Ainsi, le jardin était devenu son maître, son ami et son amant, ne lui laissant que peu de temps pour autre chose.

— Maman, c'est magnifique, disait Nick quand il rentrait pour les vacances d'été et qu'elle lui montrait ses nouvelles plantations.

— D'accord, mais qu'est-ce qu'on mange, ce soir ? demandait Sam en tapant dans un ballon, sur la terrasse.

Enfant, il avait brisé trois fois les carreaux de sa serre.

En préparant un gâteau à emporter à ses petits-enfants, Posy ressentit un soupçon de culpabilité, comme à chaque fois qu'elle pensait à son fils aîné.

Elle avait beau aimer Sam tendrement, elle l'avait toujours trouvé plus difficile que Nick. Peut-être simplement parce qu'elle et son second fils avaient tant de choses en commun. Il aimait les « vieilleries », comme disait Sam. Si Sam était dans l'action, avec des difficultés à se concentrer et un tempérament emporté, Nick était bien plus calme. C'était un esthète, une qualité que Posy espérait lui avoir transmise.

La terrible vérité, songea-t-elle en incorporant les œufs dans sa pâte, c'était qu'aimer ses enfants ne signifiait en rien qu'on les aimait tous de la même façon.

Ce qui lui faisait le plus de peine, c'était que ses fils n'étaient pas proches. Elle revoyait Nick pourchassant son aîné dans le jardin, quand ils étaient petits. Il était manifeste qu'il admirait Sam. Au fil des ans, elle avait remarqué que Nick s'était mis à éviter Sam pendant les vacances, préférant passer du temps avec elle, dans la cuisine, ou bricoler ses meubles, dans le hangar.

Ils étaient diamétralement opposés, Sam plein d'assurance, extraverti, et Nick introverti. Leurs vies d'adultes les avaient inéluctablement entraînés dans des directions différentes.

Après le pensionnat, Sam avait échoué à l'université et était parti pour Londres. Il s'était essayé à l'informatique, la cuisine et l'immobilier. Toutes ses entreprises avaient fondu comme neige au soleil au bout de quelques mois. Dix ans plus tôt, il était rentré à Southwold, où il s'était marié. Après plusieurs autres échecs professionnels, il s'efforçait aujourd'hui de monter sa propre société immobilière.

Posy l'encourageait de son mieux quand il venait lui présenter un nouveau projet censé lui rapporter de l'argent. Récemment, elle avait conclu un pacte avec elle-même pour ne plus lui prêter un sou, quelles que soient les suppliques de Sam. De plus, la majeure partie de ses investissements ayant été engloutis par son cher jardin, il ne lui restait pas grand-chose à donner. Un an plus tôt, elle avait vendu l'une de ses précieuses figurines en faïence de Staffordshire pour financer un projet soi-disant

« béton » de Sam : produire des films destinés à promouvoir des entreprises locales. Les fonds issus de la vente de la figurine avaient été perdus à jamais car la société avait mis la clé sous la porte au bout de seulement neuf mois.

Elle avait d'autant plus de mal à dire non à Sam car il avait épousé un ange. Amy était adorable. Elle avait même réussi à sourire lorsque, récemment, pour la énième fois, Sam lui avait annoncé qu'ils devaient quitter la maison qu'ils louaient pour une autre, plus petite, par manque d'argent.

Amy avait donné à Sam deux beaux enfants, Jake, âgé de six ans, et Sara, quatre ans. Elle travaillait en tant que réceptionniste dans un hôtel pour procurer des revenus modestes mais réguliers au ménage, tout en supportant stoïquement son mari, ce qui faisait d'elle une sainte.

Quant à Nick, il rentrait enfin en Angleterre et Posy ne se sentait plus de joie. Il avait ignoré les propositions de plusieurs universités prestigieuses pour travailler dans le commerce des antiquités, d'abord à temps partiel chez un commissaire-priseur, puis il avait décroché un stage chez un antiquaire de Lavenham.

À tout juste vingt et un ans, Nick avait ouvert sa propre boutique à Southwold et s'était vite forgé une excellente réputation. Posy n'aurait pu être plus heureuse que son fils ait choisi de vivre dans la région. Deux ans plus tard, il avait loué la boutique voisine pour doubler son espace. Les affaires étaient florissantes. Quand il se déplaçait pour acheter des objets, Posy quittait son jardin adoré et passait la journée au magasin.

Au bout de quelques mois, Nick avait engagé une employée chargée de gérer la boutique quand il participerait aux ventes aux enchères. Evie Newman n'était pas une beauté au sens traditionnel. Avec son corps menu et ses traits fins d'elfe, elle avait l'air d'une enfant. Ses grands yeux marron étaient impressionnants. Le jour où Nick l'avait présentée à Evie, Posy avait senti à son comportement que son fils était amoureux.

Hélas, Evie avait un petit ami de longue date dont elle semblait très éprise. Posy l'avait rencontré une fois et s'était étonnée que la jeune femme soit attirée par ce Brian, un pseudo-intellectuel à la tête de fouine. Divorcé, il enseignait la sociologie et avait au moins quinze ans de plus que la jeune femme. Brian avait des idées bien arrêtées et ne se gênait pas pour les exprimer. Posy l'avait détesté d'emblée.

Nick passant le plus clair de son temps en déplacement, Posy avait montré à Evie les rouages de la boutique. En dépit de leur différence d'âge, les deux femmes s'étaient liées d'amitié. Evie avait perdu ses parents très jeune et vivait avec sa grand-mère dans une maison victorienne délabrée, à Southwold.

Parfois, Evie voyageait avec Nick. Posy devait alors garder le magasin. Elle aimait voir les yeux pétillants de la jeune femme quand elle rentrait d'un déplacement. Ses mains expressives décrivaient un élégant chiffonnier qu'ils avaient obtenu pour une bouchée de pain lors d'une vente, dans un superbe château du Sud de la France.

Elle s'était promis de ne pas s'appuyer sur Nick. Mais, au terme d'une cohabitation heureuse à Admiral House, le choc fut terrible le jour où, de but en blanc, Nick lui avait annoncé qu'il vendait tout pour s'installer en Australie. Brian avait trouvé un bon emploi dans un collège de Leicester et avait demandé Evie en mariage. Celle-ci avait accepté et leur départ de Southwold était imminent.

Posy avait essayé de savoir pourquoi son fils avait jugé bon de fermer une entreprise prospère pour s'en aller à l'autre bout du monde. Nick se murait dans le silence. Sans doute cette décision avait-elle un rapport avec le départ d'Evie.

Le commerce avait vite trouvé preneur. Peu après, Nick s'était envolé pour Perth, en acheminant sa marchandise afin de démarrer une nouvelle aventure. Posy n'avait rien laissé paraître de son sentiment d'abandon. Evie n'était pas venue lui dire au revoir avant de partir. Au début de l'hiver, Posy avait ressenti le froid de la solitude. À cette époque de l'année, son jardin était endormi et elle n'avait pas grand-chose à y faire avant le printemps. Sans ce réconfort, elle avait dû chercher de quoi combler ce vide. Elle avait réussi à trouver un emploi à temps partiel. Trois matinées par semaine, elle travaillait dans une galerie d'art de Southwold. Si la peinture contemporaine n'était pas sa tasse de thé, cet emploi lui permettait d'arrondir ses fins de mois et l'occupait. Elle n'avait pas avoué son âge à son patron. Dix ans plus tard, elle y était encore employée.

— Bientôt soixante-dix ans, murmura Posy en enfournant son gâteau.

Elle régla le minuteur et quitta la cuisine pour se diriger vers le grand escalier. La maternité était décidément un sacerdoce. Quel que soit l'âge de ses fils, elle n'avait jamais cessé de s'inquiéter pour eux.

Peut-être même s'inquiétait-elle encore plus maintenant. Quand ils étaient petits, au moins, elle savait exactement où ils étaient et comment ils allaient.

En gravissant les marches, elle avait un peu mal aux jambes, ce qui lui rappelait tout ce à quoi elle ne voulait pas penser. Elle avait beau être à un âge où elle pouvait légitimement se plaindre de problèmes de santé, elle se savait chanceuse d'être encore alerte.

Posy entra dans sa chambre et ouvrit les épais rideaux. Elle n'avait jamais eu les moyens de les remplacer. Le motif d'origine du tissu n'était presque plus reconnaissable tant il était décoloré.

De ce poste, elle avait une vue plongeante sur le jardin qu'elle avait créé. Même au début de l'automne, quand la nature se préparait à hiberner, les rayons obliques du soleil d'après-midi caressaient les feuilles qui se paraient doucement de doré. Les dernières roses odorantes commençaient à se flétrir. D'énormes citrouilles gisaient dans le potager et les arbres du verger regorgeaient de pommes rouges. Le parterre, juste sous sa fenêtre, était époustouflant.

Posy se détourna de cette beauté pour faire face à l'immense chambre où des générations d'Anderson avaient dormi. Elle balaya du regard le papier peint de style chinois autrefois magnifique, qui se décollait dans les coins et était parsemé de taches d'humidité, le tapis élimé, irrécupérable, couvert de salissures, et les meubles en acajou ternis. Elle songea avec amertume aux vingt-cinq autres pièces de la maison qui avaient également besoin d'être entièrement redécorées, sans parler de la structure même du bâtiment.

En se déshabillant, Posy savait que, au fil des années, elle s'était contentée du strict minimum, en partie pour des raisons financières, mais surtout parce qu'elle avait concentré son attention sur le jardin. Tel un enfant négligé, la bâtisse avait continué à se délabrer sans se faire remarquer.

— Je suis en sursis, soupira-t-elle.

Cette propriété superbe commençait à lui faire l'effet d'un joug. Posy était en forme pour une femme de presque soixante-dix ans. Pour combien de temps encore ?

Si la perspective de rendre les armes pour s'installer dans un logement plus facile à gérer l'attristait, elle devait se montrer réaliste. Elle n'avait parlé de vendre la maison ni à Sam ni à Nick. Peut-être devrait-elle le faire maintenant que Nick rentrait en Angleterre.

Posy examina son reflet dans le miroir. Ses cheveux striés de gris, les rides entourant ses yeux et les chairs qui s'affaissaient la déprimaient. Elle détourna les yeux. Il était plus facile de ne pas regarder car, intérieurement, elle était encore jeune et pleine de vigueur, la Posy qui dansait, riait et aimait.

— Bon sang, le sexe me manque ! lança-t-elle tout haut.

Trente-quatre ans sans le contact d'un homme, de sa peau contre la sienne, ses caresses sur son corps… Après la mort de Jonny, quelques hommes avaient croisé son chemin et témoigné de l'intérêt pour elle, surtout au début. Peut-être à cause du temps qu'elle consacrait à ses fils, puis à son jardin, Posy n'avait jamais trouvé l'envie de poursuivre une relation au-delà de deux ou trois rendez-vous.

Et maintenant, il est trop tard, songea-t-elle. *Ne sois pas gourmande, Posy. Trouver deux amours, dans une vie… tout le monde ne peut pas en dire autant.*

En se levant, Posy chassa ses idées sombres pour se concentrer sur le retour de son fils, une pensée bien plus positive. Dans la cuisine, elle sortit son gâteau du four et le démoula pour le laisser refroidir. Quelques minutes plus tard, au volant de sa vieille Volvo cabossée, elle se rendit à Southwold, à dix minutes de route.

Elle mit le cap vers le front de mer et, malgré le vent frais de septembre, baissa la vitre pour humer l'air marin, auquel se mêlaient les effluves de beignets et de *fish and chips,* venant d'une échoppe proche de la jetée. Celle-ci se prolongeait sur une mer du Nord gris acier sous un ciel voilé. Des rangées de maisons coquettes bordaient la route, abritant au rez-de-chaussée des boutiques regorgeant d'articles de plage. Les mouettes arpentaient le trottoir pour glaner un peu de nourriture.

La ville balnéaire n'avait guère changé depuis son enfance. Hélas, son charme pittoresque un peu suranné avait incité des hordes de familles bourgeoises à y acquérir une résidence secondaire. Les prix de l'immobilier avaient explosé de façon indécente. Si l'économie de la ville en avait bénéficié, l'équilibre de cette communauté autrefois solidaire en avait pâti. En été, Southwold était envahi par les propriétaires de maisons de campagne et il n'y avait plus moyen de se garer. Fin août, ils repartaient tels des vautours ayant fini de décortiquer une carcasse.

En ce mois de septembre, la ville était désertée, comme si les estivants avaient puisé toute son énergie et l'avaient emportée avec eux. En garant la voiture dans la rue principale, Posy remarqua une pancarte annonçant des soldes de fin de saison dans une boutique de vêtements.

Elle marcha d'un pas vif, saluant quelques connaissances en passant. Au moins, elle avait le sentiment d'être des leurs. Chez le marchand de journaux, Posy acheta son exemplaire quotidien du *Telegraph*.

En ressortant, le nez sur les gros titres, elle bouscula une fillette.

— Oh, pardon ! fit Posy en baissant les yeux pour croiser un regard noisette.

— C'est pas grave…

— Seigneur ! Excuse-moi, mais tu ressembles énormément à quelqu'un que je connaissais.

— Ah bon, fit l'enfant en se dandinant, mal à l'aise.

Posy s'écarta pour lui permettre d'entrer chez le marchand de journaux.

— Au revoir, madame.

— Au revoir, répondit Posy qui se remit en route vers la galerie.

Une silhouette familière courut à sa rencontre.

— Evie ? C'est bien toi ?

La jeune femme s'arrêta net et rougit.

— Oui… Bonjour, Posy…

— Comment vas-tu ? Et qu'est-ce que tu fabriques ici, à Southwold ? Tu rends visite à des amis ?

— Non, répondit-elle, les yeux baissés. Nous sommes de retour depuis quelques semaines et… nous vivons ici.

— Ah bon ? Très bien…

Posy observa la jeune femme, qui évitait toujours son regard. Elle avait maigri et sa longue chevelure bouclée avait disparu au profit d'une coupe courte.

— Je crois avoir croisé ta fille, devant chez le marchand de journaux. Qu'est-ce qu'elle te ressemble ! C'est un retour définitif pour vous trois ?

— Nous ne sommes que deux, marmonna Evie. Excuse-moi, Posy, je suis très pressée.

— Bien sûr. Je travaille à la galerie Mason, à trois portes du *Swan*. Si cela te dit de déjeuner avec moi, cela me ferait très plaisir. Avec ta fille. Comment s'appelle-t-elle ?

— Clemmie.

— Un diminutif de Clementine, je suppose, comme la femme de Winston Churchill ?

— Oui.

— Très joli prénom ! Bon, au revoir, Evie, et bon retour chez toi.

— Merci. Au revoir.

Evie se dirigea vers le marchand de journaux, en quête de sa fille. Posy poursuivit son chemin, contrariée par la gêne manifeste de la jeune femme en sa présence.

Elle déverrouilla la porte de la galerie et actionna l'interrupteur en songeant aux paroles d'Evie. Brian n'était donc plus dans sa vie. Posy doutait d'obtenir un jour des détails. À en juger par la réaction d'Evie, il était probable qu'elle change de trottoir la prochaine fois qu'elle la verrait dans la rue.

Néanmoins, s'il y avait une chose qu'elle avait apprise, au cours de ses presque soixante-dix ans d'existence, c'est que les êtres humains étaient bizarres et surprenants. *Evie a ses raisons*, se dit-elle en entrant dans le bureau, installé dans l'arrière-boutique. Elle mit de l'eau à chauffer pour sa deuxième tasse de café rituelle.

Si seulement elle les connaissait, ces raisons…

2

— Jake, va chercher tes chaussures ! Et tout de suite !

— Maman, j'ai pas fini mes Coco Pops et…

— Tant pis ! On est en retard ! Allez, file !

Tandis que Jake quittait la cuisine, Amy essuya la bouche de Sara, puis elle s'agenouilla pour lui enfiler ses chaussures. Elles étaient éraflées et presque trop petites pour sa fille, dont le nez coulait. Ses cheveux étaient encore emmêlés et son pantalon, qui avait appartenu à son frère, lui arrivait à mi-mollets.

— Une vraie petite sauvageonne, déplora Amy dans un soupir.

Elle attrapa une brosse sur le buffet jonché de détritus et s'efforça de dompter les épaisses boucles blondes de la fillette.

— Aïe !

— Désolée, chérie, mais Miss Ewing va se demander quel genre de maman je suis si je t'envoie à l'école dans cet état.

— Je vais à l'école ? protesta Sara en se renfrognant. J'ai horreur de ça, Maman !

— Allons, chérie, ta maîtresse m'a dit que tu t'adaptais très bien. Josie viendra te chercher pour t'emmener chez elle, avec Jake. Je passerai vous récupérer après mon travail.

— J'aime pas l'école et j'aime pas Josie. Je veux rester avec toi, Maman !

Son visage se plissa et elle se mit à pleurer.

— Sara… Bien sûr que tu aimes l'école et Josie. Maman achètera du gâteau au chocolat pour ce soir, d'accord ?

— D'accord, fit l'enfant, un peu apaisée.

— Jake ! On s'en va ! cria Amy en entraînant Sara dans le couloir.

Elle lui mit son anorak et enfila son propre manteau, puis elle chercha ses clés dans son sac.

Jake descendit vivement les marches, ses chaussures à la main.

— Papa dort encore ?

Amy s'agenouilla pour chausser son fils.

— Oui. Allez, on y va.

— Mais je veux dire au revoir à Papa, geignit Jake.

— Tu ne peux pas. Il est fatigué. On y va maintenant !

Après avoir déposé ses enfants à l'école, Amy conduisit sa voiture au garage pour la faire réparer, puis elle rentra à pied d'un pas vif. Il ne lui restait qu'une heure avant son départ pour le travail, une heure durant laquelle elle devrait ranger la cuisine, faire la lessive et dresser la liste des courses.

Comment allait-elle s'en sortir sans voiture ? Son quotidien déjà difficile allait devenir quasiment impossible. Et comment allaient-ils régler le garagiste ? Il leur faudrait trouver de l'argent quelque part, voilà tout.

Amy s'engagea dans l'allée de la misérable petite maison qu'ils habitaient depuis six semaines. Située au bord d'une route, à l'entrée de la ville, et séparée de la mer par les marais, ce n'était guère plus qu'un bungalow de vacances envahi par la végétation. S'il était plein de charme sous le soleil, l'hiver venu, son bardage et ses grandes fenêtres ne les protégeraient guère des éléments déchaînés. Il n'y avait pas de véritable système de chauffage à part le poêle à bois capricieux du salon. La veille, elle avait essayé de l'allumer, mais il avait produit plus de fumée que de chaleur. Il n'y avait que deux chambres humides à l'étage, si exiguës que la plupart de leurs affaires étaient restées dans des cartons, dans la remise du jardin.

La fierté de Sam en avait pris un coup quand leurs difficultés financières les avaient contraints à quitter leur dernier logement et Amy ne voulait pas lui faire davantage de peine en lui disant combien elle détestait cette nouvelle maison. Elle avait parfois du mal à conserver une attitude positive. Son mari faisait tant d'efforts pour eux ! Hélas, il semblait jouer de malchance. Ses entreprises n'étaient qu'une succession d'échecs. Comment lui dire que Sara avait besoin de chaussures, que le manteau de Jake était étriqué ou encore qu'elle était épuisée à force de tenir la maison tout en portant la famille à bout de bras grâce à son maigre salaire de réceptionniste ?

Sam était dans la cuisine, en caleçon. Il alluma la bouilloire électrique en bâillant.

— Salut, chérie. Désolé d'être rentré si tard, hier soir. Ken et moi, on avait un tas de choses à régler.

— La réunion s'est bien passée ?

Amy leva les yeux vers lui, l'air angoissé. Les yeux bleus de Sam étaient injectés de sang et il avait l'haleine chargée d'alcool. Elle se réjouit d'avoir été endormie à son retour.

— Très bien, répondit-il. Je crois que je vais pouvoir renflouer les caisses de la maison Montague très bientôt.

En général, ce genre de boutade suffisait à remonter le moral d'Amy. Mais ce matin-là, les promesses de Sam sonnaient creux.

— En faisant quoi, exactement ?

Il s'approcha pour la prendre par les épaules.

— Ma chérie, tu as devant toi le nouveau directeur de Montague Property Development Limited.

— Ah bon ?

— Oui. Tu veux une tasse de thé ?

— Non merci. Alors, tu seras payé combien ? demanda-t-elle, pleine d'espoir.

— Oh, pas beaucoup, je crois. J'aurai des notes de frais.

— Un directeur se verse un salaire, non ?

— Amy, il s'agit avant tout de spéculer sur des gains futurs. Je ne peux pas vraiment exiger un salaire avant d'avoir fait mes preuves et lancé un projet. Ensuite, je toucherai cinquante pour cent des bénéfices. En plus d'un bon paquet en espèces.

Amy sentit son moral retomber.

— Sam, on a besoin d'argent tout de suite, pas dans quelques mois ! Je comprends que tu pourrais t'enrichir dans l'avenir, mais tu te rends compte qu'on ne peut pas vivre avec ce que je gagne à l'hôtel, non ?

Sam reposa violemment la bouilloire sur le plan de travail.

— Qu'est-ce que tu veux que je fasse ? Que je prenne un boulot sans possibilité d'évoluer dans un magasin ou une usine pour rapporter quelques livres de plus ?

C'était exactement la réaction qu'Amy attendait.

— Pourquoi as-tu une image aussi négative des métiers normaux ? Tu as reçu une bonne éducation, tu as fait de nombreuses expériences, il n'y a pas de raison que tu ne trouves pas un emploi bien payé dans un bureau…

— Qui ne mènera notre famille à rien, à long terme. Je dois penser à l'avenir, nous procurer le style de vie qu'on veut et qu'on mérite. On sait tous les deux que je ne peux pas travailler pour quelqu'un d'autre, occuper un emploi de bureau pourri.

— Sam, en ce moment, ce qui compte, à mes yeux, c'est qu'on s'en sorte au jour le jour. Une partie du problème, c'est qu'on a trop souvent misé sur l'avenir et spéculé à long terme.

Très agitée, Amy soupira et reprit :

— Ce n'est plus comme au début. On a des responsabilités, des enfants à élever et on ne peut pas faire n'importe quoi.

Il l'observa en sirotant son thé.

— Donc, ce que tu essaies de me dire, c'est que tu as perdu foi en ma capacité à réussir un gros coup ?

— Non…

Amy lut dans son regard une lueur synonyme de danger.

— Bien sûr que je crois en toi et en ton sens des affaires ! Tu ne pourrais pas t'occuper de ce projet durant ton temps libre en faisant rentrer un peu d'argent maintenant ?

— Nom de Dieu, Amy ! Tu n'as aucune idée de ce qu'est le milieu des affaires ! Si je veux faire prospérer cette société immobilière, je dois y consacrer tout mon temps.

Il était écarlate de colère. Lorsqu'elle traversa la cuisine pour s'approcher de l'évier, il l'empoigna par le bras et le serra très fort.

— Chérie, je vais réaliser ce projet parce que, sinon, toi, moi et les gosses, on sera coincés dans ce taudis pour le reste de nos jours. Alors au lieu de me critiquer, j'apprécierais que tu me soutiennes.

— Je…

Il resserra son emprise sur son bras.

— D'accord.

Sam la lâcha, puis prit sa tasse et quitta la cuisine :

— Je vais m'habiller. Ensuite, je sors.

Amy s'assit en se massant le bras. Elle demeura immobile jusqu'à ce qu'elle entende Sam gravir les marches. Cinq minutes plus tard, il redescendit. Lorsqu'il sortit en claquant la porte d'entrée, les murs se mirent à trembler.

Soulagéc, Amy essaya de retenir les larmes qui menaçaient de couler. Elle monta dans le grenier qu'elle partageait avec Sam, s'assit sur le lit défait et observa le mur humide.

Que leur arrivait-il depuis quelques années ? Où était le problème ?

Elle avait rencontré Sam au bar du *Swan*, à Southwold. Elle était en dernière année dans une école d'art et venait de Londres pour le mariage d'une amie. En ce samedi soir, il avait rendez-vous avec un ami pour boire un verre. Son ami était en retard et Amy fuyait l'atmosphère confinée des préparatifs du mariage. Ils avaient bavardé et, de fil en aiguille, il l'avait appelée à Londres pour l'inviter à passer le week-end dans sa maison de famille, dans les environs de Southwold.

Amy se rappelait sa première visite à Admiral House. La bâtisse était si parfaite, presque aussi jolie qu'une maison de poupée, qu'elle avait eu envie de la peindre. La mère de Sam, Posy, s'était montrée très accueillante. Son séjour avait été un tel moment de détente qu'elle avait regagné son petit appartement londonien en rêvant à l'espace et au calme du Suffolk.

Sam, qui venait de créer son entreprise d'informatique, l'invitait au restaurant, la courtisait avec empressement et imagination. Elle trouvait son amour de la vie captivant, sa famille merveilleuse et son lit chaleureux.

Au terme de son ultime semestre d'études, Sam lui avait demandé de l'épouser et de s'installer dans le Suffolk. Elle n'avait pas eu de mal à se décider. Ils avaient loué une minuscule maison mitoyenne dans une des rues pittoresques de Southwold et s'étaient installés dans la vie conjugale. Amy emportait son chevalet sur le front de mer pour peindre des paysages qu'elle vendait à une galerie locale pour les touristes, un travail saisonnier, hélas. Quand l'entreprise d'informatique de Sam avait coulé, elle avait dû prendre le premier poste qui se présentait, à la réception de *The Feathers*, un hôtel confortable et un peu suranné du centre-ville.

Au cours des dix dernières années, ils avaient connu des hauts et des bas au gré des échecs professionnels de Sam. Quand les choses se passaient bien, Sam la couvrait de fleurs, de cadeaux, il l'emmenait dîner. Amy se rappelait l'homme affable et joyeux qu'elle avait épousé. Quand les affaires ne marchaient pas, c'était une autre histoire…

En vérité, Amy allait mal depuis un long moment. Depuis que sa société de production de films avait capoté, Sam avait sombré dans le désespoir et ne quittait pratiquement plus la maison.

Amy avait fait de son mieux pour ne pas aggraver la situation. Même s'il était là, elle lui demandait rarement d'aller chercher les enfants à l'école ou de faire les courses pendant qu'elle travaillait. Pour garder la tête haute, Sam devait se voir comme un homme d'affaires, un chef d'entreprise. L'expérience lui avait appris à le laisser tranquille.

Elle avait presque trente ans et qu'avait-elle fait de sa vie ? Son mari ne travaillait jamais ou presque, ils étaient fauchés et réduits à vivre dans un taudis. Certes, elle avait deux enfants adorables et un emploi, mais cela n'avait rien à voir avec la carrière de peintre dont elle rêvait avant d'épouser Sam.

Quant aux colères de son mari… son agressivité, surtout après quelques verres, augmentait. Si seulement elle avait quelqu'un à qui en parler…

Elle s'en voulut de s'apitoyer ainsi sur son sort. Elle enfila rapidement son uniforme bleu foncé et maquilla ses joues pâles. Elle était juste un peu fatiguée, rien de plus, et Sam faisait de son mieux. En sortant, elle décida d'acheter quelque chose de spécial pour le dîner. C'était encore pire lorsqu'ils se disputaient, en plus de tous leurs autres problèmes. Son instinct lui disait que cette nouvelle entreprise était vouée à l'échec, mais elle n'avait pas le choix, elle devait lui faire confiance.

En ce vendredi, premier jour du festival du livre de Southwold, l'hôtel *The Feathers* était en pleine effervescence. L'autre réceptionniste étant malade, Amy n'avait pas pris de pause déjeuner et n'avait donc pas pu faire les courses pour le week-end. Elle avait dû gérer une double réservation, des toilettes bouchées et la disparition d'une montre présumée volée et réapparue mystérieusement une demi-heure plus tard. En consultant la sienne, Amy se rendit compte qu'il ne lui restait que dix minutes avant d'aller chercher les enfants chez Josie, la nounou, et Karen, la réceptionniste de nuit, n'était pas encore arrivée.

Mr Todd, le directeur, demeurait invisible. Elle essaya d'appeler Sam pour lui demander d'aller récupérer les enfants, mais il ne répondit pas à son portable. Elle fouilla son sac pour trouver son carnet d'adresses, mais se rappela qu'elle l'avait laissé sur la table de la cuisine. Au bord des larmes, elle appela les renseignements. Josie était sur liste rouge.

— Y a pas moyen d'avoir de l'aide, ici ?

Un coup de poing violent fit trembler le comptoir.

— J'ai appelé trois fois pour qu'on vienne me remettre l'eau chaude, nom de Dieu !

— Je suis désolée, monsieur. J'ai appelé le plombier, qui a promis de passer dès que possible.

La gorge serrée, Amy savait que sa voix tremblait.

— Ça fait deux heures que j'attends ! J'en ai marre. Si le problème n'est pas réglé dans dix minutes, je quitte l'hôtel.

Elle avait de plus en plus de mal à retenir ses larmes. Au moment de décrocher le téléphone, elle vit Karen franchir le seuil de l'hôtel.

— Excuse-moi d'être en retard, Amy. Un camion s'est retourné sur la route, à l'entrée de la ville.

Karen passa derrière le comptoir et ôta son manteau.

— File ! Je prends le relais. Que puis-je faire pour vous, monsieur Girault ? demanda-t-elle avec un large sourire.

Amy se réfugia dans le bureau pour essuyer ses larmes. Tête baissée, elle enfila sa veste et traversa le lobby. Au moment où elle surgit dans la fraîcheur du soir, elle sentit une main sur son épaule.

— Écoutez, je suis vraiment désolé. Je ne voulais pas vous faire de la peine. Je me rends compte que ce n'est pas de votre faute.

Amy fit volte-face. Le client mécontent à qui elle venait d'avoir affaire à la réception la dominait de sa hauteur. Elle était si angoissée qu'elle n'avait pas pris la peine de le détailler. Il était large d'épaules, avec des cheveux auburn bouclés, des yeux verts un peu enfoncés, et exprimait une certaine inquiétude.

— Je vous en prie, ne vous excusez pas. Je dois y aller, je suis très en retard pour aller chercher mes enfants.

— D'accord…, fit-il. Encore pardon !

— Ce n'est rien, souffla-t-elle en s'éloignant d'un pas vif.

En arrivant chez elle avec deux enfants grognons et épuisés, plus les sacs de courses du supermarché, Amy crut une fois de plus qu'elle allait fondre en larmes en voyant sa belle-mère, devant la barrière.

— Bonjour, Posy, fit-elle avec un sourire forcé, en ouvrant la porte d'entrée.

— Ma chérie, tu as une mine épouvantable. Attends, je vais t'aider.

Posy glissa la boîte en fer contenant son gâteau sous son bras et lui prit quelques sacs des mains. Une fois à l'intérieur, elle prépara du pain grillé tartiné de *Marmite* et fit chauffer des raviolis en boîte pour le repas des enfants.

— Dieu qu'il fait froid, ici, frémit-elle.

— Il n'y a pas de chauffage, hélas, expliqua Amy. C'est censé être une résidence d'été.

Posy balaya du regard la misérable cuisine, éclairée par une ampoule nue, qui soulignait les traînées de crasse maculant les murs.

— Pas vraiment un palace, commenta-t-elle.

— Non, mais c'est provisoire, j'espère, le temps qu'on retombe sur nos pattes, financièrement.

— Tu sais, j'ai répété à Sam que vous pouviez loger à Admiral House, avec moi, pour aussi longtemps que vous le voudrez. C'est ridicule que j'aie une aussi grande maison pour moi toute seule alors que vous êtes à l'étroit ici.

— Sam est trop fier.

— Eh bien…

Elle souleva le couvercle de sa boîte et en sortit un superbe gâteau au chocolat.

— … parfois, l'orgueil précède la chute. Il m'est insupportable de vous savoir ici.

Elle coupa plusieurs parts.

— Tenez ! Le meilleur gâteau de Granny, quand vous aurez mangé vos toasts et vos raviolis. Tu en veux, Amy ?

— Non merci, répondit la jeune femme qui redoutait de partir en sanglots, tant l'angoisse l'étreignait.

Posy dévisagea sa belle-fille. Si elle n'avait rien perdu de sa beauté, sa jupe lui tombait sur les hanches et ses yeux bleus semblaient immenses dans son visage très pâle. Ses cheveux blonds généralement impeccables s'échappaient de sa queue-de-cheval et étaient ternes.

— Je te trouve un peu maigrichonne. Tu manges bien, au moins ?

— Oui, Posy. Je vais bien, assura Amy en essuyant la bouche de Sara. Excusez-moi, je dois donner leur bain aux enfants et les coucher.

— Bien sûr. Je peux t'aider ?

Amy songea à la réaction de Posy face à la salle de bains miteuse du rez-de-chaussée, puis elle se résigna. Peu lui importait, après tout.

— Si ça ne vous dérange pas, avec plaisir.

Posy ne fit aucun commentaire tandis qu'elles baignaient les enfants. Lorsqu'ils furent en pyjama, elle proposa d'aller allumer le poêle du salon pendant qu'Amy lisait une histoire aux petits.

Ensuite, la jeune femme redescendit et s'écroula en soufflant dans un fauteuil. Posy arriva de la cuisine, un verre de vin dans chaque main.

— J'ai débouché une bouteille. J'espère que ça ne te dérange pas. Tu as besoin d'un remontant. Au fait, où est Sam ? s'enquit Posy en s'installant sur le vieux canapé en cuir.

— Aucune idée, mais il est sur un projet de travail. Il doit être en réunion.

— À sept heures et demie, un vendredi soir ? fit Posy, perplexe. J'en doute.

— En tout cas, je suis sûre qu'il ne va pas tarder.

— Il t'aide avec les enfants ?

— Pas pendant la semaine. En revanche, il est très présent le week-end, répondit Amy par loyauté.

— Amy, ma belle, Sam est mon fils et je l'aime énormément, mais je le connais. On lui donne le doigt et il vous prend le bras.

— Il fait de son mieux, vraiment.

— Comme ce soir, tu veux dire ? Puisque Sam ne travaille pas, en ce moment, il devrait t'aider dans les tâches ménagères. Il aurait au moins pu aller chercher les enfants, ou faire les courses. Tu as l'air crevé, ma pauvre chérie.

Amy n'était pas d'humeur à endurer un sermon sur les défaillances de son mari.

— J'ai juste besoin d'une bonne nuit de sommeil. Je vais bien. Et vous, Posy, comment ça va ?

— Je viens d'apprendre une excellente nouvelle ! répondit-elle avec enthousiasme. Nick m'a appelée il y a quelques jours pour me dire qu'il rentrait !

— Après toutes ces années, commenta Amy avec un sourire pensif. Vous devez être heureuse.

— Et comment ! Bizarrement, j'ai croisé Evie Newman en ville, le même jour. Elle est de retour à Southwold, elle aussi, avec sa fille.

— Evie ? C'est celle qui travaillait au magasin d'antiquités de Nick, non ?

— C'est ça. Tu l'as déjà rencontrée ?

— Oui, mais elle avait déjà quitté Southwold quand on s'est installés ici.

— C'est une étrange coïncidence, tu ne trouves pas ? Nick et Evie qui reviennent à quelques semaines d'intervalle…

— Effectivement. Vous savez combien de temps Nick compte rester ?

— Non. Je n'ose pas lui poser la question. Je vais profiter de sa présence au maximum. Ce sera merveilleux de l'avoir à Admiral House. Son expertise me sera utile. Je me disais cette semaine que le moment était venu de faire estimer la maison.

— Posy ! Vous ne parlez pas sérieusement ? s'exclama Amy, horrifiée. Cette propriété appartient à votre famille depuis plusieurs générations. Je… elle est magnifique ! Vous ne pouvez pas faire ça.

— Je sais, ma belle, mais ces générations avaient assez d'argent et de personnel pour l'entretenir, soupira Posy. Enfin, assez parlé de moi. Tout va bien, au boulot ?

— On est débordés, comme toujours au moment du festival du livre. L'hôtel est complet.

— C'est plutôt sympa de voir tous ces écrivains intéressants sur le pas de sa porte. Demain, j'assiste à une conférence de Sebastian Girault. Il me semble passionnant, cet auteur.

— Sebastian Girault ? répéta Amy.

— Oui. Son roman était entré en lice pour le Booker Prize, cette année. Il en a vendu bien plus que le lauréat. Tu as dû entendre parler de lui, Amy.

Ces derniers temps, pour Amy, lire les gros titres des journaux sans être dérangée relevait déjà de l'exploit.

— Non. Enfin, je n'avais pas entendu parler de lui jusqu'à aujourd'hui. En fait, je l'ai rencontré tout à l'heure. Il séjourne à l'hôtel.

— Ah bon ? Quelle chance ! Il est plutôt séduisant, non ? Dans le genre grand et costaud.

— Franchement, je n'ai pas fait attention. Il était en train de me crier dessus parce qu'il n'avait pas d'eau chaude dans sa chambre.

— Oh non ! Quel dommage. J'espérais qu'il soit aussi sympa qu'il le semble à la radio. En réalité, il n'a pas eu la vie facile. Il y a quelques années, sa femme est morte en couches avec le bébé. Mais cela ne justifie en rien un comportement agressif…

Posy observa un instant sa belle-fille.

— Tu sais quoi ? reprit-elle. Et si tu m'accompagnais, demain ? On irait déjeuner au *Swan* avant la conférence. Cela te ferait du bien de sortir.

— C'est impossible, Posy. Je n'ai personne pour garder les enfants.

— Sam s'en sortira pendant quelques heures, non ? Surtout un samedi.

— Je…

Elle fut interrompue par le bruit de la porte d'entrée et Sam apparut.

— Bonjour chéri, dit Posy en l'embrassant. Où étais-tu ?

— J'avais une réunion.

— Au pub ? hasarda Posy en sentant son haleine.

— Ne commence pas, Maman !

— D'accord, mais la pauvre Amy a passé une journée épouvantable. Je lui disais justement qu'elle avait besoin de faire une pause. Demain, je l'invite à déjeuner et, ensuite, on assistera à une conférence du festival du livre. Tu t'en sortiras à merveille avec les enfants, le temps d'un après-midi, n'est-ce pas, Sam ? Bon, je vous laisse dîner. Amy, je passe te prendre demain à midi et demi. Bonsoir !

— Au revoir, Posy, souffla Amy, rouge d'embarras.

Dès que la porte se fut refermée, Amy observa son mari avec appréhension pour jauger son humeur.

— Je suis vraiment désolée, Sam. Tu sais bien que quand ta mère a une idée en tête, il n'y a pas moyen de la faire changer d'avis. Je l'appellerai demain matin pour annuler.

— Non. Maman a raison, tu as besoin d'une pause. Je me débrouillerai avec les enfants. Écoute… je regrette d'avoir pété les plombs, ce matin.

— Et moi d'avoir douté de toi, répondit la jeune femme, soulagée par ces excuses.

— Ce n'est rien. Je te comprends, mais tu dois me faire confiance.

— C'est le cas, Sam, je t'assure.

— Tant mieux. Qu'est-ce qu'on mange, ce soir ? Et où est le reste de la bouteille ?

3

— Je ne veux pas y aller, Maman ! S'il te plaît !

— Clemmie, Orwell Park est une excellente école, une chance unique pour toi.

— Non, je veux rester ici avec toi. S'il te plaît, Maman, ne me force pas à aller en pension !

Evie Newman prit sa fille dans les bras.

— Tu crois que ça me fait plaisir que tu partes ? Mais je dois veiller à ton avenir. Tu es très douée et je dois t'offrir les meilleures chances possible.

— J'aimais bien mon ancienne école à Leicester ! Pourquoi on ne peut pas retourner là-bas ?

— Parce qu'on habite ici, désormais, chérie. Et même si on était encore à Leicester, je voudrais que tu ailles à Orwell Park.

— Je veux juste rentrer chez nous. Je veux que tout redevienne comme avant, sanglota Clemmie sur l'épaule d'Evie. Tu as besoin que je m'occupe de toi, Maman, tu le sais bien.

— Non, Clemmie. Je suis parfaitement capable de m'occuper de moi-même.

— Si je pars en pension, tu seras toute seule dans cette grande maison. Et si…

— Clemmie chérie, je te promets que je m'en sortirai très bien, assura-t-elle en caressant les cheveux de sa fille. Je me sens très égoïste de t'avoir gardée pour moi seule, ces dernières années. Il est temps que tu cesses de t'inquiéter pour moi. Tu rentreras tous les week-ends et les vacances sont bien plus longues. On aura beaucoup de temps à partager, c'est promis.

Clemmie se libéra vivement de son étreinte et se leva.

— Tu veux juste te débarrasser de moi. Je n'irai pas et c'est tout ! Tu ne m'y forceras pas !

Sur ces mots, elle quitta la pièce en claquant la porte derrière elle.

— Quelle idiote je suis ! maugréa Evie.

Envoyer sa fille en pension était un déchirement. Dans leur petite maison de Leicester, elles n'étaient que toutes les deux et Clemmie avait dû grandir trop vite, endosser des responsabilités qu'une adulte aurait trouvées stressantes.

Malgré la douleur de la séparation, il était essentiel que Clemmie aille en pension, qu'elle vive et s'amuse comme une enfant de neuf ans, qu'elle se façonne un univers en dehors de celui de sa mère.

Au rez-de-chaussée, le carillon retentit. Épuisée, Evie se leva et descendit les trois volées de marches pour ouvrir la porte d'entrée.

— Salut, Evie. Je suis en avance, je sais. La ville est en ébullition !

Souriante, Marie Simmonds, la plus ancienne amie d'Evie, se tenait sur le seuil. À l'école, on surnommait les deux complices Laurel et Hardy. Evie était menue et Marie, qui avait toujours dépassé ses camarades d'une tête, avait quelques rondeurs. En cet instant, Evie aurait pris sa place sans l'ombre d'une hésitation.

— Entre. C'est encore en désordre, désolée.

Evie l'entraîna vers la cuisine.

— Tu as de la chance d'avoir cette maison. Confie-la-moi et je la vends demain, même si elle est un peu dans son jus.

Marie dirigeait une agence immobilière où elle avait commencé en tant que réceptionniste avant de gravir les échelons.

— La déco date de mes grands-parents et n'a pas changé depuis les années 1950, admit Evie. Quoi qu'il en soit, je reste ici, du moins pour l'instant.

— Avec tous ces Londoniens désireux d'acquérir un bien ayant du cachet à n'importe quel prix, tu es une millionnaire potentielle.

— C'est bon à savoir, mais je n'ai pas l'intention de vendre, donc inutile d'y penser. Tu veux un café ?

— Volontiers. J'aimerais bien avoir une vieille tante sympa sur le point de passer l'arme à gauche qui me léguerait sa baraque ! geignit Marie en passant une main dans ses boucles brunes.

— Tu as un père et une mère adorables et bien vivants, répondit Evie, pragmatique. Ce que je n'ai plus depuis l'âge de dix ans.

— Désolée, je suis maladroite. Voir tout cet argent circuler, au bureau, me rend parfois un peu amère. Ma famille vit dans cette ville depuis des générations et nous sommes contraints de déménager en banlieue parce que les prix sont trop élevés.

— Tu veux du pain grillé ? s'enquit Evie en posant une tasse de café sur la table devant son amie.

— Non merci. J'essaie un nouveau régime. Franchement, Evie, je pourrais te détester : une immense maison, une silhouette qui n'a pas changé depuis notre enfance, malgré une grossesse, et tu manges ce que tu veux !

— Mon corps n'est pas un cadeau, Marie, je te le garantis, assura Evie en s'attablant à son tour. Moi, je pourrais t'envier ton bonheur conjugal et du fait que tes enfants ont des parents qui sont ensemble.

— Comment va Clemmie ?

— Elle est triste, difficile et hypersensible. Elle déteste Southwold et veut retourner à Leicester. Elle est en haut, à râler parce qu'elle doit partir en pension. Franchement, je ne sais plus quoi faire. Pour l'heure, elle refuse d'y aller. Je me sens vraiment odieuse. Je ne supporte pas l'idée qu'elle pense que je veux l'éloigner. Pour un tas de raisons, il est essentiel qu'elle parte.

— Ah bon ? Elle est très jeune, Evie. Ne pourrais-tu pas l'inscrire à l'école du quartier pour quelques années et garder l'internat pour plus tard ? L'école primaire de Southwold est très bien, tu sais. Elle a beaucoup changé depuis notre époque. D'accord, elle n'a rien de ces écoles privées pour les riches, mais mes deux enfants y sont très heureux.

— Non. Dans son intérêt, je veux qu'elle parte maintenant.

— J'avoue que je n'y enverrais pas les miens à neuf ans, fit Marie. Ils me manqueraient trop. Si elle part, tu vas sentir la différence. Tu te retrouveras toute seule.

— Oh, j'ai de quoi m'occuper. Ça ira.

Marie sirota son café.

— Alors ? Qu'est-ce que ça te fait d'être de retour ici ? Tu revois Brian ?

— Seigneur, non ! Tu sais qu'il est parti quand Clemmie était bébé et que je n'ai pas eu de nouvelles depuis.

— Il n'a aucun contact avec sa fille ?

— Non.

— C'est triste. Pour Clemmie, je veux dire.

— Je t'assure qu'on est bien mieux sans lui. En y repensant, je me demande ce que j'ai pu lui trouver.

— Il s'est toujours montré condescendant, confirma Marie.

— Il me traitait comme une enfant. Rien de ce que je faisais n'était assez bien pour lui. Je l'admirais, je le trouvais tellement plus intelligent que moi ! Au départ, j'aimais son côté protecteur… À présent, je comprends que Brian n'était qu'une figure paternelle qui remplaçait celle que j'avais perdue étant petite.

— Tu n'as pas eu la vie facile, hein ?

— Peut-être, mais je ne me suis pas toujours rendu service. J'ai commis de terribles erreurs.

— Comme tout le monde, dans sa jeunesse. Ça permet de grandir. Ne te fais pas de reproches. Bon, il est temps qu'on se mette en route !

— Oui. Je monte voir si je peux extirper Clemmie de sa chambre. Elle a décrété qu'elle ne voulait pas rester chez toi pendant qu'on allait à la conférence.

— Elle changera d'avis une fois qu'elle y sera. Dis-lui que tonton Geoff a prévu une pizza à midi et que Lucy est impatiente de la voir.

Après avoir déposé une Clemmie renfrognée chez Marie, dans le village voisin de Reydon, et recommandé à Geoff d'essayer de la dérider, les deux amies regagnèrent Southwold.

— Il y a un monde fou, commenta Evie lorsqu'elles passèrent devant la brasserie en direction du St Edmund's Theatre, où avait lieu la conférence.

— La semaine prochaine, quand le festival sera terminé et que les enfants auront repris l'école, ce sera mort, déclara Marie. Regarde, il y a la queue. Viens, on y va !

Evie et Marie trouvèrent de bonnes places au milieu du petit auditorium.

— Tu as lu le livre ? s'enquit Evie.

— Non, mais j'ai vu les photos de l'auteur, Sebastian Girault. Il vaut la peine d'être vu, si ce n'est d'être entendu, ricana Marie.

— C'est un écrivain merveilleux… Oh, mon Dieu, il y a Posy.

— Posy ?

— Posy Montague. Là-bas, elle descend les marches, dit Evie en tendant la main.

— Ah, je la vois. Elle est avec sa belle-fille, Amy. Tu l'as déjà rencontrée ?

— Brièvement, il y a longtemps. Elle est très jolie, non ?

— Oui. En fait, je la connais parce que son fils Jake est dans la classe de mon Josh. Elle est très sympa et d'une patience à toute épreuve, comme tu peux l'imaginer, avec un mari comme Sam Montague, l'abonné aux désastres financiers.

Marie leva les yeux au ciel.

— Ils vivent dans une bicoque sur Ferry Road alors que Maman Montague trône dans son immense maison à quelques kilomètres de là.

— Mesdames et messieurs !

Le silence se fit dès l'apparition d'une femme sur la scène pour présenter l'événement.

— Dans le cadre du festival du livre du Southwold, je suis heureuse de vous accueillir aujourd'hui pour une lecture des *Champs d'ombres,* par Sebastian Girault, écrivain et journaliste de renom.

Le public applaudit l'entrée de l'auteur.

— Waouh, murmura Marie en le voyant passer une main dans sa crinière auburn. Il est canon. Pas étonnant qu'il n'y ait pratiquement que des femmes dans la salle…

Amy ferma les yeux dès que la pénombre se fit. Elle était épuisée. Sam n'était arrivé à la maison qu'au tout dernier moment pour garder les enfants. En conséquence, elle et Posy avaient dû renoncer à leur déjeuner au *Swan* pour venir directement à la conférence.

Amy n'avait pas envie d'écouter Sebastian Girault parler d'un livre qu'elle n'aurait sans doute jamais le temps de lire mais, au moins, elle pourrait passer une heure dans le noir, sans être harcelée par des clients, ses enfants ou son mari. Pourtant, quand il prit la parole, Amy l'écouta. Sa voix douce avait quelque chose d'apaisant. Elle la berça en lisant un récit d'une telle tristesse qu'Amy se sentit coupable de se plaindre de sa propre existence.

La lecture fut saluée par un tonnerre d'applaudissements. Sebastian répondit ensuite aux questions du public. Posy lui demanda comment il avait réussi à se documenter de façon aussi précise sur la Première Guerre mondiale. Amy garda le silence car elle ne voulait plus avoir le moindre contact avec lui.

Le public fut informé que Mr Girault dédicacerait ses ouvrages dans le hall.

— Viens, je veux faire signer un exemplaire rien que pour pouvoir le regarder droit dans les yeux, proposa Marie tandis qu'elles quittaient la salle. Ensuite, je pourrai l'imaginer me lisant son livre dans un bain parsemé de pétales de rose, ce qui ne pourrait pas arriver à mon mari vissé à son bureau.

— Geoff n'a pas le caractère fantasque qui accompagne l'air ténébreux et le talent de l'artiste, marmonna Evie. Brian, lui, s'entourait toujours de pseudo-intellectuels. Je connais ces gens-là et ils ne m'attirent pas. Je t'attends ici.

Evie s'installa sur un banc, dans un coin, et regarda Marie faire la queue pour obtenir une dédicace. En voyant Posy émerger en compagnie d'Amy, elle baissa la tête, espérant passer inaperçue. En vain. Posy se dirigea droit sur elle.

— Evie, comment vas-tu ? demanda-t-elle avec un sourire chaleureux.

— Bien, bredouilla-t-elle en se sentant rougir.

— Je te présente Amy Montague, la femme de Sam.

— Enchantée, Amy.

Evie afficha un sourire forcé.

— Bonjour. Je crois qu'on s'est croisées, il y a longtemps. Tu es de retour à Southwold ?

— Dans l'immédiat, oui.

— Où habites-tu ? s'enquit Posy.

— Dans la maison de ma grand-mère. Elle me l'a léguée.

— Ah oui, j'ai appris qu'elle était décédée il y a quelques mois. Mes condoléances, ajouta Posy en soutenant le regard d'Evie. Et si on allait toutes prendre le thé au *Swan* ? Je suis impatiente de savoir ce que tu es devenue, Evie. Amy et toi ferez plus ample connaissance.

— Oh, c'est que je suis venue avec quelqu'un et…

— Nous viendrons volontiers, compléta Marie, juste derrière Posy. Je ne crois pas vous avoir été présentée, madame Montague. En revanche, je sais où vous vivez et j'adore votre maison. Salut, Amy.

— Voici Marie Simmonds, une amie de jeunesse, qui est agent immobilier, déclara Evie, de plus en plus gênée.

— Bonjour, Marie. Très bien, allons-y avant que toutes les meilleures tables soient prises, suggéra Posy.

Les quatre femmes s'éloignèrent.

— Excusez-moi ! C'est bien vous, n'est-ce pas ?

Amy se retourna en sentant une main effleurer son épaule. Celle de Sebastian Girault.

— Pardon ?

— Vous êtes la réceptionniste de l'hôtel où j'ai semé la zizanie hier, expliqua-t-il.

Amy sentit tous les regards se poser sur elle et rougit.

— Oui…

— Tenez, fit Sebastian en lui tendant un exemplaire de son roman. C'est sans doute la dernière chose dont vous ayez envie, mais c'est un calumet de la paix, en quelque sorte. Je tenais à m'excuser encore.

— Ce n'est rien, vraiment.

— Alors vous me pardonnez ?

Malgré elle, Amy sourit de son air sérieux.

— Bien sûr. Merci pour le livre. Au revoir.

— Au revoir.

Amy tourna les talons et suivit les autres dans la rue. Posy et Marie brûlaient d'obtenir des détails, de sorte qu'elle dut s'expliquer.

— C'est agréable de rencontrer un gentleman, commenta Posy.

Elles entrèrent dans la salle douillette du *Swan*. Evie s'excusa et se dirigea vers les toilettes pendant que les autres choisissaient une table.

— C'est ça… il a été odieux, hier, répondit Amy.

— Au moins tu as eu un livre gratuit. Moi, j'ai dû débourser quinze livres quatre-vingt-dix-neuf, protesta Marie.

— Et si on commandait du thé et des scones pour tout le monde ? proposa Posy. C'est amusant, non, d'être entre filles ? Vous n'imaginez pas combien j'aurais aimé avoir une fille ! La pauvre Amy doit supporter ma compagnie souvent, n'est-ce pas, chérie ?

— Ce n'est pas un problème, Posy.

Evie réapparut et se glissa à côté de Marie, sur la banquette, alors qu'il y avait une place libre près de la vieille dame.

— On ne peut pas rester longtemps, Marie. Clemmie risque de s'inquiéter, annonça-t-elle, visiblement mal à l'aise.

— Mais non ! répliqua Marie, qui s'amusait trop pour saisir les allusions à peine voilées de son amie.

— Ton mari sait s'y prendre, avec les enfants, soupira Amy, avant d'ajouter vivement, pour ne pas alerter Posy : Je veux dire, Sam est débordé, en ce moment…

— Alors, Evie, tu es heureuse d'être de retour après tout ce temps ? s'enquit Posy.

— Oui, très…

Le thé et les scones furent servis. Evie fut soulagée de voir la vieille dame porter son attention sur Marie pour l'interroger sur l'état du marché immobilier dans la région.

— Et si je venais jeter un coup d'œil à votre maison ? suggéra Marie aimablement. Je pourrais l'évaluer pour que vous connaissiez au moins sa valeur.

— Tu ne songes pas sérieusement à vendre Admiral House, n'est-ce pas, Posy ? demanda Evie malgré elle.

Pour la première fois, Posy entrevit la jeune femme qu'elle avait connue.

— Il faut que je considère la question. Comme je viens de le dire à Marie, la maison a besoin de gros travaux d'entretien et elle est bien trop vaste pour moi seule.

— Et tes fils ? insista Evie. L'un d'entre eux voudra certainement…

— Vivre là-bas quand j'aurai rendu l'âme ? J'en doute. Ce serait un cadeau empoisonné.

Tandis qu'Amy versait le thé, Posy observa Evie. Qu'avait-il pu se passer pour que la ravissante jeune femme pleine d'énergie et vive d'esprit qu'elle avait connue ne soit plus que l'ombre d'elle-même ? Evie semblait porter le poids du monde sur les épaules et ses yeux sombres étaient tristes.

— Quand Clemmie part-elle en pension ? s'enquit Marie.

— La semaine prochaine.

— Moi, j'ai été interne et j'ai adoré ça, intervint Posy. Elle est impatiente ?

— Oh non, pas du tout, répondit Evie.

— Je la comprends. Une fois qu'elle y sera, je suis certaine qu'elle s'adaptera sans problème.

— Je l'espère.

Evie avait les yeux rivés sur sa tasse pour ne pas croiser son regard.

— Si tu veux que je lui parle, pour la rassurer en lui décrivant mon expérience, je serais ravie de le faire.

— Je te remercie, mais tout ira bien.

Posy chercha un sujet de conversation pour briser le silence pesant.

— Au fait, Evie, Nick rentre bientôt d'Australie.

— Ah oui ? C'est bien. Bon, ajouta-t-elle en se levant, il faut vraiment qu'on y aille, Marie.

Elle posa de l'argent sur la table et attendit que Marie mette son manteau de mauvaise grâce.

— Au revoir ! dit-elle non sans glisser sa carte à Posy avant qu'Evie ne l'entraîne pratiquement de force vers la sortie. Appelez-moi !

— Promis, je vais y réfléchir. Au revoir, Evie ! lança-t-elle dans son dos.

— On devrait rentrer, nous aussi, Posy, suggéra Amy. L'heure du dîner est passée et je sais que Sam n'aura pas fait manger les enfants.

— Bien sûr, soupira Posy en secouant tristement la tête. J'aimerais bien savoir ce que j'ai fait pour contrarier Evie. On était très amies et elle débordait de joie de vivre autrefois. On dirait qu'elle s'est vidée de sa substance. Elle a une mine épouvantable.

— Dix ans, c'est long, hasarda Amy. Il est clair qu'elle a des problèmes, avec sa fille qui part en pension.

Les deux femmes regagnèrent la voiture. Posy était hantée par l'expression d'Evie lorsqu'elle lui avait annoncé le retour de Nick. Tout cela cachait quelque chose et Posy était déterminée à découvrir de quoi il s'agissait.

4

— Tu veux bien aller ouvrir, Clemmie, s'il te plaît ? Je sors de la douche ! lança Evie depuis l'étage.

— C'est bon, Maman, j'y vais !

La fillette quitta son lit et descendit vivement les marches.

— Bonjour, Clemmie, je suis Posy Montague, une vieille amie de ta mère. Tu te souviens ? On s'est croisées devant chez le marchand de journaux, l'autre jour.

— Oui, acquiesça-t-elle. Vous voulez parler à Maman ?

— En fait, c'est toi que je venais voir. Tu es déjà allée à la pêche aux crabes ?

— Non, répondit l'enfant, méfiante.

— Il est grand temps de t'y mettre. J'ai du bacon en guise d'appât, des lignes et des seaux dans la voiture. Si ta Maman veut bien, je t'emmène à

Walberswick. On traversera la rivière en barque. Va vite lui demander la permission !

— Je...

— Bonjour, Posy.

Evie apparut, en peignoir, derrière sa fille, le regard noir.

— Ah, tu es là. Je suis contente de te revoir. Tu veux bien que j'emmène Clemmie pêcher le crabe ? Il fait tellement beau. Je te la ramènerai pour le dîner.

— Eh bien, c'est très gentil, mais on a un tas de choses à faire avant le départ de Clemmie en pension et...

— Je suis certaine que tu régleras tout ça en deux temps trois mouvements. Qu'en dis-tu, Clemmie ?

L'enfant considéra Posy et comprit que cette vieille dame ne lâcherait pas l'affaire.

— Je veux bien..., commença-t-elle. Si Maman est d'accord.

— D'accord, céda Evie, prise au piège.

— Parfait ! Prends une veste chaude au cas où il fasse plus frais, tout à l'heure.

Clemmie acquiesça et monta se préparer.

— Evie, pardonne-moi de jouer les vieilles toupies envahissantes. Je pourrais remonter le moral de Clemmie à propos de l'internat, lui expliquer que la pension, c'est formidable.

— Pour être honnête, je ne sais plus quoi faire. Elle refuse d'y aller.

— Eh bien, je ferai de mon mieux pour lui faire voir les choses sous un meilleur jour.

— Merci, Posy, dit-elle avec l'esquisse d'un sourire. C'est très gentil.

— Mais non ! Une journée de pêche aux crabes me fera du bien. Allez, jeune fille ! dit-elle à Clemmie qui les rejoignait. En route !

Evie les salua tandis que la voiture s'éloignait, puis elle rentra, frémissant sous son peignoir. Elle n'avait pratiquement pas dormi de la nuit. Épuisée, elle monta enfiler un jean et un pull. Si ce retour à Southwold était la meilleure chose à faire pour Clemmie, elle avait été stupide d'espérer échapper à son passé. Si seulement elle pouvait parler à quelqu'un, partager son fardeau… Dix ans plus tôt, Posy avait été une mère de substitution. Comme il aurait été confortable de s'épancher sur son épaule rassurante…

Paradoxalement, Posy était la dernière personne à qui elle pouvait se confier, songea-t-elle en s'allongeant sur son lit, trop faible pour redescendre.

— Waouh ! Une vraie barque ! s'exclama Clemmie.

Au bord des eaux scintillantes du Blyth qui séparait Southwold de Walberswick, elles longèrent l'étroit ponton pour faire la queue.

— Tu n'as jamais fait de bateau ? demanda Posy en regardant l'embarcation traverser l'estuaire, pilotée par un rameur.

— Non. À Leicester, on n'est pas au bord de l'eau.

— Je n'y suis jamais allée. C'est un bel endroit ?

— Je ne voulais pas déménager parce que j'avais beaucoup de copines, là-bas. Maman a dit qu'il le fallait…

Le bateau accosta et les passagers de retour débarquèrent. Le rameur, qui portait une élégante chemise en lin, était coiffé d'un panama pour se protéger des rayons du soleil. Il tendit la main à Clemmie pour l'aider à monter. Posy la suivit, avec ses deux seaux d'appât.

— Et voilà, madame !

Sa voix mélodieuse et suave lui était familière, très différente de celle de Bob, l'ancien pêcheur qui pilotait l'embarcation sur la centaine de mètres depuis vingt ans.

— Merci, dit Posy en s'asseyant sur un banc étroit, tandis que les autres passagers s'installaient. Tu sais nager, Clemmie, n'est-ce pas ?

— Oui. J'ai appris à l'école.

— Tant mieux, parce que ce bateau a la réputation de sombrer à cause du trop grand nombre de touristes, plaisanta-t-elle.

Le rameur largua son amarre et mit le cap sur Walberswick.

— Dis-moi, Clemmie, j'ai appris que tu partais en pension dans quelques jours.

— Oui, mais je ne veux pas y aller.

— Je suis allée en pension, moi, commenta Posy.

Elle ferma les yeux et leva le visage vers le soleil.

— J'y ai passé de très bons moments, ajouta-t-elle. Je me suis fait un tas d'amis, il y avait des fêtes dans les dortoirs, la nuit et, ce qui ne gâche rien, j'y ai reçu une excellente éducation.

Clemmie pinça les lèvres.

— Je vous crois, Posy, mais je ne veux pas y aller quand même.

— Regarde, on est arrivées !

Le rameur saisit une amarre pour accoster, puis il sauta à terre pour immobiliser le bateau. Posy et Clemmie furent les dernières à débarquer. Le rameur hissa sans effort la fillette sur la terre ferme.

— À nous, dit-il en se tournant vers Posy.

Il lui sourit en la regardant enjamber les sièges pour venir à sa rencontre. Lorsqu'il lui tendit la main, elle le regarda dans les yeux pour la première fois.

Soudain, Posy eut l'impression étrange que le temps s'arrêtait. Elle ignorait si elle le dévisageait depuis une seconde ou un siècle. Autour d'elle, tout était assourdi, les cris des mouettes, les conversations des autres passagers. Elle n'avait ressenti cela qu'une seule fois dans sa vie et n'avait pas plongé dans ce regard depuis plus de cinquante ans.

Posy se ressaisit en voyant qu'il lui tendait la main pour l'aider à descendre sur le ponton. Allait-elle s'évanouir ? Son instinct lui hurlait de fuir cet homme et son bras tendu, mais elle était prise au piège. Elle ne pouvait se jeter à l'eau et regagner la sécurité de Southwold à la nage.

— J'y arriverai, merci, assura-t-elle.

Elle baissa la tête et se détourna pour se hisser sur le ponton à la force de ses mains. Hélas, ses jambes la trahirent au moment où elle se trouvait en équilibre précaire entre le bateau et le ponton. Le batelier la rattrapa. Son contact envoya comme une décharge électrique dans le corps de Posy, dont le cœur s'emballa. Il l'entoura de son autre bras pour littéralement la soulever sur la plateforme en bois.

— Tout va bien, madame ?

— Oui, oui, ça va, bredouilla-t-elle.

Elle sentit ses yeux marron la scruter et, soudain, il la reconnut.

— Je… Mon Dieu ! Posy ? C'est toi ? lança-t-il dans son dos.

— Viens, Clemmie, dit-elle vivement avant de s'éloigner, les jambes en coton.

Elle ne se retourna pas.

— Ça va, Posy ? s'enquit Clemmie tandis que la vieille dame l'entraînait sur le quai.

— Bien sûr que ça va. Qu'est-ce qu'il fait chaud, aujourd'hui ! Asseyons-nous sur ce banc pour boire un peu d'eau.

De son poste d'observation, elle voyait le rameur aider les passagers à embarquer pour le trajet de retour. Ce n'est que lorsqu'elle le vit enfin repartir qu'elle sentit son cœur se calmer.

On pourrait rentrer à la maison en taxi, songea-t-elle. *Que diable fabrique-t-il ici ?*

Puis elle se souvint que c'était l'une des choses qui les avaient rapprochés, au moment de leur rencontre…

« *D'où viens-tu, Posy ?*

— *Je suis originaire du Suffolk, mais j'ai grandi en Cornouailles.*

— *Du Suffolk ? Cela nous fait un point commun…* »

— Vous vous sentez mieux, Posy ? demanda Clemmie, l'air inquiet.

— Bien mieux, merci. J'avais un peu soif. À présent, partons en quête d'un emplacement. Pourvu que la pêche soit bonne !

Elle emmena la fillette le plus loin possible sur le quai, puis elles s'installèrent au bord de l'eau. Posy montra à l'enfant comment placer un morceau de bacon sur l'hameçon et jeter sa ligne à l'eau.

— Il ne faut pas trop remuer pour que les crabes puissent sauter dessus. Et reste près du bord, là où il y a plus de rochers sous lesquels ils aiment se cacher.

Après quelques fausses alertes, Clemmie sortit triomphalement un petit crabe que Posy décrocha de l'hameçon.

— Bravo ! Tu viens de pêcher ton premier crabe, le premier d'une longue série, tu verras !

Effectivement, Clemmie parvint à en remonter six autres, puis Posy déclara qu'elle avait faim et soif. Elles remirent les crabes à l'eau.

— Bon, fit-elle, le cœur battant en voyant le bateau s'approcher du ponton, c'est le moment d'aller manger un morceau au pub du coin.

Lorsqu'elles furent attablées sur la terrasse du pub *The Anchor*, Posy commanda un verre de vin blanc pour se remettre de ses émotions, un soda pour la fillette, ainsi que deux sandwichs aux crevettes. En patientant au comptoir, elle se rappela combien elle avait trouvé cet homme séduisant en arrivant à l'embarcadère. Quand il avait enlevé son chapeau pour révéler ce qu'elle appelait sa « tête de poète », avec son épaisse chevelure désormais blanche et coiffée en arrière, qui lui tombait sur la nuque…

Arrête, Posy ! s'intima-t-elle. *N'oublie pas qu'il t'a brisé le cœur…*

Hélas, son esprit rationnel ne l'écoutait pas. Sans doute à cause des frissons qu'elle avait eus lorsqu'il l'avait touchée.

Du calme, Posy ! Tu as presque soixante-dix ans ! De plus, il a probablement une femme, une ribambelle d'enfants et de petits-enfants, et…

— Merci, Posy, dit poliment Clemmie.

— Les sandwichs ne vont pas tarder, alors je t'ai pris un paquet de chips en attendant. Santé !

Elle trinqua avec la fillette.

— Alors, ma puce, tu n'as pas très envie de partir en pension…

— Non, répondit-elle en secouant la tête. Si Maman me force à y aller, je m'enfuirai pour rentrer à la maison. J'ai économisé mon argent de poche, au cas où, et je sais comment prendre le train.

— J'en suis certaine et je comprends ce que tu ressens. À ton âge, je n'avais pas envie de partir, moi non plus.

— Je ne comprends pas pourquoi je devrais y aller, geignit Clemmie.

— Parce que ta mère veut que tu aies le meilleur départ possible dans la vie. Parfois, les adultes doivent prendre des décisions pour leurs enfants, même s'ils ne sont pas d'accord ou s'ils ne comprennent pas. Tu crois vraiment que ta mère veut se débarrasser de toi ?

Pensive, Clemmie but un peu de soda à l'aide d'une paille.

— Peut-être. Je fais un peu la tête depuis qu'on est à Southwold.

Posy se mit à rire.

— Ma chérie, tu sais, quand mes garçons sont partis, j'ai pleuré toutes les larmes de mon corps pendant des jours. Ils me manquaient terriblement.

— Ah bon ? s'étonna l'enfant.

— Oh oui ! Et je sais que ta mère ressentira la même chose. Comme elle, j'ai pris cette décision parce que c'était mieux pour eux, même s'ils n'étaient pas de cet avis.

— Posy, vous ne comprenez pas…, insista vivement Clemmie. Maman a besoin de moi. En plus…

Sa voix s'éteignit.

— Oui ?

— J'ai peur ! avoua l'enfant en se mordant la lèvre. Et si je détestais cette école ? Et si les autres filles étaient méchantes ?

— Dans ce cas, tu en partiras. C'est un peu bête de ne pas faire quelque chose par peur de ne pas aimer cela. Cette école n'est pas très éloignée. Tu rentreras tous les week-ends et pendant les vacances. Tu auras le meilleur des deux univers.

— Et si Maman m'oubliait en mon absence ?

— Seigneur ! Ta mère t'adore ! Je le lis sur son visage. Elle fait cela pour toi, pas pour elle.

Clemmie soupira.

— Bon, puisque vous le dites… Ce sera peut-être sympa d'être dans un dortoir…

— Et si tu essayais pendant un trimestre ? Avance petit à petit pour voir comment les choses se passent. Si tu n'es pas bien là-bas, ta mère te permettra de partir.

— Vous lui ferez promettre ça, Posy ?

— Nous lui poserons la question quand je te ramènerai.

Posy leva les yeux vers la serveuse qui venait d'apporter leurs sandwichs.

— Et si on mangeait ?

Après une demi-heure à raconter des souvenirs de pensionnat plus ou moins imaginaires à Clemmie,

Posy emmena l'enfant, plus rassurée, vers le ponton. Elle-même n'en menait pas large. Par chance, le bateau était au complet et le rameur n'eut pas le temps de lui parler. À Southwold, Posy rassembla son courage en attendant de débarquer. Lorsqu'il la prit par le bras pour l'aider à fouler le ponton, il se pencha vers elle.

— C'est bien toi, Posy, n'est-ce pas ?

— Oui, confirma-t-elle, sachant qu'il serait puéril de nier.

— Tu habites dans le coin ? Parce que j'aimerais beaucoup…

Elle était sur la terre ferme. Sans un regard en arrière, Posy s'éloigna.

5

Par la vitre du taxi, Nick Montague observa le brouillard matinal. Il était à peine sept heures, mais les voitures roulaient déjà au pas sur la M4 en direction de Londres.

Il frémit en sentant pour la première fois depuis dix ans la fraîcheur d'un automne anglais. À Perth, c'était le début du printemps et la température dépassait déjà les 20 °C.

En pénétrant dans le cœur de la capitale, Nick sentit l'énergie vibrante de la ville, si différente de l'atmosphère détendue de Perth. Il était à la fois exalté et troublé. Il avait bien fait de venir à Londres au lieu de filer directement à Southwold. Il n'avait pas indiqué sa date d'arrivée à sa mère pour avoir un peu de temps pour lui. Avant de la voir, il avait des décisions à prendre.

Au cours des derniers mois, l'Angleterre lui avait manqué pour la première fois depuis qu'il vivait à Perth. Au départ, il était animé par le défi de s'installer dans un autre pays et d'y monter une entreprise. Il avait réussi et se trouvait à la tête d'un magasin d'antiquités florissant sur la Left Bank. Il louait un superbe appartement donnant sur la baie, à Peppermint Grove.

Les choses avaient peut-être été un peu trop faciles. Nick avait débarqué à Perth à une époque où la ville était en pleine croissance et attirait une foule de jeunes entrepreneurs fortunés. Étant donné le manque de concurrence dans le domaine des antiquités haut de gamme, il avait gagné bien plus d'argent qu'il ne l'aurait fait en Angleterre.

Il avait essayé de profiter de son succès, mais le besoin d'un nouveau défi s'était fait sentir. Il avait songé à ouvrir des boutiques à Sydney et Melbourne. Hélas, la distance entre ces villes posait problème, surtout pour l'acheminement des meubles. De plus, il avait accumulé assez d'argent et d'expérience pour entrer dans la cour des grands et, s'il n'agissait pas maintenant, il ne le ferait jamais. En d'autres termes, le moment était venu de rentrer chez lui.

Il avait décidé de séjourner à Londres pour étudier le marché des antiquités, se rendre à des ventes prestigieuses et visiter quelques locaux commerciaux dans l'ouest de la capitale. Il voulait également voir ce que ça lui ferait d'être de retour en Angleterre. S'il ne s'y sentait pas à sa place, il partirait peut-être pour New York.

— Nous y voilà, m'sieur. 6 Gordon Place.

— Merci, répondit Nick avant de régler la course.

Nick porta ses bagages jusqu'à une maison de ville couverte d'une glycine. À quelques minutes à pied de l'effervescence de Kensington High Street, le calme de cet élégant quartier résidentiel était bienfaisant. C'était bon de revoir des édifices vieux de plusieurs siècles…

Il sonna à la porte.

— Bonjour, Nick ! lança Paul Lyons-Harvey avec une accolade chaleureuse. Regarde-toi ! Tu n'as pas changé. Tu as toujours tes cheveux, contrairement à moi.

Paul passa une main sur son crâne dégarni, puis prit la valise de Nick pour la porter à l'intérieur.

— Nick !

Jane, la femme de Paul, l'embrassa. C'était une grande blonde dont les traits parfaitement symétriques avaient fait la couverture de *Vogue*, autrefois.

— Tu as vu comme il a bonne mine ? dit Paul en entraînant Nick dans le couloir, vers la cuisine.

— Et comment. C'est sans doute le surf qui l'a empêché de s'empâter. J'essaie toujours de mettre Paul au régime, mais il ne tient qu'une journée avant de craquer, commenta Jane.

Avec tendresse, elle embrassa le crâne chauve de son mari, qui était petit et rondouillard.

— Ce que je n'ai pas en hauteur, je le compense en largeur, gloussa Paul.

— Tu es un bon vivant, c'est ça ? fit Nick.

— Je dois dire que les affaires ont été prospères, ces dernières années. Il fallait bien, avec les fourrures et les bijoux de madame.

— Tu parles ! railla Jane en mettant de l'eau à chauffer. On ne peut pas dire que je t'ai épousé pour ton physique avantageux, n'est-ce pas, chéri ? Du café, Nick ?

— S'il te plaît.

Il admira les longues jambes de Jane. Son vieil ami et son épouse étaient peut-être mal assortis, physiquement, mais ils formaient l'un des couples les plus unis qu'il ait jamais connus. Ils se complétaient à merveille : Paul, l'aristocrate, négociant en art, et Jane, si élégante et raisonnable, avec un calme qui contrebalançait le caractère plus emporté de Paul. Ils s'adoraient.

— Tu es fatigué ? s'enquit-elle en posant une tasse devant Nick.

— Assez, oui, admit-il. Je vais peut-être aller me reposer quelques heures, si ça ne vous dérange pas.

— Bien sûr que non ! Je crains que nous n'ayons des invités à dîner, ce soir. Ce serait bien que tu te joignes à nous. Sinon, ce n'est pas un problème.

— À ta place, je viendrais, intervint Paul. Il y aura une bombe parmi les invités, une copine de Jane du temps où elle défilait. J'imagine que tu n'es pas encore casé…

— Non. Célibataire endurci, confirma Nick d'un ton désinvolte.

— Eh bien, avec ce bronzage, je ne te donne pas plus de vingt-quatre heures pour voir les femmes se jeter à ton cou, déclara Jane. Bon, je dois y aller. J'ai un shooting à midi et il me reste encore à trouver une paire de chaussures pour mon modèle.

Jane avait arrêté le mannequinat depuis plusieurs années. Elle était désormais styliste free-lance et, d'après ce que Paul décrivait dans ses courriels, elle était très demandée.

— Repose-toi. Tu verras si tu as assez d'énergie pour le dîner de ce soir. Un homme de plus ne serait pas du luxe.

Elle posa les mains sur les épaules de Nick et les massa brièvement, avant d'embrasser son mari et de disparaître.

— Tu as vraiment de la chance, mon vieux, dit Nick avec un sourire. Jane est sublime. Vous semblez aussi heureux qu'il y a dix ans.

— C'est vrai, j'ai de la chance, admit Paul. Mais tous les couples ont leurs problèmes, tu sais. Même nous.

— Ah bon ? Cela ne se voit pas.

— Tu as sans doute remarqué l'absence d'enfants dans la maison. On essaie sans succès depuis presque six ans.

— Je l'ignorais. Je suis désolé pour vous.

— On ne peut pas tout avoir ! Je crois que c'est pire pour Jane... On a passé tous les examens, on a fait deux FIV. Je peux te garantir que c'est un tue-l'amour. Ce n'est pas très excitant de devoir être performant à la demande, à certaines heures... Bref, on a décidé d'arrêter. C'était source de stress. Jane semble satisfaite de sa carrière et ça marche plutôt bien pour moi, en ce moment.

— Des trouvailles ? s'enquit Nick, aussi désireux que Paul de parler d'autre chose.

— Seulement un Canaletto déniché au cours de mes voyages, répondit-il d'un ton désinvolte. J'en ai tiré un bon prix, comme tu l'imagines. Cela signifie que j'ai réglé la question de notre retraite. Dorénavant, tout ce qu'on gagne, c'est pour le plaisir. Et pour toi, comment ça se passe ?

— Bien. Du moins financièrement, même si je cherche encore mon Canaletto, répondit-il avec un sourire.

— J'ai trouvé plusieurs locaux commerciaux qui seraient parfaits pour toi, si tu décides d'ouvrir à Londres. Le marché des antiquités a connu une crise, avec cette folie de l'acier et des objets modernistes. Avec la récession qui s'annonce, tout le monde s'inquiète. Les gens se remettent à acheter ce qui, à leurs yeux, ne perdra pas de valeur. Les gens sont plus informés, de nos jours, avec toutes ces émissions de télévision sur les antiquités. Ils acceptent de payer cher pour des pièces d'exception, mais il est plus difficile de fourguer les vieilleries…

— C'est une bonne nouvelle parce que je vise le haut du panier. J'avais déjà commencé quand j'ai quitté Southwold, dit Nick en étouffant un bâillement. Désolé, je suis crevé. Je n'ai pas beaucoup dormi dans l'avion.

— Je comprends. Monte donc te reposer. Je pense que je vais faire une apparition à Cork Street.

Paul lui donna une tape dans le dos.

— C'est bon de te retrouver. Tu sais que tu peux rester aussi longtemps que tu voudras.

— Merci, fit Nick en se levant. J'apprécie beaucoup votre accueil. J'adore cette maison. Elle est tellement… anglaise. Cette architecture me manquait.

— C'est sûr. Tu es au troisième. Dors bien.

Nick traîna sa valise dans les escaliers et ouvrit la porte du grenier. La décoration était éclectique et chaleureuse. Le grand lit en cuivre et son édredon en dentelle étaient attirants. Sans se déshabiller, Nick s'écroula sur le lit et s'endormit.

À son réveil, la nuit tombait. Il s'en voulut de ne pas avoir réglé une alarme. En allumant la lumière, il constata qu'il était presque dix-huit heures, ce qui signifiait qu'il ne fermerait pas l'œil de la nuit. Derrière une porte, il trouva une petite salle d'eau bien équipée. Il sortit des vêtements de sa valise et prit une douche.

Vingt minutes plus tard, en descendant, il trouva Jane dans la cuisine, en peignoir. Elle coupait des poivrons et des champignons.

— Tiens, la Belle au bois dormant ! Tu te sens requinqué ?

— Oui, mais ne m'en veux pas si je reste bavarder jusqu'à quatre heures du matin.

— Pas de problème. Tu sais que je suis une noctambule.

— Alors, tu aimes ton nouveau travail ?

— Oui, bien plus que je ne l'imaginais. Au départ, je voulais simplement rendre service à un ami photographe. Pour être honnête, je passais juste le temps en attendant… enfin, Paul et moi attendions qu'un bébé arrive. Maintenant que ce n'est plus une possibilité, je crois que j'ai trouvé une carrière.

— Paul m'a dit tout à l'heure que tu avais eu quelques problèmes, répondit prudemment Nick.

— Ah oui ? soupira-t-elle. Le plus bizarre, c'est que je n'avais jamais réfléchi à avoir des enfants. J'ai passé ma jeunesse à essayer de ne pas en avoir. Quelle ironie du sort… Je n'aurais pas cru…

Jane cessa de découper ses légumes et regarda dans le vague.

— Les femmes pensent avoir un droit naturel à la maternité. Hélas, c'est en se rendant compte qu'on ne peut pas en avoir que l'on commence vraiment à en avoir envie.

— Jane, je suis désolé pour vous deux.

— C'est gentil, dit-elle en écartant une boucle blonde de son visage. Le pire, c'est que je n'arrête pas de penser à la façon dont j'ai malmené mon corps, quand j'étais jeune. Comme tous les mannequins, je vivais de café noir et de cigarettes.

— Les médecins n'ont pas déclaré que c'était toi, le problème, n'est-ce pas ?

— Non. On fait partie des couples pour lesquels il n'y a pas de raison connue. Enfin, c'est terminé. On a accepté d'avoir un nid vide et je commence enfin à ne plus fondre en larmes chaque fois que je croise un nouveau-né.

— Jane…

Nick la prit dans ses bras.

— Bref, reprit-elle en s'essuyant les yeux, si on parlait de toi ? Tu as dû rencontrer quelqu'un, en dix ans ?

— Pas vraiment. J'ai eu quelques aventures, bien sûr… (Il haussa les épaules.) Aucune n'a duré. Chat échaudé… tu connais la suite. Je suis heureux comme ça.

La porte d'entrée s'ouvrit et Paul apparut dans le couloir.

— Bonsoir, chérie !

Il prit sa femme dans ses bras et l'embrassa.

— Je viens d'acheter un adorable petit camée. On est en train de se renseigner, mais on pense qu'il peut s'agir de Lady Emma Hamilton, la jolie maîtresse de Lord Nelson. Alors, Nick, tu as bien dormi ?

— Oh oui ! Pour ne pas vous déranger, je vais faire un saut au pub. Je meurs d'envie de boire ma première véritable bière brune sur le sol anglais.

— Sois de retour pour vingt heures, Nick ! lança Jane tandis qu'il s'éloignait.

— Promis !

Il traversa la rue en direction du pub et commanda une pinte, accoudé au bar. Dès la première gorgée, il sourit et savoura l'atmosphère unique de l'établissement. La dernière chose qu'il avait envie de faire, pour sa première soirée en Angleterre, c'était échanger des banalités lors d'un dîner en compagnie de parfaits inconnus.

Une demi-heure plus tard, après une seconde pinte, il quitta le pub et flâna dans Kensington Church Street pour admirer les vitrines luxueuses des antiquaires. Il regarda autour de lui. Pourrait-il vivre ici ? Quitter Perth, le soleil, les plages, le calme, pour s'installer dans l'une des villes les plus frénétiques du monde ?

Sans parler du climat, songea-t-il en sentant une bruine commencer à tomber.

Il examina une superbe commode de style georgien exposée en vitrine, devant lui.

À cet instant, Nick se dit qu'il le pourrait.

— Nick, on commençait à s'inquiéter. On s'est demandé si tu ne t'étais pas fait enlever. Viens vite rencontrer les invités !

Très élégante, avec son pantalon en cuir et son chemisier en soie, Jane l'entraîna vers le salon.

— Champagne ?

— Pourquoi pas ?

Nick accepta une coupe et laissa Jane lui présenter les convives, qu'il salua d'un signe de tête poli. Il s'assit sur le canapé à côté d'une jolie brune, mariée à un sosie du guitariste des Rolling Stones, qui était en grande conversation avec Paul.

Elle se mit à lui poser des questions ineptes sur les kangourous et les koalas. Cette soirée promettait d'être interminable. Le pire, c'était qu'il n'avait pas d'échappatoire.

En entendant sonner à la porte, Jane alla ouvrir et réapparut accompagnée d'une femme dont la beauté inhabituelle incita même le blasé qu'il était à se redresser. Grande, un teint d'albâtre, une crinière blond vénitien… il ne put s'empêcher de la dévisager tandis que Jane faisait les présentations. Vêtue d'une longue robe en velours vert avec un col Mao et de minuscules boutons de nacre qui lui descendaient jusqu'aux chevilles, elle semblait droit surgie d'une toile de la Renaissance.

— Nick, je te présente Tammy Shaw, une de mes plus vieilles amies, dit Jane en tendant une coupe de champagne à la nouvelle venue.

Tammy posa sur lui ses immenses yeux verts un peu étranges.

— Enchanté, Tammy.

— Il est arrivé aujourd'hui d'Australie, expliqua Jane tandis que Nick faisait une petite place à Tammy sur le canapé, à côté de lui.

— Comment avez-vous rencontré Jane et Paul ? s'enquit-il.

— J'ai connu Jane il y a des années, lors de ma première séance photo. Elle m'a aidée et nous sommes restées amies.

— Donc vous êtes mannequin, vous aussi ?

— Je l'étais, répondit-elle en buvant une gorgée de champagne.

Elle balaya la pièce du regard. Nick perçut ses réticences. Une femme aussi belle devait se faire draguer en permanence.

— Pour être honnête, fit-il en baissant d'un ton, un dîner n'est pas ce que j'avais en tête pour ma première soirée. Excusez-moi si ma conversation manque un peu de substance.

— Personnellement, j'ai horreur de ça, fit Tammy avec l'esquisse d'un sourire. Surtout quand on est la célibataire de service. Jane est ma meilleure amie, alors je fais une exception pour elle. Vous habitez à Londres ?

— Non. Je suis hébergé chez Jane et Paul.

— Ce sont des amis de longue date ?

— J'ai connu Paul dans une école privée, quand j'avais neuf ans. Je l'ai sauvé d'une bande de petites brutes qui lui plongeaient la tête dans la cuvette des toilettes.

Nick se tourna vers Paul en souriant.

— Il n'a pas changé, ajouta-t-il. J'aime à croire que, s'il a fait fortune et réussi dans la vie, ses harceleurs sont des moins-que-rien.

— Les garçons sont parfois cruels. Si j'ai des enfants, je ne les enverrai jamais en pension. Tous les anciens internes que j'ai rencontrés semblent être perturbés.

— Pas tous, j'espère. Les pensionnats ont changé, vous savez.

— Peut-être…

— Que faites-vous dans la vie ? s'enquit-il.

— Je vends des vêtements vintage au marché aux puces de Portobello.

— Ah oui ? s'étonna Nick, qui la vit soudain d'un autre œil.

— Eh oui. Cela fait des années que je collectionne les pièces originales. À présent, les gens en raffolent.

— C'est drôle ça, figurez-vous que je suis antiquaire. Cela signifie-t-il que nous regardons en arrière et non vers l'avenir ?

— Je n'ai jamais vu les choses ainsi, mais vous avez peut-être raison. J'ai souvent eu l'impression de m'être trompée de siècle. Quel genre d'antiquités négociez-vous ?

— Oh, c'est très éclectique. Rien de rustique, si vous voyez ce que je veux dire. Je déniche des pièces rares que je trouve belles en espérant que les clients seront du même avis. Demain, j'assiste à une vente aux enchères, d'ailleurs. J'ai repéré un lustre en verre de Murano superbe.

— Ça me rassure, car je n'achète que des vêtements vintage qui me plaisent et que j'ai envie de porter.

— Ils se vendent bien ?

— En fait, oui. Pour être honnête, j'ai passé l'âge de rester debout sous la pluie, par un dimanche de janvier glacial. D'ailleurs, c'est mauvais pour les vêtements. Je cherche un local.

— C'est fou, moi aussi, s'esclaffa Nick.

— Les amis, le dîner est servi dans la salle à manger ! lança Jane, sur le seuil.

Nick constata avec soulagement qu'il était placé à côté de Tammy, qui le fascinait malgré lui.

— Comment êtes-vous devenue mannequin ?

— Par hasard, répondit-elle en piochant dans les tapas disposées devant eux. Je passais une licence de philosophie à King's College quand j'ai été repérée par une agence en faisant des courses chez *Topshop*, à Oxford Circus. Je ne m'attendais pas à ce que cette expérience se prolonge. C'était surtout un moyen de financer mes études. J'ai donc démarré et voilà, je suis aujourd'hui une *has been.*

— Je ne crois pas, commenta Nick, ravi de constater qu'elle avait un bon coup de fourchette. Vous aimiez ce travail ?

— Par certains aspects, oui. Côtoyer les plus grands couturiers était passionnant. En revanche, c'est un univers impitoyable que j'ai quitté sans regret pour retrouver le monde réel.

— Vous me semblez bien réelle.

— Merci. Toutes les mannequins ne sont pas écervelées et cocaïnomanes, vous savez.

— C'est l'image que vous craignez de donner ?

— Un peu, avoua Tammy en rougissant légèrement.

— Est-ce que votre tenue fait partie de votre stock ?

— Oui. Je l'ai achetée quand j'avais dix-huit ans, dans un magasin caritatif *Oxfam.* Je la porte souvent.

— Le problème, hasarda Nick, c'est qu'il est difficile de vivre de sa passion. À Perth, j'ai une maison remplie de belles choses dont je ne supporterais pas de me séparer.

— Je vois ce que vous voulez dire. Mon dressing déborde de pièces que je me refuse à mettre en vente. Selon Nietzsche, la volonté d'avoir cesse dès qu'il y a possession. J'essaie de m'en souvenir chaque fois que j'en sors un vêtement pour l'ajouter à mon stand, dit-elle en souriant. Bref, parlez-moi de votre travail.

Jane servit de superbes filets de bœuf accompagnés de pommes de terre nouvelles et de haricots verts.

Nick lui résuma son parcours, de ses débuts à la salle des ventes de Southwold jusqu'à son retour potentiel à Londres.

— Vous avez une vie, là-bas, en Australie ? s'enquit Tammy.

— Si vous me demandez si j'ai une femme et des enfants, c'est non. Et vous ?

— Je vous ai déjà informé que j'étais célibataire, lui rappela-t-elle. Je vis seule dans une petite maison de Chelsea Mews. Elle m'a coûté mes économies. Naturellement, j'aurais dû acheter un quatre pièces…

— Vous êtes tombée amoureuse de l'endroit, compléta Nick en riant.

— Absolument.

Après le dîner, Paul convia ses invités au salon où crépitait un feu de cheminée. Jane apparut avec un plateau chargé de café et de cognac. En constatant qu'il était plus de vingt-trois heures, Nick n'en revint pas. Le temps avait passé si vite !

— Pourquoi ne vous êtes-vous jamais marié, Nick ? demanda Tammy de but en blanc.

— Waouh ! C'est une bonne question, répondit-il tandis que Jane leur servait du café. Je ne suis pas doué pour les relations de couple, je suppose.

— Ou alors tu n'as pas rencontré la bonne personne, intervint Jane en lui adressant un clin d'œil.

— Peut-être. Je vous retourne la question, Tammy.

— Je vous ferai la même réponse.

— Eh bien, voilà ! s'exclama Paul, derrière sa femme, la bouteille de cognac à la main. Vous êtes faits l'un pour l'autre, c'est évident.

Tammy consulta sa montre.

— Désolée, mais au risque d'être impolie, il se fait tard et j'ai un tas de couture à faire en rentrant chez moi. Cela m'a fait plaisir de discuter avec vous, Nick. J'espère que vous trouverez une boutique à votre goût. Si vous en croisez une à un tarif raisonnable, prévenez-moi, d'accord ? ajouta-t-elle avec un sourire.

— Bien sûr. À quel numéro je peux vous joindre ?

— Euh... Jane vous le donnera. Salut, Paul ! dit-elle en l'embrassant. Merci pour cette superbe soirée. Je vais saluer ta femme. Au revoir, Nick.

Dès que Tammy eut quitté la pièce, Paul s'assit à côté de Nick.

— J'ai encore fait une gaffe, je suppose...

— Tu t'en doutes, mais ne t'en fais pas.

— Si, parce que vous sembliez bien vous entendre.

— Elle a l'air géniale et très intelligente.

— L'intelligence et la beauté... l'association idéale. Tammy est très spéciale. Et indépendante. Tu as toujours apprécié les défis, non ?

— Il fut un temps, oui. Pour le moment, je me concentre sur le travail, c'est moins compliqué.

Une heure plus tard, tous les invités étaient partis. Nick aida le couple à tout nettoyer, puis Paul et Jane montèrent se coucher. Nick resta seul devant la cheminée, son verre de cognac à la main. L'image de Tammy ne cessait de ressurgir à son esprit. Il devait l'admettre, il était... excité. À quand remontait la dernière fois qu'une femme avait produit un tel effet sur lui ? Cela ne lui était pas arrivé depuis... elle.

Et l'amour l'avait poussé à fermer une entreprise florissante en Angleterre pour partir se réfugier à l'autre bout du monde. Le fait que Tammy ait ébranlé quelque chose en lui était une bonne nouvelle, non ? Cela signifiait que, peut-être, il était enfin guéri.

Pourquoi ne devrait-il pas la revoir ? Ces dix dernières années, il avait souffert d'une profonde solitude. Il avait mené un semblant de vie et, à moins qu'il ne veuille finir tout seul, il devait s'ouvrir à l'amour. Cependant, pourquoi une femme telle que Tammy s'intéresserait-elle à un type comme lui ? Elle avait certainement l'embarras du choix.

Nick poussa un long soupir. Il y réfléchirait demain et, s'il était toujours aussi troublé, il l'appellerait.

Le lendemain, Jane était dans la cuisine quand Nick la rejoignit.

— Bon après-midi, dit-elle en levant les yeux de son ordinateur portable. Tu as bien dormi ?

— Au bout d'un moment, oui. Je ne supporte vraiment pas le décalage horaire.

— Une omelette, ça te dit ? J'allais me préparer à manger.

— Je m'en occupe. Jambon-fromage ?

— Parfait. Merci, Nick. Le café est là-bas. Sers-toi. Je dois finir ce texte pour le shooting et l'envoyer au magazine.

Nick s'affaira dans la cuisine qui donnait sur le petit jardin. Un hêtre au feuillage cuivré étincelait sous le soleil de septembre. Il lui évoqua immédiatement l'incroyable chevelure de Tammy.

— Tu me gâtes, déclara Jane lorsqu'il posa un saladier de laitue sur la table. Il faudra que tu apprennes à mon mari à casser un œuf, un de ces jours.

— Tu as toujours été là pour lui faire la cuisine, alors que je vis seul.

— C'est vrai. C'est délicieux… Alors, tu as passé une bonne soirée, hier ?

— Oui mais, pour être honnête, je n'ai pas parlé aux autres invités.

— J'avais remarqué, fit Jane en le dévisageant. En général, reprit-elle, Tammy se montre assez distante avec les hommes, pour des raisons évidentes. Avec toi, elle s'est vraiment décoincée.

— Tant mieux. Elle est d'une beauté remarquable. Elle doit se faire draguer en permanence.

— Quand elle était mannequin, en tout cas. Tu n'ignores pas que c'est un univers malsain. Les prédateurs rôdent. Pour se protéger, elle est devenue une sorte de reine des glaces. Sous sa carapace, elle est adorable et très vulnérable.

— Elle a… euh… elle a eu beaucoup de petits amis ?

— Quelques-uns, oui. Puis pendant la majeure partie de sa carrière, elle était avec son amour d'enfance, mais il est mort il y a environ trois ans et… à ma connaissance, elle n'a pas eu d'histoire sérieuse depuis. Tu comptes l'appeler ?

— Je… peut-être. Si tu me donnes son numéro.

— À condition que tu ne lui brises pas le cœur.

— Pourquoi ferais-je une chose pareille ? s'enquit Nick, intrigué.

— Hier soir, tu me disais que tu étais un célibataire endurci. Je ne veux pas que Tammy soit une conquête de plus sur ton tableau de chasse. Elle mérite bien mieux. Elle a le cœur sur la main et se montre étonnamment naïve en ce qui concerne les hommes.

— J'ai compris, Jane, et je te promets que je ne cherche pas l'aventure d'un soir. J'ai bien trop à faire en ce moment. En fait, j'aimerais bien la revoir. On a des atomes crochus.

— Je sais. Toute la tablée l'a remarqué, commenta Jane avec un sourire. Je dois filer, j'ai un rendez-vous. Je t'enverrai son numéro par texto.

— Merci.

Tandis qu'il finissait de débarrasser la table, un tintement annonça l'arrivée d'un message :

Voici le num de Tammy. À + J

Nick enregistra le nouveau contact, puis il monta dans sa chambre. Il n'avait rien dit à Jane mais, la veille, quand il avait enfin trouvé le sommeil, il avait rêvé de Tammy. Marchant de long en large dans la pièce, il songea à attendre quelques jours avant de l'appeler, de peur de passer pour un « prédateur », selon l'expression de Jane.

Pourrait-il patienter deux jours ?

Non. Il voulait la voir tout de suite, plonger dans ces incroyables yeux verts, toucher cette chevelure sublime… elle lui manquait.

Bon sang, Nick, qu'est-ce qu'elle t'a fait ?

Quelques minutes plus tard, Nick prit son téléphone et tapa le numéro de Tammy.

6

Le carillon de la galerie tinta dans l'arrière-boutique, annonçant l'entrée d'un client. Posy s'éloigna de son ordinateur pour gagner l'espace d'exposition.

— Je peux vous renseigner ? demanda-t-elle machinalement.

— Avec plaisir. Bonjour, Posy.

Celle-ci se figea, le cœur battant à tout rompre. *Il* se tenait au milieu de la boutique et la regardait avec attention.

— Je…

Posy porta une main à son visage pour tenter de masquer son trouble. Sans doute était-elle écarlate.

— Comment m'as-tu trouvée ?

Il fit quelques pas vers elle.

— Eh bien, je n'irais pas jusqu'à dire que j'ai engagé un détective privé. La première personne à qui j'ai demandé savait où tu travaillais. Tu es plutôt connue à Southwold. Tu en es certainement consciente.

— Pas vraiment, répliqua-t-elle.

— Enfin, peu importe. Tu es là.

— Oui. Qu'est-ce que tu veux ?

— Je… je suppose que je voulais juste te revoir, après notre rencontre furtive sur le bateau.

— Je vois.

Elle détourna les yeux. À vingt ans, il était déjà terriblement séduisant mais, à présent, il était le plus bel homme qu'elle ait vu depuis des décennies, alors qu'il avait quelques années de plus qu'elle. Elle refusait de laisser ses émotions embrumer son esprit.

— Cela fait combien de temps, Posy ? Pas loin de cinquante ans, je dirais.

— À peu près, oui.

Un silence pesant s'installa entre eux.

— Tu es toujours la même, tu sais.

— Bien sûr que non, Freddie ! Je suis une vieille femme.

— Et moi, un vieil homme, fit-il en haussant les épaules. Et alors ?

Ce fut de nouveau le silence. Posy refusa de le rompre.

— Écoute, je me demandais si tu accepterais que je t'invite à déjeuner, un de ces jours. J'aimerais m'expliquer.

— Expliquer quoi ?

— Pourquoi j'ai… pourquoi je t'ai quittée.

— Pas la peine. C'est de l'histoire ancienne, affirma Posy.

— Et je suis sûr que tu m'avais oublié jusqu'à ce que j'apparaisse comme par enchantement sur le bateau. Laisse-moi au moins t'emmener déjeuner pour qu'on se raconte nos vies. Je t'en prie, accepte, Posy. Je ne suis de retour dans le Suffolk que depuis quelques mois. J'ai pris ma retraite l'an dernier. Je ne connais pas encore grand monde, ici.

— Bon, d'accord, concéda-t-elle malgré elle.

Elle voulait surtout qu'il s'en aille au plus vite. Elle ne se sentait pas à son avantage car elle était venue à la galerie juste après avoir balayé les feuilles mortes de son jardin.

— Merci. Tu as une préférence, pour le restaurant ?

— Je te laisse choisir.

— Le *Swan.* C'est le seul endroit que je connaisse où l'on mange bien. Jeudi, ça te va ? C'est mon jour de repos, pour le bateau. Treize heures ?

— D'accord.

— On se voit donc jeudi à treize heures. Au revoir, Posy.

Freddie s'en alla. Aussitôt, Posy se retira dans le bureau pour s'asseoir et retrouver ses esprits.

Qu'est-ce qui te prend, espèce de vieille folle ? La dernière fois, il t'a brisé le cœur, souviens-toi !

Freddie Lennox qui réapparaissait dans sa vie comme un fantôme, ce n'était pas rien. Et pourtant, elle se mit à rire.

Bon sang, c'était encore plus gênant que le soir où il est entré par erreur dans ma chambre alors que j'étais nue !

*

Posy avait fait des efforts pour se préparer à déjeuner avec Freddie et elle s'en voulait. Si elle ne l'avait pas vu depuis presque cinquante ans, il n'avait rien d'un souvenir presque oublié, comme il le présumait. Leur relation et sa fin brutale avaient laissé des traces indélébiles dans son cœur et, à bien des égards, façonné le reste de sa vie.

En cherchant dans sa garde-robe, elle se rendit compte qu'elle n'avait pas acheté de vêtements neufs depuis des années. Cette invitation impromptue lui donna la motivation dont elle avait besoin.

Tu te laisses aller, Posy. Tu dois t'occuper de toi.

Le lendemain, elle se rendit à Southwold. Chez le coiffeur, elle se fit faire une coupe et une coloration pour couvrir ses cheveux blancs. Ensuite, elle se rendit dans une boutique de prêt-à-porter, où elle essaya plusieurs modèles, fière d'entrer dans une taille quarante, mais les trouva trop fripés ou trop jeunes.

— Madame Montague, vous devriez essayer ça.

La vendeuse lui tendit un jean noir.

— C'est pour les ados, non ?

— Vous avez des jambes de rêve, il faut les montrer ! J'ai également ceci à vous proposer, pour aller avec.

Posy emporta le chemisier en coton bleu ciel et le jean dans la cabine. Cinq minutes plus tard, elle se posta face au miroir, étonnée par son reflet. Effectivement, le pantalon mettait ses jambes en valeur. Elles étaient longues et fermes grâce aux heures passées à jardiner. Quant au chemisier, non seulement il lui allait au teint, mais il était assez ample pour dissimuler le fâcheux bourrelet qu'elle avait sur le ventre.

Il me faut un nouveau soutien-gorge aussi, se dit-elle en se déshabillant, lorsqu'elle vit la chose informe et grisâtre qui couvrait ses seins.

Finalement, Posy quitta la boutique chargée de deux sacs. Elle avait acheté deux pantalons, trois chemisiers, un soutien-gorge et une paire de bottes vernies.

— J'espère ne pas ressembler à une vieille qui joue les jeunettes, marmonna-t-elle pour elle-même.

En marchant vers sa voiture, elle songea à Freddie, avec son pantalon de toile, son blazer, son chapeau penché sur la tête, et se dit que sa tenue conviendrait.

— Eh bien, Posy, tu es superbe ! commenta Freddie en se levant pour l'accueillir, le lendemain.

— Merci.

Elle s'assit sur la chaise qu'il lui présentait, en face de lui.

— Tu n'es pas mal non plus, ajouta-t-elle.

— J'ai pris l'initiative de nous commander une bouteille de chardonnay. Tu aimais le vin blanc, dans le temps. Quand on ne buvait pas du gin, précisa-t-il avec un sourire.

— Je ne dis pas non à un verre de vin.

Freddie la servit, puis il leva son verre.

— À ta santé !

— À la tienne, répondit-elle en buvant une gorgée.

— C'est bizarre, tu ne trouves pas, que le destin nous fasse nous rencontrer à nouveau…

— N'oublie pas qu'on est tous les deux du Suffolk.

— Je n'ai pas oublié. Tu es de retour depuis combien de temps ?

— Plus de trente ans. J'ai ramené ma famille ici, dans ma maison d'enfance, aux abords de Southwold.

Freddie but à son tour. Posy le vit hésiter avant de demander :

— Ta famille a été heureuse dans cette maison ? Elle ne recèle pas de mauvais souvenirs ?

— Non, pourquoi ? J'adorais Admiral House quand j'étais petite.

— Bien sûr, dit Freddie.

— Quelque chose ne va pas ?

Posy scruta ces yeux trop familiers. Il affichait toujours cet air-là quand il avait un problème.

— Pas du tout... Je suis content que tu y sois retournée et que tu y aies été heureuse.

— Je *suis* heureuse. J'y habite toujours.

— Ah oui ? Tiens donc.

— Tu as l'air surpris. Pourquoi ?

— Je... je ne sais pas vraiment. Je suppose que je t'ai toujours imaginée intrépide, partant à l'autre bout du monde pour étudier la faune et la flore. Bon... et si on commandait ?

Pendant que Freddie faisait son choix, Posy l'observa discrètement par-dessus son menu. Pourquoi son installation à Admiral House le perturbait à ce point ?

— Je prends le poisson du jour, et toi ? demanda-t-il.

— La même chose.

Freddie fit signe à la serveuse et passa la commande.

— Alors, parle-moi de toi, dit Posy. Qu'est-ce que tu as fait pendant toutes ces années ?

— J'ai mené une vie plutôt banale. Si tu te souviens, j'avais déjà compris qu'une existence à rêver de célébrité n'était pas pour moi, alors j'ai fait des études de droit et je suis devenu avocat. Vers trente ans, j'ai épousé une notaire avec qui j'ai été heureux. Hélas, elle est morte il y a deux ans, juste après qu'on a acheté un cottage à Southwold. On avait prévu d'y prendre notre retraite ensemble, de passer nos vieux jours à faire du bateau, à voyager.

— Je suis désolée pour toi, Freddie. Te retrouver seul a dû être un choc terrible.

— D'autant qu'on n'avait pas eu d'enfants. Elle n'en voulait pas. Elle était bien trop occupée à gravir les échelons vers le fameux plafond de verre dans l'espoir de le transpercer. Avec le recul, j'ai du mal à imaginer Elizabeth à la retraite. Elle était si pleine d'ambition ! Il valait peut-être mieux qu'elle meure au sommet de sa carrière. J'ai toujours aimé les femmes fortes, comme tu le sais.

Posy ignora la remarque.

— Où est ta maison ?

— Au bout d'une allée discrète, en plein centre-ville. J'aurais apprécié une vue sur la mer et un plus grand jardin, mais il faut être pragmatique, en vieillissant, et ne pas s'isoler des commodités. C'est une ancienne taverne avec un cottage adjacent. J'ai presque terminé de rénover les deux et j'ai l'intention de louer la dépendance, expliqua-t-il.

Tandis qu'ils mangeaient, Posy ne put s'empêcher d'observer Freddie à la dérobée. Que penser de ces retrouvailles ? Il n'avait pas changé, l'étudiant en droit à l'âme d'artiste qu'elle avait aimé autrefois… L'idée qu'ils déjeunent en tête à tête après tout ce temps l'ébranlait profondément.

— Parle-moi de toi, Posy.

Freddie lui sourit tandis que la serveuse débarrassait leurs assiettes.

— Tu m'as déjà dit que tu avais un mari et des enfants…

— Oh non ! Enfin, je n'ai plus de mari. Jonny est mort il y a plus de trente ans. Je suis veuve.

— Je suis désolé… J'imagine que tes enfants étaient encore petits, à l'époque. Cela n'a pas dû être facile.

— C'est sûr, mais je m'en suis sortie. J'ai même de merveilleux souvenirs de l'époque où mes garçons étaient petits. Nous étions tous les trois contre le monde entier. Ils m'ont aidée à ne pas devenir folle.

— Je m'étonne que tu ne te sois pas remariée. Une femme comme toi…

— Je n'ai craqué pour personne.

— Tu as certainement eu des prétendants.

— Quelques-uns, au fil des années… C'est mon jardin qui m'a sauvée, en vérité, poursuivit Posy en buvant son café. Le regarder s'épanouir me procurait sans doute la même exaltation que celle que tu ressentais quand tu remportais un procès.

— Moins, sans doute. Tu as créé quelque chose à partir de rien.

— Tu aimerais venir à Admiral House ? Je te ferais faire le tour du propriétaire.

Freddie ne répondit pas et fit signe à la serveuse de lui apporter l'addition.

— Je t'invite. J'ai été très heureux d'avoir de tes nouvelles, Posy, mais je dois hélas mettre un terme à ce repas. J'attends un électricien à trois heures. Il faudra que tu viennes voir ça, un de ces jours.

Elle le regarda poser quelques billets sur la table, puis se lever.

— Pardonne-moi de filer aussi vite. Je n'ai pas vu le temps passer. Au revoir, Posy.

— Au revoir.

Tandis qu'il s'éloignait, elle poussa un long soupir et vida son verre de vin. Elle était complètement perdue, très perturbée par ce départ précipité. Après tout, c'était lui qui était venu vers elle, qui l'avait invitée à déjeuner. Qu'avait-elle fait ou dit pour qu'il s'en aille si rapidement ?

En marchant dans la rue principale sous le soleil de septembre, elle se sentait un peu stupide. Ces derniers jours, elle s'était longuement demandé si elle parviendrait à lui pardonner de l'avoir abandonnée, autrefois. De son côté, l'attirance physique était bien présente et elle avait beaucoup apprécié sa compagnie, lors de ce déjeuner.

Grandis un peu et arrête de rêver ! se sermonna-t-elle.

Lors du trajet de retour, elle roula prudemment à cause des deux verres de vin qu'elle avait bus. Il lui revint à l'esprit que si Freddie lui avait proposé ce déjeuner, c'était surtout pour lui expliquer pourquoi il l'avait quittée. Or il n'en avait pas dit un mot.

Les hommes…, songea-t-elle en troquant ses vêtements neufs pour enfiler son vieux pantalon en toile et son pull mité qui lui ressemblaient davantage, puis elle sortit dans son jardin.

7

— Merci d'être allée chercher les enfants, dit Amy lorsque Marie la fit entrer chez elle. La nounou a attrapé le virus qui circule en ce moment. J'étais vraiment coincée.

— Pas de problème. Tu as le temps de prendre un thé ? demanda Marie. Les enfants ont dîné et ils regardent la télé au salon.

Amy consulta sa montre et acquiesça. Elle suivit Marie dans l'étroit couloir menant dans une cuisine immaculée. La maison se trouvait dans un lotissement neuf comprenant cinquante logements identiques, ce qui n'était pas du tout du goût d'Amy, mais il y régnait une chaleur et un ordre si éloignés de son logement actuel qu'elle en ressentit de l'envie.

— Tu sais, Amy, si tu es coincée, un jour, je serai ravie d'aller chercher les petits à l'école et de te les garder pendant une heure ou deux. Je ne travaille que jusqu'à trois heures. Josh et Jake s'entendent à merveille, en plus.

— C'est très gentil de me le proposer, répondit Amy. J'ai récupéré la voiture au garage, ce qui va me faciliter la vie.

— Du lait ? Du sucre dans ton thé ?

— Les deux, s'il te plaît.

— Encore une chanceuse maigrichonne, comme Evie, soupira Marie en se préparant un café noir.

— La fille d'Evie est partie en pension, finalement ? s'enquit Amy.

— Oui. Elle y est depuis quelques semaines et, après avoir fait tant d'histoires, elle est ravie. C'est ta belle-mère, Posy, qui l'a convaincue. C'est vraiment quelqu'un de… d'intéressant.

— C'est vrai, admit Amy. Posy est incroyablement forte. Chaque fois que j'ai une baisse de moral, je pense à elle et je me ressaisis. Comment va Evie maintenant que sa fille est en pension ?

— Naturellement, la petite lui manque beaucoup. Elle doit se sentir bien seule dans cette vieille maison…

— Posy a toujours beaucoup aimé Evie, commenta Amy.

— Je sais. Elles passaient beaucoup de temps ensemble quand elles travaillaient au magasin de Nick.

— C'est bizarre… Evie semblait très mal à l'aise en présence de Posy lors du festival du livre. Posy se demande ce qu'elle a fait pour la contrarier.

— Aucune idée, avoua Marie. Evie est très réservée de nature. Enfin… tu crois que Posy vendra Admiral House ?

— J'ai du mal à y croire. La maison appartient à sa famille depuis au moins deux siècles. Malheureusement, elle manque d'argent pour la restaurer.

— Si elle la léguait à ses fils, tu en deviendrais en partie propriétaire…, hasarda Marie. Et je pense que toi, Sam et les gosses y seriez un peu plus confortablement installés qu'à présent.

— Posy a souvent proposé de nous héberger mais Sam refuse systématiquement, expliqua Amy, piquée au vif. Enfin, on ne restera peut-être pas là très longtemps. Sam est sur un gros coup dans l'immobilier.

— Oui, j'en ai entendu parler.

— Ah bon ? s'étonna Amy. Comment cela ?

— Ce n'est pas un secret d'État. Je suis agent immobilier et Sam est passé plusieurs fois à l'agence en quête de biens à acheter. Vu ce qu'il recherche, il doit avoir les moyens et un garant très fortuné.

La curiosité de Marie commençait à agacer Amy.

— J'avoue que je n'en sais rien. Je ne me mêle pas des affaires professionnelles de Sam.

Elle vida sa tasse de thé et consulta à nouveau sa montre.

— Bon, il faut qu'on file, maintenant.

— Je comprends, dit Marie en la dévisageant. Au fait, j'ai croisé un ami à toi, l'autre jour.

— Ah bon ? Qui ça ?

— Sebastian Girault. Il est venu à l'agence se renseigner sur une location pour l'hiver. Il a un livre à terminer et veut s'enterrer à Southwold pour écrire en toute tranquillité pendant les semaines à venir.

— Ce n'est pas mon ami, Marie. Bien au contraire.

— Je vois, répondit-elle avec un clin d'œil complice. Le jour de la conférence, tu semblais beaucoup l'intéresser. Et il est tellement séduisant !

— Tu trouves ? fit Amy en entrant dans le salon. Les enfants ! On rentre !

Sur le trajet du retour, Amy demeura troublée par sa conversation avec Marie. Depuis leur entrevue avec Posy et Evie, quelques semaines plus tôt, après la conférence, Marie paraissait désireuse de se lier d'amitié avec elle. Ce matin-là, à l'école, elle avait volé à son secours en lui proposant de ramener Jake et Sara chez elle jusqu'à ce qu'Amy puisse les récupérer. Si elle était bavarde et avide de ragots, Marie n'était jamais malveillante, mais Amy, pour qui la discrétion était une seconde nature, la trouvait un peu envahissante. La moitié de Southwold devait être persuadée qu'elle avait une liaison avec Sebastian Girault, songea-t-elle en se garant devant la maison.

Évidemment, Sam était sorti. Amy baigna les enfants, leur lut une histoire et les coucha. De son sac à main, elle sortit un billet de vingt livres pour le ranger dans la boîte en métal qui lui servait de cagnotte d'urgence. Elle l'avait dissimulée au fond de l'armoire, sans le dire à Sam. Ensuite, elle s'installa devant le poêle à bois avec le roman de Sebastian Girault en attendant le retour de Sam. Pourvu qu'il ne soit pas trop saoul… Dès le début de sa lecture, et en dépit de son animosité envers l'auteur lui-même, Amy ne put s'empêcher d'être touchée par le roman. Un homme capable d'écrire avec autant de mélancolie et d'humanité ne pouvait être totalement mauvais.

Amy observa les flammes. Les propos de Marie étaient ridicules. Pourquoi un auteur aussi prestigieux s'intéresserait-il à une banale réceptionniste mère de deux enfants ?

En entendant des pas dans l'allée, elle referma vivement son livre. Comme chaque fois que Sam revenait du pub, elle sentit son cœur s'emballer. La porte d'entrée s'ouvrit brutalement.

— Salut, chérie !

Lorsqu'il se pencha pour l'embrasser, elle sentit son haleine qui empestait la bière.

— Je vois que tu as récupéré ta voiture. C'est bien !

— Tu m'étonnes, souffla-t-elle. La mauvaise nouvelle, c'est qu'il y en a pour plus de trois cents livres de réparations.

— Non ! Comment tu as payé ?

— Mon salaire venait d'être viré sur le compte, alors j'ai réglé par carte. La paye a comblé un peu de notre découvert, mais on va devoir terminer le mois en mangeant de la soupe et des pommes de terre…

Inquiète, Amy guetta sa réaction. Sam se contenta de s'écrouler sur le canapé en soupirant.

— Chérie, je suis désolé. Avec un peu de chance, on ne galérera plus très longtemps.

— Tant mieux, répondit Amy, soulagée de voir Sam positif et de bonne humeur. Tu as faim ?

— J'ai acheté une tourte et des chips en rentrant.

— Ah… Je regrette, Sam, mais tu vas devoir réduire ce genre de dépenses pendant les prochaines semaines. Sinon, on ne s'en sortira pas, financièrement.

— Tu es en train de me dire qu'un homme ne peut pas s'offrir un paquet de chips après une dure journée de boulot ?

— Je dis simplement qu'on est à découvert et que les enfants doivent passer en premier. Sara a grand besoin de chaussures neuves et Jake d'un anorak et...

— Arrête de me culpabiliser !

— Je t'assure que ce n'est pas le cas. Je ne fais qu'énoncer les faits. Ce mois-ci, on n'a pas d'argent à dépenser.

— Tu sais quoi, fit Sam, le regard sombre, tu es en train de devenir le genre de femme qu'un mari a peur de retrouver en rentrant chez lui.

Il se leva et vint à sa rencontre.

— Je suis désolée, Sam. Je... je vais sortir. J'ai besoin de prendre l'air.

Elle enfila son manteau avant qu'il ne puisse l'en empêcher.

— C'est ça ! railla Sam. Tu te défiles, comme à chaque dispute, au lieu de régler le problème ! Tu joues les victimes, les saintes, les épouses parfaites, les mères parfaites...

Amy n'en entendit pas davantage. Elle marcha d'un pas vif en direction de la ville, les yeux embués de larmes. Elle savait d'expérience que c'était la meilleure façon de gérer Sam quand il était saoul. Avec un peu de chance, si elle s'attardait, il serait endormi sur le canapé à son retour. En attendant, il fallait qu'elle remette de l'ordre dans ses idées. En cette belle soirée, Amy marcha sur le front de mer et s'assit sur un banc, dans la pénombre, pour écouter les vagues se briser sur le sable, en contrebas.

L'immensité de la mer lui donnait l'impression d'être insignifiante, ce qui l'aidait à relativiser ses problèmes. Elle respira à pleins poumons. De l'autre côté de la mer, des millions d'êtres humains étaient anéantis par la guerre, la pauvreté, la faim. Chaque jour, des enfants mouraient de terribles maladies ou dans la rue, orphelins, mutilés…

Même si sa vie avec Sam n'était pas des plus harmonieuses, elle avait deux enfants en bonne santé, un toit au-dessus de la tête et à manger sur la table.

— N'oublie pas que tu fais partie des milliards de fourmis qui s'efforcent de survivre sur cette planète, dit-elle à voix haute.

Derrière elle, une voix la fit sursauter :

— Très poétique. Et très vrai.

D'instinct, elle se recroquevilla sur elle-même avant de se retourner. Elle découvrit une haute silhouette vêtue d'un long manteau, un chapeau en feutre enfoncé sur la tête.

— Pardon de vous avoir effrayée. Nous nous sommes déjà rencontrés, je crois.

— En effet. Qu'est-ce que vous faites là ?

— Je pourrais vous poser la même question. Je faisais une petite promenade vespérale avant de m'enfermer dans ma chambre pour les huit prochaines heures.

— J'ai vu que vous ne séjourniez plus dans notre hôtel.

— Non. J'ai préféré un établissement dont l'eau chaude fonctionne et où je ne risque pas de faire monter les larmes aux yeux d'une réceptionniste.

— Ah…

— Vous êtes venue chercher un peu de tranquillité, je présume ?

— On ne peut rien vous cacher.

— Avant que je ne passe mon chemin, je veux m'assurer que mes propos un peu durs d'il y a quelques semaines ne sont pas responsables de votre état d'esprit actuel.

— Bien sûr que non ! Franchement, ne pourrait-on pas oublier cette histoire ?

— D'accord. Une dernière question, toutefois. Avez-vous eu l'occasion de lire mon roman ?

— En partie.

— Et ?

— Je l'adore, répondit-elle sincèrement.

— Tant mieux.

— En tant qu'écrivain, vous devez vous réjouir que quelqu'un apprécie votre travail.

— Oui, mais cela me fait particulièrement plaisir venant de vous. Enfin, je vais vous laisser à votre mer…

— Merci.

Se sentant coupable, elle se retourna pour ajouter :

— Écoutez, je suis désolée d'avoir été un peu sèche, voire grossière. Je n'ai pas vraiment le moral.

— Ne vous excusez pas. Croyez-moi, je suis passé par là et la mélancolie ressurgit parfois. Tout ce que je peux vous dire, au vu de mon amère expérience, c'est que la vie devient plus belle tant qu'on reste positif.

— Cela fait des années que j'essaie d'être positive, en vain.

— Il faut creuser davantage, trouver la véritable raison de votre malheur pour y remédier.

— Vous parlez comme un livre de développement personnel.

— C'est vrai. J'ai suivi une thérapie, j'ai fait la totale… désolé.

— Pour moi, tous ces trucs-là, c'est du blabla. Quand on a deux enfants, un emploi et pas d'argent, on n'a pas le choix, c'est marche ou crève.

— Vous faites partie de ces gens qui disent aux dépressifs de se secouer.

— Absolument, assura Amy.

— C'est pourquoi vous êtes assise toute seule sur un banc, dans le noir, sur le point de craquer.

— Je ne craque pas. J'avais besoin… de prendre l'air.

— Bien sûr. J'ai déjà trop envahi votre espace. On se reverra à l'occasion.

— C'est ça, à l'occasion.

Du coin de l'œil, Amy regarda Sebastian Girault s'éloigner. Objectivement, elle comprenait pourquoi les femmes telles que Marie le trouvaient séduisant.

En rentrant chez elle, elle se sentait plus calme. Sa vie était ainsi et elle devait en tirer le meilleur parti. Pourtant, les paroles de Sebastian Girault la hantaient. Trouver l'origine de son malheur et y remédier…

Elle s'attarda devant la maison pendant quelques minutes, redoutant d'entrer. Le cœur lourd, Amy reconnut à contrecœur l'origine de son malheur.

8

— Je peux vous appeler lundi pour vous faire part de ma décision ? demanda Nick. Il ne me reste qu'à confirmer le financement. Je préfère m'accorder quarante-huit heures pour réfléchir, mais je suis sûr de le prendre à quatre-vingt-dix-neuf pour cent.

— Bien. J'attends donc de vos nouvelles lundi, monsieur Montague.

Les deux hommes échangèrent une poignée de main, puis Nick quitta la boutique. Il imaginait déjà la façade morne repeinte en vert émeraude, avec son nom inscrit en lettres dorées au-dessus de la vitrine.

Ce local était idéal, avec ses grandes baies vitrées pour attirer le regard des passants, un rez-de-chaussée spacieux, un vaste sous-sol qui servirait d'atelier et de stockage.

Nick traversa Fulham Road. L'emplacement était parfait, au milieu d'un trottoir jalonné de magasins d'antiquités de prestige et de showrooms de design et de décoration. Certes, il devrait régler un loyer plus élevé que prévu et l'opération n'était pas sans risque. Dix années passées à l'étranger l'obligeaient à repartir de zéro et à se forger une nouvelle réputation.

Pourtant, ce n'était pas cela qui l'inquiétait le plus et qui l'incitait à réfléchir avant de conclure l'affaire. Il y avait une question plus essentielle : était-il certain de vouloir passer sa vie au Royaume-Uni ?

Le portable de Nick se mit à sonner.

— Salut, Tam… Oui, je pense l'avoir trouvé. Tu es où ? D'accord… pourquoi pas le *Bluebird*, au milieu de King's Road ? Je t'invite. À dans dix minutes, alors.

Au vu des embouteillages, il renonça au taxi et décida de parcourir à pied les quelques centaines de mètres qui le séparaient du restaurant. En ce début d'automne, le fond de l'air était frais et le soleil brillait dans un ciel d'azur. La vie était belle. Après dix années de désert sentimental, à repousser toute idée de rentrer dans son pays par peur de souffrir, il découvrait ce qui ressemblait fortement au bonheur.

Étaient-ce encore les effets du décalage horaire ? Il y avait forcément une explication à cette ivresse. C'était comme si la pénombre s'était dissipée pour le propulser dans le monde des vivants. Non, son état d'euphorie ne pouvait avoir qu'une seule origine : Tammy.

Depuis leur rencontre, ils ne se quittaient plus. Étant tous les deux à la recherche d'un local commercial, ils se donnaient rendez-vous pour un café, un sandwich ou autour d'un verre. Ils échangeaient leurs expériences, se plaignaient inlassablement du montant des loyers dans un quartier convenable, puis ils oubliaient les affaires pour discuter de la vie, de leurs espoirs et de leurs craintes pour l'avenir.

Nick ne s'était jamais senti aussi à l'aise avec une femme. Tammy était équilibrée, intelligente et dépourvue des névroses qui semblaient affliger les célibataires de sa connaissance. Elle était bien dans sa peau et si elle avait des tendances possessives, elle ne les avait pas encore révélées.

Pour l'heure, ils en étaient au stade de l'amitié. Il n'avait pas la moindre idée de ce que Tammy ressentait pour lui. Était-ce plus que de l'amitié ? Une telle beauté pouvait avoir n'importe quel homme…

Tammy avait bouleversé la donne. Il se sentait incapable de prendre une décision rationnelle sur son avenir. S'il restait à Londres, serait-ce pour elle ?

Il ne pouvait lui confier son dilemme. À coup sûr, elle le prendrait pour un fou. Il ne voulait surtout pas l'effrayer en se montrant trop pressant. Peut-être parviendrait-il à savoir si elle avait des sentiments pour lui au cours du déjeuner…

Un quart d'heure plus tard, au restaurant, il trouva Tammy sur une banquette. Ses longues jambes étaient galbées par un jean et son pull en cachemire vert était assorti à la couleur de ses yeux. Jamais il ne l'avait trouvée aussi belle.

— Salut, Tam.

Il se pencha vers elle pour lui faire la bise.

— Salut, répondit-elle avec un sourire. Ce restaurant est un peu au-dessus de nos lieux habituels pour déjeuner. Tu dois avoir de bonnes nouvelles à m'annoncer.

— Je l'espère, oui. Et si on buvait du champagne ? proposa-t-il en s'asseyant.

— Excellente idée. C'est vendredi soir, après tout.

— Tous les prétextes sont bons.

— Pourquoi tu me regardes comme ça ?

— Pardon… je pensais… à quelque chose, bredouilla Nick.

— À quoi ?

Nick émergea de sa rêverie. Il imaginait déjà un petit écrin doublé de velours, l'annulaire de la jeune femme… Il perdait la tête !

— Rien d'important, répondit-il en prenant la carte. Je prends le *fish and chips*. Très chic. Et toi ?

— La même chose.

Nick commanda également deux coupes de champagne.

— J'aime les femmes qui ont de l'appétit.

— Tu ne m'aurais pas appréciée il y a quelques années. J'étais obsédée par mon corps et je ne mangeais rien. On ne va pas se mentir, ma carrière était tributaire de ma silhouette. Ensuite, j'ai laissé tomber le mannequinat. Et j'ai décidé de manger ce que je voulais. Crois-le ou non, j'ai à peine pris quelques grammes, ce qui tend à prouver que c'est une question de métabolisme. Bon, parle-moi de ce local de Fulham Road.

Ils burent une gorgée de champagne, puis Nick lui raconta sa visite.

— J'ai le week-end pour prendre une décision, conclut-il.

— Quelle décision ? Ce local est parfait, non ?

— Oui, mais la vie n'est pas aussi simple, soupira Nick. C'est un sacré pas à franchir. Tout vendre en Australie et recommencer ici...

— Je croyais que c'était ce que tu voulais, s'étonna Tammy.

— Je le crois aussi, oui, bien que je ne sois pas sûr à cent pour cent.

Tammy retrouva son sérieux.

— Oh, Nick, j'espère que tu ne vas pas repartir. Tu me manquerais.

— Ah oui ?

— Bien sûr !

— Tammy, je...

Pile à cet instant, le serveur rompit le charme en leur apportant leurs assiettes. Nick commanda deux autres coupes de champagne. Il avait besoin de se donner du courage.

Tammy le dévisagea longuement.

— Tu as quelque chose à me dire ? Depuis tout à l'heure, je te trouve un peu tendu.

— Je le suis, admit-il en buvant une longue rasade de champagne. Écoute, je ne suis pas doué pour ces choses-là, mais je vais essayer de m'expliquer le plus clairement possible.

— Je t'écoute, l'encouragea Tammy.

— Voilà, ces dernières semaines ont été... géniales, je trouve. J'ai adoré ta compagnie, et tout...

— Quoi ? coupa Tammy, le regard inquiet. Tu essaies de me dire que tu ne veux plus me voir ?

— Oh non ! Bien au contraire. On s'est liés d'amitié très vite et j'ai... je t'apprécie beaucoup... je fais plus que t'apprécier, en fait... et je me demandais...

enfin, je me demandais si tu voulais en rester là ou pas.

— Tu veux dire si je préfère qu'on « reste amis » ?

— C'est ça.

— Quelle est l'autre option ?

— Eh bien, tu sais… aller plus loin, quoi.

— En gros, tu aimerais bien sortir avec moi, c'est ça ? Je veux dire, officiellement, comme des ados ?

Elle se moquait de lui, mais il n'en avait que faire.

— Oui, j'aimerais beaucoup.

— Alors, vas-y, invite-moi ! lança-t-elle en mangeant une frite.

— D'accord, fit Nick, le cœur battant. Veux-tu sortir avec moi ?

— Non, pas vraiment, répondit-elle en secouant la tête.

— Ah…

Tammy lui tendit la main sur la table.

— C'est ce qu'on ferait si on était ados, sauf qu'on ne l'est plus. On est en plein rencard, là, non ? Comportons-nous comme des adultes consentants. Et si on allait chez moi après avoir mangé ces délicieuses frites ?

Soulagé, il la dévisagea.

— Il n'y a rien que je veuille davantage, avoua-t-il.

Le soleil de cette fin de journée filtrait par la fenêtre de la chambre, qui donnait sur un joli toit terrasse orné de pots de fleurs et d'un treillage couvert de clématites. Les fleurs commençaient à flétrir, mais elle aimait toujours contempler ce petit coin de nature en pleine ville. La maisonnette était son havre de paix et elle l'avait remplie de trésors glanés au gré de ses voyages autour du monde.

Les yeux mi-clos, Tammy regardait les grains de poussière voleter dans l'air tandis que Nick lui caressait le dos. Elle se sentait en paix, repue par deux heures d'ébats exquis.

En général, elle redoutait la première fois avec un nouvel amant. Malgré l'excitation que procurait la découverte d'un corps inconnu, elle se demandait si elle lui donnerait du plaisir et réciproquement.

Avec Nick, ce fut merveilleux.

Il était superbe, bronzé par le soleil australien, fort et svelte. Ses caresses étaient douces, sans la moindre maladresse ou hésitation. Il lui avait murmuré tant de mots tendres qu'elle avait pu se laisser aller à ses pulsions sans retenue, sans gêne, en toute confiance.

— Tu es sublime, murmura Nick dans son cou. Et je suis fou de toi.

Elle se retourna pour lui faire face et lui caressa la joue. Il porta ses doigts à ses lèvres.

— Alors, on sort ensemble officiellement ? demanda-t-il.

— Ce n'est pas parce que je couche avec toi que tu es mon petit ami, gloussa-t-elle.

— Les temps ont changé, railla-t-il. Avant, c'était le contraire.

— J'adorerais « sortir » avec toi, avoua Tammy. Sauf que, pour l'heure, je préfère de loin rester à l'intérieur.

— Moi aussi. Restons le plus possible à l'intérieur, proposa-t-il en enroulant une mèche de ses cheveux blond vénitien autour de son index. Au fait, je vais appeler ma mère, ce week-end, pour lui annoncer que je suis de retour. Elle vit dans le Suffolk et j'irai probablement la voir la semaine prochaine. Tu veux m'accompagner ? ajouta-t-il malgré lui.

— Je serais ravie de rencontrer ta mère un jour, mais tu ferais peut-être mieux d'aller la voir seul, d'abord, non ? Vous aurez un tas de choses à vous dire et elle voudra t'avoir rien que pour elle pendant quelque temps.

— Tu as raison.

Nick se sentit rougir, gêné par sa proposition impromptue.

— Tu as des frères et sœurs ? lui demanda-t-elle.

— Oui, répondit Nick, qui se rembrunit. Un frère aîné, Sam. Pour diverses raisons, ce n'est pas le grand amour entre nous. C'est un bon à rien et nous ne partageons rien.

— On choisit ses amis, pas sa famille, commenta Tammy.

— C'est vrai. Ne parlons pas de Sam. Où va-t-on pour notre premier rendez-vous officiel, ce soir ? Si tu n'as rien de prévu, bien sûr.

— Ce sera chez l'Indien du coin. J'ai des retouches à faire sur quelques robes pour mon stand de ce week-end. Je suis impatiente de trouver un local ! Je pourrai employer une couturière qui m'aidera. J'ai un tas de perles à recoudre sur du tissu.

Tammy désigna les boîtes en plastique qui encombraient l'espace qui lui servait de dressing.

— Oh là là, il est presque six heures ! Désolée, mais je dois absolument m'y mettre.

— D'accord. Tu préfères que je m'en aille ?

— Non, du moment que ça ne te dérange pas de me parler pendant que je travaille et d'aller chercher un curry chez l'Indien, répondit-elle en souriant.

— Pas du tout.

— Tu peux y aller maintenant ? Je meurs de faim.

— Tu es obsédée par la nourriture, commenta-t-il en la regardant quitter le lit.

Sur le trottoir, Nick se sentait euphorique. Sa décision était prise, quelles que soient les conséquences. Il resterait à Londres pour tenter sa chance dans une nouvelle vie. Et avec Tammy.

POSY

Azuré du serpolet

(Phengaris arion)

Admiral House, décembre 1944

En ce matin glacial de décembre, j'étais un peu déçue que Maman n'ait pas l'air plus triste en nous regardant dans la voiture attelée. Il n'était pas encore sept heures, mais elle avait enfilé une de ses jolies robes et mis du rouge à lèvres.

— Tu es belle, aujourd'hui, avais-je commenté en la voyant apparaître sur le perron.

— C'est bientôt Noël, chérie, nous devons tous faire des efforts, avait-elle déclaré avant de m'embrasser distraitement. Tu seras sage chez ta grand-mère, n'est-ce pas ?

— Oui. Joyeux Noël, Maman.

Benson fit claquer les rênes sur la croupe du cheval.

— On se revoit au Nouvel An ! lançai-je tandis que la voiture s'ébranlait.

Hélas, Maman s'était déjà détournée pour gravir les marches et rentrer dans la maison.

Finalement, ce Noël ne fut pas aussi morne que je me l'étais imaginé. D'abord, il se mit à neiger la veille. Habitant au bord de la mer, je n'avais eu le bonheur de voir la neige que trois ou quatre fois dans ma vie. Le manteau blanc n'avait tenu que quelques heures. Aux abords de Bodmin Moor, au contraire, il neigeait dru. On aurait dit du sucre glace sur les rebords des fenêtres. À l'intérieur scintillaient un feu de cheminée et une bougie de l'Avent. Bill, le jeune homme à tout faire de Granny, avait rentré des bûches. Il m'avait offert une vieille luge dont il s'était servi, un hiver. Je l'avais suivi dans la neige qui m'arrivait aux genoux et il m'avait désigné une pente. Des silhouettes emmitouflées glissaient sur toutes sortes d'engins, des plaques de métal aux palettes de bois.

Au bas de la pente, il m'avait présenté un petit personnage dont le visage était caché sous un bonnet et une écharpe roses. Je ne voyais que ses yeux bleus pétillants.

— C'est ma filleule Katie. Elle va s'occuper de vous, Miss Posy.

C'est ce qu'elle fit. Si elle était bien plus petite, Katie avait le même âge que moi et une sacrée personnalité. Tandis que nous remontions vers le sommet, elle agitait les bras en direction de ses amis.

— Lui, c'est Bobby, le fils du boucher, et elle, c'est Rosie, la fille du receveur des postes, m'expliqua-t-elle. Mon Papa, c'est le laitier.

— Moi, mon Papa, il est pilote, répondis-je.

Katie me montra comment m'allonger sur le ventre sur la luge, et m'aider de mes mains pour prendre de l'élan.

— C'est parti !

J'avais filé vers le bas de la colline en criant de joie, avant de faire d'innombrables allers-retours. De tous mes souvenirs d'enfance, cette journée demeure celle durant laquelle je me suis le plus amusée, à part quand j'attrapais des papillons avec Papa, bien sûr, mais je ne parvenais pas à y penser sans avoir envie de pleurer. Les autres enfants étaient très accueillants. Dans un quart en fer-blanc, j'avais bu l'Ovomaltine qu'une des Mamans avait apportée pour nous réchauffer. Elle en distribuait à tout le monde. J'étais rentrée à la maison heureuse de m'être fait un tas d'amis. Cette sensation m'avait réchauffé le cœur autant que l'Ovomaltine.

La veille de Noël, Bill et moi avions pataugé dans la neige en direction d'un bosquet de sapins, en lisière du village. J'avais choisi un petit arbre qui n'était pas de taille à rivaliser avec celui qui se dressait tous les ans à Admiral House, dans l'entrée. Il n'en était pas moins splendide avec les décorations argentées un peu ternies de Granny.

Au fil de la journée, de nombreux villageois étaient passés déguster un *mince pie* tout frais. Ensuite, Granny, Daisy et moi nous étions régalées d'un pudding aux saucisses à la pâte dorée et croustillante à souhait. Dans ce village perdu à l'extrémité de la lande, on mangeait sans doute mieux que les ducs et les duchesses à Londres.

— C'est parce qu'on est solidaires, m'avait expliqué Granny. J'ai mon potager, mes poules.

J'échange des carottes et des œufs contre du lait et de la viande. On se suffit à nous-mêmes. Il en a toujours été ainsi, dans le coin. Regarde dehors.

Elle avait désigné les flocons de neige qui tournoyaient derrière la vitre.

— Demain, la route sera impraticable, mais il y aura du lait frais sur le pas de la porte dès l'aube, tu verras. Jack n'a jamais failli à son devoir.

Effectivement, au matin de Noël, Daisy avait trouvé un bidon de lait encore chaud sur le paillasson. Dans la lande, on était isolés du reste du monde. Bodmin, la ville voisine, se trouvait à quinze kilomètres. En contemplant les amas de neige, je me disais que ce pouvait aussi bien être mille kilomètres. J'étais dans un cocon de douceur, protégée de la réalité. Si Maman, Papa et Admiral House me manquaient terriblement, j'aimais cette sensation de sécurité.

De retour de l'église, nous avions ouvert nos cadeaux. J'avais découvert avec plaisir un livre de planches botaniques de Margaret Mee, une exploratrice ayant travaillé pour les jardins botaniques de Kew, à Londres. Papa me l'avait envoyé dans un colis de Noël adressé à Granny et arrivé quelques jours plus tôt.

Pour ma Posy chérie. Passe de bons moments avec Granny. Je suis impatient de te revoir. Je t'embrasse tendrement, Papa.

Au moins, il savait où j'étais, ce qui était réconfortant. Son joli cadeau m'occuperait durant les longues journées enneigées. Daisy m'avait tricoté un bonnet avec des rabats qui me couvraient les oreilles et se nouaient sous le menton.

— Il sera parfait pour faire de la luge, avais-je déclaré en l'embrassant.

Elle avait rougi de plaisir. Granny m'avait offert une série de livres reliés de cuir, écrits par trois dames du nom d'Anne, Emily et Charlotte Brontë.

— Tu es sans doute encore un peu jeune pour ces romans, Posy, mais j'adorais ces histoires quand j'étais jeune, m'avait-elle confié avec un sourire.

Daisy avait été conviée à notre déjeuner de Noël, ce que je trouvais très surprenant. Jamais je n'aurais osé imaginer Daisy à la table d'Admiral House. Granny avait insisté, affirmant qu'il ne serait pas bien que Daisy mange seule dans la cuisine le jour de Noël. J'aimais cet aspect de Granny, sa façon de ne pas se soucier du « numéro » que les gens avaient tiré à la loterie ou du métier qu'ils exerçaient. En fait, j'appréciais Granny de plus en plus.

J'avais aussi remarqué que, après avoir bu plusieurs whiskies, Granny était plus bavarde. Assise devant la cheminée, le soir de Noël, j'étais en chemise de nuit, à boire un chocolat chaud avant d'aller me coucher, quand elle m'avait raconté sa rencontre avec Grand-père. C'était durant ce que Granny appelait « la saison », quand elle avait fait ses « débuts » (je ne comprenais pas très bien ce que c'était). Il était question de fêtes, de réceptions, de prétendants.

— Je l'ai remarqué dès le premier bal… Comment ne pas succomber ? Il était très grand et arrivait d'Oxford. Avec ses grands yeux marron, dont toi et ton père avez hérité, il aurait pu séduire n'importe quelle débutante, même s'il n'avait pas de titre, au contraire de la plupart des autres. Sa mère était d'origine noble… (Je ne savais pas trop ce que cela signifiait non plus, mais c'était positif, apparemment.) Bref, à la fin de la saison, nous étions fiancés. Naturellement, en me mariant, je devais quitter la Cornouailles pour m'installer dans le Suffolk. C'était ainsi, pour les jeunes filles, à l'époque. Elles suivaient leur mari.

Granny avait bu une autre gorgée de whisky et ses yeux étaient devenus rêveurs.

— Seigneur, nous étions si heureux, durant ces deux premières années, avant la Grande Guerre ! Je me suis retrouvée enceinte de ton père. Tout était parfait. Ensuite…

Granny avait poussé un long soupir.

— Georgie a été mobilisé dès la déclaration de guerre et il est parti pour les tranchées, en France. Il n'a même pas vécu assez longtemps pour voir naître son fils.

— Oh, Granny, c'est affreux, avais-je commenté en la voyant se tapoter les yeux de son mouchoir.

— Oui, c'était terrible ! Tant de femmes ont perdu leur mari. Certaines veuves du village se sont retrouvées sans un sou. J'ai jugé de mon devoir de les aider. Seules cette solidarité et la naissance de ton cher Papa m'ont permis de tenir le coup. Lawrence était un bébé adorable. Peut-être trop gentil, pour un garçon, pour être honnête. Naturellement, j'ai soutenu sa passion pour la nature parce que j'aimais la vie en plein air, moi aussi. Déjà, à l'époque, il adorait les papillons et il avait une belle collection d'insectes. Voilà pourquoi je lui ai accordé l'étage de la Folie. Je ne supportais pas l'idée qu'il dorme dans une pièce remplie de bocaux contenant des insectes et des araignées, avait raconté Granny en frémissant d'effroi. Ils risquaient de s'échapper. C'est un garçon intelligent, ton père, même si son cerveau se laisse trop diriger par son cœur. Il est doux et gentil malgré sa tête de pioche.

— C'est quoi une tête de pioche ?

— Cela signifie qu'il sait ce qu'il veut et qu'il fait tout pour l'obtenir. Tous ses instituteurs le trouvaient assez brillant pour étudier le droit à Oxford, comme son père, mais Lawrence ne voulait rien entendre car il avait choisi la botanique. Il a donc intégré l'université de Cambridge. Et par la suite, il s'est mis en tête de séduire ta mère, même si…

Granny s'était interrompue net, avant de reprendre :

— Elle était française, avait-elle ajouté d'un ton maussade.

— Ce n'est pas bien, d'être française ? avais-je demandé.

— Bien sûr que si ! s'était-elle empressée de me répondre. Chacun a dû apprendre la langue de l'autre, voilà tout. Regarde, il est neuf heures passées ! Il est bien tard pour une enfant. Au lit, jeune fille !

J'étais ravie que la neige subsiste après Noël car j'étais ainsi occupée. Chaque jour, je sortais retrouver les enfants du village pour faire de la luge ou des batailles de boules de neige, des concours de bonshommes. J'étais contente que nous soyons assez proches du village pour que Katie vienne me chercher et inversement. À Admiral House, qui se trouvait à des kilomètres de toute habitation, seule Mabel venait en visite. Et même si Granny habitait la plus prestigieuse demeure du village, les autres enfants ne me traitaient pas différemment. Ils me taquinaient à cause de mon accent, ce que je trouvais paradoxal, car de mon côté, je devais me concentrer pour comprendre le leur.

Le 31 décembre, tout le monde se rendit à l'église pour assister à une messe à la mémoire des villageois morts à la guerre. Il y eut beaucoup de larmes, de reniflements à peine contenus. Je priai très fort pour que Papa revienne sain et sauf. Granny affirmait que la guerre était pratiquement terminée et qu'elle s'attendait à avoir de ses nouvelles très bientôt. Après la messe, dans la salle paroissiale, les gens burent beaucoup. Katie m'offrit même un peu de punch chipé à l'insu des adultes dans un grand saladier. En y goûtant, je faillis être malade parce qu'il avait un goût d'essence mélangée à des pommes et des mûres pourries. Puis quelqu'un prit son violon, un autre sortit sa flûte et, bientôt, tout le village, y compris Granny et Daisy (qui dansait avec Bill), se mit à sautiller, à tournoyer dans la salle. C'était vraiment très amusant et je n'avais aucune idée de ce que je faisais.

Ce soir-là, dans mon lit, malgré mon épuisement, après cette danse et le chemin du retour effectué à pied sous la neige, je réussis à envoyer mon amour à Maman et Papa en pensée.

— Bonne année, dormez avec les anges, murmurai-je avant de sombrer dans un profond sommeil.

Deux jours plus tard, quand la neige a commencé à se transformer en gadoue pendant la journée et en patinoire la nuit, Granny reçut un télégramme. Nous prenions le petit déjeuner quand quelqu'un a sonné à la porte. Daisy nous apporta un télégramme et je vis Granny pâlir comme les cendres de la veille dans la cheminée.

— Excuse-moi un instant, ma chérie, dit-elle en se levant pour quitter la pièce.

Elle ne revint pas, alors je montai dans ma chambre pour me débarbouiller, et quand je redescendis, Daisy me prévint que Granny était au téléphone, dans le bureau, et qu'il ne fallait pas la déranger.

— Tout va bien, Daisy ? questionnai-je, hésitante, sachant pertinemment qu'il se tramait quelque chose.

— Oui. Regarde qui vient te voir !

Katie arrivait à vélo dans l'allée. Lorsque Daisy lui ouvrit la porte d'entrée, je vis qu'elle était soulagée.

— Bonjour Katie ! Tu as une bien jolie bicyclette !

— C'est le Père Noël qui me l'a apportée, mais je n'ai pas pu m'en servir à cause de la neige. Tu viens faire un tour avec moi, Posy ? Je te la prêterai. Maman veut que tu viennes déjeuner avec nous, aussi.

Katie était très fière de son vélo, qui n'était pourtant pas tout neuf. Il y avait de la rouille sur le guidon et le panier fixé à l'avant était de travers. Je pensai à mon superbe vélo rutilant rangé dans l'écurie d'Admiral House, qui me rappela Papa et la pâleur terrible de Granny lorsqu'elle avait lu le télégramme. Je me tournai vers Daisy.

— Tu es sûre que tout va bien ?

— Oui, Miss Posy. Filez vite avec votre amie. À plus tard !

Toute la journée, malgré le plaisir de faire du vélo et de déguster une tourte à la viande et aux pommes de terre chez Katie, avec ses frères et sœurs, je ne parvins pas à me défaire de l'angoisse qui me nouait le ventre.

À mon retour à la maison, la nuit commençait à tomber. Je vis de la lumière au salon, mais pas le feu qui crépitait généralement dans la cheminée.

— Bonsoir, Miss Posy, dit Daisy en m'accueillant à la porte, la mine sombre. Vous avez de la visite.

— Qui est-ce ?

— Votre mère est là, répondit-elle.

Elle m'aida à ôter mon manteau et le bonnet qu'elle m'avait tricoté pour Noël. Ses mains étaient tremblantes.

— Maman est là ?

— Oui. Allez vite vous débarbouiller et vous coiffer, puis redescendez et je vous conduirai au salon.

Je gravis les marches, les jambes en coton. Face au miroir de ma chambre, je refis mes tresses. Des éclats de voix me parvinrent du salon, puis j'entendis ma mère pleurer.

Je sus alors ce qu'on allait m'annoncer.

— Posy, ma chérie, entre donc.

Ma grand-mère me fit franchir le seuil, une main sur mon épaule, pour me guider vers le fauteuil dans lequel ma mère était assise, près de la cheminée vide.

— Je vous laisse toutes les deux un moment, déclara Granny.

Je regardai Maman qui leva vers moi des yeux embués de larmes. J'aurais voulu que Granny reste, car sa présence m'apportait un réconfort dont je savais ma mère incapable. Hélas, elle quitta la pièce en refermant la porte derrière elle.

— Posy, je…

Sa voix se brisa et elle fondit de nouveau en larmes.

— C'est Papa, n'est-ce pas ? murmurai-je, tout en espérant de tout mon cœur me tromper.

— Oui.

Ce simple mot fit exploser le monde tel que je l'avais connu en mille morceaux.

Bombardement… l'avion de Papa abattu… flammes… aucun survivant… héros…

Ces paroles tournaient dans ma tête au point que j'avais envie de les arracher, de les extirper de mes oreilles pour ne plus les entendre, ne plus comprendre ce qu'elles signifiaient. Maman a essayé de me prendre dans ses bras, mais je ne voulais être étreinte que par la seule personne qui ne le pourrait plus jamais. J'ai couru dans ma chambre et je me suis recroquevillée sur moi-même. Mon corps n'était plus que souffrance et effroi. Pourquoi *lui* ? Et pourquoi *maintenant* ? Tout le monde disait que la guerre était pratiquement finie, non ? Pourquoi Dieu, s'il en existait un, avait-il été assez cruel pour me prendre Papa à la fin, alors qu'il avait survécu aussi longtemps ? Je n'avais pas entendu parler d'attaques aériennes, à la radio, récemment. En France, les Allemands battaient en retraite.

Je ne connaissais pas de mots pour décrire ce que je ressentais. Peut-être n'existaient-ils pas. Je me suis contentée de geindre comme un animal blessé jusqu'à ce qu'une main douce se pose sur mon épaule.

— Posy, ma chérie, je suis tellement, tellement triste… pour toi, pour moi, pour Lawrence et, bien sûr… ta mère, ajouta-t-elle après une pause.

J'ouvris la bouche pour lui répondre car, en dépit de ces circonstances atroces, j'avais été élevée pour répondre poliment à un adulte qui s'adressait à moi. Pas un son ne sortit. Granny me prit dans ses bras et je fondis en larmes dans son giron rassurant.

— Allons, allons, ma chérie.

Je dus m'assoupir. C'était peut-être le fruit de mon imagination, mais je suis presque sûre d'avoir entendu des sanglots étouffés qui ne pouvaient être que ceux de ma grand-mère.

Je dus m'endormir complètement parce que, à mon réveil, je vis la lumière grise d'un nouveau jour. Mon cerveau ne mit que quelques secondes à se rappeler cette chose terrible qui était arrivée et les larmes coulèrent de plus belle.

Daisy m'apporta un plateau qu'elle posa sur le lit. Comme Granny, elle me prit dans ses bras.

— Pauvre petite puce, soupira-t-elle en me relâchant. Regardez, je vous ai apporté un œuf à la coque et des mouillettes. Cela vous fera du bien, non ?

J'eus envie de lui répondre que plus rien ne me ferait du bien, plus jamais, mais j'ouvris machinalement la bouche quand Daisy me donna la becquée comme si j'étais toute petite.

— Maman est réveillée ?

— Oui. Elle s'apprête à partir.

— Nous rentrons à Admiral House aujourd'hui ? Il faut que je fasse mes bagages !

Rejetant les couvertures, je bondis du lit.

— Habillez-vous d'abord, Miss Posy. Votre Maman veut vous voir en bas.

J'obéis et trouvai Maman au salon, près du feu. Sa peau de porcelaine était aussi blanche que la neige qui fondait dehors. Elle alluma une cigarette d'une main tremblante.

— Bonjour, Posy. Tu as bien dormi ?

— Mieux que je ne le pensais, avouai-je en toute sincérité, debout devant elle.

— Assieds-toi, chérie. J'ai à te parler.

Je me consolai en me disant que ce ne pouvait être pire que la nouvelle de la veille.

— Posy, je…

Elle se tordait nerveusement les doigts.

— Je… je suis très, très triste de ce qui est arrivé.

— Ce n'est pas ta faute si Papa est mort, Maman.

— Non, mais… tu ne méritais pas cela. Et maintenant…

Elle s'interrompit, comme si elle ne trouvait pas les mots, elle non plus. Elle avait la voix rauque, sourde. Je ne parvenais pas à lire son émotion dans son regard. Elle semblait dévastée.

— Posy, Granny et moi avons discuté de tes intérêts. Nous pensons que tu devrais rester ici dans l'immédiat.

— Ah bon… combien de temps ?

— Je n'en sais rien. J'ai… un tas de questions à régler.

— Et les… l'enterrement de Papa ? demandai-je, malgré mes réticences à prononcer ce mot.

— Je…

Visiblement gênée, Maman se détourna.

— Granny et moi préférons faire dire une messe à sa mémoire d'ici quelques semaines. Ils doivent… enfin, il faut rapatrier… le faire revenir de France, vois-tu.

— Oui, murmurai-je en retenant mes larmes.

Je devais être forte pour Maman, être une grande fille courageuse, selon l'expression de mon père, le jour où je m'étais écorché un doigt sur une épine ou lorsque j'étais tombée de la balançoire.

— Combien de temps ? repris-je. L'école reprend la semaine prochaine.

— Granny m'a dit que tu avais de nombreux amis au village. Nous avons pensé que tu pourrais fréquenter l'école communale.

— Oui, mais pour combien de temps ? répétai-je, hébétée.

— Posy…, soupira Maman. Je suis incapable de répondre à cette question. J'ai tant de choses à régler. Des décisions à prendre. Je n'aurai guère de temps à te consacrer. Ici, tu auras Granny et Daisy pour toi seule.

— Daisy reste aussi ?

— Je le lui ai demandé et elle a accepté. Il semble que tu ne sois pas la seule à t'être fait des amis au village…

Pour la première fois, Maman esquissa un sourire et ses joues reprirent des couleurs.

— Alors, Posy ? Ce projet ne te semble-t-il pas le meilleur ?

Je réfléchis en me grattant le nez. Que dirait Papa ?

— Admiral House et toi allez beaucoup me manquer, Maman, mais si c'est préférable, je resterai ici.

Face à son soulagement manifeste, je compris que j'avais fourni la bonne réponse. Peut-être s'attendait-elle à des pleurs, à des cris. Une partie de moi avait envie de l'implorer de m'emmener. Je voulais retrouver les choses telles qu'elles étaient avant. Hélas, rien ne serait plus jamais comme avant, alors à quoi bon ?

— Approche, chérie, dit Maman en ouvrant les bras.

Je me blottis contre elle, les yeux fermés pour humer son parfum familier.

— C'est mieux pour toi pour le moment, murmura-t-elle. Je t'écrirai, bien sûr, et je reviendrai te chercher dès que j'aurai réglé mes affaires.

— C'est promis ?

— Promis.

Elle s'écarta et, toujours assise dans son fauteuil, leva les yeux vers moi pour effleurer ma joue.

— Tu ressembles tellement à ton Papa, chérie. Courageuse et déterminée, avec un cœur plein d'amour. Il ne faut pas que cela te change, d'accord ?

— Non, Maman. Pourquoi je changerais ? C'est une bonne chose, d'aimer.

— Bien sûr.

Elle se leva, visiblement au désespoir.

— Je vais me préparer à partir. Je dois aller voir le notaire de ton père, à Londres. Je viendrai te dire au revoir quand j'aurai terminé mes bagages.

— Oui, Maman.

Dès qu'elle eut quitté la pièce, mes jambes se dérobèrent. Je m'écroulai dans le fauteuil pour sangloter en silence.

*

Blisland, 1950

— Posy, ta mère et moi avons discuté au téléphone.

— Ah oui ? Elle rouvre Admiral House et veut que je retourne là-bas ?

— Non, mon petit. La maison est bien trop grande pour vous deux. Un jour, peut-être, si tu te maries, tu pourras y vivre et la remplir de la famille pleine de joie qu'elle mérite. Ton père étant… parti, elle t'appartient, après tout.

— J'aimerais y retourner demain pour y vivre, avec toi, bien sûr, chère Granny.

— Quand tu seras majeure, tu disposeras de ton héritage. Libre à toi de t'y installer. Tu découvriras rapidement que les frais d'entretien sont astronomiques. Pour l'heure, voici mon idée : je pense qu'il serait dans ton intérêt de partir en pension.

— Comment ? Te quitter, ainsi que mes amis ? Jamais !

— Je t'en prie, calme-toi, Posy, et écoute-moi. Je comprends que tu n'aies aucune envie de nous laisser. Néanmoins, tu as besoin d'une éducation plus sophistiquée que celle que t'offre l'école communale. Miss Brennan est venue me voir pour m'en parler. Elle te donne des exercices d'un niveau supérieur à celui de ta classe et admet volontiers que tu dépasses presque les limites de sa compétence. Elle considère que tu devrais fréquenter un établissement à la hauteur de tes capacités.

— Mais…

Je ne pus m'empêcher d'afficher une mine boudeuse.

— Je suis heureuse à l'école du village et dans cette maison, Granny ! Je ne veux pas partir.

— Si ton père était encore en vie, il te dirait la même chose.

— Ah bon ?

Au bout de cinq ans, il m'était encore très douloureux de parler de lui.

— Oui, et dans quelques années, tu songeras peut-être à un métier, comme tant de femmes, de nos jours.

— Je n'y ai pas vraiment réfléchi, admis-je.

— Tu n'as aucune raison d'y réfléchir. Je suis là pour ça, et ta mère aussi, bien sûr. Nous sommes là pour veiller sur ton avenir. Seigneur, si j'étais née à une époque où les femmes pouvaient faire des études, aller à l'université, j'aurais sauté sur l'occasion. Figure-toi que, avant de rencontrer ton grand-père, j'étais une suffragette. J'étais membre du WSPU, l'Union sociale et politique des femmes, ainsi qu'une fervente admiratrice de cette chère Mrs Pankhurst, une grande féministe ! Je me suis enchaînée aux grilles du Parlement pour exiger le droit de vote pour les femmes.

— Vraiment, Granny ?

— Et comment ! Ensuite, je suis tombée amoureuse, je me suis fiancée et j'ai dû arrêter tout ça. Au moins, j'ai apporté ma contribution à la cause. Si les temps changent, c'est en grande partie grâce à ce que Mrs Pankhurst et mes autres camarades ont accompli à l'époque.

Je voyais soudain ma grand-mère sous un nouveau jour. Elle avait été jeune, elle aussi.

— Bref, le pensionnat que je te propose se trouve dans le Devon, pas très loin d'ici. Il a une excellente réputation, surtout dans le domaine scientifique, et de nombreuses élèves entrent ensuite à l'université. J'ai parlé à la directrice qui est désireuse de te rencontrer. Nous devrions aller y jeter un coup d'œil la semaine prochaine.

— Et si cela ne me plaît pas ?

— Nous aviserons. On ne juge pas sans savoir, jeune fille ! Je n'aime pas cette attitude négative. Au fait, j'ai posé une lettre de ta mère dans ta chambre.

— Ah ! Elle est toujours en Italie ?

— Oui.

— Je croyais qu'elle n'y passait que des vacances… des vacances qui s'éternisent depuis plus d'un an, apparemment, marmonnai-je.

— Ne sois pas insolente ! Monte faire un brin de toilette, je te prie. Le dîner sera servi dans dix minutes.

Je montai dans ma chambre qui n'était plus temporaire depuis longtemps. En cinq ans, j'y avais accumulé tout un bric-à-brac. Comme moi, la pièce s'était adaptée à la situation. Au bout de deux longues années à attendre Maman, j'avais réalisé qu'elle ne viendrait pas, du moins pas dans un avenir proche. Après la mort de Papa, Maman était retournée à Paris. La guerre était finie et beaucoup de ses amis étaient rentrés également, d'après une de ses rares cartes postales. Moi, je lui avais écrit chaque semaine durant ces deux premières années. Le dimanche. Je lui posais toujours les mêmes questions : quand viendrait-elle me chercher ? Quand aurait lieu la messe en souvenir de Papa ? Sa réponse était invariable : *Bientôt, chérie, bientôt. Je t'en prie, essaie de comprendre que je ne peux pas encore regagner Admiral House, où chaque pièce est pleine de souvenirs de ton Papa...*

J'avais fini par accepter que, pour l'heure, ma vie se trouvait dans ce village coupé du reste du monde. Même la précieuse radio de Granny, qu'elle écoutait religieusement chaque jour pour avoir des nouvelles de la guerre, était tombée en panne juste après la mort de Papa. Elle avait miraculeusement fonctionné pendant une heure pour l'annonce de l'armistice. J'avais embrassé Granny et Daisy et nous avions fait une farandole dans le salon. Je me rappelle avoir demandé pourquoi nous faisions la fête alors que l'être que nous aimions le plus ne reviendrait pas, comme tant d'autres pères et fils du village.

— Nous devons à nos disparus de trouver la force d'être heureuses, Posy, m'avait expliqué Granny.

Il n'empêche que, lorsque les villageois s'étaient réunis pour fêter la victoire, dans la salle paroissiale, je n'avais ressenti qu'un grand vide au fond de mon cœur.

Après l'armistice du 8 mai 1945, les choses n'avaient guère changé. Granny se rendait désormais régulièrement à Londres où elle avait des « formalités » à régler. Ces papiers devaient être rébarbatifs parce que Granny rentrait toujours en faisant grise mine. Après son ultime déplacement dans la capitale, au lieu de venir me trouver dès son retour pour m'offrir quelque friandise, elle s'était enfermée dans sa chambre et n'en était sortie qu'au bout de trois jours. Quand je demandais à la voir,

Daisy prétendait qu'elle avait attrapé un rhume et qu'elle ne voulait pas me le transmettre.

Dès lors, je me suis juré que, si j'avais des enfants, même si je contractais une maladie très contagieuse comme le choléra, je leur permettrais de me voir. Pour un enfant, le fait qu'un adulte aimé se barricade derrière une porte close est très perturbant.

Quand Granny était réapparue, j'avais eu du mal à masquer ma stupeur tant elle avait maigri. À croire qu'elle avait vraiment eu le choléra… Le teint cireux, les yeux enfoncés, elle avait vieilli et perdu son allant.

— Posy chérie, m'avait-elle dit avec un sourire forcé que ne reflétait pas son regard.

Nous prenions le thé près du feu, au salon.

— Je te demande pardon pour mes absences de ces derniers mois. Sache qu'il n'y en aura plus. Tout est terminé et je n'aurai plus besoin de retourner à Londres. Je déteste cette maudite ville, pas toi ? avait-elle ajouté en frémissant.

— Comment le saurais-je ? Je n'y suis jamais allée, Granny.

— Je suis certaine que tu t'y rendras un jour, et je ne voudrais pas te gâcher ton plaisir, mais je n'y ai pas de bons souvenirs…

Elle s'était détournée un instant, puis m'avait regardée avec une vivacité feinte.

— Bref, ce qui est fait est fait. Il est temps de songer à l'avenir ! J'ai une surprise pour toi, Posy. Je ne te dirai pas de quoi il s'agit. Sache que je tiens à ce que tu conserves un souvenir de ton père. Quelque chose de… concret. Ajoute une bûche dans la cheminée, veux-tu ? Il fait un peu froid pour mes vieux os.

Nous avons bavardé de ce que j'avais fait en son absence, c'est-à-dire pas grand-chose. J'aurais pu lui raconter que Daisy avait accueilli Bill dans la cuisine plus souvent que je ne le jugeais nécessaire. Bientôt, Granny avait affirmé être fatiguée et était montée se reposer.

— Viens embrasser ta Granny.

Elle était si frêle… elle m'avait serrée très fort dans ses bras.

— Bon, avait-elle conclu en se levant. Allons de l'avant, Posy. Il faut toujours aller de l'avant.

Trois jours plus tard, une fourgonnette s'arrêta devant la maison. En m'aventurant dans le couloir, je vis un homme costaud porter des cartons dans le bureau. Granny apparut à côté de moi. Face à mon air intrigué, elle posa une main sur mon épaule.

— Tout est pour toi, ma chérie. Va voir. Tu les rangeras à ta guise sur les rayonnages. J'ai fait de la place.

J'arrachai le ruban adhésif d'un carton pour découvrir les reliures en cuir fauve familières des nombreux volumes de ma précieuse *Encyclopædia Britannica*.

— Ils t'occuperont durant les longues soirées d'hiver, ajouta Granny.

Je sortis un ouvrage.

— Je les avais achetés pour ton père, à Noël et pour ses anniversaires. Il aurait aimé qu'ils te reviennent.

— Merci, Granny, merci beaucoup.

Les yeux embués de larmes, je caressai le cuir.

— C'est le plus beau souvenir que je puisse garder de lui.

Au fil de l'année suivante, ma grand-mère redevint peu à peu celle qu'elle avait été. Je lisais souvent de la tristesse dans ses yeux, mais j'étais heureuse de la voir s'affairer dans la maison. Vers la fin de l'hiver, elle consacra son énergie à son vaste jardin qui sortait peu à peu de son hibernation. Quand je n'étais pas à l'école ou sur la lande, avec mes amis, je l'aidais à jardiner. Elle m'enseignait les différentes espèces de plantes. Dans la vieille serre couverte de mousse, elle m'apprenait à planter les graines, à les faire germer. Elle m'offrit même mes propres outils dans un panier de jardinage.

— Quand je me sens triste, me confia-t-elle en me tendant l'outillage, je creuse la terre et je pense aux miracles qu'elle produit. Cette sensation me remonte toujours le moral. J'espère qu'il en sera de même pour toi, un jour.

Ce fut le cas. Je passai de plus en plus de mon temps libre les mains dans le terreau ou plongée dans les ouvrages et les revues de jardinage de ma grand-mère. Daisy me prit sous son aile, à la cuisine, pour m'enseigner la pâtisserie. Et je repris mes dessins botaniques, comme je l'avais promis à Papa.

Fin mars, Granny invita le pasteur à prendre le thé pour organiser la chasse aux œufs de Pâques annuelle (qui se déroulait toujours dans notre jardin, le plus vaste du village). Le jour venu, je ressentis une certaine fierté car les gens admiraient notre jardin si beau et si bien entretenu.

C'est à cette époque que je commençai à recevoir des cartes postales de Paris. Apparemment, Maman chantait à nouveau. Elle ne me racontait pas grand-chose mais elle semblait heureuse. J'avais du mal à me réjouir pour elle. Granny avait beau prôner la « générosité d'esprit », le mien était incapable d'être généreux envers ma mère, en qui je voyais une très mauvaise personne. En vérité, je voulais qu'elle soit aussi malheureuse que moi. Comment pouvait-elle être heureuse alors que la personne que nous aimions le plus était partie à jamais ?

Je finis par confier mes sentiments à Katie. Elle n'était jamais allée plus loin que Bodmin pour l'enterrement d'une grand-tante et peinait à suivre à l'école, mais elle possédait un solide bon sens.

— Peut-être que ta mère fait semblant d'être heureuse, comme toi, Posy.

Cette réflexion me fut d'un grand secours. Maman et moi faisions toutes les deux semblant ! Maman se jetait à corps perdu dans la chanson comme je me passionnais pour mes leçons ou le jardinage. Granny venait de m'attribuer une parcelle où je pouvais cultiver ce que je voulais. Nous faisions de notre mieux pour oublier. Si Granny restait digne, je savais qu'elle souffrait encore de la mort de Papa.

Alors que les cartes postales se faisaient plus rares, j'en reçus une de Rome, une vue du Colisée, m'annonçant qu'elle prenait de « petites vacances ».

— Des grandes vacances, plutôt, marmonnai-je face à mon miroir, en tressant mes cheveux rebelles.

Je m'efforçai de ne pas accorder d'importance au fait qu'elle n'était pas venue me voir une seule fois depuis l'annonce de la mort de Papa. Parfois, je ne pouvais m'empêcher de lui en vouloir. Elle était ma mère, après tout, et cinq longues années s'étaient écoulées.

Au moins, j'avais Granny. En descendant la rejoindre pour le souper et discuter de ce pensionnat, je songeai que c'était elle, ma mère, désormais.

*

— Voilà, tout est là, annonça Daisy quelques jours plus tard en rabattant le couvercle de la malle en cuir que Granny avait fait livrer de Londres.

J'avais aussi un uniforme vert bouteille que je trouvais affreux. Il était censé être moche, sans doute. De plus, il avait fallu le commander sans que je puisse l'essayer, de sorte que je flottais dedans.

— Tu auras de la marge pour grandir un peu, commenta Granny.

Je me tenais devant le miroir, vêtue d'un blazer dont les manches m'arrivaient au bout des doigts. Katie aurait pu se glisser dans cet uniforme avec moi.

— Tes deux parents étant grands, tu vas pousser telle une asperge. En attendant, Daisy fera des ourlets qu'elle pourra défaire au besoin.

Daisy s'affairait autour de moi à insérer des épingles au bout de mes manches et au bas de la jupe plissée, qui frôlait le haut de mes bottines en cuir noir. J'avais l'air d'un clown, tant elles étaient grandes. En réalité, Daisy avait du mal à se mouvoir car elle était sur le point d'accoucher. J'espérais voir le bébé avant mon départ en pension, mais c'était improbable.

De nous trois, Daisy était la seule à s'être épanouie en Cornouailles. Elle et Bill, l'homme à tout faire de Granny, étaient désormais mariés. Tout le village avait assisté aux noces, comme lors de chaque célébration ou veillée funèbre. Daisy vivait désormais avec Bill dans le confortable cottage du jardinier, au fond du parc. L'amour la rendait belle. Dans mon uniforme vert bouteille, face au miroir, j'espérais trouver l'amour, moi aussi.

Par cette douce soirée d'août, nous prîmes notre dernier souper ensemble dans le jardin. Je demandai à Granny si elle s'en sortirait toute seule.

— Avec Daisy qui va avoir son bébé et mon départ, comment te débrouilleras-tu ?

— Tu m'enterres bien vite ! Je ne suis que quinquagénaire, tu sais. J'aurai Bill et Daisy. La maternité ne rend pas invalide. De plus, ce sera agréable d'avoir une nouvelle vie à la maison.

Tant que ce bébé ne prend pas ma place dans ton cœur.

Le lendemain matin, en montant à bord de la vieille Ford de Bill pour me rendre à la gare de Plymouth, je dus ravaler mes larmes en embrassant Granny. Elle ne pleura pas, comme Daisy, mais elle avait les yeux humides.

— Prends soin de toi, chérie, et écris-moi régulièrement.

— Promis.

— Travaille bien et rends-moi fière, ainsi que ton père.

— Je ferai de mon mieux, Granny.

Dans l'allée, je me retournai, sachant que, en dépit de ma douleur cinq ans plus tôt, cette petite communauté m'avait protégée et qu'elle allait terriblement me manquer.

Le pensionnat fut une expérience… correcte. À condition de ne pas tenir compte du givre qui couvrait l'intérieur des vitres du dortoir, en hiver, de la nourriture immangeable et des cours d'éducation physique au gymnase trois fois par semaine. C'était affreux. Ces adolescentes gauches qui tentaient de sauter par-dessus le cheval d'arçons… il n'y avait pas de spectacle plus inélégant. En revanche, j'adorais le hockey, que je n'avais jamais pratiqué, ce qui horrifiait Miss Chuter, notre robuste professeur de gym. J'avais le centre de gravité assez bas, une autre façon de dire que j'étais courte sur pattes, un atout dans cette discipline. Je suis vite devenue la meilleure de l'équipe. J'excellais aussi à la course à pied car j'avais passé cinq ans à sillonner les landes de Cornouailles.

Aux yeux des autres filles, mes qualités sportives rachetaient mon assiduité en cours et mon côté « bûcheuse ». Elles ne comprenaient pas ma soif de savoir et je me demandais pourquoi elles n'engloutissaient pas les connaissances qu'on leur offrait chaque jour. Après des années à tourner les pages usées de l'*Encyclopædia Britannica* (Granny avait raison, Miss Brennan avait du mal à suivre), entendre un être humain donner vie à divers sujets était merveilleux. Étant fille unique et un peu marginale, la méfiance de mes camarades ne me blessait pas outre mesure. Dans ma classe, une autre fille était montrée du doigt à cause de sa passion pour la danse classique. Cette mise à l'écart nous rapprochait.

Qui se ressemble s'assemble, dit-on. Pourtant, Estelle Symmons n'aurait pu être plus différente de moi. Si j'étais plus grande que les autres, plutôt bien charpentée et ordinaire, Estelle était menue, délicate et gracieuse. Même quand elle marchait, elle semblait flotter, avec son épaisse chevelure blonde et soyeuse et ses grands yeux bleu pâle. Je passais mon temps libre à la bibliothèque et Estelle au gymnase, à travailler ses jetés et ses pirouettes devant le miroir. Elle affirmait être issue d'une famille « bohème ». Sa mère était actrice et son père un romancier connu.

— Ils m'ont envoyée ici parce que Maman est toujours en tournée et Papa toujours plongé dans un manuscrit. Je les dérangeais, m'avait-elle expliqué, pragmatique.

Elle m'avait aussi confié qu'un jour, elle serait une danseuse célèbre, comme Margot Fonteyn, dont je n'avais jamais entendu parler. Son obsession pour la danse lui faisait négliger ses devoirs. Je rédigeais ses dissertations en ajoutant des fautes d'orthographe et de grammaire dans un souci de crédibilité. Outre son apparence éthérée, Estelle était rêveuse. Elle vivait dans son monde. Je l'imaginais volontiers en fée dans un ballet.

— Tu es tellement intelligente, Posy..., soupira-t-elle tandis que je lui rendais son cahier de mathématiques. Si seulement j'avais ton cerveau !

— Il faut un sacré cerveau pour se rappeler ces pas de danse et ces positions de bras.

— Oh, c'est très naturel. Chaque être humain possède un talent unique, tu sais.

Plus je connaissais Estelle, plus je comprenais que ses médiocres résultats scolaires étaient dus à son absence d'intérêt pour les études. Elle était bien plus philosophe que moi. Elle me rappelait l'époque où Papa m'appelait sa princesse des fées. Je me rendais compte que j'avais perdu cette magie en cours de route.

L'automne et l'hiver s'écoulèrent. Au semestre suivant, nous avions pris l'habitude de nous allonger à l'ombre d'un chêne pour échanger des confidences.

— Tu penses beaucoup aux garçons ? me demanda Estelle, un après-midi de juin.

— Non, avouai-je en toute franchise.

— Tu espères sûrement te marier, plus tard.

— Je n'y ai jamais réfléchi, sans doute parce que je n'imagine pas qu'un garçon puisse vouloir de moi. Je ne suis pas belle et féminine comme toi.

Je baissai les yeux vers mes jambes pâles et parsemées de taches de rousseur. Elles ressemblaient au tronc d'arbre auquel j'étais adossée. Celles d'Estelle étaient parfaites, fuselées, avec des chevilles fines, ce que les hommes adoraient, d'après Maman.

— Pourquoi te dénigres-tu ? Tu as un corps athlétique et ferme, sans un gramme de graisse, des cheveux magnifiques de la couleur des feuilles d'automne et de grands yeux marron, répliqua Estelle. Et je ne parle même pas de ton intelligence, qui rivaliserait avec celle de n'importe quel homme.

— Peut-être qu'ils n'aiment pas ça, soupirai-je. J'ai l'impression que les hommes veulent une femme qui leur fasse des enfants et tienne leur maison sans exprimer la moindre opinion. Je ferais une très mauvaise épouse parce que je me sentirais obligée de corriger mon mari s'il avait tort. De toute façon, je veux travailler.

— Moi aussi, mais je ne vois pas en quoi cela m'empêcherait d'avoir un mari.

— Je ne connais pas une seule femme qui soit mariée et qui ait un métier en même temps. Même ma propre mère a renoncé à chanter en épousant mon père. Et regarde nos profs. Elles sont toutes célibataires.

— Peut-être qu'elles sont de la jaquette, gloussa Estelle.

— Qu'est-ce que ça veut dire ?

— Tu ne le sais pas ?

— Non. Arrête de jouer aux devinettes !

— Ça veut dire qu'elles s'aiment peut-être entre elles.

— Quoi ? Une fille qui aime une fille ? m'étonnai-je, abasourdie.

— Ce que tu peux être naïve, parfois, ma pauvre Posy ! Tu n'as pas remarqué que Miss Chuter se pâme devant Miss Williams ?

— Non. Je n'y crois pas. C'est… contre les lois de la nature.

— Ne confonds pas la botanique avec la nature humaine. Et ce n'est pas parce que ce sujet ne figure pas dans tes énormes encyclopédies qu'il n'existe pas. Ça existe, affirma Estelle. Comme les hommes qui aiment les hommes. Tu as entendu parler d'Oscar Wilde, quand même ! Il a été jeté en prison à cause de ses relations avec un homme.

— Tu vois ! C'est illégal parce que ce n'est pas naturel.

— Posy, ne sois pas aussi coincée ! Dans le milieu du théâtre, ces choses-là sont normales. De plus, ce n'est pas de leur faute. Les gens devraient avoir le droit d'être ce qu'ils sont, malgré les règles de la société, tu ne crois pas ?

Grâce à Estelle, je commençai à réfléchir. Pas uniquement sur la photosynthèse et les éléments chimiques, mais aussi sur la façon dont le monde avait fixé des règles sur ce qu'il jugeait acceptable et inacceptable. Peu à peu, je les remettais en question.

Je grandissais.

Novembre 1954

— Posy, nous devons parler de votre avenir.

Miss Sumpter, la directrice, me sourit derrière son bureau. Je ne la voyais que du coin de l'œil car, depuis cinq ans, chaque fois que je l'avais regardée, j'avais été attirée par la verrue hérissée de longs poils gris qu'elle avait au menton. Pourquoi ne prenait-elle pas une paire de ciseaux pour les couper ? Le reste de son visage était assez avenant.

— Oui, mademoiselle, répondis-je machinalement.

— Vous nous quittez l'été prochain et le moment est venu de vous inscrire dans une université. Je présume que c'est ce que vous souhaitez.

— Je... eh bien, oui. Que me conseillez-vous ?

— Au vu de vos résultats, vous devriez viser haut et tenter votre chance à Cambridge.

— Oh ! fis-je, la gorge soudain nouée. Mon père y a fait ses études. Vous croyez que j'ai une chance ? La concurrence est rude, surtout pour les femmes.

— Effectivement, mais vous êtes brillante. Ajoutons que votre père sera un atout pour votre lettre de candidature. Les anciens étudiants sont bien vus, ajouta-t-elle avec un sourire.

— Même pour une fille ?

— Bien sûr. Vous n'ignorez pas que Girton et Newnham sont les deux collèges féminins établis. Avez-vous entendu parler de New Hall, en revanche ? Il vient d'ouvrir en septembre avec seulement seize étudiantes. La responsable de ce collège, Miss Rosemary Murray, est une vieille amie. Je peux lui glisser un mot en votre faveur, mais votre admission dépend uniquement de votre réussite à un examen écrit de trois heures. L'an dernier, quatre cents candidates se sont présentées pour seize places. La concurrence a beau être rude, vous avez une chance. J'imagine que ce sont les sciences qui vous attirent.

— Oui, la botanique.

— Cambridge est renommée pour ses cours de botanique. Vous ne trouverez pas mieux.

— Je dois bien sûr en discuter avec ma grand-mère, mais je suis certaine qu'elle me soutiendra. Cependant, je risque de ne pas être acceptée.

— Qui ne tente rien n'a rien ! Vous êtes l'une des élèves les plus douées qui aient fréquenté cette école. J'ai foi en vous, Posy. À présent, filez et passez un bon Noël.

Si mon impatience de retourner en Cornouailles, surtout pour les fêtes, ne m'empêchait plus de dormir une semaine avant le début des vacances, j'étais toujours émue quand Bill traversait le village en voiture. Il y avait un peu de brouillard et la nuit allait bientôt tomber alors qu'il n'était que trois heures passées. Je souris de plaisir en voyant les guirlandes lumineuses du sapin qui trônait dans le jardin de Granny. Ses grands-parents l'avaient planté un Noël dans l'espoir qu'il prenne racine. Désormais, tout le village se réunissait le jour du solstice d'hiver pour assister à son illumination.

— Bienvenue, Posy !

Sur le seuil, Granny m'ouvrit les bras, mais avant que je puisse l'embrasser, un petit garçon courut à ma rencontre.

— Posy ! C'est Noël ! Il va venir !

— Je sais, Ross. C'est formidable, non ?

Je soulevai le petit garçon de terre pour l'embrasser. Il avait les cheveux blonds comme les blés de Daisy. Je le portai dans la maison.

Daisy m'attendait dans l'entrée. Ross se dégagea de mon étreinte, pressé de me montrer un dessin du Père Noël affiché sur un placard de la cuisine.

— Miss Posy regardera ton dessin plus tard, Ross, promit Daisy d'un ton ferme où perçait son affection. Elle a fait un long trajet et elle a certainement envie de s'installer au coin du feu avec une bonne tasse de thé et un scone.

— Mais…

— Il n'y a pas de mais, insista Daisy en l'entraînant vers la cuisine. Viens m'aider à préparer le thé.

Je suivis Granny au salon où un feu crépitait dans la cheminée. Le sapin n'avait pas encore été décoré.

— J'ai préféré te laisser le plaisir de le faire, dit-elle avec un sourire. Je sais combien tu aimes ça. Viens vite t'asseoir et raconte-moi les nouvelles.

En buvant du thé, je lui relatai mes trois derniers mois. Elle avait été très fière lorsque j'avais été désignée chef de classe des terminales, en septembre.

— Je n'ai pas apprécié les responsabilités liées à ce titre. Le pire était de devoir distribuer des punitions à certaines camarades. J'ai surpris Mathilda Mayhew en train de fumer dans le bosquet du parc, en début de trimestre. Je n'ai pas sévi parce qu'elle m'a promis de ne pas recommencer. Elle a récidivé et j'ai dû intervenir. Elle a été consignée pendant trois semaines et, à présent, elle me déteste…

— Cela a-t-il au moins découragé celles qui auraient été tentées de faire la même chose ?

— Elles font attention à ne pas se faire prendre. Du coup, elles gardent leurs distances et m'excluent de leur groupe. Le fait que j'aie une chambre individuelle n'arrange rien. Je me sens isolée et le pensionnat est bien moins agréable.

— Tu es en train d'apprendre qu'avec les responsabilités viennent toutes sortes de défis et de décisions difficiles à prendre. Je suis sûre que cette expérience te sera utile dans l'avenir. Parlons de ta candidature à Cambridge.

Je lui fis part de l'optimisme de Miss Sumpter. Elle en eut les larmes aux yeux.

— Ton père serait fier de toi ! Autant que je le suis.

— Ne t'emballe pas, Granny. Je ne suis pas encore admise.

— Non, mais la confiance de la directrice me suffit. Tu es un être à part, ma chérie, et je suis très fière de toi.

Au gré des festivités, je me rendis compte que, même ici, au sein de cette communauté qui m'avait vue grandir, ma « spécificité » avait affecté mes amitiés. Katie, qui venait d'ordinaire frapper à la porte dès qu'elle voyait la voiture de Bill passer devant le cottage familial, n'apparut que la veille de Noël, pour la réception de Granny. Je la reconnus à peine car elle arborait désormais une permanente qui lui donnait l'air d'un caniche. Elle était très maquillée et la démarcation de son fond de teint était visible. Son cou était si pâle qu'elle semblait porter un masque.

— Passe donc chez moi, un de ces soirs, et je te maquillerai, me proposa-t-elle sur le perron, en fumant une cigarette dans un froid glacial. Tu as de très beaux yeux, tu sais. Avec un peu de crayon noir, ils ressortiraient.

Elle venait de trouver un poste d'apprentie coiffeuse à Bodmin. Elle vivait là-bas chez une parente et avait rencontré un jeune homme du nom de Jago.

— Son père est boucher et, un jour, il reprendra la boutique. La viande, ça rapporte, m'assura-t-elle. Et toi, qu'est-ce que tu deviens ? Toujours en pension ?

Je le lui confirmai, ajoutant que j'espérais intégrer l'université de Cambridge, dont elle n'avait pas entendu parler.

— Misère ! Tu seras toujours à l'école quand tu seras vieille fille ! Tu n'as pas envie de prendre du bon temps ? De sortir avec un garçon et d'aller danser ?

Je lui aurais volontiers expliqué que j'aimais apprendre, mais elle n'aurait pas compris. Il était manifeste que nous n'avions plus rien en commun, ce qui m'attristait énormément. Je me faisais peut-être des idées, mais tout le monde semblait se débrouiller très bien sans moi. Le petit Ross était au cœur de toute l'attention. Pour être honnête, il était adorable. Même Granny lui consacrait plus de temps qu'à moi. Noël passé, je me mis à compter les jours avant mon départ pour le pensionnat.

Avant, tu brûlais de rentrer à la maison, Posy, me dis-je lors d'une promenade solitaire sur la lande, un après-midi. *Tu n'es plus à ta place, ici non plus… Où est ma place, alors ?* Je sombrai dans la complaisance, telle la quasi-orpheline que j'étais depuis que Maman m'avait laissée ici, presque dix ans plus tôt.

En vérité, je n'en avais aucune idée.

La veille de mon départ, je reçus une lettre portant le cachet de Rome, en Italie. Reconnaissant l'écriture de ma mère, je montai dans ma chambre pour la lire.

Ma très chère Posy,

Pardonne-moi de ne pas t'avoir écrit plus tôt. Cette année a été riche en événements et je ne voulais rien te dire avant d'être certaine de mes projets. Sache, ma chérie, que j'ai rencontré un homme merveilleux du nom d'Alessandro. Il est italien et comte, de surcroît ! Il m'a demandé de l'épouser. Le mariage aura lieu début juin, le meilleur moment de l'année, ici. Naturellement, je tiens à ta présence en tant que demoiselle d'honneur. Je t'enverrai une invitation officielle pour toi et ta grand-mère. Auparavant, je dois te faire réaliser une robe.

Je sais que tu es toujours à l'école, mais je me disais que, peut-être, pour les vacances de Pâques, tu pourrais prendre l'avion jusqu'ici pour faire des essayages et rencontrer mon Alessandro chéri. Tu vas l'adorer. Nous nous installerons dans son palais de Florence, une version plus chaleureuse et plus ancienne d'Admiral House (certaines fresques datent du XIII*e* *siècle), avec des cyprès à la place des châtaigniers. C'est le paradis sur Terre. Ta Maman est actuellement la plus heureuse des femmes.*

Posy, je sais combien tu aimais ton Papa, comme je l'aimais, mais ces dix dernières années ont été tristes et solitaires, tant je pleurais sa mort. J'espère que tu te réjouiras pour moi. Nous devons tous aller de l'avant. Je n'oublierai jamais ton Papa, mais je mérite un peu de bonheur avant qu'il ne soit trop tard.

Envoie-moi tes dates de vacances pour que je te réserve un billet d'avion. Je t'assure que ce vol sera déjà une grande aventure.

Je suis impatiente de te voir et de tout savoir sur toi. Granny m'a informée que tu étais une élève brillante.

Je t'envoie des milliers de baisers, ma chérie,

Maman

En quelques secondes, je quittai la maison pour courir vers la lande, là où personne ne pourrait m'entendre. Les larmes jaillirent et je me mis à hurler de douleur, telle une bête, face à l'horreur de ce que je venais de lire.

Comment osait-elle ?

Cette question résumait tout le mal qu'elle m'avait fait. D'abord, elle s'attendait à ce que moi, la fille adorée de Papa, je me réjouisse qu'elle soit amoureuse d'un autre. Ensuite, elle n'avait pas pris la peine de me rendre visite pendant toutes ces années, alors que j'avais besoin d'elle. De quel droit m'ordonnait-elle de prendre l'avion pour essayer une robe ? En pleine période de révision pour mes examens, et surtout mon concours d'entrée à Cambridge ! Quelle égoïste ! Quant à son mariage en juin, avait-elle au moins pensé à mes études ?

Pour couronner le tout, mon dix-huitième anniversaire tombait également en juin. J'avais entendu Granny faire des messes basses avec Daisy à propos d'une fête. Il m'avait alors traversé l'esprit que Maman pourrait, je dis bien *pourrait*, revenir en Angleterre pour mon anniversaire. Manifestement, elle était trop accaparée par les préparatifs de son mariage pour songer aux dix-huit ans de sa fille.

Depuis son départ, elle ne m'avait parlé que quelques fois au téléphone, songeai-je en arpentant la lande. Quelle mère se conduisait ainsi ?

Soudain, je m'assis dans les herbes hautes, les jambes en coton. Je n'étais plus la fillette apeurée d'autrefois. J'étais presque une femme et j'acceptais enfin la vérité. Au fil des années, une idée m'avait effleurée, mais je n'osais m'attarder dessus à cause de ses implications : ma mère ne m'aimait pas. Du moins, elle s'aimait plus qu'elle ne m'aimait.

— C'est une très mauvaise mère, dis-je à voix haute, le cœur serré par l'angoisse.

Même à l'époque d'Admiral House, elle me confiait aux soins de Daisy. S'il était normal pour une famille aisée d'avoir du personnel qui s'occupait des enfants, je n'avais pas souvenir que Maman soit un jour venue me chercher à l'école, qu'elle m'ait embrassée, le soir, en me bordant ou qu'elle m'ait lu une histoire. J'avais beau fouiller dans ma mémoire, aucun souvenir de ce type ne me revenait.

Elle n'a jamais fait preuve de cruauté envers toi, pensai-je aussitôt, me méfiant de ma tendance à la complaisance. *Elle ne t'a jamais frappée. Tu étais bien nourrie, habillée…*

C'était la vérité. Quand Papa était là avec ses rires et son amour, j'étais comblée. Comme les boutures que j'avais plantées sur les rebords de mes fenêtres, il m'avait suffi du bon dosage de soleil, d'eau et de nutriments pour m'épanouir.

Puis je pensai à Granny, une mère de substitution merveilleuse, et je compris la chance que j'avais. Personne n'avait une vie parfaite et même si j'avais une mère absente (sans doute depuis le départ), je devais me réjouir des aspects positifs, l'accepter telle qu'elle était, car elle ne changerait pas.

Sur le chemin du retour, je me raisonnai. J'avais lu dans un ouvrage de psychologie que ce n'étaient pas les événements qui comptaient, mais notre façon de les gérer.

Désormais, je devais considérer Maman comme une tante, une marraine, peut-être, pour ne plus souffrir.

Demeurait le problème du mariage en Italie.

— Comment veux-tu que j'y aille, Granny ? demandai-je le lendemain matin, une fois calmée.

— Si tu lui écris pour lui expliquer que ce sera en pleine période d'examens, elle comprendra que tu ne viennes pas. Je dois lui annoncer que je ne viendrai pas non plus.

— Tu seras occupée, toi aussi ?

— Je… oui, répondit Granny après un moment d'hésitation. Le mois de juin est toujours animé, au village, avec la fête à organiser.

Granny ne souhaitait pas y aller, elle non plus. La fête du village n'avait lieu qu'à la fin du mois et quelques jours suffisaient pour accrocher quelques guirlandes dans le jardin et monter un stand de gâteaux. Je me sentis un peu mieux. Je n'avais aucune envie de rencontrer le nouveau mari de Maman ou de lever mon verre à leur « amour ». Si nous avions été plus proches, si nous avions passé du temps ensemble, pendant ces dix ans, si je l'avais vue pleurer Papa, il en aurait été autrement.

Je dus m'y reprendre à dix fois pour rédiger ma lettre, que je fis relire à Granny.

— C'est très bien, Posy. Dans ces circonstances, il vaut mieux énoncer les faits simplement et c'est ce que tu as fait.

Je fermai donc l'enveloppe « par avion » et je la portai à Laura, la receveuse des postes du village. Ensuite, je préparai ma malle pour repartir au pensionnat vivre les six mois les plus importants de ma vie.

ADMIRAL HOUSE

Octobre 2006

Verveine

(Verbena officinalis)

9

Posy taillait ses rosiers quand elle vit un vulcain se poser sur une fleur pourpre de verveine pour en extraire le dernier nectar avant l'hiver. Ses ailes déployées exposaient un saisissant motif noir, rouge et blanc. Sa présence fascinante la ramena vers un souvenir lointain… En entendant la sonnerie de son portable, dans la poche de son pantalon, elle sursauta.

— Maman, c'est Nick.

— Comment ça va, mon chéri ?

— Bien. J'espère que toi aussi. Écoute… tu fais quelque chose mercredi ? Je pensais venir à Southwold et t'emmener déjeuner. J'ai réglé mes affaires à Londres.

Posy était tiraillée entre le bonheur de savoir Nick de retour en terre britannique et sa jalousie de mère de ne pas avoir été sa priorité.

— Je serai très heureuse de te voir, chéri.

— Génial. Je serai là vers midi et on ira au restaurant de ton choix. J'ai un tas de choses à te raconter.

Moi aussi, songea Posy.

Le cœur en joie, elle se redressa sous le pâle soleil d'octobre. Nick était de retour, après toutes ces années…

Soudain, elle entendit une voiture remonter l'allée devant la maison.

Agacé par cette agitation, le vulcain s'était envolé. Sans doute était-ce ce gentil monsieur qui lui apportait le magazine de la paroisse chaque mois. En général, elle l'invitait à prendre le thé. Elle était pressée de finir la taille de ses rosiers avant les gelées. Elle décida de faire semblant d'être sortie. Il n'aurait qu'à glisser la revue dans la boîte aux lettres.

— Posy ?

Elle sursauta. La voix était très proche. Freddie venait à sa rencontre.

— Bonjour, dit-elle en se protégeant les yeux du soleil.

Malgré elle, elle regretta de ne pas avoir mis un peu de rouge à lèvres.

— Excuse-moi de débarquer comme ça. J'ai frappé plusieurs fois à la porte. La sonnette ne fonctionne pas. En voyant ta voiture, j'ai deviné que tu étais dans le jardin.

— Je… pas de problème. Je dois faire réparer cette maudite sonnette.

— Quelle maison magnifique ! Sa perfection symétrique m'évoque le style Queen Anne.

— En effet.

Un silence gêné s'installa. Posy attendit qu'il lui explique sa présence car elle se refusait à lui poser franchement la question.

En se redressant, elle vit Freddie balayer le jardin du regard.

— C'est époustouflant ! commenta-t-il. Tu as vraiment fait ça toute seule ?

— À part le dallage des allées. J'ai un jardinier qui tond les pelouses, débroussaille et désherbe en été. L'ensemble m'a pris presque vingt-cinq ans. J'ai commencé quand les garçons sont partis au pensionnat.

— Il t'arrive de l'ouvrir au public ?

— Naguère, oui, lors de la fête annuelle du village. J'ai aussi reçu quelques photographes pour des magazines de design. C'est gratifiant mais, pour être honnête, je me disais ce matin que je n'ai plus l'énergie nécessaire pour l'entretenir. J'ai créé un monstre qui doit être nourri et abreuvé en permanence.

— Un monstre superbe, assura Freddie tandis qu'ils se dirigeaient vers la maison.

Lorsqu'ils croisèrent un hêtre resplendissant, à cette époque de l'année, Freddie s'arrêta soudain et tendit le bras vers la gauche.

— Qu'est-ce que c'est ?

— La Folie. C'était l'antre de mon père. Il collectionnait les papillons et je l'aidais à les capturer. Je croyais qu'il se contentait de les observer avant de les relâcher. Le jour où j'ai réussi à me faufiler à l'intérieur, j'ai découvert avec horreur qu'ils étaient exposés sur les murs, transpercés d'une épingle. Je n'y suis plus jamais entrée, frémit-elle.

Freddie se tut quelques instants, les yeux rivés sur la bâtisse, avant de se tourner vers Posy avec un long soupir.

— Je te comprends.

Posy sentait l'atmosphère s'alourdir à l'évocation des fantômes du passé.

— Rentrons. Je vais nous préparer du thé.

Elle s'affaira dans la cuisine tandis qu'il demeurait assis en silence à la vieille table en chêne qui avait accueilli tant de repas en famille.

— Tu te sens bien, Freddie ? demanda-t-elle en posant une tasse devant lui. Je te trouve bien réservé.

— Désolé. Te revoir m'a rappelé une autre période de ma vie. Je prends conscience que je vieillis, avoua-t-il en haussant les épaules.

— Je regrette que ma présence te déprime, répondit-elle en s'attablant face à lui. Tu veux une part de gâteau ?

— Non merci. Je surveille ma ligne. Je suis heureux qu'on se soit retrouvés après toutes ces années, tu sais.

— On ne dirait pas, répliqua Posy, avec une franchise un peu brusque. Raconte-moi ce qui ne va pas ! On passait un si bon moment, au restaurant, quand tu es parti soudainement…

— Écoute, en vérité… j'avais une raison de te quitter, autrefois, celle-là même qui m'empêche d'entretenir la relation que j'aimerais tant avoir avec toi. Mais ce n'est pas toi, c'est… à cause de moi. En gros, j'ai… des problèmes.

Mille possibilités vinrent à l'esprit de Posy : était-il gay ? Bipolaire ? Avait-il une autre femme dans sa vie ?

— Et si tu me révélais de quoi il s'agit, que je décide par moi-même si c'est grave ou non ?

— Je ne peux pas, hélas. Et je m'en veux d'être venu ici. Je m'étais juré de ne pas le faire, mais…

notre rencontre a ravivé la flamme de mes sentiments pour toi, autrefois, et je n'ai pas réussi à garder mes distances.

— Tout ça n'est pas très clair, Freddie. Dis-moi la vérité.

— Accepte au moins que cela me soit impossible, dans l'immédiat. Si tu y arrives, rien ne nous empêche d'être amis.

Comment refuser sans paraître impolie ou inquisitrice ?

— D'accord...

Enfin, Freddie esquissa un sourire.

— J'en suis très heureux. Je peux t'emmener dîner, demain soir, si je te promets de ne pas filer avant la fin comme une vierge effarouchée ?

Le rire de Posy détendit l'atmosphère.

— Un dîner serait très agréable, merci.

Lorsqu'il prit congé, il ne faisait plus assez jour pour travailler au jardin. Elle se prépara un repas sur le pouce et se rendit au petit salon. Depuis des années, elle avait fermé le grand salon, trop vaste et difficile à chauffer. Elle alluma son premier feu de l'automne, puis s'installa dans son fauteuil pour observer les flammes.

Pourquoi la vie était-elle si compliquée ? se demanda-t-elle, un peu lasse. Quels « problèmes » pouvaient bien empêcher deux septuagénaires de vivre une relation normale ? Elle attendait le dîner du lendemain avec impatience, même si Freddie l'avait prévenue : il n'y aurait pas de baiser torride ensuite.

Peut-être qu'elle ne lui plaisait pas, voilà tout. Peut-être ne lui avait-elle jamais plu... Et si c'était cela le problème depuis le départ ?

Le peu d'assurance que les attentions récentes de Freddie lui avaient procurée s'envola.

Ça suffit !

Mieux valait se concentrer sur le plaisir de revoir Nick, son fils chéri, quelques jours plus tard, au bout de dix longues années.

10

Amy écoutait le vent fouetter les murs du bungalow. Au cœur de la nuit, les vagues s'écrasaient en rythme sur la plage, à quelques centaines de mètres de là. Les autres résidents de Ferry Road étaient partis depuis longtemps vers des logements plus adaptés.

Dans la pièce voisine, Sara se mit à tousser dans son sommeil. Amy se promit d'emmener sa fille chez le médecin, le lendemain. Cette toux persistait depuis trop longtemps.

À côté d'elle, Sam ronflait, ignorant tout des angoisses qui hantaient sa femme. Ces derniers temps, il rentrait de plus en plus tard, invoquant une surcharge de travail. Amy faisait toujours semblant de dormir.

Si leur couple était en crise, elle ne pouvait invoquer leur situation actuelle. Ils avaient eu des problèmes financiers chaque fois que Sam avait échoué dans une entreprise. Leur vie conjugale n'avait jamais été facile.

La perspective de passer un long hiver dans ce taudis était intolérable. Naguère, elle pensait que le lieu où ils habitaient ou l'état de leur compte en banque n'avaient pas d'importance, du moment qu'ils étaient ensemble. C'était faux et elle en avait assez de faire bonne figure, assez de se défendre contre la colère de son mari quand il était saoul, assez de jongler entre son travail et ses enfants.

Sam n'était allongé qu'à quelques centimètres d'elle, mais un gouffre les séparait sur le plan affectif. Depuis le soir de sa rencontre avec Sebastian Girault, sur le front de mer, Amy se demandait si sa déprime avait pour origine la vie qu'elle menait ou le fait qu'elle n'aimait plus Sam. Lorsqu'il avait bu, il la dégoûtait ; mais que faire ?

Le lendemain matin, Amy laissa Sam dormir. Elle conduisit Jake à l'école puis patienta dans la salle d'attente du médecin avec Sara sur ses genoux.

— Elle a de la fièvre, un rhume et une vilaine toux. Quelques jours au lit, bien au chaud, devraient la remettre sur pied. Si elle ne va pas mieux, ramenez-la-moi et nous envisagerons un traitement antibiotique, suggéra le médecin.

Amy eut le cœur gros. Elle allait perdre deux jours de salaire. Sur le chemin du retour, elle appela l'hôtel pour annoncer qu'elle ne viendrait pas, puis fit un saut au supermarché. Assise à l'avant du caddie, Sara geignait.

— Chérie, ce ne sera pas long, c'est promis. Je vais te prendre du jus vitaminé et…

Elle heurta soudain le panier d'un homme.

— Oh, pardon !

Sebastian Girault afficha un air teinté d'ironie :

— Nous devrions cesser de nous voir ainsi. Les gens vont jaser, railla-t-il.

— Désolée, bredouilla Amy en tendant la main vers une bouteille de jus de fruits.

Sebastian repoussa son bras et plaça lui-même le produit dans le caddie. Sara se mit à pleurer à chaudes larmes.

— Oh là là, elle n'est pas contente, on dirait.

— Non. Elle est malade. Je dois la ramener à la maison.

— Je comprends. Au revoir.

— Au revoir…

Sebastian regarda Amy disparaître au détour d'une allée. Malgré ses cheveux décoiffés et sa nervosité évidente, la jeune femme était sublime. Qui était-elle ? D'où venait-elle ? Dans cette bourgade côtière peuplée de retraités et de personnes entre deux âges, Amy brillait tel un phare.

Au moment de s'en aller, il remarqua une petite moufle rose tombée à terre. La fille d'Amy avait dû la perdre. Il la ramassa et se lança à la poursuite de la jeune femme. Arrivé aux caisses, il la vit monter à bord d'une voiture, sur le parking. Lorsqu'il atteignit la sortie du magasin, elle était déjà partie.

Le minuscule gant n'avait rien de la pantoufle de vair de Cendrillon. Hélas, il faudrait s'en contenter.

Quelques jours plus tard, Amy fut soulagée de retourner travailler. Rester coincée à la maison avec une enfant malade de quatre ans pour toute compagnie, alors qu'il pleuvait dehors… Au moins, elle avait pu rattraper son retard et faire le ménage et la lessive. Leur taudis était désormais rangé à défaut d'être accueillant.

— Comment va Sara ? s'enquit Wendy, la gouvernante de l'hôtel, en passant devant la réception.

— Bien mieux. Moi, en revanche, j'aurais besoin d'un Valium, admit Amy en levant les yeux au ciel.

— Il n'y a rien de pire qu'un enfant malade.

En voyant Sebastian Girault franchir le seuil de l'hôtel, Amy se crispa.

— Eh oui, c'est encore moi, désolé. Je viens vous rendre quelque chose qui vous appartient. Du moins à votre fille.

Il posa le gant sur le comptoir.

— Elle l'a fait tomber au supermarché, expliqua-t-il.

— Ah... euh, merci, bredouilla Amy sans croiser son regard.

Sebastian s'attarda.

— Oui ?

— J'aimerais vous inviter à prendre un verre avec moi, à midi.

— Pourquoi ?

— Pourquoi pas ? Parce que j'en ai envie, fit-il en haussant les épaules.

— Monsieur Girault, chuchota-t-elle, rouge de honte, vous ne connaissez même pas mon nom.

— Si. Amy Montague, lut-il sur le badge de son uniforme. Vous voyez ?

— Il vous a peut-être échappé que je suis mariée et mère de deux enfants. Je ne peux pas aller prendre un verre avec un inconnu.

— Certes, je vous suis inconnu, mais je ne vous ai pas encore révélé mon autre motivation. J'ai parlé à votre amie Marie et...

— Excusez-moi, monsieur Girault, je dois préparer la facture de ce client.

Elle désigna un homme qui patientait derrière lui.

— Bien sûr. Je vous retrouve au *Crown* à une heure, conclut-il avec un sourire.

Sur ces mots, il quitta l'hôtel.

Dès qu'elle eut fini de s'occuper de son client, Amy appela Marie.

— Oh, gloussa cette dernière au bout du fil. C'est de ma faute. Quand il est passé à l'agence, l'autre jour, je lui ai fait une suggestion. Il cherche toujours une location pour l'hiver.

— Qu'est-ce que tu lui as suggéré ? D'être hébergé chez nous, sur Ferry Road ?

— Ah ah ! Non. Tu n'auras qu'à lui demander toi-même quand tu le verras.

— Marie, je t'en prie, je déteste ces devinettes. Dis-le-moi !

— D'accord, ne t'énerve pas. Sebastian cherche désespérément un endroit où écrire son roman. Jusqu'à présent, il trouve tout trop grand, trop petit, trop vieux, trop récent, bref, rien ne lui convient. Hier, quand il est arrivé, je venais de recevoir un appel de ta belle-mère, Posy, qui m'a dit qu'elle songeait sérieusement à vendre. Elle voulait que j'aille évaluer Admiral House. Je me suis dit que ce serait le lieu idéal pour écrire un livre.

— Tu aurais pu conseiller à Sebastian de contacter Posy au lieu de m'impliquer, non ? s'emporta Amy.

— Je connais à peine ta belle-mère et il ne serait pas professionnel de donner son numéro de téléphone à un inconnu. J'ai jugé préférable que Sebastian t'en parle et que tu serves d'intermédiaire. Je suis désolée si j'ai eu tort.

— Ne t'excuse pas, répondit vivement Amy. C'est juste que j'ai l'impression de le croiser à tous les coins de rue.

— Il ne t'arrivera rien de mal dans la salle du *Crown*.

— Tu as raison. Merci, Marie.

En raccrochant, Amy se demanda ce qu'elle était en train de devenir. Sa bonne humeur naturelle l'avait abandonnée. Elle était renfrognée, surtout avec les enfants. Après avoir vu Sebastian, elle irait chez le traiteur acheter quelque chose de spécial pour le dîner.

Sebastian était plongé dans la lecture du *Times*, dans un coin de la salle. Amy scruta nerveusement les alentours. Les lieux étaient presque déserts.

— Monsieur Girault.

Il leva les yeux de son journal.

— Je vous en prie, appelez-moi Sebastian. Qu'est-ce que vous buvez ?

— Rien. Je ne peux pas rester. J'ai des courses à faire.

Elle avait le souffle court, le cœur battant à tout rompre.

— D'accord, fit l'écrivain, désinvolte. Asseyez-vous, au moins. Je vous promets de ne pas me jeter sur vous. Mes intentions sont honorables.

Ses yeux verts pétillaient d'amusement face à la gêne manifeste de la jeune femme.

— Ne vous moquez pas de moi, souffla Amy. C'est une petite ville où les ragots vont bon train.

Mon mari ne doit pas apprendre que l'on m'a vue boire un verre avec vous.

— Vous venez de refuser un verre, ce qui résout une moitié du problème, répondit-il, rationnel. Et si vous aviez une liaison, vous ne viendriez pas dans le bar le plus fréquenté de la ville. Quoi qu'il en soit, je vais me chercher quelque chose. Excusez-moi.

Amy s'écarta et le regarda se diriger vers le comptoir. Il devait la trouver puérile… Honteuse, elle le suivit.

— Désolée, Sebastian. Je prendrais volontiers un jus d'orange avec de la limonade.

— C'est comme si c'était fait.

Amy retourna s'asseoir.

— Et voilà !

— Merci. Désolée d'être sur la défensive.

— Ce n'est rien. Je connais les petites villes de province. J'y ai même vécu. Santé !

Il but une gorgée de sa bière.

— J'imagine que vous avez appelé votre amie Marie…

— Je ne la qualifierais pas exactement d'amie. Je la connais à peine.

— D'accord. Vous avez appelé Marie pour savoir ce qu'elle m'avait raconté ?

— Effectivement.

— Et qu'en pensez-vous ?

— J'ignore ce que Posy penserait d'avoir un locataire, admit la jeune femme. Ou ce que vous-même penseriez d'Admiral House. Ce n'est pas le grand luxe, vous savez. Il n'y a pas de chauffage à l'étage.

— Pas de problème. Je suis allé en pension, alors j'ai l'habitude. Je dois dire que j'ai épuisé les possibilités de location et la maison de votre belle-mère me semble faire l'affaire. J'ai besoin de beaucoup d'espace pour marcher de long en large.

— Il y a de la place à Admiral House, c'est sûr. Beaucoup de place, admit Amy. Je peux en toucher un mot à Posy. Ce serait pour combien de temps ?

— Quelques mois, pour commencer. Difficile de savoir à quel rythme mon travail va avancer.

— Vous seriez bien nourri. Posy est une cuisinière hors pair.

— Je n'envisageais pas une pension complète, mais ce serait le paradis. Quand j'écris, je me contente d'un sandwich ou d'un plat à réchauffer.

— Posy adorerait s'occuper de vous. Elle regrette le temps où elle préparait à manger pour toute la famille.

— Donc, vous avez épousé un de ses fils ?

— Oui. Sam, l'aîné.

— Elle vit seule, n'est-ce pas ?

— Oui, mais plus pour très longtemps. Je crois qu'elle a enfin décidé de vendre. Marie doit évaluer la maison cette semaine.

— Mieux vaut ne pas trop tarder. Vous appellerez votre belle-mère pour lui dire quelques mots en ma faveur ? Je suis propre, ordonné et disposé à payer, quoique un peu excentrique côté horaires.

— Je ferai de mon mieux.

— Et vous ? Vous habitez où ? Dans une belle demeure tout aussi vaste, je suppose.

— Oh non, grommela-t-elle. Les Montague ne sont plus les notables de la région. Admiral House est tout ce qui reste de leur splendeur d'antan. Sam doit gagner sa vie.

— Je vois. Et que fait votre mari ?

D'ordinaire, elle n'avait aucun mal à répondre « entrepreneur », quand on lui demandait quel était le métier de Sam. Ce jour-là, Amy ne parvenait pas à prononcer le mot. Elle se contenta d'un haussement d'épaules.

— Un tas de choses… En ce moment, il est impliqué dans un projet immobilier qui, compte tenu du parcours de Sam, est voué à l'échec dans les six prochains mois.

— Je vois.

— Je dois vous sembler odieuse, dit-elle, gênée. Sam est gentil et je l'aime follement. Mais il joue de malchance sur le plan professionnel.

— Ce doit être très difficile pour vous, reconnut Sebastian. Surtout avec des enfants. Vous en avez combien, déjà ?

— Deux. Vous avez raison, ce n'est pas facile tous les jours, mais personne n'a la vie facile, non ?

— Sans doute.

L'écrivain consulta sa montre.

— Il faut que je parte, hélas. J'ai un rendez-vous à une heure et demie. Merci beaucoup d'être venue. Si vous pouviez parler à votre belle-mère dans les prochains jours, je vous serais reconnaissant. Elle peut me joindre au *Swan* si elle souhaite me rencontrer. Au revoir, Amy.

Sur ces mots, il quitta le bar.

Amy s'attarda un peu devant son verre, soudain déprimée. Sebastian avait pris un rendez-vous une demi-heure après le leur. Elle se sentit soudain ridicule. Il était évident qu'il n'avait pas d'intentions envers elle. Pourquoi en aurait-il eu, d'ailleurs ? Amy vida son verre d'une traite et se leva. Elle n'était pas vraiment le genre de femme que Sebastian devait fréquenter, ou apprécier, dans son milieu littéraire. Et elle se comportait comme une vierge effarouchée. Amy frémit. Elle était certaine qu'après son comportement de cette journée, elle ne reverrait plus jamais Sebastian Girault. À sa grande surprise, cette pensée la bouleversa.

De son poste d'observation, dans un coin du lounge de l'hôtel, Sebastian regarda Amy s'en aller. Puis il retourna vers la table qu'elle venait de quitter, commanda une autre bière et finit de lire son journal.

11

En voyant la voiture longer l'allée, Posy dut se retenir pour ne pas courir à sa rencontre. Elle se contenta d'ouvrir la porte d'entrée et patienta sur le perron.

Enfin, l'homme séduisant et élancé qu'était devenu son fils émergea de derrière le volant.

— Maman ! s'exclama-t-il en l'étreignant.

— Nick, mon chéri, je suis tellement contente de te revoir !

— Moi aussi.

Ils restèrent longuement enlacés, le temps de maîtriser leur émotion, puis Nick relâcha sa mère et la toisa.

— Maman, tu es superbe ! On dirait même que tu as rajeuni.

— Arrête ! Enfin, merci quand même…

Il la prit par les épaules pour l'entraîner vers la maison. Avant de franchir le seuil, il s'arrêta pour admirer la façade.

— Ma mémoire ne m'a pas trahi. Elle est exactement telle que dans mon souvenir.

— Tant mieux. Hélas, tu vas vite remarquer les dix années de dégradation, à l'intérieur.

En entrant dans la cuisine au parfum familier, Nick fut assailli par les souvenirs d'enfance. Il s'y était toujours senti en sécurité. Rien n'avait changé : les casseroles accrochées au mur, le bric-à-brac de bibelots en porcelaine exposé sur le bahut, sans oublier l'énorme horloge, au-dessus du fourneau, qui était là depuis sa plus tendre enfance.

— Hmm ! Qu'est-ce que ça sent ? demanda-t-il. Ce n'est pas…

— Du foie de veau au bacon, ton plat préféré, oui.

— Maman, je voulais t'inviter au restaurant !

— Tu m'as donné le choix et j'avais envie de te préparer à manger. Nous sortirons un autre jour. Si tu savais comme je suis heureuse de te revoir ! Tu n'as pas changé, toi non plus. Tu veux du café ? Du thé ? Une bière, peut-être ?

— Une bière, s'il te plaît. J'ai changé, tu sais. J'ai déjà trente-quatre ans, je commence à grisonner et à avoir des rides au coin des yeux, soupira-t-il. Alors ? Comment ça va ?

Il but une gorgée à même la bouteille qu'elle lui tendit.

— J'ai les articulations un peu raides, surtout le matin, mais je vais plutôt bien, par ailleurs, répondit-elle en se servant du vin. À ta santé, mon chéri, et à ton retour !

Elle leva son verre.

— Tu as tant de choses à me raconter ! Tu es resté si longtemps là-bas ! Tu y étais bien, j'imagine.

— Oui et non. L'Australie est un pays très différent de l'Angleterre, et de Southwold en particulier. J'avais besoin de changement.

— J'ai toujours eu l'impression que tu t'étais enfui…

— Bien sûr que oui, mais je suis de retour.

— Pour combien de temps ? hasarda sa mère.

— Très bonne question, fit Nick en souriant. Et si on passait à table ? Je meurs de faim.

Posy était si émue qu'elle avait perdu l'appétit. Délaissant son assiette, elle écouta Nick lui parler de Perth et lui exposer son projet de boutique à Londres. Pour se donner du courage avant d'annoncer à son fils qu'elle vendait Admiral House, elle but un peu trop de vin.

— Si tu t'es renseigné sur les locaux commerciaux, c'est que tu songes à rester pour de bon, non ?

— En effet, j'ai trouvé mon bonheur à Londres et décidé de tenter ma chance.

Le visage de Posy s'illumina de joie.

— Chéri ! Si tu savais comme ça me fait plaisir !

— Tu ne me verras probablement pas plus souvent car je travaille beaucoup, plaisanta-t-il.

Lorsque sa mère se leva pour débarrasser la table, il la fit rasseoir.

— Je m'en occupe, Maman.

— Merci, mon grand. Le gâteau de riz est au frigo, si tu veux bien le sortir. Dis-moi, qu'est-ce qui t'a poussé à revenir ?

— Oh, un tas de raisons. En tout cas, j'ai compris une chose : on peut s'enfuir à l'autre bout du monde, on n'échappe jamais à soi-même.

Posy hocha la tête et attendit la suite.

— Pour être honnête, l'Angleterre me manquait, surtout ton gâteau de riz. Je suppose que je n'étais pas chez moi, là-bas.

— Tu es content d'y être allé ?

— Absolument. Cette grande aventure m'a permis d'amasser pas mal d'argent.

Il racla son assiette jusqu'au dernier grain de riz.

— Tu as toujours été doué pour les affaires, admit Posy. Tout ce que tu touches se transforme en or, contrairement à ce pauvre Sam.

— Il galère toujours ? demanda Nick, qui se rembrunit.

— Toujours.

— Il ne peut s'en prendre qu'à lui-même ! Il enchaîne les projets foireux. Sa femme est encore avec lui ? Elle est tellement gentille…

— Oh oui. Amy est encore avec lui… Attends un peu de rencontrer leurs deux enfants, Jake et Sara. Ils sont merveilleux.

— Dans ce cas, ils ne tiennent pas de leur père.

— Seigneur, Nick, tu es si fielleux, soupira Posy, attristée. S'il est nul sur le plan professionnel, ce n'est pas une mauvaise personne, tu sais.

— Je comprends ton point de vue, mais je ne suis pas d'accord avec toi, Maman.

— Que veux-tu dire par là ?

Nick se mura dans le silence.

— Je t'en prie, dis-le-moi, implora Posy. Il n'y a rien de plus bouleversant, pour une mère, que de voir ses enfants désunis.

— Écoute, Maman, ça n'a pas d'importance. Passons à des sujets plus réjouissants. Crois-le ou non, j'ai rencontré quelqu'un. Une femme très spéciale.

— Petit cachottier ! Qui est-ce ? Où est-elle ? Je suppose qu'elle est australienne.

— Justement, non, et c'est le plus étrange. Je l'ai rencontrée le jour de mon arrivée en Angleterre. C'est une amie de Paul et Jane. Elle s'appelle Tammy, elle est sublime et dirige une entreprise de vêtements vintage.

— Eh bien, tu n'as pas perdu de temps.

— Je sais. Tu trouves ça inquiétant ?

Posy pensa au moment où elle avait posé les yeux sur Freddie pour la première fois et secoua négativement la tête.

— Pas du tout ! Si les sentiments sont là, c'est l'essentiel.

— Je n'ai jamais craqué aussi vite et ça me fait peur. Je tiens vraiment à elle.

— Tant mieux. Quand vas-tu me la présenter ?

— Je pensais l'amener ici la semaine prochaine, si elle a le temps. Elle est en train de monter une affaire, elle aussi.

— Ce serait bien. Restez le week-end, ce serait encore mieux ! J'inviterai Sam et Amy… Quoi que tu penses de ton frère, tu dois voir ton neveu et ta nièce.

— Bien sûr, Maman. Nous sommes deux adultes, après tout. J'aimerais bien revoir Amy, et rencontrer les enfants, évidemment. Que dis-tu du week-end prochain ?

— C'est parfait ! s'exclama Posy. Préviens ta petite amie qu'elle devra se munir d'un pyjama bien chaud. Les nuits sont déjà fraîches.

— Je n'y manquerai pas, Maman, dit-il en remarquant l'air malicieux de sa mère. Mais avant de partir, j'adorerais voir tes plantations.

Après un tour du jardin, Posy prépara du thé dans la cuisine. Nick en profita pour se rendre dans le petit salon. Il prit le temps d'admirer l'imposant lustre qui soulignait, hélas, les fissures du plafond, la peinture écaillée et les moulures endommagées. Il actionna le gros interrupteur noir et alla faire du feu dans la cheminée. Il faisait très froid et il flottait une odeur d'humidité. Les superbes rideaux en soie derrière lesquels il se cachait étant enfant étaient moisis.

Cette pièce autrefois élégante ressemblait à une vedette de cinéma muet ravagée par les outrages du temps. Son état de délabrement lui noua la gorge. Il s'affairait devant la cheminée lorsque sa mère entra, portant un plateau avec du thé et sa fameuse génoise à la framboise et à la crème.

— Voilà, dit-il. Le premier feu que j'allume depuis dix ans. Ça me fait plaisir.

— Tu as décidé de l'endroit où tu vas habiter ?

— Non. Paul et Jane m'ont invité à rester aussi longtemps que je le voudrai. Je vais d'abord régler l'ouverture de ma boutique, puis je me trouverai un logement.

— Quand tu viendras, le week-end prochain, j'aimerais que tu fasses le tour de la maison. La plupart des meubles ne valent sans doute pas grand-chose, mais tu trouveras peut-être une pièce intéressante.

— Tu as besoin d'argent, Maman ? Je t'ai répété mille fois de me solliciter, si tu as des difficultés.

— Non, Nick, tout va bien. Le problème… Voilà, je songe très sérieusement à vendre Admiral House. L'an prochain, j'aurai soixante-dix ans.

Nick la dévisagea, puis il se tourna vers l'âtre.

— Bon…

— Dis-moi ce que tu en penses, Nick, je t'en prie.

— Pour être honnête, Maman, je ne sais pas. J'éprouve une certaine tristesse, évidemment. C'est la maison de mon enfance, et la tienne, aussi. Cependant, je comprends que tu veuilles vendre.

— C'est un peu comme s'occuper d'un vieux chien malade, expliqua Posy tristement. On l'aime et on a le cœur brisé quand on le perd, mais on sait que c'est mieux ainsi. C'est ce que je ressens pour Admiral House. Elle a besoin d'un nouveau propriétaire, de quelqu'un qui pourra s'en occuper, lui rendre sa splendeur d'antan. Elle est en train de s'écrouler peu à peu et je dois agir avant le point de non-retour.

— Je comprends, Maman.

Nick leva les yeux et vit une grosse tache marron présente depuis son enfance. Autrefois, il trouvait qu'elle ressemblait à un hippopotame. À présent, d'autres taches étaient apparues, formant comme une fresque au plafond.

— Un agent immobilier vient l'évaluer la semaine prochaine, mais je me dois de te demander si tu souhaites la reprendre.

— Sam ne me le pardonnerait jamais. Il est le fils aîné, après tout. De plus, ma vie n'est pas ici. Et je vais avoir besoin du moindre sou pour mon entreprise. Désolé, Maman. Et toi, où iras-tu ensuite ?

— Je n'y ai pas encore vraiment réfléchi. Dans un logement plus petit nécessitant moins d'entretien, avec un bout de jardin. J'espère que les acheteurs ne détruiront pas celui-ci, ajouta-t-elle avec un sourire.

— Je suis certain que non. Il est magnifique. Je vois bien un riche citadin avec une épouse décoratrice d'intérieur et un bataillon d'employés.

— Ces clients-là ne courent pas les rues.

— Comme tu le dis toujours, qui vivra verra. Bon, je vais me mettre en route.

— Avant ton départ, je veux te donner ceci, indiqua Posy en prenant une lettre sur une console. Elle a été déposée à la galerie, hier. Quelle chance que tu sois venu aujourd'hui et que je puisse te la remettre.

Nick lut son nom sur l'enveloppe. L'écriture penchée, tracée à l'encre noire, lui était familière.

— Merci, Maman, dit-il en s'efforçant de masquer son trouble.

— Ça m'a fait très plaisir de te revoir, mon chéri, assura-t-elle en l'embrassant. Je suis heureuse que tu rentres pour de bon.

— Moi aussi, Maman. Allez, au revoir.

Au volant de sa voiture, Nick s'arrêta juste après avoir franchi la grille. La lettre était posée sur le siège du passager, l'implorant de l'ouvrir. Il la prit d'une main tremblante et lut les mots qu'*elle* lui adressait.

Ensuite, il regarda dans le vide, ne sachant que faire. Il pouvait déchirer cette lettre et rentrer directement à Londres retrouver Tammy. Ou il pouvait se rendre à Southwold et écouter ce qu'elle avait à lui dire, histoire de tourner la page.

Nick prit à droite, en direction de Southwold. La ville était toujours aussi pimpante en automne.

Il remonta la rue principale. Son ancienne boutique était devenue une agence immobilière. Sinon, rien n'avait vraiment changé. Sur une impulsion, il gara la voiture et se promena sur le front de mer.

En marchant, il se laissa submerger par les souvenirs. S'il la voyait, avec le recul et l'apparition de Tammy dans sa vie, il parviendrait peut-être à exorciser ces souvenirs pour de bon.

Il se pencha sur la rambarde pour contempler le mouvement inlassable des vagues et se rappela la douleur atroce qu'il avait ressentie la dernière fois qu'il était venu là. Oui, il l'avait aimée. Peut-être n'aimerait-il plus jamais aussi fort. À la réflexion, il l'espérait, car ce genre d'amour était destructeur.

Nick regagna sa voiture et se rendit chez elle.

12

Tammy signa les documents et tendit le stylo à l'agent immobilier.

— Et voilà !

— Je crois que ceci vous appartient désormais, répondit-il en brandissant un trousseau de clés.

— Merci.

La jeune femme le rangea bien à l'abri dans un compartiment fermé de son sac à main.

L'agent consulta sa montre et lissa une mèche de cheveux sur son crâne dégarni.

— Il est bientôt midi… Je vous offre un verre pour fêter votre nouvelle entreprise ?

— Euh… c'est gentil, mais je suis impatiente de me rendre dans mes locaux pour commencer mon installation.

— Comme vous voudrez. Bonne continuation, mademoiselle Shaw.

Dès qu'elle se retrouva dans la rue, débarrassée de l'agent immobilier, Tammy héla un taxi.

— 4, Ellis Place, s'il vous plaît, à l'angle de Sloane Street, à l'extrémité de Sloane Square, ajouta-t-elle fièrement en s'installant sur le siège arrière.

Tammy regarda King's Road défiler sous ses yeux. Elle n'en revenait pas ! La semaine précédente, elle désespérait de trouver un local qui lui convienne. L'emplacement était essentiel et elle ne visitait rien qui soit dans ses moyens ou dans le bon secteur.

Un jour, Jane l'avait appelée depuis un shooting photo. Elle avait eu vent d'une boutique de vêtements ayant fait faillite. Les liquidateurs cherchaient à céder le bail et tout l'équipement. Tammy avait immédiatement appelé.

Avant même de franchir le seuil, elle avait senti qu'elle avait déniché la perle rare. Nichée dans une petite rue transversale donnant sur Sloane Street, la devanture était flanquée d'un designer de chaussures en plein essor, auquel *Vogue* avait consacré un article récemment, et d'une boutique de modiste. L'intérieur était tel qu'elle se l'était imaginé : exigu, décoré avec goût, avec juste assez de place pour exposer ses pièces. Il y avait un bureau à l'arrière et une minuscule cuisine, ainsi qu'un sous-sol sain pour son stock et un atelier de couturière. Le tout à cinq minutes en voiture de sa maison !

Tammy n'en menait pas large en demandant le montant du loyer à l'agent immobilier. Il était à la limite supérieure de son budget et très excessif par rapport à la surface, mais elle était sûre de son choix.

C'est ainsi que, quelques jours plus tard, Tammy émergea de son taxi et, d'une main tremblante, glissa la clé dans la serrure de sa boutique.

Pendant un instant, elle demeura incrédule. Elle avait réussi ! Elle sortit son portable pour appeler Nick, en visite chez sa mère, ce jour-là. Elle voulait qu'il soit le premier à savoir.

« Salut, chéri, c'est moi, dit-elle à la boîte vocale. J'ai les clés ! C'est génial ! On débouchera une bouteille de champagne à ton retour. Passe-moi un coup de fil pour m'annoncer à quelle heure tu seras là. Je serai sans doute encore au magasin, alors tu pourrais venir me chercher. À plus ! »

Elle sourit à son portable avec tendresse et le rangea dans son sac. Elle n'avait pas été aussi heureuse depuis longtemps. Nick la faisait rire et, quand il n'était pas avec elle, il lui manquait. Était-elle en train de tomber amoureuse ? Elle savoura le plaisir de cet instant : un petit ami génial et son rêve d'ouvrir sa propre boutique qui devenait réalité. Que demander de plus ?

Elle émergea de son euphorie car chaque seconde passée lui coûtait une fortune. *Au boulot !* se dit-elle.

Il lui fallut trois heures pour installer sa machine à coudre et ses boîtes pleines de bijoux et de perles. Ensuite, elle alla chercher une sélection de vêtements dans son garde-meubles. Ne boudant pas son plaisir, elle consacra bien trop de temps à disposer ses pièces et à réfléchir à des idées de vitrine au lieu de s'attaquer aux aspects moins reluisants d'un emménagement.

Tammy se trémoussait sur une chanson de Robbie Williams, une robe ample enfilée par-dessus son jean et son pull, quand elle entendit quelqu'un frapper à la porte.

— Bonjour ! lança-t-elle, sans cesser de danser, à une ravissante Indienne.

— Bonjour, je suis Joyti Rajeeve, du magasin de chaussures voisin. Je passais juste faire un petit coucou.

— Tammy Shaw. Je suis fan de vos chaussures ! Elles commencent vraiment à attirer l'attention des magazines…

— Oui. Je croise les doigts, répondit Joyti. C'est un très bon emplacement et il est important que les voisins aient du succès parce que la rue acquiert une réputation et chacun bénéficie de la clientèle des autres.

— J'espère ne pas me planter, comme mes prédécesseurs.

— À en juger par cette robe, je suis sûre que non. Elle est sublime !

Joyti effleura les perles qui ornaient le fin tissu.

— Oui, je l'ai achetée pour une bouchée de pain lors d'une vente. Sa propriétaire n'en avait pas pris grand soin. J'ai dû recoudre toutes les perles à la main. J'ai besoin de personnel, mais mon budget est serré.

— Je connais quelqu'un qui pourrait vous aider, quelqu'un de très qualifié.

— Ah oui ? Si c'est le cas, je n'aurai pas les moyens de m'offrir ses services.

— Je suis sûre que si. En fait, c'est ma mère.

— Je vois.

Sans vouloir sembler condescendante, Tammy recherchait une professionnelle.

— En son temps, c'était l'une des meilleures dans l'art du sari. Ses points sont pratiquement invisibles. Elle a pris sa retraite il y a un an, mais elle s'ennuie à mourir, à la maison, sans rien faire.

— Ce serait bien qu'elle passe me voir, suggéra Tammy.

— Je le lui dirai. Je préfère qu'elle soit occupée, qu'elle me laisse respirer, avoua Joyti en riant. Bon, je vous laisse. Si vous voulez boire un verre après le travail, n'hésitez pas. Au fait, j'ai la paire de chaussures idéale pour aller avec cette robe. On pourrait coopérer. À plus !

À vingt heures, le portable de Tammy sonna. Elle prit l'appel, s'attendant à entendre Nick.

— Salut, Tam, c'est Jane. Comment ça se passe ?

— C'est génial ! J'ai fait une danse de la joie dans la boutique.

— Tant mieux. Tu as trouvé un nom ?

— Non. Je suis à court d'inspiration.

— Tu vas devoir en trouver un avant la grande inauguration.

— Je sais.

— Tu veux que je vienne ? On ira boire du champagne au *Fifth Floor*, chez *Harvey Nichols*, pour fêter l'occasion.

— Ce serait sympa, mais je dois voir Nick, ce soir.

— OK, mais demain tu m'accompagnes à l'inauguration de la nouvelle boutique Gucci.

— Beurk, grommela Tammy. Je déteste ces trucs-là.

— Il faut que tu te fasses connaître, sortir le plus possible au cours des prochains mois, que les gens sachent que tu as une boutique.

— Tu as raison, admit Tammy. Et si on faisait un saut à la fête pendant une heure ou deux ? Ensuite, on irait dîner quelque part, histoire de discuter un peu.

— C'est d'accord, je passe te prendre demain à sept heures, dans ta boutique. Félicitations, ma belle !

— Merci, à demain !

À neuf heures, prête à rentrer chez elle, Tammy rappela Nick. Toujours la boîte vocale. Elle décida de l'attendre chez elle. Peut-être avait-il perdu toute notion du temps en bavardant avec sa mère… Cependant, cela ne lui ressemblait pas de la laisser sans nouvelles.

À dix heures, incapable de se calmer, malgré un bon bain, Tammy se mit à faire les cent pas au salon. Toujours pas de nouvelles de Nick. En désespoir de cause, elle contacta Paul et Jane, qui étaient également sur messagerie.

La jeune femme s'écroula sur le canapé puis, affamée, se réchauffa une part de pizza et déboucha la bouteille de champagne.

— À ma santé, dit-elle d'un ton maussade.

Le plaisir de la journée semblait l'avoir quittée pour faire place à une terrible frustration. Si Nick l'avait prévenue qu'il ne pouvait rentrer à temps, elle aurait pu faire la fête avec Jane ! Elle n'y comprenait rien. Nick savait combien cette journée comptait à ses yeux.

— Les hommes… tous les mêmes, maugréa-t-elle en buvant sa troisième coupe de champagne.

À minuit, elle jeta la bouteille vide à la poubelle et gagna sa chambre d'un pas chancelant. Dès qu'elle fut allongée sur son lit, elle sombra dans un sommeil aviné.

Le lendemain matin, en proie à un affreux mal de tête, elle se rendit à sa boutique et, d'une humeur massacrante, se mit à ranger ses vêtements. Elle avait acheté des cintres en velours noir pour les robes de soirée, qu'elle classa par époque et par style. Ensuite, elle enfila un fourreau des années 1950, d'un rouge foncé, sur un mannequin. Elle s'affaira à trier les accessoires vintage qu'elle avait accumulés, plaçant les boucles d'oreilles fantaisie sur de petits écrins en velours et les bracelets sur un présentoir en porcelaine.

Et toujours pas de nouvelles de Nick.

— Waouh, fit Jane, en arrivant, ce soir-là. Tu as bien travaillé.

— Et encore, je suis loin d'avoir terminé. Que penses-tu de la vitrine ? J'ai commandé un tas de fleurs artificielles pour un esprit « songe d'une nuit d'été ».

— Excellente idée ! Et tu es magnifique, dans cette robe. Une publicité vivante !

— Merci. Il me reste encore à trouver un nom.

— On réfléchira à ça dans la soirée. Viens, il ne faut pas être en retard. Sinon il n'y aura plus de canapés au saumon fumé.

Lors du cocktail d'inauguration, Tammy échangea quelques banalités avec des invités de prestige. Si elle n'était plus dans le circuit, elle croisa de nombreux visages familiers. Beaucoup semblaient avoir rajeuni comme par enchantement… sous les objectifs des paparazzis. Cet univers frivole serait son lot quotidien si elle voulait percer dans le milieu de la mode.

Au moins, c'est moi qui tirerai les ficelles, songea-t-elle en observant un célèbre créateur entouré de personnages en vue.

Au bout d'une heure, Jane et elle prirent un taxi vers un restaurant italien très intime, non loin de King's Road.

— Tu veux du champagne ? suggéra Jane lorsqu'elles s'attablèrent.

— J'ai siphonné une bouteille à moi toute seule, hier soir. Nick n'est pas venu, répondit Tammy.

— Ah bon ? Ça m'étonne de lui. Il n'était pas chez nous non plus. J'ai pensé qu'il était avec toi.

— Eh bien non. Il a disparu des radars. Je n'ai pas eu de nouvelles de lui aujourd'hui non plus.

— Ça ne lui ressemble pas du tout. Il n'y a pas plus fiable ! J'espère qu'il ne lui est rien arrivé.

— Je ne peux quand même pas signaler sa disparition à la police. Il a trente-quatre ans.

— S'il ne donne pas signe de vie, tu devrais peut-être appeler sa mère.

— Je n'ai pas son numéro. Bon, on le boit, ce champagne ?

— Pas moi. Prends-en, si tu veux. Je me contenterai de boire de l'eau.

— Ah bon ? Tu es en pleine détox ?

— En quelque sorte. Je… Enfin, voilà… Bon, je ne voulais rien dire… Je n'en ai même pas parlé à Paul, mais…

— Quoi ? Tu es enceinte, c'est ça ?

Jane hocha la tête, les yeux pétillants de joie.

— Oui ! Je n'arrive pas à y croire ! Je suis sous le choc.

— Jane !

Tammy en eut les larmes aux yeux. Elle prit la main de son amie.

— C'est génial ! Je suis tellement heureuse pour vous deux !

— Merci. Je n'en suis qu'à six semaines. Il y a encore un risque.

— Tu vas devoir faire attention. Du repos, des repas sains, pas d'alcool… Comment est-ce arrivé ?

— Très naturellement, gloussa Jane. Cela fait des années qu'on essaie. On a dépensé une fortune en FIV, sans parler de l'aspect psychologique. J'ai cru devenir folle sous la pression. Souviens-toi, je t'ai dit que Paul et moi avions décidé de laisser tomber et d'accepter qu'on n'aurait pas d'enfants. Le pire, c'est que j'avais fait mon deuil.

— C'est peut-être parce que tu es détendue que ton corps s'est remis à fonctionner, suggéra Tammy.

— C'est aussi l'avis du gynéco.

— Quand vas-tu l'annoncer à Paul ?

— Je n'en sais rien. Tu le connais. C'est un grand enfant lui-même. Il sera fou de joie et ira chercher des berceaux anciens et des gravures pour orner la nurserie. Si je faisais une fausse couche, il serait anéanti. Je ne le supporterais pas…

— Si c'était moi, je n'arriverais pas à garder le secret, mais je te comprends.

— Je lui en parlerai peut-être dans deux semaines. Chaque jour est une petite victoire. Au bout de trois mois, je pourrai souffler.

Tammy leva sa coupe de champagne.

— À toi, Jane. Tu as illuminé ma journée. Santé !

Elles trinquèrent.

— Il est prévu pour quand, ce petit ?

— La naissance est pour le mois de mai, fit Jane d'un air pensif. Naissance… ou renaissance, plutôt ! Ce serait un nom génial pour ta boutique, non ?

— Renaissance, répéta Tammy en imaginant son enseigne. Renaissance. Mais c'est parfait ! J'adore ! Tu es vraiment géniale. Maintenant, je peux commander mon enseigne et faire imprimer les cartons d'invitation pour l'inauguration.

— Ce sera quand ? s'enquit Jane lorsque le serveur leur apporta leurs assiettes.

— Dès que possible. Chaque journée perdue est de l'argent jeté par la fenêtre. En novembre, peut-être. J'ai encore un tas de pièces à retoucher, mais ma nouvelle voisine pense que sa mère peut m'aider. J'ai tant de travail !

— Au moins, ton nom attirera tout le gratin à l'inauguration, ne serait-ce que pour boire un coup. Je vais faire jouer mes relations pour t'obtenir un article dans la presse.

Jane vit son amie remuer ses pâtes dans son assiette.

— Tu n'as pas faim ?

— Pas trop, répondit Tammy.

— Tu te fais du souci pour Nick, c'est ça ?

— Oui. Tout allait si bien, entre nous. Je commençais à croire que ça pouvait marcher. J'ai des sentiments pour lui et, une fois de plus, je me suis fait avoir, dit-elle en buvant une gorgée de champagne. Hier était un jour important pour moi et Nick le savait.

— Écoute, Tam, je connais Nick depuis longtemps et ce n'est pas un salaud, loin de là. Ces dernières vingt-quatre heures n'ont rien à voir avec ses sentiments pour toi, j'en suis certaine. J'ai vu sa façon de te regarder. Il est fou de toi, Tammy.

— Je ne sais pas, soupira-t-elle. Je commençais à me sentir assez en confiance. Il ne faut pas grand-chose pour me faire fuir.

— Je comprends, mais tu dois avoir foi en lui.

— Tu sais s'il a eu beaucoup de copines avant de quitter l'Australie ou depuis ?

— Je ne crois pas. Paul m'a parlé d'une femme, juste avant son départ pour Perth. Il me semble qu'elle travaillait pour lui dans son magasin de Southwold. Il ne devait pas l'aimer tant que ça puisqu'il est parti au bout du monde peu de temps après.

— À moins qu'il ne soit parti parce que ça n'a pas marché entre eux, suggéra Tammy. Enfin, on verra bien ce qu'il aura à raconter quand il réapparaîtra… s'il revient un jour.

Tammy arriva chez elle vers onze heures, un peu rassérénée par sa conversation avec Jane. Il ne servait à rien de s'inquiéter avant de connaître toute l'histoire, mais son angoisse signifiait qu'elle était bien plus attachée à Nick qu'elle ne l'aurait voulu.

Sachant qu'elle ne trouverait pas le sommeil, elle prit son carnet et se mit à esquisser des modèles d'enseignes pour sa boutique.

À minuit, son portable sonna.

— Tam, c'est moi, Nick. Je te réveille ?

Elle eut envie de hurler, de lui demander où diable il était passé.

— Pas du tout. Je travaillais, répondit-elle simplement.

— Écoute, je suis vraiment désolé, pour hier soir… de ne pas t'avoir appelée. Il s'est passé quelque chose et… enfin, je n'ai pas pu me libérer. Je peux venir implorer ton pardon à genoux ou bien il est trop tard ?

Elle était soulagée qu'il aille bien et avait tellement envie de le voir qu'elle céda.

— Viens si tu veux, mais je suis crevée, prévint-elle d'un ton désinvolte.

— Je suis là dans un quart d'heure.

Tammy se précipita dans la salle de bains pour se refaire une beauté, se promettant de rester digne et de ne pas lui montrer combien elle avait eu de la peine.

Nick arrêta sa voiture de location dans une station-service et coupa le moteur, puis il resta assis dans la pénombre, épuisé.

Après l'euphorie de son retour au Royaume-Uni, de sa rencontre avec Tammy et les débuts de son entreprise, il avait eu la bêtise de croire que les dieux lui étaient favorables et que son passé était bel et bien enterré. Au cours des dernières vingt-quatre heures, ce passé avait ressurgi. Ses mains tremblaient encore sous le choc.

Durant tout le trajet depuis Southwold, il avait ruminé ses pensées. Que dire à Tammy ? Comment pourrait-elle comprendre ? Lui-même ne parvenait pas à croire ce qu'il venait d'apprendre. Si Tammy et lui étaient proches, leur relation était récente, donc fragile.

Nick passa une main nerveuse dans ses cheveux. Il ne voulait pas mentir. Hélas, s'il lui disait la vérité, s'il tentait de s'expliquer, elle risquait de prendre peur et de s'enfuir. De plus, rien n'était certain à cent pour cent. La solution la plus raisonnable était peut-être de ne rien dire dans l'immédiat, d'attendre une confirmation et d'aviser ensuite.

Tout ce qu'il savait, c'était que rien, dans sa vie affective, n'était sans conséquence. Et il redoutait que l'addition soit salée…

Dès qu'elle entendit l'interphone, Tammy se précipita pour lui ouvrir.

— Tiens, dit Nick en lui tendant trois bouquets de fleurs flétries manifestement achetés dans une station-service. Je peux entrer ?

— Bien sûr.

Dans le salon, elle demeura silencieuse, attendant qu'il s'explique.

— Je suis vraiment désolé, Tam. Ce qui est arrivé était… inévitable.

— Qu'est-ce que tu fabriquais, bon sang ? Tu as une mine de déterré.

— Je sais. Je peux prendre une douche, vite fait ? Je dois empester.

— Fais comme chez toi, répondit-elle froidement.

Il réapparut dix minutes plus tard, drapé dans une serviette. Il s'approcha d'elle et posa les mains sur les épaules de la jeune femme.

— Chérie…, murmura-t-il avant de l'embrasser dans le cou. Tu m'en veux beaucoup ?

— Je me suis sentie abandonnée. Pire encore, je me suis fait un sang d'encre ! Ce soir, j'ai dîné avec

Jane et elle m'a dit que tu n'étais pas allé chez eux non plus.

— C'est vrai.

Un silence pesant s'installa entre eux.

— Bref, reprit Tammy, je ne suis pas ta mère et je n'ai pas à savoir ce que tu fais de tes journées.

— Tu as le droit de savoir où je suis, Tam. On est en couple, pour l'amour du ciel ! Ce que j'ai fait hier soir est impardonnable, mais j'avais une question à régler.

— Cela a un rapport avec une femme ?

— En partie, soupira Nick avant de s'écrouler dans un fauteuil. C'est une histoire très compliquée et je ne suis pas de force à te la raconter ce soir.

— D'accord, fit-elle d'un ton glacial.

— Sache que cela n'affecte en rien ce que je ressens pour toi.

— Et que je suis censée te croire sur parole, c'est ça ?

— Oui, fit-il tristement. Il le faut, hélas. C'est ça, la confiance, non ? Le bon côté des choses, c'est que, même si je t'ai déçue, je sais maintenant que, malgré le peu de temps écoulé depuis notre rencontre, je t'aime.

Elle leva les yeux vers lui. Cette déclaration aurait pu la rendre euphorique si Nick n'avait pas le regard aussi triste.

— Tam ?

— Oui ?

— Tu crois ce que je viens de te dire ? Que je t'aime ?

— Je… Non, pas ce soir. N'importe qui peut prononcer ces mots.

— C'est vrai, mais donne-moi au moins une chance de te prouver que je suis sincère. Je t'en prie !

Tammy se mit à bâiller.

— On est crevés tous les deux, Nick. Allons dormir un peu. On discutera demain matin.

Elle se leva, éteignit la lampe et tendit la main vers lui.

— Je peux te prendre dans mes bras ? demanda-t-il en se glissant sous les couvertures.

Elle hocha la tête et se lova contre lui, effrayée de s'y sentir si bien. Il lui caressa doucement les cheveux.

— Je suis désolé, Tam. Je ne veux pas te faire de mal. Je t'aime vraiment, tu sais.

Moi aussi, je t'aime.

— Tais-toi, maintenant, murmura-t-elle.

13

En entendant tinter le carillon de la galerie, Posy leva les yeux.

— Bonjour, Freddie. Comment vas-tu ?

— Très bien, merci. Ça te dirait d'aller au cinéma, demain soir ? Il y a un film français qui a de bonnes critiques.

— C'est une proposition que je ne peux pas refuser.

— Tant mieux. On se retrouve à six heures, devant le cinéma ?

— Parfait.

— Alors à demain ! Au revoir, Posy.

Avec un signe de la main, il quitta la boutique. Posy soupira. Elle s'efforçait de ne pas y penser, mais leur prétendue « amitié » la mettait mal à l'aise. Ils avaient partagé quelques repas agréables, jamais à court de sujets de conversation, d'anecdotes captivantes sur son métier d'avocat.

Et pourtant, elle avait l'impression qu'il lui cachait l'essentiel : pourquoi il l'avait quittée, autrefois, et pourquoi, cinquante ans plus tard, il refusait de lui donner son cœur.

Elle serait volontiers allée plus loin et ne parvenait pas à se résigner. Le voir était une délicieuse torture et elle se savait vouée à une déception. Freddie n'avait jamais recherché le moindre contact physique autre qu'un chaste baiser sur la joue.

À midi, elle quitta la galerie car Marie devait passer à deux heures pour évaluer Admiral House. Posy rangea la cuisine et alluma du feu dans le petit salon. Elle ne pouvait faire grand-chose de plus pour rendre les lieux attrayants.

Juste avant treize heures, le téléphone sonna.

— Posy Montague ? fit une voix.

— Elle-même.

— Sebastian Girault à l'appareil. Amy, votre belle-fille, a dû vous parler de moi…

— Elle m'a dit que vous m'appelleriez, en effet.

— Seriez-vous disposée à accueillir un locataire ? Le temps de quelques mois. Vous seriez débarrassée de moi pour Noël.

— Eh bien, je vous ferais volontiers visiter, monsieur Girault, mais je doute qu'Admiral House vous convienne. Le confort est très rudimentaire.

— Je suis au courant. Amy me l'a décrite et elle me semble parfaite. Cela vous ennuierait-il que je vienne jeter un coup d'œil ?

— Pas du tout. En fait, je suis chez moi cet après-midi. Passez donc à quatre heures. La maison est facile à trouver, au bout d'une allée bordée d'arbres donnant sur Halesworth Road, sur la route de Southwold.

— Ne vous inquiétez pas, j'ai un GPS. Merci, madame Montague. Je vous verrai à quatre heures, donc.

Posy raccrocha. Dès qu'il aurait visité les lieux, Sebastian Girault changerait d'avis, mais un peu de compagnie juste après l'évaluation de son bien lui remonterait le moral. Elle en était certaine, le verdict de Marie ne manquerait pas de la plonger dans le désarroi.

À quatorze heures précises, Posy entendit frapper à la porte.

— Bonjour, Marie. Entrez donc ! Et appelez-moi Posy, je vous en prie.

— Merci.

Munie d'un bloc-notes, la jeune femme leva les yeux vers le lustre.

— Waouh ! Quelle entrée spectaculaire !

— Je pensais vous montrer le jardin, le parc et les premiers étages, puis vous laisser explorer les soupentes sans moi. Mes jambes ne sont plus ce qu'elles étaient et l'escalier est très raide.

— Très bien, Posy.

Tandis qu'elles déambulaient de pièce en pièce, Marie s'extasia sur les ornements d'origine et prit de nombreuses notes. Après les six chambres du premier étage, Posy descendit allumer la bouilloire et réchauffer les scones qu'elle avait préparés. Heureusement que Marie n'était pas une de ces commerciales en tailleur ! Elle n'aurait pas supporté de voir une pimbêche fouiner chez elle.

Marie se présenta enfin dans la cuisine où elles prirent le thé sur la longue table en chêne.

— Vos scones sont délicieux, Posy. J'aimerais être aussi bonne pâtissière.

— Des années d'expérience, rien de plus.

— Votre maison est très agréable. Quant au jardin ! J'ai peine à croire que vous ayez fait tout ça sans aide.

— C'est une passion dévorante qui m'a procuré beaucoup de satisfaction.

— Si nous parlions affaires ? Posy, votre bien est exceptionnel et les éléments d'origine magnifiques, les cheminées, les moulures, les volets… j'en passe. Les pièces sont spacieuses, sans parler du parc.

— Mais…, fit Posy avant la jeune femme.

— Il va de soi qu'un acheteur potentiel devra consacrer beaucoup de temps et d'argent à restaurer l'ensemble. Vous êtes consciente de l'ampleur du chantier. C'est là le problème.

— Je sais.

— À mon avis, vous aurez beaucoup de chance si vous trouvez preneur. Le marché des maisons de campagne n'est plus ce qu'il était. Southwold est très prisé, mais votre bien est trop grand. Personne ne voudra vivre ici et effectuer le trajet jusqu'à Londres chaque jour. Quant aux retraités, ils seront rebutés par la superficie et les travaux.

— Marie, venez-en au fait. Qu'essayez-vous de me dire ?

— À moins de trouver une star du rock ou du cinéma, le champ des acquéreurs potentiels est très réduit.

— J'en suis consciente.

— Vous allez détester cette idée, mais la meilleure solution serait de vendre à un promoteur qui réaliserait de beaux appartements. Très peu de gens veulent une propriété aussi vaste, de nos jours, même s'ils apprécient le cadre et le prestige.

— Je pensais bien que vous me feriez cette suggestion. Cela me fendrait le cœur, bien sûr, et mes ancêtres se retourneraient dans leur tombe, mais… il faut être réaliste.

— Le problème, c'est qu'un promoteur voudra l'acquérir au prix le plus bas pour assurer son profit. Le seul avantage, c'est que vous ne subiriez pas l'épreuve de voir la maison sur le marché. Notre agence en connaît quelques-uns susceptibles d'être intéressés. Nous pouvons les mettre en contact avec vous. La transaction peut avoir lieu rapidement et en toute discrétion.

— D'après vous, combien un promoteur pourrait-il m'en proposer ?

Marie haussa les épaules.

— Difficile à dire… autour du million.

Posy ne put s'empêcher de rire.

— Seigneur ! Le modeste quatre pièces de cette pauvre Mrs Winstone, dans High Street, se vend à plus de la moitié de cette somme !

— Je sais, ce prix semble dérisoire en comparaison, admit Marie. Son cottage se trouve en plein centre de Southwold et sera une résidence secondaire idéale. Posy, je ne m'offusquerais pas que vous fassiez évaluer votre bien par un autre agent immobilier. En fait, je vous le recommande.

— Non, non, je vous crois sur parole. Soyons honnêtes, un million de livres, c'est beaucoup d'argent. Je n'en dépenserai jamais autant au cours de ma vie. Ce serait bien que mes fils en héritent.

— Bon, je file chercher les enfants. Merci pour le thé et les scones, conclut Marie en se levant. Je vous enverrai un courrier. Quand vous aurez réfléchi et discuté avec vos fils, appelez-moi.

— D'accord.

Posy la raccompagna.

— Merci d'avoir rendu cette expérience moins douloureuse. Je vous contacte rapidement. Au revoir, Marie.

La vieille dame la regarda s'éloigner, puis elle regagna la cuisine pour méditer devant une tasse de thé.

Bientôt, Sebastian Girault se présenta sur le pas de la porte.

— Ravi de vous rencontrer, madame Montague, dit-il avec une poignée de main ferme.

— Appelez-moi Posy.

En plongeant dans ses yeux d'un vert intense, elle eut soudain l'impression d'avoir trente ans de moins.

Elle l'entraîna dans la cuisine où elle remit de l'eau à chauffer.

— Asseyez-vous, monsieur Girault.

— Sebastian. Cette maison est superbe.

— Amy m'a expliqué que vous cherchiez un endroit où écrire en paix.

— Oui. J'ai besoin d'espace, aussi. C'est très important.

— Eh bien, je n'ai peut-être pas un système de chauffage très fiable, ni tout le confort moderne, mais j'ai de la place à revendre ! Je vais vous montrer les chambres susceptibles de vous convenir et vous me direz qu'elles sont glaciales et poussiéreuses, puis nous redescendrons et nous oublierons ce projet en buvant une tasse de thé.

Au bout du couloir du premier étage se trouvait l'une des chambres préférées de Posy, située à un angle. Ses hautes fenêtres donnaient des deux côtés sur le jardin.

— Magnifique, souffla l'écrivain tandis que Posy lui désignait la salle de bains attenante, un vestige des années 1930.

L'immense baignoire en fonte trônait au centre, sur un sol couvert d'un linoléum d'origine très usé.

— Voilà. Qu'en pensez-vous ? Je ne serai pas vexée si vous refusez.

Sebastian retourna dans la chambre.

— Vous croyez que la cheminée fonctionne ?

— Probablement. Il faudrait la ramoner.

— Je prendrai les frais en charge, bien sûr, et…

Il s'approcha de la fenêtre.

— Je pourrais installer mon bureau juste ici, pour profiter de la vue, fit-il en se tournant vers Posy. C'est l'endroit idéal. Si vous voulez bien de moi, je serai ravi de séjourner ici. Quant au loyer, deux cents livres par semaine vous conviendraient ?

— Deux cents livres ? C'est trop.

— Cela reste moins que ce que je paierais si je louais un cottage en ville. Et si vous ajoutiez un repas de temps en temps ? suggéra l'écrivain. Il paraît que vous êtes un cordon-bleu.

— Je me débrouille, corrigea Posy. Je vous ferai la cuisine avec plaisir. Je dois préparer mes propres repas, de toute façon. Vous êtes certain que vous serez bien, ici ? Je peux vous fournir un ou deux radiateurs, même s'ils consomment beaucoup d'énergie.

— Je vous promets de couvrir mes frais de séjour. De par ma profession, je ne vous dérangerai pas, même si mes horaires de travail sont un peu particuliers.

— Ce n'est pas un problème car je dors de l'autre côté de la maison. Il y a une chose que je devrais préciser, toutefois. Un agent immobilier est venu cet après-midi car je songe à vendre. Je suis sûre qu'il ne se passera rien avant Noël. Je ne sais pas combien de temps vous comptiez rester…

— Je rends mon manuscrit en février mais, comme je vous le disais, j'espère avoir terminé le premier jet pour la mi-décembre. Je ferai les corrections dans mon appartement londonien, donc je vous laisserai tranquille pour Noël. Alors, marché conclu ?

Un peu hésitant, Sebastian lui tendit la main, que Posy serra.

— Oui, monsieur Girault, je crois bien que oui.

Ils redescendirent et oublièrent le thé au profit d'un verre de vin pour célébrer leur accord. L'écrivain remarqua un portrait encadré du père de Posy en uniforme de la RAF, sur une table du petit salon.

— Mon nouveau livre se déroule lors de la Seconde Guerre mondiale. Savez-vous si votre père a piloté des Spitfire ?

— Oh oui. Il a participé aux plus importantes batailles, y compris la bataille d'Angleterre. Hélas, il est mort peu avant la fin des hostilités.

— C'est terrible, Posy.

— Je l'adorais, comme une fille adore son père.

— Bien sûr. Cela vous ferait-il de la peine que je vous pose quelques questions sur vos souvenirs de l'époque de la guerre, à Southwold ?

— Pas du tout, même si j'étais très jeune.

— Ce serait formidable. Pour vous prouver mon sérieux, je tiens à vous verser ma première semaine de loyer. Quand puis-je m'installer ?

Il sortit quelques billets de son portefeuille.

— Quand vous voudrez. Mais sachez que toute ma famille vient déjeuner dimanche prochain. La maison sera moins calme.

— Pas de problème, je me ferai tout petit.

— Ne dites pas de bêtises ! Vous serez le bienvenu à notre table. Et je vous donnerai une clé !

— Cela peut servir, en effet. Au revoir et merci encore.

Il lui fit la bise avec chaleur.

— Je vous en prie. Je suis ravie. Au revoir, Sebastian. Tenez-moi au courant de votre date d'arrivée.

14

Le lendemain matin, Posy venait de finir de se préparer quand elle entendit une voiture remonter l'allée. Elle reconnut avec étonnement la vieille Fiat rouge de Sam. En descendant, elle trouva son fils aîné dans l'entrée, à fixer le lustre.

— Bonjour, mon grand. Quelle bonne surprise !

— Salut, Maman, dit-il en l'embrassant. Ça va ?

— On fait aller… Je ne t'avais pas vu depuis un moment, dis-moi. Qu'est-ce qui me vaut ce plaisir ?

— Pardon, Maman, je sais que je n'ai pas été très présent, mais j'ai été accaparé par ma nouvelle entreprise. Bref, je passais par là et j'ai eu envie de te faire un petit coucou. On prend un café ?

— Rapidement, répondit sa mère en consultant sa montre. J'ai des choses à faire en ville.

Sam la suivit dans la cuisine et arpenta la pièce.

— C'est une pièce spacieuse, commenta-t-il en s'attablant. On pourrait y caser quatre cuisines modernes sans problème.

— Probablement, admit Posy.

— Les fenêtres ne sont pas en si mauvais état, compte tenu de leur âge, poursuivit-il.

— Non.

Elle lui servit un café et s'assit à côté de lui.

— Comment vont Amy et les enfants ?

— Ils vont bien, assura Sam, les yeux baissés. Ce sont des carreaux d'York d'origine, non ?

— Oui. Amy t'a dit que je vous invitais à déjeuner, dimanche ? Tu es au courant que Nick est rentré d'Australie, n'est-ce pas ?

— Oui. On viendra dimanche. Maman ?

— Oui ?

Posy attendait qu'il lui pose sa question. Sam ne venait la voir que lorsqu'il avait besoin de quelque chose.

— Il paraît que tu as fait estimer la maison, hier, dans l'intention de la vendre.

— Les nouvelles vont vite ! En effet. Cela te contrarie ?

— Eh bien, c'est mon ancien foyer et j'aurais préféré que la propriété reste dans la famille, et tout…

Sam s'interrompit, cherchant ses mots.

— Il se trouve que j'ai peut-être trouvé une solution qui nous permettrait de le faire, en quelque sorte.

— Ah bon ? Aurais-tu gagné à la loterie, Sam ? Tu es venu me dire que tes problèmes financiers sont résolus ?

— D'une certaine façon, oui.

— Continue, dit sa mère, se préparant au pire.

— Comme tu le sais, je me suis associé à un financier et je suis directeur d'une société de promotion immobilière.

— Amy m'en a touché deux mots, en effet, répondit prudemment Posy.

— Mon associé serait prêt à financer mes projets. Je monte le dossier et je le gère jusqu'à sa conclusion. Ensuite, on partage les bénéfices de la vente des biens immobiliers.

— Je vois, fit Posy, déterminée à faire mine de ne pas comprendre où il voulait en venir.

— Le truc, Maman, c'est que Marie, en tant qu'agent immobilier, m'informe de tous les biens susceptibles de nous intéresser qui arriveraient sur le marché. Hier, elle m'a dit qu'elle était venue ici.

— En effet.

— Maman, Admiral House correspond parfaitement à ce que recherche ma société. Un bien superbe, avec du cachet, qui pourrait être converti en plusieurs appartements de standing…

Posy observa son fils pendant un moment avant de déclarer :

— Sam, Marie t'a-t-elle précisé à combien elle a évalué la maison ?

— Oui. Environ un million.

— Et ton entreprise a un million de trésorerie pour acheter Admiral House ?

— Absolument !

— Plus l'argent nécessaire aux travaux de transformation, et il y en a pour des centaines de milliers, si ce n'est un autre million ?

— Oui. Sans problème !

— Eh bien, on a visiblement affaire à une société de haut vol, commenta Posy, songeuse.

— Et comment ! Mon associé est très riche. Il n'a pas envie de galérer avec des projets de seconde zone.

— Et combien d'autres « projets » avez-vous vu se concrétiser, jusqu'à présent, Sam ?

— Admiral House serait le premier. On n'a démarré qu'il y a quelques semaines.

— Qu'est-ce que tu es venu me demander, au juste ?

— Serais-tu disposée à vendre Admiral House à ma société de promotion immobilière ? On t'en donnerait le prix du marché. Je ne te demanderais aucune faveur, aucune remise. C'est tout à ton avantage, Maman. Tu n'aurais pas à mettre la propriété sur le marché et on mènerait la transaction entre nous. Naturellement, tu aurais une motivation supplémentaire.

— Ah bon ? Laquelle ?

— J'en ai discuté avec mon associé et il est d'accord pour que nous te proposions l'un des appartements à un prix réduit. Ainsi, tu habiterais encore ici ! Qu'est-ce que tu en penses ?

— Je ne sais pas, Sam. Je dois d'abord décider si je veux vendre ou pas.

— Bien sûr, mais si tu décides de vendre, refuserais-tu mon offre ? Un projet de cette envergure lancerait ma carrière, ainsi que mon entreprise. D'autres vendeurs potentiels nous feraient confiance. Si tu ne le fais pas pour moi, fais-le pour Amy et les enfants. Tu as vu dans quel logement miteux ils vivent.

— Oui, c'est affreux, admit Posy.

— Ils méritent mieux et je tiens absolument à leur procurer une belle maison. S'il te plaît, Maman, tu veux bien y réfléchir ?

Posy observa son fils. Ses yeux bleus, ceux de son père, cherchaient son approbation.

— Je te promets que, quand ma décision sera prise, je réfléchirai à ton offre en premier.

— Merci Maman.

Sam alla embrasser sa mère.

— Tu peux me faire confiance. Je prendrai soin de cette vieille baraque. Si ça doit se faire, autant qu'elle reste dans la famille et non entre les mains d'un étranger qui ne voit qu'un tas de briques et des profits ?

— Bien sûr.

Posy n'était pas dupe du chantage affectif éhonté de Sam.

— Je ne te mets pas la pression. Prends ton temps. N'oublie pas quand même que la maison se dégrade rapidement.

— Elle est debout depuis trois siècles. Quelques semaines de plus ne feront pas une grande différence. Elle ne risque pas de me tomber sur la tête. À présent, excuse-moi, mon grand, mais je dois partir dans cinq minutes.

— Bien sûr. Dès que tu auras pris ta décision, fais-le-moi savoir. Ce serait bien que l'affaire soit pliée pour commencer les travaux au printemps. Les chantiers sont plus rentables durant les mois d'été.

— Tu viens de me dire que tu ne me mettrais pas la pression, railla Posy en se dirigeant vers la porte d'entrée.

— Désolé, Maman. Ce projet est essentiel pour moi… et pour Amy et les enfants.

— Au revoir, Sam, soupira Posy en l'embrassant. À dimanche.

Ce soir-là, Posy retrouva Freddie devant le centre culturel. Elle était si perturbée par les idées qui se bousculaient dans sa tête qu'elle admit ensuite ne pas avoir saisi toutes les subtilités du film.

— Moi non plus. Dieu sait ce que symbolisait ce scorpion.

— Les plus intellectuels l'auront compris, commenta Posy avec un sourire.

— Et si on allait boire un verre chez moi ? C'est à cinq minutes d'ici à pied.

— Pourquoi pas ? répondit-elle presque malgré elle, avant de s'en vouloir d'avoir accepté aussi facilement.

Ils longèrent High Street dans un silence complice. Freddie s'engagea dans une venelle menant dans une cour bordée d'un petit cottage et d'un vieux hangar. Un érable trônait au centre et deux petits lauriers flanquaient une porte d'entrée fraîchement repeinte.

— C'est ravissant ! s'extasia-t-elle en découvrant les poutres apparentes du salon et l'immense cheminée.

— Merci.

Il fit mine de s'incliner et lui prit son manteau pour l'accrocher dans l'entrée.

— Je dois dire que je suis plutôt satisfait. Et viens voir ma pièce préférée, la cuisine.

Posy le suivit vers un espace aéré dont trois côtés étaient vitrés. Freddie alluma la lumière pour qu'elle puisse admirer un petit jardin impeccable.

— Quand je suis arrivé, ce n'était qu'un logement modeste, alors j'ai ajouté cette serre. J'ai gagné en espace et en lumière.

— Je l'adore ! s'exclama Posy. Et tu as tout l'équipement moderne.

Elle contempla le réfrigérateur, la cuisinière et le lave-vaisselle en inox, sous un plan de travail en marbre.

— J'ai honte, en comparaison, avoua-t-elle.

— Je suis content que ça te plaise. Un cognac ?

— S'il te plaît. C'est exactement le genre de logement que j'aimerais acheter. Petit, facile d'entretien, mais avec du cachet…

Il existait donc une alternative à Admiral House !

— Tu songes à déménager ? demanda Freddie d'un ton détaché.

Il lui tendit un verre et l'entraîna au salon.

— Oui.

Jusqu'à présent, sans savoir pourquoi, elle n'avait pas osé lui parler de la vente éventuelle.

— C'est une décision importante, commenta-t-il en s'asseyant.

— En effet.

— C'est peut-être la bonne. Parfois, il est plus sain d'aller de l'avant, de tourner la page sur son passé.

— Seulement si ce passé a été pénible, non ? Admiral House est rempli de bons souvenirs, répliqua-t-elle, un peu sur la défensive.

— Bien sûr. Donc, tu vendrais pour des raisons purement pratiques ?

— Oui. En fait, j'ai déjà reçu une offre. Sam, mon fils aîné, a débarqué ce matin pour m'annoncer qu'il voulait acheter la maison pour la transformer en appartements, soupira Posy. Je suis désemparée.

— Pourquoi ?

— D'abord, je ne l'ai fait estimer qu'hier. Je voulais simplement savoir combien elle valait.

— Et tu as déjà une offre ?

— Oui, mais je suis en plein dilemme. Si je décide de vendre, comment refuser la proposition de mon propre fils ? Parlons peu, parlons bien : son parcours professionnel est catastrophique et sa nouvelle entreprise n'a pas encore fait ses preuves. Admiral House serait leur premier projet, d'après ce que j'ai compris.

— Tu es sûre qu'il a de quoi payer ?

— C'est ce qu'il affirme. Faut-il le croire pour autant ? Je ne suis pas convaincue.

— Il ne te demande aucune faveur ?

— Il propose le prix du marché.

— Bien. Tu le crois capable de tromper sa propre mère ?

— J'aimerais croire que non, mais je ne vois que ses bons côtés. Je suis consciente qu'il a des défauts que je refuse de regarder en face.

— Sam t'a placée dans une position délicate. Tu vas te sentir obligée de lui vendre. Mon expérience d'avocat m'a appris que toute transaction financière entre parents finit souvent dans les larmes.

— Je sais.

— La seule chose que tu puisses faire, c'est être prudente. Fais évaluer la maison par un agent indépendant pour connaître sa véritable valeur. Et si tu donnais à Sam et son entreprise un droit de préemption et une date limite à laquelle ils devront signer le contrat et verser une somme substantielle en acompte ? Rien ne presse. Si Sam ne conclut pas l'affaire, tu n'auras perdu que quelques semaines et tu lui auras au moins accordé une chance.

— Merci, Freddie. Tu es tellement raisonnable ! Je vais suivre ton conseil à la lettre.

— Ravi de t'avoir été utile.

— J'allais te demander si tu voulais te joindre à notre déjeuner familial, dimanche, à Admiral House. Il y aura mon fils Nick et sa nouvelle copine, plus Sam, Amy et leurs enfants.

— Je dois demander à Joe de s'occuper du bateau à ma place, mais oui, je viendrai avec plaisir.

— Tant mieux, conclut Posy en se levant. À présent, il faut que je rentre. Merci pour cette merveilleuse soirée et pour la sagesse de tes conseils.

Dans l'entrée, Freddie l'aida à enfiler son manteau.

— Bonne nuit et merci à toi, dit-il.

Lorsqu'il se pencha vers elle, elle crut un instant qu'il visait ses lèvres. Au dernier moment, il dévia pour l'embrasser sur la joue.

— Bonne nuit, Freddie.

Après un dernier regard, elle s'éloigna dans la venelle, tout en se demandant pourquoi il avait l'air si triste…

15

— Nick ! Qu'est-ce que c'est que ça ? s'esclaffa Tammy.

Elle s'assit sur le siège passager d'une voiture de sport rouge vif.

— Une Austin-Healey, un modèle vintage.

— J'adore la couleur, commenta Tammy en humant le parfum de cuir. Elle ne va pas tomber en panne, j'espère, ajouta-t-elle en voyant Nick échouer à la faire démarrer.

— Il suffira de pousser.

— Tu aimes vraiment tout ce qui est ancien, toi.

La voiture s'ébranla enfin.

— Tu te sens concernée ? demanda-t-il.

Il changea de vitesse et lui prit la main.

— Charmant !

— Tu es sûre que tu n'appréhendes pas cette journée ?

Ils filaient vers l'est, dans la capitale toujours endormie, en ce dimanche matin.

— La rencontre avec ta mère, tu veux dire ? Et ton frère et sa famille ? Un peu, sans doute.

— Maman va t'adorer. Sam aussi, pour de mauvaises raisons. Il a toujours convoité ce que j'avais. Amy, en revanche, est adorable. Tu vas tous les charmer.

— Je l'espère, soupira Tammy, étonnée de se rendre compte que c'était important à ses yeux.

Posy venait de dresser la table de la cuisine et disposait des asters multicolores dans un vase. Ces fleurs, qui poussaient à profusion, procuraient un nectar de fin de saison aux papillons. Ce matin-là, elle s'était réveillée dans un état d'exaltation, impatiente de voir toute sa famille réunie pour la première fois depuis de nombreuses années. Outre une brève sortie dans le jardin pour cueillir des fleurs, elle s'affairait dans la cuisine depuis l'aube, à faire de la pâtisserie et préparer la pièce de bœuf achetée la veille.

— Allô ? fit-elle en décrochant le téléphone.

— Posy, c'est Freddie. Je suis vraiment désolé de te prévenir aussi tard, mais je ne pourrai pas venir, finalement.

— Je vois.

Elle attendit une explication. Cependant, son silence signifiait qu'elle n'en obtiendrait pas.

— Dommage. Je me faisais une joie de te présenter ma famille.

— Et moi de la rencontrer. Hélas, je n'y peux rien. Je t'appelle dans la semaine. À bientôt, Posy.

Elle raccrocha. Cette journée s'annonçait un peu moins réjouissante, soudain. Freddie lui avait semblé si brutal, si froid…

— Vous êtes bien pensive.

La voix de Sebastian, derrière elle, la fit sursauter. Il s'était installé quelques jours plus tôt à Admiral House et elle n'était toujours pas accoutumée à sa présence.

— Ah oui ? fit-elle en se tournant vers lui. Désolée.

— Je peux me préparer du café ? Je vous promets d'acheter ma propre bouilloire dès demain. Je n'aurai plus à vous déranger.

— Vous ne me dérangez pas du tout !

Elle débarrassa le couvert prévu pour Freddie.

— Quelqu'un a annulé ?

— Oui. Mon ami Freddie.

— Excusez ma franchise, mais c'est un peu tard, non ?

— Je sais, soupira-t-elle, avant de s'écrouler sur une chaise, les couverts en main.

— Vous êtes écrivain, Sebastian. Et vous êtes un homme. Peut-être pourrez-vous m'expliquer ce que cela signifie quand quelqu'un semble… très attentif et désireux d'être avec vous et que, tout à coup, il se montre froid et distant et annule un rendez-vous.

— Allez savoir ! Vous n'ignorez pas que les hommes ont tendance à être plus primaires que les femmes, sur le plan affectif.

Posy sourit.

— J'en déduirais que votre Freddie ne peut pas venir aujourd'hui parce qu'une raison très concrète l'en empêche, reprit Sebastian.

— Pourquoi ne me dit-il pas franchement de quoi il s'agit ?

— Vous m'en demandez trop. D'après mon expérience, quand les hommes se réunissent, c'est pour boire de la bière, parler sport, échanger quelques plaisanteries grivoises, éventuellement. La communication n'est pas leur fort, surtout pour ceux d'une certaine génération. On leur a appris à ne pas exprimer leurs sentiments. Les Anglais sont les pires, dans ce domaine. Ils naissent coincés.

— Vous êtes une exception à la règle. Vous vous exprimez merveilleusement bien.

— Ce doit être mon sang français, commenta-t-il en mélangeant son café.

— Vous savez, je suis à moitié française, moi aussi. Du côté de ma mère.

Elle disposa un énorme rôti de bœuf dans un plat.

— Vraiment ? s'étonna l'écrivain. Voilà qui explique nos atomes crochus.

— Dans ce cas, je n'irai pas par quatre chemins pour vous proposer de remplacer Freddie, à midi.

— Vous êtes sûre ? Toute votre famille sera présente…

— Certaine. Ils seront plus courtois en présence d'un étranger.

— Vous vous attendez à des prises de bec ?

— J'espère que non, mais je doute que Nick soit ravi d'entendre Sam déclarer qu'il compte transformer Admiral House en appartements. Pour l'heure, rien n'est décidé.

— Cela ne m'enchante pas non plus et je ne suis même pas de votre famille, admit l'écrivain. Je suis tombé amoureux de cette maison. Quoi qu'il en soit, je serai ravi de me joindre à vous pour une heure ou deux.

— Vous êtes mon cavalier officiel.

— Dans ce cas, je serai là à une heure précise !

Peu après midi, Posy vit une voiture de sport rouge remonter l'allée et se garer sur le gravier. Deux longues jambes fuselées et gantées de daim surgirent de la place du passager, suivies d'un buste élégant surmonté d'une crinière d'un roux doré.

— Seigneur ! Elle est superbe, murmura la vieille dame, un peu déçue.

En général, elle ne s'entendait guère avec les reines de beauté. Pourvu que Tammy soit une exception. Posy en eut la certitude dix minutes après avoir rencontré la jeune femme. Elle était manifestement nerveuse, ce que Posy trouva touchant, mais aussi vive, avenante et totalement indifférente à sa propre beauté. Et surtout, elle était folle amoureuse de Nick, à en juger par sa façon de le suivre des yeux.

— Puis-je vous aider en quoi que ce soit, Posy ? proposa Tammy.

Ils buvaient un verre de vin à la cuisine tous les trois.

— Non merci, je…

— Sam et Amy viennent d'arriver, Maman, annonça Nick. Regardez un peu mon neveu et ma nièce ! Vous voulez bien m'excuser un instant, le temps que je leur présente leur oncle ?

Et il fila dehors.

— Vous avez une maison superbe, reprit Tammy.

— Merci. Je l'adore, moi aussi. Encore un peu de vin ?

Tammy ne se fit pas prier.

— Vous savez, je n'ai jamais vu Nick aussi heureux, commenta Posy. L'amour lui réussit.

— Je l'espère. Je suis bien avec lui, en tout cas.

— Il est très sain que vous vous épanouissiez chacun dans votre domaine. Votre relation n'en est que plus équilibrée.

— Il me reste encore à faire mes preuves. Ma boutique pourrait être un échec retentissant.

— J'en doute. Et sinon, vous saurez rebondir et passer à autre chose. Ah ! J'entends des petits pas !

Posy se tourna vers la porte. Nick apparut, Sara dans les bras, Jake sur les talons.

— Dites bonjour à Tammy, lança-t-il en posant la fillette à terre.

Les deux enfants sourirent timidement à la jeune femme.

— Bonjour, vous deux ! déclara-t-elle en se penchant vers eux.

— Tu es mariée avec oncle Nick ? s'enquit Jake.

— Non.

— J'aime bien tes cheveux, intervint Sara. C'est des vrais ?

Tammy hocha la tête.

— Oui. Tu veux les toucher pour vérifier ?

Sara tendit une petite main potelée et saisit une mèche cuivrée.

— Ils sont aussi longs que ceux de ma Barbie princesse, sauf qu'ils sont faux, les siens.

— Bonjour, Posy ! Ça va ?

Tammy se tourna. Une jolie blonde venait de franchir le seuil.

— Amy ! lança Posy en l'embrassant chaleureusement. Tu es ravissante. Viens faire la connaissance de Tammy. Je vous présente Amy, ma belle-fille préférée.

— C'est parce que, pour l'heure, je suis la seule, répliqua l'intéressée en riant.

Tammy sentit immédiatement qu'elles allaient bien s'entendre.

— Salut, Nick. Ça fait plaisir de te revoir après toutes ces années.

Tammy regarda Amy enlacer son beau-frère.

— Tu es superbe, dit Amy en lui souriant. Au fait, je m'excuse par avance pour tout ce que mes enfants pourraient faire ou dire. Surtout, Tammy, évitez que leurs petites mains poisseuses se posent sur ce magnifique pantalon en daim.

— Salut, Maman.

Un homme petit mais large d'épaules, aux cheveux blonds, embrassa Posy. Tammy sentit aussitôt Nick se crisper en le voyant s'approcher d'eux.

— Nick, mon vieux, c'est bon de te revoir !

— Bonjour, Sam, répondit-il froidement.

Il tendit la main à son frère, qui la serra volontiers. Des deux frères, Sam était celui qui avait le moins bien vieilli. Son crâne commençait à se dégarnir et il avait une bedaine. À part son nez, il ne ressemblait pas du tout à Nick, qui tenait de sa mère.

— Qu'est-ce qui te ramène au pays ? Les affaires marchent moins bien, à Perth ?

Nick serra les dents.

— En fait, mes affaires ont prospéré mieux que je ne m'y attendais, rétorqua-t-il d'un ton sec.

— Tant mieux. Eh bien, tu devras bientôt rivaliser avec ton grand frère, reprit Sam. Je t'en parlerai plus tard.

— Je suis impatient d'entendre ça, railla Nick.

Tammy croisa le regard d'Amy et elles échangèrent un clin d'œil complice.

— Bon, qui veut une coupe de ce champagne que Tammy et Nick ont gentiment apporté ? intervint Posy à point nommé.

— Je vais le déboucher, suggéra Nick en s'éloignant.

— Alors, ma belle, où Nick vous a-t-il trouvée ? demanda Sam à Tammy en la toisant sans vergogne.

Elle comprit qu'elle avait affaire à un charmeur compulsif, le genre d'homme qu'elle avait croisé durant toute sa vie… et qu'elle ne supportait pas.

— Chez des amis communs.

— Avec cet accent, vous n'êtes pas australienne, vous !

— Non, Sam, coupa Posy. Tammy est un mannequin connu.

— Un ancien mannequin, corrigea la jeune femme. À présent, je suis dans les affaires.

— On voit que vous n'avez pas d'enfants. Les accouchements et les nuits sans sommeil, ça fait vieillir une femme. Pas vrai, chérie ?

Il lança une œillade peu flatteuse à son épouse.

— Bon, les filles je vous laisse. Je dois dire un mot à Maman.

Quand elles se retrouvèrent toutes les deux, Tammy se sentit particulièrement gênée. Elle ne savait pas quoi dire. Amy rompit le silence par un soupir :

— Sam a raison, vous savez. Je donnerais tout pour une grasse matinée et le temps de choisir des vêtements assortis avant de sortir. Enfin, c'est le prix à payer quand on a des enfants.

— Je ne sais pas comment les mères de famille s'en sortent, mais le jeu en vaut la chandelle. Sara et Jake sont adorables, répondit Tammy en souriant.

Les deux enfants riaient aux plaisanteries de Nick.

— Peut-être, mais je commence à me demander si la maternité ne serait pas une escroquerie. Je vais me faire incendier si je dis que je ne trouve rien de palpitant à passer la journée avec deux enfants de six et quatre ans à regarder des dessins animés à la télé. J'ai parfois envie de hurler.

— Au moins, vous avez la franchise de l'avouer, répondit Tammy, qui appréciait de plus en plus Amy. Vu de l'extérieur, la maternité semble être quatre-vingt-dix pour cent de dur labeur et dix pour cent de plaisir.

— Tout le monde assure que c'est merveilleux quand ils grandissent. Le problème, c'est que la plupart des adultes que je connais voient les visites chez leurs parents comme une corvée. Oh là là ! gloussa Amy. On ne peut pas dire que je fasse de la publicité pour la vie de famille ! En réalité, je ne me vois pas sans Jake et Sara.

— Je m'en doute. Mais vous aimeriez avoir un peu de temps pour vous.

— Exactement. Regardez, Tammy, reprit-elle en désignant Nick. Voilà un homme à l'aise avec deux mouflets sur les genoux. Vous pourriez finir comme moi, en mère épuisée…

— Champagne pour tout le monde ! annonça Posy. Rassemblez-vous !

Posy remplit des coupes sur la table.

— Je voudrais porter un toast à Nick ! Sois le bienvenu, chéri !

— Merci, Maman.

— Je souhaite aussi la bienvenue à Tammy, ajouta Posy. Le déjeuner sera servi dans dix minutes. Tu voudras bien couper la viande, Nick ?

Tammy vit Sam froncer les sourcils en regardant sa mère choyer son cadet. Sa jalousie était presque palpable.

Sebastian apparut dans la cuisine au moment où les convives passaient à table.

— Vous tombez à pic, commenta Posy en lui indiquant de s'asseoir entre elle et Tammy. Les enfants, je vous présente mon nouveau locataire, Sebastian Girault !

— Bonjour à tous, dit l'écrivain avec l'esquisse d'un sourire. J'espère que personne ne m'en veut de m'incruster pour cette occasion spéciale.

— Mais non ! Nick Montague, enchanté. J'ai lu votre livre et je l'ai adoré.

— Merci.

— Moi, je suis Sam Montague, et voici ma femme, Amy.

— Je sais. Amy et moi nous sommes déjà rencontrés à l'hôtel. Comment allez-vous ?

— Bien, merci.

Tammy remarqua le rougissement d'Amy, qui baissa les yeux.

— Que fabriquez-vous à Admiral House, Sebastian ? s'enquit Sam.

Il finit son champagne et tendit son verre à sa mère pour être resservi.

— J'écris mon prochain livre. Votre mère m'a gentiment proposé le gîte et le couvert.

— Tu es une petite cachottière, Maman, plaisanta Nick.

— C'est vrai, ça. En voyant Sebastian entrer, j'ai cru un instant que tu t'étais trouvé un gigolo, lança Sam.

— Il y a peu de chances, hélas, répondit Posy. Bon, tout le monde est servi ?

Une heure durant, Posy présida le repas, heureuse de voir sa tribu enfin réunie. Même Nick et Sam semblaient avoir mis de côté leur rivalité fraternelle. Nick raconta ses activités en Australie. Tammy et Sebastian bavardaient tranquillement. La seule à ne pas s'amuser était Amy, sans doute à cause des enfants. Posy ne se rappelait que trop bien son angoisse lors des repas du dimanche, car elle redoutait toujours quelque bêtise des garçons. Elle avait l'air épuisée. Posy ne put s'empêcher de comparer sa mine hagarde et son expression hantée au front lisse et radieux de Tammy.

— Posy, il va falloir que je remonte travailler. Pour être honnête, après tout ce bon vin, je vais faire un petit somme avant de m'y remettre, annonça Sebastian. À une prochaine fois, tout le monde !

Avec un signe de la main, l'écrivain prit congé.

Pendant que Posy préparait du café et qu'Amy débarrassait la table, Nick se déplaça pour s'asseoir à côté de Tammy. Il posa un bras possessif sur ses épaules.

— Ça va, ma belle ? fit-il en l'embrassant dans le cou. Tu me manquais. Qu'est-ce que tu penses du locataire de Maman ?

— Il est génial. Pas arrogant du tout, pour une célébrité.

— Je suppose que Maman t'a annoncé qu'elle me vendait Admiral House, fit Sam d'une voix avinée, en remplissant à nouveau son verre.

— Quoi ? Non. Pourquoi ne m'as-tu rien dit, Maman ?

Le cœur serré, la vieille dame posa le plateau de café sur la table.

— Rien n'est encore décidé. Voilà pourquoi.

— Tu vends Admiral House à Sam ? s'étrangla Nick, incrédule.

— À ma société, oui. Où est le problème ? répondit Sam. Comme je le lui ai dit, si elle doit vendre, autant que ça reste dans la famille. Et j'ai promis à Maman une remise sur l'un des appartements pour qu'elle puisse rester ici si elle le veut.

— Pas si vite, Sam. Je t'ai prévenu que rien n'était garanti…

Nick blêmit.

— Des appartements ? Qu'est-ce qu'il raconte ?

— Maman va vendre la maison à ma société de promotion immobilière et on va la transformer en plusieurs appartements de standing. Ils ont beaucoup de succès, en ce moment. On peut se faire un gros bénéfice, surtout dans cette région prisée par les retraités. Pas de jardin à entretenir, on engagerait un jardinier à plein-temps. Ce sera sécurisé, et tout…

— Mais enfin, Maman, coupa Nick en secouant la tête, retenant à grand-peine sa colère. J'ai du mal à croire que tu ne m'en aies pas parlé d'abord, que tu ne m'aies pas accordé la possibilité de donner mon avis.

— Faut voir les choses en face, frérot ! Tu viens de passer dix ans à l'autre bout du monde. La vie évolue. Maman se débat toute seule avec cette maison depuis des années.

— J'ai l'impression que vous avez tout manigancé et que vous n'avez pas besoin de moi, gronda Nick en se levant, ivre de rage. Viens, Tam. On s'en va.

Embarrassée, Tammy obéit.

Posy était désemparée.

— Nick, ne pars pas, s'il te plaît. Bien sûr que je comptais en discuter avec toi, te demander ton avis. Je…

— On dirait que ta décision est prise.

Nick alla embrasser sa mère pour la forme.

— Merci pour ce déjeuner, Maman.

— Oui, merci beaucoup, renchérit Tammy, gênée face à l'expression affligée de la vieille dame.

Elle ne put qu'emboîter le pas à Nick qui s'éloignait d'un pas vif.

— J'espère qu'on se reverra bientôt, ajouta la jeune femme.

En entendant claquer la porte de la cuisine, Posy se prit la tête dans les mains.

— Désolé, Maman, fit Sam d'un ton désinvolte. Je croyais qu'il était au courant. Il s'en remettra, va ! En fait, j'allais lui proposer de lui montrer les pl…

— Assez, Sam ! Tu as fait assez de mal pour aujourd'hui. Je ne veux plus parler de ça. Tu as compris ?

Il eut le bon sens de sembler chagriné.

— D'accord… Bon, je vais t'aider à débarrasser.

Pendant ce temps, Amy était montée au premier étage avec Sara et Jake. Sans conviction, elle jouait à cache-cache avec les enfants. Elle consulta sa montre. Pourvu que Sam veuille bientôt rentrer. Elle avait un tas de repassage en retard. Tammy avait bien de la chance, elle pouvait rentrer chez elle et lire un livre au coin du feu sans être dérangée.

— Maman ! Viens me chercher ! fit une petite voix étouffée à l'autre bout du couloir.

— J'arrive !

Elle se dirigea vers une chambre à coucher d'où provenait la voix.

Sebastian était assis à un bureau, devant un ordinateur portable, face à une haute fenêtre offrant une vue spectaculaire sur le jardin.

— Oh, pardon ! Je croyais…

— Il n'y a pas de mal. Pour être honnête, une petite pause me ferait du bien. Cet excellent vin rouge a dû me priver de quelques milliers de neurones et je suis en panne d'inspiration.

— Vous avez écrit combien de pages ?

— Pas assez. J'en suis à un tiers, environ. Un deuxième livre est bien plus compliqué à pondre que le premier.

— J'aurais pensé le contraire, parce que vous avez à présent un peu plus d'expérience.

— C'est vrai, mais l'expérience n'est pas toujours un atout. Quand j'ai écrit *Les Champs d'ombres,* les mots me venaient d'eux-mêmes. J'ignorais si mon texte était bon ou mauvais et je m'en moquais, en réalité. Il a reçu de si bonnes critiques et a rencontré un tel succès que tout le monde m'attend au tournant et guette un échec. Je suis pris à mon propre piège.

— C'est une approche très négative, si je puis me permettre.

— Je suis d'accord. Hélas, je risque d'être un écrivain au succès éphémère, soupira-t-il. Je me sens comme obligé d'écrire celui-ci et je ne sais pas si cela vaut quelque chose.

— Maman !!! T'es où ?

— Je ferais mieux d'y aller, soupira Amy.

— J'ai apprécié ce déjeuner, conclut Sebastian avec un sourire. Vous avez une famille charmante.

— Tammy semble très gentille. Et elle est très belle !

— Oui, elle est charmante et sympathique, mais pas vraiment mon genre.

— Quel est votre genre ? demanda Amy malgré elle.

— Les blondes menues aux grands yeux bleus, répondit Sebastian en la toisant. Un peu comme vous, tiens. C'est amusant.

Un frisson d'excitation la parcourut lorsque leurs regards se croisèrent un peu trop longtemps.

— Maman ! gronda Sara, sur le seuil, la mine boudeuse. Je t'attendais et t'es pas venue…

— Non, je…, bredouilla Amy en détournant les yeux. Pardon, chérie. Il est temps de rentrer, de toute façon.

— Salut, Sara. Au revoir, Amy, lança Sebastian avec un geste de la main, visiblement amusé.

Amy débusqua Jake sous le lit de sa grand-mère, puis tous trois descendirent. Pourquoi avait-elle posé cette question stupide à Sebastian ? Elle l'avait presque aguiché, cela ne lui ressemblait pas. Le vin, peut-être… ou alors, et elle s'en voulut de l'admettre, elle était séduite par l'écrivain…

En entrant dans la cuisine, elle trouva Sam et Posy en train de faire la vaisselle dans un silence pesant.

— Où sont Nick et Tammy ? s'enquit-elle.

— Ils sont repartis pour Londres, répondit sèchement Posy.

— Vous auriez dû m'appeler. J'aurais aimé leur dire au revoir.

— Ils se sont levés et sont partis comme ça, expliqua Sam. Il semble que j'aie contrarié Nick.

— Sam a dit à Nick que je songeais à lui vendre Admiral House. Évidemment, il a reçu un choc. J'aurais préféré lui en faire part moi-même, en douceur, mais c'est comme ça.

— Pardon, Maman.

Aux yeux d'Amy, Sam ne paraissait pas vraiment désolé.

— Je n'arrive pas à y croire ! Comment Maman peut-elle songer à vendre Admiral House à Sam ? C'est de la folie !

Tammy se garda de tout commentaire tandis que Nick filait vers la capitale, les doigts crispés sur le volant.

— Chéri, je suis sûre que ta mère allait t'en parler. C'est juste un de ces trucs…

— J'ai déjeuné avec elle la semaine dernière. Elle a déclaré qu'elle allait faire estimer la maison mais pas qu'elle la vendrait à Sam. Je parie que, si elle s'est tue, c'est parce qu'elle savait comment je réagirais.

Cela faisait quarante minutes qu'elle l'écoutait déverser sa rancœur et Tammy ignorait si ce qui le chagrinait le plus était la vente d'Admiral House, la maison de son enfance, ou le fait que sa mère la cède à son frère.

— Nick, c'est très triste. En même temps, il faut comprendre le point de vue de ta mère. Cette maison est bien trop grande pour elle, c'est évident. Ce n'est pas de sa faute si elle n'a pas les moyens de l'entretenir et de la restaurer. Et si la société de Sam peut l'acheter, au moins elle reste dans la famille, comme il dit.

— Tammy, tu n'as aucune idée du genre de personne qu'est Sam. Il serait capable d'escroquer sa propre mère pour obtenir ce qu'il veut.

— Tu crois que c'est le cas ?

— Je n'en sais rien puisque Maman a choisi de ne pas m'impliquer. Elle a clairement établi qu'elle n'avait pas besoin de mon avis ou de mes conseils. Alors, qu'elle se débrouille !

16

Le lendemain matin, Posy se rendit à Southwold, le moral à zéro. Elle s'était tellement réjouie de réunir sa famille ! Hélas, le repas avait viré au drame. Elle avait passé la nuit à chercher un moyen de régler le problème. Plus d'une fois, elle avait saisi son téléphone, sans oser appeler. Nick lui ressemblait tellement ! Il avait besoin de temps pour se calmer avant d'être en mesure d'écouter ce qu'elle avait à lui dire.

Elle ouvrit la galerie, se prépara une tasse de thé, puis elle regarda la pluie tomber derrière la vitrine. Cette histoire de vente était perturbante pour tout le monde. Elle n'avait qu'à appeler Sam pour lui dire qu'il avait le droit de préemption. Ensuite, elle pourrait confier le dossier à son notaire et chercher un nouveau logement.

Une heure plus tard, Freddie apparut, dégoulinant de pluie.

— Bonjour ! Quel temps de chien, grommela-t-il en s'avançant vers elle.

— Bonjour, Freddie…

— Je sais, tu dois m'en vouloir d'avoir annulé au dernier moment, hier.

— Ce n'est pas grave.

— Je ne suis pas de cet avis, persista Freddie. C'est si frustrant !

— Quoi ?

— Écoute…

Il posa sur elle un regard désespéré.

— Non rien, se ravisa-t-il en secouant la tête.

— Freddie, je ne suis pas d'humeur à supporter ta comédie. Si tu persistes à garder le silence, je préfère que tu t'en ailles.

Au bord des larmes, elle tourna les talons et se rendit dans l'arrière-boutique.

— Je suis désolé, je ne voulais pas te faire davantage de peine, assura-t-il en lui emboîtant le pas.

— Ce n'est pas toi, en réalité. C'est à propos de la vente de ma maison… Le projet a provoqué une terrible dispute entre mes fils.

— Posy, je t'en prie, ne pleure pas, ça m'est insupportable…

Lorsque Freddie la prit dans ses bras, elle ne fut pas de force à résister, tant elle avait besoin de réconfort. Dans les bras de Freddie, elle se sentait en sécurité. Elle l'entendit pousser un long soupir, puis elle leva les yeux vers lui au moment où il l'embrassait doucement sur le front. Le carillon de la boutique tinta, indiquant l'entrée d'un client. Ils s'écartèrent vivement l'un de l'autre.

— Et si je t'emmenais au *Swan* pour manger un morceau après ton travail ? Tu me raconteras tout. On se retrouve à une heure ?

— Excellente idée. Merci, Freddie.

Quelle que soit la nature exacte de leur relation, elle avait besoin d'un ami. Freddie était au moins son ami, songea-t-elle en allant à la rencontre de son client.

Quelques heures plus tard, revigorée par un gin tonic, Posy s'épancha dans l'oreille attentive de Freddie, ce qui lui remonta le moral.

— Bon sang, commenta-t-il avec compassion. Tout ça me semble bien plus complexe que la vente d'une maison. On dirait plutôt une rivalité entre frères.

— Évidemment, confirma Posy. Sam s'est toujours senti dans l'ombre de Nick. Pour se faire mousser, il s'est vanté de sa nouvelle entreprise et de son potentiel achat d'Admiral House. Nick était bouleversé que je ne lui en aie pas parlé car il tient sincèrement à cette propriété. Voilà, tu sais tout. C'est ainsi qu'une famille est anéantie, soupira-t-elle. Je ne supporte pas que cela arrive à la mienne.

— Il faut absolument que tu parles avec Nick, qui me semble un peu trop emporté.

— Peut-être, admit-elle. C'est en général le plus posé des deux mais, quand il a une idée en tête, il peut se montrer obstiné, surtout s'il s'agit de son frère.

— Il finira par se calmer. Pour une fois, il faut penser à tes propres intérêts et à tes besoins. Cette maison ne te crée que des ennuis et du chagrin, ces derniers temps. Tu devrais la vendre et en finir une fois pour toutes.

Freddie s'était exprimé avec brutalité.

— Tu n'aimes pas Admiral House, n'est-ce pas ? demanda-t-elle.

— Ce que j'aime ou n'aime pas n'est pas le problème. Ce qui compte, à mes yeux, c'est que tu sois heureuse. À mon avis, il est temps pour toi de passer à autre chose.

— Tu as raison, souffla Posy en finissant son verre. Je vais suivre ton conseil et accorder un droit de préemption à Sam.

— Tu fais bien. Ce n'est jamais évident de lâcher prise. La vente de ma maison du Kent, après la mort de ma femme, a été la décision la plus difficile de ma vie, mais c'était la bonne.

— J'irai voir Marie à l'agence immobilière dès que possible, promit-elle.

— Excellente idée, approuva Freddie.

Il la dévisagea longuement, puis il frappa du poing sur la table.

— Nom de Dieu ! La vie est trop courte pour ne pas...

— Pour ne pas quoi, Freddie ?

— Te demander si tu as envie de passer le week-end avec moi à Amsterdam, la semaine prochaine. Je suis invité aux soixante-dix ans de Jeremy, un de mes plus vieux amis. On a fait nos études de droit ensemble. J'adorerais que tu m'accompagnes, Posy.

— Eh bien...

— Écoute, je me rends compte que je n'ai pas eu une attitude très claire, avec toi, mais je crois qu'un week-end loin de Southwold nous ferait du bien, histoire de changer d'air, de s'éloigner du passé.

— De *notre* passé, tu veux dire ?

— Oui, et aussi…

Freddie secoua la tête.

— Je trouve qu'on a besoin de s'amuser un peu, sans contraintes. Bien sûr, avec des chambres séparées, à l'hôtel.

— Bien sûr.

— Alors ?

— Pourquoi pas ? Je ne suis pas allée à l'étranger depuis des années et, comme tu l'as dit, la vie est courte. J'accepte !

Elle lui sourit et, ensemble, ils s'éloignèrent vers la sortie.

— Maman ! Coucou !

Posy se sentit rougir en voyant Sam perché sur un tabouret du bar, devant une pinte de bière.

— Bonjour, Sam.

— Qui est ton ami ? lui demanda-t-il d'un air entendu.

— Freddie Lennox, enchanté, déclara l'intéressé en serrant la main de Sam d'une poigne ferme.

— De même. Tu as pris ta décision à propos de notre affaire, Maman ?

Le moment était mal choisi pour informer Sam de ce qu'elle avait choisi.

— Je t'en ferai part au plus vite. À bientôt !

Sur ces mots, elle traversa vivement la salle vers le lobby.

— Merci pour ce déjeuner et pour tes conseils, Freddie. J'ai la ferme intention de les suivre. Je file chez Marie avant de changer d'avis.

Après sa visite à l'agence immobilière pour dire à Marie que Sam avait le droit de préemption sur la vente mais qu'elle ne devait le contacter que si un notaire le lui demandait, Posy courut sous la pluie jusqu'à sa voiture.

Elle n'avait pas envie de rentrer chez elle pour ressasser ses sombres pensées sur la brouille entre Nick et Sam. Amy lui avait parlé des vacances scolaires des enfants. La jeune femme avait dû prendre une semaine de congé pour s'occuper d'eux. Posy se gara donc devant la boulangerie pour acheter un gâteau, puis elle se rendit à Ferry Road.

— Bonjour, Amy, ça va ? J'ai apporté un gâteau.

— Je… Merci…

Plus pâle que de coutume, Amy porta une main à ses cheveux emmêlés. Posy remarqua ses yeux rougis, comme si elle avait pleuré.

— Je ne m'attendais pas à recevoir de la visite, bredouilla-t-elle en l'invitant au salon.

Le sol était jonché de jouets et le canapé croulait sous un monceau de linge à repasser. Installés devant un vieux téléviseur, Jake et Sara saluèrent à peine leur grand-mère.

— Et si on les laissait à leur dessin animé pour boire une tasse de thé ? suggéra Posy.

— D'accord, mais la cuisine est encore plus en désordre…

— C'est toi que je suis venue voir et je me moque que le ménage soit fait ou pas, répondit sa belle-mère en lui emboîtant le pas. Tu te sens bien, ma grande ? Tu as mauvaise mine.

— Je crois que j'ai attrapé ce virus qui traîne.

— Tu devrais être au lit.

— Si seulement je pouvais…

Amy se pencha sur le plan de travail taché. Posy vit ses épaules tressauter.

— Allez, ma grande, fit Posy en s'approchant pour la prendre dans ses bras. Pleure un bon coup et dis-moi quel est le problème.

— Non, je ne peux pas, hoqueta-t-elle.

— Si, tu peux. S'il s'agit de Sam, je ne te trouverai pas déloyale. Je connais ses défauts mieux que quiconque. Je suis sa mère.

— Je… je ne sais pas comment… on va finir le mois. On est à la limite de notre découvert, on croule sous les factures. Il y en a pour des centaines de livres, le téléphone, le gaz, l'électricité. On a déjà du retard. Et Sam dépense le peu d'argent qu'on a à picoler au pub ! Les enfants sont intenables et je suis malade et… Excusez-moi, Posy.

Amy s'écroula sur une chaise de la cuisine.

— Je suis au bout du rouleau, vraiment…

— Je comprends que tu le sois. Chacun a ses limites et, parfois, il suffit d'une goutte d'eau pour faire déborder le vase. C'est ce qui t'arrive. Pour être honnête, je suis étonnée que tu aies tenu le coup aussi longtemps.

— Ah bon ? s'étonna Amy en levant les yeux vers elle.

La vieille dame s'assit à côté d'elle et prit ses mains dans les siennes.

— Oui. Les gens qui te connaissent te trouvent étonnamment patiente. Tu ne te plains jamais.

— Jusqu'à maintenant…

— Eh bien, ce n'est pas trop tôt ! Tu n'es pas une sainte. Tu es un être humain, que diable !

— J'ai essayé d'être positive. Mais c'est trop difficile quand on est coincé dans un trou à rats, sans aucun espoir.

— Tu as raison, c'est un trou à rats, mais je te promets qu'il y a de l'espoir. Je vais te faire un bon thé et on discutera de ce que tu vas faire, du moins essayer de faire, pour résoudre vos difficultés financières.

— Je pourrais obtenir une avance sur mon prochain salaire. Malheureusement, cela ne ferait que repousser le problème.

— Tu dois vivre au jour le jour, expliqua Posy en mettant de l'eau à chauffer. Sam gagne de l'argent ?

— Non, pas tant qu'il n'aura pas concrétisé un projet. Pour l'heure, ce n'est que... comme d'habitude, des spéculations.

— Eh bien, j'ai une bonne nouvelle, Amy. Je suis allée voir Marie pour lui dire que Sam peut avoir un droit de préemption sur Admiral House.

— Ah oui ? Ça va lui remonter le moral. Vous êtes certaine, Posy ?

— Non, mais Sam aura au moins une chance.

— Je voulais dire : vous êtes sûre de vendre ?

— Bien sûr que non. Enfin, comme me l'a dit un bon ami tout à l'heure, il faut avancer, dans la vie. Au moins, si le projet se réalise, votre avenir se présentera sous un jour plus favorable.

— Je le suppose. En tout cas, Sam est très enthousiaste, bien plus qu'il ne l'a été depuis longtemps. Il a essuyé tant d'échecs par le passé que je n'ose pas espérer...

Tandis que sa belle-mère lui tendait une tasse, la porte s'ouvrit sur une petite sauvageonne aux cheveux en bataille. Sara se hissa sur les genoux de sa mère en suçant son pouce.

— Un câlin, Maman…

— Amy, il faut aussi que vous songiez à vous installer avec moi en attendant que votre situation s'améliore. Ce logement n'est pas équipé pour de jeunes enfants, en hiver. Vous allez attraper la mort. Il y a encore plus de courants d'air que chez moi.

Posy eut un frisson.

— C'est impossible. Sam ne veut pas en entendre parler.

— Il doit faire passer sa famille et son bien-être avant son orgueil mal placé. Sara, je vais faire une bouillotte pour ta Maman, puis la mettre au lit avec un paracétamol.

— Non, ce n'est pas la peine. Ça va…

— Tu es épuisée. Sara et moi allons préparer des tartelettes à la confiture. D'accord ?

La fillette sauta à terre et se jeta dans les bras de sa grand-mère.

— Oh oui, Granny !

Quand vint l'heure du dîner, Posy fit manger les enfants, puis elle s'occupa de leur bain, se disant qu'un peu de repos ferait du bien à sa belle-fille. Elle leur lisait une histoire quand elle entendit la clé tourner dans la serrure. Sam était rentré. Elle embrassa les enfants et descendit sans faire de bruit.

— Salut, Maman. Qu'est-ce…

Posy lui fit signe de se taire.

— Chut ! Amy dort. Elle n'est pas bien. Va dans la cuisine, on va bavarder.

— Qu'est-ce qui s'est passé ? s'enquit Sam, intrigué.

— Je suis arrivée cet après-midi et j'ai trouvé ta femme en larmes.

— À propos de quoi ?

— Que vous n'avez pas un sou pour payer les factures, qu'elle en est réduite à vivre dans un taudis, qu'elle travaille pendant des heures, qu'elle doit s'occuper des enfants…

— Elle a déblatéré sur moi, c'est ça ?

— Sam, il n'est pas dans ton intérêt de me mettre en colère, en ce moment. Assieds-toi, s'il te plaît.

Sam connaissait ce ton. Il obéit.

— Écoute-moi. Amy est au bord de la dépression nerveuse. Ne t'avise pas de lui reprocher de m'avoir confié ses ennuis. Amy te soutient quoi qu'il arrive depuis des années, sans se plaindre. Je ne suis pas la seule à m'être demandé comment elle tenait le coup. Quelles que soient ses raisons, tu as beaucoup de chance.

— Ne me fais pas la morale, Maman. Je me rends compte que j'ai épousé une sainte. Tout le monde me le dit ! Et que je devrais être reconnaissant et…

— Sam, tu risques de perdre Amy si tu ne te ressaisis pas, et vite. Je n'ai pas envie de voir ça, dans l'intérêt des enfants. Donc je suis disposée à t'aider.

— Comment ?

— J'ai rédigé un chèque de cinq cents livres. D'après Amy, cette somme devrait couvrir les factures du ménage et vous permettre de tenir un certain temps.

— Les choses ne vont pas aussi mal qu'elle le raconte, Maman…

— Je crois que si. Tiens.

Posy lui tendit le chèque que Sam accepta.

— Merci, Maman, je te rembourserai dès que les affaires auront démarré, bien sûr.

— Bien sûr, soupira Posy. Et je voulais te parler d'autre chose. Dans l'intérêt d'Amy et des enfants, je suis disposée à accorder un droit de préemption à ta société.

Sam s'illumina.

— Maman, c'est génial ! Je ne sais pas quoi dire.

— Tu pourras dire tout ce que tu veux, mais à mon notaire, qui est chargé du dossier à partir d'aujourd'hui, répliqua-t-elle vivement. Il faudra bien sûr un peu de temps pour tout organiser. Je ne veux pas déménager avant février prochain. Je contacterai mon notaire demain pour l'informer de ma décision. Il vaut mieux que tout se déroule de façon professionnelle. Je te donne une seule chance. Si tu échoues, tu ne pourras t'en prendre qu'à toi-même.

— Bien sûr, Maman. Je suis fou de joie.

Sam voulut l'étreindre, mais elle eut un mouvement de recul.

— Je prie simplement, dans l'intérêt de ta famille, que tu fasses de ce projet une réussite. Maintenant, je dois m'en aller.

— Tu es sûre de ne pas vouloir rester un peu ? Je vais vite acheter une bouteille de champagne pour fêter ça.

Posy soupira.

— Tu n'as pas les moyens d'acheter du champagne. Embrasse Amy pour moi et dis-lui que je la verrai bientôt. Au revoir, Sam.

— Salut, Maman.

Dès que la porte se fut refermée, Sam poussa un cri de triomphe.

17

Nick jeta son portable sur le siège passager et regarda dans le vide.

À présent, il en était certain. Que faire ? Dire la vérité à Tammy, sans détour, et essayer de lui expliquer l'inexplicable ? Ou bien attendre un peu, faire le nécessaire en toute discrétion et révéler la vérité à Tammy quand il y verrait plus clair ?

S'il portait le fardeau seul pendant un moment, il devrait se montrer très prudent, ce qui ne manquerait pas d'ajouter du stress à une vie déjà bien remplie. Il ne pouvait s'enfuir, ce qui, pour être honnête, était ce qu'il brûlait d'envie de faire, en cet instant.

C'était fou comme une existence bien réglée pouvait être bouleversée en l'espace de quelques semaines.

Nick poussa un long soupir et se ressaisit avant de sortir de la voiture. En entrant chez Jane et Paul, il se dit qu'il gérerait car, en réalité, il n'avait pas le choix.

*

En entendant sonner à la porte, Evie cria à Clemmie d'aller ouvrir.

— Bonjour, Clemmie. Comment vas-tu ?

— Bien, merci, Marie. Maman est en haut.

— D'accord. Je venais te demander si tu voulais venir à la maison pour déjeuner et jouer avec Lucy, expliqua-t-elle en la suivant dans l'escalier.

— Ce serait génial. Je m'ennuie un peu pendant les vacances et je n'ai pas beaucoup d'amis ici…

— Ça se passe bien, en pension ?

— Oui. J'adore !

Elle ouvrit la porte de la chambre de sa mère. Evie était au lit, appuyée sur ses oreillers.

— Comment tu te sens ?

— J'ai chopé ce virus qui circule.

— Marie, tu veux un thé ? proposa Clemmie. J'allais en préparer pour Maman.

— Avec plaisir, merci, ma belle. Evie, ta fille est exceptionnelle. J'attends toujours que Lucy me donne un coup de main à la cuisine.

— Elle l'est, mais elle n'a pas forcément eu le choix.

— Elle adore la pension, en tout cas.

— Oui. Je suis soulagée.

— Bon…, fit Marie en se perchant sur le lit. Tu es au courant, pour Posy Montague ?

— Non. Je n'écoute pas trop les ragots, tu sais.

— Elle vend Admiral House.

— Ah oui ?

— Oui. À son fils Sam.

— Je vois. Et qu'est-ce qu'il va en faire ?

— Des appartements de luxe. C'est moi qui gère la transaction, précisa Marie. J'ai de la peine pour sa femme, la pauvre. Il est évident qu'ils sont fauchés, mais…

— Dans ce cas, comment peut-il acheter Admiral House ?

— Sam m'a parlé d'un associé secret, un dénommé Ken Noakes. D'après mes infos, il est riche à millions.

— Posy doit être dévastée de vendre sa superbe maison, commenta Evie.

— J'espère pouvoir lui trouver un logement agréable dans les semaines à venir. Je lui ai déjà envoyé quelques annonces. Tu sais, elle semble t'aimer beaucoup. Et si tu allais la voir ?

— Peut-être, quand je serai guérie.

— Devine qui j'ai vu quitter la ville en voiture, récemment, dans une Austin-Healey vintage…

— Qui ?

— Nick Montague, le petit frère de Sam.

— Je sais qui c'est, Marie. J'ai travaillé pour lui, souviens-toi, déclara Evie d'un ton froid.

— Bien sûr. Excuse-moi. Bref, il semble avoir bien réussi pour se permettre de rouler dans une voiture de collection. Cela ne te manque pas d'avoir un homme à la maison ? demanda-t-elle à Evie.

— Non, assura-t-elle. Je ne m'ennuie pas toute seule.

— Tu as toujours été différente de moi. J'ai besoin de compagnie, d'animation, avoua Marie. Je deviendrais folle si je vivais seule.

— Il m'arrive de me sentir un peu seule… C'est rare.

Marie observa son amie, puis déclara :

— Tu es sûre que ça va ? Tu es pâle comme un linge et encore plus maigre. Et tu sembles… tendue.

— Je te jure que ça va.

Marie soupira.

— C'est bon, message reçu. Quoi qu'il t'arrive, tu n'as pas à en parler. Je m'inquiète pour toi, c'est tout. Je te connais depuis toujours et je sais que quelque chose ne va pas.

— Arrête un peu de me traiter comme si j'étais un de tes gosses, nom de Dieu ! Je suis une adulte et je suis capable de m'occuper de moi !

— Excuse-moi, dit Marie. Je te dépose Clemmie vers cinq heures.

— Merci. Désolée, je ne voulais pas être brutale et… tu as raison, soupira-t-elle. J'ai un… problème qui m'empêche de dormir. Tout ira bien dès que je l'aurai réglé.

— Ne t'en fais pas. On a tous nos mauvais jours. À présent, repose-toi. À plus tard.

Après le départ de Marie avec Clemmie, le téléphone se mit à sonner.

— Allô ? fit-elle en se redressant dans son lit.

— C'est moi. Je voulais juste avoir de tes nouvelles. Comment ça va ?

— Bien.

— On ne dirait pas, à t'entendre.

— Ça va, insista-t-elle.

— Mauvaise journée ?

— Un peu, oui.

— Je suis vraiment désolé, Evie. Si seulement je pouvais être présent pour toi plus souvent. C'est toujours d'accord pour ce week-end ?

— Oui.
— Bon sang, je suis angoissé.
— Tout ira bien, ne t'en fais pas.
— Je ferai de mon mieux.
— J'en suis sûre.
— Si tu as besoin de quoi que ce soit, appelle-moi sur mon portable. Sinon, je vous vois toutes les deux à midi, demain.
— Oui, à demain, conclut Evie en raccrochant.
Elle s'écroula sur ses oreillers avec un long soupir. Comment annoncer la nouvelle à sa fille ? La perspective de lui faire de la peine lui faisait l'effet d'un coup de couteau en plein cœur, mais elle n'avait pas le choix.
Nauséeuse, elle ferma les yeux, consciente du gâchis de sa vie et des répercussions sur Clemmie.
Si certaines choses étaient hors de contrôle, elle devait au moins tout faire pour assurer au mieux l'avenir de sa fille.

*

— Amy ! Quelle bonne surprise, dit Posy en levant les yeux de son bureau, à la galerie. Ça va mieux ?
— Bien mieux, merci, répondit la jeune femme en lui offrant un bouquet de lys. Je vous ai apporté des fleurs pour vous remercier d'avoir été aussi gentille avec moi, l'autre jour, et de vous être occupée des enfants.
— La famille, c'est fait pour ça, assura Posy en humant les fleurs. À quelle heure t'es-tu réveillée, finalement ?

— Le lendemain matin, avoua Amy. J'ai fait le tour du cadran, et cela m'a fait un bien fou. Je me sens plus positive. Et je voulais vous dire merci pour le chèque. Sam l'a déposé à la banque et a réglé certaines factures.

— Eh bien, comme je serai théoriquement millionnaire dans quelques mois, c'était le moins que je puisse faire.

— Comme vous l'imaginez, Sam est aux anges en ce qui concerne Admiral House. C'est un autre homme. Je ne vous remercierai jamais assez de lui accorder cette chance.

— Tu tombes bien, j'ai quelque chose pour toi, déclara Posy en sortant une enveloppe de son sac à main. Tiens.

— Qu'est-ce que c'est ?

— Une invitation à l'inauguration de la boutique de Tammy. Elle m'a écrit pour me remercier pour le déjeuner et a joint cette invitation. Sam et toi êtes les bienvenus si vous voulez passer la nuit chez elle, à Londres.

— C'est très gentil. Hélas, je ne peux pas y aller, répondit Amy en découvrant l'élégant carton d'invitation.

— Bien sûr que si. Je garderai les enfants. Sam et toi irez ensemble.

— J'ai mon travail…

— Je suis sûre que tu pourras t'arranger avec une collègue. Cela vous ferait un bien fou de sortir un peu.

— Peut-être. Mais je n'ai aucune tenue qui convienne à une soirée chic à Londres.

— Arrête de te trouver des excuses ! gronda Posy. Je m'en occupe. Je trouverai une solution, d'accord ?

— Vous parlez comme si vous étiez ma bonne fée.

— Je pense simplement que tu as le droit de passer un peu de bon temps. À propos, devine où je pars, ce week-end !

— Où ?

— À Amsterdam !

— Pas possible ! Avec qui ?

— Avec un ami. Excuse-moi, Amy, mais il fallait que je raconte ça à quelqu'un. Je préférerais que tu n'en dises rien à Sam. Il risque de ne pas approuver.

— Je trouve ça formidable. Vous êtes… ?

— Seigneur, non ! J'apprécie beaucoup sa compagnie. À mon âge, il faut profiter de la vie sans trop se soucier de l'avenir, ajouta-t-elle avec un sourire. Et c'est bien ce que je compte faire à Amsterdam.

18

Tammy embrassa Nick sur le front. Il était maculé de poussière et inspectait le fond d'une énorme bibliothèque.

— Ça se passe comment ? lui demanda-t-elle.

— Elle est vermoulue, nom de Dieu ! Je n'arrive pas à croire que je n'aie rien remarqué. Elle m'a coûté cinq mille livres et j'aurai de la chance si j'en tire deux !

— Bonjour à toi aussi, chéri, railla Tammy en le voyant frapper le meuble du poing.

— Désolé, mon cœur. Bonjour.

— Qu'est-ce qu'il fait froid, ici ! commenta Tammy en frissonnant. L'espace d'exposition commence à prendre forme, en haut.

— Merci. Je pense ouvrir dans un mois environ. Bon sang, je suis contrarié par cette bibliothèque…, soupira-t-il.

— Et si on dînait chez l'Italien du coin ? suggéra la jeune femme.

— En fait, je préférerais prendre un bon bain et déguster une pizza devant la télé, ce soir.

— D'accord, ça me va. Viens chez moi.

Nick éteignit le sous-sol, puis ils gravirent les marches ensemble. Tammy se jeta sur un lit à baldaquin qui trônait au milieu de la boutique.

— Prends-moi sauvagement ! Et si tu mettais ce lit en vitrine, avec nous dessus, gloussa-t-elle.

Sa plaisanterie ne lui fit même pas esquisser un sourire.

— Oh là là, tu es vraiment stressé !

— C'est vrai, admit Nick. Pardon…

Tandis qu'ils partageaient une pizza napolitaine et une bouteille de vin dans le salon de Tammy, Nick confia ses malheurs :

— Avec l'ouverture du magasin et tout ce qu'implique cette organisation, sans parler de la vente de mon affaire à Perth, je n'ai plus le temps d'acheter moi-même la marchandise. Si j'avais été présent à cette vente aux enchères, au lieu d'enchérir par téléphone, j'aurais repéré le bois vermoulu au premier coup d'œil. Ma réputation à Londres se fera uniquement sur la qualité de mon stock. Bref, parlons plutôt de toi.

— Je suis très contente. J'ai trouvé des renforts.

— Tu parles de la mère de ta voisine, la reine du sari de Brick Lane ?

— C'est ça. Meena approche peut-être de la soixantaine, mais elle a plus d'énergie que moi. Elle coud et pose les perles à merveille, bien mieux que moi, et elle est très efficace ! Aujourd'hui, je suis arrivée à neuf heures et Meena était déjà là. Elle a encore rédigé une cinquantaine d'invitations pour l'inauguration.

— Il faudrait qu'elle vienne travailler pour moi, murmura Nick.

— Ah non ! Elle m'apporte des petits plats indiens pour me remplumer. Je lui ai proposé le poste d'assistante et s'il y a beaucoup de travail, j'emploierai une autre couturière, voilà tout. Meena affirme avoir un tas d'amies qui feraient l'affaire.

— Ton stock est déjà prêt ?

— Pas encore, mais avec Meena sur le coup, je devrais avoir suffisamment de pièces pour l'ouverture. En plus, figure-toi que Jane m'a dégoté un article dans *Marie Claire*. J'ai aussi un magazine du dimanche et quelques quotidiens qui me demandent des entretiens.

— Tout ça m'a l'air génial, chérie.

— Je ne voudrais pas me réjouir alors que tu n'as pas le moral.

— Ne dis pas de bêtises.

Il l'attira contre lui et lui caressa les cheveux.

— Ça ira mieux quand mon affaire aura démarré. Quelqu'un vient peindre l'enseigne demain à dix heures. Au moins, il y aura un nom au-dessus de la vitrine.

— C'est bien. Au fait, Jane a appelé. Elle nous invite à dîner samedi soir pour fêter leur grande nouvelle. Tu pourras venir ?

— Je lui ai déjà répondu non, hélas. Il y a une vente aux enchères dans une maison du Staffordshire, dimanche. Les pièces sont exposées samedi. Je serai absent tout le week-end.

— Dommage. Et si je t'accompagnais ? Je suis sûre que Jane et moi trouverons une autre soirée.

— Tu t'ennuierais. À propos de Jane, je pense qu'il est grand temps pour moi de trouver un logement. Je sais que je passe la plupart de mes nuits ici, mais mes affaires sont là-bas. Ce n'est pas très sympa pour Jane et Paul. Je devrais me mettre en quête d'un appartement dans les prochains jours.

— Tu peux aussi t'installer ici, tu sais.

— Ah bon ?

— Oui, assura Tammy.

— C'est une sacrée étape à franchir. Après tout, on ne se connaît que depuis quelques semaines.

Tammy fut soudain irritée par la réaction tiède de Nick à sa proposition. C'était un grand pas pour elle aussi, mais Nick ne semblait pas encore prêt à le franchir.

— C'était une idée comme ça, fit-elle en haussant les épaules.

— Et je t'en remercie. Je pense que je vais être invisible, au cours des mois à venir. Pour être honnête, je préfère attendre que les choses soient bien lancées et être dans un meilleur état d'esprit quant à l'avenir. D'accord ?

*

— Qu'est-ce qui ne va pas, Tammy ?

La jeune femme se tourna vers Meena qui venait de poser un café sur son bureau, dans l'arrière-boutique. Comme à l'accoutumée, elle était très élégante dans sa tenue rose vif rehaussée d'un foulard coloré. Ses cheveux d'ébène étaient relevés en un chignon et elle s'était maquillée d'une main experte.

— Rien, répondit-elle en ouvrant son courrier. On a reçu encore dix réponses positives. Je commence à me demander s'il y aura assez d'air pour que tout le monde puisse respirer.

— C'est une bonne nouvelle, non ? fit Meena avec un large sourire. Pourquoi faites-vous la tête ?

— Je ne fais pas la tête.

— Allez ! pouffa Meena en agitant une main ornée de bagues. Hier, vous recevez un appel de *Marie Claire* pour une séance photo et vous arrivez ce matin avec une tête d'enterrement. Dites-moi ce qui vous tracasse.

— Je suis un peu à fleur de peau, voilà tout. J'ai suggéré à Nick de s'installer chez moi, hier soir, et il m'a répondu qu'il n'était pas prêt. J'ai l'impression que je vais un peu trop vite dans notre relation.

— Ah, les hommes ! On lui propose un lit bien chaud garni d'une vraie beauté et il refuse parce qu'il n'est « pas prêt ». Il va s'en mordre les doigts, vous pouvez me croire !

— Vous croyez ? soupira Tammy. Je ne sais pas. Avec lui, j'ai souvent l'impression que c'est un pas en avant et deux pas en arrière. Par moments, il est merveilleux et je me sens heureuse, je pense qu'il m'aime et que ça va marcher entre nous. Et puis, soudain, il fait ou dit quelque chose qui sème le doute dans mon esprit. Il passe tellement de temps hors de Londres à chercher des antiquités… Il me manque. Je me demande si je ne suis pas un peu accro.

— Vous l'aimez, c'est certain. Quand on est accro, c'est fichu, c'est comme moi et Sanjay. Imaginez, si je n'avais pas posé les yeux sur un certain jeune homme, derrière son stand du marché de Brick Lane, il y a trente ans, j'aurais peut-être épousé un Maharajah et pas un fabricant de saris.

Tammy se mit à rire.

— Vous l'aimez encore ?

— Oui mais, avant tout, je le respecte. C'est un homme bien. D'après ce que j'ai vu de votre Nick, il l'est aussi. Il faut profiter de l'instant présent, Tammy. Profitez de votre jeunesse ! Vous êtes belle, amoureuse ! Bientôt, vous serez une vieille peau comme moi.

— Meena, je serais ravie d'être comme vous quand j'aurai la cinquantaine. Vous me conseillez donc de ne pas m'éloigner de lui ?

— Foncez, au contraire ! La souffrance ne rend le plaisir que meilleur. La vie est ainsi. Si ça ne marche pas, vous êtes assez jeune pour rebondir.

— C'est vrai. Et si je finis vieille fille avec mes seuls souvenirs, au moins j'en aurai profité.

— Absolument !

Le carillon retentit au moment où le téléphone se mettait à sonner.

— On oublie l'amour et on redevient une femme d'affaires, déclara Meena. Je prends l'appel, vous faites entrer le livreur.

19

Amy n'avait pas été aussi optimiste depuis très longtemps. Depuis que Posy était venue à la rescousse, dix jours plus tôt, et avait donné à Sam son accord pour Admiral House, l'atmosphère était considérablement plus légère à la maison. La veille au soir, Sam avait déclaré que Ken Noakes, son associé, était tellement content que Sam ait décroché le projet qu'il lui avait proposé un petit salaire hebdomadaire.

— Ce n'est pas grand-chose et on ne verra vraiment la couleur de l'argent que quand je toucherai ma part. Je pense qu'on pourra peut-être déménager au printemps.

— Sam, ça ferait toute la différence ! avait soupiré la jeune femme.

— Je sais que ça a été dur pour toi, chérie. Je vais te dire, quand tout sera fini et qu'on aura une somme rondelette en banque, je t'emmènerai en voyage.

— Ce serait merveilleux, avait répondu Amy, ravie de voir son mari aussi positif.

Il buvait moins que d'habitude, ce qui facilitait la vie de la jeune femme.

— Au fait, je ne serai pas là demain soir, avait-il précisé. Ken arrive d'Espagne et il veut dîner avec moi dans un hôtel du Norfolk. Il est sur un projet, là-bas et a pris une chambre pour la nuit. On va célébrer le projet d'Admiral House.

— D'accord.

Sam était si rarement à la maison, le soir, que quelques heures de plus après minuit ne la changeraient pas beaucoup.

— Vas-y et amuse-toi bien. Tu le mérites, chéri.

Ce matin-là, Amy avait dit au revoir à Sam, puis elle était allée travailler. Cette nuit en solo lui ferait du bien. Marie irait chercher les enfants à l'école. Dès qu'elle rentrerait, elle coucherait les petits et s'installerait près du poêle pour terminer enfin le livre de Sebastian Girault.

— Le temps s'annonce mauvais pour ce soir, déclara Karen à la réception de l'hôtel. On prévoit des tempêtes et des pluies torrentielles.

— Oh non, geignit Amy. Il suffirait d'un coup de vent pour que la toiture de notre maison s'envole.

— Tu n'es pas vraiment à l'abri, là-bas, n'est-ce pas ? Cela dit, elle a essuyé son lot de tempêtes et elle est toujours debout.

Quand Amy arriva chez Marie, il faisait en effet plus mauvais.

— Quel temps pourri, maugréa cette dernière en l'accueillant sur le seuil. J'ai fait dîner les enfants. Tu veux un verre de vin avant de rentrer ?

— Juste un petit, merci. Je ne veux pas arriver trop tard. Je déteste le début de l'hiver. Il fait déjà presque nuit et il n'est que cinq heures vingt.

— Je sais. Bientôt Noël ! Santé ! lança Marie en lui tendant un verre. À ton magnat de l'immobilier de mari ! Il est content ?

— Très.

— Tant mieux. S'il s'y prend bien, il gagnera une fortune.

— Espérons-le, mais le chemin est encore long.

Vingt minutes plus tard, Amy fit monter les enfants en voiture pour rentrer à la maison. Il pleuvait si fort qu'elle y voyait à peine. Arrivée devant chez elle, elle prit son sac de provisions dans le coffre et remonta l'allée en courant, Jake et Sara dans son sillage.

— Rentrons vite prendre un bon bain et nous réchauffer, dit-elle en déverrouillant la porte.

Lorsqu'elle actionna l'interrupteur, rien ne se passa. Elle étouffa un grommellement de frustration. Les plombs avaient sauté. Amy referma vite la porte derrière elle. Dans le couloir, il faisait noir. Où diable se trouvait ce foutu boîtier ?

— Maman, j'ai peur ! pleurnicha Sara.

Amy tâtonna jusqu'au salon et repéra le poêle.

— Et voilà ! fit-elle en grattant une allumette.

Son regard se posa sur un reste de bougie, sur le rebord de la fenêtre.

— Bon, dit-elle en rejoignant ses enfants apeurés. Suivez-moi. On va remettre l'électricité.

Ils traversèrent la cuisine et regagnèrent l'entrée. Amy ouvrit le petit placard qui abritait une série de fusibles.

— Maman, j'aime pas rester dans le noir. J'ai peur des monstres, se plaignit Jake. Quand est-ce qu'on aura de la lumière ?

— Maman, j'ai froid ! renchérit Sara.

— Je sais, mais je dois réfléchir une minute pour savoir quoi faire. La tempête a sûrement coupé l'électricité dans toutes les maisons. Elle va peut-être revenir dans une minute. Je vais téléphoner pour voir ce qui se passe, d'accord ?

Ses enfants accrochés à son manteau, Amy chercha son portable dans son sac à main et contacta le service clientèle du fournisseur.

— Allô, j'aimerais savoir s'il y a une coupure de courant à Southwold… J'habite Ferry Road et nous n'avons plus d'électricité. Non ? Il faudrait envoyer quelqu'un pour identifier la panne. Je vous donne mon nom et mon adresse… oui, bien sûr.

Amy attendit que son correspondant se renseigne. Enfin, il revint en ligne.

— Je suis désolé, madame Montague, votre dossier indique que votre approvisionnement a été coupé.

— Coupé ? Mais pourquoi ?

— Parce que nous n'avons toujours pas reçu de règlement de votre part. Nous vous avons adressé un courrier pour vous informer que, si vous ne régliez pas vos arriérés sous quinzaine, nous couperions la ligne.

Le cœur d'Amy s'emballa.

— Je l'ai reçu, en effet, et mon mari a payé.

— Je regrette, aucun règlement n'est enregistré dans votre dossier, madame Montague.

— Pourtant, il a payé. Il me l'a dit. Le chèque s'est peut-être perdu, protesta Amy, au désespoir.

— Peut-être, concéda l'employé, qui avait sans doute entendu le même discours des milliers de fois.

— Que puis-je faire ?

— Le moyen le plus rapide serait un versement en espèces dans votre bureau de poste. Ensuite, vous nous appellerez pour nous confirmer le paiement. Dès réception, nous rebrancherons le courant.

— Mais… et pour cette nuit ? J'ai deux jeunes enfants. La maison est dangereuse, dans le noir.

Elle sentit les larmes lui monter aux yeux.

— Désolé, nous ne pouvons rien faire tant que vous n'aurez pas réglé votre facture, madame Montague.

— Eh bien… je ne vous remercie pas ! lança-t-elle avant de raccrocher.

Affligée, elle s'assit lourdement sur une chaise.

— Maman, qu'est-ce qui se passe ? s'enquit Jake, inquiet.

— Rien, rien du tout, chéri.

Amy s'essuya les yeux sur la manche de son manteau et chercha une solution. Pas question de passer la nuit dans ces conditions. Marie pouvait certainement les héberger, mais sa fierté l'empêchait de le lui demander.

Il n'y avait qu'un seul endroit où se réfugier. Amy appela Posy. La ligne était occupée, ce qui signifiait au moins qu'elle était chez elle. Refusant de rester là une minute de plus, elle décida de faire monter Jake et Sara dans la voiture pour filer vers Admiral House et implorer sa belle-mère de les abriter.

— Les enfants, c'est l'aventure ! On va passer la nuit chez Granny !

— On va dormir dans la grande maison ? demanda Jake.

— Oui ! On va bien s'amuser !

— Et Papa ? Il va rentrer et se demander où on est passés, hasarda Jake tandis qu'ils démarraient.

À cet instant précis, Amy souhaita qu'un terrible accident lui évite de revoir son mari.

— Papa ne rentre pas cette nuit, chéri. Demain, on sera de retour avant lui.

La tempête faisait rage dans les rues désertes de Southwold, puis sur la route menant à Admiral House. Dans l'allée, le vent violent secoua dangereusement sa petite voiture.

— On est presque arrivés, annonça-t-elle pour rassurer les petits. Je suis sûre que Granny aura un bon gâteau.

Elle se gara devant la maison, soulagée de voir de la lumière dans quelques pièces du rez-de-chaussée.

— Attendez-moi ici, le temps que j'aille parler à Granny.

Elle eut du mal à claquer la portière tant le vent soufflait fort. Enfin, elle courut vers la porte d'entrée et sonna. Faute de réponse, elle tenta à nouveau sa chance en frappant des poings. Les cheveux dégoulinants, elle courut vers l'entrée de service, sur le côté de la bâtisse. Étrangement, elle était fermée à clé. Elle revint à l'avant pour marteler la porte.

— Posy ! C'est moi, Amy !

Le silence semblait régner à l'intérieur.

Que faire ? se demanda-t-elle, désespérée. Ravaler sa fierté et aller chez Marie ? Au moment où elle regagnait la voiture, elle entendit la porte s'ouvrir.

— Dieu merci, souffla-t-elle en se précipitant vers l'entrée. Posy ! C'est moi, je…

Amy s'arrêta net. Ce n'était pas sa belle-mère mais Sebastian Girault, nu sous une serviette drapée autour de sa taille.

— Vous êtes trempée ! Posy est absente.

— Où est-elle ? interrogea la jeune femme, le cœur serré.

— Elle est partie pour Amsterdam ce matin.

— Oui, elle m'en a parlé la semaine dernière… ça m'était sorti de la tête.

Amy était au bord des larmes.

— Vous feriez mieux de rentrer, au moins pour vous sécher et retrouver vos esprits.

— Les enfants sont dans la voiture… Qu'est-ce que je vais faire ?

— Écoutez, allez chercher les enfants et entrez, d'accord ?

Une demi-heure plus tard, ils avaient tous les trois pris un bain chaud et les enfants étaient enveloppés dans une couverture sur le canapé du salon. Assise en tailleur au coin du feu, Amy portait la robe de chambre en velours de Posy.

Sebastian sortit de la cuisine avec du chocolat chaud pour les petits.

— Buvez, ordonna-t-il à Amy en lui tendant un cognac. Vous semblez en avoir besoin.

— Merci.

— J'ai posé vos vêtements trempés sur le fourneau. Ils devraient être secs demain matin.

— J'espère qu'on ne vous dérange pas trop. Nous avons débarqué ici parce que nous n'avions nulle part où aller.

— Ne dites pas de bêtises. Vous êtes la belle-fille de Posy, répondit Sebastian, qui avait enfilé un pantalon de jogging et un pull. Elle me tuerait si je ne vous offrais pas l'hospitalité. Cela dit, vous avez de la chance. Je venais de me plonger dans mon bain et j'écoutais du Verdi avec mes écouteurs. Si je n'avais pas oublié le savon près du lavabo et été obligé de ressortir de l'eau, je n'aurais jamais été informé de la tragédie qui se jouait sur le pas de la porte. Puis-je vous demander ce qui s'est passé, au juste ?

Amy posa un index sur ses lèvres en désignant les enfants.

— Allez, vous deux. Il est l'heure de se coucher. Cette nuit, vous pourrez dormir avec moi. J'ai mis des bouillottes dans le lit.

— Vous avez besoin d'aide ? proposa l'écrivain en voyant Amy soulever difficilement la fillette ensommeillée. Je te porte sur mon dos, Jake ?

— Oui… s'il vous plaît, répondit le garçonnet timidement.

— Allez viens, mon pote !

Amy parvint à sourire en voyant Sebastian gravir les marches en courant. Accroché à son cou, Jake poussait des cris de joie.

Ils couchèrent les enfants sous un édredon moelleux dans le grand lit d'une chambre d'amis.

— Une histoire, Maman, une histoire !

— Chéri, Maman est trop fatiguée, ce soir, et il est tard…

— Je vais te raconter une histoire, Jake, intervint Sebastian. Mais je suis un professionnel des histoires, alors je dois me faire payer pour mes services.

Maman pourrait descendre remplir mon verre de vin. Ce serait équitable, tu crois, Jake ?

— Oui ! C'est une histoire de quoi ?

Amy embrassa Sara, puis son fils, visiblement pressé de la voir s'éloigner.

— Alors..., commença l'écrivain en adressant un clin d'œil à la jeune femme, qui quitta la chambre.

Elle descendit lentement les marches, touchée par le contact naturel de Sebastian avec les enfants. Dans la cuisine, elle remplit son verre et le monta. Jake buvait les paroles du conteur. Amy ne put s'empêcher de le comparer à Sam. Il fallait qu'elle supplie son mari à genoux pour qu'il lise une histoire à ses enfants ou qu'il joue avec eux. Elle en était venue à la conclusion que, même s'il les aimait, il n'appréciait pas leur compagnie. Pourvu que cela change quand ils seraient plus grands...

Amy regagna le petit salon et s'installa près du feu pour finir son cognac. Comme elle aimait cette vieille maison délabrée mais pleine de caractère ! On s'y sentait à l'abri, comme dans le logement dont elle rêvait.

— À quoi pensez-vous ?

Amy sursauta. Sebastian se tenait sur le seuil. Perdue dans ses pensées, elle ne l'avait pas entendu arriver.

— À cette maison, que j'adore. Ce sera triste de la voir transformée en appartements.

— N'y pensez pas. Ça me désole, moi aussi. Je n'ose pas imaginer ce que ressent Posy...

— Et moi, je me sens très mal. C'est la société de mon mari qui va tout casser.

— Je sais, fit Sebastian en prenant place à côté d'elle sur le canapé. Enfin… il va empocher de l'argent, ce qui vous sera utile, non ?

— Peut-être, concéda Amy, mais comme c'est son incompétence totale qui nous a contraints de débarquer ici, ce soir, je ne me fais guère d'illusions.

— Puis-je en savoir plus ?

— Il n'a pas réglé la facture d'électricité et le courant a été coupé, soupira-t-elle.

— Je vois. Par négligence ou par manque d'argent ?

— Par négligence, c'est évident. Il avait l'argent nécessaire car Posy nous avait gentiment remis un chèque. Il a sûrement tout dépensé pour de l'alcool… Cela ne présage rien de bon pour l'avenir.

— J'en conviens. Et… où est-il, en ce moment ? Vous l'avez laissé dans le noir ?

— Il dîne avec son associé dans un de ces hôtels chic du Norfolk. Sebastian, cela vous dérangerait-il que je fasse griller quelques toasts ? Je n'ai rien mangé depuis ce midi et le cognac me monte à la tête.

— Faites comme chez vous. Après toutes ces émotions, j'ai un petit creux.

Il la suivit dans la cuisine.

— Des toasts au fromage, ça vous tente ? suggéra-t-elle.

— Parfait. Vous avez bien fait de venir.

— Je ne voudrais pas vous retarder dans votre travail. Si vous voulez continuer, ne vous gênez pas pour moi, reprit Amy en s'affairant.

— Non, j'en ai terminé pour aujourd'hui. De plus, j'ai reçu une bonne nouvelle.

— Ah oui ? fit-elle en enfournant ses tartines.

— Une société de production de Hollywood a acheté les droits des *Champs d'ombres.* Ils comptent en faire le succès de l'an prochain.

— C'est formidable ! Vous allez gagner une fortune ?

— C'est possible. Heureusement, je ne suis pas fauché, répondit Sebastian sans la moindre arrogance. Ils vont sans doute massacrer mon texte, mais j'espère qu'ils sauront conserver l'esprit de l'original.

— Voilà, annonça-t-elle en posant les toasts sur la table. Un vrai dîner de gala !

— Ce sera parfait pour moi.

— Quoi qu'il en soit, je vous félicite pour la vente de vos droits.

— Et si on arrosait ce succès en buvant un verre de vin ?

— Pourquoi pas ?

L'écrivain les servit, puis ils partagèrent les toasts.

— C'est étrange que vous soyez venu ici justement ce soir. Un heureux hasard, sans doute. Posy m'a dit qu'elle n'avait pas quitté cette maison depuis des années.

— Et moi, c'est la première fois que j'ai besoin de son hospitalité.

— Je me demande ce que dirait Marie si elle nous voyait attablés ensemble, à manger des toasts dans la cuisine de votre belle-mère, fit Sebastian d'un air pensif. Posy à Amsterdam, votre mari absent…

— Arrêtez, frémit Amy. Je sais exactement ce qu'elle penserait.

— Même l'esprit le plus cynique reconnaîtrait que le destin semble nous rapprocher, non ? Reste à savoir pourquoi.

Amy s'interrompit et le dévisagea.

— Quelle est votre hypothèse ? s'enquit-elle.

— Si j'étais du genre « écrivain créatif », je dirais qu'un lien s'est créé entre nous dès le premier regard.

— Vous m'avez réprimandée et vous m'avez fait pleurer, objecta Amy.

— C'est vrai et je me suis senti, pour une raison qui m'échappe, poussé à vous suivre dans la rue pour m'excuser.

— Vos bonnes manières, sans doute.

Malgré elle, la jeune femme se mit à jouer le jeu de la séduction.

— Amy, vous ne me connaissez vraiment pas. Des excuses de ma part sont denrée rare. Non, il y avait autre chose, c'est certain. Ensuite, j'ai ressenti le besoin de vous imposer mon livre. Encore une chose qui ne me ressemble pas. Et si nous repassions au salon, avec nos verres de vin ?

Amy reprit sa place au coin du feu.

— Je ne vous appréciais pas du tout et, en lisant votre livre, j'ai compris qu'une personne capable d'écrire de façon aussi touchante ne pouvait être foncièrement mauvaise.

— Merci. Je prends cela pour un compliment. Je vais même vous confier un secret…

— Je vous écoute.

— Je crois que c'est vous qui m'avez donné l'envie de rester à Southwold pour rédiger mon prochain ouvrage.

— Quoi ? On ne s'était vus que deux fois quand vous avez pris cette décision. Si vous me flattez dans l'espoir de me faire succomber, c'est perdu d'avance, dit-elle en rougissant.

— Ai-je mentionné quoi que ce soit d'aussi sordide ? répliqua-t-il en feignant l'effroi. Madame, je suis un gentleman. Je respecte votre honneur.

— Tant mieux, répliqua-t-elle avec une assurance qu'elle était loin de ressentir.

Ils burent leur vin dans une tension presque palpable.

— De toute façon, reprit-il, vous me faites trop penser à Posy dans cette robe de chambre. Je veux la vérité : vous ne ressentez vraiment rien pour moi ?

En croisant son regard, elle remarqua qu'il ne plaisantait plus. Il était même très sérieux.

— Je… je ne sais pas. Enfin, je vous aime bien, mais vous êtes un romancier riche, au succès international, et moi je suis une mère de famille fauchée et opprimée. Comment voulez-vous que je songe à… quoi que ce soit ?

— Et si je vous avouais que je pense à vous sans arrêt depuis notre rencontre et que ce sentiment s'est renforcé chaque fois que nous nous sommes croisés ? murmura-t-il. Quoi que je fasse, j'ai beau me répéter que vous n'êtes pas intéressée ni disponible, je n'arrive pas à vous chasser de mon esprit.

Incapable de prononcer un mot, Amy se contenta de le dévisager.

— Amy, je sais que c'est ridicule et je comprends que ça n'ira sans doute pas plus loin, mais je crois que je vous aime, hélas.

— C'est impossible. Vous ne me connaissez même pas, souffla-t-elle d'une voix à peine audible.

— Approchez… je vous promets que je veux simplement vous tenir dans mes bras, rien de plus…

— Je ne devrais pas. Je ne devrais vraiment pas…, bredouilla-t-elle, le cœur battant.

— Je vous assure que si le destin ne vous avait pas fait venir ici, ce soir, j'aurais certainement souffert en silence. Approchez donc…

Sebastian se leva et ouvrit les bras.

— Les enfants… je…

— Je veux juste vous tenir dans mes bras.

Elle se leva et alla lentement à sa rencontre. Dès qu'il l'enlaça, elle posa la tête sur son torse. Son cœur battait aussi fort que le sien. Elle fut parcourue d'un frisson sensuel en humant son parfum.

— Alors, Amy ? Tu ne ressens rien pour moi ?

Elle leva les yeux vers lui et hocha tristement la tête.

— Bien sûr que si, et je m'en veux terriblement. Je suis une femme mariée et je suis là, avec vous, dans vos bras, et j'ai envie de…

Sebastian se pencha vers elle pour l'embrasser avec fougue. Amy ne put que réagir avec la même ardeur.

— Amy, Amy…, souffla-t-il en l'embrassant dans le cou, les mains dans ses cheveux.

Ils s'allongèrent à terre et, sans tarder, l'écrivain fit glisser la robe de chambre sur les épaules de la jeune femme pour effleurer ses seins. Ivre de désir, elle le dévêtit à son tour pour sentir sa peau nue contre la sienne.

— Tu es si belle…

Il finit par la débarrasser totalement de la robe de chambre et lui caresser la poitrine, sans cesser de l'embrasser, puis l'intérieur des cuisses. Amy gémit de désir. Elle n'avait jamais rien ressenti de tel. Il se glissa entre ses jambes et la pénétra lentement. Ses coups de reins les laissèrent pantelants et, incapable de se retenir, Amy poussa un cri de plaisir.

Il s'écroula sur son corps en la couvrant de baisers.

— Je t'aime, Amy. Désolé, mais je t'aime.

Ils demeurèrent enlacés, immobiles. Amy avait les yeux embués de larmes.

— Qu'est-ce que je viens de faire ?

— Tu viens de faire l'amour avec moi.

— Comment ai-je pu faire une chose pareille ?

— Tu en avais envie.

— Les enfants… ils auraient pu…

— Ils n'ont pas, coupa Sebastian.

Il s'appuya sur un avant-bras et écarta une mèche de cheveux du visage de la jeune femme.

— Ne me dis pas que tu regrettes, ajouta-t-il.

— Je ne sais pas… Je suis mariée ! Je n'avais jamais trompé Sam. Quelle épouse se comporte ainsi ?

— D'après ce que j'ai appris de Posy, tu es une épouse aimante, solidaire et patiente.

— Oui, mais cela ne justifie pas ce que je viens de faire. « Au fait, Sam, j'ai passé une mauvaise journée alors j'ai fait l'amour avec un autre ! »

Elle se leva et ramassa la robe de chambre de Posy. Une fois rhabillée, elle s'assit sur le canapé et observa les flammes de la cheminée, si agitée qu'elle crispait sans cesse les poings.

Sebastian vint s'asseoir à côté d'elle.

— Est-ce que je t'ai forcée à le faire ?

— Non ! C'est bien le pire. J'en avais envie, vraiment.

Il la prit dans ses bras et la serra contre lui.

— J'avais besoin de le savoir.

Ils demeurèrent un long moment ainsi, chacun plongé dans ses pensées.

— Alors…, dit-il enfin. Qu'est-ce qu'on fait maintenant ?

— Comment ça ?

— Cette soirée est-elle la fin d'une belle amitié ou le début d'une histoire d'amour ?

— Je suis incapable de penser à demain. Je suis trop perdue.

— Tu as raison. Cessons de nous soucier de demain. On a toute la nuit, non ?

Il la prit par le menton.

— Quoi qu'il arrive ensuite, nous devons profiter de l'instant, ajouta-t-il en l'embrassant encore.

Quelques heures plus tard, Amy quitta les bras de Sebastian pour rejoindre ses enfants dans leur chambre. Dans la chaleur du grand lit, elle se sentit encore plus coupable.

La tête lui tournait presque. Jamais elle n'avait connu une telle passion. À mesure qu'ils faisaient l'amour, qu'ils exploraient le corps de l'autre, leur ardeur n'avait fait qu'augmenter.

Sebastian avait fini par l'emmener à l'étage, dans son lit, où ils étaient restés allongés dans le noir, à écouter les éléments se déchaîner sous les nuages qui filaient au clair de lune. L'écrivain lui avait fait des confidences sur sa première femme, qu'il avait perdue, ainsi que leur bébé. Amy lui avait décrit ses années d'étudiante, ses rêves de devenir peintre, avant sa rencontre avec Sam.

Enfin, de peur de s'endormir, la jeune femme avait préféré rejoindre ses enfants.

Il avait tenté de la retenir.

— Ne pars pas. Je ne le supporterai pas.

— Il le faut.

— Encore une minute…

Il l'avait attirée vers lui pour la serrer très fort.

— Je tiens à te dire que si tu décides que cela ne doit jamais se reproduire, je me rappellerai cette nuit pour le reste de ma vie. Dors bien, Amy.

— Toi aussi.

Amy l'avait embrassé tendrement avant de se diriger d'un pas chancelant vers la chambre d'amis.

Elle se retrouvait le corps fourbu, incapable de trouver le sommeil. Elle avait beau se répéter qu'elle venait de commettre un acte de trahison inadmissible, elle ne parvenait à ressentir que de la joie… et la sensation d'être enfin elle-même.

20

À quatorze heures, Posy et Freddie atterrirent à l'aéroport de Schiphol. Posy était épuisée après une nuit sans sommeil, à se demander si elle avait bien fait d'accepter ce week-end à Amsterdam, avec ce que cela impliquait peut-être. Elle avait fini par s'assoupir à cinq heures pour se lever à sept heures moins le quart.

Indécise, elle avait recommencé plusieurs fois sa valise. Que porterait-elle pour la réception ? Sebastian avait descendu ses bagages et avait fait la connaissance de Freddie.

— J'ai beaucoup aimé votre livre, monsieur Girault.

— Appelez-moi Sebastian. Nous pourrions boire une bière ensemble, un de ces jours. D'après Posy, vous êtes un enfant de la Seconde Guerre mondiale, comme elle.

— Avec plaisir.

— Tant mieux. Prenez bien soin d'elle, d'accord ?

— Naturellement, avait promis Freddie avec un sourire.

— Au revoir, Sebastian ! avait lancé Posy tandis que Freddie portait sa valise dans la voiture.

— Tu es prête ?

— Je crois, oui.

Il l'avait prise par les épaules pour l'embrasser sur la joue.

— Tu sembles terrifiée. On est censés passer du bon temps, tu sais.

— Il y a eu tant de choses à organiser… J'ai perdu l'habitude de partir en voyage.

— Dans ce cas, il faudra reprendre doucement de bonnes habitudes, d'accord ?

Elle s'était sentie mieux dès cet instant et avait cessé ses enfantillages pour profiter de son week-end.

Ils s'étaient rendus à l'aéroport de Stansted en bavardant de choses et d'autres. Lors de l'enregistrement, elle avait ressenti un frisson d'exaltation.

— Imagine, cela fait plus de vingt ans que je n'ai pas pris l'avion. C'était pour aller à Jersey, en vacances, avec les garçons.

Posy avait apprécié le vol de courte durée, regrettant même de devoir atterrir.

Dans le taxi qui les conduisait en ville, Posy regarda par la vitre avec enthousiasme, admirant les hautes maisons à pignon et les canaux bordés d'arbres. Tout le monde semblait circuler à vélo dans les étroites rues pavées. Les cyclistes actionnaient leur sonnette pour alerter les piétons.

Le taxi s'arrêta devant un élégant hôtel du XVIIe siècle donnant sur un canal.

— Quelle ville superbe, murmura Posy en descendant.

— Je suis venu chez Jeremy il y a bien longtemps et je suis tombé amoureux de cet endroit. J'ai toujours eu envie de revenir. Le plus merveilleux, c'est que l'on peut se rendre presque partout à pied. Ou en bateau. Bon, installons-nous et, ensuite, nous irons explorer les lieux.

La réception à la fois chaleureuse et sobre était décorée avec goût. Posy prit place dans un fauteuil pendant que Freddie se chargeait des formalités.

— Voilà, dit-il en lui tendant une clé. Et si on défaisait nos valises avant de sortir ?

Ils passèrent quelques heures à déambuler dans un labyrinthe de canaux, s'arrêtant dans un café pour déguster un chocolat chaud et se repérer sur un plan.

— Tu sais ce qu'on peut acheter, ici, n'est-ce pas ?

— Quoi ? s'enquit-elle.

— Du cannabis sous toutes ses formes, expliqua Freddie en désignant un tableau noir posé contre le comptoir, énumérant les différentes possibilités. Tu as déjà essayé ?

— Non. J'ai toujours refusé, autrefois. Et toi ?

— Oui, admit-il d'un air malicieux. Tu as envie d'un petit joint vite fait, avec ton café ?

— Pourquoi pas ? J'ai pour philosophie qu'il faut tout essayer dans la vie.

— Tant mieux.

Freddie s'éloigna vers le bar et en revint avec un joint et une boîte d'allumettes.

— J'ai demandé ce qu'il y avait de plus léger, expliqua-t-il.

Il l'alluma et prit une bouffée, avant de le passer à Posy, qui le porta à ses lèvres et aspira. Hélas, la fumée âcre la fit tousser.

— Beurk ! frémit-elle en rendant le joint à Freddie.

— Il faut s'habituer mais, au moins, tu y as goûté. Tu en veux encore ?

— Non merci, répondit-elle en s'essuyant les yeux, hilare. Seigneur ! Si mes fils me voyaient, assise dans un café d'Amsterdam en train de fumer un joint avec un homme !

— Je suis sûr qu'ils t'admireraient, comme moi, ajouta-t-il.

Le soir, Posy prit son temps pour se préparer, assise face au miroir de sa chambre avec vue sur le canal. Elle appliqua du mascara et du rouge à lèvres avec plus de soin que d'habitude.

Freddie vint la chercher vêtu d'une chemise bleue et d'un élégant blazer.

— Tu es superbe, Posy.

Ils se rendirent dans un bistrot conseillé par le concierge de l'hôtel, où ils dégustèrent un repas délicieux, arrosé de chablis, en faisant des projets de visites pour le lendemain, avant la réception du soir.

— J'aimerais aller au musée Van Gogh, si possible, déclara Posy.

— Et moi, voir la maison d'Anne Frank, qui est à deux pas de notre hôtel. Nous pourrions y aller en premier, car il faut faire la queue, paraît-il. Que penses-tu des quartiers plus chauds ? J'ai entendu parler de spectacles vivants pour le moins… instructifs !

— Si j'ai eu le courage d'essayer un joint, un spectacle sexy dépasse mes limites, avoua Posy. Ne te prive pas pour moi.

— Je t'assure que ce n'est pas trop mon truc non plus. Bon, on commande un dessert ?

Après le repas, ils regagnèrent tranquillement leur hôtel. En cette fin octobre, le fond de l'air était frais mais c'était une belle soirée.

Posy prit le bras de Freddie.

— Je suis un peu pompette, avoua-t-elle. J'ai un peu trop bu.

— Cela ne fait pas de mal, de temps en temps.

— En effet.

Devant l'hôtel, elle se tourna vers lui.

— Je tiens à te dire combien je suis heureuse d'être ici. Je ne regrette pas d'être venue.

— Tant mieux, dit-il lorsqu'ils furent dans le lobby. On boit un cognac avant d'aller se coucher ?

— Non merci, Freddie. Je suis épuisée et je veux être en forme pour demain.

— Je comprends, répondit-il en l'embrassant sur la joue. Dors bien.

Il la regarda gravir les marches vers sa chambre située au premier étage. Elle semblait bien plus jeune que la presque septuagénaire qu'elle était et avait le même goût de la vie qu'à vingt et un ans.

Freddie alla boire un cognac au bar. En observant les couples qui bavardaient, il soupira. Voilà ce qu'il voulait vivre avec Posy. À cause de circonstances qu'il n'aurait jamais crues possibles, on l'en avait déjà privé une fois, alors quand il l'avait vue, sur le bateau, il s'était senti euphorique. Le destin leur offrait peut-être une seconde chance…

Naturellement, il avait présumé qu'elle *savait.* Presque cinquante ans s'étaient écoulés depuis la dernière fois qu'il l'avait vue, après tout. Quelqu'un avait dû le lui dire, non ?

Freddie but une gorgée d'alcool. Au terme de leur premier déjeuner, il avait compris qu'elle n'était pas au courant. Trop bouleversé pour rester, il n'avait pu que se lever et partir.

— Que faire ? marmonna-t-il pour lui-même.

Ils ne pouvaient pas continuer ainsi. Il devrait s'en aller comme il l'avait fait autrefois. Ce qu'il savait l'aurait brisée, à l'époque. Serait-ce encore le cas aujourd'hui ? Telle était la question.

Quand il eut terminé son cognac, il prit sa clé à la réception. Il avait besoin de parler à quelqu'un, quelqu'un qui connaisse assez bien Posy, mais qui puisse lui donner un avis rationnel.

Freddie savait à quel homme s'adresser.

*

Au moment du décollage, Posy regarda par le hublot. Ces trois jours avaient été merveilleux. Elle en avait apprécié chaque seconde, y compris la réception donnée par Jeremy et son adorable épouse Hilde, tous les deux très accueillants.

Elle regarda Freddie, assis à côté d'elle, les yeux fermés.

Je t'aime, songea-t-elle tristement. Cela avait été la seule ombre au tableau de ce week-end. Comme toujours, il s'était conduit en parfait gentleman. Si seulement il ne l'avait pas été… Comme souvent, entre eux, il y avait eu tant de non-dits.

N'en demande pas trop, Posy. Réjouis-toi de ce que tu vis avec Freddie sans penser à ce que tu ne vis pas, s'intima-t-elle.

Quand ils eurent atterri, Freddie récupéra leurs valises, puis il les conduisit vers le Suffolk en silence, les yeux rivés sur la route.

— Tout va bien ? lui demanda-t-elle.

— Excuse-moi, fit-il en se ressaisissant. Un peu de fatigue, c'est tout.

À Admiral House, il porta sa valise à l'intérieur. Dans la cuisine, Sebastian préparait du thé.

— Bonjour les voyageurs ! Alors, c'était bien, Amsterdam ?

— Merveilleux, répondit Posy. Désolée, je fonce au petit coin…

L'écrivain proposa du thé à Freddie.

— Non merci, je dois y aller. Mais pourrait-on prendre un verre ensemble, bientôt ? J'aimerais vous parler de quelque chose…

POSY

Machaon ou grand porte-queue

(Papilio machaon)

Mansion House, Bodmin Moor,
Cornouailles, juin 1955

— À l'occasion de son dix-huitième anniversaire, j'aimerais dire quelques mots sur ma petite-fille, Posy. Je ne pourrais être plus fière d'elle. Je parle également au nom de son père… et de sa mère, bien sûr.

Je vis des larmes embuer les yeux de Granny lorsqu'elle se tourna vers moi. Les larmes étant terriblement contagieuses, je me retrouvai vite les yeux humides, à mon tour.

— Non seulement elle a obtenu une place convoitée à l'université de Cambridge, mais elle a excellé dans ses examens finaux et, en dépit des épreuves qu'elle a subies depuis son arrivée chez nous, elle ne s'est jamais laissé aller à la complaisance. Vous le savez tous, elle a toujours répondu aux salutations avec un sourire, elle a rendu service dans les temps difficiles et a prêté une oreille attentive à ceux qui en avaient besoin.

— Oh oui ! lança Katie, dans la foule réunie autour de moi, dans le jardin.

— Souhaitons-lui bonne chance dans sa vie d'adulte et pour son prochain défi. À Posy !

— À Posy ! répétèrent les invités en chœur, en levant leur verre.

J'en fis autant, ne sachant si je devais me porter un toast à moi-même, mais désireuse de boire une gorgée de champagne. Il faisait tellement chaud…

Ensuite, de nombreux villageois vinrent me féliciter et déguster de petits sandwichs préparés par Daisy.

Dans la soirée, quand tout le monde fut parti, j'ouvris mes cadeaux, empilés sur la table. La plupart étaient faits maison et je possédais désormais assez de mouchoirs brodés à mes initiales pour tenir trois ans à Cambridge. Chacun d'eux avait été brodé avec amour. Cette gentillesse m'allait droit au cœur et compensait presque la déception de ne pas voir Maman faire une apparition. La petite fille qui était en moi espérait sa venue. Granny m'avait pourtant informée que ma mère ne serait pas là :

— Ils prolongent leur lune de miel, ma chérie. Elle a dit qu'elle regrettait terriblement de ne pas être des nôtres, mais elle t'a envoyé ceci.

L'enveloppe était toujours posée sur la table, avec les cadeaux et la carte de Granny, fixée à un paquet entouré de papier argenté. Je devinai qu'il s'agissait d'un livre.

— Veux-tu ouvrir la carte de ta mère, à présent ? me demanda-t-elle en me la tendant.

J'eus presque envie de la déchirer, de la jeter au feu pour m'épargner la souffrance de lire des mots creux, des platitudes adressées à une fille qu'elle ne connaissait plus.

J'ouvris l'enveloppe. Pourquoi étais-je au bord des larmes alors que je m'étais répété que je devais l'accepter telle qu'elle était ?

« Joyeux dix-huitième anniversaire », disait la carte qui représentait une bouteille de champagne et deux flûtes, similaire à celle de nombreux villageois.

Bon sang, Posy, tu t'attendais à quoi ? Une aquarelle de sa main ? La carte recelait une autre enveloppe que je posai sur mes genoux pour lire le texte :

Posy chérie,

Bons baisers de Maman et Alessandro pour tes dix-huit ans.

En lisant le nom de son mari, je me mordis la lèvre pour ne pas laisser libre cours à mes larmes. Je posai la carte sur la table, avec les autres, pour ouvrir la seconde enveloppe. J'en sortis une photo représentant Maman et un homme plus petit qu'elle et rondelet. Maman portait une superbe robe de mariée avec une longue traîne et un diadème étincelant. Elle avait les yeux baissés sur son nouveau mari, qu'elle regardait avec adoration. Ils semblaient se tenir sur des marches, devant un château. Sans doute le *palazzo* qu'elle habitait, désormais.

— Tiens.

Je remis le cliché à Granny et sortis un chèque accompagné d'une note :

Posy chérie, comme nous ne savions pas quoi t'offrir, Alessandro a pensé que cet argent couvrirait une partie de tes frais à l'université. Viens nous voir bientôt. Il est impatient de te rencontrer. Baisers, M et A.

Je réprimai un frisson, puis je lus la somme, le souffle coupé : cinq cents livres !

— Que se passe-t-il, Posy ?

Je lui montrai le chèque.

— Cet argent te servira au cours des prochaines années, dit sagement ma grand-mère.

— Granny, c'est une véritable fortune ! Nous savons toutes les deux que Maman ne possède pas autant d'argent. Il vient de son mari, mais il ne m'a jamais rencontrée et…

— Arrête, Posy ! Il est évident d'après ce que ta mère a déclaré qu'elle a épousé un homme riche. Que cela te plaise ou non, tu es théoriquement sa belle-fille et s'il souhaite te faire ce cadeau, tu dois l'accepter avec grâce.

— Cela signifie que je… lui suis redevable ?

— Cela signifie que tu fais partie de sa famille, Posy, et qu'il accepte ce fait. Seigneur, tu n'as rien reçu de ta mère depuis des années et, quoi que tu penses de la situation, ou quelle que soit la provenance de cet argent, à cheval donné on ne regarde pas les dents.

— Je n'y toucherai pas, m'entêtai-je. J'aurais l'impression d'être achetée. De plus, j'ai obtenu une bourse, donc je n'en aurai même pas besoin !

— Tu sais déjà que, en tant que tutrice, j'ai utilisé une partie de l'héritage de ton père pour financer ta scolarité et nous sommes convenues de faire la même chose pour tes frais à Cambridge. Il ne s'agit en rien d'une fortune. Laisse-moi cet argent que tu garderas en cas d'urgence. Si tout va bien, tu n'y toucheras pas. Ce sera ton bas de laine, en quelque sorte.

— Ça me met mal à l'aise. Je vais devoir écrire une lettre de remerciement, fis-je, boudeuse.

— Pas d'enfantillages le jour de ton anniversaire ! Et si tu ouvrais mon cadeau ? Il fait pâle figure après ce chèque…

Je déchirai le papier. Dans un premier temps, je crus qu'il s'agissait d'un ouvrage relié de cuir, mais je découvris un petit coffre. J'actionnai le fermoir. Il contenait une rangée de perles posée sur un satin indigo.

— Granny ! Elles sont superbes, merci !

— Elles appartenaient à ma mère et sont très anciennes, mais ce sont de véritables perles, et non ces perles de culture qui font fureur de nos jours. Je vais te les mettre.

Je la laissai faire, puis me retournai.

— Magnifique, commenta-t-elle avec un sourire. Toutes les jeunes femmes devraient avoir une rangée de perles. Tu es désormais prête à faire ton entrée dans le monde.

Début octobre, j'arrivai à Cambridge avec mes deux valises et mon carnet de dessins botaniques. Il fallut à Bill un certain temps pour trouver Silver Street. En nous arrêtant devant l'Hermitage, qui abritait les étudiantes de New Hall, je ressentis une certaine déception. C'était une grande maison assez prestigieuse, mais en rien comparable avec les collèges des garçons, vieux de quatre siècles et hérissés de flèches.

Je fus accueillie avec chaleur par Miss Murray, la responsable des études de New Hall, que Miss Sumpter, mon ancienne directrice, connaissait depuis ses années de pensionnat.

— Mademoiselle Anderson, vous arrivez de Cornouailles, vous devez être épuisée ! Je vais vous montrer votre chambre. Certes, elle est petite et tout en haut. Les étudiantes de l'an dernier ont monopolisé les meilleures. Vous aurez au moins une vue superbe sur la ville.

Miss Murray n'avait pas menti. La mansarde était minuscule, une ancienne chambre de bonne, sans doute, dans les soupentes. Néanmoins, elle était dotée d'une cheminée et la fenêtre offrait effectivement une vue sur les toits de la ville. Les sanitaires se trouvaient à l'étage inférieur, mais Miss Murray prévoyait de transformer un placard à balais en cabinet de toilette.

— Nous doublons nos effectifs, avec les nouvelles qui arrivent. C'est un défi et de nombreuses filles partagent les chambres plus spacieuses du bas. Je me suis dit que vous préféreriez avoir votre propre espace, même exigu. Je vous laisse vous installer. Descendez à six heures pour le dîner, au réfectoire. Vous rencontrerez les autres élèves.

Elle referma la porte et je demeurai un instant immobile, à humer l'odeur de poussière et, peut-être était-ce une illusion, de vieux livres. Je m'approchai de la fenêtre pour admirer la ville en contrebas.

— J'ai réussi, Papa, murmurai-je. J'y suis !

Une heure plus tard, je descendis, le cœur battant à la perspective de rencontrer mes camarades. J'étais fatiguée par le long trajet et plusieurs nuits sans sommeil. Les autres seraient intelligentes, mondaines et plus jolies que moi, sans doute. Et si je n'avais été acceptée que grâce à l'amitié qui unissait Miss Murray et Miss Sumpter ?

Je respirai profondément et fis mon entrée dans un réfectoire bondé.

— Salut, tu es nouvelle ? me demanda une fille grande vêtue d'un costume d'homme.

Elle me proposa un xérès.

— Posy Anderson, dis-je en prenant un petit verre pour me donner du courage.

— Très bien. Botanique, c'est ça ?

— Oui.

— Andrea Granville. Je suis en lettres. On n'est que quelques femmes, surtout dans ton domaine. Tu vas devoir t'habituer très vite à une bande d'abrutis et à leurs blagues salaces.

— C'est noté. Je ferai de mon mieux, répondis-je en buvant mon xérès d'une traite.

— Le plus triste, c'est que la moitié d'entre eux ne sont là que parce que leurs ancêtres ont étudié ici ! gronda Andrea. L'université regorge de fils et petits-fils à papa, hélas. La plupart sortiront avec des résultats médiocres et mèneront une vie de rentiers dans le manoir familial, servis par leurs domestiques.

— Andrea, ce n'est pas le cas de tous, tu sais. Ne te laisse pas impressionner, intervint une jeune fille aux boucles brunes et aux grands yeux violets. Je m'appelle Celia Munro. Je suis également en lettres.

— Posy Anderson, fis-je avec un sourire, car elle me sembla d'emblée sympathique.

— Bon, je vais distribuer du xérès. Prends garde, tu auras droit aux crapauds dans ton bureau et aux coussins péteurs. Ah, et sache que nous sommes toutes lesbiennes, d'après ces messieurs.

— Franchement, railla Celia en secouant la tête. On est censées te mettre à l'aise et non t'effrayer. Ne lui prête pas attention, Posy. Andrea a bon fond, mais elle est très attachée aux droits des femmes. C'est fréquent, ici. Je suis totalement d'accord, bien sûr. Il n'empêche que je préfère consacrer mon énergie à la préparation de mon diplôme et profiter de mes études.

— C'est aussi mon intention. Tu es en deuxième année ?

— Oui, et en dépit de ce que raconte Andrea sur les frasques des garçons, j'ai beaucoup apprécié ma première année. Il faut dire que je suis la seule fille de la famille. J'ai trois frères.

— J'avoue que je ne pense pas beaucoup aux garçons. Je m'intéresse à mes études, à Cambridge. Je n'en reviens toujours pas d'être là, ajoutai-je en balayant la salle du regard.

— C'est un lieu surréaliste, un univers particulier, mais tu vas vite t'accoutumer. Et si on faisait un tour, histoire de rencontrer d'autres nouvelles ?

Je saluai ainsi un groupe d'étudiantes qui, pour la plupart, étaient aussi angoissées que moi. Généralement, elles avaient l'air aimables. Après un deuxième verre de xérès, je fus envahie d'une douce chaleur réconfortante.

— Mesdemoiselles ! Approchez, je vous prie !

Miss Murray vint à notre rencontre.

— D'abord, j'aimerais souhaiter la bienvenue aux nouvelles arrivantes à New Hall. Vous avez de la chance d'intégrer ce collège un an après son ouverture. Les anciennes vous le confirmeront.

— Cela signifie que nous nous sommes enfin débarrassées des puces de lit, railla Andrea, provoquant l'hilarité de quelques camarades.

— Absolument, confirma Miss Murray. Ainsi que de problèmes que nous avons dû gérer en nous installant dans cette maison. Au bout d'une année de menus tracas, nous pouvons nous considérer comme une force à prendre en compte, sur le plan académique, bien sûr, mais aussi grâce au genre de femmes que vous voulez devenir. Je l'ai expliqué à chacune lors de vos entretiens, être une femme à Cambridge, où elles ne représentent qu'un dixième des effectifs, est un défi, même pour les plus confiantes d'entre vous. Il serait facile de céder à l'hystérie face aux railleries continuelles qui amusent tant vos camarades masculins. Chacune réagira à sa façon. Je vous dirai néanmoins ceci : en tant que femmes, nous possédons nos propres atouts. J'enseigne depuis plus de vingt ans dans un monde d'hommes et j'ai souvent été tentée de répondre aux attaques, mais je vous conjure de garder votre féminité, d'utiliser ces atouts à votre avantage. N'oubliez pas que, s'ils se comportent de la sorte, c'est généralement parce qu'ils ont peur de nous. Nous infiltrons peu à peu leurs bastions masculins et je vous garantis que ce n'est que le début de notre marche vers l'égalité des sexes.

— Les garçons sont donc si pénibles ? murmura une nouvelle, pleine d'angoisse.

— Non, mais une femme avertie en vaut deux, déclara Miss Murray. Et je ne veux voir aucune d'entre vous impliquée dans une rixe, comme ce fut le cas à Garton, l'an dernier. Sur une note plus joyeuse, j'ai décidé que, tant qu'il fait encore assez doux, nous allons ouvrir nos portes aux nouveaux étudiants de St John's College, propriétaire de cette maison et qui a l'amabilité de nous la louer. Vendredi prochain, nous les recevrons pour boire un verre. Vous aurez ainsi l'occasion de rencontrer certains de vos camarades masculins dans des circonstances plus détendues.

— En plaçant l'ennemi en captivité, vous voulez dire ? gloussa Andrea.

Miss Murray ignora ce commentaire. J'eus alors l'impression que si quelqu'un devait en venir aux mains avec les garçons, ce serait Andrea.

— Je vais à présent vous confier à votre autre directrice d'études, le Dr Hammond, qui va vous décrire les rouages de votre cursus. Auparavant, je vous propose de porter un toast à New Hall et ses résidentes.

— À New Hall ! firent les étudiantes à l'unisson.

Je ressentis à nouveau cette vague de chaleur car j'avais la certitude de faire partie d'un groupe très spécial.

Au cours des semaines qui suivirent, en apprenant à connaître mes camarades, je me sentis de moins en moins marginale. Pour la première fois de ma vie, j'étais à ma place. Toutes les filles que je croisais étaient brillantes et, surtout, elles étaient là par passion. Le soir, les conversations autour du feu, dans la salle commune, allaient des mathématiques à la poésie de Yeats et Brooke. Nous vivions à travers nos domaines de prédilection, conscientes de notre chance d'être à Cambridge, même si certaines se plaignaient de la charge de travail. Je m'épanouissais et je n'en revenais toujours pas d'avoir intégré la Botany School.

La bâtisse carrée en elle-même était peu attrayante mais, au moins, elle ne se trouvait qu'à quelques minutes à vélo de New Hall. Chaque matin, je voyais les mêmes personnes fouler les pavés. Ma vieille bicyclette d'occasion grinçait à chaque coup de pédale.

Rien n'aurait pu me préparer à l'exaltation de pénétrer dans le laboratoire pour la première fois : les bancs, l'équipement moderne que je brûlais de toucher, les collections de graines et de plantes séchées qui étaient à la disposition dans l'herbarium (à condition d'avoir une autorisation écrite, bien sûr).

Andrea m'avait prévenue : nous n'étions que trois filles. Enid et Romy s'asseyaient à l'écart des autres, durant les cours. Nous nous retrouvions souvent pour déjeuner sur un banc du jardin botanique. Nous échangions des notes en posant un regard affligé sur les frasques des garçons. Nous avions des conversations passionnées sur l'avenir de la botanique chaque fois que nous prenions une table à l'*Eagle*. Le pub était toujours bondé, en partie parce que les scientifiques de l'université espéraient y apercevoir Watson et Crick. Tous deux avaient découvert la structure de l'ADN deux ans plus tôt.

— C'est Rosalind Franklin qui a effectué le plus gros du travail, avait déclaré Enid. Comme c'est une femme, elle n'obtiendra jamais la reconnaissance qu'elle mérite.

Je n'avais ni le temps ni l'envie d'intégrer une société. Je préférais me consacrer à mes études. Celia et Andrea, devenues mes amies à New Hall, passaient leurs week-ends à flirter dans les soirées. Celia faisait partie du club d'échecs et Andrea était membre des Feux de la rampe, la troupe de théâtre. Pour ma part, je n'étais bien que dans les jardins et les serres. Le Dr Walters, l'un de mes professeurs, m'avait prise sous son aile dans la serre tropicale, une superbe structure en verre où il régnait une atmosphère lourde et humide. Certains soirs, je ne rentrais qu'à l'heure du couvre-feu et je regagnais ma mansarde glaciale pour me glisser entre les draps, épuisée mais heureuse.

— Tu es du genre bonnet de nuit, toi, me reprocha Andrea un matin, au petit déjeuner. Tu ne sors que pour des graines ou du terreau. Ce soir, la troupe de théâtre donne une fête et tu vas m'y accompagner, même si je dois t'y traîner par les cheveux.

Consciente qu'elle avait raison et qu'elle tiendrait parole, je lui empruntai un de ses foulards colorés pour agrémenter la robe rouge de mes dix-huit ans. D'emblée, je compris que cette sortie serait aussi morne que je le redoutais. La cacophonie des conversations et la musique à tue-tête, dans la chambre du chef de la troupe, m'indiquèrent que je ne me sentirais pas comme un poisson dans l'eau. Néanmoins, je pris un verre pour me donner du courage et me fondre dans la foule. Andrea se fraya un chemin en quête de l'hôte de la soirée.

— Freddie est là-bas. Il est superbe, non ? fit-elle avec un sourire qui ne lui ressemblait pas.

Elle me désigna un jeune homme entouré d'une foule d'admiratrices qui buvaient ses paroles. J'eus soudain l'étrange sensation que le temps s'arrêtait. Je voyais ses lèvres pulpeuses s'ouvrir et se fermer au ralenti, de même que ses mains qui gesticulaient. Avec ses cheveux bruns et bouclés qui lui tombaient sur les épaules, il ressemblait à un poète romantique. Ses grands yeux expressifs avaient la couleur d'un faon. Ses pommettes hautes et son menton étaient finement ciselés. Il aurait fait une très belle femme. Andrea me fit émerger de ma rêverie en m'entraînant vers lui.

— Freddie chéri, je te présente Posy Anderson, une bonne copine.

Son baisemain me donna des frissons. Je venais d'être frappée par la foudre. Il me regarda comme s'il n'y avait personne d'autre dans la pièce.

— Enchanté, dit-il d'une voix grave et mélodieuse. À quoi occupes-tu ton temps, à Cambridge ?

— À la botanique, bredouillai-je en m'empourprant.

Avec ma robe rouge, je devais ressembler à une tomate trop mûre.

— Une scientifique parmi nous autres esthètes ! lança-t-il à la cantonade.

Je ne pus m'empêcher de penser qu'il se moquait de moi, même si ses yeux, toujours rivés sur les miens, étaient bienveillants.

— D'où viens-tu, Posy ?

— Je suis originaire du Suffolk, mais j'ai grandi en Cornouailles.

— Le Suffolk ? répéta Freddie. On a donc un point commun. J'y suis né, moi aussi. Parlons-en plus tard, Posy. J'ai très envie de savoir comment une belle femme comme toi… (il me toisa sans vergogne) s'est retrouvée en blouse blanche derrière un microscope.

Incapable de prononcer un mot, j'affichai un sourire niais. Heureusement, quelqu'un capta l'attention de Freddie, qui détacha enfin son regard de ma personne.

Naturellement, nous n'avons jamais « parlé plus tard », car Freddie était entouré de jeunes femmes sophistiquées avec lesquelles je ne pouvais rivaliser. Andrea se perdit vite dans la foule et m'oublia totalement. Une heure plus tard, je m'éclipsai donc pour regagner ma chambre en pensant à Freddie et au fait qu'il m'avait trouvée « belle ».

Cet hiver à Cambridge fut pour moi un bonheur auquel je ne m'attendais pas. Les vieux bâtiments en pierre scintillaient sous le givre. Les serres du jardin botanique ressemblaient à des igloos géants. La fin du trimestre approchait et, à table, à New Hall, les conversations tournaient autour d'un seul sujet : le bal de Noël de St John's College.

— Je porterai un pantalon, avait annoncé Andrea. Je serai comme Marlene Dietrich. Tout homme qui osera m'approcher devra démontrer son courage.

Lors d'un samedi matin à faire des emplettes, en quête de la tenue idéale, avec Celia, je consacrai une partie de mon budget à l'achat d'une robe en velours bleu, un modèle cintré orné d'un nœud sur le devant. Je songeai aux splendides robes de soirée de Maman, à Admiral House. Les avait-elle emportées dans son *palazzo* ?

Celia me persuada d'acquérir une paire de talons hauts, car je n'en possédais pas encore.

— Ne t'avise pas de les porter pour jardiner, me prévint-elle avec un sourire.

Ayant surtout peur de perdre l'équilibre et de me ridiculiser, je pris soin de m'exercer à marcher dans ma mansarde.

Le dernier jour de cours, je quittai vivement la Botany School, foulant avec précaution les marches glissantes pour ouvrir l'antivol de mon vélo. J'étais déjà en retard pour mon rendez-vous avec Celia, qui devait me coiffer plus ou moins à la mode pour le bal de la soirée. Il était six heures lorsque je pédalai vers Silver Street en ignorant les coups de klaxon des automobilistes qui me voyaient négocier les plaques de verglas.

Soudain, je me retrouvai face contre terre, dans la neige fondue, mon vélo à quelques centimètres de moi. Les roues tournaient encore.

— Ça va ? fit une voix au-dessus de moi.

Secouée, je me relevai tant bien que mal.

— Oui… je crois.

— Venez vous asseoir, le temps de vous remettre. Vous avez fait une sacrée chute, ajouta le jeune homme.

Je sentis son bras rassurant m'éloigner de la chaussée.

Il m'installa sur le banc de l'arrêt de bus, puis retourna chercher mon vélo et le plaça à côté de moi, sur la béquille. Il avait les yeux bleus et me souriait sous sa petite moustache. Quelques cheveux blonds étaient visibles sous son chapeau.

— Merci, lui dis-je en tirant sur ma jupe, de peur qu'elle ne soit remontée. C'est la première fois que je tombe. En général, je suis prudente…

— C'est presque inévitable, avec ce verglas. La municipalité n'a pas salé les rues à temps. Au fait, je m'appelle Jonny Montague.

— Posy Anderson, répondis-je en prenant la main qu'il me tendait, avant de me lever. Désolée, je dois y aller. Mon amie m'attend…

— Je ne peux vous laisser reprendre votre vélo après une telle chute. Où allez-vous ? Je vais vous accompagner.

— Je vous assure que ça ira.

— J'insiste.

Il saisit le guidon de mon vélo, qui était un peu de travers.

— Je vous suis, mademoiselle.

En marchant vers New Hall, je découvris que Jonny étudiait la géographie à St John's College.

— Après l'université, j'intégrerai l'armée, comme mon père. Et toi ?

— J'étudie la botanique… la science des plantes.

Le mot « science » eut l'effet escompté.

— Une scientifique ? s'étonna-t-il. Quelle science s'applique aux plantes ?

Avant que je ne puisse évoquer les greffes, la taxonomie et les écosystèmes, nous étions arrivés.

— Fais vérifier ton vélo avant de remonter en selle. J'ai été ravi de te rencontrer, en dépit des circonstances.

— Oui, merci encore. C'est gentil de t'être arrêté.

— C'était la moindre des choses.

Avec un signe de tête, il s'éloigna dans la pénombre.

Encore sous le choc, je montai dans ma chambre où Celia m'attendait impatiemment, brandissant un fer à friser un peu effrayant.

— J'ai déjà les cheveux bouclés, protestai-je.

— Pas comme il faut, rétorqua-t-elle. Assieds-toi. Posy, qu'est-ce que tu as fabriqué ? Tes cheveux sont dans un état !

Une heure et demie plus tard, en essayant de marcher avec mes chaussures à talons, je me joignis au groupe de filles de New Hall pour me rendre à St John's College. Les pelouses givrées étaient jalonnées de bougies et de torches qui éclairaient les tours en pierre et la façade néogothique. Le son d'un orchestre de swing nous parvint depuis la grande salle, ainsi qu'un brouhaha de conversations et de voix déjà avinées. Quelqu'un me prit mon manteau et une autre personne plaça une coupe de champagne dans ma main.

— Viens, Posy ! lança Celia en m'entraînant par le bras.

Elle avait réussi à lisser puis boucler mes cheveux comme le voulait la mode, avant de dégager mon visage à l'aide de barrettes à strass. Elle m'avait également maquillée et je n'osais bouger les lèvres de peur de faire déborder mon rouge.

La salle était bondée de jeunes gens en smoking dont les voix résonnaient jusqu'au plafond.

— Santé, les filles ! lança Andrea en levant son verre. À Noël !

— Salut, chérie. Je suis content de t'avoir trouvée dans la foule. Tu viens danser ?

Matthew était le prétendant de Celia. Ils sortaient ensemble depuis le mois d'octobre.

— Bien sûr !

Ils s'éloignèrent, me laissant avec Andrea.

— Dans quelques années, elle sera probablement mariée et enceinte, railla cette dernière. Quel gâchis. Tout ça est si loin de mes préoccupations. Allons au buffet. Je meurs de faim.

Une longue table sur tréteaux avait été dressée. J'avais l'estomac noué, mais Andrea garnit généreusement son assiette.

— Je suis venue pour ça, avoua-t-elle en se goinfrant.

— Bonsoir, fit soudain une voix derrière moi.

En me retournant, je reconnus Jonny, mon chevalier servant.

— Bonsoir.

— Quelle métamorphose ! fit-il d'un ton admiratif. Tu es remise de ta chute ?

— Oui.

— Tu veux danser avec moi ?

— Je… Oui, répondis-je en rougissant.

Je pris la main qu'il me tendit.

— Encore une de fichue, maugréa Andrea.

Un peu plus tard, nous sortîmes prendre l'air et fumer. J'avais pris cette habitude pour ne pas me démarquer des autres. Nous étions ainsi sur un banc, dans la cour.

— Où vas-tu passer les vacances de Noël ? me demanda-t-il.

— En Cornouailles. Je vis chez ma grand-mère.

— Ah oui ? Et tes parents ?

— Mon père est mort pendant la guerre. Il était pilote. Et ma mère vit en Italie.

« On ne prie jamais en vain
Notre-Dame du Sacré-Cœur »
Elle est pour nous le signe
de l'espérance assurée.
Notre-Dame du Sacré-Cœur
PRIE pour nous. Amen.

Prière de la Fraternité N.D. du S.C.

SOUVIENS-TOI,
Notre-Dame du Sacré-Cœur,
des merveilles
que fit pour toi le Seigneur !
Il t'a choisie pour Mère
et te voulut près de sa croix ;
il te fait partager sa gloire,
il écoute ta prière.
Offre-lui nos louanges
et nos actions de grâces ;
présente-lui nos demandes...
Fais-nous vivre comme toi
dans l'amour de ton Fils
pour que son Règne vienne !
Conduis tous les hommes
à la source d'eau vive
qui jaillit de son Cœur,
répandant sur le monde
l'espoir et le salut,
la justice et la paix.
Vois notre confiance,
réponds à notre appel,
et montre-toi toujours
notre Mère ! Amen.

Il était rare que je raconte ma vie, à Cambridge, mais Jonny invitait aux confidences.

— Désolé, dit-il gentiment. Je dois m'estimer heureux d'avoir mon père, après cette maudite guerre. Le tien devait être un héros.

— C'est vrai.

Il s'était rapproché de moi et la manche de sa veste de smoking effleurait mon bras. Je ne m'écartai pas, loin de là.

— Et toi ?

— Mes parents vivent dans le Surrey. J'ai deux sœurs, un chat et un vieux labrador nommé Molly. Rien de bien original.

— Ton père était militaire ?

— Oui. Il a été blessé à Dunkerque. En fait, il a perdu une jambe, donc il a terminé dans les bureaux. Il raconte volontiers que cette amputation est une bénédiction, pour lui, car il a eu la vie sauve. Dommage que ce ne soit pas le cas de ton père.

— C'est gentil.

J'écrasai mon mégot avec l'une de mes chaussures neuves, puis je frémis.

— Et si on rentrait ? Il fait froid, dehors.

— Une danse nous réchauffera.

Il me prit par le bras et m'entraîna à l'intérieur.

Durant mes vacances de Noël en Cornouailles, je pensai sans arrêt à Jonny. Après le bal, il m'avait raccompagnée et donné mon premier baiser. Il avait promis de m'écrire. Chaque jour, j'allais au-devant de William, le facteur, parcourue d'un frisson à chaque fois que je voyais l'écriture de Jonny sur une enveloppe.

Granny n'était pas dupe, mais elle ne me posa aucune question, ce dont je lui fus reconnaissante. Après le Nouvel An, je repartis pour Cambridge et, tout naturellement, Jonny et moi sortions officiellement ensemble. Avant que je puisse m'en rendre compte, je n'étais plus « Posy », j'étais une moitié de « Jonny et Posy ». Nous nous voyions deux fois par semaine, le mercredi, pour déjeuner dans un café et le dimanche au pub *The Eagle.* J'aimais l'embrasser, même si sa moustache me chatouillait la peau. Je n'avais pas encore expérimenté ces autres choses que les filles de New Hall évoquaient à voix basse, le soir.

Andrea était moins discrète. Elle avait tenu à rencontrer Jonny pour un interrogatoire en règle afin de le « valider ».

— Il semble plutôt gentil… Soyons honnêtes, il est rasoir, non ? Et ce discours sur ses origines aisées… Tu es sûre que tu ne recherches pas quelque chose de plus palpitant ?

Je préférai ignorer Andrea, qui provoquait les gens pour le plaisir. J'aimais entendre Jonny décrire sa famille et j'espérais qu'il me la présenterait un jour.

Un week-end, Estelle, ma camarade de pensionnat, qui était entrée au Royal Ballet à Londres, me rendit visite. Jusque tard dans la nuit, nous bûmes du vin bon marché en échangeant des confidences.

— Alors, tu es… allée jusqu'au bout avec Jonny ?

— Bien sûr que non ! fis-je en rougissant. On ne se connaît que depuis quelques mois.

— Tu n'as pas changé, depuis l'internat, s'esclaffa-t-elle. À Londres, j'ai couché avec au moins cinq hommes… et sans l'ombre d'une hésitation !

Vinrent les vacances de Pâques, que je passai à la maison, à réviser mes examens. De retour à Cambridge, Jonny se plaignit de ne presque plus me voir.

— Quand les épreuves seront passées, tu me verras autant que tu voudras, promis-je pour le consoler, en me demandant pourquoi il ne révisait pas.

Les examens terminés, j'avais l'impression de m'en être bien sortie et je pus me détendre. La saison des May Ball, les bals de fin d'année à Cambridge, approchait et Jonny et moi ne savions lequel choisir. Jonny parvint à obtenir quatre billets pour le bal de Trinity College, le plus populaire. Il proposa d'y inviter Edward, son meilleur ami, et Estelle. Celle-ci vint donc à Cambridge pour passer une journée à se préparer avec moi.

— Rappelle-moi à quoi ressemble cet Edward, ma belle, dit-elle en enroulant ses cheveux sur le dessus de sa tête. Est-ce un balourd ou vaut-il la peine que je me fasse belle pour lui ?

— Tu t'en souviens certainement, Estelle. Nous avons passé la soirée dans sa chambre, à boire du gin et à faire griller du pain dans la cheminée.

— C'était il y a si longtemps ! Tu aimes ma robe, au fait ?

Elle se mit à tournoyer dans une création de satin et de tulle blanc.

— Je l'ai chipée dans la réserve des costumes, ajouta-t-elle.

— Elle est très… légère et elle te va à merveille.

À côté de mon amie si délicate, j'avais l'impression d'être un éléphant. Je me retournai en lui demandant de boutonner ma robe. Granny avait volé à mon secours et avait commandé à sa couturière (et pour bien moins cher qu'en ville) une superbe tenue bleue à la jupe évasée qui tournoyait autour de mes chevilles.

Satisfaites de notre apparence, nous sortîmes dans la douceur du mois de juin rejoindre Jonny et Edward.

— Tu es magnifique, chérie, commenta Jonny avec un sourire.

Il prit ma main gantée et l'embrassa.

En gagnant la salle de bal, Estelle et moi marchions quelques pas derrière les garçons.

— Pas étonnant que je n'aie aucun souvenir de lui, déclara Estelle. Enfin, il conviendra, pour ce soir, je suppose.

— Tu es vraiment méchante, maugréai-je.

Durant la réception au champagne donnée dans la Grande Cour, Estelle me désigna les robes qu'elle avait vues dans *Vogue*. Ensuite eut lieu le délicieux dîner gastronomique précédant le bal.

J'étais ravie de virevolter dans les bras de Jonny tandis qu'Estelle dansait avec Edward tout en se pavanant devant une foule d'admirateurs. Après le feu d'artifice et le petit déjeuner, nous admirâmes le lever du soleil, assis tous les quatre au bord de la rivière nimbée de brouillard. Les oiseaux se mirent bientôt à chanter doucement pour annoncer le début d'une belle journée.

— Je pourrais rester à Cambridge pour toujours, hasarda Edward.

— Pas moi, affirma Jonny. J'ai hâte de suivre ma formation d'officier à Mons. Je ne suis ici que parce que mon père tenait à ce que j'obtienne une licence au cas où je veuille quitter l'armée prématurément. Je suis impatient de voyager, de voir le monde.

Il serra ma main dans la sienne et se tourna vers moi.

— Cela te plaira aussi, n'est-ce pas, Posy ?

— Eh bien… oui, fis-je, prise de court.

Jusqu'à cet instant, je n'avais pas songé à l'avenir, du moins pas avec Jonny…

— Bon, fit Estelle, en ôtant ses chaussures, allons voir si je parviens à battre le fameux record de Trinity Great Court. On fait la course !

Elle fila à la vitesse de l'éclair et, avant que Jonny ne puisse me retenir, je me lançai à sa poursuite.

Cet été-là, je devais enfin rencontrer la famille de Jonny. Je pris plusieurs trains entre la Cornouailles et le Surrey, avec des pots de confitures et de condiments que Daisy m'avait remis pour offrir à mes hôtes. Jonny vint me chercher à la gare de Cobham dans une élégante Ford vert foncé.

— Chérie ! Quel bonheur de te revoir !

Il m'embrassa et je me glissai sur le siège en cuir. Durant le trajet à travers la campagne verdoyante, j'étais fascinée par les maisons coquettes et les pelouses impeccables. Il s'engagea dans une allée bordée de charmes qui semblaient avoir été taillés au millimètre. Jonny vint m'ouvrir la portière. Le ventre noué par l'angoisse, je foulai le gravier.

Dès que la porte s'ouvrit, un vieux labrador apparut, suivi d'une jolie quadragénaire aux cheveux blonds et au sourire doux. Derrière elle se tenait un homme élancé, appuyé sur une canne. Il avait la même moustache que Jonny.

Celui-ci me prit la main et m'entraîna.

— Posy, je te présente mes parents.

Mr Montague me serra la main le premier, il avait une poigne ferme.

— Ravi de vous rencontrer, Posy. Jonny nous a beaucoup parlé de vous.

— Ravie également, intervint son épouse. Bienvenue chez nous.

Je les suivis à l'intérieur. Le labrador haletait à mes pieds. En dépit de sa jambe de bois, Mr Montague était alerte.

— Jonny chéri, monte donc la valise de Posy dans la chambre d'amis.

— Oui, Maman.

Il gravit les marches tandis que sa mère m'emmenait dans une cuisine blanche. Une superbe génoise à la framboise et à la crème trônait sur le buffet.

— J'espère que vous n'y verrez pas d'inconvénient, mais je me suis dit que nous emporterions le gâteau dans le jardin. Il fait si beau.

— Avec plaisir, répondis-je en souriant.

La terrasse était bordée de gardénias parfumés. Deux jeunes femmes qui disposaient des tasses en porcelaine sur une table levèrent les yeux vers moi et me sourirent.

— Voici Dorothy – Dotty –, et Frances, déclara Mrs Montague tandis qu'elles s'approchaient pour me saluer.

Elles avaient les mêmes cheveux blonds et raides que leur frère, et ses yeux bleu pâle. Pour une fois, je n'étais pas la plus grande, car elles avaient ma taille.

— C'est la première fois que Jonny ramène une fille à la maison, gloussa Frances, qui devait avoir seize ans. Il vous a demandée en mariage ?

— Frances ! gronda Jonny qui apparut derrière moi. Tu exagères !

Je saisis l'occasion d'observer les interactions de Jonny avec les membres de sa famille. Je n'étais pas habituée aux taquineries entre frères et sœurs ni aux réprimandes affectueuses de leur mère. Des nuées de papillons jaunes voletaient au-dessus des fleurs de verveine du jardin impeccable et je me sentais détendue.

— Jonny m'a dit que vous viviez chez votre grand-mère, en Cornouailles. Une région très paisible, déclara Mrs Montague tandis que ses filles se chamaillaient à l'autre bout de la table.

— En effet, répondis-je en buvant une gorgée de thé. Et très sauvage, aussi, surtout en hiver.

— Il paraît que vous étudiez la botanique. Nous pourrions faire le tour du jardin, demain. Vous me donneriez des conseils.

Je plongeai dans son regard bleu et ressentis des émotions contradictoires. La joie d'être accueillie si gentiment par la famille de Jonny et l'envie, car lui avait grandi avec l'amour de ses parents, avec une mère qui s'intéressait à lui.

— Ce serait merveilleux, acquiesçai-je, la gorge nouée.

Au cours des jours suivants, j'aidai Mrs Montague, qui tenait à ce que je l'appelle Sally, à la cuisine. Je lui donnai des conseils contre les limaces. Je pus aussi bavarder avec son mari de ses années de guerre. Frances et Dotty m'emmenèrent faire des courses dans le charmant village de Cobham. Le soir, je m'écroulais dans mon lit en me demandant si c'était cela, la normalité. Dans ce cas, j'étais la dernière au monde à en avoir été informée.

Lors de notre ultime soirée avant mon retour en Cornouailles pour le reste de l'été, Jonny emprunta la voiture de son père pour m'inviter au restaurant, à Cobham. Il semblait étrangement nerveux. Il toucha à peine à son assiette de bœuf braisé pendant que je dévorais à belles dents.

Au moment du dessert, un crumble aux pommes accompagné d'une crème anglaise un peu figée, Jonny me prit la main avec un sourire timide.

— Posy, merci d'avoir été aussi merveilleuse avec ma famille.

— Ce fut un plaisir, tu sais. Ils sont tellement gentils.

— Posy, on est ensemble depuis sept mois, maintenant, et… sache que mes intentions sont honorables. J'espérais… enfin, j'espère que, un jour, je pourrai te demander officiellement d'être à moi pour toujours. Pas tant que je n'aurai pas fini mes études à Cambridge et que je ne gagnerai pas ma vie en tant qu'officier. Alors… je pensais que nous pourrions nous promettre l'un à l'autre de façon officieuse, nous engager à nous fiancer un jour. Qu'en penses-tu ?

Je bus une gorgée de vin et lui souris en pensant à la chaleur de ces moments passés avec sa famille.

— Oui, répondis-je.

À notre retour à la maison, les lumières étaient éteintes et tout le monde était couché. Jonny m'entraîna dans l'escalier en me tenant par la main. Devant ma porte, il m'embrassa.

— Posy…, souffla-t-il à mon oreille. Tu veux bien venir dans ma chambre ?

Si nous nous sommes engagés à nous fiancer, il faut bien que cela arrive un jour, sans doute. Heureusement, la chambre de Jonny se trouvait à l'opposé de celle de ses parents.

Il m'attira vers son lit et m'embrassa encore, puis il dégrafa ma robe en me caressant le dos. Je m'allongeai avec lui sur l'étroit matelas. Son corps pesa soudain sur le mien lors de notre premier contact peau à peau. En le sentant se redresser, je fermai les yeux. Jonny ouvrit un tiroir de sa table de chevet et en sortit un petit emballage carré en murmurant qu'il devait prendre ses précautions. Quelques secondes plus tard, il me pénétra et je réprimai un cri de douleur.

Ce fut terminé plus vite que je ne m'y attendais. Jonny roula sur le côté puis me reprit dans ses bras.

— Je t'aime, Posy, fit-il d'une voix ensommeillée.

Quelques instants plus tard, je l'entendis ronfler doucement à côté de moi.

Je me rhabillai vivement pour regagner la chambre d'amis à pas de loup. Jusqu'aux premières lueurs de l'aube, je restai éveillée à me demander pourquoi les gens faisaient tant d'histoires pour si peu.

Cet automne-là, de retour à Cambridge, nous reprîmes nos habitudes, à une différence près : une fois par mois environ, nous passions la nuit ensemble dans un bed and breakfast des environs de Cambridge. Tout étudiant surpris en compagnie d'une personne du sexe opposé dans sa chambre était exclu, de sorte que le bed and breakfast affichait complet.

— Tu es tellement coincée, Posy, me dit un jour Andrea en me voyant rentrer d'une escapade nocturne. Hier soir, j'ai vu Arabella Baskin quitter la chambre de George Rustwell par une fenêtre de King's College.

— Heureusement que son amoureux habite au rez-de-chaussée. Moi, je ne compromettrais jamais mes études.

Je ne dis mot de notre promesse de nous fiancer et me jetai à corps perdu dans mon travail avec le Dr Walters. Je participais à son prestigieux projet sur les cytogénétiques des plantes de la famille des astéracées. J'étais l'une des rares deuxième année et l'unique femme, bien entendu. Grâce à lui, je pris confiance en moi et je me mis à émettre des opinions pendant les cours. À la Botany School, j'avais la réputation d'avoir la main verte. Ma chambre était pleine de pots car on me confiait des plantes araignées, des cactées à soigner. J'eus même un bonsaï de ginkgo. Henry, l'un des techniciens du laboratoire, me l'avait remis en piteux état. Il appartenait à son grand-père et il refusait d'être responsable de sa mort.

Le matin, avant le petit déjeuner, je m'occupais de mes plantes, puis je me rendais à l'école de botanique à vélo. Je comptais les semaines, les mois à Cambridge non par trimestre, mais en fonction du rythme naturel de la flore qui m'entourait. Je réalisais des dessins détaillés des plantes originales ou exotiques de l'herbarium. Je n'étais vraiment heureuse que les mains dans le terreau humide, à rempoter des pousses.

Après mes examens de deuxième année, je reçus un message du Dr Walters qui voulait me voir chez lui. La veille, je ne fermai pas l'œil de la nuit. De quoi voulait-il donc me parler ? Des idées sombres m'assaillirent. Quelque délit me vaudrait-il un renvoi honteux ?

— Entrez, mademoiselle Anderson, dit-il quand je me présentai, en m'invitant dans une pièce aux boiseries en chêne. Du xérès ?

— Euh… volontiers, merci.

Il me tendit un verre et me fit signe de m'asseoir dans un fauteuil en cuir craquelé, face à son bureau. Les murs étaient ornés de planches botaniques sophistiquées que j'aurais aimé examiner de plus près.

— Mademoiselle Anderson, il va sans dire que vous avez grandement contribué à notre projet, déclara-t-il en croisant les doigts sur son ventre. Avez-vous réfléchi à ce que vous ferez en quittant Cambridge ?

— Eh bien… (J'eus soudain la gorge sèche.) J'aime travailler avec les plantes, les soigner. Si je pouvais mener des recherches pour vous, après ma licence…

— Je suis flatté, mademoiselle Anderson. Néanmoins, j'avais autre chose en tête. Vous aurez remarqué que nos recherches se concentrent de plus en plus sur l'invisible, le niveau génétique. Vos dons pour soigner les plantes seraient gâchés dans un laboratoire. Êtes-vous déjà allée aux Jardins botaniques royaux de Kew, à Londres ?

Je fus parcourue d'un frisson.

— Non, mais je sais que ces jardins sont réputés dans le monde entier, soufflai-je.

— Mon ami Turrill y est responsable de l'herbarium, entre autres serres, et il va prendre sa retraite. Vous seriez une candidate idéale pour assister son remplaçant.

— Je…

J'en demeurai sans voix.

— Naturellement, il serait préférable de décrocher votre diplôme avec les honneurs. Au vu de vos notes, vous en êtes capable. Voulez-vous que je glisse un mot en votre faveur à Mr Turrill ?

— Oh ! Ce serait merveilleux !

Quand Andrea et Celia, qui avaient un an d'avance sur moi, quittèrent l'université, je me sentis perdue. Lors de la remise des diplômes, elles étaient radieuses, en toge noire, avec leur capuche bordée de fourrure dans le dos. Celia était fiancée depuis quelques mois et j'étais impatiente d'assister à son mariage avec Matthew, au mois d'août suivant.

— Tu crois que tu travailleras un jour ? lui demandai-je en la voyant faire ses bagages.

— J'ai postulé pour deux places d'enseignante, donc oui, jusqu'à ce que j'aie des enfants. Nous aurons besoin d'argent. Matthew continue ses études de droit. On reste en contact, d'accord ? conclut-elle en m'embrassant.

Je descendis ensuite faire mes adieux à Andrea.

— Ne sois pas triste ! Je serai à la British Library, à Londres, dit-elle en me voyant au bord des larmes.

L'an prochain, tu seras à Kew. On se verra souvent. Promets-moi de ne pas épouser ton militaire de Jonny trop vite ! Profite d'abord de ta vie, d'accord ?

— Je l'espère bien. On se verra à Londres.

Je lui souris et montai préparer ma valise pour un été en Cornouailles.

Mon ultime année à Cambridge passa à la vitesse de l'éclair, avec un unique objectif : les Jardins botaniques royaux de Kew. En avril, avant mes examens, le Dr Walters était venu me voir à l'herbarium.

— J'ai eu des nouvelles de Mr Turrill, de Kew, mademoiselle Anderson. Vous avez rendez-vous lundi prochain à dix heures trente pour un entretien. Vous pensez pouvoir y aller ?

— Bien sûr !

— Je le transmettrai à Mr Turrill. Bonne chance, mademoiselle Anderson.

Le jour de l'entretien, je mis ma plus belle jupe et mon plus beau chemisier et relevai mes cheveux en chignon pour avoir un semblant de professionnalisme. Ensuite, je glissai mes dessins dans un élégant portfolio en cuir que Jonny m'avait offert pour Noël. Je ne lui avais pas parlé de cet entretien. Je préférais savoir si j'avais le poste avant d'aborder le délicat sujet de « l'avenir ». Jusqu'alors, nous avions beaucoup discuté de *sa* carrière, sans évoquer la mienne ou presque.

J'arrivai à la gare de King's Cross en pleine heure de pointe et pris un métro bondé. Après un changement, la District Line me conduisit à la station de Kew Gardens. C'était une belle matinée lumineuse. Les cerisiers étaient en fleur. Devant moi se dressait une imposante grille en fer forgé flanquée de piliers blancs. Je franchis une entrée latérale pour me retrouver dans un parc somptueux. En son cœur, un lac reflétait le bleu du ciel. Des chemins sinueux menaient à divers bâtiments et serres de style victorien. Suivant les instructions du Dr Walters, je me dirigeai vers la réception.

À l'intérieur, je m'approchai d'une jeune femme assise derrière un bureau. Elle portait ces lunettes à monture papillon qui faisaient fureur.

— Bonjour, fis-je, la bouche sèche. Je suis Posy Anderson. J'ai rendez-vous avec Mr Turrill à dix heures et demie.

— Asseyez-vous avec les autres. On vous appellera bientôt, indiqua-t-elle d'un ton blasé.

En me retournant, je vis trois jeunes hommes en costume sombre, munis de portfolios similaires au mien, qui patientaient. Ma féminité était un peu trop… flagrante.

Une heure s'écoula, durant laquelle ces hommes furent accompagnés un à un dans un petit bureau avant de revenir et de quitter le bâtiment sans même adresser un signe de tête aux autres. Après le départ du dernier, je crispai nerveusement les doigts sur mon portfolio, les mains moites. M'aurait-on oubliée ?

— Mademoiselle Anderson ? appela une voix grave.

Un homme élancé vêtu d'un costume en tweed émergea du bureau. Ses yeux bleus pétillaient derrière ses lunettes rondes à verres très épais.

— Oui, fis-je en me levant d'un bond.

— J'ai la gorge sèche après tous ces bavardages. Accepteriez-vous de prendre une tasse de thé avec moi ?

— Je… Avec plaisir, oui.

Il m'entraîna hors du bâtiment et nous traversâmes le parc, sous le soleil, côte à côte.

— Alors, mademoiselle Anderson, dit-il, les mains dans les poches. Le Dr Walters m'a beaucoup parlé de vous.

Incapable de prononcer un mot, je hochai la tête.

— Je suis conservateur de l'herbarium depuis la fin de la guerre et il a beaucoup évolué.

— J'ai lu des articles sur votre travail, monsieur. Votre système de classification par forme de feuille est ingénieux.

— Vous trouvez ? J'en suis ravi. Je prends ma retraite cette année et je serai triste de quitter les jardins de Kew. Ici, nous formons une grande famille, vous savez. Choisir un nouveau membre est une tâche sérieuse. D'après le Dr Walters, l'illustration botanique est votre domaine de prédilection.

— C'est vrai, bien que je n'aie pas suivi des études de dessin. Je reproduis des spécimens de plantes depuis ma plus tendre enfance.

— C'est le meilleur moyen d'apprendre. Nous avons besoin de quelqu'un qui soit à la fois artiste et scientifique. L'herbarium et le laboratoire Jodrell sont appelés à se développer dans les années à venir. Il nous faut un employé capable de faire la liaison entre les deux. Ah, nous sommes arrivés.

Une pagode chinoise était nichée au cœur d'un jardin parfaitement entretenu. Mr Turrill m'invita à m'asseoir à l'une des petites tables disposées à l'extérieur, au soleil. Une jeune femme portant un tablier blanc apparut.

— La même chose que d'habitude, monsieur Turrill ?

— S'il vous plaît. Avec du gâteau pour Miss Anderson et moi, peut-être.

Il se tourna ensuite vers moi.

— Jetons à présent un coup d'œil à vos planches.

J'ouvris maladroitement mon portfolio et en sortis une planche. Mr Turrill ôta ses lunettes pour l'examiner avec soin.

— Vous avez l'œil, mademoiselle Anderson. On dirait les travaux de Miss Marianne North.

— Je l'admire énormément, avouai-je, flattée.

Cette pionnière de l'époque victorienne avait eu l'audace de voyager seule dans le monde entier pour récolter des spécimens.

— Votre travail à Kew serait diversifié. Vous seriez principalement à l'herbarium, à dessiner et inscrire les nouveaux spécimens dans notre catalogue. De temps à autre, vous iriez au laboratoire Jodrell participer aux recherches de cytogénétique. Nous donnons tous un coup de main dans les serres. D'après le Dr Walters, vous avez le don de rendre vie à toutes les plantes.

Je rougis.

— Je me contente de répondre de mon mieux aux besoins de ces plantes.

— À la bonne heure ! Nous recevons énormément de plantes exotiques des contrées les plus lointaines. En général, nous ignorons les conditions idéales qu'elles requièrent, d'où l'importance de nos expérimentations. Nous comptons aussi sur le facteur chance.

Il rit et m'observa de plus près.

À cet instant, une femme au teint hâlé et aux cheveux bruns coupés court s'approcha. Elle portait un pantalon de travail et, sur l'épaule, une nacelle en cuir destinée au transport des plantes.

— Alors, William, qui courtises-tu, aujourd'hui ? lança-t-elle avec entrain.

— Mademoiselle Anderson, voici Jean Kingdon-Ward, l'une de nos chasseuses de plantes les plus renommées, déclara Mr Turrill en se levant. Elle vient de rentrer de Birmanie.

— Couverte de piqûres d'insectes, s'esclaffa-t-elle en me serrant la main. Enchantée, mademoiselle Anderson.

— Miss Anderson sera bientôt diplômée de Cambridge et nous pensons à elle pour un poste à Kew.

— Il n'y a pas de meilleur endroit où travailler, affirma Jean. William, faut-il porter l'échantillon directement à l'herbarium ?

— Oui, mais cette fois, vérifie bien l'absence d'insectes avant de le planter. Dois-je te rappeler l'infestation de chenilles de l'an dernier ?

— Il chipote, railla Jean en me souriant, avant de s'éloigner.

— Vous aimez voyager, mademoiselle Anderson ? me demanda Mr Turrill quand on nous servit le thé et les gâteaux.

— Je pourrais, oui, répondis-je en buvant une gorgée de thé.

Pour travailler à Kew, j'étais prête à faire tout ce qu'on me demanderait.

*

— Jonny chéri, j'ai quelque chose à te dire.

Nous étions au lit, au bed and breakfast, à fumer après avoir fait l'amour.

— Quoi ? Tu sembles bien sérieuse.

— On m'a proposé un poste à Kew Gardens, à l'herbarium, où je classerais et dessinerais les plantes.

— C'est une excellente nouvelle !

Jonny se tourna vers moi avec un sourire sincère. Pour une raison inconnue, je pensais qu'il serait fâché. Ses félicitations me rassurèrent.

— Je serai à l'école militaire de Mons, à Aldershot, à une heure et demie de train de Londres. On pourra se voir régulièrement quand j'aurai des permissions, à l'issue de ma formation initiale. Où vas-tu loger ?

— Estelle m'a proposé de vivre chez elle. Sa colocataire s'en va en Italie rejoindre une troupe de danse, le mois prochain, donc je prendrai sa chambre.

— Cela me semble parfait, même si Estelle est un peu folle. J'espère que tu ne seras pas tentée de la suivre dans ses frasques.

— Bien sûr que non. Nous ne nous croiserons pas souvent, de toute façon. Je travaillerai toute la journée et elle danse le soir.

— Au moins, tu seras en sécurité le temps que je termine ma formation. Ensuite, ajouta-t-il en me serrant contre lui, nous partirons à la découverte du monde.

Je crus bon de ne pas poursuivre cette conversation. Jonny était certain que je quitterais l'emploi de mes rêves dès qu'il m'en donnerait l'ordre. C'était un sujet qu'il valait mieux aborder une prochaine fois.

*

Mon ultime May Ball fut une expérience douce-amère. Jonny et moi, ainsi qu'un groupe d'étudiants de St John's et de New Hall, dansâmes jusqu'à l'aube en buvant du champagne. Je finis par m'écrouler au bord de la Cam, sur l'épaule de Jonny. J'avais le vin triste en regardant le soleil se lever sur l'eau pour la dernière fois.

— Posy, je t'aime, murmura Jonny.

— Hmm, moi aussi.

J'avais envie de dormir. Jonny se déplaça et je me retrouvai la tête dans l'herbe douce et parfumée.

— Posy ?

Je rouvris les yeux à grand-peine pour voir Jonny agenouillé devant moi, tenant un écrin.

— Je sais que nous sommes promis l'un à l'autre depuis un moment, alors avant que nos chemins ne se séparent, on pourrait officialiser. Ma mère m'a donné la bague de sa grand-mère, à Pâques. Je la gardais dans ma poche en attendant le moment propice. On vient de passer une si belle soirée et on va bientôt quitter Cambridge, alors… voilà : Posy Anderson, veux-tu m'épouser ?

Il souleva le couvercle de l'écrin pour révéler une bague ornée de trois saphirs entourés de petits diamants qu'il me passa au doigt.

— Euh… oui, répondis-je en admirant les reflets du bijou sous les premiers rayons de soleil.

Il m'attira vers lui pour m'embrasser, mais je ne ressentis pas l'exaltation qui aurait sans doute dû être la mienne à l'idée d'être fiancée.

ADMIRAL HOUSE

Novembre 2006

Coquelicot

(Papaver rhoeas)

21

Au fil du week-end, Amy avait oscillé entre culpabilité et euphorie. Au matin de sa nuit avec Sebastian, elle s'était levée aux aurores, incapable de dormir. Elle avait réveillé les enfants et ils étaient partis sur la pointe des pieds pour ne pas déranger l'écrivain. Elle avait roulé jusqu'à Southwold et retiré de l'argent à la banque pour régler sa facture d'électricité dès l'ouverture du bureau de poste. De retour dans sa maison glaciale, elle constata que son congélateur avait formé une flaque d'eau sur le sol de la cuisine. Autrement dit, ce qu'il contenait était fichu. Sauvant ce qui pouvait l'être, Amy nettoya les dégâts. À midi, le réfrigérateur se mit à ronronner. L'ampoule nue de la cuisine s'alluma.

Au retour de Sam, Amy lui raconta la coupure de courant et leur départ pour Admiral House. À quoi bon mentir et lui cacher où ils avaient passé la nuit ? Les enfants auraient parlé, de toute façon.

Sam était rongé par les remords. La facture d'électricité lui était sortie de l'esprit. Il se confondit en excuses. Trop épuisée pour se quereller avec lui ou lui faire la morale, elle lui accorda son pardon. C'était le genre de chose qu'elle était disposée à oublier. Soulagé de s'en tirer à bon compte, Sam, qui avait été payé la veille, lui proposa de l'emmener dîner, invitation que la jeune femme déclina, car la perspective de passer plusieurs heures face à son mari lui était insupportable. Elle monta se coucher tôt. Sam la suivit et souhaita faire l'amour, mais elle fit semblant de dormir. Pour lui, ce rejet démontrait qu'au plus profond d'elle-même, elle lui en voulait encore. Il fut de mauvaise humeur durant tout le week-end et Amy l'évita comme la peste.

Le lundi, elle se réjouit de pouvoir s'échapper au travail. À midi, elle s'acheta un sandwich qu'elle dégusta sur un banc du front de mer. Il faisait frais. Amy ferma les yeux et, pour la première fois, se permit de repenser aux bras de Sebastian, à ses mots doux, à ses caresses. Son manque d'expérience, ses quelques aventures d'étudiante, ne lui permettaient pas de faire des comparaisons. La tendresse de Sebastian était-elle normale ? N'était-elle qu'un coup d'un soir ou devait-elle y voir davantage ?

Ce souvenir la troublait physiquement. Pour elle, c'était plus qu'une passade.

Elle regagna l'hôtel. Sebastian allait-il l'appeler ? Voudrait-elle recommencer ? Elle avait beau se répéter qu'elle était mariée, qu'elle avait des enfants et que les conséquences seraient terribles si elle était découverte, elle savait qu'elle recommencerait.

Au cours des jours suivants, faute de nouvelles de l'écrivain, ses rêveries romantiques se dissipèrent peu à peu. Il était manifeste qu'il n'avait aucune envie de poursuivre cette liaison. Pourquoi ce silence, sinon ?

Elle ne devait pas penser que Sebastian s'était servi d'elle. C'était une attitude dépassée. De nos jours, il était parfaitement acceptable qu'une femme couche avec un homme sans se faire traiter de traînée.

Cependant, au fil de la semaine, ne voyant rien venir, elle se sentit de plus en plus démoralisée. Même Sam et Jake ressentirent l'irritation de leur mère. En la voyant poser le dîner sur la table un peu brutalement un soir, Sam lui demanda si elle avait ses règles.

— Ma mère a appelé pendant que tu faisais les courses, déclara-t-il.

— Ah bon ?

— Elle nous invite à déjeuner à Admiral House dimanche. Ça te tente ?

Amy ne sut que répondre. Sebastian serait là et se rengorgerait sans doute, après sa conquête, tandis qu'elle souffrirait de l'humiliation de son rejet.

— Je ne crois pas, non.

Elle se leva et jeta ses spaghettis bolognaise à la poubelle.

— J'ai une tonne de lessive et de repassage en retard et, franchement, je n'imagine rien de pire, en ce moment.

— Inutile de monter sur tes grands chevaux, chérie ! Je croyais que tu aimais bien aller chez Maman.

— C'est vrai… mais ça ne me tente pas en ce moment, voilà tout. Excuse-moi, je vais me coucher.

Une fois dans sa chambre, Amy s'écroula sur son lit et pleura toutes les larmes de son corps.

Le lundi suivant, après plus d'une semaine, Amy maudissait Sebastian. Il fallait qu'elle l'oublie, qu'elle efface leur nuit ensemble de sa mémoire. Peut-être passait-il son temps à coucher avec des femmes qu'il larguait juste après…

Dans la soirée, au moment où elle quittait l'hôtel pour regagner sa voiture, elle sentit une main se poser sur son épaule.

— Amy.

— Bonsoir, Sebastian, dit-elle sans le regarder, le cœur battant à tout rompre.

— Comment vas-tu ? demanda-t-il.

Elle hâta le pas sur le parking, regardant de part et d'autre de peur que quelqu'un les aperçoive ensemble.

— Bien, mentit-elle.

— Pourquoi es-tu partie sans me dire au revoir, ce matin-là ?

— Je…

Elle était choquée qu'après plus d'une semaine de silence, il lui fasse porter cette culpabilité.

— Tu dormais et je devais payer ma facture d'électricité.

— Ah… Je suppose que tu regrettes ce qui est arrivé.

Elle s'arrêta et se tourna vers lui.

— C'est manifestement ton cas. À moins que tu aies déjà tout oublié ?

— Quoi ?

Il semblait sidéré par sa colère.

— Voyons les choses en face, tu n'as pas fait de gros efforts pour me contacter, au cours de cette semaine, rétorqua-t-elle.

— Amy, lundi matin, je suis venu à l'hôtel. Tu n'étais pas encore arrivée et j'avais un train à prendre pour Londres. Je t'ai laissé un message que j'ai confié à quelqu'un de la réception. Tu ne l'as pas eu ?

— Non.

— Je te jure que c'est la vérité ! Tu n'auras qu'à vérifier auprès de tes collègues. Il était codé et… bref. Je t'expliquais que je partais pour Oslo afin de participer à un salon littéraire. Je te donnais mon numéro de portable en te proposant de m'appeler.

— Ah…

— Eh oui ! reprit-il en souriant. En gros, je me morfondais à Oslo parce que tu ne m'appelais pas pendant que toi, tu me prenais pour une ordure.

— En gros, oui, admit la jeune femme en esquissant un sourire de soulagement.

— Amy…

Il la prit par la main.

— Je vais te le redemander et réponds-moi franchement : regrettes-tu ce qui s'est passé ?

— Et toi ?

— Absolument pas ! J'ai peur que toi, tu le regrettes.

— Non, répondit-elle doucement. Hélas, non, et je le déplore.

— Et moi, je déplore de ne pas pouvoir te prendre dans mes bras, marmonna-t-il. Tu m'as tellement manqué. Dans ma chambre d'hôtel, je ne pensais qu'à toi. Quand te reverrai-je ?

— Je n'en sais rien.

— Tu as du temps libre, durant la semaine ?

— Le mercredi après-midi.

— Posy travaille jusqu'à cinq heures à la galerie, mercredi. Tu pourrais venir à Admiral House ? S'il te plaît ? l'implora-t-il.

— Sebastian, ce n'est pas bien…

— Il faut qu'on se parle, c'est tout, insista-t-il plus doucement.

— Je dois récupérer les enfants à trois heures et demie à l'école, à moins que je ne demande à Marie de me les prendre… Oh là là… je ne sais pas… Je…

— S'il te plaît, Amy.

— D'accord, soupira-t-elle.

Elle monta en voiture et afficha un sourire las.

— À mercredi, murmura-t-il.

Le lendemain, Posy arriva à Ferry Road au moment où Amy faisait dîner les enfants.

— En voilà un gros câlin, Sara chérie, dit Posy lorsque la fillette se précipita dans ses bras. Amy, tu as l'air en forme. Et Sam qui affirmait que tu n'étais pas en état de venir déjeuner dimanche ! Tiens, j'ai préparé un gâteau pour les enfants.

Elle le posa sur la table et dévisagea sa belle-fille.

— Tu as changé de coiffure, non ?

Amy rougit.

— Si. Je suis passée au salon de coiffure à l'heure du déjeuner pour couper les pointes. Cela faisait plus d'un an. J'en avais grand besoin.

— Tu es magnifique, la complimenta sa belle-mère avec un regard espiègle. On dirait que les choses s'arrangent, avec Sam. Je me trompe ?

— C'est vrai, s'empressa-t-elle de répondre. Ça va mieux.

— C'est fou ce que ça se voit. Tu as cette étincelle dans le regard et ça me fait plaisir.

Amy s'affaira à servir les enfants en espérant que Posy ne remarque pas son embarras. Elle chassa vite les petits vers le salon.

— J'ai entendu parler de la catastrophe de la facture d'électricité, au fait, poursuivit Posy. Sam était mortifié d'avoir oublié de payer. Naturellement, je n'étais pas à la maison ! Enfin, Sebastian a dû s'occuper de vous trois.

— Oui.

— Il est très sympathique. Il me manquera quand il s'en ira pour de bon.

— Il s'en va ? demanda Amy malgré elle.

— Pas avant Noël, d'après ce que je sais. Tant de choses vont changer, au cours de l'année à venir…, soupira Posy. Enfin, je suis contente de te voir avec cette mine radieuse. J'ai bien fait d'accorder à Sam sa chance d'acheter Admiral House. Bref, je suis passée parce que j'ai plusieurs petites choses à te demander. D'abord, accepterais-tu de me dessiner quelques cartes de Noël ? Ce serait une bonne idée d'avoir un dernier dessin d'Admiral House. Bien sûr, je te paierai.

— Allons, Posy, je le ferai pour rien, et avec plaisir.

— Merci. Je voudrais aussi que tu m'accompagnes pour visiter quelques logements, le weekend prochain. Marie m'a suggéré quelques biens et certains semblent intéressants.

— Naturellement ! Je verrai si Sam peut s'occuper des enfants.

— En ce moment, ma belle, Sam est prêt à tout pour se faire pardonner sa bévue. À samedi, alors ! Profitons-en pour déjeuner. Autre chose : je suppose que vous allez toujours à l'inauguration de la boutique de Tammy, à Londres, la semaine prochaine…

— Franchement, j'avais oublié !

— Il est important que Sam et toi y alliez. Un couple doit se réserver quelques soirées sans les enfants… Ah, et dans l'optique de mon grand déménagement, je suis montée faire le tri dans les placards des chambres. J'ai trouvé un tas de robes de soirée ayant appartenu à ma mère. Si certaines sont rongées par les mites, d'autres sont récupérables. Il y a notamment un somptueux modèle noir de chez *Hartnell* que tu devrais essayer. Elle serait idéale pour l'inauguration. Celles qui ne te plaisent pas iront dans la boutique de Tammy. Enfin, je les ai sorties, passe jeter un coup d'œil à l'occasion.

Une idée vint soudain à l'esprit d'Amy.

— Je viendrai peut-être demain après-midi, si cela ne vous dérange pas.

— Pas de problème. Je serai à la galerie, mais la porte de service sera ouverte.

— Et au fait, c'était bien, Amsterdam ?

— Merveilleux.

— Quand allons-nous rencontrer votre Freddie ?

— Ce n'est pas *mon* Freddie. C'est un ami dont j'apprécie la compagnie. Bon, il faut que je file. Je te passe un coup de fil à propos des visites de samedi. Disons que je viens te chercher ici à midi et demi ?

— Très bien. Au revoir, Posy.

En regardant sa belle-mère embrasser les enfants, Amy se dit qu'elle n'était pas la seule à avoir des étoiles dans les yeux, depuis quelques jours…

Le mercredi après-midi, Amy n'en revenait pas de la chance qu'elle avait d'avoir un prétexte pour se rendre à Admiral House. Après être sortie de l'hôtel, elle quitta la ville, des papillons dans le ventre. Elle gara sa voiture devant la maison et se dirigea vers la porte de service. Avant même qu'elle n'actionne la poignée, Sebastian surgit et la prit dans ses bras.

— Tu m'as tellement manqué…

Il l'entraîna à l'intérieur et l'embrassa avec fougue, presque brutalement. Amy réagit avec la même ardeur. Elle s'écarta et reprit son souffle, puis elle lui sourit.

— Je croyais qu'on devait parler…

— On peut parler, répondit-il en l'embrassant dans le cou.

Il en profita pour la débarrasser de son manteau.

— D'abord, viens au lit. Il est bien plus agréable de discuter tout nus.

Il glissa les mains sous son chemisier. Ivre de désir, elle se laissa entraîner à l'étage, vers la chambre de l'écrivain, et insista pour fermer la porte à clé au cas où Posy reviendrait plus tôt que prévu.

— Chérie, elle remarquerait la présence de ta voiture devant la maison, mais peu importe, railla-t-il en lui arrachant presque ses vêtements.

Une heure plus tard, elle était blottie contre son torse. Il lui caressait les cheveux.

— Je vais peut-être te sembler ridicule… tu as déjà vécu ça ?

— Évidemment, railla-t-elle. J'ai fait l'amour comme une bête avec un tas d'hommes. Si tu me jettes, je n'aurai pas l'impression que tu ne cherchais qu'à gonfler ton ego.

— Arrête ! Je sais que, pendant une semaine, tu m'as considéré comme un salaud, mais tu dois me faire confiance. Je ne suis pas ce genre de type. En fait, la dernière fois que j'ai fait l'amour, c'était… il y a plus d'un an.

— Ah, tu étais donc désespéré ? le taquina-t-elle en glissant ses doigts dans la toison de son torse.

— Parfois, quoi qu'on dise, on a tort, souffla l'écrivain.

— En vérité, je n'ai jamais ressenti ça de ma vie. Ça te va ?

Sebastian ne répondit pas tout de suite.

— Amy, ce que je ressens pour toi… Ce n'est pas que pour le sexe, tu sais. C'est bien plus profond. Et ça me fait peur. La dernière fois que j'ai ressenti ça pour une femme, elle m'a abandonné.

— Je n'ai aucune intention d'agir ainsi, promit Amy.

Sebastian secoua la tête.

— Tu es mariée avec un autre. Moralement, je n'ai pas le droit de t'aimer.

— Et inversement, soupira-t-elle. Je suis une épouse, une mère de famille.

— Ce que j'essaie de te dire, c'est qu'il vaudrait mieux que ce ne soit qu'une forte attirance physique, un accord consensuel, sans contraintes. Qu'est-ce qu'on fait, maintenant ?

— Sebastian, on se connaît à peine et…

— J'ai l'impression de te connaître depuis très longtemps.

— Ce n'est pourtant pas le cas.

— Non, admit Sebastian. Amy, je vais te poser une question horrible, mais j'ai besoin de savoir. Tu aimes encore Sam ?

Elle se mordit la lèvre et regarda par la fenêtre.

— Cela fait plusieurs semaines que je me pose la même question. Avant que, toi et moi… Il est le père de mes enfants. Quant à savoir si je l'aime… eh bien, pour être franche, non. Je ne suis plus amoureuse de lui.

C'était la première fois qu'Amy acceptait la vérité. Cet aveu lui fit monter les larmes aux yeux. Elle se redressa.

— Je suis vraiment une garce ! Au lit avec un homme à qui je dis que je n'aime plus mon mari.

— Cela arrive à des millions de gens dans le monde entier, répondit l'écrivain en lui caressant le dos. Posy m'a raconté que tu avais toujours soutenu Sam avec une patience d'ange.

— Je viens de tomber de mon piédestal, marmonna-t-elle.

— La grande question, bien sûr…

Il s'interrompit pour chercher ses mots.

— Vas-tu souffrir en silence et rester avec Sam pour les enfants ou accepter que votre couple est mort et avoir le courage de tourner la page ?

— Je n'en sais rien, vraiment.

— Bien sûr que tu n'en sais rien. Je suis injuste. Admettons que je ne suis pas très objectif. Il vaut mieux que je me garde de tout commentaire. Je dirais simplement que je t'aime et que je veux être avec toi. Ce serait mieux si tu étais libre. Je te promets toutefois d'être patient et de ne pas te mettre la pression.

Elle se tourna vers lui.

— Comment peux-tu être aussi sûr de tes sentiments après si peu de temps ?

— Aucune idée. C'est comme ça. Mais c'est plus facile pour moi qui suis sans attaches. Il ne me reste qu'à attendre en espérant que tu le sois aussi.

Vingt minutes plus tard, elle l'embrassa et le quitta en lui promettant de l'appeler le lendemain. Elle alla ensuite chercher les enfants. En roulant vers Southwold, en proie à mille émotions contradictoires, elle se rendit compte qu'elle avait complètement oublié d'essayer les robes de soirée.

Le samedi suivant, Sam accepta de garder les enfants pendant qu'Amy accompagnait Posy dans ses visites.

— Ça te fera du bien de changer un peu d'air. Prends ton temps. On s'en sortira très bien.

Lorsqu'il voulut l'embrasser sur les lèvres, elle se détourna.

En rejoignant sa belle-mère, Amy regretta que son mari fasse tant d'efforts pour se racheter de n'avoir pas réglé la facture d'électricité. Il ne faisait qu'intensifier son propre sentiment de culpabilité.

— Bonjour, ma grande ! Comment ça va ?

— Très bien, répondit Amy en s'installant sur le siège du passager.

— Tant mieux. On va se faire une petite sortie rien que nous deux. Allons à Walberswick pour déjeuner dans ce pub si charmant, veux-tu ?

La première visite est prévue à Blythburgh à deux heures. Ça nous laisse le temps.

— Je vous suis, Posy.

La vieille dame évita la rue principale pour longer le front de mer.

— C'est ici qu'habite Evie Newman, déclara-t-elle en désignant une grande bâtisse victorienne, dans une large rue bordée d'arbres. La demeure est bien trop grande pour elle et sa fille, mais elle est impressionnante. Au fait, tu as essayé les robes de soirée, mercredi ? J'ai eu l'impression que tu n'y avais pas touché.

— Euh… oui. Elles étaient trop grandes, hélas.

C'était son premier mensonge et elle s'en voulut terriblement.

— Ah bon ? Cela m'étonne ! Ma mère était toute mince. Il va falloir te remplumer, Amy.

En dégustant des moules, au pub, Amy centra la conversation sur Posy qui, après s'être fait prier, se mit à raconter son week-end à Amsterdam.

— Les esprits sont parfois étriqués dans une petite ville de province. Quand j'étais mariée avec le père de Sam, nous parcourions le monde, d'une base militaire à une autre. Quand Admiral House sera vendu, je m'offrirai peut-être une croisière en Scandinavie. J'ai toujours rêvé de voir les fjords.

— Avec Freddie ?

— Qui sait ? Je te rappelle que nous sommes amis, insista-t-elle. Cependant, il est bien plus amusant de faire ce genre de chose avec quelqu'un. Dépêchons-nous. Nous allons être en retard.

Les deux premières visites ne donnèrent rien car Posy tenait à un jardin orienté vers le sud.

— J'ai demandé à Marie un bien ayant du cachet, maugréa la vieille dame en bouclant sa ceinture de sécurité. Pour être honnête, je deviendrais folle dans un cottage bas de plafond. Je suis habituée aux grands espaces. Il nous reste à voir une maison sur trois niveaux proche du phare. J'aimerais vivre en plein centre-ville, j'ai passé tant d'années à faire des allers-retours.

Ce fut le coup de cœur de la journée. Rénovée, lumineuse, la maison était dotée d'une cuisine moderne et d'un jardinet plein sud. Amy était un peu jalouse, elle qui rêvait d'un logement agréable !

— Rien à voir avec Admiral House…, commenta la jeune femme.

Sous la pluie, Posy était en train de déterminer les mouvements du soleil au fil d'une journée.

— J'avoue qu'elle me plaît. Elle est lumineuse, aérée grâce à la hauteur sous plafond, et elle dispose de suffisamment de chambres pour accueillir les amis et la famille.

— Elle coûte cher, objecta Amy. La moitié de ce que vous tireriez de la vente d'Admiral House.

— C'est fou, non ? admit Posy. Mais on n'emporte pas son argent dans sa tombe, le reste sera partagé entre Sam et Nick. Ce doit être un excellent investissement, à long terme. Je vais demander à Sam comment les choses évoluent pour Admiral House. Ensuite, je ferai peut-être une offre pour cette maison.

En passant devant la demeure d'Evie, les deux femmes observèrent une voiture rouge familière qui était garée devant.

— C'est la voiture de Nick, non ? hasarda Amy.

— En effet.

— Vous saviez qu'il se trouvait à Southwold, ce week-end ?

— Non, mais il n'a pas de comptes à me rendre.

Elles roulèrent en silence, aucune des deux n'osant poursuivre cette conversation.

22

Le matin de l'inauguration de la boutique *Renaissance*, Tammy se réveilla dans un état d'anxiété intense. Il lui restait beaucoup de détails à régler avant la soirée. Elle se prépara rapidement et but un café avant de se rendre sur place. Meena était en train de passer l'aspirateur.

Tammy consulta sa montre. Elle avait une interview avec un journaliste une heure plus tard. Les fleurs destinées à la vitrine arrivaient à midi et le traiteur à quinze heures.

— Où va-t-on stocker les canapés ? s'agita-t-elle avant de s'écrouler dans un fauteuil. On aura besoin de la table du bureau pour servir le champagne. Jamais je n'ai été aussi angoissée. C'est encore pire que mon premier défilé de mode à Paris.

— Tammy ! N'oublie pas que ces invités sont tes amis. Ils veulent te voir réussir. Essaie de t'amuser. C'est une occasion qui ne se présente pas tous les jours. Quand Nick arrive-t-il ?

— Plus tard. Il est débordé, lui aussi. On ne s'est presque pas vus depuis trois semaines. J'espère qu'on aura plus de temps à partager, après l'inauguration.

Dès la livraison des fleurs, Tammy passa une heure à arranger sa vitrine en pensant à Nick. Il lui manquait quand elle ne se réveillait pas à côté de lui. Elle l'appela sur son portable.

— Salut, chéri, c'est moi.

— Comment tu te sens ?

— Folle d'angoisse, pour être honnête.

— C'est normal. Je suis au magasin. J'attends un livreur. Dès que ce sera terminé, je viendrai te soutenir moralement.

— C'est gentil, chéri. Tu me manques, ajouta-t-elle, un peu gênée.

— Toi aussi. À plus tard !

En rempochant son téléphone, elle se rendit compte qu'elle aurait aimé entendre trois autres mots bien plus puissants.

Furieuse d'être accro à ce point, elle décida d'aider Meena à essuyer les flûtes à champagne.

*

Amy se réjouissait que Posy travaille, ce matin-là. Elle pouvait ainsi déposer les sacs contenant les pyjamas et les brosses à dents des enfants à la galerie au lieu de prendre le risque de voir Sebastian à Admiral House.

— Tout est prêt ? lui demanda Posy.

— Presque. Jake a attrapé froid, comme Sara, il y a quelques semaines. Comme il n'a pas de fièvre, il est à l'école, mais j'ai donné votre numéro à son enseignante, au cas où. J'espère que ce n'est pas un problème ?

— Pas du tout.

— J'ai mis du sirop dans son sac. S'il semble fébrile, une ou deux cuillerées feront l'affaire. Il ne devrait peut-être pas prendre un bain, ce soir.

— N'oublie pas que j'ai élevé deux enfants, moi aussi. À quelle heure dois-tu retrouver Sam ?

— Il est chez l'architecte. Je le retrouve à la gare d'Ipswich. En cas de besoin, on sera chez Tammy, cette nuit.

— Je sais. À présent, file ! Et amusez-vous bien.

Assise sur le quai, à Ipswich, Amy consulta sa montre. Le train pour Londres était prévu deux minutes plus tard et elle n'avait toujours aucun signe de Sam. Elle l'avait appelé de nombreuses fois, mais son portable était éteint.

En voyant le train entrer en gare, elle réessaya. Cette fois, il répondit.

— Tu es où ? Le train arrive !

— Chérie, j'ai été retenu chez l'architecte et je ne vais pas pouvoir venir. Je suis désolé. Vas-y sans moi et amuse-toi.

— D'accord…

Sa colère de s'être fait poser un lapin fut vite tempérée par un soulagement coupable de ne plus avoir à passer la soirée avec lui. Pouvait-elle sortir sans lui ? Bien sûr que oui ! De peur de changer d'avis, elle sauta dans le train juste avant la fermeture des portes. Il était presque dix-huit heures quand elle atteignit la boutique de Tammy, où elle fut accueillie par une Indienne très élégante et radieuse.

— Vous êtes Amy, n'est-ce pas ?

— En effet. Tammy est là ?

— Non. Elle a fait un saut à la maison pour se changer. Je suis Meena, son bras droit… et son bras gauche. Elle m'a prévenue que vous veniez, vous et votre mari.

— Je suis toute seule. Mon mari n'a pas pu se libérer.

— Tant pis. Une tasse de thé ?

— Volontiers, souffla Amy en la suivant.

Elle admira le tissu que Tammy avait tendu au plafond pour créer un drapé.

— Au risque d'être ridicule… où sont les vêtements ? demanda-t-elle.

— On a tout descendu au sous-sol pour avoir plus de place. Les robes seront portées par les amies mannequins de Tammy, ainsi que les jolies invitées qu'elle a réussi à convaincre. Elle vous a laissé une tenue, si vous voulez bien l'enfiler.

— C'est gentil de sa part, mais je n'ai pas exactement le physique d'un mannequin.

— Allons donc ! Vous êtes magnifique. Vous ressemblez à la princesse Grace de Monaco jeune. Passez donc en cabine.

— Pourquoi pas ? fit Amy en songeant à sa petite robe noire bon marché, dans son sac.

Elle entra dans la cabine et contempla le fourreau en satin bleu nuit dont l'avant était orné de centaines de minuscules perles scintillantes.

— Waouh ! souffla-t-elle en découvrant la marque : Givenchy.

Quand elle sortit de la cabine quelques instants plus tard, elle se mit à tournoyer.

— Amy ! s'exclama Meena en battant des mains. Vous êtes parfaite !

— C'est fou ! Elle me va comme un gant, reconnut Amy.

— Et elle souligne votre fine silhouette. Vous devriez vous faire un chignon, comme ça…

Meena releva ses cheveux sur le dessus de sa tête.

— Quel long cou vous avez ! Vous voulez que je vous coiffe ?

— Si vous avez le temps, je veux bien.

— J'ai le temps et il n'y a rien de mieux que de coiffer quelqu'un pour une réception. En Inde, on met des heures à se préparer. Asseyez-vous face au miroir. Je vais chercher les épingles.

Vingt minutes plus tard, Meena avait réalisé un chignon superbe et maquillé Amy.

— Vous êtes à couper le souffle, commenta Meena.

— Il n'y a qu'un petit problème… Les chaussures.

— Votre bonne fée est là pour ça ! Suivez-moi, Cendrillon. Dans la boutique de chaussures voisine, chez ma fille. Et vous irez au bal !

23

— J'ai l'air de quoi ? demanda Tammy à Nick en descendant les marches menant au salon.

— Tu es à tomber par terre, chérie.

La robe verte assortie à ses yeux dénudait une épaule.

— Tu vas faire un tabac dans les rubriques mondaines, ajouta Nick en l'embrassant. Je suis très fier de toi. Tiens… Un cadeau pour fêter l'occasion.

Il lui tendit un petit écrin en velours. Tammy découvrit un collier ancien en péridot.

— Il est magnifique ! souffla-t-elle. Et il va à merveille avec ma robe. Tu as bien choisi.

— Il a à peu près cent cinquante ans, expliqua Nick en actionnant le fermoir sur sa nuque. Voilà.

Elle pivota dans ses bras et l'embrassa.

— Je l'adore. Et je t'aime, toi, dit-elle doucement.

— Ah oui ?

Il la prit par le menton pour plonger dans son regard. Il lui caressa la joue, puis sa main glissa vers son décolleté.

— Et si on oubliait cette réception pour rester ici ?

— Si seulement ! Mais on ferait mieux d'y aller.

Tammy prit une profonde inspiration.

— C'est parti, annonça-t-elle.

À vingt heures, la fête battait son plein. Des paparazzis montaient la garde à l'extérieur pour ne rien manquer des allées et venues des invités. Une équipe de tournage interrogeait Tammy sur le trottoir.

Amy passait une excellente soirée. Tout le monde était sympathique et elle recevait de nombreux compliments. Elle avait fait la connaissance de Martin, un photographe indépendant, qui l'arrosait de flatteries et de champagne en proportions égales.

— Tu aurais pu devenir mannequin sans problème, tu sais.

Il lui caressait doucement l'épaule. Soudain, elle sentit un regard perçant se poser sur elle, à l'entrée de la boutique. Son cœur s'emballa.

— Excuse-moi, Martin, je vais aller prendre l'air.

Elle s'échappa pour rejoindre le nouveau venu.

— Qu'est-ce que tu fais là ?

— J'étais à Londres pour un déjeuner avec mon éditeur. Je ne devais pas venir, même si Tammy m'avait gentiment invité, parce que ce n'est pas mon univers. Mon appartement se trouve littéralement au coin de la rue. J'ai décidé de faire un saut histoire de grignoter quelque chose. Et soudain, j'ai eu cette vision, à travers la vitrine. J'ai vu ce type en rut te peloter. Qui est ce primate ? demanda Sebastian en désignant Martin.

— Un photographe de mode.

— Où est ton mari ?

— À la maison. Il n'a pas pu venir.

— Autrement dit, tu es en ville, seule, pour la nuit entière ? murmura-t-il à son oreille.

— C'est ça.

— Eh bien, tu es…

Sebastian chercha ses mots :

— Époustouflante. Il est de mon devoir de te protéger des prédateurs tels que ce photographe.

Il l'embrassa dans le cou.

— Je te veux maintenant, ajouta-t-il.

— Excusez-moi, les amis, intervint Tammy en les croisant.

Amy s'empourpra violemment.

— Comment ça va, Sebastian ? Quel plaisir de te voir !

— Ça va, répondit-il en toute décontraction. Je te félicite pour cette soirée qui fait un tabac.

— Tout se passe bien, c'est vrai, admit-elle. Les gens sont venus et je devrais avoir des articles dans la presse. Écoute, si je ne te vois pas plus tard, nous irons ensuite dîner à *La Famiglia*, près de King's Road, en petit comité. J'aimerais que vous soyez des nôtres, tous les deux.

— Tammy ! lança une voix, à l'intérieur.

— J'arrive ! Désolée… à plus tard.

— Oh non, murmura Amy en la regardant se frayer un chemin dans la foule. Elle nous a vus.

— On n'est pas à Southwold, ici, et Tammy n'est pas ta copine Marie. C'est une femme intelligente et cosmopolite qui se moque éperdument de savoir si on est ensemble ou pas, répliqua l'écrivain.

— À t'entendre, je suis vraiment… provinciale, répliqua Amy.

— Personne ne fait moins province que toi, ce soir, chérie. Profitons plutôt de l'occasion qui se présente.

Amy était consciente d'avoir bu, mais elle se trouvait dans une soirée glamour, avec Sebastian à son bras.

Une heure plus tard, l'écrivain chuchota à son oreille :

— On s'en va ? S'il te plaît ! J'en ai assez.

— Je m'amuse et je n'ai pas envie que ça s'arrête maintenant. Encore dix minutes ! implora-t-elle.

Enfin, il parvint à l'entraîner vers la sortie et sur le trottoir.

— Il faut que tu manges un morceau.

— Je me sens bien, hoqueta-t-elle, avant de l'embrasser sur la joue… au moment où un flash d'appareil photo les éclairait.

— Monsieur Girault, peut-on avoir le nom de votre compagne pour la légende de la photo ? s'enquit le photographe.

— Non. Pas question ! répondit-il, la mine sombre.

Il entraîna Amy, qui gloussait, dans la rue, pour éviter d'autres clichés.

— Génial…, maugréa-t-il. La photo risque de se retrouver dans la presse.

— Tu veux dire qu'on va passer dans *Voici* ? fit la jeune femme en avançant d'un pas incertain.

Sebastian ne put réprimer un sourire.

— Je suis ravi que ça te mette en joie. Je doute que ton mari soit aussi content.

— Il ne lit pas ce genre de presse. Et pour être honnête, ce soir, je me moque complètement de savoir qui va voir la photo.

— Tu verras peut-être les choses autrement, demain…

Il l'emmena dans une épicerie ouverte la nuit pour acheter de quoi la dégriser, puis ils se dirigèrent vers Sloane Gardens. Dans l'appartement de Sebastian, Amy s'écroula sur le canapé.

— J'ai passé une super soirée, soupira-t-elle en tendant les bras vers lui pour le serrer contre elle. Et je t'aime.

— Moi aussi, je t'aime, ma petite poivrote. Reste ici, je vais préparer du café et du pain grillé.

Lorsqu'il revint, Amy s'était assoupie. Il soupira, alla chercher une couverture qu'il posa doucement sur la jeune femme, avant de se rendre, seul, dans sa chambre.

24

À son réveil, Tammy sentit une odeur de café. En ouvrant les yeux, elle vit Nick entrer dans la chambre, portant un plateau débordant de croissants et de journaux du matin.

— Quelle heure est-il ? demanda-t-elle d'une voix rauque.

— Presque dix heures.

— Je devais voir Meena à neuf heures pour faire le ménage dans la boutique !

— Je l'ai appelée pour lui dire que tu dormais. Elle m'a répondu que tu ne devais pas t'en faire, qu'elle commencerait sans toi. Elle adore avoir l'impression d'être utile.

— Je sais, fit Tammy en riant. Hier soir, elle s'est fait draguer par un mannequin vieillissant qui portait une moumoute. Elle a adoré ça.

Nick s'assit près d'elle, sur le lit, et ouvrit les journaux.

— Je n'ai acheté que ceux dans lesquels tu figures, bien sûr, précisa-t-il.

Elle parcourut les quatre titres, qui présentaient des clichés d'elle en compagnie de divers invités.

— « Tammy Shaw célèbre l'ouverture de sa boutique, *Renaissance.* L'ex-mannequin, ici au bras de son petit ami, Nick Montague, antiquaire très en vue, a reçu de nombreuses célébrités. »

— Chéri, tu as vraiment de l'allure, commenta-t-elle en l'embrassant dans le cou.

Elle feuilleta vivement les autres journaux.

— Je crois que tu as réussi, commenta Nick.

— Dieu merci, c'est passé ! Je peux désormais me concentrer sur l'essentiel : gagner de l'argent. Merci de m'avoir soutenue, hier soir. Tu as été génial.

— Je n'ai pas fait grand-chose. J'espère que tu me renverras l'ascenseur lors de mon inauguration, le mois prochain. J'inviterai une bande de ringards à boire de la bière, avec des sandwichs au jambon.

Nick se mit à rire et l'embrassa.

— En fait, avant que tu ne te rendes à ta boutique, je voudrais t'emmener quelque part.

Nick la conduisit sur l'Albert Bridge qui enjambe la Tamise, et, après avoir évité un embouteillage, arrêta la voiture devant une maison victorienne située au bord d'une route verdoyante donnant sur Battersea Park.

— Qu'en penses-tu ? demanda-t-il.

— De quoi ?

— De cette maison.

— Eh bien… je la trouve… grande.

— C'est le cas ! Viens, j'ai les clés. Je vais te faire visiter.

Après qu'ils eurent parcouru les trois niveaux de la bâtisse, Nick ouvrit la porte du fond qui donnait sur un vaste jardin.

— Alors, qu'en dis-tu ?

— Elle serait idéale pour une famille..., commenta Tammy, intriguée.

— C'est justement ce qui me plaît. Tu imagines nos enfants courant partout pendant qu'on se prélassera sur la terrasse ?

Nick regardait droit devant lui, les mains dans ses poches.

— Qu'est-ce que tu racontes ?

— Je te demande si tu envisagerais, un jour, de m'aider à remplir cette maison d'une ribambelle d'enfants.

Il se tourna enfin vers elle et lui sourit :

— Je ne me vois pas fonder une famille avec une autre que toi.

— Moi non plus, avoua-t-elle.

— Tant mieux, dit-il en la prenant dans ses bras. Avant de m'engager avec toi, il y a des choses que je dois régler. Sache que telle est mon intention.

— Tu parles du démarrage de ta société ? Je comprends, Nick. Il n'y a pas d'urgence.

— Il n'y a pas que cela. Je t'expliquerai dès que possible. Mais si tu es d'accord sur le principe, je vais faire une offre. Je trouve qu'elle a vraiment du potentiel et qu'on pourrait en faire quelque chose de formidable.

— C'est sûr, admit Tammy, un peu dépassée.

*

Amy avait l'impression d'être sur un manège dont elle avait besoin de descendre au plus vite car elle avait la nausée. Lorsqu'elle se redressa, elle était dans le noir complet et n'avait aucune idée du lieu où elle se trouvait.

— Au secours..., gémit-elle.

Elle quitta le canapé sur lequel elle était allongée et, en cherchant une lampe, se cogna le tibia dans un meuble.

— Aïe !

Une porte s'ouvrit soudain. Sebastian était là, éclairé par la lumière du couloir.

— Bonjour...

— Les toilettes... j'ai besoin d'aller aux toilettes, bredouilla-t-elle en se dirigeant vers lui.

— Par là, indiqua-t-il en tendant le bras.

Elle arriva juste à temps. Ensuite, elle s'aspergea le visage d'eau froide et observa son reflet dans le miroir. Son maquillage de la veille avait disparu au profit de traînées noires et de cernes, son chignon était de travers et sa robe était froissée et tachée.

— Oh non..., grommela-t-elle.

Lorsqu'elle longea à nouveau le couloir, des images de la soirée de la veille lui revinrent peu à peu. Sebastian était dans la cuisine. Un parfum de café déclencha une nouvelle nausée.

— Ma pauvre chérie, fit l'écrivain en la voyant revenir dans la cuisine. Tu es mal en point.

— C'est l'horreur...

Elle s'écroula sur une chaise, les coudes sur la table.

— Je me suis ridiculisée, hier soir ?

— Pas du tout. Tu étais même la reine du bal. Je peux te servir quelque chose ?

— De l'eau, s'il te plaît, et deux paracétamol.

Sebastian posa devant elle ce qu'elle souhaitait. Amy avala le médicament en espérant que son estomac ne le rejetterait pas aussitôt.

— Désolée, reprit-elle. Je ne comprends pas pourquoi je me suis saoulée à ce point. Je n'ai jamais bu autant, je crois.

— C'est normal, lors de ces soirées. Dès qu'on vide son verre, un autre apparaît comme par enchantement. On finit par perdre le compte. Je suppose que tu n'as pas mangé, en plus.

— Pas depuis le petit déjeuner, avoua-t-elle. Tu es fâché ?

— De façon un peu égoïste, oui. C'était notre seule nuit entière possible et tu t'es écroulée sur le canapé. Au moins, j'ai pu dire la vérité à Tammy quand elle a appelé ici, hier soir. Elle te cherchait.

Amy réagit avec effroi.

— Comment a-t-elle obtenu le numéro ?

— Elle a contacté Posy.

— Oh non… donc Posy sait que je suis ici, elle aussi !

— Oui, mais ne t'en fais pas. Je l'ai contactée pour lui expliquer ce qui s'était passé. Au fait, les enfants vont très bien. J'ai suggéré que, vu ton état, je te reconduise à Admiral House. Elle ira chercher les enfants à l'école. On se retrouvera tous là-bas plus tard.

— Je regrette de te poser ces problèmes…

— Ce n'est rien, Amy.

— Et s'ils pensent que… que toi et moi… ?

— Tu as une telle mine que personne ne mettra en doute mes explications. Et si je te faisais couler un bain ?

— Oh ! fit-elle en levant les mains à son visage. Mes affaires sont restées à la boutique de Tammy !

— C'est un argument. Je dois sortir chercher le journal, de toute façon. Je récupérerai ton sac pendant que tu prendras ton bain. J'en profiterai pour rendre tes chaussures et déposer la robe de soirée au pressing.

— Dis à Tammy que je suis désolée et que je la remercie.

Quand Sebastian eut quitté l'appartement, elle se délassa dans l'eau chaude parfumée à la lavande. Elle était toujours mortifiée par ses excès de la veille mais appréciait le fait que Sebastian ait pris les choses en main. Il était si différent de Sam, qui se reposait toujours sur elle.

Quand elle émergea de la salle de bains, drapée dans la robe de chambre de l'écrivain, sur laquelle elle humait son parfum, il était affairé à préparer un petit déjeuner traditionnel : saucisses, bacon et œufs. Il y avait même des croissants au four.

— La meilleure chose à faire est de manger, déclara-t-il en posant un verre de jus d'orange devant elle. Bois ça. Un peu de vitamine C te fera du bien.

— Merci.

Elle le regarda cuisiner.

— Tu as tout d'un homme d'intérieur.

— Quand on vit seul depuis aussi longtemps que moi, on n'a pas le choix.

— Cela fait un bail que personne ne m'a préparé le petit déjeuner, dit-elle, nostalgique.

— Alors profites-en.

Il garnit deux assiettes et en posa une devant la jeune femme, puis il s'assit en face d'Amy.

— Euh… on est où, au juste ? demanda-t-elle, hésitante, en grignotant une tranche de bacon.

— À deux minutes de Sloane Square et à cinq minutes de la boutique de Tammy.

— C'est agréable d'être à proximité de tout.

— Pour être honnête, quand j'ai acheté cet appartement, il y a six ans, je n'étais pas certain que ça me plairait. Ma femme et moi habitions un petit village du Dorset. Nous étions intégrés dans cette communauté. Je suis un garçon de la campagne. Quand elle est morte, j'ai recherché l'anonymat d'une ville où personne ne me dérangerait et où je vivrais sans affronter des souvenirs d'elle.

— Un nouveau départ, en quelque sorte.

— C'est ça. Mes amis ont considéré que je m'enfuyais, ce qui était peut-être le cas, mais il faut faire ce que l'on pense le mieux pour soi-même, quand on est en deuil.

— Je me demande comment tu as géré la perte d'une femme et d'un enfant.

— Le plus dur, c'était la promesse de bonheur qui a précédé. Le contraste entre la perspective d'une nouvelle existence pleine de joie et la fin de deux vies. Les gens ne savent pas quoi te dire. Soit ils ignorent les faits et cherchent à te secouer, soit ils te traitent comme un cas psychologique. Ils étaient bien intentionnés, mais j'étais inconsolable.

— Et l'écriture t'a sauvé.

— Oui. C'était au moins un élément que je pouvais contrôler. Dans un roman, je décidais de qui vivait, qui devait mourir, qui était heureux ou malheureux. L'écriture m'a évité de devenir fou.

— Tu dois souhaiter chaque jour que les choses se soient déroulées autrement, non ? Que ta femme soit encore en vie ?

— Je suis plus fataliste. Si elle avait vécu, nous serions encore dans notre village du Dorset et je serais rédacteur en chef du journal pour lequel je travaillais. Je n'aurais pas écrit mon roman. Une tragédie peut briser quelqu'un ou le stimuler. Pour ma part, je suis moins superficiel. Et si mon existence n'avait pas pris ce tour inattendu, nous ne serions pas là, tous les deux, à prendre le petit déjeuner ensemble.

Sebastian prit sa main dans la sienne, sur la table.

— Il aurait été terrible que je ne te rencontre pas.

— Même après mon comportement d'hier soir ?

— Oui. Pendant un moment fugace, j'ai aimé m'imaginer qu'on était ensemble, un vrai couple invité à une réception. J'étais très fier d'être avec toi.

— Avant que je sois ivre morte, naturellement.

— En fait, j'ai adoré te voir heureuse. Tu sais t'amuser ! Tu es différente, à Southwold.

— Je n'ai généralement ni le temps ni l'occasion de faire la fête. J'avais même oublié l'effet que cela faisait, et maintenant…

Amy sentit les larmes lui monter aux yeux.

— C'est horrible, mais je n'ai pas envie de rentrer à la maison.

Sebastian serra sa main dans la sienne.

— Ne rentre pas, alors…

— Si seulement la vie était aussi simple ! Hélas, rien n'est facile quand on a des enfants.

— Bien sûr, mais tu as le droit de te demander si, avec ou sans moi, tu as envie de rester avec Sam.

— En fait, avant que toi et moi ne devenions… proches, j'ai pensé à le quitter. Le problème, c'est qu'il est euphorique, en ce moment, avec la vente d'Admiral House. Il fait des efforts pour s'améliorer.

— Il a peut-être senti qu'il se passait quelque chose.

— Oh non ! Comment veux-tu qu'il le sache ? S'il l'apprenait…, bredouilla-t-elle, le cœur battant.

Sebastian se leva.

— Bref, oublions ton mari pour profiter du peu de temps précieux que nous avons devant nous.

Il l'embrassa, et l'entraîna vers sa chambre.

Lors du trajet de retour vers Southwold, Amy demeura silencieuse. Les yeux fermés, elle tint la main de Sebastian. La perspective de retrouver son bungalow sordide et, pire encore, Sam lui était insupportable, en dépit de son envie de voir les enfants.

En serais-je capable ? se demanda-t-elle. *Serais-je capable de le quitter ?*

Elle pourrait louer une maisonnette à Southwold le temps de souffler et de réfléchir à ses possibilités. Se précipiter dans les bras de Sebastian serait une erreur, même s'il ne résidait pas à Admiral House. Il fallait qu'il apprivoise les enfants, et inversement, avant qu'ils ne fassent des projets à plus long terme.

Amy l'observa à la dérobée. Concentré sur la route, il chantonnait un morceau passant sur Classic FM. Plus elle le découvrait, plus elle l'appréciait, sans parler de leur entente physique. Il était gentil, drôle, doux et franc. Avec lui, elle se sentait protégée, aimée. Tout le contraire de Sam.

Juste avant de s'engager dans l'allée d'Admiral House, il arrêta la voiture pour prendre la jeune femme dans ses bras.

— Sache que je t'aime et que je veux être avec toi, mais je comprends combien la situation est difficile. J'attendrai aussi longtemps qu'il le faudra.

— Merci, murmura-t-elle. Allons affronter la réalité.

Dans la cuisine, Sara et Jake dévoraient des cupcakes qu'ils avaient préparés avec Posy.

— Maman ! Maman !

Ils se précipitèrent vers elle dès qu'ils entrèrent.

— Vous avez été sages, mes chéris ?

— J'en sais rien, mais on s'est bien amusés, répondit Jake. Papa est là, aussi.

Amy se crispa soudain.

— Ah bon ?

— Il est dans le petit salon avec Granny. Papa ! Maman est là ! cria Sara.

La porte du salon s'ouvrit et Posy et Sam apparurent. Sam portait un dossier et un rouleau de plans.

— Chérie, dit-il en embrassant Amy. Désolé de ne pas avoir pu venir, hier, mais tu comprendras quand je t'aurai expliqué pourquoi.

En suivant Sam dans la cuisine, Posy vit Sebastian observer son fils, alors qu'il enlaçait Amy. L'expression de l'écrivain lui dit quelque chose qu'elle n'avait pas envie de savoir.

— Bonjour, vous deux ! Le trajet de retour s'est bien passé ?

— Très bien, Posy, merci, répondit l'écrivain. Je monte me remettre au travail, si vous voulez bien m'excuser.

Au moment où il allait quitter la pièce, Sam le retint.

— Venez voir ce que j'étais en train de montrer à ma mère, lui dit-il.

Il entraîna Amy vers la table et déroula ses plans. Sebastian le suivit à contrecœur.

— Regarde, chérie. Tu reconnais cet endroit ?

Amy observa les dessins d'architecte et secoua négativement la tête.

— Tu connais le vieux hangar, à une centaine de mètres derrière Admiral House, en lisière de la propriété, caché par les pins ?

— Vaguement…

— Je vois ce dont vous voulez parler, intervint Sebastian. J'y suis allé, le week-end dernier. Un endroit plein de charme.

— Absolument, confirma Sam. J'ai discuté avec l'architecte et il pense pouvoir obtenir un permis de construire pour en faire une habitation. Si ça marche, chérie, ce sera chez nous. Tu vois, il a prévu un salon cathédrale, une grande cuisine, une salle de jeux pour les enfants… et quatre chambres à l'étage. Qu'est-ce que tu en penses ? Cela te plairait d'y habiter ?

Amy afficha un sourire forcé.

— Ça a l'air formidable.

— Tu vois ! Je t'avais bien dit que je te donnerais une belle maison, un jour. Qu'en pensez-vous, Seb ?

Ce diminutif hérissa l'écrivain.

— Cela me semble très bien. Excusez-moi, il faut vraiment que je monte. Au revoir Sam, Amy…

Sur ces mots, il prit congé.

— Qui veut une tasse de thé ? proposa Posy pour détendre l'atmosphère pesante.

— Je dois faire un saut au bureau et passer quelques coups de fil, déclara Sam en consultant sa montre. N'oublie pas que le géomètre passe demain matin à dix heures, Maman.

— Bien sûr !

— Sauf problème majeur, on devrait pouvoir échanger les contrats la semaine prochaine.

— Tu me l'as déjà dit trois fois, Sam, répondit sa mère.

— J'ai peur que tu ne changes d'avis au dernier moment, voilà tout. Tu ne changeras pas d'avis, hein ?

— Non, Sam.

— Tant mieux. Je reviens vous chercher dans une heure, Amy. D'accord ?

Elle hocha la tête. Si seulement il pouvait ne jamais revenir ! Après le départ de son mari, Amy se sentit démoralisée. Elle s'assit lourdement à la table de la cuisine. Aussitôt, les enfants grimpèrent sur ses genoux. Face à l'expression de sa belle-fille, Posy proposa d'allumer la télévision dans le salon. Sara et Jake lui emboîtèrent le pas.

— Tu as l'air abattue, ma grande, déclara Posy à son retour.

— Je le suis, avoua la jeune femme. Je n'ai pas l'habitude de me coucher tard et de boire de l'alcool. J'ai honte, mais j'ai trop bu et j'ai fini par perdre connaissance sur le canapé de Sebastian.

— Il me l'a raconté. Parfois, cela fait du bien de se lâcher.

— Je m'efforcerai de ne pas en prendre l'habitude. Je suis une mère de famille. Alors, qu'est-ce que cela vous fait de renoncer à Admiral House ? demanda-t-elle aussitôt pour changer de sujet.

— Je reste positive. Si les contrats sont signés la semaine prochaine, je pourrai faire une offre pour cette adorable maison de ville que nous avons visitée. C'est palpitant, non ?

— Ah oui ? fit Amy en regardant sa belle-mère servir le thé. Vous êtes certaine de vouloir vendre ?

— Bien sûr que non, mais je sais que c'est la meilleure chose à faire. Parfois, même quand ton cœur te dit de partir dans une direction, tu dois écouter la voix de la raison. On a tous des décisions difficiles à prendre, à certains moments de la vie, non ?

Amy se sentit rougir.

— Si, murmura-t-elle.

— De plus, je pense vraiment que je pourrais être heureuse dans cette maison de ville. Mon jardin me manquera, naturellement. Hélas, je n'arrive plus à l'entretenir. Et toi, que dirais-tu d'habiter la dépendance, si Sam parvient à obtenir un permis de construire ?

— Cela m'a semblé… génial, mentit-elle. Mais je ne veux pas risquer une fausse joie.

— J'aime bien l'idée d'un Montague vivant sur ces terres pour y élever ses enfants. La séparation sera moins douloureuse. De plus, je pourrai revenir en visite.

— Bien sûr… si le projet se concrétise.

— Je comprends que ta confiance dans les entreprises de Sam ait été mise à rude épreuve. Je ne l'ai jamais vu aussi enthousiaste. Cela doit te faciliter la vie, d'avoir un mari heureux.

Sa belle-mère allait à la pêche aux informations et elle n'était pas en état de résister.

— Oui, bien sûr, dit-elle en se levant. Si cela ne vous ennuie pas, je vais regarder la télévision avec les enfants.

Posy la regarda sortir et poussa un soupir. Pour une fois, elle déplorait le fait que l'âge rende plus sage.

25

Avec l'aide de Meena, Tammy avait travaillé dur pour remettre de l'ordre dans la boutique afin de l'ouvrir au public.

— Demain, on démarre pour de bon, annonça Meena tandis qu'elles remontaient les dernières marchandises du sous-sol.

— Eh oui ! Bon, si tout est là, je file rejoindre Nick. Il m'emmène dîner.

Tammy se tourna vers Meena et lui sourit.

— Tu as été formidable, lui dit-elle. La semaine prochaine, je t'invite au restaurant pour te remercier, d'accord ?

— Ce n'est pas nécessaire, mais ce sera avec plaisir.

— Sans toi, je ne m'en serais pas sortie, ajouta Tammy en l'embrassant.

— Et toi, tu m'as rendu une raison de vivre, alors tout le monde est content. Bonne soirée et à demain !

Vingt minutes plus tard, Tammy parvint à la boutique de Nick et regarda à l'intérieur. Une paire de miroirs Art déco étaient suspendus par des fils invisibles, de part et d'autre d'un superbe lustre en verre de Murano, au-dessus d'une méridienne en cuir crème. Prise d'une bouffée de fierté et d'amour, elle entra et entendit des coups de marteau provenant du sous-sol.

— Chéri, c'est moi ! cria-t-elle par-dessus la rampe.

— D'accord, j'arrive dans une minute !

Tammy fit le tour de l'espace d'exposition, qui regorgeait des œuvres accumulées par Nick au cours des deux derniers mois. Dans un coin de la pièce, un téléphone portable se mit à sonner. Elle le repéra sur la table en bois de citronnier qui servait de bureau à Nick.

— Téléphone ! lança-t-elle en direction du sous-sol.

Les coups de marteau se poursuivant, Tammy décida de prendre l'appel.

— Allô ? Vous voulez parler à Nick ?

Il y eut un silence, puis le correspondant coupa la communication. Sur l'écran, Tammy lut les initiales EN. Dans les appels récents, il y avait aussi « Maman ». L'indicatif régional d'EN était le même que celui de Posy. Un correspondant de Southwold, donc. Le silence se fit au sous-sol et Nick apparut, en nage et maculé de poussière.

— Tu viens de manquer un appel, indiqua Tammy. J'ai répondu, mais la personne m'a raccroché au nez. C'était un certain EN.

— Ah oui, c'est un copain qui me vend deux superbes pieds de lampe en marbre, expliqua Nick en enfilant sa veste.

— Il habite à Londres ? s'enquit-elle, ingénue.

— Oui, il habite à Londres. Bon, on y va ?

*

— Bonjour, Sebastian, dit Freddie en lui ouvrant la porte. Merci d'être venu.

— Avec plaisir, répondit-il en le suivant au salon, où un feu crépitait dans la cheminée. Franchement, je suis ravi d'avoir un prétexte pour m'éloigner de mon clavier.

— C'est difficile, n'est-ce pas ?

— Oui. Je suis au milieu de mon récit. C'est comme traverser la Manche à la nage. On démarre plein d'énergie et d'impatience et, à mi-chemin, on ne voit plus la terre ni d'un côté ni de l'autre. Il est trop tard pour revenir en arrière, mais on est encore loin du port d'arrivée.

Sebastian prit place dans le fauteuil que lui indiquait son hôte.

— Une bière ? Du vin, peut-être ?

— Une bière, volontiers, merci.

Freddie revint avec deux bouteilles et s'installa à son tour.

Ils burent une première gorgée, puis Sebastian attendit que Freddie lui explique de quoi il voulait lui parler. Freddie mit un certain temps à détacher le regard du feu de cheminée.

— Je voulais vous entretenir de plusieurs sujets, en fait. J'ai besoin d'un avis objectif. Vous connaissez Posy et vous l'appréciez, sans lui être attaché sentimentalement. Grâce à votre biographie, je sais que vous êtes un ancien journaliste, donc vous ne serez pas choqué par mes paroles.

— Rien de ce que vous me confierez ne sortira d'ici.

— Merci. Je ne sais pas par où commencer… D'abord, je m'inquiète à propos du fils de Posy qui achète Admiral House.

— Vous ne le trouvez pas digne de confiance.

— Ce n'est pas tant de lui que je me méfie, mais de son associé, un dénommé Ken Noakes.

— Et alors ?

— Posy m'a confié des documents à examiner et j'ai remarqué que ce Noakes n'est pas désigné en tant que codirecteur de la société dans les actes officiels. J'ai été avocat pendant plus de quarante ans, j'ai croisé mon lot de promoteurs véreux. Si ce type finance toute l'entreprise, ce qui doit être le cas puisque Sam est fauché, le fait qu'il ne soit pas nommé en tant que directeur est suspect.

— C'est vrai. Je peux demander à un ami de mon ancienne rédaction d'enquêter sur son passé. Il est redoutable.

— Ce serait très aimable. Je détesterais que Posy soit lésée. Entre nous, je n'ai rencontré Sam qu'une fois, et brièvement, mais je ne suis pas très fan. C'est difficile à dire à une mère. Vous le connaissez ? s'enquit Freddie.

— Oui, je l'ai vu plusieurs fois, et je suis de votre avis, hélas.

— J'ai de la peine pour sa femme. Posy m'a souvent dit combien Amy est douce et patiente.

— Elle l'est, confirma l'écrivain.

Lors du silence qui s'installa entre eux, Freddie se leva pour attiser les braises dans la cheminée, ce qui n'était en rien nécessaire.

— Bon sang, fit-il en se tournant vers l'écrivain. Je vais avoir besoin d'un whisky, pour la suite. Je vous en sers un aussi ?

— Non merci. Je ne pourrais plus travailler, ensuite.

Quand Freddie réapparut, il avait la mine sombre. Sebastian se rendit compte que tout ce qu'il avait raconté jusqu'alors était secondaire et qu'il s'apprêtait à en venir au fait. Il regarda son hôte s'asseoir et boire une rasade d'alcool.

— Bon, soupira Freddie en levant enfin les yeux vers lui. Excusez-moi de repousser l'échéance. Vous comprendrez pourquoi ensuite. Ce sera la première fois que cette information sortira de ma bouche. Je compte sur votre discrétion absolue.

— Bien sûr.

Freddie prit une profonde inspiration :

— Voilà…

Une heure plus tard, Sebastian avait bu quelques whiskies en compagnie de Freddie et la bouteille trônait, à moitié vide, sur la table.

— Sincèrement, je ne sais pas quoi dire.

— Que dire, en effet ?

— Je suis écrivain pourtant, mais je n'aurais jamais pu imaginer une situation aussi… tragique.

— Je peux pourtant vous assurer que chaque mot que je viens de prononcer est véridique, hélas. En cherchant bien, vous trouverez tout sur Internet.

— Et vous êtes certain que Posy n'est pas encore au courant ?

— Elle ne l'est pas. Je dois dire que, en la retrouvant, après toutes ces années, j'ai présumé qu'elle savait. Que quelqu'un le lui avait forcément dit. Cependant, elle a vécu loin d'Admiral House pendant plus de vingt-cinq ans.

— Moi, je peux y croire, déclara Sebastian. Les gens n'aiment pas parler des choses pénibles aux victimes. Quand ma femme est morte, même mes proches amis évitaient le sujet, alors les inconnus…

Freddie observa le feu de cheminée.

— Vous comprenez pourquoi j'ai dû la quitter, la première fois, n'est-ce pas ?

— Oui. Vous étiez dans une situation impossible.

— Quand j'ai réalisé qui elle était et qu'elle n'était pas au courant, je n'ai pas eu le choix. Je…

La voix de Freddie se brisa et des larmes apparurent dans ses yeux.

— Je savais qu'elle serait anéantie.

— À l'époque, elle l'aurait été.

— La question que je ne cesse de me répéter, c'est… la terrible vérité la briserait-elle aujourd'hui ?

Sebastian se demanda ce qu'il ressentirait, lui…

— Je… je ne sais pas, Freddie. Elle serait choquée, incrédule, je pense. Mais au moins elle comprendrait pourquoi vous l'avez quittée.

— Et pourquoi je n'ai pas pu m'engager avec elle. Elle est déconcertée. Et le plus ridicule, au bout de cinquante ans, c'est que je n'ai qu'une envie, m'agenouiller devant elle, lui dire que je l'aime et, enfin, la faire mienne.

Freddie prit un mouchoir et se moucha bruyamment.

— Je devrais peut-être m'en aller d'ici. Tout vendre et…

— Et intégrer la Légion étrangère ? railla Sebastian.

Cette réflexion fit naître un sourire sur les lèvres de Freddie.

— Je suis même trop vieux pour ça ! Que feriez-vous, à ma place ?

— Je crois… je crois que je chercherais un moyen de lui dire la vérité, mais ce n'est que mon avis. Quand j'ai perdu ma femme, j'ai compris qu'il fallait saisir le moment présent, surtout en amour.

— Je suis d'accord, bien sûr. En revanche, quand une vérité est dite, plus moyen de revenir en arrière.

— N'oubliez pas que vous étiez tous les deux des victimes innocentes d'un acte hors de votre contrôle. Vous avez essayé de la protéger car vous l'aimez profondément, mais vous avez souffert, vous aussi. Elle le comprendra.

— J'ai souffert, effectivement, et vous avez raison. Bon, je vous ai fait perdre assez de temps et je vous remercie pour ces paroles de sagesse. Peut-être… peut-être que je devrais attendre qu'elle ait quitté Admiral House et commencé une nouvelle vie pour lui parler. Le choc serait moins brutal. Il y aurait une certaine distance, pour ainsi dire.

— En effet, ça me semble judicieux. Laissez-la déménager, ce qui sera déjà un traumatisme en soi. Laissez passer un peu de temps.

Sebastian se leva et Freddie le raccompagna à la porte.

— Au revoir, Freddie. Restons en contact.

— Avec plaisir. Je suis content que vous soyez présent pour Posy. Je m'inquiétais de la savoir seule dans cette grande maison.

— Franchement, si cela peut vous aider, je crois que Posy est l'une des personnes les plus fortes que je connaisse, répondit l'écrivain. En tout cas, je vais mettre mon ami journaliste sur le cas de ce Ken Noakes et je vous tiens au courant.

*

Depuis quelques jours, Posy ne dormait pas bien. Elle était perturbée par tout ce qu'elle avait à faire avant de déménager. Ce matin-là, Nick l'avait appelée pour s'excuser de sa réaction initiale à la vente. Il avait prié son ami Paul de jeter un coup d'œil aux peintures.

— Il espère qu'un Van Gogh m'a échappé, avait-il précisé en riant.

— Chéri, tu sais très bien que les tableaux de la maison sont des croûtes bonnes pour la benne à ordures et non pour une vente chez *Sotheby's.*

— Au pire, ce sera l'occasion de venir à Southwold, Maman. Tu sais bien que Paul t'a toujours appréciée, ainsi qu'Admiral House. C'est une façon de dire au revoir.

— À moi ou à la maison ?

— Très drôle. Bref, Paul sera chez toi samedi vers dix heures et je ferai aussi un saut pendant le week-end.

— Formidable. Je préparerai à déjeuner. Tu amènes ta charmante petite amie ?

— Non. Tammy est très occupée dans sa boutique.

— Il faudra bien qu'elle vienne ici, un de ces jours, pour choisir ce qu'elle veut dans la collection de robes de ta grand-mère. Invite-la pour Noël, veux-tu ? Ce sera notre dernier Noël ici et j'aimerais que ce soit une belle fête.

— Euh… Oui, bien sûr.

— Tout va bien, entre vous deux ? s'enquit Posy. Elle connaissait bien son fils et sa légère hésitation l'avait alarmée.

— Ça va, Maman. Nous sommes débordés, voilà tout. À propos, j'ai une vente aux enchères à Lots Road. Je t'envoie par texto le numéro du commissaire-priseur de Southwold. Il viendra évaluer les objets. Je te préviens, tu n'en tireras pas grand-chose. Les meubles foncés ne valent plus rien, de nos jours, sauf exception. Tu devrais sélectionner des pièces ayant une valeur sentimentale, puis louer quelques bennes et te débarrasser des lits et des canapés, par exemple. Tu n'en obtiendras rien.

— Je ne me faisais guère d'illusions.

— Donc cette vente va se faire ?

— À ma connaissance, oui.

— Et tu es toujours d'accord ?

— Que je sois d'accord ou pas n'est pas le problème. Je n'ai pas le choix, Nick, à moins que je ne trouve un million de livres pour réaliser les travaux.

— Tu as raison, bien sûr. Je regrette de ne pas avoir cette somme, mais j'ai mis toutes mes économies dans la création de mon entreprise.

— Tu as bien fait, Nick. Il est temps de tourner la page, même si c'est difficile. C'est le jardin qui me manquera le plus. Au moins, Sam m'a dit qu'une société de gestion immobilière entretiendra les appartements et le parc. De plus, j'ai assez envie d'avoir des meubles modernes et du double vitrage.

Quand elle raccrocha, elle poussa un soupir, puis elle prit rendez-vous avec le commissaire-priseur.

En déambulant de pièce en pièce pour sélectionner les objets qu'elle voulait conserver, comme le lui avait suggéré Nick, Posy se rendit compte qu'elle ne souhaitait pas emporter grand-chose dans son nouveau logement. Quelques toiles, la pendule Art déco en jade, sur la cheminée du salon, le bureau de son père dont le cuir était usé…

Dans une chambre d'amis, Posy s'assit sur le matelas usé. Elle se vit dans le vieux miroir piqué au cadre doré qui avait reflété l'image de générations d'Anderson. Que penseraient-ils de la voir jeter aux orties trois siècles d'histoire familiale ? Si tant était que l'on puisse penser, dans l'au-delà, ce dont elle doutait fortement. Et pourtant, au cours de ces dernières semaines, depuis sa décision de vendre, elle avait senti la présence de son père bien plus fortement que de coutume.

— Posy, le moment est venu, dit-elle à son reflet.

— Sebastian, pourriez-vous m'accorder une demi-heure et m'accompagner à la Folie, dans le jardin ? C'était l'antre de mon père et, quand j'étais jeune, il m'était interdit d'y entrer. Mon père adoré m'emmenait à la chasse aux papillons, qu'il emportait dans la Folie pour les « observer ». Il prétendait les libérer ensuite. Un jour, j'ai réussi à entrer et j'ai découvert une collection de papillons morts dans des cadres accrochés aux murs. J'en ai eu le cœur brisé. En réalité, c'était simplement un collectionneur… Certaines espèces sont sans doute éteintes, aujourd'hui.

— Ils doivent avoir une certaine valeur, au moins, commenta Sebastian.

— Probablement, mais jamais je ne les vendrais. Je préfère en faire don au musée d'Histoire naturelle. Quoi qu'il en soit, j'appréhende d'entrer dans la Folie. Je n'y ai pas mis les pieds depuis plus de soixante ans. Après la mort de mon père, je suis partie vivre chez ma grand-mère, en Cornouailles. Quand je suis revenue ici, avec mon mari et mes enfants, je... je n'ai pas eu le courage d'y aller.

— Je comprends pourquoi, admit Sebastian.

— Et je doute d'y arriver aujourd'hui. Pas toute seule. Hélas, c'est indispensable parce qu'il faut tout vider avant le déménagement.

— Je vous y accompagnerai. Vous n'aurez qu'à me dire quand.

— Pourquoi pas cet après-midi ? Paul, l'ami négociant d'art de Nick, vient ce week-end. Ce serait bien de lui montrer l'ensemble.

Sebastian regarda Posy quitter la cuisine le cœur gros. Pourquoi n'avait-elle pas prié Sam de l'accompagner ? Son fils aîné aurait été un choix plus judicieux. Néanmoins, même s'il n'était pas amoureux de la femme de Sam, il le trouverait toujours odieux.

Avec les gènes, on ne sait jamais, songea-t-il en gravissant l'élégant escalier en courbe.

— Vous êtes disponible pour aller à la Folie ? demanda Posy après le déjeuner.

— Ce ragoût était succulent et je vous suivrais jusqu'à la lune pour en manger encore. Je vais chercher des lampes torches. Il n'y a sans doute pas l'électricité, là-bas.

Posy esquissa un sourire triste. En se levant, Sebastian perçut son appréhension.

Dans le jardin flottait un brouillard d'automne qui ne s'était pas dissipé de la journée. La Folie se dressait derrière une rangée de noyers. L'écrivain ne put réprimer un frisson. Compte tenu de ce qu'il savait, il était sans doute aussi tendu que Posy.

En s'approchant de la porte en chêne massif en partie rongée par la moisissure, après tant d'années de négligence, Posy brandit un lourd trousseau de clés. Elle tremblait si fort qu'elle ne parvint pas à insérer la clé dans la serrure.

— Laissez-moi faire…

Sebastian eut du mal à venir à bout du mécanisme grippé. Il sentit son cœur s'emballer. Dieu seul savait ce qu'ils allaient trouver à l'intérieur, ce qu'il restait de la tragédie survenue entre ces murs…

Dès que la porte céda, Posy poussa le battant. Ils pénétrèrent dans une pièce sombre. La fenêtre était obstruée par des toiles d'araignées à l'intérieur et un amas de lierre à l'extérieur. Ils allumèrent leurs torches et balayèrent les lieux.

— C'est ici que mon père rangeait son équipement, expliqua la vieille dame en enjambant un tas de bâtons vermoulus.

Elle ramassa un objet en bois et le lui tendit.

— Un maillet, et des piquets de cricket. Nous y jouions lors des réceptions de mes parents.

Sebastian braqua sa torche sur un grand placard dont la porte était entrouverte. En l'ouvrant, il découvrit une série d'armes à feu alignées avec soin et dont le métal était rouillé. Il eut un sursaut en constatant qu'il en manquait une.

— Les fusils de chasse de mon père, déclara Posy. Parfois, la nuit, j'entendais des détonations. D'après Papa, c'était le fermier voisin qui tirait des lapins. Pourtant, la ferme est assez loin et les coups de feu étaient très proches. C'était sans doute lui.

— Celui-ci est un Purdey. Une fois nettoyé, il aurait sans doute de la valeur, commenta Sebastian.

— Vous êtes amateur ?

— Oh non ! Je le connais uniquement parce que j'ai fait des recherches pour mon dernier roman.

Dans la pénombre, il vit Posy éclairer un escalier.

— Je vous précède ? proposa-t-il.

— S'il vous plaît. Soyez prudent car le virage est abrupt, d'après mon souvenir.

Le son de leurs pas sur la pierre ancienne résonna dans la tourelle. L'odeur d'humidité était si forte que Posy éternua en arrivant sur l'étroit palier, à l'étage.

— Seigneur, fit-elle en cherchant son mouchoir dans sa poche. Nous respirons sans doute de l'air de l'époque de la guerre.

— Nous y voilà, déclara Sebastian face à la porte en chêne, une version miniature de la première, mais en bien meilleur état.

— Oui…

Des centaines de souvenirs assaillirent la vieille dame.

— Je l'ouvre ?

Posy lui remit l'énorme trousseau qui ressemblait à un bracelet géant avec des clés de différents formats en guise de breloques.

Sebastian vérifia que la porte était verrouillée, puis il essaya plusieurs clés avant de trouver la bonne.

— Prête ?

— Je peux mettre un bandeau pour ne pas voir ces pauvres papillons morts ?

— Oui, mais à quoi bon entrer, dans ce cas ?

Sebastian lui tendit la main et Posy respira profondément pour calmer les battements effrénés de son cœur. Derrière ce panneau de bois se trouvait l'essence même de son père adoré. Elle suivit l'écrivain à l'intérieur.

Il balaya la salle circulaire de sa torche, illuminant une quantité impressionnante de papillons dans des cadres un peu de travers. Il remarqua un bureau, un fauteuil en cuir et une bibliothèque encore garnie. L'écrivain nota également une grosse tache de couleur cuivrée et entourée d'éclaboussures, comme si un peintre avait projeté de la peinture au hasard sur une toile.

Il mit un moment à comprendre, puis l'explication le frappa de plein fouet. En se tournant vers Posy, il vit qu'elle examinait de près un papillon encadré.

— Je me souviens de celui-ci. C'est moi qui l'ai capturé et Papa était ravi car les azurés du serpolet étaient rarissimes. En fait, c'est probablement ma dernière prise, soupira-t-elle. Je demanderai peut-être à Amy de le peindre afin de me rappeler sa beauté sans être témoin de son triste sort.

Elle afficha un sourire mélancolique. Tandis qu'elle balayait la pièce du regard, Sebastian eut envie de la faire sortir sans qu'elle ne le remarque… Mais il était déjà trop tard. Posy avait braqué sa torche sur la tache.

— Qu'est-ce que c'est que ça ? s'étonna-t-elle en s'approchant pour l'observer.

— Un dégât des eaux, peut-être.

Il se rendit compte lui-même de la faiblesse de son mensonge.

— Non..., fit Posy, qui avait pratiquement le nez sur la tache. C'est du sang séché. En fait, on dirait que quelqu'un a été placé contre le mur avant de se faire tirer dessus.

— L'un de vos ancêtres aurait été impliqué dans un scandale, par hasard ?

— C'est une possibilité, mais je suis sûre que j'aurais remarqué cette tache quand je suis entrée ici, étant enfant. Comment ne pas la voir ? Et juste en face de la porte, en plus !

— Il y avait peut-être d'autres papillons encadrés qui la dissimulaient, à l'époque.

— Peut-être. En fait, je suis sûre que la collection de vulcains était exposée à cet endroit. Si mes souvenirs sont exacts, ce sont les premiers papillons que j'ai vus en franchissant le seuil. Ensuite, j'ai reculé et dévalé les marches.

Sebastian fut soulagé de voir Posy s'approcher du bureau. Elle ramassa une loupe et souffla dessus. Des milliers de particules de poussière se mirent à scintiller à la lueur de la torche.

— Un de ses instruments de torture, je suppose. C'est fou ce que les adultes mentent aux enfants pour les protéger, chuchota-t-elle. Nous le faisons tous, mais je me demande, à long terme, si c'est vraiment dans leur intérêt.

Une fois encore, l'écrivain retint son souffle.

— Vous voulez que je décroche les cadres contenant des papillons pour les emporter dans la maison ?

— S'il vous plaît, Sebastian.

Posy désigna les livres posés sur l'étagère.

— À part ceux-ci, je crois que tout peut aller à la benne, décréta-t-elle. Je n'aime pas cet endroit. Il y règne une atmosphère bizarre. Dire que, quand j'étais petite, j'imaginais Papa tel un chevalier en son château, le roi des fées !

— Partez devant, Posy. Je m'occupe des papillons.

26

Allongée dans son lit auprès de Nick, Tammy le regardait feuilleter un catalogue de vente.

— Tu vas à Southwold, ce week-end ?

— Oui. Je te l'ai dit, Paul va jeter un coup d'œil aux tableaux de ma mère. Dimanche, j'assisterai à une vente aux enchères à Lavenham. Je partirai pour Admiral House vendredi soir et je serai de retour dimanche en fin d'après-midi.

— Je peux t'accompagner ? J'aimerais bien voir ta mère et elle a des robes à me montrer.

— Tu ne préfères pas rester dans ta boutique ? Le samedi est le jour le plus chargé de la semaine.

— Tu oublies que j'ai Meena, une bien meilleure vendeuse que je ne le serai jamais.

— Oui, mais elle n'est pas toi. De toute façon, tu as prévu de déjeuner avec Jane, non ?

— Je peux annuler. J'aimerais tant revoir ta mère, insista Tammy.

— Franchement, elle est très occupée, en ce moment. Un autre week-end, peut-être ? Quand la vente aura un peu avancé.

— Bon sang, Nick, c'est ce que tu dis à chaque fois ! s'emporta Tammy, voyant ses incertitudes et ses frustrations confirmées. Je ne sais plus à quand remonte notre dernier week-end ensemble. Tu disparais toujours seul.

— Oui, pour acheter des marchandises et faire démarrer ma société. Je suis désolé de ne pas t'accorder toute mon attention, Tammy, répliqua-t-il froidement. Je croyais que chacun comprenait et respectait le travail de l'autre.

— C'est le cas, mais même en plein chaos, on devrait trouver vingt-quatre heures à passer ensemble, non ? La vie est une question d'équilibre.

— Tammy, sans être méchant, il me semble que, maintenant que ta société est sur les rails, tu m'en veux de devoir consacrer du temps à la mienne.

— Tu es injuste ! J'ai toujours trouvé du temps pour toi.

Nick jeta le catalogue à terre d'un geste rageur et quitta le lit.

— J'ai mille choses en tête, des affaires à régler ! Ce harcèlement est ce dont j'ai le moins besoin en ce moment. Je retourne chez Jane et Paul pour être un peu tranquille !

En l'entendant claquer la porte derrière lui, Tammy enfouit le visage dans son oreiller et fondit en larmes.

Deux jours plus tard, sans nouvelles de Nick, Tammy quitta sa boutique à midi pour rejoindre

Jane chez *Langan*, à Beauchamp Place, leur lieu de rendez-vous de prédilection.

— Tu es radieuse, dit-elle en s'asseyant face à son amie.

— J'ai fait ma première échographie et, croisons les doigts, tout semble normal. Je peux me détendre un peu. Tu prends un verre de vin, Tam ? Tu as l'air d'en avoir besoin. Je te trouve pâlichonne.

— Je dors mal, en ce moment.

— Pourquoi ? Tu es trop occupée à compter tes recettes ?

Jane sourit et commanda une bouteille d'eau et un verre de vin au serveur.

— Non, même si les affaires vont bien, depuis quelques jours. Ce matin, c'était la folie. En fait, je ne peux pas rester trop longtemps. J'ai laissé Meena se débrouiller seule.

— Je suis certaine qu'elle est compétente. Si tu continues dans cette voie, tu vas devoir embaucher une vendeuse.

— J'y songe, admit Tammy.

— Dans ce cas, tu devrais être en pleine danse de la joie. On ne parle que de toi et de tes robes fabuleuses et tu fais la tête. Qu'est-ce qui se passe ?

Tammy but une longue gorgée de vin.

— Je me suis disputée avec Nick, il y a quelques jours, et je n'ai plus de nouvelles depuis. Jane… Je crois qu'il me trompe.

Jane sembla abasourdie.

— Quoi ? Mais non !

— J'en ai bien l'impression, pourtant.

— Quand je vous ai vus, tous les deux, à la réception, vous sembliez heureux. Désolée, je n'y crois pas. Nick n'est pas ce genre de type.

— Écoute, il s'est passé quelque chose récemment et je sais avec certitude qu'il m'a menti.

Tammy relata à son amie le coup de fil qu'elle avait pris sur le portable de Nick, lorsque le correspondant, le mystérieux EN, de Southwold, lui avait raccroché au nez.

— Nick m'a affirmé que cet EN vivait à Londres. Pourquoi mentir ?

— Peut-être qu'il vit à Londres une partie de l'année. Ce n'est pas une preuve d'infidélité, Tammy.

— J'ai un pressentiment... D'autant qu'il m'a dit qu'il avait une affaire à régler avant de pouvoir s'engager à fond avec moi. Tu m'as parlé d'une fille qu'il avait connue et qui vivait à Southwold, non ?

— Oui, mais... ce n'était pas sérieux, d'après moi. Si je me souviens bien, elle avait un petit ami.

— Mais il y a eu quelqu'un ?

— Oui.

— Comment s'appelait-elle ?

— Evie quelque chose, il me semble. Evie Newman, c'est ça.

— Mon Dieu ! EN ! s'exclama Tammy, au bord des larmes. Je le savais !

— Tam, calme-toi...

— Comment veux-tu que je reste calme ? Il est évident qu'il la revoit.

— C'était il y a dix ans et tu n'as aucune preuve qu'il sorte avec elle actuellement, argumenta Jane.

— Alors pourquoi lui téléphone-t-elle ? Et pourquoi a-t-il refusé que je l'accompagne, ce week-end ?

— Il pensait que tu t'ennuierais et que tu avais mieux à faire. Déjeuner avec moi, par exemple.

— Non, Jane. On sait toutes les deux pourquoi il est là-bas. En y réfléchissant bien, Nick s'est absenté presque tous les week-ends, depuis un mois, officiellement pour assister à des ventes aux enchères.

— Et alors ? Il est antiquaire, c'est son boulot !

— Il ne m'a jamais proposé de l'accompagner. Quand je le suggère, il trouve toujours un prétexte.

— Écoute, je comprends tes soupçons. J'en aurais aussi, à ta place. Mais je suis certaine que Nick t'aime. Il n'a rien confié à Paul. Avant d'anéantir ce qui t'est arrivé de mieux depuis des années, tu dois affronter Nick et mettre les choses au point. Il a peut-être une raison légitime de se rendre à Southwold. Bon, on ferait mieux de commander si tu dois retourner travailler. Je prends la lotte.

— Je n'ai pas faim, je prendrai la salade de roquette et un autre verre de vin.

Tandis que son amie s'adressait au serveur, Tammy triturait nerveusement sa serviette.

— Le plus bizarre, c'est qu'il m'a emmenée visiter une maison à Battersea, récemment, pour me demander ce que j'en pensais et si j'imaginais nos enfants en train de courir dans le jardin.

— Tu vois ! Quelle preuve supplémentaire veux-tu ?

— Aucune, je suppose, fit Tammy en trempant un gressin dans la tapenade. Mais cela n'explique toujours pas EN.

— Je connais Nick depuis des années. Il n'est pas tordu, je te le jure. L'autre soir, Paul et moi, on se disait qu'il avait trouvé chaussure à son pied. Tu l'aimes ?

— Oui, je le crains.

— En tant que femme mariée, je te conseille de ne pas laisser traîner une dispute. Nick est à Southwold, chez sa mère, ce soir ?

— Oui, du moins c'est ce qu'il m'a dit.

— À ta place, je prendrais ma voiture et je foncerais là-bas pour le voir. À quoi bon se torturer ? Vas-y et crève l'abcès.

— Peut-être… mais je n'ai jamais couru après un homme de ma vie.

— Ce n'est pas n'importe quel homme, Tam. C'est l'homme avec qui tu veux passer le reste de tes jours. Ravale ta fierté et va lui parler. À présent, laisse-moi être pathétique et te montrer la photo de mon bébé…

En arrivant à sa boutique, Tammy trouva Meena en train de jongler vaillamment avec quatre clientes. Après deux heures frénétiques, le magasin se vida soudain.

— Je vais fermer de bonne heure, Meena, annonça Tammy en bâillant. Je suis épuisée.

— Tu as travaillé trop dur. Tu devrais te reposer, demain.

— C'est sûr, conclut Tammy en ouvrant le tiroir-caisse pour compter la recette du jour.

Une demi-heure plus tard, Tammy faisait les cent pas dans sa maison. À bout de patience, elle jeta quelques vêtements dans un sac et prit sa voiture. Durant le trajet jusqu'à Southwold, elle appela

Nick sur son portable. Comme toujours, elle tomba sur la boîte vocale et lui laissa un message.

— Salut, c'est moi. Je voulais te dire que je suis désolée, pour l'autre soir. J'ai été égoïste. Je suis en route pour Southwold pour te voir et régler ce problème. Je serai là vers huit heures. Si cela ne t'arrange pas, fais-le-moi savoir. Salut.

Tammy s'engagea enfin dans l'allée menant à Admiral House, le cœur battant, terrifiée à l'idée de ce qu'elle allait peut-être découvrir. Au moins, il y avait quelqu'un car la maison était éclairée. La jeune femme frappa à la porte d'entrée.

— Bonjour, Tammy. Qu'est-ce que tu fais là ?

C'était Amy qui se tenait sur le seuil, et non Posy.

— Je… eh bien, je viens voir Nick.

— Nick ? répéta Amy, intriguée. Il n'est pas là !

— Ah…

— Entre donc. C'est sympa de te voir.

Souriante, Amy l'entraîna vers la cuisine.

— Je suis venue travailler sur le dessin qui figurera sur la carte de vœux de Posy.

Sebastian était attablé devant un verre de vin.

— Tammy, quelle bonne surprise ! Je te sers un verre de vin ? Je tenais compagnie à Amy le temps qu'elle termine son dessin.

Il faisait nuit depuis trois heures au moins et ils se justifiaient un peu trop, tous les deux. Tammy y vit la confirmation de ses soupçons.

— Oui, je boirais volontiers un verre, répondit-elle en s'écroulant sur une chaise. Où est Posy ?

— Elle dîne avec son ami Freddie, déclara Amy. Tu l'as ratée de dix minutes.

Elle lui tendit un verre.

— Bon, je retourne travailler, annonça Sebastian. Je vous laisse entre filles. À bientôt, Tammy, et merci de nous avoir invités à l'inauguration. J'ai passé une bonne soirée. Salut, Amy, conclut-il.

— Au revoir, Sebastian.

Tammy s'efforça de ne pas sourire de leur comédie.

— Donc, Posy n'attendait pas la venue de Nick, ce soir ?

— Elle n'en a pas parlé. Il a sans doute une clé. Il a pu dire à sa mère qu'il passerait.

Amy se tourna vers le fourneau. Si quelqu'un avait annoncé sa venue, quelle que soit son heure d'arrivée, Posy aurait prévu un plat à réchauffer. Or le four était vide.

— Nick m'a assuré qu'il passait la nuit ici, hier.

— C'est peut-être le cas. Je ne suis arrivée qu'après le déjeuner. Paul, son ami antiquaire, est venu et est reparti vers trois heures. Je suis désolée, j'ai l'impression que tu as fait le chemin pour rien.

— Oui… on s'est apparemment emmêlé les pinceaux.

— Ce n'est pas grave. Je suis contente de t'avoir vue. Posy ne verrait aucun inconvénient à ce que tu passes la nuit ici, c'est certain.

— Oh non, je crois que je vais rentrer directement à Londres.

Amy lut de la tristesse dans ses yeux verts.

— Écoute, je ne voudrais pas être indiscrète, mais cela te ferait peut-être du bien de parler…

— Il n'y a rien à dire. Je croyais que Nick passait le week-end ici. Visiblement, je me suis trompée.

L'émotion des derniers jours commençait à la rattraper et les larmes lui montèrent aux yeux.

— Oh non ! Désolée, Amy, je n'ai pas le droit de m'épancher sur toi…

— Ne dis pas de bêtises. Je vais juste appeler Sam pour lui dire que je rentrerai plus tard, ensuite on discutera, d'accord ?

Pendant la conversation d'Amy et Sam, Tammy se ressaisit.

— Je suppose que vous vous êtes disputés, commença Amy.

— Oui.

— Je peux savoir à quel propos ?

— Pas grand-chose, en réalité, répondit Tammy en haussant les épaules. J'ai commencé à avoir des soupçons, j'ai perdu confiance en moi, d'où la dispute.

— Je n'arrive pas à croire que tu doutes de Nick. Il est très amoureux de toi.

— C'est ce que tout le monde me serine, soupira Tammy. J'ai une question à te poser… Tu connais quelqu'un du nom d'Evie Newman ?

— Je la connais un peu. Je venais de rencontrer Sam et je vivais encore à Londres. Quand je me suis mariée et que je me suis installée ici, Evie était déjà partie.

— Mais elle est de retour.

— Oui.

— Nick était amoureux d'elle ?

— D'après ce que j'ai entendu, oui. Je regrette, Tammy.

— Ce n'est rien. Mon amie Jane me l'avait dit. Tu ne trouves pas étrange qu'Evie réapparaisse à Southwold au moment où Nick rentre d'Australie ?

Amy se rappela être passée devant la maison d'Evie, avec Posy, et avoir vu la voiture de Nick garée devant.

— Eh bien… je suppose que oui, un peu.

— Je crois qu'il la revoit. Il y a quelques jours, j'ai pris un appel sur son portable, provenant de quelqu'un dont les initiales sont EN. La personne m'a raccroché au nez. C'était un numéro à Southwold. Ce ne peut être qu'elle, non ?

— C'est une sacrée coïncidence, en effet.

— Tu crois que je suis parano ?

— Non, admit Amy.

— Et Nick m'a dit qu'il passait le week-end à Admiral House. Pourquoi ? Pourquoi me mentir ?

— Je n'en sais rien, franchement.

— Il doit être avec elle.

Amy garda le silence, mais elle n'en pensait pas moins.

— Je t'en prie, implora Tammy, si tu sais quelque chose, dis-le-moi. Je préfère l'apprendre maintenant que rester dans l'ignorance et passer pour une idiote.

— Eh bien… il y a quelque temps, Posy et moi sommes passées devant chez Evie et il y avait une Austin-Healey rouge garée devant. Cela ne veut pas dire que c'était celle de Nick…

— On sait toutes les deux que si, coupa Tammy, au bord des larmes. Il y a combien de modèles identiques à Southwold ? Comment a-t-il pu me faire ça ?

— Rien n'est certain. Tu dois discuter avec lui. Il a peut-être une bonne raison de la voir… pour affaires, par exemple.

Tammy se leva.

— Amy, j'ai un service à te demander. Tu veux bien m'accompagner à Southwold pour me montrer où habite Evie Newman ?

— Si tu y tiens, oui.

— Oh oui, j'y tiens.

Bientôt, les deux femmes filèrent dans l'allée.

— Tourne à droite, puis c'est la première à gauche, indiqua Amy. C'est la maison située au coin de la rue.

Tammy ralentit et roula au pas vers la maison d'Evie. Amy poussa un soupir de soulagement en voyant qu'il n'y avait pas de voiture devant chez elle.

— Tu vois ? C'était une coïnci…

— Là-bas ! s'exclama Tammy en désignant le trottoir opposé, une vingtaine de mètres plus loin.

Elle s'approcha pour lire la plaque d'immatriculation.

— C'est bien la sienne.

Tammy s'arrêta vivement. Elles restèrent un instant silencieuses, puis Amy reprit la parole :

— Je suis désolée, Tammy, mais je pense quand même que tu devrais parler à Nick. Il peut y avoir une explication innocente. Nick n'est pas du genre à…

— J'aimerais bien que les gens arrêtent de me répéter quel genre d'homme est Nick ! C'est un salaud, c'est évident !

Elle frappa le volant d'un poing rageur et fondit en larmes.

— Désolée d'avoir crié, Amy. Tu n'y es pour rien.

— Ce n'est rien, je comprends très bien. Retournons à Admiral House, histoire de boire encore un verre de vin et de bavarder.

— Non merci. Pour l'heure, je ne veux entrer nulle part où Nick Montague a pu poser les pieds. Je te dépose là-bas et je rentre directement à Londres.

Elles roulèrent sans un mot. Toute parole de réconfort aurait été futile.

— Tu es sûre que tu peux conduire ? demanda Amy une fois arrivée à destination.

— Ça ira. Merci d'avoir été aussi adorable, Amy. Au revoir.

Cette dernière regarda la voiture faire demi-tour avant de s'éloigner en faisant crisser ses pneus sur le gravier. En se retournant, elle surprit Sebastian, à sa fenêtre, à l'étage, qui regardait les phares du véhicule disparaître.

Ayant vu la douleur que pouvait provoquer une telle trahison, Amy n'était pas d'humeur à entrer dans la maison pour s'expliquer. Elle prit ses clés dans son sac à main et rentra chez elle retrouver son mari et ses enfants.

27

Posy rentra de son dîner avec Freddie totalement épuisée. Elle avait l'habitude de ses sautes d'humeur. Hélas, ce soir-là, il s'était montré particulièrement peu loquace.

Pour couronner le tout, Paul Lyons-Harvey, l'ami de Nick, avait examiné ses tableaux. Elle était résignée à vendre, mais entendre ce spécialiste lui parler de la valeur, ou la plupart du temps de l'absence de valeur, de ses objets lui avait fait prendre conscience de l'énormité de ce qu'elle était sur le point de faire.

Elle eut la surprise de remarquer la voiture de Nick garée dans l'allée. Elle ne s'attendait à sa visite que le lendemain matin et, pour une fois, la présence de son fils ne lui faisait pas vraiment plaisir. Elle n'avait qu'une envie, aller se coucher.

— Maman ! s'exclama Nick, le regard fou, en arpentant la cuisine. Heureusement, te voilà ! Tammy est venue, ce soir ?

— J'étais sortie. Pourquoi serait-elle passée ici ?

— Parce qu'elle m'a laissé un message sur mon portable disant qu'elle arriverait ici vers huit heures. Je ne l'ai écouté qu'il y a un quart d'heure et je suis venu immédiatement.

— Je vois. Eh bien, Amy est repartie. Il reste Sebastian. Tu devrais monter lui poser la question.

— Non, Maman. Je ne voudrais pas le déranger.

— Il se couche rarement avant une ou deux heures du matin.

— On parle de moi, le vampire qui ne sort qu'à la nuit tombée ? intervint l'intéressé en entrant dans la cuisine, une tasse à la main. Je viens chercher un chocolat chaud. Salut, Nick. Eh bien, il y a foule dans la cuisine, ce soir.

— Sebastian, est-ce que Tammy est venue ici, tout à l'heure ? s'enquit ce dernier en le suivant vers le fourneau où il entreprit de faire chauffer du lait.

— Oui, juste après huit heures.

— Elle allait bien ?

— Je ne sais pas trop. J'ai laissé Amy bavarder avec elle et je suis monté travailler. Elle semblait étonnée de ton absence. Elle s'attendait manifestement à te voir ici.

— Oh non… et elle est restée longtemps ?

— Un quart d'heure, peut-être. Ensuite, elle et Amy sont parties dans sa voiture. Une demi-heure plus tard, elles étaient de retour. J'ai joué les espions en regardant par ma fenêtre. Amy est descendue de la voiture de Tammy et est montée dans la sienne. Elles sont parties chacune de leur côté. C'est tout ce que je sais.

— C'est vraiment bizarre, commenta Posy.

Nick consulta sa montre.

— Il est dix heures. Amy ne doit pas encore être couchée…, fit-il comme pour lui-même.

Il feuilleta le répertoire de sa mère et composa le numéro.

— Amy ? C'est Nick. Écoute, il paraît que tu as vu Tammy, ce soir. Je peux faire un saut chez vous pour te parler ? D'accord, merci… À tout de suite.

Il raccrocha vivement, prit ses clés et se précipita vers la porte.

— Salut, Maman. Je t'appelle pour demain mais, au vu des circonstances, je devrai peut-être regagner Londres ce soir, alors ne m'attends pas.

— D'accord. Tiens-moi au courant.

— Promis !

Sebastian parut intrigué en entendant la voiture démarrer en trombe.

— Et moi qui essaie d'écrire de la fiction alors que, dans la réalité qui m'entoure, le mystère s'épaissit.

— Faut-il que je sache ce qui s'est passé ? demanda Posy.

— Aucune idée, car je suis dans le brouillard tout autant que vous. Vous voulez du chocolat chaud ? Vous semblez éreintée.

— Non merci. Je le suis.

— Vous avez envie d'en parler ?

— Pas ce soir, non, mais c'est gentil de me le proposer, répondit la vieille dame en remplissant sa bouillotte d'eau. On pourrait croire que la vie devient plus simple, quand on prend de l'âge.

— Ce n'est pas le cas ? s'enquit l'écrivain.

— Hélas, non. Bonne nuit, Sebastian.

*

Amy ouvrit la porte en robe de chambre.

— Désolé de venir si tard, déclara Nick. Sam est là ?

— Non. Il n'est pas rentré du pub. Il a dû s'occuper des enfants jusqu'à mon retour alors je lui ai dit qu'il pouvait y aller. Entre.

Il la suivit au salon.

— Assieds-toi.

Nick préféra rester debout, à marcher de long en large.

— Qu'est-ce qui s'est passé, avec Tammy, ce soir ?

— Je crois que tu ferais mieux de lui parler.

— Où est-elle ?

— Elle m'a dit qu'elle regagnait Londres. Elle doit être chez elle.

— Comment a-t-elle réagi en découvrant que je n'étais pas à Admiral House ?

— Elle était bouleversée.

— Vous êtes parties à ma recherche ?

Amy hocha la tête.

— Et vous m'avez trouvé ?

— Oui, Nick. Je suis désolée.

— Mais comment... ? Tu ne lui as rien dit, j'espère !

— Non ! Si Tammy est venue à Southwold, c'est parce qu'elle avait déjà des soupçons. Elle était au courant, pour Evie. Elle a pris un appel d'elle sur ton portable et en a tiré ses propres conclusions.

— Je présume que Tammy t'a demandé de lui montrer la maison d'Evie ?

— Oui, et elle... nous avons vu ta voiture. Que voulais-tu que je fasse ?

Amy sentait la colère monter en elle.

— Cette histoire n'a rien à voir avec moi et je refuse d'être blâmée ou impliquée !

— Bien sûr que non, soupira Nick en s'écroulant dans un fauteuil. Désolé de m'être emporté. Amy, qu'est-ce que je peux lui dire ?

— Aucune idée, Nick. Je croyais que tu aimais Tammy.

— Je l'aime ! Mais il y a… autre chose… oh, mon Dieu… Je ne peux rien faire.

— Écoute, ta vie privée ne me regarde pas, mais il est évident que tu étais chez Evie. Si tu lui expliquais pourquoi, Tammy comprendrait peut-être. Je sais qu'elle t'aime. Tu lui as fait très mal.

Nick regarda dans le vague.

— C'est peut-être mieux ainsi. Comment ai-je pu croire que je pouvais tout avoir ?

— Nick, qu'est-ce que tu racontes ? demanda Amy, désemparée. Tout ça n'est pas très clair.

— Excuse-moi de t'avoir dérangée. Il est tard. Je ferais mieux d'y aller. Merci de m'avoir parlé.

— Tu retournes à Londres ?

— À quoi bon ? Je suis incapable de m'expliquer et il n'y a rien que je puisse faire. Au revoir.

Malgré la trahison de Nick, Amy eut un élan de compassion pour lui.

28

Lundi matin, Sebastian frappa à la porte du cottage de Freddie.

— Qu'est-ce qui vous amène ? s'enquit Freddie en l'invitant à entrer.

— Je viens vous parler de ce que mon contact journaliste a déniché sur Ken Noakes. C'est très intéressant…

Sebastian sortit quelques feuilles de papier de sa poche et les déplia, puis il chaussa ses lunettes de lecture.

— À la fin des années 1990, Kenneth Noakes était l'unique gérant d'une société immobilière. Il faisait construire d'élégants logements sur un terrain qu'il avait acheté dans le nord du Norfolk. Il a empoché les acomptes et, quelques mois plus tard, s'est déclaré en faillite. Les maisons n'en étaient qu'aux fondations et les créanciers n'ont pratiquement rien reçu.

— Je m'en doutais, maugréa Freddie. Et ensuite ?

— Au moins trois, peut-être quatre autres « Noakes » se sont déclarés gérants de diverses sociétés et ils sont tous de sa famille. Il y a l'ex-femme, la femme actuelle, un frère et sans doute une fille, ce qui reste à confirmer.

— C'est le schéma classique. Il n'a plus le droit de diriger une entreprise, alors il utilise les membres de sa famille et continue à sévir en coulisses.

— Absolument.

— Ces autres entreprises étaient également des sociétés immobilières ?

— Des quatre qu'il a dirigées, une l'était et les trois autres sont dans la location de biens.

— Je vois. Poursuivez…

— Voici la liste, fit Sebastian en lisant son document. Trimco Ltd sous le nom de Westway Holiday Cottages, Ideal Ltd sous le nom de Hedgerow Holiday Homes et Chardway Ltd sous le nom de St Tropez Blue.

L'écrivain ôta ses lunettes.

— D'après le contact de mon ami au ministère du Commerce et de l'Industrie, cette arnaque aux locations de vacances est courante. L'escroc loue un bureau et quelques lignes téléphoniques, puis il crée un site Internet attrayant et fait de la pub sur les supports habituels. Ensuite, il empoche les acomptes et, six mois plus tard, quand il a blanchi une coquette somme grâce à un compte sur l'île de Man, il se déclare insolvable et file avec le magot. Il n'a plus qu'à recommencer ailleurs.

— En laissant ses victimes privées de leur acompte et de leurs vacances, conclut Freddie.

— Absolument. Et ce n'est que la partie émergée de l'iceberg. Mon ami n'a identifié ces sociétés que parce que Noakes s'est servi d'hommes de paille portant le même nom que lui. Il peut avoir d'autres prête-noms. Sam, par exemple, est l'unique gérant de Montague Property Development Ltd.

— Seigneur…, soupira Freddie.

— Je ne vous le fais pas dire.

— Où vit-il, ce Noakes ?

— Mon ami n'est pas allé aussi loin, hélas, mais je vous garantis que tout ça n'est pas du ressort du droit britannique.

— Que faire, alors ?

— James va creuser encore un peu. Il a un contact dans la police qui lui dira si Mr Noakes est connu des services de police. C'est probable, mais s'il a filé à l'étranger, vu le manque de moyens de la police en ce moment, l'extradition sera jugée trop coûteuse. Ce n'est pas un gros poisson. Bref, James m'a dit de lui faire confiance. Il est ravi car ce sera un article intéressant pour son journal.

— Je sais qu'il est revenu en Angleterre. Posy m'a dit que Sam était allé le voir dans le Norfolk, récemment.

— Ah…

— Il faudrait peut-être mettre Posy au courant, non ? Si ce Noakes est sur le point de recommencer, de faire de la publicité pour la « résidence pour seniors » d'Admiral House, d'empocher des sommes rondelettes, puis de mettre la société en faillite… il faut que Posy le sache. Et Sam ? Vous croyez qu'il sait ?

— Aucune idée. Il a dû se renseigner sur le parcours de son financier, quand même…

— Il ne voulait peut-être pas savoir, hasarda Freddie, exprimant tout haut les pensées de Sebastian. D'après ce que m'a raconté Posy sur son fils, il n'est pas doué pour les affaires et il tient absolument à faire ses preuves aux yeux de sa femme et de sa mère. Quel gâchis…

— Hélas, oui. Je crois que, pour l'heure, je propose d'attendre que James obtienne plus d'informations. Ensuite, on avisera. Aucun contrat n'a encore été signé, n'est-ce pas ?

— Non, mais le notaire de Posy lui a envoyé le contrat, répondit Freddie. Elle tient à ce que j'y jette un coup d'œil.

— Tant mieux. Gardez-le jusqu'à ce qu'on en sache davantage.

— Si tout s'effondre, en plus de cet autre sujet dont nous avons discuté, il s'écoulera peut-être des mois, voire des années, avant qu'un acheteur veuille acquérir la maison. Je ne sais pas pendant combien de temps encore je vais parvenir à la voir sans lui avouer cette vérité qui me ronge de l'intérieur. Oublions Noakes, soupira Freddie. C'est moi qui ai l'impression d'être un escroc.

— Je comprends, mais accordons à James quelques jours de plus. À présent, je vais vous laisser.

— Très bien, fit Freddie en le raccompagnant. Et merci encore pour votre aide si précieuse.

— Ce n'est rien. Je vous contacte dès que j'ai du nouveau.

En s'éloignant du cottage, Sebastian se dit que la réalité dépassait décidément la fiction.

29

Amy contemplait la mer grise et déchaînée. Les nuages filaient dans le ciel, poussés par un vent violent qui plaquait ses cheveux sur son visage. Assourdie par le vacarme des éléments, elle avait du mal à retenir les pages de son journal.

Elle se dirigea vers l'abribus nauséabond et s'assit sur le banc pour réfléchir.

La veille au soir, à son retour, Sam avait déroulé les plans de transformation du hangar sur la table de la cuisine.

— J'ai vu mon géomètre et il pense obtenir le permis de construire et le changement de destination. Les seules plaintes éventuelles viendraient d'Admiral House et, comme j'en serai propriétaire, ce ne sera pas un problème, avait-il affirmé avec un sourire triomphal.

Ensuite, il s'était extasié sur les projets de l'architecte pour le vaste salon et son plafond voûté, ses poutres apparentes, la cheminée à l'ancienne, la cuisine dernier cri…

Amy avait fait de son mieux pour sembler enthousiaste, en vain, visiblement, ce qui n'avait pas manqué d'irriter Sam.

— Je croyais que tu voulais une belle maison ! Je pensais que ça te ferait plaisir !

Plus tard, au lit, Sam avait voulu faire l'amour, mais son simple contact donnait la chair de poule à Amy. Sa réticence l'avait mis en colère et il l'avait clouée sur le matelas par les poignets, pour se coucher sur elle.

Elle lui avait crié d'arrêter et il avait obéi, avant de quitter la chambre en jurant comme un charretier. Il s'était consolé en finissant la bouteille de whisky qu'il avait achetée dans l'après-midi.

Amy observa ses poignets violacés et tira sur ses manches pour dissimuler les marques. Elle eut les larmes aux yeux en pensant à la tendresse et la douceur de Sebastian.

En réalité, Sam avait toujours été agressif, au lit, surtout quand il avait bu. Ce qu'elle avait pris pour de la passion, jusqu'alors, n'en était pas.

Ce n'est pas normal qu'il te fasse mal, Amy…

Si seulement elle avait quelqu'un à qui se confier sur les colères de Sam et ce qu'il lui avait infligé, au fil des années. Mais à qui en parler ? D'autant qu'il ne se comportait ainsi qu'après avoir bu, en général. Pourtant… ce matin-là, il s'était passé quelque chose qui l'avait vraiment alarmée. Elle préparait Sara pour l'école, à l'étage, quand elle avait entendu un grand fracas dans la cuisine, suivi des cris de Sam. En se précipitant en bas, elle avait trouvé un beurrier brisé sur le sol et Sam en train de secouer Jake comme une poupée de chiffon. Elle avait hurlé à son mari d'arrêter et avait pris son petit garçon dans ses bras. Il tremblait de peur face à cet éclat de son père.

Dans la voiture, sur le chemin de l'école, elle avait demandé à Jake si Papa lui avait déjà fait ce genre de choses.

— Pas autant que ça, Maman. Il me tape, des fois, quand tu n'es pas là et que je fais des bêtises.

— Moi aussi, renchérit Sara. Papa se fâche très fort.

Amy se frotta distraitement le front.

Oh non, non…

Elle pouvait le supporter, mais s'il commençait à se défouler sur les enfants…

Amy se rendit compte que, quel que soit l'endroit où ils vivraient ou leur situation financière, elle ne voulait plus de Sam. Sa colère n'était plus gérable. Une chose était désormais certaine : dans l'intérêt des enfants, ils devaient partir.

Plus tard dans l'après-midi, elle consulta les offres de locations dans le journal local. Il y avait de nombreux cottages de vacances meublés. Les propriétaires souhaitaient louer pendant les mois d'hiver, à un tarif raisonnable. Ce n'était pas l'idéal, parce qu'ils devraient déménager à Pâques pour la pleine saison mais, au moins, ils seraient loin de Sam.

Quant à Sebastian… oui, elle l'aimait, mais elle ne quitterait pas Sam pour lui. Elle quittait son mari pour leur sécurité à tous les trois.

Profitant d'un moment de calme à la réception de l'hôtel, elle appela le numéro qu'elle avait relevé dans le journal.

— C'est un deux pièces de bonne taille avec une salle d'eau attenante à la chambre, une kitchenette, des toilettes et une pièce à vivre avec mezzanine. J'y ai installé un canapé, mais je peux vous trouver un vrai lit, si vous restez un certain temps, lui expliqua le propriétaire.

— Cela me semble parfait. Puis-je le visiter ?

— Bien sûr. Quand voulez-vous venir ?

— Vers cinq heures et demie, ça vous irait ?

— D'accord.

Il lui indiqua l'adresse.

— Je m'appelle Lennox. Vous êtes ?

— Euh… Amy.

Elle ne tenait pas à préciser son nom de famille car les Montague étaient connus à Southwold.

— Je vous verrai plus tard, alors. Au revoir, monsieur Lennox.

Freddie venait de conclure sa conversation téléphonique avec Amy quand la sonnerie retentit de nouveau.

— Bonjour, Sebastian. Du nouveau ?

— Mon copain James vient de m'appeler. Il semble que la police, notamment la brigade chargée des escroqueries, s'intéresse à Kenneth Noakes. Comme il le soupçonnait, Noakes a quitté le pays avant qu'ils ne puissent l'arrêter. Un officier de police de cette brigade m'a contacté. Ils veulent savoir si Noakes compte revenir dans le pays, prochainement.

— Comment allons-nous le savoir ?

— Amy doit être au courant. Il faudra se renseigner.

— Comment comptez-vous vous y prendre ? demanda Freddie. Je suis venu à Southwold pour mener une vie tranquille, loin de toute criminalité, pas pour devenir un agent sous couverture pour la brigade anti-escroquerie !

— Bien sûr que non. Il s'agit simplement de dresser l'oreille. Si Posy évoque la date de la signature en votre présence, par exemple.

— Pourquoi ne mettent-ils pas le portable de Sam sur écoute ?

— L'officier avec qui j'ai parlé m'a expliqué qu'il privilégie la méthode douce, pour l'instant. Ils veulent arrêter Noakes par surprise, pendant qu'il se trouve sur notre territoire. Ils lui mettront la main dessus si l'occasion se présente, mais il n'est pas l'ennemi public numéro un. Pour eux, c'est un escroc sans envergure.

— Ses victimes ne voient pas les choses ainsi. Je ne parle même pas de Posy, grommela Freddie. Au cours de ma carrière d'avocat, j'ai connu ça bien des fois. La police manque de moyens. Souvent, un coupable s'en tire à bon compte pour un simple vice de forme.

— Eh bien, faisons de notre mieux. On reste en contact, au revoir, Freddie.

— À bientôt, Sebastian.

Amy découvrit un joli cottage assez proche de l'hôtel pour s'y rendre à pied, un emplacement très pratique, à l'extrémité d'une allée. Elle avait beau connaître Southwold comme sa poche, elle n'aurait jamais deviné la présence de cette petite maison en pierre de la région et impeccablement entretenue.

La cour était déblayée de ses feuilles mortes et le heurtoir astiqué avec soin.

— Amy, je présume ? fit un homme au regard vif.

— Oui. Monsieur Lennox ?

— Je vous en prie, appelez-moi Freddie. J'ai la clé. Allons donc voir le grenier à houblon, comme je l'appelle.

La jeune femme le suivit de l'autre côté de la cour pavée vers une dépendance convertie en logement.

— Je vous l'ai dit au téléphone, ce n'est pas très grand…, prévint-il en déverrouillant la porte.

Amy ne mit pas plus de deux minutes à faire le tour. Certes, le logement était exigu, mais elle l'apprécia d'emblée. La restauration était soignée. Le moindre espace était exploité de façon astucieuse. Grâce au salon cathédrale, on ne s'y sentait pas oppressé.

— Il y a un espace extérieur ? s'enquit-elle.

— Hélas, non, mais je ne vois pas d'inconvénient à ce que vous profitiez de mon jardin, quand il fera meilleur.

— J'imagine que vous louez à court terme, jusqu'aux vacances de Pâques ?

— Je préfère procéder mois par mois pour voir si l'on s'entend bien. Nous serons voisins, voyez-vous, expliqua-t-il avec un sourire.

— Franchement, Freddie, ce logement me semble idéal pour nous, mais si vous préférez un locataire sans enfants, je comprendrais. J'aimerais dire que les miens sont sages et ne font jamais de bêtises, mais…

— Ce sont des enfants, coupa-t-il. Personnellement, je n'ai pas de problèmes avec les petits.

Allons prendre une tasse de thé au cottage, voulez-vous ?

— Vite fait, alors, répondit-elle en consultant sa montre.

Ils traversèrent à nouveau la cour.

— Et vous, vous avez de la famille ? demanda-t-elle quand ils furent attablés.

— Malheureusement pas. Je n'ai que moi-même.

— Alors, quand puis-je emménager et à combien s'élève la caution ?

— L'usage veut qu'on règle un mois d'avance. Et vous pouvez vous installer quand vous voulez.

— Après-demain, ce serait trop tôt ? Je vous verserai un loyer d'avance plus la caution, bien sûr.

Freddie lut son désespoir dans son regard.

— Cela me convient. Et si vous me régliez simplement une semaine ? Disons que ce sera une période d'essai. Une location de vacances, si vous voulez.

— Vraiment ? fit-elle, les yeux embués de larmes. C'est tellement gentil !

— Excusez mon indiscrétion, mais je suppose que le père des enfants n'emménage pas avec vous…

— Non. On se sépare. Je suis réceptionniste à l'hôtel *The Feathers*, donc j'ai des fiches de paie.

Enfin, Freddie comprit.

— Amy, seriez-vous par hasard une parente de Posy Montague ?

— Euh… oui, je suis sa belle-fille.

— Je m'en doutais. Amy Montague, l'épouse de son fils Sam. Vous avez deux enfants et vous vous tuez au travail pour maintenir la cohésion de la famille. Posy ne tarit pas d'éloges sur vous.

— Vous êtes donc Freddie, son ami…

Les pièces du puzzle se mirent en place.

— Oh non, bredouilla-t-elle, au bord de la panique. C'est très gênant ! Personne ne sait que je quitte Sam. Ni lui ni Posy !

— Avant que vous disiez quoi que ce soit, je vous promets une discrétion absolue.

Amy se leva, à la fois embarrassée et soulagée. Freddie semblait si gentil qu'elle avait envie de tout lui raconter.

— Je peux passer demain vous payer la première semaine de loyer ?

— Rien ne presse, Amy. Vous devez avoir beaucoup de problèmes à régler, en ce moment.

— Freddie ? fit-elle en se retournant, sur le pas de la porte pour l'implorer du regard de ne pas trahir son secret.

— Motus et bouche cousue, c'est promis.

— Je… vous savez si Posy est chez elle, en ce moment ?

— Non. Elle travaille tard à la galerie. Il y a un vernissage, ce soir. Si vous voulez lui parler, elle vous accordera quelques minutes.

— Non, ça ira. Au revoir, Freddie.

Dès qu'il eut refermé la porte, il se précipita vers la verrière pour se servir un whisky.

Que faire ? Une fois de plus, les tentacules de la famille Montague s'emparaient de lui. Il avait remarqué des ecchymoses sur les poignets d'Amy lorsqu'elle avait porté sa tasse à ses lèvres. Comment dire à Posy que son fils était une brute ? Et si elle voyait le fait qu'il offre à Amy un refuge contre Sam comme une trahison ?

— Posy chérie, murmura-t-il, les yeux levés vers le ciel limpide. Sommes-nous destinés à ne jamais être ensemble ?

En rentrant à la maison avec les enfants, et sachant que Posy se trouvait à la galerie, Amy se rendit à Admiral House. Elle avait besoin de voir Sebastian, de se blottir dans ses bras rassurants pendant quelques minutes pour lui annoncer la nouvelle. Lorsqu'elle gara la voiture, Sara s'était assoupie.

— Jake, je dois parler à Granny rien qu'une minute. Tu m'attends ici ? Promis, je reviens tout de suite.

Jake hocha la tête, plongé dans la bande dessinée qu'elle lui avait achetée. Elle courut vers la porte de service, puis gravit les marches quatre à quatre vers la chambre de l'écrivain.

— Amy ! fit-il en se détournant de son ordinateur.

— Je ne peux pas rester. Les enfants sont dans la voiture.

Sebastian la prit dans ses bras.

— Tu m'as manqué, chérie, souffla-t-il dans son cou.

— Ce matin, il s'est passé quelque chose et j'ai pris une décision. J'ai trouvé un logement pour moi et les enfants et je quitte Sam. Je le lui annoncerai demain.

Sebastian ne masqua pas son étonnement.

— Serait-ce insensible de te dire à quel point je m'en réjouis ?

— Probablement, mais j'ai besoin de l'entendre.

— Eh bien, je m'en réjouis, dit-il en la serrant plus fort. Je te promets d'être présent autant que tu le voudras.

— Au départ, ce ne sera pas souvent, soupira-t-elle. Il se trouve que j'ai déniché une location chez Freddie, l'ami de Posy. Il vit juste à côté.

— C'est dingue, ça : je vis chez ta future ex-belle-mère et toi tu loues un logement juste à côté de chez le petit ami de ta future ex-belle-mère. Autant faire la une du journal local.

— Je sais, mais Freddie est un type bien qui restera discret. De plus, le loyer est bas, la maison est charmante et disponible tout de suite.

— Oui, Freddie est quelqu'un de bien et tu sais que je t'aiderai, financièrement, s'il le faut. Tu n'as qu'à demander.

— Merci, mais je préfère me débrouiller seule. Sache néanmoins que ça n'a rien à voir avec toi. Même si je ne t'avais pas rencontré, j'aurais dû partir.

— D'accord.

— Pas un mot à Posy, je t'en supplie. Pas encore.

— Naturellement.

Alors qu'elle passait une main dans ses cheveux, il remarqua l'ecchymose de son poignet.

— Comment tu t'es fait ça ?

— Je suis tombée. Il faut que j'y aille. Sam va se demander où je suis.

— Amy, sois prudente, c'est promis ? Sam risque d'être... contrarié par ton départ.

— Ne t'inquiète pas. Sam n'est pas là. Il a rendez-vous avec son associé au *Victoria Hotel*, dans le Norfolk. L'associé doit lui remettre l'argent de la caution pour qu'ils puissent signer le contrat dans les prochains jours.

Bingo ! songea Sebastian.

— Je ferai donc nos valises ce soir, enchaîna Amy, et je les mettrai dans la voiture. Demain matin, quand je lui aurai annoncé la nouvelle, je serai prête à partir.

— Dis-moi une chose : tu as peur de Sam ?

— Peur ? Bien sûr que non. Je t'appelle dès que c'est fait.

— N'oublie pas que je t'aime. Je suis là, en cas de besoin.

Depuis la fenêtre de sa chambre, Sebastian la regarda monter en voiture puis s'éloigner dans l'allée. Il prit son portable et appela le policier qui lui avait demandé de l'informer des déplacements de Ken Noakes. Si tout se passait bien, Amy n'aurait pas besoin de parler à Sam…

30

Après avoir couché les enfants, Amy remplit un sac de vêtements et rassembla quelques jouets qu'elle cacha sous une couverture, à l'arrière de la voiture. Ensuite, elle monta se coucher et fit de son mieux pour dormir. Elle renonça vite et se prépara du café, qui ne fit qu'accélérer les battements déjà frénétiques de son cœur.

— Du calme, Amy, pense aux enfants, se murmura-t-elle à elle-même, aux premières lueurs de l'aube.

Elle essaya de se concentrer sur le fait que, à la fin de cette journée, elle et les enfants seraient à l'abri. Quel soulagement ! Elle n'en avait rien dit à Freddie, mais l'isolement du cottage était un avantage. Et si Sam la retrouvait, elle n'aurait qu'à appeler au secours pour que Freddie l'entende.

À sept heures, elle réveilla les enfants et leur prépara le petit déjeuner comme si de rien n'était. Sur le chemin de l'école, elle écouta Jake faire sa lecture et Sara parler de son costume d'ange pour le spectacle de fin d'année.

De retour à la maison, elle plaça leurs vêtements dans deux sacs-poubelle et les mit dans le coffre de la voiture, avec le reste de ses affaires. Dans un état de tension extrême, elle s'attabla dans la cuisine. Elle songea même à finir la bouteille de vin posée sur le comptoir. Il était presque neuf heures. Sam avait dit qu'il serait là à dix heures. Au moment où elle allait sortir marcher un peu, la sonnerie de son portable retentit. C'était Sam.

— Amy, Dieu merci tu es là ! J'ai besoin que tu viennes me chercher.

— Tu es tombé en panne ?

— Non, je... je suis au commissariat de Wells, dans le Norfolk. Écoute, je...

Sa voix se brisa.

— J'ai été arrêté.

— Mais... pourquoi ?

— Je ne peux pas en parler maintenant. Mon avocat a obtenu une caution et j'ai besoin de mille livres. Tu peux aller voir Maman, lui raconter ce qui m'arrive et la supplier de te prêter la somme ? Il faut que je raccroche. À plus tard, chérie. Je t'aime.

Il coupa la communication. Sous le choc, Amy regarda fixement son écran. Quand elle eut retrouvé ses esprits, elle se mit à trembler de tout son corps. Enfin, elle appela Posy et lui résuma la situation.

— Je vais aller à la banque retirer l'argent, puis je te rejoins. Ne cède pas à la panique, Amy. Je suis sûre que c'est un malentendu.

En attendant sa belle-mère, Amy se dit qu'il n'y avait pas de malentendu.

— Seigneur ! souffla Posy, sur le seuil, pâle comme un linge. Qu'est-ce qu'il t'a dit, au juste ?

— Qu'il avait été arrêté et qu'il se trouvait au commissariat de Wells, répondit Amy, comme un robot.

— Qu'est-ce qu'il a bien pu faire ?

— Aucune idée.

— Il a conduit en état d'ivresse, peut-être, hasarda Posy.

— Peut-être…

— Et s'il avait blessé quelqu'un ?

— La meilleure chose à faire est d'aller se renseigner.

— Tu veux que je t'accompagne, pour te soutenir ?

Amy songea à ses affaires entassées dans le coffre et secoua négativement la tête.

— Non merci, ça ira.

— Bon, voici les mille livres, dit la vieille dame en lui remettant une enveloppe.

— Merci. Je vous appelle dès que j'en sais plus.

Posy étreignit Amy avec fougue.

— Si toi ou les enfants avez besoin de quoi que ce soit, je suis là.

Durant le trajet d'une heure, Amy ne s'autorisa pas à réfléchir. Elle mit de la musique classique très fort et se concentra sur la route.

Dans le minuscule poste de police, elle remplit un formulaire et régla les mille livres de caution, puis on la fit patienter dans un espace où il n'y avait personne d'autre, heureusement.

Enfin, Sam apparut. Il avait une mine épouvantable, le teint pâle, les cheveux hirsutes. Elle se leva et il se jeta dans ses bras.

— Dieu merci, tu es là, chérie.

— Viens, on s'en va, d'accord ? proposa-t-elle gentiment.

Une fois dehors, Sam s'accrocha à son bras comme s'il avait du mal à marcher.

— Ma voiture est restée à l'hôtel, expliqua-t-il tandis qu'Amy démarrait.

— D'accord. Indique-moi le chemin.

— Vers la côte. Le *Victoria* se trouve à dix minutes, à gauche, tu te souviens ?

Elle longea les rues étroites et se retrouva sur le front de mer. Amy se souvenait en effet de sa venue dans cet hôtel superbe, plus de dix ans plus tôt. Elle se rappelait son exaltation tandis que Sam longeait la côte. Elle espérait une demande en mariage. Il ne l'avait pas fait, mais ils avaient passé une nuit de rêve.

Ce jour-là, de lourds nuages gris annonçaient de la pluie. Sur le parking, Amy s'arrêta près du véhicule de Sam.

— Tu es en état de conduire jusqu'à la maison ? lui demanda-t-elle.

— Euh… oui.

— Pas moi, tant que tu ne m'auras pas expliqué.

— Amy…, fit-il en secouant la tête, incapable de la regarder. Je vous ai déçus, les enfants et toi. J'y croyais vraiment, cette fois, tu sais. Je croyais que j'y arriverais, que tu serais fière de moi. On a tout perdu. Qu'est-ce qu'on va faire ?

— Je ne sais pas. Dis-moi ce qui s'est passé.

— C'est mon associé, Ken Noakes. Apparemment, c'est un escroc, un arnaqueur de première. Cela fait des années qu'il dépouille les gens. En gros, l'argent utilisé pour financer notre société est de l'argent volé. Du moins de l'argent dû à des créanciers. On prenait un verre au bar. Ken avait apporté cent mille livres en espèces afin de signer la vente d'Admiral House aujourd'hui. Deux flics en civil ont débarqué et nous ont demandé de les suivre pour répondre à quelques questions sur une « prise d'argent frauduleuse » ou un truc comme ça, j'ai oublié l'expression exacte. J'étais sous le choc. Un flic m'a emmené dans sa voiture et Ken est parti avec l'autre. Je ne l'ai pas revu.

— S'il est question du passé de Ken Noakes, pourquoi t'ont-ils embarqué aussi ?

— Parce que je suis le seul gérant de la société ! Le nom de Ken ne figure sur aucun document. Comment je pouvais le savoir, moi, que l'argent provenait de malversations ? Les flics ont refusé de croire que je n'étais pas au courant.

— Oh, Sam… tu ne savais vraiment pas ?

— Bien sûr que non, bordel ! J'ai mes défauts mais je ne suis pas un escroc, nom de Dieu ! Bon, j'ai coulé plusieurs entreprises et ils ont mené des recherches, tu peux me croire. Ils m'ont accusé de travailler alors que j'étais déclaré insolvable, avec ma dernière entreprise, ce qui constitue un délit. Ils peuvent me reprocher ça, peut-être. L'avocat à qui j'ai parlé pense qu'ils accepteront de renoncer aux poursuites en échange de preuves contre Ken. Le problème, c'est que je ne sais rien du tout. Tu me crois, j'espère !

En dépit de tout le reste, Amy le croyait, oui. Son mari n'était pas un criminel. Il était simplement avide de réussir… et pas très futé.

— Bien sûr. On discutera en arrivant à la maison.

— Bon sang, souffla Sam en se prenant la tête dans les mains. Comment vais-je affronter Maman ? La vente d'Admiral House tombe à l'eau. Je suis vraiment nul ! Rien de ce que j'entreprends ne marche et ce n'est pas faute d'avoir essayé. Je regrette tellement, Amy. Je t'ai déçue, une fois de plus.

Soudain, il lui agrippa le bras.

— Promets-moi de ne pas me quitter. Sans toi et les gosses, je… je ne peux pas vivre.

Amy ne sut que répondre.

— Promets-le-moi, Amy ! Je t'en prie. Je t'aime. Je t'aime vraiment.

Il fondit en sanglots.

— Ne me quitte pas, je t'en prie, ne me quitte pas…

Il tendit de nouveau la main pour s'accrocher à elle comme un enfant.

— Je ne te quitterai pas, Sam, répondit-elle d'une voix morne qu'elle ne reconnut pas elle-même.

À la maison, Amy ordonna à Sam de monter prendre une douche. Vingt minutes plus tard, il avait meilleure mine.

— Je vais voir Maman à Admiral House. Je lui dois au moins une explication. Je t'aime, Amy, et je regrette vraiment. Je nous sortirai de cette galère, je te le jure.

Après le départ de Sam, Amy attendit cinq minutes, puis elle sortit chercher les affaires entassées dans le coffre de sa voiture. Elle remit les vêtements dans les tiroirs et les jouets dans la chambre des enfants. En redescendant, elle chercha le numéro de téléphone de Freddie.

— Allô ?

En entendant sa voix grave et rassurante, elle redouta un instant de perdre son sang-froid.

— Bonjour, Freddie, c'est Amy Montague. Je voulais vous dire qu'il est arrivé quelque chose et que je ne pourrai pas emménager aujourd'hui.

— Très bien, pas de problème. Prévenez-moi quand vous serez prête. Rien ne presse.

— Le problème, c'est que je ne sais pas quand ce sera. Vous feriez mieux de louer à quelqu'un d'autre.

Un silence s'installa entre eux.

— Je vois. Tout va bien ?

— Pas vraiment, non. Posy vous racontera certainement ce qui s'est passé. Je… je dois vous laisser, Freddie. Merci encore pour votre gentillesse.

Elle raccrocha et fondit en larmes. Sachant que Sam risquait de rentrer à tout moment, elle se dépêcha d'appeler Sebastian et tomba sur la boîte vocale.

— C'est moi, Amy. Rejoins-moi à l'abribus, sur le front de mer, à cinq heures.

Elle glissa son portable dans son sac à main et monta enfiler son uniforme de travail.

À son arrivée, Sebastian était déjà là. Il se leva et voulut l'enlacer, mais elle recula.

— Amy, je suis au courant. Posy m'a tout raconté après le départ de Sam.

— Oui, fit-elle d'un ton morne. Je suis venue te dire que je reste avec Sam parce que je suis sa femme, la mère de ses enfants et parce qu'il a besoin de moi.

Sebastian choisit ses mots avec soin :

— Je comprends que tu sois sous le choc et que tu te sentes le devoir de le soutenir. Tu attends que les choses se tassent, c'est normal.

— Non. C'est plus que ça, Sebastian. Ce que nous avons fait, ce que j'ai fait était mal. Je suis la femme de Sam. Je me suis engagée à l'église. Je suis la mère de ses enfants et… je ne peux pas le quitter. Jamais.

— Tu es en train de me dire que c'est fini entre nous ?

— Oui. Je dois subir les conséquences de mes actes. Sam est anéanti et, quoi que je puisse ressentir, je dois le soutenir. S'il était au courant, pour nous deux, il ne s'en remettrait pas. Dans la voiture, ce matin, il a quasiment parlé de suicide.

— Je comprends, mais peut-être que, avec le temps…

— Non ! Ce n'est pas une question de temps. Je t'en prie, crois-moi. Je ne quitterai pas mon mari, alors je n'ai pas le droit de te faire attendre pour rien. Tu dois refaire ta vie avec une autre. Je t'en prie !

— Je ne veux pas d'une vie avec une autre. Je veux être avec toi. Je t'aime !

— Désolée, Sebastian, mais c'est fini. Je dois y aller. Au revoir.

Amy tourna les talons pour s'éloigner.

— Attends ! Je sais ce qu'il te fait !

Elle secoua la tête sans ralentir le pas. Sebastian la vit disparaître au coin de la rue. Il jura dans sa barbe, sachant que tout était de sa faute à lui. S'il n'avait pas dénoncé Ken à la police, Amy et les enfants seraient à l'abri dans le cottage de Freddie. En essayant de protéger Posy, il avait anéanti ses propres chances de bonheur et celles d'Amy.

Sebastian s'assit sur le banc du front de mer et fondit en larmes, la tête dans les mains.

POSY

Paon-du-jour

(Inachis io)

Londres, été 1958

J'étais dans le bus bondé, coincée entre une femme et sa poussette et un jeune homme qui empestait la sueur. Les vitres étaient baissées, mais il régnait une chaleur plus étouffante que dans une serre. En voyant la station Baron's Court se profiler, j'actionnai avec soulagement le cordon de demande d'arrêt et me frayai un chemin pour descendre.

Il ne faisait pas bon être à Londres, au mois d'août, me dis-je en songeant avec nostalgie à cette époque de l'année en Cornouailles. Cette ville n'était pas faite pour les quelques épisodes de grosse chaleur qu'elle subissait. Je longeai le trottoir vers mon immeuble. Estelle et moi vivions au sixième étage sans ascenseur. C'était bon pour la santé, mais pas par 28 °C. En nage, j'ouvris la porte et me dirigeai vers la minuscule salle de bains pour faire couler de l'eau tiède dans la baignoire. Naturellement, le séjour sentait le tabac froid. J'ouvris la fenêtre en grand pour aérer les lieux, puis je débarrassai la table basse jonchée de bouteilles vides, de verres et de cendriers débordant de mégots.

Je portai le tout dans la cuisine. Était-ce vraiment une bonne idée de partager un appartement avec Estelle ? Nos modes de vie étaient diamétralement opposés. Je me levais de bon matin pour arriver à Kew pour neuf heures et Estelle ne commençait ses cours qu'à onze heures, à Covent Garden. L'après-midi, elle rentrait faire la sieste avant de repartir pour un spectacle à l'heure où je rentrais. J'avais donc la paix jusqu'à vingt-trois heures. épuisée par ma journée de travail, je serais couchée bien avant. Au moment où je m'endormais, Estelle débarquait avec sa bande d'amis bohèmes qui sortaient des bars entourant le théâtre. Pendant qu'ils faisaient la fête, je tentais de dormir, malgré Frank Sinatra, mon tortionnaire, dont la voix pourtant mélodieuse me berçait jusqu'au petit matin.

Le salon rangé et nettoyé, ce qu'Estelle ne faisait jamais, car cela ne lui venait pas à l'idée, je pris mon bain, les jambes repliées sur la poitrine dans la baignoire sabot.

Ce soir, je me couche à huit heures, décidai-je. Drapée dans un peignoir, je me fis griller des toasts que je dégustai sur le canapé. *Suis-je rasoir parce que je préfère les plantes aux fêtes bien arrosées ?* Quand je m'étais plainte du vacarme, quelques jours plus tôt, Estelle m'avait répondu que j'étais vieille avant l'âge.

— Tu dormiras quand tu auras quarante ans, Posy chérie. Profite de ta jeunesse tant qu'elle est là.

Sur ces mots, elle avait tiré sur son joint avant de le passer à un jeune homme qui portait du rouge à lèvres. J'avais regagné ma chambre et mis du coton dans mes oreilles.

Au moins, j'adorais mon travail. Mr Hubbard, le nouveau conservateur de l'herbarium, semblait m'apprécier. Il m'encourageait beaucoup. Chaque matin, nous recevions des spécimens du monde entier. Les chasseurs de plantes les stockaient parfois dans des caisses spéciales pour les maintenir en vie après des mois de pérégrinations dans les montagnes ou dans la jungle. D'autres pousses provenaient de jardins botaniques à Singapour, en Australie ou aux Amériques. Après avoir vérifié l'absence de petites bêtes telles que les poux et les puces, je commençais à les étudier. Je réalisais des illustrations scientifiques sur mon minuscule bureau, je les photographiais et développais les clichés dans le laboratoire.

J'avais appris à presser et sécher les plantes sur du papier spécial, dans la salle d'archivage, puis je notais des références sur l'origine, le fournisseur, la famille et le genre grâce à de petites étiquettes. Le plus difficile était de déchiffrer les notes des botanistes répartis aux quatre coins du monde, mais elles me procuraient des informations essentielles sur les soins à prodiguer à chaque espèce. Je disposais ensuite les plantes séchées dans les hauts placards situés au cœur de l'herbarium, une pièce sur deux niveaux qui débordait déjà de spécimens. J'avais demandé à ma collègue Alice combien il y en avait au total. Après réflexion, elle était arrivée au nombre de quatre millions et demi.

À mes yeux, il n'y avait pas de lieu plus merveilleux où travailler. Le parc qui m'entourait était une bouffée d'air frais dans cette ville effervescente.

Je suis une fille de la campagne dans l'âme, me dis-je en allant me coucher. Cambridge et Jonny me manquaient. Allongée sur le vieux matelas inconfortable, je me dispensai de couverture. Il faisait trop chaud. Toujours en nage, j'avais aussi renoncé à ma chemise de nuit. Pas moyen de lire mon livre. J'étais si fatiguée que je ne tardai pas à m'assoupir, bercée par la brise entrant par la fenêtre ouverte.

Quelques heures plus tard, je fus réveillée par le claquement de la porte d'entrée et des rires, dans le couloir.

— Oh non, gémis-je quand Frank Sinatra se mit à chanter à tue-tête.

Si seulement j'avais pu m'envoler vers la lune, comme la chanson de Frank m'invitait à le faire ! Au moins, il n'y avait pas de bruit, là-haut.

— J'en ai pour une seconde. Je vais aux…

La porte de ma chambre s'ouvrit soudain et une ombre apparut sur le seuil, à contre-jour. Avec un cri d'effroi, je remontai la couverture pour dissimuler ma nudité au moment où la lumière s'allumait.

— Allez-vous-en ! lançai-je à la silhouette dont je ne discernais pas les traits.

Dans un sursaut, je compris soudain qui il était.

— Désolé… je cherchais les toilettes, affirma l'intrus en rejetant ses cheveux en arrière pour dégager son visage.

Sous son regard appuyé, je rougis en serrant le drap sur moi.

— Ce n'est pas grave, fis-je, la gorge nouée. Les toilettes sont de l'autre côté du couloir.

— D'accord. Encore désolé. On se connaît, non ?

— Je ne sais pas, répondis-je, désireuse qu'il s'en aille.

— Tu étais à Cambridge, non ?

— Oui, soupirai-je.

— Tu es une amie d'Andrea ?

— C'est ça.

— Je n'oublie jamais un visage, dit-il en souriant. Elle t'a amenée à une de mes fêtes. Je m'en souviens très bien. Tu portais une robe rouge.

— Oui, c'était bien moi.

Je distinguais enfin ses grands yeux fauves.

— Le monde est petit ! Freddie Lennox. Je suis ravi de te revoir… euh…

— Posy Anderson.

— Bien sûr. Qu'est-ce que tu fais là, telle Cendrillon, alors que la fête bat son plein à côté ?

— Il se trouve que, contrairement à la plupart des invités, je travaille.

— Cela me semble très sérieux, commenta Freddie avec un sourire. Je te laisse récupérer grâce à une nuit de sommeil. Ravi de t'avoir revue, Posy. Bonne nuit.

— Bonne nuit.

Lorsqu'il éteignit la lumière et referma la porte derrière lui, je m'allongeai avec un soupir de soulagement. Je me rappelais cette fameuse soirée, je gardais un souvenir vivace de Freddie. À l'époque, j'avais trouvé qu'il était le plus bel homme du monde. Beau au point d'être inaccessible. Il était si sûr de lui, et en troisième année, de surcroît. C'était fou qu'il se souvienne de moi alors que nous n'avions échangé que quelques mots, à l'époque.

J'imaginai Freddie, à quelques mètres de moi, un verre à la main, sans doute, en train de discuter avec une très jolie danseuse invitée par Estelle. Je pris du coton dans le tiroir de ma table de chevet pour me boucher les oreilles.

Le lendemain matin, quand j'émergeai de ma chambre, le désordre qui régnait dans le séjour me découragea. Un corps gisait sur le sol et un autre était écroulé sur le canapé. Je gagnai la cuisine pour me préparer un thé et du pain grillé. Tandis que je tartinais un toast de confiture, une voix familière s'éleva derrière moi.

— Bonjour, Posy. Comment vas-tu en cette belle journée ?

Freddie m'observait depuis le seuil.

— Très bien, merci, répondis-je poliment.

— Voilà exactement ce qu'il me faut, reprit-il en désignant le pain grillé. Je peux en avoir une tranche ?

— Sers-toi. Je suis pressée.

J'emportai mon assiette et ma tasse. Il s'effaça pour me laisser passer.

— J'avoue que je te préfère sans vêtements, murmura-t-il.

Les joues écarlates, je traversai vivement le séjour. Je pris mon petit déjeuner assise sur mon lit en me promettant d'avoir une conversation avec Estelle. Je pris mon sac à main et ma serviette en cuir et mis du rouge à lèvres avant de quitter la pièce.

— Où vas-tu ? me demanda Freddie.

— À Kew Gardens.

— C'est très… bucolique.

Il m'emboîta le pas dans la cage d'escalier.

— Tu y vas pour le plaisir ?

— Je travaille là-bas.

— En tant que jardinière ?

— Non. Je suis scientifique.

— Ah oui, bien sûr. Tu me l'avais dit. C'est très impressionnant.

Me taquinait-il ? Il dut sentir mon hésitation, car il ajouta :

— Vraiment. Moi, j'ai fait des études de droit, à Cambridge.

— Ah oui ?

Arrivée au bas de la cage d'escalier, j'ouvris la porte d'entrée.

— En réalité, je voulais devenir acteur, alors je tente ma chance à Londres.

— C'est bien, dis-je, sur le trottoir.

Il marcha à côté de moi.

— J'ai joué dans des feuilletons radiophoniques et dans un film pour la télévision, c'est tout.

— La carrière d'un acteur dépend beaucoup de la chance, plus que du talent, d'après ce qu'affirment les amis d'Estelle.

— C'est vrai, admit Freddie. J'ai rencontré Andrea grâce au club de théâtre, si tu te souviens. C'est la raison majeure pour laquelle j'ai accepté d'étudier à Cambridge. Cela me manque. Pas toi ?

Nous étions arrivés à l'arrêt de bus.

— Si. À présent, excuse-moi, mais je vois mon bus. Je dois y aller.

— Bien sûr. Et moi, je dois regagner mon appartement pour prendre une douche. J'ai une audition, tout à l'heure.

— Bonne chance, répondis-je en montant dans le bus.

— À quelle heure rentres-tu ? lança-t-il alors que le bus allait démarrer.

— Vers six heures, en général !

— Salut, Posy. À bientôt !

Ce jour-là, je fus moins concentrée que de coutume. Je ne pouvais m'empêcher de penser aux yeux magnifiques de Freddie. Je brûlais d'envie de caresser ses cheveux soyeux… *Posy, tu es fiancée et c'est un acteur sans le sou. Ressaisis-toi !*

Sur le chemin du retour, je ne pus m'empêcher de rêver qu'il m'attende sur le pas de la porte, au point que je dus me sermonner moi-même. À ma grande surprise, il était bien là ! Il traînait devant l'immeuble, très voyant (et irrésistible) avec sa veste de smoking en velours bleu et un foulard à motif cachemire.

— Salut, Posy. Je suis venu m'excuser d'avoir surgi dans ta chambre, hier soir.

Il me tendit un bouquet de fleurs flétries et un sac en papier marron.

— Je t'ai apporté du gin et du vermouth. Tu as déjà goûté un Dry martini ?

— Je ne crois pas, non, avouai-je en entrant.

— C'est le moment ou jamais, ma chère. On a quelque chose à fêter.

— Ah bon ?

— J'ai réussi mon audition ! s'exclama-t-il en me suivant dans l'escalier. J'ai décroché un rôle dans une pièce de Noël Coward dont la première aura lieu au Lyric Theatre, sur Shaftesbury Avenue, en plein West End. J'ai quatre lignes de texte ! N'est-ce pas merveilleux ?

— Si.

Je gravis les premières marches envahie d'un sentiment de… J'ignorais ce que je ressentais, au juste. Je ne comprenais pas ce qu'il faisait là. Il ne pouvait s'intéresser à une fille comme moi, si ?

Sur le palier, j'ouvris la porte de l'appartement. Freddie m'emboîta le pas et balaya le séjour du regard. Les vestiges de la soirée de la veille étaient intacts.

— Quel bazar ! Je vais t'aider à tout ranger.

Je trouvai adorable qu'il me donne un coup de main. Ensuite, il nous prépara des Dry martini.

— Santé ! dit-il. Au début de ma carrière théâtrale !

— À ta carrière, acquiesçai-je avant de boire une première gorgée de cocktail, qui était très bon.

— Je crois me rappeler que tu es originaire du Suffolk, comme moi. Tu y retournes souvent ?

— Jamais, soupirai-je. J'en suis partie à l'âge de neuf ans.

— C'est une région superbe. Naturellement, je préfère la capitale, pas toi ?

— Pas vraiment, non. J'aime les grands espaces. Quand j'aurai les moyens, je pense m'installer à Richmond, tout près de Kew. Il y a un parc magnifique.

— Je n'y suis jamais allé. Et si on y faisait un pique-nique, demain ?

— Euh… Eh bien…

Je rougis, ne sachant que répondre.

— Tu es débordée à ce point ? Ou bien cherches-tu une façon de m'envoyer paître ?

Le moment était venu de lui révéler que j'étais fiancée. Les choses auraient été bien plus faciles si j'avais porté ma bague. Hélas, je passais mon temps les mains dans la terre, de sorte que je gardais le bijou à l'abri dans son écrin, dans le tiroir de ma table de chevet. J'étais tiraillée. Ma conscience me disait de mettre les choses au point, mais une autre partie de moi refusait d'ouvrir la bouche.

— Alors ? fit Freddie, les yeux rivés sur moi.

— Non, je ne suis pas débordée, déclarai-je d'une voix que je ne reconnus pas. J'accepte avec plaisir.

Après mon deuxième cocktail, Freddie m'annonça qu'il avait faim et qu'il allait nous préparer un en-cas avec ce qu'il trouverait dans les placards. Ce furent des sardines et du pain beurré. Freddie me décrivit sa vie londonienne et les grands acteurs qu'il avait rencontrés.

— Bon, je vais devoir te laisser si je veux attraper le dernier bus pour Clapham, dit-il enfin.

En consultant ma montre, je n'en revins pas. Il était plus de onze heures.

— J'ai passé une excellente soirée, conclut-il en se levant.

— Moi aussi, avouai-je, un peu étourdie par le gin.

— Et je dois ajouter que tu es sublime, Posy.

Sans me laisser le temps de réagir, il me prit dans ses bras et m'embrassa. J'étais au paradis. Mon corps réagit immédiatement. Jamais je n'avais ressenti ce désir pour Jonny. Quand il s'écarta, je fus déçue.

— Bon, il faut vraiment que je file, sinon je risque de passer la nuit sur un banc. Je passe te prendre demain à midi. Tu apportes la nourriture et je m'occupe des boissons. Dors bien, ma belle !

— Bonne nuit.

Après son départ, je gagnai ma chambre, sur un petit nuage. Grisée par l'alcool et le désir, je m'allongeai, nue, sur le lit, en imaginant les doigts fins de Freddie sur mes seins, mon ventre… L'intrusion d'Estelle accompagnée de sa clique habituelle de fêtards me troubla à peine.

— Bonne nuit, Freddie chéri, murmurai-je en fermant les yeux.

Le lendemain matin, je me réveillai en proie à une gueule de bois carabinée, sans parler de mon sentiment de culpabilité. Pourtant, je n'annulai pas mon pique-nique avec Freddie, au parc. Assise sur l'herbe desséchée, la tête sur son épaule, je bus du vin.

Je n'en revenais pas. Tout me semblait si naturel. Il m'avait fallu des mois pour être à l'aise, physiquement, avec Jonny. Il y eut beaucoup de baisers et peu de paroles. Nous avons fini par nous assoupir. À mon retour à l'appartement, il me suivit. Il régnait le désordre habituel au salon, mais nous l'ignorâmes pour nous embrasser encore.

— Posy, souffla-t-il dans mon cou, tu sais, j'adorerais t'emmener dans la chambre et…

— Non !

Je me redressai d'un bond, étourdie par le vin et le soleil.

— Je ne suis pas ce genre de fille, affirmai-je d'un ton grave.

— Et je le respecte. Je dis simplement que j'en ai envie. Follement envie. Chaque fois que je ferme les yeux, je te revois, assise sur ton lit, telle une statue d'Aphrodite en albâtre, nue sous un drap.

— Pourquoi moi ? Tu ne préfères pas une de ces actrices voluptueuses à une scientifique vieux jeu telle que moi ?

— Tu n'es pas du tout vieux jeu. Si tu m'attires autant, c'est en partie parce que tu n'as pas conscience de ta beauté. Tu es si naturelle… Si différente des filles que je croise généralement…

Lorsqu'il se pencha pour m'embrasser, je m'écartai de lui.

— Je suis différente d'elles à bien des égards. Tu ne t'intéresses qu'à mon corps, c'est ça ?

— Je le désire, c'est un fait, et je n'ai pas peur de l'admettre. Mais il y a autre chose. Sous cette façade d'acteur superficiel, je suis quelqu'un de sérieux, tu sais. Je rencontre des filles faciles et écervelées. Dès que l'attirance initiale a disparu, il faut être en mesure de tenir une conversation, tu ne trouves pas ?

— Je trouve, oui.

— Tu es si brillante, Posy. J'aime t'entendre parler du chauffage des serres et de compost. Ça m'excite.

Je lui permis de m'embrasser encore, rassurée par ses paroles. Le pire qui puisse m'arriver, me dis-je après son départ, était qu'il couche avec moi et qu'il m'abandonne, le cœur brisé. Si je devais m'unir à Jonny pour le reste de mes jours, une petite aventure avant de l'épouser ne pouvait faire de mal, non ?

L'été fit place à l'automne et ma liaison avec Freddie se prolongea. Jonny m'écrivait chaque semaine depuis sa base, à Aldershot, pour me dire qu'il aurait bientôt une permission et qu'il pourrait venir me voir à Londres pour un week-end. Il semblait heureux, évoquant le régiment d'infanterie qu'il intégrerait, les Royal Gurkha Rifles, et où *nous* serions basés quand il aurait achevé ses six mois d'entraînement. Il nous voyait déjà dans un pays exotique comme la Malaisie.

Soudain, je me rendis compte que je n'avais jamais vraiment réfléchi à l'avenir. Pourtant, il était tout proche. Jonny achevait sa formation et j'occupais le poste de mes rêves à Kew Gardens. Si j'épousais Jonny, je devrais le suivre partout et renoncer à mes ambitions. Avec Freddie, je resterais à Londres et poursuivrais ma carrière…

Freddie jouait au théâtre et j'étais allée le voir déclamer ses quatre lignes. On se voyait moins à cause de ses représentations en soirée, mais nous passions nos dimanches ensemble.

— Tu as couché avec lui ? me demanda Estelle tandis que je me préparais à le rejoindre pour déjeuner au *Lyon's Corner House*, sur Charing Cross Road.

— Bien sûr que non, répondis-je en mettant du rouge à lèvres, face au miroir accroché au-dessus du canapé.

— Je suis étonnée. On le jurerait pourtant, à te voir.

— Que veux-tu dire ?

— Vous semblez tellement complices.

— Eh bien, on n'a jamais couché ensemble.

— Tu as certainement été tentée. Il est si beau ! Qu'est-ce que tu vas faire de Jonny le militaire ?

— Je ne sais pas.

— Freddie est au courant de son existence ? Il sait que vous êtes fiancés ?

— Euh… non.

— Franchement, Posy ! gloussa Estelle. Et moi qui me trouvais amorale alors que tu trompes ton fiancé !

Sur le trajet, je réfléchis aux propos d'Estelle. Elle avait raison, bien sûr. Dans ma tête, je m'exonérais de ma liaison avec Freddie parce que nous n'avions jamais couché ensemble. Hélas, je me mentais, ainsi qu'à Freddie. J'étais tombée follement amoureuse de lui, en vérité.

Je devais dire à Jonny que c'était fini.

Et si Freddie me quittait ?

Dans ce cas, j'aurais mérité de perdre Jonny, le futur mari idéal. Il serait dévasté s'il apprenait que sa fiancée se comportait ainsi.

Après le déjeuner, je dis à Freddie que j'avais mal à la tête et rentrai à la maison. Dans ma chambre, j'entrepris d'écrire à Jonny. Je dus m'y reprendre à six fois au moins car je ne trouvais pas mes mots. Enfin, je glissai une feuille dans une enveloppe. Je sortis ma bague de fiançailles de son écrin et l'entourai de coton et de ruban adhésif pour la placer avec la lettre. J'inscrivis l'adresse de la base et collai un timbre. De peur de changer d'avis, je sortis et, le cœur battant, mis la lettre dans une boîte.

— Désolée, Jonny chéri. Adieu.

Trois jours plus tard, je fis l'amour avec Freddie. Si j'avais redouté un instant d'avoir pris la mauvaise décision en rompant mes fiançailles, toute réticence s'envola grâce aux sensations qu'il me procura dans son appartement de Clapham. Ensuite, nous partageâmes une cigarette et bûmes du Dry martini, notre breuvage favori.

— Donc tu n'étais pas vierge, dit Freddie, une main sur mon sein. Je ne m'y attendais pas. Qui était l'heureux élu ?

— Freddie, j'ai quelque chose à t'avouer…

— Vas-y, je t'écoute. Aurais-je un rival ?

— Tu en avais un, oui. J'étais… fiancée quand on s'est rencontrés. Jonny. Il est en formation pour devenir militaire. Bref, je lui ai écrit il y a quelques jours pour rompre les fiançailles. Je ne peux pas l'épouser.

— Cela a un rapport avec moi ?

— Oui… Mais n'aie pas peur. Je ne dis pas qu'on devrait se fiancer tous les deux, cependant je me sentais obligée de lui dire la vérité.

— Tu caches bien ton jeu, toi. Moi qui te prenais pour une gentille fille innocente…

— Je sais, ce n'est pas très glorieux et je le regrette. Je ne l'ai pas vu depuis notre rencontre à cause de sa formation. Je ne t'ai donc pas trompé, Freddie.

— C'est pour cela que tu refusais de coucher avec moi ?

— Oui.

— Eh bien, pour ma part, je suis ravi qu'il soit loin et que ta moralité ne te retienne plus.

Il me prit dans ses bras et me serra contre lui.

— Et si on recommençait pour fêter ça ? suggéra-t-il.

Je me réjouissais que Freddie ne semble pas perturbé outre mesure par cet aveu. Je ne voulais surtout pas lui mettre la pression. J'avais d'autres raisons d'avoir rompu mes fiançailles, notamment la perspective de renoncer à mon emploi tant aimé pour voyager avec Jonny. Pour être honnête, je savais que si Freddie me le demandait, je le suivrais jusqu'au bout du monde sans l'ombre d'une hésitation.

Après ces premiers ébats si enchanteurs, je m'installai pratiquement chez Freddie. J'attendais qu'il rentre du théâtre et nous faisions l'amour jusqu'au petit matin, puis je m'endormais dans ses bras. Le plus étonnant, c'était que, malgré le manque de sommeil, je me sentais fraîche comme la rosée pour démarrer ma journée à Kew. J'avais lu des romans d'amour et je comprenais enfin ce que racontaient leurs auteurs. Jamais je n'avais été aussi heureuse.

À la mi-octobre, je me rendis comme chaque semaine à mon appartement de Baron's Court pour chercher du linge propre et mon courrier. Dans ma chambre, je trouvai une épaisse enveloppe portant un cachet italien. Elle venait de Maman.

Ma chère Posy,

Je ne t'ai pas écrit depuis longtemps et j'espère que tu ne m'en voudras pas. J'ai été très occupée avec le mariage d'un des fils d'Alessandro. Félicitations pour l'obtention de ton diplôme avec les honneurs. Je suis fière d'avoir une fille aussi intelligente.

Alessandro et moi venons à Londres début novembre et j'aimerais beaucoup te voir. Nous séjournerons au Ritz. Téléphone-moi pour me dire quand tu peux nous rencontrer. Cela fait si longtemps ! Dis-moi que tu viendras voir ta Maman et son mari.

Bons baisers,

Maman

Je demeurai un instant les yeux rivés sur la feuille de papier. Je n'avais pas vu ma mère depuis plus de treize ans. On ne pouvait considérer les choses autrement : elle m'avait abandonnée. Même si l'adulte raisonnable que j'étais comprenait qu'il valait mieux grandir dans l'environnement stable de Granny, en Cornouailles, au lieu d'être trimbalée à travers l'Europe, je ressentais la douleur et la colère d'un enfant abandonné par sa mère.

Dans le bus qui me ramenait à Clapham, je me demandai si je devais en discuter avec Freddie. Je choisis de m'abstenir, de peur qu'il n'ait pitié de moi. À mon retour, il remarqua toutefois que j'étais distraite.

— Qu'est-ce que tu as, chérie ? Je vois bien qu'il y a un problème.

— Rien. J'ai mal à la tête.

— Tu sais, chérie, j'ai réfléchi et je me demandais si on ne devrait pas prendre un appartement ensemble. J'en ai assez de ce lit à une place, pas toi ?

— Tu suggères qu'on vive ensemble ?

— Ne prends pas cet air choqué ! On vit déjà ensemble, officieusement.

— Que penserait ma grand-mère si elle le savait ? Ce n'est pas très convenable…

— On est dans les années 1950, Posy. Un tas de gens le font, je t'assure. Je veux que tu aies une cuisine digne de ce nom où tu pourras me préparer ces bons petits plats dont tu ne cesses de me parler.

— Je peux y réfléchir ?

— Naturellement, répondit Freddie en m'embrassant sur la joue.

En cette fin d'année, ma vie n'aurait pu être plus remplie. Et pourtant, une partie de moi n'était jamais rassasiée. J'avais un emploi de rêve et Freddie peuplait mes pensées et comblait mon cœur et mon corps. Mon bonheur me faisait presque peur car il ne pouvait durer toujours, n'est-ce pas ?

Sur mon petit nuage, je décidai de voir ma mère quand elle viendrait à Londres, ne serait-ce que par politesse. Le moment venu, j'appelai le *Ritz* et pus parler à sa domestique pour l'informer que je verrais Maman pour le thé le samedi suivant. Ensuite, je me rendis chez *Swan & Edgar*, dans Regent Street, pour m'acheter un tailleur chic que je pourrais porter pour d'autres occasions.

Quelques jours plus tard, en entrant au *Ritz*, j'avais les jambes en coton et le cœur battant.

— Puis-je vous renseigner, madame ? demanda le maître d'hôtel du somptueux salon où l'on servait le thé.

— Oui, je cherche le comte et la comtesse d'Amici.

— Ah oui, vous êtes attendue. Veuillez me suivre…

Il m'entraîna parmi les clients élégants qui buvaient du thé en dégustant de délicats canapés. Je cherchai ma mère des yeux. Elle apparut enfin, ses cheveux blonds relevés en un chignon sophistiqué, parfaitement maquillée. Elle n'avait pas changé, à part sa triple rangée de perles et les diamants qui scintillaient à son poignet et sur ses doigts. Elle était assise à côté d'un homme chauve, de petite taille, qui semblait avoir deux fois son âge.

— Posy, j'aimerais te présenter Alessandro, ton beau-père.

— *Cara mia*, tu es encore plus belle que dans les descriptions de ta mère. Je suis honoré de te rencontrer.

Il se leva et prit mes mains dans les siennes. J'eus la surprise de voir des larmes dans ses yeux. J'étais déterminée à le détester, mais sa gentillesse était palpable et il semblait adorer ma mère.

Je grignotai un sandwich au concombre arrosé de plusieurs coupes de champagne pendant qu'Alessandro me racontait leur vie en Italie, leur *palazzo*, leurs croisières le long de la côte, près d'Amalfi.

— Ta mère, elle est… merrrrveilleuse ! Elle illumine ma vie et me donne de la joie.

Je baissai les yeux vers ma tasse en le voyant lui baiser la main. Maman lui adressa un sourire radieux. Jamais je ne l'avais vue sourire ainsi à Admiral House.

— Il faut venir nous voir ! dit-elle quand la table fut débarrassée. Noël est si agréable, au *palazzo*.

L'été prochain, nous longerons la côte en bateau pour te montrer les merveilles de l'Italie.

— Je ne sais pas quand je pourrai me libérer de mon travail, prétextai-je.

— Tu dois bien avoir des congés ! insista-t-elle. *Amore mio,* tu veux bien m'accorder un instant seule avec ma fille ?

Alessandro l'embrassa encore et quitta la salle.

— Posy, murmura Maman en se penchant vers moi, je sais que j'ai raté la majeure partie de ta vie…

— Maman, je comprends, tu n'as pas à…

— Si, si, j'y tiens ! Tu es devenue une femme intelligente, superbe et forte. Je regrette de ne pas y être pour grand-chose, avoua-t-elle d'une voix brisée. J'aimerais tant pouvoir t'expliquer, mais… le temps a passé et il ne sert à rien de regarder en arrière. Chérie, reprit-elle en me tapotant la main, promets-moi de penser à ta venue en Italie, pour Noël, veux-tu ?

Je quittai le *Ritz* en titubant un peu à cause du champagne, en me demandant si je ne m'étais pas méprise au sujet de ma mère. Elle avait tellement bien joué la comédie que j'avais vraiment eu de la peine pour elle. Il me fallut tout le trajet en bus pour retrouver mes esprits et me rendre compte que, une fois de plus, elle me manipulait. Et j'étais tombée dans le panneau. De moi, elle n'avait voulu connaître que le strict minimum : où je vivais et où je travaillais. J'étais prête à lui parler de Freddie et de mon amour pour lui, mais elle n'avait pas abordé le sujet. Elle était bien trop occupée à me décrire son existence de rêve à parcourir l'Europe avec Alessandro. Ayant besoin d'une nuit seule, je téléphonai à Freddie pour lui dire que je dormirais chez moi, ce soir-là. Dans ma chambre, je bus du thé pour remettre de l'ordre dans mes idées.

Mon cœur se durcit à nouveau. Je ne passerais pas Noël au *palazzo*, je n'irais pas en Italie l'été prochain… Maman ne cherchait pas à se racheter auprès de moi. Elle voulait uniquement se donner bonne conscience car elle m'avait abandonnée. *Tu as survécu treize ans sans elle, Posy, et tu continueras,* décidai-je en chassant mes larmes.

Estelle frappa à la porte et passa la tête dans l'entrebâillement.

— Ça va, Posy ?

Je haussai les épaules.

— Je peux faire quelque chose ?

— Oui. Tu crois qu'on peut cesser d'aimer ses parents ? Je veux dire, même s'ils te font quelque chose d'horrible. Est-ce que l'amour pour eux persiste ?

— Sacrée question !

Estelle vint s'asseoir au bord de mon lit.

— Andrea et sa licence de lettres te seraient sans doute plus utiles.

— L'amour n'a rien de logique. On ne peut pas le quantifier. Il est là, c'est tout.

— Tu as raison mais je ne sais pas. J'adore mes parents, alors je n'ai jamais eu à réfléchir là-dessus. Disons que si on choisit ses amis, on ne choisit pas sa famille. On n'a pas à les aimer. Cela dit, l'amour pour sa mère existe quoi qu'elle puisse t'infliger. Il est inconditionnel, tu ne crois pas ?

— Je le suppose et c'est dommage, car je préférerais ne pas l'aimer.

— Le rendez-vous ne s'est pas très bien passé ?

— Non, c'était parfait, au contraire, dis-je avec un sourire. Et c'est bien le problème. Je ne veux pas qu'elle me laisse tomber une seconde fois. Si elle croit qu'elle peut débarquer dans ma vie comme si de rien n'était après tant d'années… Elle m'a proposé d'aller faire les magasins avec elle, demain !

— Tu devrais y aller. D'après ce que tu me dis, elle est riche.

Le pragmatisme d'Estelle me fit sourire.

— Je refuse d'être achetée, affirmai-je. Ensuite, elle risque de croire qu'elle s'est rachetée.

— Je comprends. La bonne nouvelle, c'est qu'elle vit en Italie et qu'elle ne frappera pas à ta porte tous les quatre matins. Loin des yeux, loin du cœur.

— Donc tu ne crois pas que je fais des histoires ?

— Pas du tout ! Elle t'a abandonnée alors que tu venais de perdre ton père. Ce ne sont pas quelques robes, treize ans plus tard, qui compenseront cet abandon.

— Merci, Estelle. À cause d'elle, je me sentais coupable de ne pas avoir accepté son invitation en Italie.

— Ne te sens coupable de rien. C'est elle, la mère, pas toi. Bon, je dois y aller. J'ai un rendez-vous ! lança Estelle, les yeux pétillants d'enthousiasme.

— Avec le danseur de Covent Garden ?

— Non, et c'est pour ça que je suis enthousiaste. Crois-le ou non, il a un vrai métier. Il travaille à la City, dans la finance, les actions. Il porte un costume, que je meurs d'envie de lui arracher, bien sûr, et j'ai l'impression qu'il est terriblement convenable.

— Autrement dit, il est normal ?

— Délicieusement normal, gloussa Estelle en se levant. Il faut que je trouve une tenue de circonstance.

— Tu me raconteras tout, n'est-ce pas ?

— Promis !

*

— Alors, qu'est-ce que tu as prévu pour Noël ? me demanda Freddie.

Nous buvions un café entre sa matinée du samedi et la représentation en soirée.

— Je vais chez ma grand-mère, en Cornouailles. Et toi ?

— Oh, j'irai sans doute m'ennuyer quelques jours chez ma mère. Je t'ai dit qu'elle souffrait des nerfs. Les fêtes de fin d'année sont une époque particulièrement éprouvante, pour elle. Cette année, j'ai une excuse valable pour ne pas m'attarder, car je joue au théâtre jusqu'au Nouvel An.

Freddie ne parlait que rarement de sa famille ou de son enfance. D'après le peu qu'il m'avait confié, celle-ci avait été difficile. Je lui avais chanté les louanges de Papa, jusqu'à la fin de la guerre, sans développer davantage. Quand le sujet se présentait, il me disait que le passé n'était pas important et qu'il valait mieux regarder vers l'avenir, ce qui me convenait très bien.

— Donc tu n'auras pas le temps de venir en Cornouailles ?

— Hélas, non, mais j'adorerais ça. Tes Noëls me font rêver.

— Ils n'ont rien de somptueux, tu sais, mais l'ambiance est chaleureuse. J'aimerais vraiment que tu fasses la connaissance de Granny.

— Je te promets de venir dès la fin de cette maudite pièce, soupira Freddie. J'en ai ras le bol de poireauter pendant des heures dans une loge pour prononcer mes quatre malheureuses phrases. Je suis sûr que l'acteur dont je suis la doublure fait exprès de ne pas tomber malade. Tous les autres ont eu la crève, pas lui. J'espérais faire venir des agents pour qu'ils me voient interpréter son rôle.

— Au moins tu as du travail. C'est déjà ça.

— Je ne gagne presque rien, répondit-il d'un ton morose. Sérieusement, Posy, je songe à jeter l'éponge et à reprendre les études de droit en septembre si rien ne se passe dans les mois à venir. On ne peut pas vivre d'amour et d'eau fraîche.

— J'ai mon salaire et on s'en sort, non ?

— Oui, mais même si j'aime faire semblant d'être pour l'égalité des sexes et que peu importe qui gagne l'argent du foyer, je ne suis pas sûr d'avoir envie d'être un homme entretenu…

— Oups, fis-je avec un sourire. Je sens percer le macho…

— Je n'ai pas honte de l'admettre. J'ai évolué dans le monde du théâtre et, au moins, je pourrai dire que j'ai essayé. Ce matin, je me disais que le métier d'avocat consiste à se donner en spectacle, également. La différence, c'est qu'on est très bien payé pour sa peine et qu'on peut aider son prochain au passage. Rendre le monde meilleur. Être acteur est une profession un peu creuse, non ? On est replié sur soi-même.

— Sans doute, mais elle procure beaucoup de plaisir aux autres, elle permet au public de s'évader de la réalité, d'oublier ses soucis pendant une heure ou deux.

— Tu as raison. Je vieillis, sans doute. Un jour, j'aimerais t'offrir une belle demeure et avoir assez d'argent pour élever deux enfants.

Je baissai les yeux pour ne pas lui montrer combien ses paroles me faisaient plaisir. Je brûlais d'envie d'épouser Freddie et de passer le reste de ma vie avec lui. Je m'étais même surprise à regarder les robes de mariée dans les magazines.

— On serait pas mal, tous les deux, non ? insista-t-il.

— Je le crois, oui, répondis-je en levant les yeux vers lui. Dis-moi… tu ne m'empêcheras jamais de travailler, n'est-ce pas ?

— Bien sûr que non ! Enfin, j'espère que tu t'arrêterais une semaine ou deux si on avait des enfants. Et il faudrait que je gagne bien plus d'argent que toi, naturellement…

Je lui donnai une tape sur le bras, consciente qu'il me taquinait. Il consulta sa montre.

— Bon, il faut que je retourne dans ma cellule avant le lever du rideau. Au revoir, chérie, à plus tard à l'appartement.

Je l'observai tandis qu'il se faufilait parmi les tables. Plusieurs femmes le regardèrent. Il était très beau et, pour la énième fois, je me demandai par quel miracle je l'avais pour moi tant il était parfait.

Je décidai d'aller jeter un œil aux vitrines des grands magasins de Regent Street. Le trottoir était bondé de badauds et les marchands de marrons chauds faisaient des affaires.

La veille de mon départ en Cornouailles fut douce-amère. J'étais impatiente de revoir Granny et Daisy, mais Freddie et moi n'avions passé qu'une seule nuit l'un sans l'autre en quatre mois. En rentrant du théâtre, il me rejoignit au lit et me fit l'amour avec plus de passion que de coutume.

— Tu vas me manquer terriblement, dit-il en me caressant les cheveux, ensuite. Posy chérie, veux-tu m'épouser ? me murmura-t-il à l'oreille.

— Euh… tu es sérieux ?

Je tournai la tête pour le dévisager à la lueur de la bougie.

— Bien sûr ! s'offusqua-t-il. Je ne plaisanterais pas là-dessus. Alors ?

— C'est tout ? Tu ne t'agenouilles pas ? raillai-je, le cœur gonflé d'amour et de joie.

— Tes désirs sont des ordres.

Il soupira, quitta le lit et s'agenouilla devant moi.

— Posy chérie, je…

— Puisque c'est une demande formelle, j'aime autant que tu utilises mon nom officiel.

— Lequel ?

— Celui qui figure sur mon acte de naissance. Posy n'est qu'un surnom.

— Très bien. Et quel est-il ?

— Adrienne Rose Anderson.

— Adrienne Anderson ? répéta-t-il avant de détourner les yeux, visiblement troublé.

— Je sais, c'est affreux, mais je porte le nom de ma mère. Bref, tu n'auras à le prononcer qu'une seule fois, le jour du mariage. Alors ?

Freddie me tourna le dos, puis voûta les épaules d'un air désolé.

— Je… je crois que tu as raison, Posy. Mieux vaut faire les choses convenablement. Avec des vêtements, glousssa-t-il en se levant.

— Freddie, je rigolais. Tu n'as pas à m'appeler par mon vrai nom.

— Non. Quand tu rentreras pour le Nouvel An, je… j'organiserai quelque chose.

Il se recoucha et souffla la bougie tandis que je me lovais contre lui.

— Tu as l'air contrarié, murmurai-je.

— Non, non, pas du tout. Je suis fatigué.

Au moment où j'allais m'endormir, il reprit la parole :

— Posy ? Comment s'appelait la maison où tu as grandi, dans le Suffolk, déjà ?

— Admiral House. Bonne nuit, chéri.

Qu'il était bon d'être de retour chez Granny ! Noël se déroula dans la plus pure tradition.

— Quand est-ce que tu vas me présenter ton Freddie ? me demanda Granny, car je ne cessais de parler de lui.

— Quand il aura fini de jouer sa pièce à Londres. Il est impatient de te connaître.

— Il est évident que tu es très amoureuse. Naturellement, le fait qu'il soit acteur m'inquiète un peu. Ce n'est pas la profession la plus stable…

— Freddie envisage sérieusement de reprendre ses études de droit en septembre. Il veut m'offrir une belle vie, alors ne t'en fais pas pour ça.

— Tu crois qu'il fera de toi une femme honnête ?

— Oui, on a déjà parlé mariage. Sous sa façade, il est très traditionnel, tu sais.

— Tu n'as jamais regretté d'avoir rompu avec Jonny ?

— Oh non, pas une fois !

— Il était très gentil. Il aurait fait un très bon mari.

— Freddie le sera aussi.

— S'il te le demande.

— Granny, il a déjà fait sa demande, de façon non officielle, du moins.

— Pardonne-moi, Posy, mais j'ai peur que tu ne viennes à regretter d'avoir quitté Jonny. Je comprends l'exaltation d'une nouvelle passion. Mais selon moi, une relation lente et stable l'emporte toujours.

— Granny, ce n'est pas parce que Freddie tente sa chance dans le théâtre qu'il est bohème ou superficiel. Tu comprendras mieux en le rencontrant, je te l'assure. Bon, je vais me coucher avant que le Père Noël ne débarque.

Je me levai et l'embrassai.

— Bonne nuit, Granny.

Je passai la journée de Noël à attendre le coup de fil de Freddie, en vain. Je me dis qu'il y avait un problème technique, que le standard avait sauté à cause du surcroît d'appels. Notre ligne n'avait jamais été très fiable.

Je me rassurai en me disant qu'il m'appellerait le lendemain.

Le 26 décembre, je rendis visite à Katie dans le minuscule cottage qu'elle habitait avec son mari et ses deux enfants.

— Ils sont à croquer ! m'extasiai-je en voyant la petite Mary grimper sur mes genoux pendant que Katie donnait le biberon à Jack, son nouveau-né. Je n'arrive pas à croire que tu en aies déjà deux. Je me sens trop jeune pour être mère…

— On apprend sur le tas, répondit Katie. Je donnerais tout pour une bonne nuit de sommeil.

— Thomas t'aide à t'occuper des enfants ?

— Tu plaisantes ? fit-elle en levant les yeux au ciel. Il passe ses soirées au pub, en général.

Sur le chemin du retour, je me dis que Katie n'était pas une publicité vivante pour les joies de la maternité. D'ordinaire coquette, elle avait les cheveux sales et était encore en robe de chambre à onze heures du matin.

J'espère ne jamais me laisser aller de la sorte quand Freddie et moi serons parents, songeai-je en rentrant au manoir. Dans la cuisine, Daisy préparait son ragoût de restes.

— Personne n'a téléphoné en mon absence ?

— Non, Miss Posy. Désolée.

— Tant pis. Je peux t'aider ?

— Non, tout est sous contrôle, merci.

Granny avait invité le pasteur et sa femme à déjeuner, mais je fus distraite. Pourquoi Freddie ne m'appelait-il pas ? Avait-il eu un accident ? Et s'il était cloué dans un lit d'hôpital, seul et dans la douleur ?

Je décidai donc de l'appeler et composai le numéro les mains tremblantes. C'était un téléphone commun à trois appartements, dans le couloir.

Pourvu que quelqu'un décroche.

— Allô, Clapham 6951.

— Allô ? Alan ?

— Oui.

— Alan, c'est Posy, annonçai-je au colocataire. Freddie est là ?

— Non. Tu ne savais pas qu'il allait chez sa mère, pour Noël ? Il devrait rentrer après la pièce, ce soir.

— D'accord. Je m'inquiétais un peu car je n'ai pas de nouvelles. Tu veux bien lui demander de m'appeler dès son retour, ce soir ? À n'importe quelle heure.

— C'est noté, Posy. Je t'assure qu'il va très bien. Tu sais ce que c'est, à Noël.

— Bien sûr. Merci, Alan. À bientôt !

— Salut, Posy.

Je me sentis un peu stupide. Freddie n'avait pas eu d'accident. Il était occupé avec sa mère. Rassurée, je rejoignis Granny pour jouer aux cartes.

Je demeurai éveillée jusqu'à plus de minuit, assise sur la première marche de l'escalier, face à la tablette sur laquelle était posé le combiné. Hélas, le téléphone resta résolument silencieux.

Je montai dans ma chambre, ruminant mes idées noires. C'était la première fois que Freddie ne me rappelait pas.

Au terme d'une nuit sans sommeil, je compris qu'il ne me restait qu'une seule chose à faire. Le temps que Granny descende pour le petit déjeuner, j'avais fait mes bagages et j'étais prête à partir pour la gare.

— Je suis vraiment désolée, Granny, mais une de mes amies a été hospitalisée à Londres. Je dois aller la voir. Elle est au plus mal, mentis-je.

— Tu reviens pour le Nouvel An ?

— Tout dépend de mon amie. Je te tiendrai au courant. Je dois me dépêcher si je veux attraper le train de neuf heures. Au revoir, Granny chérie. À bientôt !

— Bon voyage ! lança-t-elle en me voyant courir vers la voiture dans laquelle Bill avait déjà posé ma valise.

Granny ne m'avait pas crue. Tant pis. Quoi qu'il soit arrivé à Freddie, je n'aurais pas supporté de passer cinq jours de plus sans savoir.

À la gare de Paddington, à Londres, je pris le métro jusqu'à Baron's Court. Je gravis les marches quatre à quatre pour déposer ma valise chez moi et me rafraîchir avant de me rendre chez Freddie. Manifestement, Estelle avait reçu des amis, la veille. J'ignorai le désordre et entrai dans ma chambre.

Sur mon oreiller était posée une enveloppe. Je reconnus immédiatement l'écriture de Freddie. Mes doigts tremblaient si fort que j'eus du mal à la déchirer. Au bord des larmes, je lus la lettre :

Chère Posy,

Je n'irai pas par quatre chemins. Quand je t'ai demandée en mariage, avant ton départ pour la Cornouailles, tu as sans doute remarqué un changement d'humeur soudain, ensuite. Prononcer ces mots m'a sans doute aidé à me rendre compte que toi et moi n'étions pas faits l'un pour l'autre. Je me croyais prêt à me poser, à me marier. Je ne le suis pas. C'est de ma faute, pas de la tienne, je te le promets. Il faut me croire : il n'y a pas d'avenir possible entre nous. Désolé d'être aussi dur, mais tu dois me chasser de tes pensées le plus vite possible pour trouver un homme qui te mérite vraiment. Je ne te demande pas de me pardonner car je n'en suis pas digne.

Je te souhaite d'avoir une vie longue et heureuse,

Freddie

J'en eus le souffle coupé. Mon cœur battait à tout rompre. Je dus m'asseoir pour ne pas perdre connaissance.

Ce devait être une plaisanterie de mauvais goût ! Ces mots ne ressemblaient pas à mon Freddie. Un diable imposteur semblait s'être insinué dans son âme pour l'obliger à rédiger ce message froid et dur. Je pouvais le relire mille fois, je n'y aurais pas trouvé la moindre chaleur. Il aurait aussi bien pu se contenter d'écrire : *je ne t'aime plus* et s'en tenir à cela.

Une fois remise de mon vertige, je m'allongeai sur mon lit, trop choquée pour pleurer. Je ne comprenais pas ce qui s'était produit, sa demande en mariage et son étrange comportement. Prononcer cette demande à voix haute lui avait permis de comprendre que ce n'était pas de l'amour. *À moins qu'il ait rencontré une autre femme…*, songeai-je amèrement.

Oui. C'était la seule explication à ce changement d'attitude. Serait-ce cette jeune et jolie actrice qui jouait dans la pièce ? J'étais certaine de l'avoir vue lancer des œillades admiratives à Freddie quand nous étions tous allés boire un verre, après le spectacle. Ou alors l'accessoiriste, avec ses cheveux de jais, ses yeux soulignés de noir et ses lèvres rouges...

Arrête, Posy, me dis-je en secouant la tête.

Mon avenir qui s'annonçait radieux quelques jours plus tôt venait de s'écrouler.

Je me levai et pris la lettre pour la froisser rageusement, puis je la portai au salon, du bout des doigts, comme si elle risquait de me faire davantage de mal, et je la jetai dans la cheminée. Puis je grattai une allumette pour regarder le papier se consumer et être réduit en cendres.

Et si je faisais semblant de ne pas l'avoir reçue ? Je me présenterais à l'entrée des artistes, un soir, comme si de rien n'était...

Non, Posy. Tu devrais l'écouter te dire ce qu'il t'a écrit, ce qui ne serait que plus douloureux.

J'entrai dans la cuisine pour essayer de réparer les dégâts de la soirée de la veille. Je me servis un grand verre de gin et ajoutai le reste du vermouth pour tout avaler d'une traite. Je me resservis, prête à tout pour oublier. Une heure plus tard, je m'écroulai sur mon lit. La tête me tournait. Presque aussitôt, je fus prise d'une violente nausée. Plus rien n'avait d'importance, désormais. Mon avenir radieux avec l'homme que j'aimais n'existerait pas. Plus rien n'aurait d'importance.

ADMIRAL HOUSE

Décembre 2006

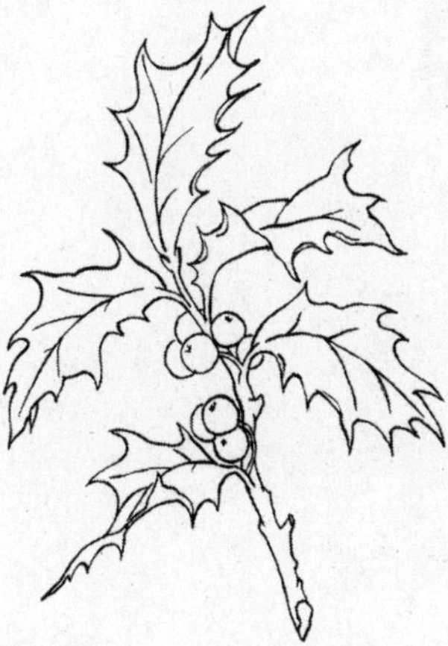

Houx

(Ilex aquifolium)

31

Le lendemain de l'arrestation de Sam, épuisée par une nuit à s'inquiéter pour son fils et une journée chargée à la galerie, Posy trouva une enveloppe sur la table de la cuisine, sous une bouteille de champagne. Elle s'assit lourdement et l'ouvrit.

Chère Posy,

Je viens d'achever le premier jet de mon roman. Le travail que je suis venu accomplir à Admiral House est donc terminé. Je suis désolé d'être parti sans vous dire au revoir de vive voix mais, hélas, mon emploi du temps l'exige. Je joins le montant de mon loyer jusqu'à la fin du mois, avec un supplément pour couvrir les bouteilles de vin que vous avez généreusement partagées avec moi. Je vous donne aussi mon adresse et mon numéro de téléphone. Si vous venez à Londres, appelez-moi et je vous inviterai à déjeuner.

Posy, vous êtes une dame exceptionnelle. Vous méritez tous les bonheurs du monde. Votre famille a de la chance de vous avoir. N'oubliez pas de penser d'abord à vous, d'accord ?

Avec toute mon amitié et ma gratitude,

Sebastian.

P-S : Je vous enverrai un exemplaire de mon roman. Vous reconnaîtrez peut-être votre superbe maison !

En sortant les billets de l'enveloppe, Posy constata qu'il y avait le double de ce qu'il lui devait. Des larmes lui montèrent aux yeux. Il allait lui manquer. De plus, elle s'étonnait de ce départ précipité.

Déjà, l'atmosphère avait changé ces derniers jours. L'écrivain passait le plus clair de son temps dans sa chambre, à travailler, mais sa présence était palpable. À présent, elle se retrouvait seule. D'ordinaire, cela n'aurait pas été un problème. Ce soir, entre Sam et ces taches de sang sur le mur de la Folie, elle souffrait de sa solitude. Elle avait besoin de parler à quelqu'un. Elle passa un coup de fil puis prit le plat qu'elle avait prévu pour le dîner de Sebastian, ainsi qu'une bouteille de champagne, et elle quitta la maison. Elle monta en voiture et mit le cap sur le cottage de Freddie.

— Entre vite, chérie, dit-il en ouvrant la porte.

— Merci. J'ai apporté un hachis Parmentier. Il suffit de le réchauffer.

— Quel festin ! J'allais me contenter d'œufs brouillés.

— Je ne te dérange pas, j'espère ? s'enquit-elle en le suivant dans la cuisine.

— Pas du tout. Qu'est-ce qu'on arrose ? ajouta-t-il en remarquant la bouteille de champagne.

— Rien, hélas. C'est un cadeau d'adieu de la part de Sebastian. Il est parti sans prévenir.

— Ah bon ? C'est étonnant. Enfin, on ne sait jamais, avec les artistes. On la débouche ? Et tu vas me raconter ce qui se passe.

— C'est Sam… il a été arrêté hier soir au *Victoria Hotel*, dans le Norfolk, accusé d'escroquerie.

— Je vois, fit Freddie en espérant que son expression ne trahisse pas le fait qu'il était déjà au courant.

— Il est sorti grâce à une caution. Son avocat pense que s'il est disposé à fournir des preuves contre son ancien associé, il ne sera pas inculpé. C'est aux autorités judiciaires d'en décider.

— Ne t'inquiète pas trop, Posy. Quand j'ai pris ma retraite, ces dossiers-là mettaient des mois à être traités. Son associé était louche, c'est ça ?

— Manifestement. J'ignore les détails mais, en plus de l'arrestation de mon fils, la vente d'Admiral House tombe à l'eau.

Il lui tendit une coupe de champagne.

— Merci. Je ne sais pas à quoi porter un toast…

— À la vie, peut-être ? Au fait que, malgré tout, personne n'est mort hier soir. Sam s'en tirera certainement à bon compte, avec un rappel à l'ordre du juge. Il n'y a pas assez de place pour enfermer tous les criminels.

— Mon fils, un criminel ? frémit Posy. Il aura un casier ?

— Peut-être. Inutile d'y penser maintenant. On n'en est pas encore là. À toi, Posy !

Freddie but une gorgée de champagne.

Après le dîner, ils regagnèrent le salon et prirent place au coin du feu. Freddie paraissait plus réservé que de coutume.

— Tout va bien ? lui demanda Posy. Tu sembles… différent.

Il posa sur elle un regard plein de tristesse.

— Écoute, je… Comment formuler la chose ? J'ai un aveu à te faire. J'ai attendu le moment propice. Hélas, je ne peux pas me taire plus longtemps. J'aurais sans doute dû te le dire il y a cinquante ans, mais je n'ai pas réussi.

— Freddie, tu as l'air bien sérieux. S'il s'agit d'une autre fille que tu aurais eue à l'époque, ne t'en fais pas. C'était il y a longtemps.

— Non, malheureusement pour nous, ce n'est rien de ce genre.

— Je t'en prie, parle ! Les mauvaises nouvelles s'enchaînent, en ce moment, alors une de plus ne fera sans doute pas une grande différence.

Freddie se leva pour se rapprocher d'elle et lui tendit la main.

— Je crains que si. Auparavant, je tiens à préciser que je t'aimais à l'époque et que je t'aime encore. Je suis incapable de garder ce secret une minute de plus.

— Freddie, tu me fais peur, à présent. Vas-tu parler, bon sang ?

— Très bien, fit-il en regagnant sa place. C'est à propos de ton père…

— Mon père ? répéta Posy, perplexe.

— Je n'irai pas par quatre chemins : ton père n'est pas mort en pilotant un Spitfire, comme on te l'a raconté. Il… eh bien, il a été jugé coupable de meurtre et…

Freddie se tut et poussa un long soupir. Posy le dévisagea, au bord du malaise.

— Quoi ? Dis-le-moi, nom de Dieu !

— Il a été pendu pour ce crime. C'est atroce, je sais. Crois-moi, c'est la vérité.

Posy ferma les yeux, le souffle court.

— Tu dois te méprendre. Mon père a été abattu à bord de son Spitfire. C'était un héros, pas un assassin, je te l'assure !

— C'est ce qu'on t'a raconté quand tu étais petite, mais c'était un mensonge.

Freddie se leva pour se diriger vers le petit bureau, sous la fenêtre. Il sortit un dossier d'un tiroir.

— Tout est là, reprit-il en lui tendant la photocopie d'un article de journal. Je te laisse regarder, Posy.

La vieille dame s'empara du document et vit le portrait de son père, surmonté d'un titre :

Lawrence Anderson jugé coupable de meurtre

— Oh, mon Dieu…

Elle lâcha la feuille de papier qui voleta jusqu'au sol.

— Tiens, prends un peu de cognac, dit Freddie en lui tendant un verre qu'elle refusa.

— Je ne comprends pas. Pourquoi personne ne m'a rien dit ?

— Pour te protéger. Tu n'avais que huit ans et, d'après ce que tu m'as raconté, lors de notre rencontre, tu l'adorais.

— Bien sûr ! C'était mon père ! Le plus gentil des hommes. On collectionnait les papillons… jamais il n'aurait tué un être humain. Pourquoi aurait-il fait ça ?

— C'était un crime passionnel. Il avait eu une permission pour le Nouvel An de 1944 et est rentré faire une surprise à ta mère. En arrivant à Admiral House, il l'a trouvée avec… un autre homme, à l'étage de la Folie. Il a sorti un de ses fusils de chasse du placard, au rez-de-chaussée, et a tiré sur le type contre le mur, à bout portant.

Posy observa le cliché en noir et blanc : son père sortant du tribunal, menotté. Incapable de prononcer un mot, elle s'efforça de réfléchir.

— Je regrette de te révéler cette histoire, déclara Freddie.

— Alors pourquoi l'as-tu fait ? demanda Posy en levant les yeux vers lui. Pourquoi ?

— Il le fallait. La victime de ce meurtre s'appelait Ralph Lennox. C'était mon père.

Posy ferma les yeux et respira lentement, incapable d'assimiler cette information.

Ralph… ce nom hantait son esprit qui revint en arrière de soixante ans. Oncle Ralph, le meilleur ami de son père, l'homme qui lui apportait du chocolat quand il venait voir sa mère… le père de Freddie.

— Tu te sens bien ? s'inquiéta Freddie. J'imagine la violence du choc, mais je suis obligé de te le dire pour que notre relation puisse aller plus loin. Autrefois, je n'ai pas pu. Avec le recul, une sirène d'alarme aurait dû retentir quand j'ai entendu ton nom de famille, car tu venais du Suffolk. Tu me plaisais tellement que… non. Je n'ai compris qui tu étais que quand tu m'as révélé ton nom officiel, au lit, le soir de ma demande en mariage. Je savais que tu adorais ton père et que tu le croyais mort au combat. Je n'avais d'autre solution que de partir. J'imaginais que tu serais brisée en apprenant comment ton père était vraiment mort et je refusais d'être celui qui te révélerait cette terrible vérité. Donc soit je suis un lâche, soit je suis trop protecteur, soupira Freddie. Je ne pouvais t'épouser sans que tu le saches. Je t'en supplie, parle !

Posy rouvrit les yeux.

— Je me demande comment tu supportes ma présence. Je suis la fille de l'homme qui a tué ton père.

— Tu n'as rien à voir dans ce crime ! Notre rencontre est un coup du destin. Je t'aimais à l'époque comme je t'aime à présent. Je t'implore de me pardonner de te dire la vérité après toutes ces années. En te retrouvant, j'étais persuadé que tu étais au courant. Tu vivais dans le Suffolk, dans la maison du drame...

— En effet, fit Posy en se levant soudain. Excuse-moi, Freddie, mais je dois rentrer. Merci de me l'avoir dit et je comprends pourquoi. Il faut que je m'en aille.

— Je peux te reconduire chez toi ? Tu n'es pas en état de...

— Je peux conduire.

— Prends le dossier. Quand tu auras surmonté le choc, tu voudras sûrement lire les détails.

Il la suivit dans l'entrée, où elle enfilait déjà son manteau.

— Je suis vraiment désolé, Posy. Je ne te ferais de mal pour rien au monde, j'espère que tu le sais. Il fallait...

— Oui, dit-elle en ouvrant la porte. J'ai besoin d'être seule. Bonne nuit, Freddie.

32

En ce deuxième samedi de décembre, cela faisait trois semaines que Tammy avait découvert la tromperie de Nick. Cela lui semblait beaucoup plus. Elle avait beau être débordée de travail – elle avait même dû engager une vendeuse au magasin afin de partir à la chasse aux vêtements –, le développement de son entreprise ne lui apportait guère de joie.

Il fallait qu'elle se rende à Admiral House pour chercher les pièces vintage de la mère de Posy. En aurait-elle le courage ? Un placard plein de vêtements anciens ne se présentait pas tous les jours. Elle avait passé une annonce dans le magazine *The Lady* pour attirer les femmes désireuses de vendre leurs anciennes robes, sans grand succès, hélas. Au cours de cette nuit sans sommeil, alors qu'elle s'efforçait de ne pas penser à Nick, elle avait eu une bonne idée : s'il y avait une robe que les femmes conservaient, c'était leur robe de mariée. Pourquoi ne pas créer un rayon « mariée » en sélectionnant les plus belles ?

Ah, le mariage ! bougonna-t-elle intérieurement en buvant une gorgée de thé tiède. Elle n'en revenait pas de n'avoir aucune nouvelle de Nick. Certes, elle n'avait pas envie de le voir, mais elle avait au moins espéré avoir la satisfaction de lui dire en face quel salaud il était. Il n'avait même pas pris la peine de la contacter, ce qui ne faisait qu'ajouter à la colère et à la souffrance de la jeune femme.

Elle en voulait aussi à tous ceux qui lui avaient seriné que Nick était un type bien. En conséquence, elle s'était effacée ces derniers temps et refusait de répondre à ceux qui étaient complices de cette tromperie. Elle avait emballé les affaires de Nick et les objets qu'il avait laissé traîner chez elle. Au lieu de tout brûler, comme elle en avait envie, elle songeait à les déposer sur le pas de la porte de Paul et Jane. Elle sonnerait à la porte pour les alerter, puis s'enfuirait sans demander son reste.

Tammy se décida tout de même à appeler Posy. L'appel sonna dans le vide. Elle ne tomba même pas sur la boîte vocale. Serrant les dents, elle essaya le portable d'Amy.

— Ah, salut, fit Amy d'une voix morne. Tu as eu mes messages ?

— Oui. Désolée. J'ai été occupée et…

— Pas la peine de t'expliquer. Je voulais t'informer que j'avais vu Nick, l'autre soir, après ton départ d'Admiral House. Il sait que tu as vu sa voiture garée devant chez Evie. Il est anéanti, si ça peut te consoler.

— Pas vraiment, mais merci quand même.

— Tu as des nouvelles de lui ?

— Non, et je n'ai pas envie d'en parler, répliqua Tammy. En fait, je t'appelais parce que j'ai besoin de contacter Posy à propos des robes de sa mère. Elle déménage bientôt, sans doute.

— Non. La vente a capoté.

— Oh non… Que s'est-il passé ?

— C'est une longue histoire…

Tammy entendit Amy soupirer. Elle semblait aussi démoralisée qu'elle.

— Si j'arrive à joindre Posy pour prévoir quand je viendrai chercher les robes, on pourrait déjeuner ensemble, non ?

— Ce serait bien, répondit Amy sans conviction.

— Posy est à Admiral House ?

— Je crois, oui. Avec tout ça, je ne l'ai pas vue depuis plus d'une semaine. Je vais lui passer un coup de fil et, si je n'ai pas de réponse, je ferai un saut là-bas pour voir comment elle va.

— Merci, Amy. On reste en contact. Salut.

*

— Un thé ? proposa Meena en passant la tête dans le bureau.

— Volontiers…

Elle avait informé Meena de sa rupture avec Nick afin qu'elle ne prononce plus son nom. Meena n'abordait pas le sujet mais Tammy percevait sa bienveillance à de petits détails. Elle lui apportait des fleurs chaque matin, et des gâteaux pour lui ouvrir l'appétit. Elle lui avait même offert un foulard en soie brodée assorti à ses yeux.

Tammy passa trois quarts d'heure plongée dans sa comptabilité. Ses rentrées étaient supérieures à ses prévisions et finançaient l'achat de stock, mais le salaire de Meena et d'une vendeuse à temps partiel était ruineux.

— Il faut spéculer pour accumuler, marmonna-t-elle.

En quittant la boutique, elle se rendit chez Paul et Jane, à dix minutes en voiture. Les arbres étaient illuminés, sur Sloane Square. C'était si féerique qu'elle eut envie d'arracher chaque guirlande à mains nues.

Elle se gara et alla déposer les sacs-poubelle sur le paillasson de ses amis, puis elle sonna. Au moment où elle s'éloignait, Paul ouvrit.

— Salut, Tam. Tu ne t'arrêtes pas pour dire bonjour ? demanda-t-il, intrigué par son offrande. Qu'est-ce que c'est que ça ? Un cadavre ?

— Si seulement… Ce sont les affaires de Nick.

— Je vois. Pourquoi tu les déposes ici ?

— Parce que c'est ici qu'il habite, non ?

Elle demeurait à distance raisonnable.

— Plus maintenant. Il y a quelques jours, il a fait ses bagages pendant que Jane et moi étions à la campagne. Il a laissé un petit mot pour nous remercier, avec une bonne bouteille de cognac. Je ne l'ai pas revu depuis. On pensait tous les deux qu'il franchirait le pas et s'installerait avec toi.

— Eh bien non.

— Ah…, fit Paul, intrigué. Où est-il alors ?

— Aucune idée.

— Bon… je t'offre un verre ? Je te jure que Nick ne va pas débarquer. Et Jane a un shooting, ce soir.

— D'accord…, soupira Tammy, qui avait besoin d'un petit remontant.

Dans la cuisine, Paul déboucha une bouteille de vin et les servit.

— Qu'est-ce qui s'est passé ? questionna-t-il.

— Si tu veux bien, je préfère ne pas en parler.

— Pas de problème. J'admets qu'avec le recul, c'était bizarre. J'ai essayé de l'appeler dans sa boutique, hier, et elle est fermée. J'aurais juré qu'il l'inaugurait cette semaine.

— C'était prévu, en effet, confirma Tammy.

— S'il n'est ni avec nous ni avec toi, on ne peut qu'en conclure qu'il est parti… J'espère qu'il va bien.

— Personnellement, Paul, je lui souhaite de croupir en enfer.

— J'en conclus que, vous deux… ?

— C'est fini, coupa Tammy en vidant son verre d'une traite. Merci pour le vin, en tout cas. Jane va bien ?

— Elle est radieuse, répondit Paul avec un sourire.

— Dis-lui que je regrette de ne pas l'avoir appelée, récemment, et que je lui parlerai demain, conclut Tammy au moment de prendre congé.

33

Au terme de sa conversation avec Tammy, Amy raccrocha. Un déjeuner avec elle serait au moins un petit rayon de soleil dans la grisaille de sa vie actuelle. Elle regagna le salon où Jake et Sara étaient en train de décorer un faux sapin un peu miteux qu'elle avait descendu du grenier.

— Vous pourriez peut-être ajouter des guirlandes sur les branches du haut, également, les enfants, suggéra-t-elle pour faire preuve d'enthousiasme.

— Non, protesta Jake. On aime bien comme ça, Sara et moi.

— D'accord, d'accord…

Peu lui importait l'apparence de ce sapin car ils n'organiseraient guère de festivités.

— Je vais préparer le déjeuner, annonça-t-elle.

— Après, on fera mon costume d'ange ? Tu me l'as promis, Maman !

— Bien sûr.

En s'affairant dans la cuisine, elle essaya une nouvelle fois de joindre Posy. Ses deux lignes étaient sur boîte vocale. Amy s'écroula sur une chaise. Les enfants étaient accaparants, bruyants et inconscients des épreuves de leurs parents, mais elle se réjouissait de les avoir, car ils l'occupaient et lui changeaient les idées. Sans eux, elle n'aurait jamais tenu le coup.

Les deux dernières semaines avaient été les pires de sa vie. Sam ne quittait pas le canapé et regardait la télévision en permanence, sans un mot, se contentant de répondre à ses questions par monosyllabes. Elle lui avait suggéré de consulter un médecin pour se faire prescrire des antidépresseurs, mais il l'avait ignorée.

Quand elle avait eu le courage de lui proposer de chercher du travail, histoire de moins ruminer ses problèmes et d'améliorer leur situation financière, il l'avait regardée comme si elle avait perdu la raison.

— Tu crois vraiment que quelqu'un va m'embaucher, dans mon état, alors que j'attends d'être jugé ?

— Sam, ton avocat a dit que tu avais peu de risques d'être inculpé. La police a admis que tu n'étais pas au courant du passé de Ken Noakes.

— Ils peuvent changer d'avis, ces maudits juges. Et moi, je dois poireauter des mois dans l'angoisse…

— À table ! lança-t-elle.

Sara et Jake surgirent dans la cuisine.

— Amène-moi un plateau, Amy ! cria Sam depuis le canapé.

Elle obéit, puis s'attabla avec les enfants en les écoutant parler du Père Noël et des cadeaux qu'ils espéraient.

La jeune femme en eut la gorge nouée d'émotion. Ils n'avaient pas assez d'argent pour leur offrir des jouets coûteux. Elle avait dû puiser dans sa cagnotte secrète pour acheter à manger. Sa vaisselle terminée, elle retourna au salon. Sam était toujours avachi devant la télévision et les enfants se disputaient la dernière boule du sapin.

— Sam, tu as eu des nouvelles de ta mère, dernièrement ?

— Quoi ? fit-il en levant les yeux vers elle. Tu es dingue ! Après ce que j'ai fait, elle ne m'adressera plus jamais la parole.

— Tu sais bien que c'est faux. Quand tu es allé la voir, après ton arrestation, elle s'est montrée compréhensive.

Sam haussa les épaules d'un air morose et but une gorgée de bière.

— Je viens d'essayer ses deux numéros et elle ne répond toujours pas. Je vais appeler la galerie, décida Amy en regagnant la cuisine. Elle fait peut-être des extras pour les fêtes.

Au terme d'une brève conversation avec le propriétaire de la galerie, Amy alla chercher son manteau.

— Mr Grieves dit que ta mère s'est fait porter malade il y a dix jours et qu'il n'a pas eu de nouvelles depuis. Je vais faire un saut chez elle. Tu peux garder les enfants ?

Elle dut se contenter d'un haussement d'épaules. De peur de laisser éclater sa colère face à tant d'indifférence envers sa mère et envers tout le reste, elle se mit en route.

En remontant High Street, elle ne parvint pas à admirer les illuminations et l'effervescence sur les trottoirs. Elle était simplement rassurée d'être sortie de chez elle, même si elle s'inquiétait pour Posy. Cela ne ressemblait pas à sa belle-mère de ne pas donner de nouvelles ni de ne pas répondre au téléphone. Plongée dans ses propres problèmes, Amy n'avait rien remarqué.

Pourvu qu'il ne lui soit rien arrivé…

La voiture de Posy était garée dans l'allée d'Admiral House. Amy se dirigea vers la porte de service, de plus en plus angoissée. La cuisine était plongée dans le noir et la radio, qui servait généralement de fond sonore, était éteinte.

— Posy ? C'est Amy ! Vous êtes là ? cria-t-elle en entrant dans le salon désert.

Ayant fouillé toutes les pièces du rez-de-chaussée, elle monta à l'étage sans cesser d'appeler sa belle-mère. La porte de la chambre principale était close. En frappant, Amy n'osa imaginer ce qui se trouvait derrière. Faute de réponse, elle rassembla son courage et l'ouvrit. Soulagée, elle trouva le lit vide et fait. En visitant les autres chambres, elle fit une halte dans celle que Sebastian avait occupée et dans laquelle il lui avait fait l'amour avec tant de douceur…

Assez ! se dit-elle en sortant pour aller inspecter le grenier. Il était vide, lui aussi. Posy était absente. Et pourtant, sa voiture était là…

Elle redescendit vivement au rez-de-chaussée et courut en direction de la cuisine, s'imaginant Posy gisant dans le jardin depuis plusieurs jours, seule, dans la douleur, voire pire…

— Bonjour, Amy, fit une voix familière, dans la cuisine.

La lumière était allumée et Posy se tenait près du fourneau, en parka, à se réchauffer les mains.

— Mon Dieu, Posy ! haleta la jeune femme. Je croyais que vous… que vous…

— Que j'étais morte ? hasarda-t-elle avec un sourire qui n'illumina pas son regard.

— Oui, pour être honnête. Où étiez-vous passée ? Vous ne répondez pas au téléphone et vous n'êtes pas au travail…

— J'étais ici. Du thé ?

— Volontiers, merci.

Amy observa la vieille dame. Physiquement, elle n'avait pas changé, mais elle avait quelque chose de différent, comme si toute sa joie de vivre, sa gentillesse, sa bienveillance l'avaient quittée.

— Tiens, dit-elle en posant une tasse devant elle. Je n'ai que des biscuits industriels, hélas. Je n'ai pas fait de pâtisserie, dernièrement.

— C'est parfait. Vous avez été malade ?

— Non. Je me porte comme un charme, merci.

Amy n'avait jamais eu à « mener » une conversation avec sa belle-mère, qui était toujours avide d'avoir des nouvelles.

— Qu'avez-vous fait ?

— J'ai passé mon temps au jardin.

Un silence pesant s'installa entre elles.

— Posy, c'est à cause de Sam et de ce qui s'est passé ? demanda-t-elle enfin. Je suis désolée… je suis sûre que vous trouverez un autre acheteur et…

— Ce n'est pas à cause de Sam, Amy. Pour une fois, il s'agit de moi.

— Ah… Je peux faire quelque chose pour vous ?

— Non, ma belle, mais merci quand même. J'avais besoin de réfléchir.

— À propos de la maison ?

— En partie, je suppose, oui.

Amy se dit qu'elle ne parviendrait pas à lui tirer les vers du nez.

— Tammy essaie de vous contacter. Elle veut venir chercher les vêtements de votre mère.

— Je les ai rangés dans des cartons, dans l'ancienne écurie. Elle peut passer les prendre quand elle veut.

Amy la vit frémir bizarrement.

— Je le lui dirai. J'aime beaucoup Tammy. C'est vraiment dommage que… enfin…

Incapable d'en supporter davantage, Amy se leva.

— Je ferais mieux de rentrer. Si je peux faire quoi que ce soit, n'hésitez pas, Posy.

— Merci, ma belle. Embrasse Sam et les enfants pour moi.

Au moment de sortir, Amy fit volte-face et ajouta :

— Nous vous aimons tous beaucoup, Posy. Au revoir.

— Au revoir.

Sur le chemin du retour, Amy regarda droit devant elle. Elle venait de prendre conscience du réconfort que Posy leur avait apporté, au fil des années, avec son optimisme à toute épreuve et ses conseils avisés. Elle s'arrêta au supermarché pour acheter des pâtes et des pommes de terre, de quoi nourrir la famille jusqu'au versement de son salaire, le mercredi suivant. Elle ajouta un pack de bière dans son caddie et se dirigea vers la caisse.

En faisant la queue, elle revit l'expression de Posy et se demanda pourquoi la vieille dame semblait brisée.

*

Dans le petit salon, Posy regarda les phares de la voiture d'Amy disparaître au loin, dans l'allée d'Admiral House. Elle se sentait un peu coupable de ne pas avoir été telle qu'elle était habituellement. Hélas, pour l'heure, elle en était incapable. En réalité, elle ne savait plus si la Posy qu'elle était avant était vraiment elle ou un personnage qui avait évolué et qui lui allait comme un gant, qui la rassurait et dissimulait son âme troublée et apeurée.

Ce gant venait de lui être arraché, même s'il était usé. Quand Freddie lui avait révélé la vérité en lui remettant le dossier, elle était rentrée chez elle et était restée au lit pendant presque trois jours. Elle avait bien entendu le téléphone sonner, mais n'y avait pas prêté attention.

Elle avait passé son temps à fixer le plafond sans le voir tandis que son cerveau essayait de s'expliquer les propos de Freddie. En vain. Elle avait beaucoup dormi. Une façon pour son corps de se protéger, sans doute, tant le choc et la douleur étaient intenses. Elle pleurait à nouveau un père qu'elle n'avait jamais connu et une mère qu'elle ne connaissait que trop bien.

Un crime passionnel… un meurtre brutal…

Les deux.

Le plus douloureux, c'était la trahison de tout ce qu'elle avait cru, à propos de son père, pendant plus de soixante ans. Freddie avait dit la vérité, cela ne faisait pas l'ombre d'un doute. Quand elle avait eu le courage d'ouvrir le dossier, elle avait découvert les gros titres de journaux.

Le crime de la chambre aux papillons
Un pilote de Spitfire surprend sa femme et son amant
Anderson, héros de la guerre, condamné à mort

Dans un premier temps, elle avait refermé le dossier, sachant que les détails ne feraient qu'attiser sa souffrance. Sa grand-mère avait fait de son mieux pour la protéger. Isolée au fin fond des Cornouailles pendant des années, elle avait peu de risques d'apprendre que son cher Papa était en prison pour le meurtre de l'oncle Ralph.

Le père de Freddie, songea-t-elle, encore incrédule.

Dans les journaux, on l'avait désignée sous le nom d'Adrienne Rose, le détail qui avait alerté Freddie, le soir où il l'avait demandée en mariage. Rien ne reliait Posy, la petite fille vivant dans un village proche de Bodmin Moor, à ce qui se déroulait dans une prison londonienne.

Si seulement elle pouvait demander à sa chère grand-mère comment elle-même avait supporté l'ignominie de voir son fils jugé pour meurtre et pendu. Elle revit Granny pâle, les traits tirés, le jour où ce télégramme était arrivé, quelques heures avant sa mère, venue lui annoncer la mort de son père. Et toutes ces fois où Granny s'était rendue à Londres, sans doute pour voir, puis dire adieu à son fils…

Comment avait-elle pu supporter sa mère ? La femme de son fils, dont la conduite l'avait poussé à tuer un autre être humain…

Elle avait découvert dans les journaux de l'époque la défense de son père. Son avocat avait plaidé qu'après des années passées à risquer sa vie pour défendre son pays, Lawrence avait perdu la raison et avait demandé la clémence du tribunal, car les nerfs d'un pilote étaient soumis à de terribles pressions. Le procès avait divisé l'opinion publique, faisant les choux gras de la presse.

Et s'il avait vécu ? S'il avait été condamné à une peine de prison ? avait-elle songé. *M'en auraient-ils parlé ?*

Le plus douloureux était la façon dont sa mère avait quitté le pays presque aussitôt pour continuer sa vie, en se débarrassant de son passé comme d'une vieille robe que l'on jette avant d'en acheter une autre.

En m'abandonnant. Granny, pourquoi n'es-tu pas là pour m'écouter ?

Elle avait fini par quitter son lit pour se réfugier dans le seul endroit où elle trouverait du réconfort. Pour une fois, elle ne se plaignit pas des mauvaises herbes qui infestaient ses massifs. En les arrachant, elle sentit son esprit se libérer. Tant de questions la hantaient qu'elle crut devenir folle. Granny et Daisy n'étaient plus là. Elle ne reverrait jamais la seule personne susceptible de l'aider à remettre de l'ordre dans ses idées. Son père avait tué celui de Freddie, il l'avait privé de son enfance alors qu'elle avait vécu la sienne dans l'ignorance.

C'était lui, la véritable victime. Pas étonnant qu'il l'ait quittée en découvrant qui elle était… Il était naturel qu'il la présume au courant de la terrible vérité. En fouillant dans sa mémoire, elle s'était remémoré quelques regards soupçonneux de la part de certains habitants de la ville.

Elle avait honte de ce passé qui la hantait et qui modifiait le cours de sa propre existence. Freddie et elle auraient pu se marier, comme ils le souhaitaient, avoir des enfants, une vie heureuse…

Haïssait-elle son père ? Elle ne cessait de retourner cette question dans sa tête. Son cœur refusait encore de livrer son verdict. Pour l'heure, il était aux abonnés absents.

Posy finit son thé. Le silence lui donna des frissons. Quitter cette demeure ayant servi de cadre à une tragédie pour prendre un nouveau départ n'était plus d'actualité.

Après dix jours retirée du monde, Posy comprenait que le seul moyen de survivre était de se tourner vers l'avenir. Mettre Admiral House en vente et quitter Southwold l'obligeraient à laisser ses petits-enfants adorés, son travail et sa vie sociale. S'il y avait une chose qu'elle avait apprise, c'est que l'on emportait son passé partout avec soi. Cette maison et ce qui s'y était déroulé faisaient partie d'elle-même. Telle la Miss Havisham des *Grandes Espérances* de Dickens, elle y resterait jusqu'à sa mort, à se dégrader avec Admiral House…

Arrête, Posy !

Assez de complaisance. Elle imaginait Amy rentrant chez elle pour dire à Sam que sa mère perdait la boule. Cela suffit à la revigorer.

Ce qui soulevait une autre question : fallait-il révéler aux garçons ce qu'elle venait d'apprendre sur leur grand-père ?

Non, lui répondit son instinct.

— Oui ! dit-elle à voix haute.

Ils étaient tous les deux adultes et ils n'avaient jamais connu leur grand-père. Oui, elle le leur dirait au moment propice.

Elle alla allumer la radio d'un geste déterminé, puis elle entreprit de préparer un gâteau qu'elle emporterait chez ses petits-enfants dès le lendemain.

Posy tamisa de la farine dans un saladier. Tout rentrait dans l'ordre, du moins dans l'immédiat…

*

— Où tu étais passée, toi ?

Amy observa Sam qui chancelait d'un air menaçant sur le seuil du salon. Il était ivre. Où diable avait-il trouvé l'argent nécessaire pour s'acheter de l'alcool ? Il ne pouvait avoir découvert sa cachette secrète…

— Chez ta mère, Sam. Je m'inquiétais pour elle. Elle n'est pas bien du tout.

— Vous avez déblatéré sur moi, je parie !

— Non ! Bien sûr que non. Je viens de te le dire, je m'inquiétais pour elle. Les enfants ont mangé ?

Elle porta ses achats dans la cuisine et les posa sur la table.

— Le frigo est vide, Amy, et tu le sais très bien.

Elle vit le regard de son mari s'illuminer à la vue du pack de bière. Il s'empara d'une bouteille et la décapsula pour boire avidement une longue gorgée.

Amy se retint à grand-peine de lui dire qu'il avait visiblement assez bu. Dans le salon, elle trouva Jake et Sara les yeux rivés sur le téléviseur.

— Coucou, les enfants ! Je vais vous préparer des pâtes. Ce ne sera pas long, promis.

— D'accord, Maman, marmonna Jake sans la regarder.

Elle regagna la cuisine sans un mot de plus.

— Qu'est-ce qu'on mange ? s'enquit Sam.

— Des pâtes.

— Oh non ! Encore tes foutues pâtes ? Ça fait quinze jours qu'on ne bouffe que ça !

— Sam, on n'a pas les moyens d'acheter autre chose.

— Si. J'ai trouvé du fric au fond du placard.

— C'était pour les cadeaux de Noël des petits ! Tu ne l'as pas pris, j'espère…

— Tu ne l'as pas pris, j'espère ! railla-t-il en l'imitant méchamment. Tu ne me fais pas confiance ? Je croyais que j'étais ton mari !

Sur ces mots, il décapsula une autre bière.

— Tu es mon mari, Sam. Tu es aussi père de famille. Tu veux que tes enfants aient des cadeaux, non ?

— Bien sûr, mais pourquoi mes besoins passent toujours en dernier ? Hein ?

Sam s'approcha d'elle au moment où elle saisissait la bouilloire pour verser l'eau bouillante dans la casserole.

— Attention, Sam. Je vais renverser de l'eau.

Amy sentait son souffle sur son épaule, son haleine avinée. Sans doute était-il allé s'acheter de l'alcool avec ses économies.

Elle jeta les pâtes dans la casserole.

— Je sais qu'il y a une cagnotte cachée ailleurs dans la maison.

— Bien sûr que non, répliqua Amy. J'aimerais bien, mais non.

— Tu mens !

— Pas du tout, Sam, je t'assure.

— Pas question de bouffer encore des pâtes, bordel ! Je veux un plat de chez le traiteur et une bouteille de vin buvable, alors tu ferais mieux de me dire où est cet argent !

— Il n'y a pas d'argent ailleurs, Sam, je te le jure !

— Dis-moi où il est !

Sam saisit la casserole d'eau bouillante.

— Pose ça, tu vas la renverser ! S'il te plaît ! implora-t-elle, affolée.

— Pas tant que tu ne m'auras pas dit où tu as caché le reste du fric !

— Je te dis qu'il n'y en a nulle part !

Amy vit l'eau fumante gicler sur le sol.

— Sam, pour la dernière fois, je te promets, il…

— Tu mens !

Lorsqu'il lança la casserole vers elle, son contenu brûlant lui éclaboussa les jambes. Amy poussa un cri de douleur juste avant que la casserole ne heurte le sol. Sam se rua sur elle et l'attrapa par les épaules.

— Où tu as planqué le fric ?

— Nulle part ! cria-t-elle.

Elle se libéra de son emprise et voulut se précipiter dans le couloir, mais une main empoigna le dos de son chemisier pour la clouer contre le mur. Amy se débattit, le griffa. Hélas, il était trop fort.

— Sam ! Arrête !

Il la prit par le cou. Elle se sentit soulevée, plaquée au mur.

— Amy, dis-moi où est le fric ! Dis-le-moi…

Elle n'avait plus de souffle. Les yeux exorbités, la bouche ouverte, cherchant de l'oxygène. La tête lui tournait. Elle sombrait…

Soudain, un cri retentit et Sam relâcha son emprise. Amy glissa vers le sol, haletante. Elle cligna des yeux et tout se remit en place autour d'elle. Freddie Lennox était penché au-dessus d'elle. Sam se débattait sous sa poigne.

— Maman, qu'est-ce qui se passe ?

Sur le seuil du salon, Jake enlaçait sa petite sœur.

— J'arrive, chéri, répondit-elle d'une voix brisée.

Freddie jeta Sam sur le sol pour rejoindre les enfants. Il prit Jake et Sara par la main et retourna auprès d'Amy.

— Vous pouvez vous lever ?

— Je crois.

Hélas, les jambes d'Amy refusèrent de lui obéir. Sam rampa vers eux.

— Qu'est-ce que vous faites là ? grogna-t-il.

— Ne vous avisez pas de vous approcher d'elle ! ordonna Freddie d'un ton glacial. Si vous posez une main sur Amy ou les enfants, j'appelle la police. Jake, accompagne Sara pendant que j'aide ta maman à monter en voiture, d'accord ?

— Amy ! Arrête ! geignit Sam. Où tu vas ?

Freddie fit sortir les enfants de la maison et porta pratiquement la jeune femme.

— Amy ! Je…

Freddie claqua la porte et les entraîna vers sa voiture.

— Bon, dit-il dès qu'ils furent tous installés. Je vous conduis à l'hôpital.

— Non, ça va, assura Amy. V… vraiment. Il m'a lancé de l'eau bouillante sur les jambes.

Sous le choc, elle se mit à claquer des dents.

— Il faut vous faire examiner, insista Freddie. Ça va, les enfants ?

En se retournant, il croisa deux regards apeurés.

— Je crois, murmura Jake.

— C'est bien, mon grand, commenta-t-il en démarrant.

Soulagée, Amy ferma les yeux.

34

Le lendemain soir, le téléphone sonna alors que Tammy allait quitter la boutique.

— C'est Jane, annonça Meena. Elle a une voix bizarre.

— Jane, fit Tammy en prenant le combiné. Tu vas bien ?

— Plus ou moins, mais il faut que je te parle d'urgence. Tu peux passer ?

— Bien sûr, répondit Tammy, même si elle était épuisée.

— Merci, Tam. À plus !

Tammy se rendit à Gordon Place en croisant les doigts pour qu'il ne s'agisse pas d'une fausse couche. Un peu angoissée, elle sonna à la porte.

— Salut, ma belle ! Merci d'être venue.

Jane semblait particulièrement détendue pour quelqu'un qui avait un gros problème.

— Qu'est-ce qui se passe ?

— Viens dans la cuisine. Un verre de vin ?

— Merci. Tu vas bien ? Et le bébé ?

— On va bien tous les deux, assura Jane en caressant fièrement son ventre légèrement arrondi. Alors, qu'est-ce que tu fais pour Noël ?

— Je couds, répondit Tammy, méfiante. Jane, qu'est-ce qui se passe ?

— Rien ! Rien du tout…

La porte d'entrée s'ouvrit et se referma aussitôt. En entendant des voix d'hommes, Tammy sentit son cœur s'emballer.

— Jane, non !

Elle balaya la pièce du regard telle une bête traquée.

— Je trouve que c'est un bon prix. Tu devrais conseiller à ta mère d'accepter, dit Paul en entrant dans la cuisine.

Suivi de Nick.

Leurs regards se croisèrent, puis ils s'exprimèrent en chœur.

— Nom de Dieu, Paul ! s'emporta Nick.

— Merci, Jane ! Je m'en vais, s'écria Tammy.

Enfin, elle remarqua la présence d'une fillette de neuf ou dix ans qui tenait la main de Nick.

— Alors ? fit Paul. Je dois faire les présentations, Nick ? Ou tu t'en charges ?

Nick poussa un soupir résigné :

— Tammy, je te présente Clemmie, ma fille.

— Excusez-moi mais au revoir !

Tammy se fraya un chemin vers la porte d'entrée. Son cœur battait si fort qu'elle en eut le tournis. Une fois dehors, elle s'enfuit en courant, loin de ce qu'elle ne voulait pas savoir, ni entendre.

— C'était qui, Papa ? Elle est très jolie, commenta Clemmie.

— Pour l'amour du ciel, mon vieux, cours-lui après ! s'énerva Paul. Elle mérite au moins une explication, non ?

Paul le poussa littéralement hors de la cuisine.

— On s'occupe de Clemmie, ajouta Jane. Allez, file !

Nick sortit et vit Tammy, au loin, sur le trottoir. D'abord, il la suivit, un peu hésitant, puis il hâta le pas. Paul avait raison. Tammy méritait une explication. L'histoire n'était plus un secret. Le moins qu'il puisse faire était de lui parler.

Tammy courait aveuglément en direction de Kensington Gardens. Elle avait besoin d'air et d'espace. Dans le parc, elle s'écroula sur un banc et poussa un cri de frustration en voyant Nick apparaître.

— S'il te plaît, va-t'en !

— Tam, je comprends que tu ne veuilles plus jamais me revoir et je suis désolé qu'on soit tombés dans ce piège grossier. Je te jure que ce n'était pas mon idée.

La tête baissée, elle ne voyait que ses chaussures et le bas de son jean. Elle ferma les yeux.

— Je vais te raconter ce qui s'est passé, puis je partirai. Voilà : il y a onze ans, j'ai engagé une jeune femme, Evie Newman, dans mon magasin de Southwold. Elle était enthousiaste et désireuse d'apprendre. On s'entendait très bien et même si je savais qu'elle avait un petit ami, je… j'ai craqué pour elle. Pas une fois elle ne m'a suggéré que mes sentiments étaient réciproques. On est partis en déplacement en France pour acheter des antiquités. Dans un bar, on a trop bu et, plus tard dans la soirée, on a couché ensemble. Sur le moment, j'ai cru que mon rêve se réalisait. Je lui ai donc avoué que je l'aimais.

Nick se mit à marcher de long en large.

— Le lendemain, nous sommes rentrés à Southwold. Je croyais que c'était le début d'une belle histoire d'amour. Pendant les semaines suivantes, elle m'a évité. Un peu plus tard, elle m'a annoncé qu'elle était enceinte. Brian, son petit ami, avait décroché un poste de prof à Leicester et ils quittaient Southwold.

Nick donna un coup de pied dans une pierre.

— Il m'est difficile d'expliquer l'amour que je ressentais pour Evie. Avec le recul, je me rends compte que ce n'était pas sain. C'était une obsession. Quand elle m'a annoncé son départ, j'ai compris que je ne pouvais pas vivre dans cet endroit imprégné de son souvenir. J'ai tout vendu pour partir en Australie. Je peux m'asseoir ?

Tammy haussa les épaules. Nick prit place à distance d'elle.

— Je n'ai pas revu Evie jusqu'à il y a quelques mois, en rendant visite à ma mère à Southwold. Elle m'avait écrit une lettre. Je suis allé chez elle et elle m'a expliqué pourquoi elle voulait reprendre contact. Tu m'écoutes toujours ?

— Oui…

— Dans sa lettre, elle me parlait de Clemmie. Après son déménagement à Leicester, Evie a eu des problèmes de couple avec Brian, sans savoir pourquoi. Peu après l'accouchement, il lui a avoué avoir subi une vasectomie, cinq ans plus tôt. Il avait au moins quinze ans de plus qu'elle. Il était divorcé et avait deux enfants qui vivaient chez leur mère. Bref, il ne pouvait être le géniteur de l'enfant. Il pensait gérer la tromperie d'Evie et élever Clemmie comme sa fille. Apparemment, il n'a pas réussi. Peu après, il est parti et Clemmie a grandi sans savoir qui était son père.

Nick scruta le visage de Tammy en quête d'une réaction, mais il n'exprimait rien, donc il poursuivit :

— Ce soir-là, à Southwold, Evie m'a demandé si j'étais disposé à passer un test de paternité. J'ai accepté. Pour être honnête, j'espérais qu'il soit négatif. Je venais de te rencontrer et on faisait des projets d'avenir. Je…

Nick secoua la tête et soupira.

— Bref, le test était positif.

Tammy respira profondément pour tenter de se calmer.

— Pourquoi n'étais-tu pas heureux ? Tu viens de dire que tu aimais Evie. Ton rêve devenait réalité, non ?

— Autrefois, oui. C'était une obsession, pas de l'amour, pas comme celui que je ressens pour toi. De plus…

— Quoi ? fit Tammy, désireuse de voir ce cauchemar se terminer au plus vite.

— Evie a une leucémie. Elle va mourir. Si elle m'a demandé de faire ce test, c'est pour qu'il reste à Clemmie un parent naturel. Et peut-être une famille, quand elle sera partie. Voilà pourquoi elle est revenue à Southwold.

— Oh non…

Sous le choc, Tammy dévisagea Nick.

— C'est… c'est horrible…

— Je sais. Elle n'a que trente et un ans, le même âge que toi.

Ils se turent pendant un moment.

— Nick, je suis désolée de te demander ça après ce que tu viens de me raconter mais… tu es à nouveau en couple avec elle ?

— Non ! Je lui ai parlé de toi. Je lui ai dit que je t'aimais et que je voulais faire ma vie avec toi.

— Si Evie était en bonne santé, tu voudrais vivre avec elle ?

— Crois-moi, la réponse est non. Je t'aime, qu'Evie soit réapparue ou non. Tu as exorcisé ma souffrance. Je n'ai jamais été aussi heureux et quand c'est arrivé et que…

Nick se prit la tête entre les mains et se mit à pleurer. Malgré elle, Tammy prit sa main dans la sienne.

— Tammy, je suis désolé pour tout ce gâchis.

— Pourquoi ne m'en as-tu pas parlé ?

— Je devais être présent pour Evie, apprendre à connaître Clemmie, tisser des liens avec elle, voir si cela allait marcher avant de t'expliquer la situation. Comme la suite des événements l'a démontré, j'étais sûr que tu me soupçonnerais d'avoir une liaison avec Evie. J'étais persuadé que tu me quitterais si tu apprenais la vérité. On ne se connaît pas depuis très longtemps. Je ne pouvais pas te demander de comprendre que je rende visite régulièrement à mon ex et ma fille.

— En passant devant chez elle, avec Amy, on a vu ta voiture garée.

— Je sais. Amy m'en a parlé. J'étais avec Evie et Clemmie. J'ai passé la plupart de mes week-ends avec elles. Si cela peut faire une différence, Evie souhaite te rencontrer.

— Pourquoi ?

— Parce qu'elle sait que tu seras peut-être un jour la belle-mère de Clemmie, soupira Nick.

Cette perspective noua la gorge de la jeune femme.

— Il aurait mieux valu que tu m'exposes les faits au lieu de me laisser tirer des conclusions. Tu n'as pas eu confiance en moi, ni en mon amour pour toi, Nick.

— Je sais et je le regrette sincèrement.

— Où étais-tu passé, ces deux dernières semaines ? Paul m'a dit que tu étais parti de chez eux.

— C'est vrai. J'ai laissé mes affaires dans la nouvelle maison de Battersea, puis j'ai fait revenir Clemmie du pensionnat un peu plus tôt et nous sommes partis faire du ski à Verbier, pour passer du temps ensemble. Clemmie a grand besoin de légèreté. Elle voit sa mère décliner.

— Ce doit être terrible pour elle.

— Evie a appris qu'elle avait une leucémie il y a deux ans. Clemmie s'est occupée d'elle durant ses traitements. Ensuite, elle a connu une année de rémission. En juin, elle a rechuté et, cette fois, elle est en phase terminale.

— Clemmie sait que sa mère va mourir ?

— Oui. Elle est adorable, tu sais, et si courageuse ! Elle est anéantie. Je ne peux rien faire pour sa mère, mais je peux être présent pour elle, la distraire pendant qu'Evie… Depuis notre retour de Verbier, nous avons choisi des meubles pour sa chambre, à Battersea. Il est essentiel qu'elle ait un foyer.

— Ce foyer dans lequel tu m'as demandé de vivre avec toi, il y a quelques semaines ?

— Oui.

Tammy se tourna vers lui.

— Waouh, ça fait beaucoup de choses à encaisser. Tu comptais me le dire un jour ?

— Je ne sais pas. Le passé vient de faire irruption dans mon présent et je vis au jour le jour. Il fallait que je sois là pour Clemmie et je ne savais pas comment t'expliquer tout ça.

— Je comprends.

— Ah bon ?

— Oui.

Nick posa sur elle un regard embué de larmes. Il prit la main qu'elle avait posée sur la sienne et la serra.

— Merci.

Ils demeurèrent ainsi un long moment. Tammy s'efforçait de remettre de l'ordre dans ses idées.

— Nick, peux-tu me dire franchement si tu as encore des sentiments pour Evie ?

— Je... j'ai de la tendresse pour elle, bien sûr. Elle va mourir et elle est trop jeune pour ça. La vie est cruelle. Cela dit, je ne l'aime pas comme je t'aime, toi. Et en voyant comment tu as réagi à mes paroles, je t'aime encore davantage. Tu es aussi belle à l'intérieur qu'à l'extérieur. La question est de savoir si tu supporterais d'être avec un homme qui a une fille de neuf ans tombée du ciel.

— Je n'ai pas réfléchi au fait d'avoir des enfants, avoua-t-elle.

— Moi non plus, avant de te rencontrer. Je comprendrais que tu ne penses pas y arriver. Clemmie aura besoin de beaucoup d'amour dans les mois à venir. Je devrai être présent.

— Naturellement.

— Et il va sans dire que j'adorerais savoir que tu es là pour elle, toi aussi.

— Je… Nick, je ne sais pas… je ne suis pas très maternelle et Clemmie me détesterait sûrement car je ne serai jamais sa vraie mère.

— Je suis persuadé que non. Elle est adorable. Avant que nous ne… rompions, je lui ai confié que j'espérais t'épouser un jour. Elle veut te rencontrer.

Tammy comprit alors qu'elle le croyait. Soudain, elle eut très froid.

— Nick, j'ai besoin d'un peu de temps pour digérer tout ça. Je veux dire… je ne voudrais pas entrer dans la vie de Clemmie pour découvrir que ça ne marche pas et devoir m'en aller. Tu comprends ?

— Très bien, répondit-il avec un sourire. Sache que je t'aime et que je veux que ça marche, entre nous. Je comprendrais que tu ne te sentes pas d'attaque.

— Merci.

Tammy se leva et glissa ses mains dans les poches de sa veste en cuir pour les réchauffer.

— Je te tiens au courant dès que possible. Salut, Nick.

— À plus.

Nick la regarda s'éloigner, puis passer sous un réverbère qui fit scintiller ses cheveux. Priant le ciel, il retourna auprès de sa fille.

35

— Bonjour, Sam ! J'ai apporté un gâteau pour les enfants.

Posy observa son fils, qui venait de lui ouvrir la porte. Il avait une mine épouvantable, les yeux injectés de sang, le teint cireux, la peau moite… Pourtant, il faisait un froid de canard dans la maison. Sam s'assit sur le canapé. Son fils semblait y avoir passé la nuit. La table basse était jonchée de bouteilles de bière vides et il restait un fond de whisky.

— Amy est là ?

— Non.

— Où est-elle ?

— Ne me le demande pas, Maman.

— Et les enfants ?

— Avec Amy. Ils sont partis hier soir avec ton amoureux.

— Freddie ?

— C'est ça.

— Ce n'est pas mon amoureux, Sam. Qu'est-ce qu'il faisait ici ?

— D'après toi.

— Tu es en train de me dire qu'Amy t'a quitté ?

— Peut-être, oui. Regarde-moi, et regarde ce bordel. Tu aurais envie de rester, toi ?

— Amy t'aime, Sam. Jamais elle ne te quitterait.

Posy se rendit compte qu'elle tenait encore son gâteau. Elle écarta quelques bouteilles pour le poser.

— Tu as bu ? demanda-t-elle.

— J'ai noyé mon chagrin.

— Je vais te faire du café et tu vas me raconter ce qui s'est passé.

Dans la cuisine, Posy trouva une casserole gisant à terre, déversant des pâtes gluantes sur le sol encore mouillé. Posy prit le temps d'éponger le carrelage, puis elle jeta les pâtes froides à la poubelle.

— Alors, que s'est-il passé ? demanda-t-elle, de retour au salon. Vu l'état de la cuisine, vous vous êtes disputés.

— Oui, et elle est partie avec les enfants.

— Où sont-ils allés ?

— Demande à ton chéri. C'est lui qui l'a emmenée, avec les gosses. Il m'a accusé de l'avoir agressée !

Sam regarda sa mère, les yeux inondés de larmes.

— Tu sais bien que je ne ferais jamais une chose pareille, Maman. C'était juste une dispute.

Les propos de Sam n'avaient pas de sens. Elle but une gorgée de café en essayant de comprendre.

— Freddie t'a accusé d'avoir agressé Amy ?

— Oui ! C'est ridicule, non ?

— Dans ce cas pourquoi ne t'es-tu pas lancé à leur poursuite ?

— Je ne sais pas où il habite ! rétorqua-t-il. J'aime Amy, Maman, tu le sais bien ! Je ne lui ferais pas de mal ! Et aux enfants non plus.

— Sam, tu devrais te ressaisir. Bois ton café et monte prendre une douche froide. Tu empestes. Cette pièce empeste. Pendant ce temps, je vais voir si je trouve ta femme et tes enfants.

— Elle va te raconter un tas de mensonges ! D'accord, j'ai un peu bu et le ton est un peu monté, mais…

— Ça suffit, Sam, fit Posy en se levant. À plus tard.

— Maman ! Ne t'en va pas ! Reviens !

Posy claqua la porte derrière elle. Les suppliques de Sam lui rappelaient ses gémissements quand elle l'avait déposé au pensionnat pour la première fois. Le cœur brisé, elle avait pleuré durant tout le trajet de retour. Mais Sam avait désormais trente-huit ans. Il était marié et père de famille.

Elle monta en voiture en frémissant d'effroi. Cet égoïsme perpétuel, cette complaisance, sans parler de sa gueule de bois, sa puanteur… C'en était fini de sa compassion maternelle. Son propre fils la dégoûtait.

Elle tapota son volant du bout des doigts, en proie à un cruel dilemme. La seule personne à savoir où se trouvaient Amy et les enfants et ce qui s'était passé la veille au soir était aussi la seule personne qu'elle ne pouvait revoir.

Devait-elle laisser Amy et Sam se débrouiller seuls ? Leur couple ne la regardait en rien, après tout. Mais ses petits-enfants…

Il avait dû se passer quelque chose de grave pour qu'Amy et les enfants soient contraints de quitter la maison avec Freddie. Posy avait besoin de le savoir, ne serait-ce que pour sa tranquillité d'esprit. Elle roula lentement vers le centre-ville. Freddie devait se tromper. Sam n'avait pas agressé Amy ! Si Sam avait de nombreux défauts, elle ne l'avait jamais vu être violent. Peut-être était-il au bord de la dépression. Et s'il faisait une bêtise, maintenant qu'il se retrouvait seul ?

Non, Sam était un résilient, et il était sans doute trop lâche pour mettre fin à ses jours. Elle se gara dans High Street, puis marcha d'un pas vif vers l'allée menant chez Freddie. De peur de changer d'avis, elle se hâta de sonner à la porte. Quelques secondes plus tard, Freddie lui ouvrit.

— Bonjour, Posy, dit-il avec un sourire triste. J'imagine que tu viens voir Amy et les enfants.

— Oui mais, auparavant, raconte-moi ce que tu as vu, hier soir.

Elle était consciente de s'exprimer d'un ton brusque.

— Je te préviens, ce n'est pas agréable à entendre, répondit-il en l'entraînant au salon.

— Ils sont ici ?

— Non, à côté, dans la dépendance que je loue.

— Ils vont bien ?

— Les enfants vont bien. Tout à l'heure, ils décoraient mon sapin pour permettre à Amy de dormir. Ils sont adorables, ajouta Freddie avec un sourire.

— Et Amy ?

— Elle se remettra. Je l'ai emmenée aux urgences pour faire soigner ses brûlures aux cuisses. Heureusement, elle était en jean. Les brûlures auraient pu être plus graves. Ils lui ont mis des pansements et lui ont donné des antalgiques.

— Sam lui a jeté une casserole d'eau bouillante dessus ?

— Apparemment, oui. Je ne suis arrivé qu'après.

— Qu'as-tu vu, au juste ?

— Posy, je… tu veux boire quelque chose ?

— Non merci. Qu'est-ce que tu as vu, Freddie ? Dis-le-moi.

— En arrivant sur le seuil, j'ai entendu des cris provenant de l'intérieur. J'ai ouvert la porte et trouvé Sam, dans le couloir, serrant le cou d'Amy de ses mains.

— Oh non, souffla Posy en s'asseyant.

— Je suis navré… je n'aurais pas dû te le dire aussi brusquement. Je vais te chercher un cognac.

— Non ! Ça ira, merci. Je suis sous le choc. Essayait-il de… de la tuer ?

— Je ne sais pas, admit Freddie après réflexion. Il était très saoul.

— Seigneur, soupira-t-elle. Elle a des traces sur le cou ?

— Oui, hélas. À l'hôpital, le médecin voulait alerter la police, mais Amy a refusé net. Ce matin, elle m'a confirmé qu'elle ne voulait pas porter plainte.

Posy demeura silencieuse, les mains croisées sur ses genoux. Hésitant, Freddie s'approcha d'elle.

— Je suis navré, déclara-t-il. Tu n'avais vraiment pas besoin de ça, après ce que je t'ai révélé. Je t'en prie, chérie, dis-moi comment je peux t'aider.

— Ne t'excuse pas. Rien n'est de ta faute. Tu peux m'emmener voir Amy ?

— Bien sûr.

Elle le suivit de l'autre côté de la cour et frappa à la porte. Jake vint leur ouvrir.

— Bonjour, tonton Freddie ! On pourra revenir regarder les émissions de Noël sur ta télé ?

— Bien sûr. Ta Maman dort encore ? Granny est venue la voir.

— Bonjour, Granny. Maman est réveillée. Je lui ai donné un verre d'eau. Hier soir, elle s'est brûlée avec une casserole. Papa avait trop bu et il ne pouvait pas conduire, alors on l'a emmenée à l'hôpital avec tonton Freddie.

Sara apparut sur le seuil, derrière son frère, le visage barbouillé de chocolat.

— Bonjour, Granny ! Tonton Freddie nous a emmenés au magasin de jouets et m'a acheté une poupée, lança-t-elle avant d'embrasser sa grand-mère.

Retenant ses larmes, Posy étreignit les deux enfants, rassurée par leur innocence… et par la gentillesse de Freddie. Ce dernier ordonna :

— Venez, vous deux. Allons regarder la télévision. Je crois que mon émission de Noël préférée commence dans dix minutes.

À l'intérieur, elle trouva Amy sur le canapé, une minuscule couverture posée sur les cuisses.

— C'est celle de la nouvelle poupée de Sara. Elle a pensé qu'elle me tiendrait chaud, expliqua la jeune femme.

En la soulevant, elle révéla trois gros pansements blancs, et la rangea dans le berceau miniature en osier posé à ses pieds. Enfin, elle osa croiser le regard de Posy.

— C'est affreux, ma chérie, déclara la vieille dame en s'asseyant à côté d'elle. Comment te sens-tu ?

— Ça va. D'après le médecin, je ne garderai pas de cicatrices, ce qui est une bonne chose. Et j'ai des antalgiques puissants, dit-elle en étouffant un bâillement. Le problème, c'est qu'ils m'endorment. Désolée, Posy.

— De quoi es-tu désolée ? Freddie m'a raconté la scène à laquelle il a assisté, hier soir.

En constatant que la jeune femme présentait des ecchymoses sur le cou, elle frémit d'effroi.

— Je…

Amy secoua la tête et se mordit la lèvre.

— Il ne faut pas en vouloir à Sam, reprit la jeune femme. Il a connu des moments difficiles, dernièrement, et il avait simplement trop bu. I…

— Amy, ne lui trouve pas d'excuses. Sa conduite est totalement inacceptable. Il a beau être mon fils, le fait qu'il agresse sa femme… C'est honteux ! Je vais te dire une chose : si tu veux porter plainte, je t'accompagnerai au commissariat. Je t'en prie, Amy, dis-moi la vérité. C'était la première fois ou bien était-ce déjà arrivé ?

— Ça n'a jamais été aussi grave qu'hier soir, soupira Amy.

— Donc c'était déjà arrivé.

Amy hocha la tête et grimaça aussitôt de douleur en portant une main à son cou.

— Je te demande pardon de n'avoir pas vu ce qui se déroulait sous mon nez.

— Ce n'était pas si fréquent, Posy. Seulement quand il avait bu, mais dernièrement…

— Cela n'aurait pas dû se produire ! Tu comprends ? Rien ne justifie les coups portés sur une femme. Rien !

— Je…, bredouilla Amy, au bord des larmes. Je n'ai pas été une très bonne épouse, Posy. J'ai… rencontré quelqu'un.

— Sebastian ?

Amy sembla abasourdie.

— Oui. Comment avez-vous deviné ?

— Cela sautait aux yeux, hélas. Sam était au courant ?

— Non, du moins je ne crois pas. Il était tellement absorbé par sa nouvelle entreprise. Vous voyez, ce n'est pas entièrement de sa faute.

— Si, Amy. Il faut me croire ! Ces abus ont commencé bien avant que tu ne rencontres Sebastian, n'est-ce pas ?

— Oui.

— Il ne faut pas t'en vouloir d'avoir cherché le réconfort ailleurs. Tu es un être humain, Amy, et après tout ce que tu as enduré…

— Alors vous ne me détestez pas ?

— Bien sûr que non.

— Mais je l'aimais… je l'aime. Sebastian a été si gentil, si doux… Oh non…

Amy se mit à pleurer. Posy l'étreignit avec précaution et lui caressa les cheveux. Dès qu'elle se fut calmée, Posy lui tendit un mouchoir.

— Désolée, Posy…

— Arrête de t'excuser en permanence ! La vie est dure, parfois. On s'en sortira, je te le promets.

— C'est à moi de me sortir de mes ennuis. Vous avez suffisamment de choses à gérer.

— Ma famille est mon problème, notamment toi et mes petits-enfants chéris.

Posy avait eu le temps de réfléchir.

— Sam a besoin d'aide, et vite, reprit-elle. Sans doute a-t-il toujours eu besoin d'aide…

— Que voulez-vous dire ?

— Que l'amour d'une mère l'empêche parfois de voir la réalité en face. Bref, voulez-vous vous installer chez moi, à Admiral House ?

— Freddie nous permet de rester pendant un moment. Je me sentirais plus en sécurité ici car Sam ignore où nous sommes. Je ne supporte pas l'idée de le revoir, pour l'instant. Freddie est si gentil ! Les enfants l'adorent déjà. Vous avez de la chance, Posy.

— Oui, c'est quelqu'un de bien.

— Et il tient beaucoup à vous, c'est évident. C'est pourquoi il est passé à la maison, hier soir. Il voulait avoir de vos nouvelles. Il s'inquiétait pour vous, et moi aussi. Ça va, Posy ?

— Ça va. C'est toi qui m'inquiètes, Amy. Je dois dire que ce petit cottage est très douillet.

— J'adore ce logement, admit Amy avec un sourire sincère. C'est comme un refuge.

— Exactement ce qu'il te faut. Je vais te poser la question une dernière fois : tu es sûre de ne pas vouloir porter plainte contre Sam ?

— Certaine. Je veux juste oublier cette soirée et non déclencher un processus interminable et me retrouver au tribunal avec Sam.

— Eh bien, c'est à toi d'en décider. Il faudra tout de même faire quelque chose, à propos de Sam. Il constitue un danger pour les autres femmes qui croiseront son chemin. Tu es consciente que tu ne peux pas retourner vivre avec lui, n'est-ce pas ?

— Peut-être que, s'il arrêtait de boire, je pourrais y réfléchir. C'est le père des enfants…

— Justement. Dans leur intérêt, tu dois rester à distance de lui. S'il a été violent envers toi, dans combien de temps s'en prendrait-il à Sara et Jake ?

Amy regarda au loin, dans le vague, comme si elle hésitait, puis elle se tourna vers Posy.

— C'est affreux mais, en vérité, même s'il ne buvait plus, je ne l'aime plus. Je me sens tellement coupable…

— Il faut que tu comprennes une chose : après la passion du début, il faut entretenir l'amour si l'on veut une relation durable. Même sans savoir ce que je viens de découvrir, je voyais bien que Sam ne faisait aucun effort.

— Comment pouvez-vous être aussi lucide à propos de votre propre fils ? La plupart des mères ne le seraient pas.

— J'ai appris à mes dépens que l'on ne choisit pas sa famille. J'aimerai toujours Sam, naturellement, et j'essaierai de l'aider de mon mieux, s'il l'accepte, mais cela ne veut pas dire que je l'apprécie, à l'heure actuelle. En fait, j'ai honte de lui depuis des années. Et j'admets être responsable de cette partie de lui. Voilà, c'était ma confession du jour, soupira-t-elle.

Elles observèrent un instant les flammes, dans la cheminée, puis Posy reprit la parole :

— J'en veux au scénario de la « famille idéale ». Nous avons tous l'impression d'échouer parce que notre vie ne ressemble pas à ce que l'on voit dans les films et, surtout, à la façade que présentent de nombreuses personnes. On ne sait jamais ce qui se passe en coulisses et je te garantis que la plupart des familles sont aussi compliquées que la nôtre. Bon, une bonne tasse de thé nous ferait du bien.

Sur ces mots, elle se leva et se dirigea vers la kitchenette.

— Posy, je tiens à vous remercier. Pour tout. Vous êtes la personne la plus formidable que je connaisse et je vous aime beaucoup.

— C'est gentil, ma chérie, répondit Posy, les larmes aux yeux, en mettant de l'eau à chauffer. Je t'aime beaucoup, moi aussi.

Un quart d'heure plus tard, Posy quitta le cottage et traversa la cour. Freddie vint à sa rencontre.

— Comment va-t-elle ?

— Elle est calme. Nous avons discuté de ce qu'elle allait faire.

— Alors ?

— Elle a fini par admettre qu'elle ne veut pas retourner avec Sam, même s'il se ressaisit. Et elle a peur de le lui annoncer…

— Il ne faut pas qu'elle s'approche de lui. Tu n'as pas vu ce que j'ai vu hier soir.

— Elle m'a dit que tu lui avais proposé de séjourner dans ta dépendance. Je les aurais hébergés à Admiral House, mais elle préfère rester ici dans l'immédiat. Elle se sent en sécurité.

— Tant mieux. C'est l'essentiel.

— Merci, Freddie. Tu as été si gentil ! À présent, je dois aller voir Sam et chercher des vêtements et des jouets pour Amy et les enfants.

— Je t'accompagne. Tu ne peux pas y aller seule.

— Je comprends ton inquiétude. Je connais mon fils. Aujourd'hui, il est abattu et ne présente aucun danger.

— Laisse-moi au moins te conduire là-bas !

— Je crois que tu en as déjà fait assez.

— Et toi ? Comment te sens-tu ?

— Je fais ce que j'ai à faire. Bon, je file.

Au moment où elle se détournait, il la retint par le bras.

— Il faut qu'on parle.

— Je sais, mais je ne suis pas en état maintenant. Plus tard.

Elle esquissa un sourire et s'éloigna dans l'allée.

Quand elle frappa à la porte, Posy n'obtint pas de réponse. Elle utilisa donc son double de la clé et appela son fils, en vain. Elle le chercha au rez-de-chaussée, puis monta à l'étage. Il n'était pas là. Elle prit quelques sacs et y jeta tous les vêtements qu'elle put. Ensuite, elle remplit une caisse de jouets et plaça l'ensemble dans le coffre de sa voiture. Au moment où elle allait partir, Sam apparut sur le trottoir et vint à sa rencontre.

— Maman ! Comment vont Amy et les gosses ? Où sont-ils ?

Au moins, il n'était pas saoul.

— On peut discuter à l'intérieur ?

Posy s'assit dans un fauteuil du salon.

— Alors ? Où sont-ils ? persista Sam, resté debout.

— Je ne te le dirai pas.

— Tu refuses de me dire où sont ma femme et mes enfants ?

— Hier soir, tu as agressé Amy. Tu as beaucoup de chance qu'elle ne porte pas plainte contre toi. Le médecin des urgences le lui a pourtant conseillé.

— Les urgences ? s'étonna Sam. Franchement, Maman, c'était juste une dispute qui a un peu dégénéré.

— Amy souffre de brûlures graves aux jambes et ses ecchymoses dans le cou prouvent que tu as essayé de l'étrangler. Il y a aussi un témoin oculaire qui se fera un devoir de raconter la scène à laquelle il a assisté lors d'un procès. Tu serais condamné pour violences conjugales et tu finirais peut-être même en prison. Je te suggère donc de t'asseoir et d'écouter ce que j'ai à te dire.

Sam obéit, la mine pâle.

— Amy et les enfants vont quitter cette maison et je te préviens, Sam, que si tu essaies de t'approcher d'eux, que ce soit au travail ou à l'école, Amy ira voir la police. Tu resteras à distance.

— Et les enfants ? J'ai le droit de les voir !

— Vous trouverez une solution. En attendant, j'aimerais te parler de toi.

— Pour me dire combien je te déçois, une fois de plus ?

— Je n'ai rien dit de tel, Sam. Je t'ai toujours soutenu, au point de t'accorder un droit de préemption sur Admiral House, donc épargne-moi ce discours. Ce qui est arrivé hier soir dépasse l'entendement et je suis choquée. J'ai honte de ton comportement. Toutefois, je reste ta mère et je t'aime. Mais tu as besoin d'aide. Il est évident que tu as un problème d'alcool qui te rend violent envers ta femme.

— Maman, je n'ai jamais eu l'intention de lui faire du mal. Je l'aime.

Posy ignora cette remarque et poursuivit :

— Ce que je te propose, c'est de faire une cure de désintoxication à mes frais pour gérer ton addiction et tes accès de colère. Je ne cautionnerai pas que tu continues ainsi. Tu n'obtiendras plus un sou de moi et ne pourras plus profiter du salaire d'Amy. Qu'est-ce que tu décides ?

Sam la regarda comme si elle avait perdu la raison.

— Maman, arrête ! Je sais que ce qui s'est passé hier soir était mal, mais je n'ai pas besoin d'aller dans un de ces maudits centres pour arrêter de boire ! Je n'ai pas bu aujourd'hui, regarde !

— Je n'en doute pas. Hélas, quand tu bois, tu deviens violent, Sam. Tu aurais pu tuer Amy si Freddie n'était pas intervenu. Tu lui serrais la gorge, pour l'amour du ciel !

— Je ne m'en souviens pas, Maman, je te jure !

— Raison de plus pour te faire aider. Sinon, tu risques de tuer quelqu'un. C'est très grave, Sam. Tu pourrais être accusé de tentative d'homicide, d'après Freddie.

— Qu'est-ce qu'il en sait, lui ?

— C'est un ancien avocat. Il connaît très bien la question. Bref, déclara-t-elle en se levant, je ne peux que te donner mes conseils et mon aide, mais je ne t'oblige pas à les suivre. Sur ce, je vais y aller.

Elle s'éloigna vers la porte d'entrée.

— Maman ! Où vas-tu ?

— Je vais porter quelques affaires à Amy et aux enfants. Dois-je leur transmettre tes excuses ? Je ne t'ai pas encore entendu exprimer des regrets…

— Bien sûr que je regrette, mais…

— Il n'y a pas de « mais », Sam. Il serait temps que tu prennes tes responsabilités. Appelle-moi quand tu seras décidé. Bonsoir !

Posy monta en voiture et claqua bruyamment la portière. Assise au volant, elle se mit à trembler sous le regard appuyé de Sam. Elle démarra vivement avant qu'il ne puisse la suivre chez Freddie.

36

— Tu en fais, une tête ! déclara Freddie en ouvrant la porte.

— Je suis épuisée. Désolée de te déranger encore, mais Amy et les enfants n'étaient pas dans la dépendance. J'ai déposé des vêtements et des jouets devant la porte.

— Ils sont ici, avec moi. On vient de finir de dîner.

— Très bien. Tu veux bien prévenir Amy que j'ai apporté…

Soudain, Posy chancela. Pour la deuxième fois de la journée, elle crut qu'elle allait défaillir. Freddie lui prit le bras et la porta presque vers le salon.

— Ne bouge pas, je vais te chercher un cognac.

Freddie ferma la porte. Posy balaya du regard la pièce chaleureuse. Un feu flambait dans la cheminée. Les guirlandes du sapin scintillaient. Elle sentit les battements de son cœur se calmer enfin. Elle avait les paupières lourdes. Quand Freddie revint avec un verre, elle était presque assoupie.

— Tiens, bois ça.

— Je ne peux pas. L'alcool me monterait aussitôt à la tête. Je n'ai rien mangé depuis le petit déjeuner.

— Dans ce cas, je vais te servir une assiette de ragoût. Amy et les enfants l'ont adoré. Je reviens dans une minute.

Cela faisait si longtemps que personne ne s'était occupé d'elle de la sorte que Posy eut du mal à maîtriser son émotion.

— Et voilà ! annonça Freddie en posant un plateau sur ses genoux.

Il était si attentionné et si gentil…

Quand elle eut terminé son ragoût, elle porta son plateau à la cuisine où il s'affairait.

— Tu te sens mieux ? s'enquit Freddie.

— Beaucoup mieux. C'était succulent.

— Merci. Je n'ai pas de mérite. Ma femme se moquait de moi parce que je ne connais que deux recettes : le barbecue en été et le ragoût en hiver ! On va s'asseoir ?

Posy se dit qu'elle ferait mieux de rentrer chez elle, mais elle se sentait si bien, dans ce cottage, en comparaison avec Admiral House et ses courants d'air. Freddie attisa les braises dans la cheminée et prit place en face d'elle.

— Comment s'est déroulée ton entrevue avec Sam ?

— Je n'en sais rien, en réalité. Je lui ai proposé une cure de désintoxication, mais il est dans le déni.

— Les tyrans domestiques le sont toujours. Rien n'est jamais de leur faute.

— Bref, Amy et les enfants sont à l'abri et je ne peux rien faire de plus. Merci encore, Freddie. Tu aurais dû m'appeler, hier soir. J'aurais conduit Amy aux urgences.

Il la dévisagea, perplexe.

— Tu aurais répondu en voyant que c'était moi ?

— Probablement pas, avoua-t-elle avec un sourire.

— Donc tu m'en veux encore de t'avoir dit la vérité sur le passé ?

— Comment pourrais-je t'en vouloir ? J'avais juste besoin d'un peu de temps pour encaisser le coup, pour m'adapter à cette image de mon père, que j'avais placé sur un piédestal.

— Si je n'étais pas réapparu dans ta vie, tu ne l'aurais jamais su.

— Aurait-il mieux valu que je meure sans connaître la vérité ? Avec le recul, non. Je me suis calmée et je suis contente que tu m'aies parlé.

— Tu comprends pourquoi j'ai dû te quitter, autrefois ?

— Oui. Je doute que ta mère aurait été ravie que tu choisisses la fille de l'assassin de son mari.

— Ce mari qui la trompait depuis des années avec ta mère, ajouta Freddie. Tu sais, quand j'ai compris qui tu étais, je me suis souvenu qu'on s'était rencontrés une fois, quand tu étais bien plus jeune.

— Ah bon ?

— Oui. J'avais cinq ans et toi trois. Tes parents séjournaient chez nous et ils t'avaient amenée avec eux. Je me rappelle m'être réveillé en pleine nuit et avoir entendu un terrible vacarme dans la chambre de mes parents. Ma mère poussait des cris hystériques et mon père essayait de la calmer. Avec le recul, elle avait dû découvrir qu'il se passait quelque chose entre mon père et ta mère.

— Moi, je me rappelle qu'oncle Ralph venait souvent à Admiral House quand Papa était absent. Leur liaison a certainement duré des années. Daisy, notre bonne, a dit un jour que Maman voulait se débarrasser de nous pour Noël, quand nous sommes allées chez Granny toutes les deux. Tes parents étaient toujours ensemble quand… c'est arrivé ?

— J'étais déjà en pension, à l'époque. Oui, ils vivaient sous le même toit, à défaut de partager le même lit. Leur couple était mort mais ma mère dépendait de lui financièrement, comme la plupart des femmes, autrefois. Peut-être a-t-elle accepté cette situation parce qu'elle n'avait pas le choix. Et parce qu'elle l'aimait, soupira Freddie. Quand il est mort, elle a eu le cœur brisé. Elle est restée veuve et amère. Tu te rappelles que je te parlais de nos Noëls lugubres, et le réveillon du Nouvel An encore plus ?

— Je veux bien te croire. Je me demande si mon père était au courant avant de les surprendre.

— Les êtres humains ont une capacité incroyable à ignorer ce qu'ils ne veulent pas voir, Posy.

— C'est vrai. Regarde-moi avec mon fils. Papa adulait ma mère. S'il ne savait rien et s'il les a découverts en flagrant délit dans sa pièce aux papillons… je comprends qu'il ait réagi de la sorte, même si c'était criminel.

— D'autant plus qu'il avait risqué sa vie à piloter des Spitfire pendant cinq ans. Il y a de quoi perturber l'esprit de quelqu'un. Beaucoup ne s'en sont pas remis.

— Cela ne justifie pas un meurtre de sang-froid, objecta Posy.

— Non, mais ses antécédents auraient dû être pris en compte lors du procès. Je ne pense pas qu'il fallait le pendre et je ne suis pas le seul.

— Et toi, Freddie ? Ils t'ont expliqué ce qui s'était passé ?

— Pas tout de suite, non. Je me rappelle que deux policiers sont venus frapper à la porte. On m'a dit de monter dans ma chambre et, quelques instants plus tard, j'ai entendu ma mère hurler. La police est partie et ma mère est montée me voir. Elle était hystérique et n'a cessé de me répéter que mon père était mort, jusqu'à ce que la bonne fasse venir le médecin. Il l'a littéralement traînée hors de ma chambre et a dû lui administrer un sédatif. Le lendemain, je suis retourné au pensionnat. Là-bas, mes camarades m'ont fourni les détails sordides de l'affaire dont parlaient les journaux.

— Oh, Freddie, c'est terrible. Je suis désolée. Tu n'avais que dix ans. Cela a dû être difficile à vivre.

— En effet, mais tu n'as pas à t'excuser. Ce sont là les actes de nos pères. Au moins, je connaissais la vérité, quoique brutale, et je n'avais d'autre solution que de surmonter cette épreuve. Le pire, ç'a été le jour où j'ai réalisé qui tu étais. Et que tu ne savais rien. Je t'avais entendue parler de ton père si souvent et avec tant d'amour… Je ne pouvais pas te briser le cœur en te racontant la vérité.

— Je regrette que tu n'aies pas parlé.

— Vraiment ? C'est facile à dire, *a posteriori*. Tu n'aurais certainement pas pu m'épouser si tu avais su, je me trompe ?

— Non, soupira Posy. J'ai eu le cœur brisé quand tu m'as quittée. Je t'ai détesté.

— Je comprends. Je n'avais pas le choix, hélas.

— Je sais. À l'époque, j'ai décrété que le grand amour était une illusion et que je finirais vieille fille.

Elle leva les yeux vers lui et lui sourit tristement.

— En fait, j'ai presque réussi. J'ai passé la majeure partie de ma vie d'adulte en solitaire, à part mes treize années de mariage avec Jonny.

— Comment en es-tu venue à l'épouser ? Tu lui avais parlé de moi et tu avais annulé les fiançailles, pourtant.

— On s'est croisés lors d'une fête chez Andrea, quelques mois après ta disparition. Jonny était en permission et il attendait une mutation à l'étranger. Il m'a demandé comment j'allais, si nous étions encore ensemble. Je lui ai répondu que non. Une semaine plus tard, il m'a invitée à dîner. N'ayant rien d'autre à faire, j'ai accepté. Il s'est montré si posé, si gentil… Il m'a pardonné, m'a dit qu'il comprenait ma tromperie, au vu de son absence prolongée. En fait, elle n'était pas justifiable, fit Posy en rougissant. Il m'a proposé de sortir avec lui. Tu me manquais depuis des mois et sourire à ses histoires me faisait du bien. Avec lui, j'étais à l'aise, je l'avais toujours été, je me sentais aimée et désirée quand j'en avais besoin. Il m'a ensuite demandé de réfléchir à la possibilité de l'épouser et j'ai accepté. Je voulais m'éloigner des souvenirs de toi. J'ai donc démissionné de mon travail à Kew Gardens, je me suis mariée à la hâte et je suis partie pour Chypre avec Jonny, qui était affecté là-bas.

— Tu as été heureuse avec lui ?

— Oui. C'était une belle vie, se rappela Posy. J'ai vécu dans des endroits captivants, dont la Malaisie.

Même si je ne travaillais plus, j'étais passionnée par la faune et la flore exotiques. J'ai pu continuer à dessiner des planches botaniques.

— Tu l'aimais ?

— Oui. Ce n'était pas la passion dévorante que je ressentais pour toi, mais sa mort m'a dévastée. C'était un homme bien et un père merveilleux pour Sam. C'est affreux qu'il n'ait pas connu Nick et qu'il n'ait pas profité de sa vie civile à Admiral House. Nous l'avons appris à nos dépens : la vie est parfois cruelle. Il faut profiter du quotidien.

— Justement, à ce propos...

Freddie se pencha pour prendre sa main dans la sienne.

— Tu me pardonnes, Posy ?

— Je n'ai rien à te pardonner...

— Alors... tu veux bien qu'on essaie à nouveau ? Tu es au courant, désormais, et j'ai l'impression que, pour la première fois, il n'y a rien qui puisse nous empêcher d'être ensemble.

— C'est vrai.

— Alors ?

— Euh... oui, essayons, si tu le veux, ajouta-t-elle en rougissant.

— Je le veux désespérément. Je t'aime, je t'ai toujours aimée. Nous avons perdu suffisamment de temps. Qui sait combien il nous reste ? Il faut saisir le bonheur tant qu'on le peut encore.

— Freddie, tu sais à quel point ma famille est compliquée et...

— Toutes les familles sont compliquées. C'est mieux que la vie solitaire et vide que nous connaissons déjà, non ?

— Certes.

Soudain submergée par les émotions de la journée, Posy étouffa un bâillement.

— Tu es épuisée… Et si tu passais la nuit ici ?

Elle le dévisagea en silence.

— Allons ! Tu me prends pour qui ? s'esclaffa-t-il.

— Je te connais, monsieur Lennox ! répondit-elle avec un sourire un peu las.

— Pour ce soir, au moins, j'ai une chambre d'invités très confortable. Ton honneur ne sera pas compromis.

Il se leva et lui tendit la main. Elle le suivit à l'étage.

— Voilà, dit-il en ouvrant une porte.

— C'est magnifique, commenta-t-elle en découvrant les tons clairs et la moquette neuve. Et il fait bon.

Il flottait encore une légère odeur de peinture. Freddie tira les épais rideaux.

— Je suis content que ça te plaise. Tu veux un de mes t-shirts pour dormir ?

— Ce serait gentil, oui.

— Je reviens tout de suite.

Posy s'assit sur le lit, dont le matelas était particulièrement confortable comparé à sa vieille literie d'Admiral House. Elle se sentait décidément très bien chez Freddie.

Avaient-ils un avenir ensemble ? Rien ne les empêchait d'essayer. Qu'avaient-ils à perdre ? Posy ressentit ce qui ressemblait à un soupçon de bonheur.

Freddie frappa doucement à la porte et apparut avec un t-shirt.

— Je t'ai préparé un chocolat chaud pour t'aider à t'endormir.

Il posa une tasse sur la table de chevet.

— Tu es adorable, merci.

— Dors bien et fais de beaux rêves.

Il prit son visage entre ses mains et déposa un baiser sur ses lèvres. Voyant qu'elle ne s'écartait pas, il l'embrassa encore, avant de l'enlacer. Posy se sentit soudain enivrée par le désir.

— Je vais te laisser avant de faire une bêtise, dit-il avec un sourire. Bonne nuit.

— Bonne nuit, Freddie.

Posy éteignit la lampe et s'allongea. Mille pensées se bousculaient dans sa tête. Quelle journée !

Telle Scarlett O'Hara, elle se dit qu'elle y penserait demain…

37

— Salut, dit Tammy un peu timidement en entrant dans la boutique de Nick. Je sors du boulot et je viens voir comment tu t'en sors.

— Ça commence à prendre forme, répondit-il avec un sourire.

Il souleva une coiffeuse Art déco pour la porter à l'autre extrémité de l'espace d'exposition.

— Une pièce superbe. J'aimerais avoir les moyens de me l'offrir !

— Si je la vends avec une bonne marge, je t'en dénicherai une similaire.

— Tu as fixé une date d'inauguration ?

— Je vais attendre que Clemmie soit retournée au pensionnat, après les fêtes. Elle a besoin de moi, en ce moment.

— Naturellement.

Un silence s'installa entre eux, puis Nick s'approcha de la jeune femme.

— Comment ça va ?

— Bien… j'ai pas mal réfléchi.

— Alors ?

Tammy lut de l'espoir dans le regard de Nick.

— Alors… je pense que je devrais parler avec Clemmie. Je ne te promets rien, Nick, mais je veux voir si on s'entend bien.

— D'accord. En fait, il faut que j'aille voir ma mère pour tout lui expliquer, qu'elle sache qu'elle a une petite-fille et ce qui arrive à Evie avant qu'il ne soit trop tard. Elle l'aime beaucoup.

— Tu as raison.

— Je pensais y aller mercredi. Tu pourrais t'occuper de Clemmie, ce jour-là ?

— Je ne sais pas…, fit Tammy en fronçant les sourcils. Je serai à la boutique. Qu'est-ce que je ferais d'elle ?

— Tu trouveras un moyen de l'amuser. Sinon, elle peut aller chez Jane et Paul.

— Puisque tu vas à Southwold, Clemmie voudra voir sa mère, non ?

— Evie a été hospitalisée à Ipswich. Elle va mal, hélas. Elle souffre d'une infection rénale qu'ils essaient de stabiliser. Je vais lui rendre visite. Pour l'instant, elle refuse que Clemmie la voie ainsi.

— Elle est vraiment mal ? Je veux dire…

— Tu veux savoir si c'est la fin ? Qui sait ? Elle s'en sortira peut-être, pour cette fois. Hélas, elle est condamnée à plus ou moins long terme.

— C'est horrible. Je n'ose imaginer ce qu'elle doit ressentir. Je garderai Clemmie, bien sûr.

— Merci, fit Nick en l'étreignant. Bon, je vais appeler Maman. Ensuite, j'irai chercher Clemmie chez Jane et Paul. Aujourd'hui, elle a accompagné Jane au tournage du clip d'un *boys band* dont je n'ai jamais entendu parler, contrairement à elle.

— Eh bien, fit Tammy en levant les yeux au ciel. Ma boutique sera bien moins captivante, je le crains…

Elle l'embrassa puis prit congé. Dans sa voiture, elle poussa un long soupir. Dans quel pétrin venait-elle de se fourrer ? S'engager avec Nick était une chose, mais se retrouver avec un enfant en prime en était une autre. Elle ne se sentait pas le moindre instinct maternel.

Et si la fillette ne l'aimait pas ? songea-t-elle en s'arrêtant à un feu rouge. Que ferait-elle ? Elle avait une société à gérer et elle ne remplacerait jamais une vraie mère…

Arrivée chez elle, Tammy se servit un verre de vin pour apaiser son sentiment de panique. Elle verrait bien comment se déroulerait la journée de mercredi.

*

— Tammy. Nous voici !

Nick entra dans la boutique, tenant Clemmie par la main.

— Bonjour vous deux ! lança la jeune femme en souriant à la fillette.

— Bonjour, répondit celle-ci, un peu timide.

— J'espère que tu vas me donner un coup de main, aujourd'hui.

— Je vais essayer. Je n'ai jamais travaillé dans un magasin…

— Bon, je vous laisse. Je te passe un coup de fil en partant de là-bas, mais je devrais être de retour vers six heures, expliqua Nick.

— Pas de problème. Salue ta mère pour moi.

— Promis. À plus tard, Clemmie, dit-il en l'embrassant sur le front. Sois sage, hein !

— Promis. Au revoir, Papa.

Nick prit congé avec un signe de la main.

— Qui avons-nous là ? demanda Meena en surgissant de l'arrière-boutique.

— Bonjour, je m'appelle Clemmie.

— Et moi Meena. Et si tu descendais avec moi à l'atelier pour fabriquer un beau collier à offrir à ta Maman pour Noël ? J'ai des perles de plein de couleurs. Tu choisiras.

— Ce serait bien, merci.

Tammy les regarda s'éloigner et soupira. Meena savait s'y prendre avec les enfants. Elle en avait élevé plusieurs. Quant à elle, elle ne savait par où commencer.

Heureusement, la boutique ne désemplit pas de la matinée et Tammy dut s'occuper des clientes. À l'approche des fêtes, elle avait écoulé plus de marchandises que jamais auparavant.

À l'heure du déjeuner, Clemmie et Meena remontèrent.

— On va chez le traiteur. Tu veux quelque chose, Tammy ?

— Ma salade habituelle et un Coca. J'ai besoin de caféine.

Clemmie déambula parmi les portants de vêtements.

— Elles sont belles, tes robes, Tammy, souffla-t-elle.

— C'est gentil. Bon, à tout à l'heure…

Elle s'en voulut aussitôt de sa maladresse. C'était elle l'adulte or elle ne trouvait pas les mots pour communiquer avec Clemmie.

Dix minutes plus tard, Clemmie et Meena étaient de retour et elles déjeunèrent dans le bureau.

— J'adore le Coca, mais j'ai pas le droit d'en boire. Ma mère dit que ça pourrit les dents, expliqua la fillette en voyant Tammy boire une gorgée de soda.

— Ta mère a raison, répondit-elle.

— Tu as pourtant de belles dents, Tammy, insista Clemmie en dévorant la canette du regard.

— Tu en veux ? Je suis sûre qu'une gorgée ou deux ne te feront pas de mal.

— Oh oui ! Il ne faudra pas le dire à Papa. Il serait fâché.

— On ne dira rien, c'est promis.

Elle versa du soda dans le verre de la fillette. Le carillon de la porte se mit à tinter, annonçant l'entrée d'un client.

— J'y vais, annonça Meena. Continuez votre déjeuner.

— Meena est très gentille, commenta Clemmie. Elle m'a dit qu'elle me préparerait un curry la prochaine fois que je viendrai. J'adore le curry, mais je ne connais que ceux qui viennent de chez le traiteur. Je n'en ai jamais mangé des maison.

— Prépare-toi à avoir la bouche en feu. Elle le fait très épicé, prévint Tammy.

Clemmie se mit à rire.

— Papa m'a dit que tu avais été mannequin.

— C'est vrai.

— Tu as de beaux cheveux. J'aimerais bien avoir les mêmes que toi. Les miens sont moches.

— Mais non ! Ils sont épais, soyeux et lisses, tout ce dont j'ai toujours rêvé.

— Tu devais te faire coiffer souvent quand tu étais mannequin.

— Oh oui ! Et je détestais ça.

— Tu aimais bien être mannequin ?

— Parfois, oui. J'adorais voyager, découvrir de nouveaux endroits. Je portais des tenues somptueuses. En réalité, c'est un travail assez dur.

— Je croyais que les mannequins épousaient des princes…

Elle but un peu de soda et posa sur Tammy un regard plein d'appréhension :

— Pourquoi tu es avec Papa ?

— Parce que je l'aime, répondit franchement la jeune femme.

— Moi aussi, je l'aime. Je ne savais pas si j'allais l'aimer quand Maman m'a parlé de lui, mais je suis vraiment contente qu'il soit mon père, maintenant. Tu connais Posy ?

— Oui, je l'ai rencontrée une fois. Je l'ai trouvée très gentille. Et toi ?

— Oh oui. Tu savais qu'elle était ma grand-mère pour de vrai ? Papa est parti lui parler de moi, aujourd'hui. Je me demande ce qu'elle va dire.

— Je suis certaine qu'elle sera très contente. Ta Maman et elle s'entendaient très bien, d'après ton père.

— Je sais. Papa m'a dit que j'avais des cousins, et un oncle et une tante, aussi. Je n'ai jamais eu de famille. Il n'y avait que Maman et moi.

Clemmie poussa un long soupir, le regard triste. D'instinct, Tammy prit sa main dans la sienne.

— Ta famille et ton Papa seront présents pour toi, assura-t-elle.

— Je crois qu'elle va mourir bientôt, Tammy. J'ai entendu Papa parler au docteur au téléphone. J'espère que je la verrai avant. Je veux…

L'enfant se mordit les lèvres, au bord des larmes.

— Je veux lui dire au revoir…

— Naturellement ! Approche.

Touchée par sa détresse, Tammy tendit les bras et la prit sur ses genoux pour lui caresser doucement les cheveux.

— Tu sais quoi, Clemmie ? Tu es la personne la plus courageuse que je connaisse.

— Non. C'est Maman.

— Je ne l'ai pas rencontrée, mais tu as sans doute raison.

— Des fois, c'est difficile d'être courageuse. Je fais des efforts.

— Elle doit être fière de toi, Clemmie. Je le serais si tu étais ma fille.

— Je deviendrai ta fille quand tu seras mariée avec Papa, non ?

— Eh bien… oui. Et je serai la plus fière des belles-mères, c'est promis.

Tammy ravala ses larmes et se rendit compte qu'elle était sincère.

— Je sais que je ne serai jamais ta vraie Maman, mais j'espère qu'on sera amies.

— Oui, répondit l'enfant en observant les ongles de la jeune femme. J'aime bien cette couleur. Tu peux vernir les miens ?

— Bien sûr. J'ai mon vernis dans mon sac à main, dit-elle en le désignant. Tu vas me le chercher ? Je vais te faire les ongles.

— Et tes clientes ?

— Meena s'en occupe. Ferme la porte et je dirai à Meena que nous sommes en réunion.

Elle lui adressa un clin d'œil complice. Ravie, la fillette obéit immédiatement.

*

— Bonjour, Maman, comment ça va ?

Nick entra dans la cuisine d'Admiral House.

— Mon chéri ! Et toi ?

Elle posa sa cuillère en bois à côté de sa marmite et alla embrasser son fils.

— Bien, Maman. Je voulais juste te parler…

Posy lut une certaine gravité dans son expression.

— Faut-il que je débouche une bouteille de vin ?

— D'accord, mais seulement un petit verre pour moi. Je retourne à Londres en fin de journée.

— Ah bon ? J'espérais que tu passerais la nuit ici.

— Je ne peux pas, hélas. Et si on s'asseyait ?

Nick servit deux verres sur la table, que Posy avait dressée pour le déjeuner.

— Bon, je te laisse parler le premier, car j'ai des choses à te dire, moi aussi. Où diable étais-tu passé, ces dernières semaines, Nick ?

— Désolé. J'aurais dû te dire où j'étais… j'avais autre chose en tête. Tout va bien ?

— Maintenant, oui, mais je te raconterai ça plus tard. Parlons d'abord de toi.

Redoutant encore une mauvaise nouvelle, elle but une gorgée de vin. Elle n'était pas certaine de pouvoir en encaisser davantage.

— Tu te souviens d'Evie Newman ?

— Bien sûr. Tu sais combien je l'appréciais. Elle est de retour à Southwold. Un jour, j'ai emmené sa fille à la pêche aux crabes. Elle est adorable, cette petite. Hélas, Evie ne semble pas disposée à voir du monde.

— J'espère que tu comprendras pourquoi après ce que je vais te révéler, Maman.

Nick prit son courage à deux mains et lui relata au mieux les événements.

— Oh là là, murmura Posy en s'efforçant d'assimiler les révélations de son fils. Seigneur ! Tu es en train de me dire que Clemmie est ta fille ?

— Oui, Maman.

— Donc ma petite-fille… Tu es au courant depuis combien de temps ?

— Seulement depuis mon retour en Angleterre.

— C'est la raison pour laquelle tu es rentré ?

— Non. C'est une pure coïncidence. Evie m'avait écrit en Australie. Elle m'avait retrouvé grâce à mon travail. Quand tu lui as dit que j'étais de retour, elle a déposé cette lettre à la galerie, me demandant de la contacter.

— D'accord, mais pourquoi maintenant ? Pourquoi avoir attendu dix ans pour te le dire ?

— Maman, je crains que l'histoire ne devienne un peu difficile. Si elle m'a contacté, c'est parce qu'elle est très malade. Une leucémie. Elle a peu de chances de passer Noël. Je regrette de t'annoncer ça, Maman. Je sais que tu l'aimes beaucoup…

Nick prit la main de sa mère dans la sienne.

— Seigneur… une si jolie personne… et si jeune !

Les yeux embués de larmes, Posy sortit son mouchoir.

— Je suis là, à presque soixante-dix ans, en pleine forme… La vie est injuste ! J'aurais dû me douter que quelque chose n'allait pas. Quand je suis allée chercher Clemmie, je lui ai trouvé une mine épouvantable.

— Je sais, Maman. C'est une tragédie.

Ils demeurèrent un moment silencieux, perdus dans leurs pensées.

— Donc Evie t'a contacté à propos de Clemmie, reprit Posy. Parce que tu es son père.

— Oui.

— Et elle n'a pas de famille. Elle est devenue orpheline très jeune. Comment va Clemmie ?

— Au vu des circonstances, elle tient admirablement le coup, grâce à la façon dont Evie a géré la situation. Elles sont très courageuses.

— Tu t'entends bien avec la petite ?

— Mieux que ça, Maman. J'appréhendais de la rencontrer. Heureusement, tout s'est déroulé de façon très naturelle dès le départ, comme si on se connaissait depuis toujours. Je me rends compte que je ne remplacerai jamais Evie et je n'essaierai même pas, mais je serai présent pour elle.

— Et Tammy ? Qu'en pense-t-elle ?

— Je crains de ne pas m'y être très bien pris avec elle, avoua Nick. J'avais tellement peur de perdre Tammy que je ne savais pas comment lui parler de Clemmie, alors je me suis enfui. Heureusement, Paul et Jane nous ont réconciliés et j'ai fini par lui dire la vérité. Elle a une attitude formidable. D'ailleurs, elle s'occupe de Clemmie en ce moment. C'est bizarre, non ? J'étais seul depuis plus de dix ans, et voilà que je me suis trouvé une famille.

— Clemmie et Tammy sont deux êtres à part, Nick. Tu peux te considérer chanceux.

— Je sais. Tammy appréhendait un peu cette journée avec Clemmie. J'espère que tout se passe bien.

— J'en suis certaine. Cela prouve à quel point elle t'aime. Tu l'aimes ? Revoir Evie a dû remuer des souvenirs et des sentiments…

— En effet. Je crois que je l'avais mise sur un piédestal, en quelque sorte. Ce que je ressens pour Tammy est différent. C'est plus… réel.

— Qui s'occupe d'Evie ?

— Elle est hospitalisée à Ipswich, en ce moment. Chez elle, elle a une infirmière.

— Si seulement j'avais su… J'aurais pu l'aider. Elle a clairement exprimé qu'elle n'avait aucune envie de me fréquenter.

— Elle était gênée et honteuse de ce qu'elle avait fait, Maman. Maintenant que tu es au courant, je suis sûr qu'elle sera heureuse que tu joues un rôle dans la vie de Clemmie.

— Absolument, Nick. Je t'en prie, dis-lui que je serai là pour la petite. Bon…, fit-elle en se levant. Nous devrions manger quelque chose. Un peu de soupe ?

— Volontiers, Maman.

Posy servit deux bols accompagnés de tranches de pain.

— Alors ? Quoi de neuf, ici ?

— Pas mal de choses, et pas toujours réjouissantes, hélas, répondit la vieille dame.

— Sam ? devina Nick.

— Oui. Mange avant que ça refroidisse.

En buvant le café, elle lui relata l'échec de la vente d'Admiral House.

— Excuse-moi, Maman, mais c'est typique de Sam. La police va l'inculper ?

— S'il témoigne contre Ken Noakes, ce qu'il fera certainement, il s'en tirera à bon compte. Hélas, il y a autre chose de bien plus grave.

Le cœur gros, elle évoqua les violences conjugales dont Sam était coupable.

— Et il refuse toujours d'aller en cure de désintoxication. Il est persuadé de ne pas avoir de problème.

— C'est pourtant le cas. J'aurais pu te le dire, autrefois. Il m'a harcelé pendant toute mon enfance.

Nick vit sa mère blêmir.

— Désolé, Maman. Ce doit être difficile à entendre, mais il faut que tu saches que ce qui est arrivé à Amy n'était pas un incident isolé. Il a harcelé certains élèves, à l'école, et a toujours réussi à s'en tirer.

— Je ne sais pas quoi dire... Il t'a fait beaucoup de mal ?

— Tous les frères se disputent et tu sais bien que je ne suis pas agressif de nature. Je ne voulais pas me défendre. Bref, les sévices ont cessé quand j'ai eu treize ans et que je suis devenu plus grand et plus fort que lui. Je lui ai assené quelques corrections mémorables. Par la suite, il m'a laissé tranquille.

— J'aurais dû m'en rendre compte… Pourquoi ne m'as-tu rien dit ?

— J'avais peur des représailles. C'est ainsi que procèdent les harceleurs. Amy devrait porter plainte. Sam le mérite. Tu te sens bien, Maman ?

— Franchement, non. Comment puis-je aller bien ? Quand vous étiez petits, je me demandais parfois si l'agressivité de Sam n'était pas due au fait qu'il avait perdu son père très jeune, mais je ne l'aurais pas cru capable d'une telle malveillance. Quand je pense que tu as passé ton enfance à avoir peur de ton frère… J'ai l'impression d'être une mauvaise mère. J'aurais dû déceler les signes, te protéger… et j'ai échoué.

— Franchement, ma vie n'a jamais été en danger. De plus, tu es une mère et une grand-mère merveilleuse.

— Seigneur ! fit Posy en ressortant son mouchoir. Ces dernières semaines ont été bien agitées. Enfin, je ne vais pas m'apitoyer sur mon sort. La situation d'Evie nous permet de relativiser. Mais sache que je regrette de ne pas avoir vu que Sam te maltraitait.

— Maman, et si tu me laissais m'occuper de Sam ? Je lui rendrai visite en allant à l'hôpital pour le convaincre de se faire soigner.

— Tu m'inquiètes, avoua Posy. Tu ne lui feras aucun mal, n'est-ce pas ?

— Bien sûr que non ! C'est plutôt lui qui est susceptible de me frapper. Tu en as fait suffisamment. Je prends le relais.

— Merci, Nick. Dis-lui que c'est pour son bien.

— Naturellement. Bon, je vais me mettre en route, annonça-t-il en se levant. Je pourrais t'amener

Clemmie ici pour quelque temps, si cela ne te dérange pas. Nous serons plus près de l'hôpital s'il se passe quelque chose.

— Avec plaisir ! Et ton travail ?

— Ça attendra. Pour une fois, j'ai le sens des priorités.

— Je serai présente pour Clemmie. Et Evie. Embrasse-la pour moi, veux-tu ?

— Bien sûr. Quand nous aurons le temps, nous aurons une conversation sur Admiral House.

— Absolument. Je suis revenue à la case départ, mais c'est le cadet de tes soucis, en ce moment. Nick… j'aimerais aussi te présenter quelqu'un, ajouta-t-elle en le raccompagnant à la porte.

— Ah bon ? Un homme ?

Un sourire apparut au coin des lèvres de Nick lorsqu'il vit sa mère rougir.

— Oui. Il s'appelle Freddie et c'est la personne la plus adorable qui soit.

— C'est du sérieux, on dirait.

— Peut-être, avoua Posy. Je l'ai rencontré quand j'étais très jeune et je viens de le retrouver car il s'est installé à Southwold.

— Il te rend heureuse ?

— Oui.

— Alors je suis ravi pour toi. Tu es restée seule trop longtemps.

— Toi aussi, répondit-elle en l'embrassant. Au revoir, Nick. Appelle-moi quand tu auras parlé à Sam.

— Promis.

Trois heures plus tard, en roulant vers Londres, Nick appela sa mère.

— C'est moi, Maman. Avec Sam, nous avons bavardé et il accepte d'aller en désintox. On a appelé une clinique et, demain, je reviens le chercher pour le conduire là-bas.

— C'est une excellente nouvelle ! A-t-il… ? Enfin, il l'a bien pris ?

— Après plusieurs journées à se morfondre dans ce taudis, sans argent pour acheter de l'alcool, il a retrouvé ses esprits, répondit Nick.

Diplomate, il préférait épargner à sa mère l'agressivité initiale de son frère et les efforts qu'il avait dû déployer pour le convaincre.

— Et les frais ? Je me suis renseignée sur Internet et c'est très cher.

— Ne t'en fais pas pour ça, Maman. C'est moi qui paie.

— Merci, mon chéri. Je me suis tellement inquiétée ! Et comment va Evie ?

— Elle est très faible. Ils lui ont administré un tas de médicaments. Elle a dormi durant presque toute ma visite. Je lui ai dit bonjour de ta part et, si tu es d'accord, j'amènerai Clemmie à Admiral House la semaine prochaine. Il faut qu'on reste à proximité. Evie veut aussi rencontrer Tammy. Elle viendra peut-être avec nous.

— Plus on est de fous, plus on rit. C'est si dur, ce qui vous arrive.

En raccrochant, Nick esquissa un sourire. Sa mère comprenait désormais pourquoi ses deux fils n'avaient jamais été proches.

Aux abords de Chelsea, Nick pensa à Tammy et Clemmie. La jeune femme lui avait envoyé un texto alors qu'il quittait l'hôpital. Elle emmenait

Clemmie chez elle pour manger une pizza. C'était bon signe.

— Coucou, chérie, dit-il lorsque Clemmie lui ouvrit la porte de la maison de Tammy.

— Papa ! s'exclama-t-elle, les yeux pétillants de joie. On attend les pizzas. On en a commandé une pour toi.

— C'est gentil.

Dans la cuisine, il trouva Tammy en train de mettre le couvert.

— Vous avez passé une bonne journée ?

— Géniale, répondit la fillette en lui montrant ses ongles. Tammy m'a mis du vernis. Regarde !

— Superbe, répondit-il en découvrant leur couleur turquoise.

— Tu ne trouves pas que cette maison est super, Papa ? On dirait une maison de poupée pour grandes personnes. On peut habiter ici au lieu de Battersea ?

— Je crois que c'est un peu petit pour trois personnes, mais tu as raison, c'est très beau. Alors, Tammy, ajouta-t-il en l'embrassant chastement sur la joue. Tout va bien ?

— Très bien. On a passé une excellente journée, n'est-ce pas, Clemmie ?

— Oh oui. On allait mettre des vidéos de mode en mangeant les pizzas, mais tu ne voudras sans doute pas les regarder, toi ?

— Ça ne me dérange pas.

— C'est pas grave, Papa. Tammy m'a dit que je pouvais venir passer la nuit ici, un soir… Alors, comment va Maman ?

— Ça va, elle t'embrasse. J'ai vu ta grand-mère aujourd'hui. Elle voudrait savoir si ça te dirait de séjourner chez elle quelque temps. On serait plus proches de Maman.

— Tammy peut venir aussi ?

— Bien sûr. Si elle a le temps, si elle peut laisser sa boutique…

— Je peux la confier à Meena pour quelques jours, affirma celle-ci en tendant un verre à Nick.

Quelqu'un sonna à la porte. Clemmie s'éloigna pour aller chercher les pizzas.

— Ça s'est bien passé ? souffla Nick.

— Elle est incroyable, assura Tammy. Je l'aime déjà.

Ces paroles firent monter des larmes dans les yeux de Nick.

38

— Donc, raconta Posy à Amy alors qu'elles buvaient du thé au cottage, Nick a conduit Sam à la clinique, hier. Qu'en penses-tu ?

— Franchement, je suis soulagée. Au moins il ne me harcèlera pas à l'hôtel, quand je reprendrai le travail, demain.

— Je voulais aussi te dire que j'ai vu Nick, ce week-end. Il m'a confié que Sam l'avait maltraité quand ils étaient petits. Sache que tu n'es pas la seule victime de Sam. Il a déjà été violent. Imagine ma honte de ne pas avoir vu ce qui se déroulait sous mon nez, que ce soit envers Nick ou envers toi.

— Posy, je vous garantis que Sam a toujours pris soin de ne pas laisser de traces, soupira Amy.

— Tu vas consulter un avocat à propos d'un divorce ?

— Oui, mais quand il aura terminé son traitement. Ce ne sera pas un divorce à scandale. Nous n'avons rien à nous disputer, à part les enfants.

— Tu devras te montrer très prudente, quand le moment viendra, Amy. À moins d'une métamorphose, il ne serait pas raisonnable de laisser Sam seul avec eux.

— Je sais. J'espère qu'il sera un autre homme en sortant de désintox. D'ailleurs, savez-vous pour combien de temps il en a ?

— Nick a parlé de six semaines au minimum. Ensuite, il subira une évaluation. Bon, il faut que j'y aille. Nick arrive avec Tammy et Clemmie dans quelques heures.

— Clemmie ? La fille d'Evie ?

— Oui. Il se trouve qu'elle est aussi l'enfant de Nick, figure-toi… Sara et Jake ont une nouvelle cousine.

Amy en demeura bouche bée.

— Clemmie est la fille de Nick ?

— Absolument. Hélas, Evie est très malade, elle a une leucémie et n'y survivra pas. Elle a contacté Nick il y a quelques semaines pour l'en informer.

— C'est affreux. Voilà pourquoi Tammy et moi avons vu sa voiture garée devant chez Evie. Tammy était persuadée qu'ils avaient une liaison. Elle était anéantie. Si elle vient aujourd'hui, c'est qu'ils ont réglé leurs problèmes ?

— Ils se sont expliqués et je suis ravie pour eux, même s'ils séjournent chez moi pour être plus proches de l'hôpital. Evie n'a plus beaucoup de temps à vivre. Je te quitte. Viens donc dîner avec les enfants, un de ces soirs.

— Avec plaisir, Posy. Vous êtes formidable.

— Allons, allons… Si j'avais été formidable, rien de toutes ces histoires avec Sam ne serait arrivé. À bientôt !

Posy traversait la cour d'un pas vif quand la porte de Freddie s'ouvrit.

— Tu as le temps de boire une tasse de thé ?

— Désolée, mais non, Freddie.

— Un câlin, alors ?

— J'ai toujours le temps pour un câlin.

Dès qu'il la prit dans ses bras, elle poussa un long soupir.

— Bien que tu sois très occupée, j'aimerais prendre rendez-vous avec toi pour un déjeuner ou un dîner, cette semaine.

— Bien sûr. Tu sais bien que j'adorerais te voir. Je vais être occupée puisque Nick amène Tammy et Clemmie. Il faut absolument que tu viennes les rencontrer.

— Oui, ce serait bien. Je t'en prie, chérie, n'en fais pas trop, d'accord ?

— Ne t'inquiète pas, dit-elle en l'embrassant. À bientôt !

Sur la route, elle se concentra un instant sur Freddie et la promesse d'un bonheur. Pourvu qu'elle ait bientôt le temps d'en profiter. Pour l'heure, elle pensait surtout à Evie et sa fille.

À Admiral House, elle prépara les lits de ses invités, ainsi qu'un gâteau pour Clemmie et une tourte pour le dîner. À la nuit tombée, elle sortit faire un tour rapide du jardin pour respirer un peu et apaiser son esprit. Elle rôda près de la Folie et leva les yeux vers la pièce de l'étage dont les fenêtres étaient en partie obstruées par du lierre.

Pensive, elle regagna la maison et sortit son portable. Après quelques secondes d'hésitation, elle composa un numéro.

— Allô, Posy, fit une voix mélodieuse au bout de quelques sonneries. Que me vaut l'honneur ? J'espère que tout va bien.

— C'est compliqué, comme d'habitude, Sebastian, mais je surnage. Et vous ?

— Oh, rien de changé. Je me jette sur le moindre prétexte pour ne pas m'asseoir derrière mon bureau et terminer mon livre. Je me rends à toutes les fêtes de Noël auxquelles je suis invité, même si je n'en ai pas vraiment envie. Bref, ça va à peu près.

— Sebastian, j'aurais besoin de votre aide.

— Je vous écoute.

— Freddie m'a avoué qu'il vous avait parlé de… mon père.

— En effet. J'en conclus qu'il vous en a informée.

— J'ai été terriblement choquée, comme vous l'imaginez. Mais je m'en remettrai. Il le faut bien.

— Hélas, oui. Et s'il y a quelqu'un qui est capable d'avancer, c'est bien vous. Vous êtes la personne la plus forte que je connaisse. C'est ce que j'ai dit à Freddie quand il m'a demandé s'il devait vous parler ou non du passé. Il redoutait de vous bouleverser. Il vous adore, Posy.

— Et c'est réciproque. Tout va pour le mieux entre nous, maintenant.

— J'en suis ravi, répondit Sebastian. Vous le méritez tous les deux.

— C'est gentil, Sebastian. La vie est pleine de défis, ces derniers temps. Pour ce qui est de l'affaire de mon père, j'ai cherché un moyen de tourner la page, d'oublier.

— Vous voulez faire votre deuil.

— Absolument. Et j'ai peut-être trouvé une solution.

— Tant mieux. Dites-moi en quoi je peux vous aider.

Posy lui exposa son projet.

— Je vois, fit l'écrivain. Eh bien, je peux appeler mon contact au ministère de l'Intérieur. Il m'a aidé lors de mes recherches pour *Les Champs d'ombres.*

— Il pourra peut-être vous dire au moins où il est. Ce serait déjà cela.

— Bien sûr. Je vous tiens au courant si j'ai du nouveau et je vous passerai le relais.

— Merci, je vous suis très reconnaissante. À présent, je vous laisse. J'ai une tourte dans le four.

— Je la sens d'ici. Votre cuisine me manque, Posy. Les plats tout prêts, ce n'est vraiment pas ça. Je vous rappelle bientôt !

Le lendemain, Posy accueillit Nick, Clemmie et Tammy.

— Nick chéri ! s'exclama-t-elle en embrassant son fils.

— Salut, Maman. Ça sent bon, comme toujours.

Il se tourna vers Clemmie, qu'il tenait par la main.

— Ta Granny fait le meilleur gâteau au chocolat de l'univers.

— Bonjour, Clemmie, dit Posy. Tu viens me faire un bisou ?

Elle reconnut les traits d'Evie sur le visage un peu pâle de l'enfant.

— Oui, Posy… enfin, Granny, dit-elle en rougissant.

— Je sais, c'est un peu bizarre, reprit la vieille dame en l'étreignant. Ce sera une belle histoire à raconter.

— Je crois, oui, murmura-t-elle timidement.

— Enlève donc ton manteau et prends une part de ce fameux gâteau. Tu dois avoir faim, après ce trajet en voiture. Et après, je te montrerai ta chambre. C'était celle de ton Papa quand il était petit.

— Tu as une grande maison, Granny. On dirait un château !

— Elle est grande, oui. Il faut du monde pour la remplir, répondit Posy avec un sourire.

— Tu as de la chance d'avoir vécu ici quand tu étais petit, Papa, commenta l'enfant en goûtant un morceau de gâteau.

— C'est vrai.

— Passons au salon boire le thé, suggéra Posy. J'ai fait du feu.

Une demi-heure plus tard, Tammy était à l'étage pour aider Clemmie à défaire ses bagages. Posy bavardait avec son fils au coin de la cheminée.

— Des nouvelles de l'hôpital ?

— Rien de neuf. J'y emmène Tammy demain. Evie veut la rencontrer. Tu pourras garder Clemmie en mon absence ?

— Bien sûr. Elle viendra à la galerie avec moi pour quelques heures. Comment va-t-elle ?

— Elle sait que sa mère est encore à l'hôpital. Evie ne voulait pas qu'elle la voie avant sa sortie, mais je crois qu'il est trop tard, soupira Nick. Si seulement ce n'était pas Noël. Tout semble pire dans cette atmosphère festive.

— Nous ferons de notre mieux pour que Clemmie se sente la bienvenue ici. Le sapin sera livré demain après-midi. Elle m'aidera à le décorer.

Après le dîner, Nick monta Clemmie pour la préparer à aller se coucher. Tammy et Posy firent la vaisselle.

— D'après Amy, tu as appris que Nick rendait visite à Evie, déclara Posy.

— Oui.

— Eh bien, c'est tout à ton honneur de soutenir Nick et Clemmie.

— Je l'aime, Posy. Certes, j'ai un peu douté de mes capacités à être une figure maternelle. Avant la semaine dernière, je ne pensais même pas avoir cet instinct. J'appréhendais l'attitude de Clemmie. Mais elle est géniale ! C'est comme si elle comprenait mon angoisse. Elle m'a facilité les choses et j'ai craqué pour elle. J'ai déjà besoin de la protéger, c'est fou.

— C'est ce qu'il faudra dire à Evie quand tu la verras demain, Tammy.

— Je redoute ce moment, soupira Tammy. Vous croyez vraiment qu'elle a envie d'entendre ça ? Elle risque d'avoir l'impression que je lui prends son enfant, non ?

— Au contraire, je pense que c'est exactement ce qu'elle a envie d'entendre. Ce qui compte, c'est que sa petite fille soit aimée et protégée. C'est ce que je ressentirais à sa place.

— Je ne suis pas très à l'aise dans ce genre de situation, avoua Tammy. Je vais sans doute craquer et fondre en larmes.

— Tu étais persuadée de ne pas être faite pour être mère non plus. Or il est évident que tu y arriveras très bien. Tout cela est très compliqué et il faut avancer pas à pas. Personnellement, je suis heureuse que tu sois aux côtés de mon fils et de ma petite-fille, et Evie le sera aussi quand elle te connaîtra.

— Merci, Posy. J'apprécie votre soutien. Bon, je monte dire bonne nuit à Clemmie.

*

Tammy avait mal au cœur lorsque Nick l'entraîna dans les couloirs de l'hôpital, vers la chambre d'Evie. Elle avait une peur bleue des hôpitaux, avec tous ces appareils, ces moniteurs qui clignotaient et sonnaient pour maintenir un souffle de vie chez les patients.

— Elle est là, indiqua Nick.

— Oh… je ne suis pas sûre d'y arriver, Nick. Je…

— Tu t'en sortiras très bien, chérie. Elle passe le plus clair de son temps à dormir et je serai là, ne t'en fais pas.

Il la prit par le menton pour plonger dans son regard.

— D'accord. Excuse-moi, chuchota-t-elle.

Nick ouvrit la porte de la chambre. Tammy découvrit la minuscule silhouette livide, entourée d'appareils impressionnants.

Tammy garda les yeux rivés sur un écran montrant les battements cardiaques de la patiente. Il était inconcevable qu'une jeune femme de son âge soit sur le point de disparaître. Elle en eut la gorge nouée d'émotion, mais elle ne se sentait pas le droit de pleurer car elle allait passer le reste de sa vie avec l'homme qu'elle aimait et la fille adorée d'Evie.

Enfin, celle-ci ouvrit les yeux. Aussitôt, Nick lui prit la main.

— Coucou, c'est Nick. Tu as bien dormi ?

Evie esquissa un sourire et hocha imperceptiblement la tête.

De sa poche, Nick sortit une carte couverte de petits cœurs rouges.

— Clemmie t'a écrit ça. Tu veux que je te la lise ?

Elle opina doucement du chef.

— « Maman chérie, tu me manques et je t'aime. Dis à Papa quand je pourrai venir te voir. Gros bisous, Clemmie. »

Tammy vit une larme perler au coin d'un œil d'Evie. Elle l'entendit déglutir.

— Je t'ai amené Tammy, comme tu me l'as demandé. Elle est juste là.

Evie tourna lentement la tête et observa Tammy un long moment. Celle-ci se sentit rougir.

— Bonjour… je suis heureuse de vous rencontrer.

Evie esquissa un sourire, puis elle s'humecta les lèvres.

— Moi aussi, murmura-t-elle.

Elle tendit une main osseuse vers elle. Tammy la prit doucement.

— Vous êtes très belle… Nick me l'avait dit.

— Il a bon goût, en matière de femmes, répondit Tammy avec un sourire.

— C'est ça…

Evie se tut comme pour rassembler un peu d'énergie.

— Vous connaissez Clemmie ?

— Oui. Elle est adorable. Franchement, vous l'avez très bien élevée. Je…

Tammy ravala ses larmes.

— Vous devez être tellement fière d'elle…

— Oui, c'est vrai.

Les paupières d'Evie se fermèrent. Une infirmière se présenta dans la chambre.

— Bonjour, je viens vérifier les constantes, expliqua-t-elle avec entrain.

Elle prit le dossier, au pied du lit. Tammy se demanda comment elle pouvait sourire dans un tel environnement.

— Tout va bien, confirma l'infirmière. Je vous laisse.

Evie était endormie. Nick se tourna vers Tammy.

— Tu t'en sors très bien, lui dit-il. Tu veux une tasse de thé ? Je peux aller en chercher à la cafétéria pendant qu'elle dort.

Tammy eut envie de lui demander de rester, mais elle n'en fit rien. Puis elle songea à sa boutique. Comment Meena se débrouillait-elle ? Son stock s'amenuisait. En regardant Evie, elle se rendit compte que rien de cela n'avait d'importance, car l'essentiel se trouvait dans cette pièce : elle devrait veiller au mieux sur l'enfant de cette femme.

— Tammy ?

La voix d'Evie lui parvint comme dans un rêve.

— Oui ?

— Où est Nick ?

— Parti chercher du thé. Il revient tout de suite.

— Non, c'est mieux qu'il ne soit pas là. Je… voulais vous dire que je suis contente que vous soyez là pour Clemmie… Nick est quelqu'un de bien… mais c'est un homme, vous comprenez ?

— Oui.

— Clemmie a besoin d'une femme, une mère… vous… Cela ne vous pose pas de problème ?

— Aucun ! Hier soir, je disais à Posy que je ne me trouvais pas très maternelle. En rencontrant Clemmie, je… j'ai craqué pour elle. Déjà, je me sens protectrice… je ne l'aurais jamais imaginé.

— Tant mieux… Je sais qu'il ne me reste pas beaucoup de temps… j'ai besoin de voir Clemmie, de… lui dire au revoir.

— Quand voulez-vous la voir ?

— Le plus vite possible.

— Très bien, je le dirai à Nick.

— Occupez-vous d'elle pour moi, d'accord ? Aimez-la…

— C'est promis, Evie.

— Merci…

Au moment où Nick réapparut, la jeune femme ferma les yeux.

— Ça va, chérie ? demanda-t-il en tendant un gobelet à Tammy.

Il essuya doucement une larme qui coulait sur sa joue.

— Evie veut voir Clemmie pour… lui dire au revoir. Dès que possible.

— D'accord.

Nick but une gorgée de thé. Ils restèrent assis en silence pendant quarante minutes puis, voyant qu'elle n'émergeait pas de son sommeil, Nick décida qu'ils devaient s'en aller.

— Dans le couloir, j'ai croisé le médecin, expliqua-t-il. Je vais te ramener à la maison et revenir avec Clemmie dès ce soir. Evie n'a pas menti, son temps est compté.

— D'accord.

— Maman viendra aussi. Elle pourra reconduire Clemmie ensuite. Je resterai au chevet d'Evie.

Dès qu'ils sortirent du bâtiment, Tammy respira à pleins poumons.

— Je ne veux pas qu'elle soit seule quand…

— Bien sûr, Nick. Posy et moi serons avec Clemmie pendant ce temps.

— Tu es sûre que cela ne t'ennuie pas ? insista-t-il quand ils furent montés en voiture.

— Oh non ! Pourquoi ?

— Certaines femmes y verraient à redire, expliqua Nick. Après tout, je l'ai aimée autrefois, et je me rends compte que ce scénario n'est pas l'idéal pour démarrer une relation de couple.

— Arrête, Nick. Si je ne voulais pas être là, je ne serais pas venue, d'accord ? Evie a plus besoin de toi que moi, en ce moment.

— Merci, Tammy. C'est bien que tu l'aies vue. Qu'a-t-elle dit d'autre ?

— Elle… elle m'a demandé de m'occuper de Clemmie à sa place. J'ai promis de faire de mon mieux.

— C'était déjà le cas, chérie, et je t'en suis vraiment reconnaissant.

Après le départ de Nick, Clemmie et Posy pour l'hôpital, Tammy se servait à boire dans la cuisine quand elle vit les phares d'une voiture s'approcher dans l'allée.

La voiture s'arrêta devant l'entrée de service.

— Il y a quelqu'un ? lança Amy en entrant.

— Moi ! répondit Tammy en allant l'embrasser. Quel plaisir de te voir ! Je croyais que Posy t'avait dit qu'elle partait à l'hôpital avec Nick et Clemmie, ce soir.

— Effectivement, mais c'est toi que je voulais voir. Freddie garde les enfants. Il est vraiment formidable, tu sais. Tu le connais ?

— Non. Qui est-ce ?

— Le petit ami de Posy, mon sauveur. C'est vraiment un être exceptionnel. Si Posy ne met pas le grappin dessus, je l'épouse ! Je prendrais bien un verre de vin.

— Bien sûr. Je te sers. Dis-moi, tu as plutôt bonne mine après ce que tu as subi, ces derniers temps. Nick m'a raconté.

— Maintenant que j'ai surmonté le choc, je suis soulagée de savoir que Sam ne peut plus s'en prendre à moi. Santé !

Elles trinquèrent.

— Tu aurais dû parler, Amy. Tu sais bien que je t'aurais aidée de mon mieux.

— Je sais. J'avais tellement peur des représailles. Sam aurait nié en bloc, de toute façon. Tu l'as rencontré et tu as cerné le personnage. Il est très persuasif.

— Il ne m'a pas convaincue, frémit Tammy. Je connais les types de ce genre.

— Ah bon ? fit Amy en la dévisageant.

— Hélas, oui. Heureusement, je n'avais pas d'enfants et j'étais indépendante financièrement. Je voyageais dans le monde entier, je pouvais m'échapper, contrairement à toi. Donc je comprends ce que tu as enduré. C'est avant tout une question de domination, d'après mon thérapeute. Les hommes faibles ne peuvent se sentir grands qu'en dominant leur femme par la colère et la violence. Bref, buvons à son départ !

— Ce ne sera pas long. Il pourrait ne rester dans cette clinique que six semaines, déclara Amy avec un frisson. Voilà pourquoi je voulais te parler. Posy m'a raconté que Sam avait harcelé Nick quand ils étaient petits. J'ai eu une longue conversation avec Freddie, qui est un ancien avocat pénaliste, et… enfin, je vais porter plainte pour coups et blessures.

— Tu fais bien. Comment te sens-tu ?

— Terrifiée, déloyale, coupable… Comme l'ont souligné Freddie et Posy, si je ne le fais pas, Sam peut recommencer avec quelqu'un d'autre et je refuse d'avoir cela sur la conscience. D'après Freddie, Sam n'écopera pas d'une peine de prison importante. Le fait qu'il soit entré en clinique pour soigner son alcoolisme et gérer sa colère prouvera au juge qu'il endosse la responsabilité de ses actes. Il sera condamné avec sursis, sans doute. Ce n'est pas le problème. Je veux simplement qu'il y ait une trace de ce qu'il m'a infligé. S'il recommence, ce sera inscrit noir sur blanc. Je redoute le procès, le fait d'affronter mon mari au tribunal et de témoigner contre lui… mais il aurait pu me tuer, ce soir-là. Je refuse de prendre le risque qu'il récidive.

— Tu as raison. Tout le monde sera là pour t'épauler, c'est promis. Franchement, Amy, je suis fière de toi. Tant de femmes ont trop peur pour faire traduire en justice leur mari ou leur petit ami. Si davantage de victimes portaient plainte, les hommes n'auraient pas ce sentiment d'impunité.

Tammy prit la main d'Amy et la serra dans la sienne.

— Fais-le pour nous, Amy, et surtout pour toi et tes adorables enfants.

— Je devrais attendre la fin des fêtes. La famille Montague a bien des soucis, en ce moment. Merci de me soutenir, en tout cas. Enfin, parlons d'autre chose. Comment va Evie ?

— Pas bien, hélas. Je suis allée la voir aujourd'hui.

— Alors ?

— J'ai eu du mal à retenir mes larmes. C'est affreux ! Clemmie est partie à l'hôpital pour que sa mère lui dise au revoir.

— La vie est vraiment cruelle, parfois.

— Je sais. Nick est si bon, si gentil et présent.

— Nick est un homme bien. Tu n'as pas à craindre que lui et Evie…

— Oh non, je ne m'inquiète plus. Je suis même contente que Nick soit auprès d'elle.

— Comment deux frères peuvent-ils être aussi différents ? soupira Amy. On dirait que je n'ai pas choisi le bon.

— Amy, tu as eu des nouvelles de Sebastian, dernièrement ?

— Non. Pourquoi ?

— Parce que, à ma soirée, vous sembliez… enfin, vous aviez l'air d'être ensemble, pour être honnête.

— Nous… On l'a été, pendant un moment. En fait, j'étais sur le point de quitter Sam quand il a été arrêté. Quand il a été libéré sous caution, j'ai compris que je n'y arriverais pas. J'ai dit à Sebastian de s'en aller, que je ne voulais plus le voir.

— Et c'est réellement terminé entre vous ? Même si tu as quitté Sam ?

Amy eut soudain le regard vague.

— Je ne cesse de me le répéter, mais mon cœur ne veut rien entendre. Bref, j'ai eu ma chance et je l'ai laissée filer. Je dois me concentrer sur mes enfants, pour l'heure. Ils ont perdu leur père, d'une certaine façon.

— Donc tu ne comptes pas dire à Sebastian que tu as quitté Sam ?

— Non, affirma Amy. De toute façon, il a dû tourner la page. Je n'étais sans doute qu'une distraction pour lui, le temps de son séjour ici.

— D'après ce que j'ai vu, c'était bien plus que cela, Amy.

— Excuse-moi, mais je préférerais parler d'autre chose.

— Désolée. Alors comment vont les enfants ?

— Très bien, merci, répondit-elle en s'illuminant. Ils adorent leur nouvelle maison et Freddie, qui les gâte. Au fait, avez-vous des projets pour Noël, avec Nick ?

— Cela dépend d'Evie, je crois. Nous n'avons rien prévu.

— Je comprends. Je suis contente que vous ayez surmonté votre épreuve. Bienvenue dans le monde de la maternité !

Elles trinquèrent à nouveau.

— Cela arrive un peu plus tôt que prévu, mais Clemmie est un amour. Et je n'ai pas eu à endurer les douleurs de l'accouchement pour l'avoir.

— C'est vrai, gloussa Amy. Je suis sûre que ça viendra. Nick et toi, avez-vous emménagé ensemble à Londres ?

— Pas encore. Je ne voulais pas brusquer Clemmie. Je pense emménager avec eux après Noël, dans la nouvelle maison de Nick, à Battersea.

— J'espère que vous vous marierez. Ce serait bien d'avoir une célébration en perspective.

— Une étape à la fois… Mais oui, j'aimerais bien. Ce serait une bonne chose pour Clemmie. J'attendrai qu'il me le propose, bien sûr. On fait tout à l'envers, tous les deux !

— C'est ainsi dans les familles modernes. Au fait, Posy a décidé ce qu'elle allait faire d'Admiral House ?

— On en a discuté brièvement ce matin. Je crois qu'elle va mettre la maison en vente en janvier.

— C'est triste, quand on pense qu'elle était dans cette famille depuis trois générations. Et elle est superbe ! Sebastian a complètement craqué. Il faudra que j'en fasse une peinture avant qu'elle ne soit vendue. Je pensais faire ce cadeau à Posy pour ses soixante-dix ans.

— Soixante-dix ans ? s'étonna Tammy. Je lui donnerais dix ans de moins.

— Je sais, elle nous impressionne tous par son énergie. Bon, je vais rentrer libérer Freddie de la centième rediffusion de *Noël chez les Muppets.* J'ai été ravie de te revoir, Tammy. Si l'occasion se présente, passe donc me voir ! Je suis près de High Street. Amène Clemmie, qu'elle rencontre ses petits cousins.

— Tu peux compter sur moi. À bientôt !

39

Le lendemain après-midi, Tammy se promenait dans le jardin, en compagnie de Clemmie et Posy, quand elle entendit la sonnerie de son portable dans sa poche.

— Excusez-moi un instant, dit-elle. C'est Nick.

Posy hocha la tête et entraîna l'enfant.

— Allô ?

— Tammy, c'est moi. Evie est morte il y a vingt minutes, annonça-t-il d'une voix blanche.

— C'est affreux…

— J'ai quelques formalités à régler, puis je rentre. Ne dis rien à Clemmie avant mon retour. C'est à moi de lui parler.

— Naturellement. À plus, chéri. Je t'aime.

Dans le jardin nimbé de brume, Tammy huma l'odeur réconfortante du feu de bois. Posy était en train de couper du houx tandis que la fillette tenait l'escabeau. La jeune femme se dirigea vers elles. Posy descendit de son perchoir et chercha son regard. Tammy secoua négativement la tête.

— J'ai enfin trouvé un membre de ma famille qui partage ma passion du jardinage. N'est-ce pas, Clemmie ? déclara Posy avec un sourire.

— Oh oui ! J'adore les fleurs et les plantes. Quand elles pousseront, au printemps, Granny m'apprendra tout !

— Et comment ! Bon, si on rentrait boire un chocolat chaud et manger une part de gâteau ? La nuit va bientôt tomber et il fait froid.

En regagnant la maison, Tammy leva les yeux vers le ciel et vit scintiller les premières étoiles.

Evie, je te promets de bien m'occuper de ta fille…

Nick arriva une heure plus tard, les traits tirés, la mine pâle. Il emmena Clemmie au salon et ferma la porte.

— Je vais avoir besoin d'un petit remontant et toi aussi, annonça Posy.

— Oh oui !

Les deux femmes s'attablèrent dans la cuisine, plongées dans leurs pensées.

— J'étais à peine plus jeune que Clemmie quand j'ai appris la mort de mon père, raconta Posy. À cette différence près que je n'étais pas préparée. Néanmoins, ce ne sera pas facile. Elle sera anéantie. Ce qui n'était qu'hypothétique est devenu concret.

— Comment est mort votre père ? s'enquit Tammy.

— Oh, c'est une longue histoire, fit-elle avec un sourire triste. Il est arrivé quelque chose, dernièrement, et j'ai eu l'impression de le perdre une seconde fois.

Elles entendirent la porte du salon s'ouvrir. Nick apparut, Clemmie dans les bras, la tête sur son épaule.

— Elle veut te voir, Maman, dit-il en lui confiant l'enfant.

En voyant le visage inondé de larmes de la fillette, Tammy sentit son cœur se gonfler d'amour. Posy prit Clemmie sur ses genoux tandis que Nick prenait la main de Tammy.

— Je boirais bien un verre, déclara-t-il.

Tammy prit la bouteille et ils quittèrent la cuisine.

— Elle l'a pris comment ?

— Avec calme, compte tenu de la situation. Elle m'a confié qu'Evie lui avait dit au revoir, hier. Elle est tout de même dévastée.

Ils s'installèrent au salon, au coin du feu.

— C'est normal.

— Je lui ai expliqué que sa Maman s'était éteinte paisiblement et était montée au ciel. Evie s'est endormie et ne s'est pas réveillée. C'est mieux ainsi. Elle ne souffre plus. Je…

Il ne put retenir ses larmes. Tammy l'attira dans ses bras et le laissa sangloter sur son épaule.

— Je suis tellement désolée pour vous, murmura-t-elle.

Nick s'écarta et s'essuya les yeux.

— Je dois me ressaisir et être fort pour ma fille. Il va y avoir des choses à régler, les funérailles, par exemple. Elle voulait une cérémonie discrète à l'église. Et il y a la maison de Southwold, qui reviendra à Clemmie, bien sûr. Elle pensait qu'il valait peut-être mieux la vendre et placer l'argent, qui lui servira pour ses études.

— Cela se fera au fil du temps. Le plus important, c'est de nous occuper d'elle.

— C'est vrai… tu es formidable, Tammy. Je suis désolé, je…

— Tais-toi ! L'amour, c'est ça, non ? C'est être solidaire dans les moments difficiles.

— J'espère qu'il y aura des jours heureux bientôt.

— Bien sûr ! Tu verras…

Les obsèques d'Evie se déroulèrent la semaine suivante, par une journée grise et morne. Ensuite, les quelques personnes présentes gagnèrent Admiral House pour boire un verre de vin chaud accompagné de tartelettes aux fruits secs.

— Je suis très fière d'elle, dit Posy à Nick.

Clemmie était assise sur le sol de la cuisine, avec ses petits cousins.

— Elle semble s'adapter à merveille. As-tu décidé si elle va rester en pension ?

— Nous en avons discuté et elle préfère y retourner, dans l'immédiat. Elle s'est fait des copines et, au moins, elle y trouve une certaine normalité.

— Bonjour, Posy, dit Marie en s'approchant. Salut, Nick.

— Merci d'être venue, lui répondit-il poliment.

— C'est bien naturel. Evie et moi étions amies d'enfance. Nous avons partagé tant de rêves, à l'école… Si on avait pu imaginer ça.

— C'est très triste, soupira Posy.

— Je sais que le moment est mal choisi, mais avez-vous réfléchi à ce que vous alliez faire d'Admiral House ? reprit Marie.

— Pas vraiment. Je ne manquerai pas de vous en informer, répondit la vieille dame, agacée.

— Je passerai à l'agence immobilière après les fêtes pour parler de la vente de la maison d'Evie, déclara Nick.

— Très bien. Elle partira sans difficulté. Clemmie sera sans doute plus riche que nous tous ! Passez-moi un coup de fil, conclut-elle avant de s'éloigner.

— La vie continue, Maman, commenta Nick en voyant l'expression de sa mère.

— Je sais. Comme quand j'ai perdu mon père.

Elle se tourna vers Freddie, très élégant dans son costume sombre, qui bavardait avec Tammy.

— Il a l'air très gentil, commenta Nick avec un sourire.

— Il l'est. J'ai beaucoup de chance.

— Il est temps que quelqu'un s'occupe de toi.

— J'espère qu'on pourra s'occuper l'un de l'autre. Un jour, je t'expliquerai pourquoi nous n'avons pas pu rester ensemble, autrefois. Au fait, tu as réfléchi, pour Noël ?

— J'en ai parlé à Tammy et Clemmie hier soir et on aimerait être ici, avec toi. Tu veux bien ?

— Bien sûr ! Freddie, Amy et les petits seront là aussi. C'est une période difficile pour eux. Leur premier Noël sans leur père. On s'efforcera d'être le plus joyeux possible.

Posy entendit son portable sonner dans son sac.

— Excuse-moi, je dois répondre.

— Bien sûr.

— Allô ?

— Posy, c'est Sebastian. Je vous dérange ?

— Absolument pas, assura-t-elle en quittant la cuisine pour s'isoler. Alors ? Du nouveau ?

— Oui. Votre père repose dans une tombe anonyme au sein de la prison de Pentonville.

— Anonyme ?

— Disons qu'il n'y a pas de pierre tombale, seulement un numéro permettant de le localiser.

— Je peux aller le voir ?

— Bien que ce ne soit pas très réglementaire, mon contact a fait jouer ses relations. Vendredi, ça vous irait ?

— J'y serai ! Cela vous ennuierait de m'y accompagner ?

— Pas du tout. Vous ne préférez pas amener un membre de votre famille ?

— Surtout pas. Mes fils ne savent encore rien.

— D'accord. Je ne pensais pas prononcer cette phrase un jour mais, Posy, je vous donne rendez-vous devant la porte de la prison à deux heures.

— Parfait. Merci du fond du cœur.

— Avec plaisir. À vendredi !

Posy prit le temps de se ressaisir. C'était étrange d'apprendre où reposait son père le jour où elle venait d'enterrer une autre personne morte avant l'heure. Elle respira profondément et regagna la cuisine.

40

— Vous êtes prête ? demanda Sebastian avec un sourire.

— Autant que possible.

— Vous êtes sûre de vouloir y aller ? C'est un peu lugubre, reprit-il en désignant le bâtiment austère.

— Certaine.

— Bon, alors c'est parti.

Sebastian sonna, déclina leurs identités et attendit que la grille s'ouvre.

Un quart d'heure plus tard, une gardienne les accompagna dans un jardin.

— Votre père est enterré là-bas, d'après mes références, expliqua-t-elle en foulant la pelouse.

Elle vérifia son document et désigna un monticule de terre, à leur gauche.

— C'est ici.

— Merci.

— Vous voulez que je vienne avec vous ? proposa Sebastian.

— C'est gentil mais non. Ce ne sera pas long.

Posy s'approcha de la butte, le cœur battant. Les yeux embués de larmes, elle constata que rien, en surface, n'indiquait qui avait été son père.

— Bonjour, Papa, murmura-t-elle. Je regrette que tu te retrouves dans un endroit aussi affreux. Tu méritais mieux.

Elle se rendit compte que son père avait reçu le droit de tuer en pilotant son Spitfire, pendant la guerre. Il avait même été décoré. Et pourtant, il reposait au milieu de centaines d'autres criminels parce qu'il avait pris la vie d'un homme qui l'avait cruellement trahi.

— Tu ne devrais pas être là, Papa. Sache que je te pardonne et que je t'aimerai toujours.

Elle ouvrit un sac de toile et en sortit un petit bouquet de fleurs blanches parsemé de houx et de baies rouges. Elle le posa sur le monticule puis ferma les yeux pour prier en silence.

Sebastian et l'employée l'observaient à distance.

— Elle sait que deux autres cadavres reposent dans la même tombe ?

— Non, et elle n'a pas à le savoir, murmura Sebastian.

Posy fit un signe de croix et revint vers eux.

— C'est terminé ? demanda l'écrivain.

— Oui, merci.

En quittant la prison, il se tourna vers elle.

— Maintenant que c'est fait, et si on sautait dans un taxi pour aller prendre le thé chez *Fortnum & Mason* ?

— Rien ne me ferait plus plaisir, répondit-elle en souriant. Quittons vite cet endroit sordide.

Une demi-heure plus tard, ils étaient attablés dans une salle à l'atmosphère festive du célèbre grand magasin. Sebastian commanda deux coupes de champagne.

— À votre père, Posy. Et à vous.

Ils trinquèrent et burent une gorgée.

— Comment vous sentez-vous, maintenant que vous avez vu sa sépulture ?

— Beaucoup mieux, admit-elle. Au moins, la boucle est bouclée. Je lui ai dit au revoir.

— C'était très courageux.

— Je suis contente de l'avoir fait. Merci encore de me l'avoir permis ! Alors, comment avance votre livre ?

— Oh, j'ai presque terminé. Je le rends début février.

— Que faites-vous à Noël ?

— Rien. Je profite du fait que tout le monde est occupé à manger du pudding pour travailler dans le calme.

— Ce n'est pas très folichon, ça.

— Sans doute, mais c'est toujours mieux qu'un Noël avec ma mère et le type odieux qu'elle a épousé après la mort de mon père, il y a quelques années. Noël, c'est une fête familiale et je n'ai pas de famille. C'est ainsi.

— Cela vous dirait de venir à Admiral House fêter Noël avec ma famille et moi ?

— C'est très gentil. Toutefois, je doute que votre famille ait envie de me voir.

— Pourquoi ?

— Je suis un étranger, marmonna-t-il.

— En fait, ma famille serait ravie, une personne en particulier.

— Qui cela ?

— Amy, bien sûr, répondit-elle en le dévisageant.

Il s'empourpra.

— Ne me dites pas que vous ne comprenez pas à quoi je fais allusion ! reprit-elle. Ce serait un mensonge. Et j'ai entendu assez de mensonges !

— D'accord, j'avoue, dit-il en buvant une gorgée de champagne. Comment avez-vous deviné ?

— Cela saute aux yeux. Il suffit de vous voir tous les deux.

— Peut-être, mais Amy m'a assuré qu'elle ne quitterait jamais Sam.

— C'est la raison pour laquelle vous êtes parti d'Admiral House si brutalement ?

— Oui. Ne m'en veuillez pas. Vous devez être furieuse. Sam est votre fils et…

— Amy l'a quitté, Sebastian. Il l'a battue. Grâce à Freddie, il lui a fait moins de mal qu'il l'aurait pu. Sam est en cure de désintox dans l'Essex, pour soigner son alcoolisme et ses accès de colère.

— Seigneur ! Je… Franchement, je ne sais pas ce que je ressens. Je suis horrifié.

— Avez-vous déjà eu l'impression qu'Amy était victime de violences conjugales ?

— Eh bien… l'idée m'a effleuré, oui. Elle avait des ecchymoses étrangement placées…

— Ne soyez pas gêné, Sebastian. Je me demande pourquoi les jeunes générations prennent toujours des gants avec les seniors, quand il s'agit de sexe, alors que nous avons généralement bien plus d'expérience dans ce domaine. Bref, Amy ne retournera pas avec Sam, même si sa cure fait de lui un homme neuf.

— J'avoue que je suis soulagé. C'est une femme bien et elle a passé des moments difficiles.

— On peut le dire. Sebastian, vous aimez Amy ?

— Oui. Si j'avais encore un doute en partant, je suis sûr de moi aujourd'hui. Elle a eu beau me dire qu'il n'y avait aucun espoir, pour moi, je ne pense qu'à elle. En vérité, cela m'a empêché d'écrire. Je… je ne pense qu'à elle, répéta-t-il.

— Donc, que diriez-vous de venir à Admiral House pour Noël ? réitéra Posy.

— Je ne sais pas… Franchement, j'ai du mal à comprendre pourquoi vous poussez la femme de votre fils dans les bras de son amant.

— Je suis réaliste, répliqua-t-elle. Amy n'a pas été la seule à souffrir. Vous aussi. Tant d'histoires d'amour finissent mal. Il m'a fallu cinquante ans pour connaître une fin heureuse. Si je peux aider quelqu'un, je ferai ce qui est en mon pouvoir. Amy a besoin de vous et mes petits-enfants aussi.

— Et Sam ?

— Aucune mère n'a envie d'admettre qu'elle a mis au monde une brebis galeuse, mais c'est ce qu'il est, hélas. En fermant les yeux, j'ai laissé Nick avoir une enfance malheureuse. Et Amy, que j'aime beaucoup, aurait pu mourir. Ces derniers jours, je me suis demandé si c'était génétique. Après tout, mon père a tué son meilleur ami.

— C'est très différent. Il s'agissait d'un crime passionnel, commenta Sebastian. Chacun de nous a son propre ADN et ses traits de caractère, même si les gènes interviennent par ailleurs.

— Vous avez sans doute raison. Je n'avais pas vu les choses ainsi. Naturellement, je culpabilise à cause du comportement de Sam. Ai-je fait quelque chose de mal ? Ai-je failli ? Est-il devenu violent parce qu'il a perdu son père très tôt ? C'est une impasse.

— Au moins, Amy et vos petits-enfants sont en sécurité.

— Et je veux qu'ils soient heureux. Vous viendrez ? Freddie sera là, ainsi que mon fils Nick et Tammy.

— C'est très gentil, Posy. Me permettez-vous d'y réfléchir un peu ?

— Bien sûr. À présent, je vais vous raconter une histoire poignante : comment je me retrouve avec une petite-fille de plus…

*

— Enfin seuls ! déclara Freddie en enlaçant Posy, sur le pas de sa porte. Entre. J'ai l'impression de ne pas t'avoir eue pour moi depuis des semaines.

Il la relâcha et l'entraîna vers le salon où une bouteille de champagne les attendait dans un seau à glace.

— Qu'est-ce qu'on arrose ?

— Rien de spécial, mais c'est bientôt Noël et, surtout, nos deux cœurs battent toujours à l'unisson. À notre âge, on n'a pas besoin d'une raison pour boire du champagne !

— J'en ai bu hier, justement.

— Ah bon ? Où ça ?

Freddie fit sauter le bouchon et les servit.

— Chez *Fortnum & Mason*. J'ai pris le thé avec Sebastian.

— Tiens, tiens ! Aurais-je un rival ?

— Si j'avais trente ans de moins, oui. Santé !

— Santé ! Comment va-t-il ?

— Bien. Il te salue, d'ailleurs. J'ai découvert qu'il avait été une oreille compatissante dans notre histoire.

— Oui, et je lui en suis reconnaissant. Que faisiez-vous ensemble chez *Fortnum & Mason* ?

— Je lui avais demandé de retrouver la tombe de mon père et je suis allée la voir hier.

— Ah oui ? Où ça ?

— À la prison de Pentonville. Et avant que tu dises quoi que ce soit, oui, c'était sordide. Cette visite s'est révélée utile et je peux à présent tourner la page.

— Tant mieux. Si tu me l'avais demandé, je t'aurais volontiers accompagnée, tu sais.

— Il fallait que je le fasse moi-même, Freddie. J'espère que tu peux le comprendre.

— Bien sûr.

— Et j'ai invité Sebastian pour Noël.

— Je serai content de le revoir. Ta famille manque d'hommes, actuellement.

— Amy et lui avaient une liaison quand Sebastian vivait à Admiral House.

— Ah oui ? Et tu étais au courant ?

— Je m'en doutais un peu et ils l'ont admis chacun de leur côté. Il est tellement gentil. Il est parfait pour Amy.

— Quelle entremetteuse tu fais, toi !

— La vie est courte. Nous sommes passés à côté de toute une vie ensemble et je ne veux pas qu'Amy et Sebastian subissent le même sort.

— C'est très généreux de ta part, compte tenu de Sam...

— Il m'a téléphoné de la clinique, il y a quelques jours. Il a rencontré une femme dont il est proche. Je doute qu'il reste seul très longtemps. Elle s'appelle Heather et elle est soignée pour alcoolisme. Elle est au courant de ses problèmes et, apparemment, elle l'aide. Au vu des circonstances, il avait assez bon moral. Et il était sobre.

— C'est une bonne nouvelle.

— Oui, et pour ce qui est d'Amy et Sebastian, je n'ai fait que lancer une invitation. À eux de saisir la balle au bond.

— Effectivement. Tu as faim ? Je n'ai que mon traditionnel ragoût à t'offrir, hélas.

Freddie avait allumé des chandelles sur la table de la cuisine.

— Posy, j'ai un aveu à te faire.

— Oh non… je ne sais pas si je suis en état d'encaisser encore une mauvaise nouvelle. De quoi s'agit-il ?

— C'est à propos de l'arrestation de Sam. Il y a un moment, j'ai eu une conversation avec Sebastian. Je m'inquiétais à propos de Ken Noakes. J'ai demandé à Sebastian s'il avait gardé des contacts dans la presse susceptibles d'enquêter sur son passé. La police a contacté Sebastian pour savoir où se trouvait Mr Noakes. En conséquence, il a été arrêté avec ton fils.

— Je vois. Bon… ce n'est pas aussi grave que ce à quoi je m'attendais. En fait, je devrais te remercier.

— Vraiment ? fit Freddie en la dévisageant.

— Oui. Dieu seul sait ce qui serait arrivé si toi et Sebastian n'étiez pas intervenus. Sam était sur la mauvaise pente. Au moins, il se fait soigner. Et rien que d'imaginer ce sale type ayant la mainmise sur Admiral House… Ce que vous avez fait était pénible mais nécessaire.

— Tu me pardonnes ?

— Il n'y a rien à pardonner, Freddie.

— Dieu merci ! Après toutes ces années à garder mon terrible secret, je ne voulais plus rien te cacher. À présent, dis-moi comment va Clemmie.

— Bien. Elle attend Noël avec impatience. Ils sont retournés à Londres pour quelques jours et reviendront le 24. Je veux faire de mon mieux pour que la fête soit belle.

— Elle le sera, j'en suis certain. Et Admiral House ?

— La situation est bloquée jusqu'en janvier.

Après le repas, ils regagnèrent le salon et s'installèrent au coin du feu.

— Espérons que l'année qui s'annonce sera plus calme, dit Freddie.

— Oui, et je te remercie encore pour ton soutien. Tu as été si gentil avec moi et ma famille. Tout le monde t'adore.

— Vraiment ?

— En te les présentant, j'avais l'impression d'être une enfant qui recherche l'approbation de ses parents. C'est tellement important à mes yeux.

— Je sais et je suis heureux d'avoir réussi cet examen.

— Tu as fait plus que cela. Bon, je vais rentrer. Ces derniers jours m'ont épuisée.

— Posy…, fit-il en lui prenant la main. Tu veux bien rester ?

— Je…

— Je t'en prie.

Il l'embrassa et parvint à l'entraîner à l'étage. Elle n'avait que faire que son corps ait vécu soixante-dix ans, car celui de Freddie en avait vécu encore plus.

41

— Amy, cela t'ennuierait d'aller à la gare de Halesworth chercher un vieil ami ? On est débordées par nos pâtisseries, n'est-ce pas, Clemmie ?

— Oui, répondit-elle en garnissant des tartelettes.

— D'accord, répondit la jeune femme. Je vais chercher qui ?

— Oh, il s'appelle George. Je vais lui envoyer un texto pour lui dire de guetter une superbe blonde, précisa Posy avec un sourire malicieux.

Freddie leva les yeux au ciel.

— D'accord. Gardez un œil sur les enfants. Ils sont au salon, près du sapin.

— Je vais voir s'ils ne font pas de bêtises ! lança Clemmie en s'essuyant les mains sur son tablier avant de quitter la cuisine.

— George ? fit Freddie en se postant derrière Posy pour lui masser les épaules.

— C'est le nom du héros du livre de Sebastian. Le premier qui me soit venu à l'esprit.

— C'est ça... Posy, je me demandais... Quand toute cette folie sera passée, tu crois que je pourrais t'enlever pendant quinze jours pour partir en vacances ?

— Eh bien, c'est très tentant, mais...

— Il n'y a pas de « mais ». Les autres survivront sans toi pendant quinze jours. Nous méritons bien un peu de temps ensemble, chérie. Je pensais à l'Asie. La Malaisie, peut-être...

— Oh oui, j'adorerais y retourner, Freddie.

— Tant mieux. Allons-y tant que nous sommes suffisamment en forme pour voyager.

— Tu as raison, admit Posy. J'en serais ravie.

À cet instant, les trois enfants entrèrent dans la cuisine et accaparèrent leur grand-mère.

Sur le quai, Amy se frottait les mains pour les réchauffer. Le train était annoncé avec un retard de quinze minutes et il faisait un froid de canard. Enfin, il apparut au loin, puis déversa ses passagers dont les bras étaient chargés de sacs contenant des cadeaux de Noël. Amy scruta la foule en espérant que l'ami de Posy ait reçu son texto.

Au moment où elle allait retourner à la voiture pour appeler la vieille dame, elle remarqua une silhouette élancée.

Était-ce une hallucination ? La gorge nouée par l'émotion, elle le regarda s'approcher lentement.

— Bonjour, Amy.

— Bonjour. Écoute, je dois vite appeler Posy. Je suis venue chercher un de ses amis, un certain George.

— C'est moi, avoua-t-il avec un sourire.

— Tu ne t'appelles pas George et Posy ne t'a pas invité pour Noël, que je sache.

— En fait, si.

Amy le dévisagea, abasourdie.

— Mais pourquoi… ?

— Parce qu'elle est l'une des personnes les plus extraordinaires que j'aie rencontrées. Si tu ne veux pas de ma présence, je peux prendre le prochain train pour Londres. Tu veux de moi, Amy ?

— Pour Noël, tu veux dire ?

— Peut-être un peu plus…

— Je…

Amy avait soudain le tournis.

— Si cela peut t'aider, elle m'a tout raconté. Je suis désolé pour ce que tu as enduré avec Sam. Je pourrais l'étrangler de mes mains, franchement, mais cela ne servirait à rien, alors je m'abstiendrai. Bon, tu te décides, avant que nous ne mourions de froid ?

Les yeux embués de larmes, Amy crut que son cœur allait exploser dans sa poitrine.

— Eh bien… Posy t'a invité et elle m'a demandé de venir te chercher.

— Tu es sûre de toi ?

— Certaine.

— Alors on y va.

Il tendit la main vers elle et elle la prit. Ensemble, ils quittèrent la gare pour gagner la voiture.

SIX MOIS PLUS TARD

Rosier thé

(Rosa odorata)

42

Assise devant sa coiffeuse, Posy appliqua du mascara sur ses cils. Elle prit ensuite un tube de rouge à lèvres acheté spécialement pour cette soirée mais se ravisa.

Bien trop voyant pour une vieille peau, se dit-elle.

Par la fenêtre ouverte, elle entendait le petit orchestre répéter sur la terrasse. Les traiteurs s'affairaient dans la cuisine interdite d'accès à la famille depuis trois heures.

Posy se leva pour aller regarder dehors. Cette superbe soirée de juin lui rappelait l'ultime réception donnée par ses parents, quand elle avait sept ans. Elle s'était assise sur une marche du perron de peur d'être envoyée au lit et son père l'avait rejointe pour fumer une cigarette.

Promets-moi que, le jour où tu trouveras l'amour, tu t'en saisiras sans le laisser filer.

Ses paroles résonnaient encore dans les oreilles de Posy. Aurait-il approuvé cette soirée-ci ?

La veille, Freddie et elle s'étaient mariés dans l'intimité familiale. Elle était mal à l'aise, avec ses hauts talons, mais elle ne pouvait convoler chaussée de bottes en caoutchouc, comme l'avait souligné Clemmie lorsqu'elles avaient fait les boutiques toutes les deux.

Tammy lui avait trouvé une robe crème des années 1930, qui épousait à merveille sa silhouette.

Quelqu'un frappa à la porte de sa chambre.

— Oui ?

— C'est Tammy et Clemmie ! lança la fillette. On a des fleurs pour tes cheveux !

— Entrez !

Tammy était à couper le souffle, avec son fourreau vert émeraude, et la robe en taffetas bronze de Clemmie rehaussait son teint.

— Vous êtes magnifiques !

— Toi aussi, Granny. Tu n'as pas l'air d'une grand-mère !

— Je ne me sens pas grand-mère, ce soir, ma chérie.

— Tenez, une coupe de champagne pour vous détendre, déclara Tammy. Voulez-vous que j'épingle les fleurs dans vos cheveux ?

— Volontiers.

Posy but une gorgée de champagne et retourna devant sa coiffeuse. Sur l'insistance de Freddie, elle avait les cheveux plus longs. Ils ondulaient désormais en encadrant son visage.

— Voilà, dit Tammy en fixant les deux boutons de rose cueillis dans le jardin.

— Comment s'en sortent les traiteurs ? Les boissons sont prêtes ?

— Granny, ne t'en fais pas. La situation est sous contrôle.

— Je vous le garantis, renchérit Tammy. Vous avez besoin d'autre chose ? Les invités commencent à arriver et les garçons sont en bas pour les accueillir. Nous devrions y aller.

— Approchez, mes chéries, que je vous embrasse.

Clemmie prit la main de sa grand-mère et tendit le bras vers Tammy.

— Regarde, Tammy. Granny a deux bagues au doigt, maintenant, et tu n'en as qu'une.

— Quelle coquine ! gronda Tammy. Tu as envie de porter une robe de demoiselle d'honneur, voilà tout !

— Je veux que Papa et toi soyez mariés pour qu'on forme une vraie famille.

— Bientôt, Clemmie, c'est promis, fit Tammy en levant les yeux au ciel. Laissons d'abord Posy profiter de son propre mariage et de sa fête d'anniversaire.

— Filez ! Je vous rejoins, dit la vieille dame.

— Freddie vient vous chercher dans un quart d'heure.

— Merci Tammy. Je suis comblée.

— Vous le méritez. Vous avez tant fait pour nous.

Elles prirent congé, laissant Posy sur la banquette, devant la fenêtre, à observer l'assemblée réunie sur la terrasse.

Elle entendit quelqu'un frapper à la porte.

— Entrez !

C'était Amy, en soie turquoise.

— Je suis venue vous souhaiter bonne chance pour ce soir.

— Merci, ma chérie. Tu es magnifique. C'est une soirée de nouveaux départs, on dirait.

— Je vous fais la promesse que, quand Sebastian et moi nous installerons à Admiral House, la porte vous sera toujours ouverte.

— Je sais et je m'en réjouis. Cette maison a besoin d'être rénovée. Elle a aussi besoin d'abriter une famille. Je suis tellement heureuse que Sebastian prenne le relais.

— Nous ne pourrons pas emménager avant au moins un an, mais je m'en occuperai. J'espère que vous me donnerez un coup de main pour le jardin. Je ne saurais pas par où commencer !

— Il suffit d'apprendre. Dès mon retour de voyage de noces, je te montrerai.

— Cela ne vous ennuie pas ?

— Au contraire. Jake et Sara sont mes petits-enfants. Ce sont des Montague. La propriété reste dans la famille.

— Vous avez des nouvelles de Sam ? demanda timidement la jeune femme.

— Oui. Il m'a téléphoné pour me souhaiter une bonne soirée.

— C'est bien… comment était-il ?

— Il semblait avoir le moral, compte tenu de la situation. Il est toujours chez Heather, la femme qu'il a rencontrée à la clinique et qui vit dans le Wiltshire. Après le procès, en fonction de la sentence, ils partiront peut-être à l'étranger. Heather a de l'argent, apparemment. J'ai l'impression qu'elle maintient Sam dans le droit chemin. Il ne boit plus, en tout cas. Depuis leur cure, Heather le traîne aux réunions des Alcooliques anonymes deux fois par semaine.

— C'est dommage qu'il n'ait pas voulu venir au mariage ou à la fête de ce soir, soupira Amy. C'est sans doute à cause de Sebastian. Pas uniquement parce qu'il est avec moi. Parce qu'il a aidé la police à les traquer, Noakes et lui. L'intervention de Sebastian me met dans l'embarras mais… heureusement qu'il a agi de la sorte. Sam avait tellement besoin d'aide !

— C'est mieux ainsi. Rien n'est parfait, dans la vie, ma chérie, dit Posy en se levant. Passons à quelque chose de plus réjouissant. Je veux que tu t'amuses, ce soir.

— J'en ai l'intention. Je vous ai apporté ceci, pour votre anniversaire. De la part de nous tous. Vous l'ouvrirez quand vous aurez le temps.

— D'accord, répondit Posy en découvrant un grand paquet carré entouré de papier kraft. Merci, ma chérie.

— Ce n'est rien, en réalité, après ce que vous avez fait pour moi. Vous êtes vraiment formidable. Bon, je descends, conclut-elle en l'embrassant. Bonne soirée !

— Je ferai de mon mieux !

Posy regarda Amy s'éloigner, puis elle s'approcha du paquet. Elle s'assit sur son lit, le cadeau sur les genoux, et pensa à Sam, qui lui manquait. Pourvu qu'il trouve l'épanouissement dans sa nouvelle vie ! Elle en doutait. Si elle avait appris une chose, c'était que les gens ne changeaient jamais vraiment.

— Pas maintenant, murmura-t-elle pour elle-même.

Elle reporta son attention sur le paquet dont elle déchira le papier pour découvrir le dos d'une toile qu'elle retourna. Le souffle court, elle vit une peinture représentant Admiral House.

Amy avait choisi une vue arrière, avec la terrasse qui descendait vers le jardin de Posy au premier plan. Il y avait le jardin aux papillons, le parterre, les roses, l'allée bordée de saules, le tout animé de mille couleurs chatoyantes.

Des larmes montèrent aux yeux de Posy. Elle les ravala pour ne pas abîmer son maquillage. Son œuvre serait entretenue et se perpétuerait. Elle suggérerait à Sebastian et Amy d'embaucher un jardinier compétent. Amy était bien trop talentueuse pour passer ses journées agenouillée dans le compost.

À ce moment-là, Freddie apparut, très élégant dans son smoking.

— Chérie, tu es resplendissante, commenta-t-il lorsqu'elle se leva, un sourire aux lèvres.

Il ouvrit les bras pour l'enlacer.

— Comment te sens-tu ?

— Un peu inquiète.

— Tu es triste que ce soit ta dernière fête à Admiral House ?

— Pas vraiment, avoua Posy.

— Je suis surpris.

— J'ai découvert quelque chose, ces derniers mois. Un foyer n'est pas fait de briques et de ciment. Chez moi, c'est dans tes bras…

— Eh bien, madame Lennox, tu es bien romantique…

— Je m'attendris avec l'âge, mais je suis sincère.

Il l'embrassa sur le front.

— Je te promets que tu n'auras pas à quitter mes bras, du moins tant que je serai en mesure d'en décider. Si tu as envie d'une maison plus grande et d'un jardin à cultiver, nous en chercherons en rentrant de notre voyage de noces.

— Ton cottage est parfait. Il nous servira de port d'attache entre deux voyages.

— On verra… Il suffira sans doute qu'un membre de ta famille t'appelle au secours pour que tu rappliques, pouffa-t-il. C'est très bien comme cela. Je t'aime, madame Lennox.

— Je t'aime aussi.

Ils sursautèrent en entendant quelqu'un frapper à la porte. C'était Nick.

— Franchement, j'ai l'impression de surprendre deux adolescents en train de se bécoter dans une chambre. Tu es prête, Maman ? Tout le monde est réuni en bas, dans le hall.

— Je crois, oui.

Les yeux pétillants, elle se tourna vers Freddie.

— La vie revient dans cette maison, lui dit-elle.

— Je sais, chérie. Je sais.

Il l'entraîna doucement vers la porte.

Au sommet des marches, flanquée de son mari et de son fils, sous le lustre étincelant, Posy observa les visages familiers de ses proches, une nouvelle génération pleine d'espoir en l'avenir.

Quelqu'un commença à applaudir, vite imité par l'assemblée entière. Au bras de Freddie et de Nick, Posy descendit l'escalier à la rencontre des siens.

La communauté Charleston a aimé !

Chez Charleston, nous sommes convaincus que, loin d'être une aventure solitaire, la lecture est une invitation au partage. Nous échangeons constamment avec nos lecteurs et lectrices, et nous sommes fiers de la belle communauté d'amoureux des livres que nous formons tous ensemble. Chaque année, nous choisissons au sein de cette communauté vingt lectrices et lecteurs qui nous accompagnent tout au long de l'année, et découvrent nos romans en avant-première. Voici leurs avis !

« Entre passé et présent, entre secrets et non-dits, une belle et captivante histoire familiale. »

Flavie, @petite_etoile_livresque

« Un roman envoûtant, une intrigue à la fois intense et extraordinaire. »

Jennyfer, @books_owl

« Une belle histoire de famille avec une petite dose de secrets, histoire de pimenter un peu le récit. Un roman qui se dévore. »

Christelle, @jadorelalecture

« J'ai aimé me retrouver en plein cœur de cette campagne anglaise, avec ses cottages et ses jardins luxuriants. Un roman passionnant que vous ne pourrez pas lâcher. »

Hélène, @lespetiteslecturesdhelene

« Lucinda Riley n'a pas son pareil pour nous embarquer dans des récits romanesques et exaltants. »

Caroline, @1livredslapoche

« Des personnages forts et poignants qui nous manquent dès le livre refermé, des secrets de famille qui éclatent au grand jour, des lieux et paysages où l'on rêverait d'être. »

Anne-Sophie, @escaleenborddepage

« Lucinda Riley possède un véritable talent de conteuse, elle a le don de nous embarquer dans de passionnantes histoires qui nous parlent d'amour, de perte, de la famille et de ses secrets. »

Lise, @douceur_de_lire

VOUS AVEZ AIMÉ CE LIVRE ?

Découvrez la saga événement de Lucinda Riley,
Les Sept Sœurs

À la mort de leur père, énigmatique milliardaire qui les a adoptées aux quatre coins du monde lorsqu'elles étaient bébés, les sœurs d'Aplièse se retrouvent dans la maison de leur enfance, Atlantis, un magnifique château sur les bords du lac de Genève.

Pour héritage, elles reçoivent chacune un mystérieux indice qui leur permettra peut-être de percer le secret de leurs origines…

Dans cette ambitieuse série, inspirée de la légende et de la constellation des Sept Sœurs, Lucinda Riley fait preuve de son incroyable talent de conteuse.

« Un page-turner incroyable mêlant drame et romance. »
Daily Mail

Tournez la page pour découvrir sans plus attendre
le premier chapitre du tome 1 !

Je me souviendrai toujours de l'endroit où je me trouvais et de ce que je faisais quand j'ai appris que mon père venait de mourir.

J'étais à Londres, chez Jenny, une vieille amie d'école, et je profitais du soleil de juin, assise dans son joli jardin, un exemplaire de *L'Odyssée de Pénélope* ouvert sur les genoux, pendant qu'elle était allée chercher son petit garçon à la crèche.

Je me sentais calme, heureuse de m'être échappée pour passer quelques jours de vacances ici. J'étais en train d'admirer la clématite en boutons qui dépliait ses fragiles bourgeons roses, donnant naissance à un tumulte de couleurs, lorsque mon portable a sonné. D'un coup d'œil sur l'écran, j'ai vu que c'était Marina.

— Allô, Ma, ça va ?

J'espérais que, dans ma voix, elle entendrait aussi la belle chaleur estivale.

— Maia, je…

Marina a marqué une pause, et, à cet instant, j'ai compris qu'il était arrivé quelque chose de terrible.

— Qu'est-ce qui se passe ?

— Maia, je ne sais pas comment te le dire, mais ton père a eu une crise cardiaque ici, à la maison, hier après-midi. Et aujourd'hui… tôt ce matin, il… est décédé.

Je suis restée silencieuse, un million de pensées disparates et ridicules me traversant l'esprit, l'une d'elles étant que Marina, pour une raison ou une autre, avait décidé de me faire une blague de mauvais goût.

— Je ne l'ai pas encore annoncé à tes sœurs, Maia. Comme tu es l'aînée, il m'a semblé que c'était toi qui devais l'apprendre en premier… Je voulais te demander si tu préfères les appeler, ou si tu souhaites que je le fasse.

— Je…

Aucune parole cohérente ne me venait aux lèvres, tandis que je commençais à réaliser que jamais Marina, ma chère et bien-aimée Marina, la femme qui avait été pour moi la personne qui se rapprochait le plus d'une mère, ne me mentirait. Il fallait donc que ce soit vrai. Et brusquement, tout s'est effondré en moi.

— Maia, s'il te plaît, dis-moi que ça va. Oh, c'est vraiment l'appel le plus terrible que j'ai jamais eu à passer, mais j'ai pensé qu'il valait mieux me tourner vers toi… Dieu seul sait comment tes sœurs vont réagir.

C'est à ce moment que j'ai entendu la souffrance dans sa voix. J'ai compris qu'elle aussi avait besoin de parler, de partager son fardeau, d'être réconfortée.

— Bien sûr, Ma, je vais prévenir mes sœurs. Sauf que je ne suis pas certaine d'avoir toutes leurs coordonnées sur moi… Ally n'est-elle pas partie faire une régate ?

Et pendant que nous discutions de l'endroit où se trouvait chacune de mes sœurs cadettes, comme s'il fallait les réunir pour fêter un anniversaire plutôt que de pleurer la mort d'un père, la conversation a pris un tour surréaliste.

— Quand faut-il prévoir l'enterrement à ton avis ? ai-je demandé. Avec Électra à Los Angeles et Ally quelque part en mer, on ne peut certainement pas l'envisager avant la semaine prochaine, au plus tôt.

— Eh bien…

J'ai perçu l'hésitation de Marina au bout du fil.

— Le mieux serait peut-être qu'on en parle toutes les deux quand tu rentreras à la maison. Mais rien ne presse pour l'instant, Maia. Aussi, si tu préfères rester encore un peu à Londres… Il n'y a plus rien à faire pour lui ici…

La voix de Marina s'est brisée.

— Ma, je saute dans le premier avion pour Genève ! Je vais téléphoner à la compagnie aérienne et je te donnerai l'heure du vol. Entre-temps, j'essaie de contacter tout le monde.

— Je suis vraiment désolée, ma chérie, a soupiré Marina. Je sais que tu l'adorais.

— Oui…

L'étrange sérénité que j'avais ressentie pendant que nous débattions des préparatifs m'a soudain abandonnée, comme le calme avant la tempête.

— Je t'appelle plus tard quand je saurai à quelle heure j'arrive.

— Très bien. Maia, prends soin de toi. C'est un choc terrible…

J'ai raccroché. Puis, avant que les nuages noirs, dans mon cœur, ne percent et ne menacent de m'engloutir, je suis montée dans ma chambre pour téléphoner à la compagnie aérienne. Pendant que j'attendais qu'on prenne mon appel, j'ai regardé le lit dans lequel, le matin même, j'avais tout simplement ouvert les yeux sur un autre jour. Et j'ai remercié Dieu que les êtres humains n'aient pas la faculté de prévoir l'avenir.

La femme qui a répondu au bout d'un moment n'était pas très aimable et j'ai compris, tandis qu'elle me parlait de vols complets, de coûts supplémentaires et de coordonnées de carte de crédit, que mon barrage émotionnel était prêt à craquer. Finalement, une fois qu'elle m'eut alloué de mauvaise grâce une place sur le vol de seize heures pour Genève, ce qui signifiait que je devais me dépêcher de rassembler mes affaires et prendre un taxi pour Heathrow, je me suis assise sur le lit et j'ai contemplé le motif du papier peint pendant si longtemps que le dessin a commencé à danser devant mes yeux.

— Voilà, il est parti, ai-je murmuré, parti pour toujours. Je ne le reverrai plus jamais.

Je m'attendais tellement à éclater en sanglots à cause de ces paroles prononcées tout haut que j'ai été surprise qu'il ne se passe rien, et je suis restée là, immobile, hébétée, mais la tête toujours pleine de détails pratiques. À l'idée d'appeler mes sœurs – toutes les cinq –, j'étais terrifiée. Laquelle prévenir en premier ? J'ai pris en compte tout un éventail de paramètres et la réponse n'a pas tardé à s'imposer : Tiggy, bien sûr, la seconde de la fratrie, celle dont je me sentais la plus proche.

Les doigts tremblants sur mon téléphone, j'ai fait défiler les numéros jusqu'au sien. En entendant sa messagerie vocale, j'ai bafouillé quelques mots confus lui demandant de me rappeler d'urgence. Elle se trouvait quelque part dans les Highlands, en Écosse, où elle travaillait dans un centre qui recueillait des cervidés malades.

Quant à mes autres sœurs… leurs réactions seraient diverses, en apparence du moins, allant de l'indifférence à un dramatique épanchement d'émotion.

Ne sachant pas trop de quel côté je basculerai sur l'échelle du chagrin quand je leur parlerai, j'ai choisi la lâcheté et je leur ai envoyé un texto à chacune, les priant de me contacter le plus vite possible. Je me suis ensuite dépêchée de faire mon sac et je suis descendue à la cuisine où j'ai laissé un mot à Jenny lui expliquant pourquoi j'avais dû partir.

J'ai décidé de héler un taxi dans la rue et j'ai marché d'un pas rapide le long du parc de Chelsea, comme n'importe qui, par une journée banale. Je crois que j'ai même salué quelqu'un qui promenait son chien et que je lui ai souri.

Personne ne pourrait deviner ce qui m'arrive, me suis-je dit en montant dans le taxi que j'ai réussi à arrêter sur King's Road, où le trafic était intense.

J'ai indiqué au chauffeur l'aéroport d'Heathrow.

Non, personne n'aurait pu deviner.

* * *

Cinq heures plus tard, alors que le soleil descendait tranquillement sur le lac de Genève, je suis arrivée à notre ponton privé pour la dernière étape de mon voyage.

Christian m'attendait déjà dans la vedette. À son regard, j'ai compris qu'il savait.

— Comment allez-vous, mademoiselle Maia ? a-t-il demandé en m'aidant à monter à bord, ses yeux bleus pleins de compassion.

— Je suis… contente d'être ici, ai-je répondu d'une voix neutre, puis je suis allée m'asseoir à l'arrière du bateau, sur la banquette en cuir crème qui suivait la courbe de la poupe.

En temps normal, je m'installais à l'avant, à côté de Christian, pour fendre les eaux calmes pendant les vingt minutes de la traversée. Mais ce jour-là, j'avais besoin de solitude. Christian a démarré. Le soleil se reflétait sur les fenêtres des somptueuses demeures qui bordaient le lac. Souvent, en faisant ce trajet, il me semblait franchir le seuil d'un monde féerique, un univers éthéré sans aucun rapport avec la réalité.

Le monde de Pa Salt.

À l'évocation du surnom de mon père, que j'avais inventé quand j'étais enfant, des larmes m'ont picoté les yeux. Il avait toujours adoré faire de la voile et quand il revenait dans la maison du bord du lac, il sentait l'air iodé et la mer. Avec le temps, mes jeunes sœurs aussi s'étaient approprié ce surnom.

Alors que le bateau prenait de la vitesse et que le vent chaud agitait mes cheveux, je me suis remémoré des centaines d'arrivées à Atlantis, le château de Pa Salt. Situé sur un promontoire adossé à un croissant de terrain montagneux qui s'élevait en pente abrupte, il était inaccessible par la route ; on ne pouvait y accéder qu'en bateau. Les voisins les plus proches se trouvant à des kilomètres, Atlantis était un peu notre royaume privé, à l'écart du reste du monde. Tout ce qu'il renfermait était magique… comme si Pa Salt et nous, ses filles, avions vécu dans un endroit enchanté.

Nous avions toutes été choisies par Pa Salt quand nous étions bébés et adoptées aux quatre coins du monde. Pa aimait dire que nous étions ses filles « spéciales ». Il nous avait donné les noms des Pléiades, les Sept Sœurs, sa constellation préférée. Maia était la première.

Quand j'étais petite, il m'emmenait sous le dôme en verre de son observatoire, tout en haut de la maison, et me soulevait dans ses bras puissants pour que j'observe le ciel, la nuit, à travers son télescope.

— Elles sont là, me disait-il une fois qu'il avait aligné l'objectif. Regarde, Maia, regarde la belle étoile brillante dont tu portes le nom.

Et je la voyais, oh oui. J'écoutais à peine tandis qu'il me racontait les légendes à l'origine de mon nom et de ceux de mes sœurs, mais je savourais le plaisir de sentir ses bras autour de moi, consciente de vivre un moment rare et précieux, avec mon père pour moi seule.

Quant à Marina, que j'avais longtemps prise pour ma mère – j'avais même raccourci son nom à « Ma » –, j'ai compris plus tard qu'elle n'était qu'une simple nourrice, embauchée par Pa pour s'occuper de nous lors de ses nombreuses absences. Mais évidemment, Marina était beaucoup plus que cela pour nous toutes. C'était elle qui essuyait nos larmes, qui nous grondait lorsque nous nous tenions mal à table. Elle nous a guidées sereinement durant ces années difficiles à l'issue desquelles l'enfant devient une femme.

Ma a toujours été là, et je ne l'aurais pas aimée davantage si elle m'avait donné la vie.

Pendant les trois premières années de mon enfance, il n'y avait que Marina et moi dans notre château magique sur les rives du lac. Et puis, une à une, mes sœurs ont commencé à arriver.

Normalement, Pa m'apportait un cadeau quand il rentrait de voyage. J'entendais le bateau arriver, je m'élançais sur la vaste pelouse et je courais jusqu'à la jetée pour l'accueillir. Comme tous les enfants, je voulais voir ce qu'il avait caché dans ses poches magiques. Je me souviens du jour où, après qu'il m'eut offert un ravissant renne en bois sculpté en me jurant qu'il venait du Père Noël, une femme en uniforme s'est avancée avec un paquet dans les bras. Et le paquet bougeait.

— Je t'ai rapporté un autre cadeau, Maia, le plus extraordinaire qui soit. Une petite sœur. Maintenant, tu ne seras plus seule quand je dois m'absenter.

Pa m'a souri et serrée contre lui.

Ma vie a changé ensuite. La puéricultrice que Pa avait amenée avec lui a disparu quelques semaines plus tard et Marina a pris la relève pour s'occuper de ma sœur. Je ne comprenais pas comment cette chose qui braillait, qui sentait souvent mauvais et me privait de l'attention qui m'était due pouvait être un cadeau. Jusqu'à ce matin où Alcyone – à qui on avait donné le nom de la deuxième étoile des Sept Sœurs – m'a souri, assise dans sa chaise haute.

— Elle me reconnaît ! ai-je lancé, émerveillée, à Marina qui lui donnait à manger.

— Bien sûr qu'elle te reconnaît, ma chérie. Tu es sa grande sœur, celle qu'elle admirera toute sa vie. Ce sera à toi de lui enseigner beaucoup de choses que tu sais et qu'elle ignore.

Et, en grandissant, Alcyone est devenue mon ombre, toujours sur mes talons, ce qui m'enchantait et m'agaçait tout autant. « Maia, attends-moi ! » exigeait-elle d'une voix forte en me suivant d'un pas mal assuré.

Bien qu'Ally – comme nous l'avions surnommée – ait au départ quelque peu perturbé mon existence dorée à Atlantis, je n'aurais pu souhaiter une compagne plus adorable ni plus aimable. Elle pleurait rarement, voire jamais, et ne faisait aucun de ces caprices réservés aux bambins de son âge. Avec ses boucles d'un roux doré qui tombaient en cascade et ses grands yeux bleus, Ally possédait un charme naturel auquel mon père était le premier à succomber.

Quand Pa Salt rentrait à la maison après l'un de ses longs voyages à l'étranger, je remarquais combien ses yeux s'allumaient dès qu'il la voyait. Il la regardait comme jamais il ne m'avait regardée, j'en étais sûre, moi qui étais timide et réservée alors qu'Ally débordait d'assurance.

Elle était aussi un de ces enfants qui semblait exceller dans tout – en particulier la musique et les sports nautiques. Quand Pa lui a appris à nager dans notre grande piscine, elle a aussitôt maîtrisé la technique – un vrai poisson dans l'eau –, tandis que je barbotais avec peine, redoutant à tout instant de couler.

Et puis, alors que je n'avais pas le pied marin, même à bord du *Titan*, le superbe yacht de Pa, Ally, elle, le suppliait de l'emmener sur le dériveur qu'il gardait amarré à notre jetée. Je me souviens que je m'accroupissais dans l'espace exigu de la poupe pendant que Pa et Ally s'affairaient aux commandes et que le bateau filait sur les eaux miroitantes du lac. Bref, je ne partageais aucune passion avec Pa qui aurait pu me rapprocher de lui comme ma sœur.

Ally avait étudié la musique au Conservatoire de Genève. Excellente flûtiste, elle aurait pu poursuivre une carrière dans un orchestre professionnel, mais elle avait ensuite choisi la vie de marin à plein-temps. Elle participait régulièrement à des régates et avait représenté la Suisse à plusieurs occasions.

Ally avait presque trois ans quand Pa est arrivé un jour avec une autre sœur pour nous, à qui il a donné le nom de la troisième des Sept Sœurs, Astérope.

— Mais nous l'appellerons Star, a-t-il dit en nous souriant à Marina, Ally et moi, tandis que nous observions cette petite chose, couchée dans le couffin, qui venait agrandir notre famille.

Je prenais alors des leçons chaque matin avec un professeur particulier, aussi la venue de Star m'a-t-elle moins perturbée que celle d'Ally. Et puis, à peine six mois plus tard, un autre bébé nous a rejointes, une petite fille de douze semaines prénommée Célaéno, un nom qu'Ally a immédiatement raccourci en CeCe.

Trois mois seulement séparaient Star et CeCe et, du plus loin que je me souvienne, elles ont toujours été très complices. Comme des jumelles, communiquant avec leur propre babillement, qu'elles utilisent encore aujourd'hui. Elles vivaient dans leur monde à elles dont nous étions exclues, et même à présent qu'elles ont une vingtaine d'années, rien n'a changé. CeCe, la plus jeune des deux, était toujours celle qui avait le dessus, son corps trapu et sa peau noisette contrastant avec la pâleur et la minceur de Star.

L'année suivante, un autre bébé arriva encore. Taygète – que j'ai surnommée « Tiggy » à cause de ses cheveux courts et noirs qui se dressaient sur sa toute petite tête et me faisaient penser au hérisson de la célèbre histoire de Beatrix Potter.

J'avais alors sept ans et je me suis tout de suite sentie proche de Tiggy. Elle était la plus fragile d'entre nous, affligée de toutes les maladies infantiles les unes après les autres, mais elle demeurait stoïque. Quand Pa a encore ramené à la maison une autre fillette, nommée Électra, Marina, épuisée, m'a souvent demandé de m'occuper de Tiggy qui avait continuellement la fièvre, ou toussait, et qui fut finalement déclarée asthmatique. On ne la sortait pas beaucoup dans le landau pour éviter que l'air froid et le brouillard épais de Genève ne lui fragilisent les poumons.

Électra était la benjamine et son nom lui allait à la perfection. Je m'étais maintenant habituée aux bébés et à leurs exigences, mais ma plus jeune sœur était sans aucun doute la plus difficile. Tout ce qui se rapportait à elle était « électrique » ; en un instant, elle pouvait passer d'une humeur sombre à une humeur légère et vice versa, de sorte que notre foyer, auparavant calme, retentissait quotidiennement de ses cris perçants. Ses caprices résonnaient dans ma conscience d'enfant et, en grandissant, sa personnalité impétueuse ne s'adoucit guère.

En secret, Ally, Tiggy et moi la surnommions « Tricky », qui signifie difficile, délicat. Il nous fallait toujours la prendre avec des gants pour ne pas déclencher un brusque changement d'humeur. Franchement, il y a eu des moments où je la détestais tellement elle perturbait notre vie à Atlantis.

Cependant, quand Électra sentait que l'une de nous avait des problèmes, elle était la première à offrir son aide et son soutien. Elle pouvait se montrer d'un égoïsme excessif, ou bien, à d'autres occasions, d'une générosité sans limite.

Après Électra, nous avons toutes attendu l'arrivée de la septième sœur. Puisque Pa nous avait donné le nom de cette constellation, sans elle, nous n'aurions pas été complètes. Nous connaissions même son nom – Mérope – et nous nous demandions à quoi elle ressemblerait. Mais une année passa, puis une autre, et une autre encore, et notre père ne rapportait toujours pas de bébé.

Je me souviens parfaitement de la conversation que j'ai eue avec lui dans son observatoire. J'avais quatorze ans et allais bientôt entrer dans ma vie de femme. Nous guettions une éclipse qui, d'après lui, signait un moment précurseur pour l'humanité.

— Pa, ai-je dit, amèneras-tu un jour notre septième sœur à la maison ?

En entendant cela, tout son corps a semblé se figer pendant quelques secondes. D'un coup, il a eu l'air de porter le poids du monde sur ses épaules. Il ne s'est pas retourné, car il se concentrait sur son télescope, mais j'ai compris instinctivement que mes paroles l'avaient bouleversé.

— Non, Maia, je ne la ramènerai pas. Parce que je ne l'ai jamais trouvée.

* * *

Quand est apparue la haie d'épicéas qui protégeait notre maison des regards indiscrets et que j'ai vu Marina, debout sur la jetée, la mort de Pa s'est imposée à moi avec son implacable réalité : l'homme qui avait fait de nous les princesses de son royaume n'était plus là pour garder l'enchantement.

DE LA MÊME AUTRICE

Quand la célèbre actrice Rebecca Bradley passe les portes en fer forgé d'Astbury Hall, le domaine anglais qui sert de lieu de tournage à son prochain film, elle est subjuguée par cette propriété sortie d'une autre époque. Loin des paparazzis et du glamour d'Hollywood, elle éprouve immédiatement une curieuse sérénité.

Mais le jour où elle découvre sa troublante ressemblance avec lady Violet, la grand-mère de l'actuel propriétaire des lieux, elle décide d'en savoir plus sur le passé de cette étrange famille. Aidée par un jeune homme originaire de Bombay à la recherche d'informations sur son aïeule, qui aurait vécu à Astbury Hall, Rebecca perce peu à peu les secrets qu'abritent les vieilles pierres du manoir. Seulement, les ombres qui hantent la dynastie des Astbury pourraient bouleverser bien des destinées…

Une étourdissante fresque multigénérationnelle, qui nous fait voyager des splendides demeures de la campagne anglaise aux palais des maharadjahs du début du XXe siècle.

Trente ans ont passé depuis que Greta a quitté Marchmont Hall, une magnifique demeure nichée dans les collines du Monmouthshire. Lorsqu'elle y retourne pour Noël, sur l'invitation de son vieil ami David Marchmont, elle n'a aucun souvenir de la maison – le résultat de l'accident tragique qui a effacé de sa mémoire plus de vingt ans de sa vie.
Mais durant une promenade dans le parc enneigé, elle trébuche sur une tombe. L'inscription érodée lui indique qu'un petit garçon est enterré là. Cette découverte bouleversante allume une lumière dans les souvenirs de Greta, et va entraîner des réminiscences.
Avec l'aide de David, elle commence à reconstruire non seulement sa propre histoire, mais aussi celle de sa fille, Cheska…

Rosanna n'a que onze ans lorsqu'elle pose les yeux pour la première fois sur Roberto Rossini, un brillant ténor, aussi beau que charismatique. La fillette se fait alors un serment : un jour, elle l'épousera. Elle ignore qu'un douloureux secret lie déjà leur destin…
Six années plus tard, Rosanna, devenue une belle jeune femme, débarque à Milan. Son talent prodigieux de chanteuse lui permet d'intégrer la célèbre école de La Scala… et de revoir Roberto.
De Milan à New York, en passant par Londres et Paris, commence alors entre les deux artistes une passion tumultueuse et obsessionnelle. Mais les mensonges du passé menacent de faire voler leur vie en éclats.

Gassin, sud de la France, printemps 1998.
Alors qu'elle a tout fait pour prendre ses distances avec ses origines aristocratiques, Émilie de La Martinières se retrouve seule héritière de l'imposant château familial : un cadeau empoisonné dont elle se serait bien passée. Et pourtant, de retour au domaine, elle est troublée par les souvenirs qui lui reviennent. Les volets bleu clair, la cour qui embaume la lavande, les vignobles alentour… Tout la ramène à son enfance.
Mais Émilie comprend bientôt que ces vieilles pierres cachent de nombreux secrets. Et quand elle découvre un recueil de poèmes écrit par sa tante Sophia, dont la seule mention était proscrite dans sa jeunesse, Émilie met au jour la tragique histoire d'amour qui a bouleversé sa famille sous l'Occupation…
De la Provence au Yorkshire, une émouvante fresque multigénérationnelle à travers les destinées entremêlées de personnages pris dans les tourments de la guerre.

En plein chaos sentimental, Grania Ryan quitte New York pour aller se ressourcer en Irlande, dans la ferme familiale. C'est là, au bord d'une falaise, qu'elle rencontre Aurora Lisle, une petite fille étrange et captivante qui va changer sa vie… En trouvant de vieilles lettres datant de 1914, Grania va découvrir le lien qui unit leurs deux familles depuis des années.

D'une histoire d'amour incroyable à Londres en temps de guerre à une relation compliquée dans le New York d'aujourd'hui, les destins des Ryan et des Lisle s'entremêlent tragiquement depuis un siècle. Mais quel est ce secret qui est à l'origine de presque cent ans de chagrins ?

Obsédante, exaltante et bouleversante, l'histoire d'Aurora raconte le triomphe de l'amour sur la mort.

1995, Londres.
Joanna Haslam, brillante journaliste londonienne à qui rien ne semble sourire dernièrement, se retrouve tirée du lit par son patron pour aller couvrir les funérailles de sir James Harrison, célèbre acteur britannique, qui vient de s'éteindre à l'âge vénérable de 95 ans. Un reportage mondain qui a peu de chances de lancer sa carrière…
Et pourtant, sous le luxe et le glamour qui entourent la dynastie Harrison, Joanna ne tarde pas à remonter la piste d'un secret. Déterminée à lever le voile sur plus de soixante-dix ans de mensonges et de mystère, la jeune femme comprend qu'elle est devenue la cible de personnes haut placées, prêtes à tout pour empêcher la vérité d'éclater. Marcus Harrison, le charismatique – et très troublant – petit-fils du grand acteur, sera-t-il un allié ou un ennemi dans cette quête de vérité ?

Wharton Park… Julia Forrester n'a jamais oublié les étés idylliques de son enfance, passés à arpenter la somptueuse propriété où son grand-père prenait soin des plantes exotiques, si rares dans cette région du Norfolk. Aussi est-ce tout naturellement qu'elle vient y chercher refuge après le terrible drame qui a bouleversé sa vie.
Mais si ces terres sont chargées de souvenirs, Julia ne tarde pas à découvrir qu'elles abritent aussi bien des secrets. C'est dans le journal intime tenu dans les années 1940 par son aïeul qu'elle perce peu à peu le mystère d'une histoire d'amour qui a presque détruit le domaine plus de cinquante ans auparavant…

Helena n'a jamais oublié la beauté de Pandora, la majestueuse demeure chypriote de son parrain, dont elle vient d'hériter. Vingt-quatre ans après y avoir vécu un été inoubliable, elle revient sur l'île, ravie de faire découvrir la splendeur de la mer d'Émeraude et des champs d'oliviers à son mari et à leurs enfants, notamment Alex, son fils aîné si précoce et sensible. Mais quand Helena croise par hasard son premier amour, c'est tout le passé qu'elle croyait enfoui qui resurgit.
Entre secrets et sentiments, Pandora va offrir à Alex et Helena le plus bouleversant des étés…

Au sein du prestigieux internat privé de St. Stephen, dans l'idyllique campagne du Norfolk, se dresse une austère bâtisse victorienne assez laide et en manque cruel d'entretien : le dortoir de Fleat House. Lorsque le corps sans vie d'un élève y est découvert, le directeur s'empresse de conclure à un tragique accident. Mais l'enquêtrice londonienne Jazz Hunter n'est pas de cet avis. En tentant de pénétrer le microcosme fermé que constitue le pensionnat, celle-ci apprend que la victime était un jeune homme arrogant qui avait beaucoup d'ennemis…
Tandis que les mystères et les mensonges se multiplient, Jazz se retrouve plongée dans un monde fait de jeux de pouvoir, de dépendances émotionnelles et d'affaires inachevées. Bientôt, ce sont des secrets vieux de plus de trente ans qui refont surface, bien plus sombres que ce qu'elle aurait pu imaginer.

Cet ouvrage est composé de matériaux issus de forêts gérées durablement certifiées PEFC™.

Le Programme de reconnaissance des certifications forestières (PEFC™) est le plus grand organisme mondial indépendant de contrôle pour une gestion durable des forêts. Pour en savoir plus, consultez le site *www.pefc-france.org*

PEFC PEFC/14-38-00277

Achevé d'imprimer en mars 2024
par Novoprint
Dépôt légal : avril 2024
Imprimé en Slovaquie